Meg Cabot
Plötzlich Prinzessin
Power, Prinzessin

Meg Cabot
Plötzlich Prinzessin
Power, Prinzessin!

Aus dem Amerikanischen
von Katarina Ganslandt

C. Bertelsmann

Der C. Bertelsmann Jugendbuch Verlag
gehört zu den Kinder- & Jugendbuch-Verlagen
in der Verlagsgruppe Random House
München Berlin Frankfurt Wien Zürich

www.bertelsmann-jugendbuch.de

*Für meine Großmutter Bruce und Patsy
Mounsey, die ganz anders sind
als die Großeltern in diesem Buch.*

Der Abdruck der Zitate auf S. 5 und S. 297
erfolgt mit freundlicher Genehmigung des
Gerstenberg Verlages, Hildesheim

Umwelthinweis:
Dieses Buch wurde auf chlorfrei gebleichtem
Papier gedruckt.

Gesetzt nach den Regeln der Rechtschreibreform
1. Auflage 2003
© 2000, 2001 by Meggin Cabot
Die Originalausgaben erschienen
2000 unter dem Titel »The Princess Diaries« und
2001 unter dem Titel »Princess in the Spotlight«
bei HarperCollins Publishers, New York.
© 2001, 2002 für die deutschsprachigen Ausgaben
C. Bertelsmann Jugendbuch Verlag, München
in der Verlagsgruppe Random House GmbH
Alle deutschsprachigen Rechte vorbehalten
Beide Werke wurden vermittelt durch die
Literarische Agentur Thomas Schlück GmbH, 30827 Garbsen.
Aus dem Amerikanischen von Katarina Ganslandt
Lektorat: Kerstin Wendsche, Janka Panskus
Umschlagbild: Thomas Haubold
Umschlagkonzeption: init.büro für gestaltung, Bielefeld
lf · Herstellung: WM
Satz: Uhl + Massopust, Aalen
Druck: GGP Media, Pößneck
ISBN 3-570-12778-8
Printed in Germany

Plötzlich Prinzessin

»Ganz egal, was auch geschieht, eins ist jedenfalls sicher:
Wenn ich auch nur ein Mädchen bin, dessen Kleider nur
noch zerfetzte Lumpen sind, in meinem Herzen bleibe ich
doch eine Prinzessin.
Es ist so einfach, eine Prinzessin zu sein,
wenn man Kleider aus Samt und Seide trägt.
Aber es ist viel schwerer, eine Prinzessin zu sein,
wenn niemand etwas davon weiß.«

Prinzessin Sara
(Frances Hodgson Burnett,
übersetzt von Sabine Hindelang)

Danksagung

Die Autorin möchte all jenen danken, die in so vielfältiger
Weise bei der Entstehung dieses Buches mitgeholfen haben:
Beth Ader, Jennifer Brown, Barbara Cabot,
Charles und Bonnie Egnatz, Emily Faith,
Laura Langlie, Ron Markman, Abigail McAden,
A. Elizabeth Mikesell, Melinda Mounsey,
David Walton, Allegra Yelie
und – ganz besonders – Benjamin Egnatz.

Dienstag, 23. September

Manchmal hab ich das Gefühl, mein Leben besteht nur aus Lügen. Mom denkt, dass ich meine wahren Gefühle wegen dieser Geschichte verdränge. Ich hab widersprochen: »Quatsch, Mom. Überhaupt nicht. Ist doch alles wunderbar. Und solange du glücklich bist, bin ich es auch.«

Aber Mom blieb skeptisch. »Ich glaube nicht, dass du mir gegenüber wirklich ehrlich bist.«

Und dann hat sie mir dieses Tagebuch in die Hand gedrückt. Ich soll alle meine Gefühle reinschreiben, hat sie gesagt, weil ich ja anscheinend nicht offen mit ihr darüber sprechen will. Meine Gefühle soll ich aufschreiben? Na gut, dann schreib ich eben meine Gefühle auf.

Also: Ich fass es einfach nicht, dass sie mir so was antut!

Als würden mich nicht *sowieso* schon alle für einen kompletten Loser halten. Ich bin praktisch die größte Lachnummer an der ganzen Schule. Sehen wir den Tatsachen doch ins Auge: Ich bin 1,77 m groß, ein Bügelbrett und in der Neunten. Mal ehrlich – schlimmer geht's doch gar nicht, oder?

Wenn die in der Schule spitzkriegen, was da läuft, bin ich tot. Glasklar. Tot.

Lieber Gott, falls es dich wirklich gibt, dann mach bitte, dass das nie rauskommt.

Das muss man sich mal überlegen. In Manhattan leben so

an die vier Millionen Menschen. Dann sind davon ja wohl ungefähr zwei Millionen Männer. Und von diesen *zwei Millionen* muss sie sich unbedingt Mr. Gianini raussuchen. Sie kann sich nicht mit irgendeinem Typen einlassen, den ich nicht kenne. Mit einem, den sie bei D'Agostino oder sonst wo beim Einkaufen kennen gelernt hat. Nein, natürlich nicht.

Sie muss ein Date mit meinem Mathelehrer ausmachen.

Danke, Mom. Echt. Vielen, vielen Dank.

Mittwoch, 24. September, fünfte Stunde

Lilly hat gesagt: »Mr. Gianini ist doch cool!«

Ja, klar. Er ist cool, wenn man Lilly Moscovitz heißt. Er ist cool, wenn man gut in Mathe ist, so wie Lilly Moscovitz. Aber er ist nicht besonders cool, wenn man wegen Mathe durchfällt – so wie ich.

Er ist auch nicht cool, wenn er einen JEDEN, ABER AUCH JEDEN VERDAMMTEN TAG dazu zwingt, nach der Schule noch dazubleiben, um von 14.30 bis 15.30 Uhr Mengenlehre zu üben, genau in der Zeit, in der man super was mit all seinen Freundinnen machen könnte. Er ist nicht cool, wenn er die eigene Mutter in die Sprechstunde bittet, um mit ihr darüber zu sprechen, dass man wegen Mathe durchfällt, und sich dann privat mit ihr VERABREDET.

Und er ist nicht cool, wenn er dieser Mutter seine Zunge in den Mund steckt.

Zugegeben, ich hab sie das nicht direkt tun sehen. Sie waren bis jetzt ja noch nicht mal zusammen weg. Und ich glaub auch nicht, dass meine Mutter einem Typen erlauben würde, ihr schon beim ersten Date die Zunge in den Mund zu stecken.

Wenigstens hoffe ich, dass sie's nicht tut.

Letzte Woche hab ich gesehen, wie Josh Richter Lana Weinberger die Zunge in den Mund gesteckt hat. Alles nahaufnahmenmäßig, weil sie an Joshs Spind lehnten, der direkt neben meinem steht. Ich war irgendwie voll angewidert.

Obwohl ich zugeben muss, dass ich nichts dagegen hätte, wenn Josh Richter *mich* so küssen würde. Vor ein paar Tagen waren Lilly und ich in der Edelparfümerie Bigelows auf der 6th Avenue, um für ihre Mutter so eine Gesichtsmaske mit Fruchtsäure drin zu besorgen, und da stand zufälligerweise auch Josh Richter gerade an der Kasse. Als er mich sah, lächelte er mir sogar leicht zu und sagte: »Hi!«

Er hat »Drakkar Noir« gekauft, ein Männerparfüm. Die Verkäuferin hat mir ein Pröbchen davon geschenkt. Und jetzt kann ich Josh zu Hause und ganz ungestört riechen, sooft und wann ich will. Lilly erklärte das damit, dass Josh an dem Tag wahrscheinlich eine Synapsenfehlzündung hatte, die durch einen Hitzschlag oder so ausgelöst wurde. Ich sei ihm wahrscheinlich irgendwie bekannt vorgekommen, nur habe er mein Gesicht ohne die Betonwände der Albert-Einstein-High-school im Hintergrund nicht einordnen können. Welche andere Erklärung könnte es sonst geben, hat sie gefragt, dass der begehrteste Zwölftklässler unserer Highschool zu mir, Mia Thermopolis, einer unwürdigen Neuntklässlerin, »Hi« sagt? Aber ich weiß, dass es kein Hitzschlag war. In Wahrheit ist Josh nämlich ein vollkommen anderer Mensch, wenn er nicht mit Lana und den anderen Sportfreaks rumhängt. Die Art von Mensch, dem es egal ist, wenn ein Mädchen zwar keinen Busen, dafür aber Schuhgröße 43 hat. Die Art von Mensch, der über all das hinweg direkt in das tiefste Innere eines Mädchens blicken kann. Ich weiß das, weil ich ihm an dem Tag bei Bigelows in die Augen geschaut und deutlich erkannt hab, dass in ihm ein hochgradig empfindsamer Typ steckt, der sich nur danach sehnt, endlich er selbst sein zu dürfen.

Lilly findet, dass ich eine zu lebhafte Phantasie hab und

ein krankhaftes Bedürfnis, mein Leben mit künstlicher Dramatik zu erfüllen. Sie behauptet, dass ich mich so über Mom und Mr. G aufrege, sei ein Paradebeispiel dafür.

»Wenn dich die Geschichte echt so nervt, dann sag es deiner Mutter doch einfach«, hat Lilly mir geraten. »Sag ihr, du willst nicht, dass sie mit ihm weggeht. Ich versteh dich nicht, Mia. Du verleugnest ständig deine Gefühle. Warum setzt du dich nicht ausnahmsweise mal durch? Du solltest dir klarmachen, dass deine Gefühle auch was wert sind.«

Ja, klar. Als würde ich meiner Mutter das antun. Sie ist so total happy über diese Verabredung, dass es schon fast zum Kotzen ist. Zum Beispiel *kocht* sie seit neuestem. Echt wahr.

Gestern Abend hat sie zum ersten Mal seit Monaten Pasta gekocht. Ich hatte schon die Speisekarte von Suzie's China-Restaurant aufgeschlagen, da sagt sie: »Nix da, Mialein! Heute bestellen wir uns keine kalten Sesamnudeln. Ich hab uns Pasta gemacht.«

Pasta! Meine Mutter hat uns *Pasta* gemacht!

Sie hat sogar berücksichtigt, dass ich Vegetarierin bin, und die Soße ohne Hackfleisch gekocht.

Also, mir ist das alles ein Rätsel.

Zu erledigen:

1. Katzenstreu besorgen
2. Arbeitsblatt »Mengenlehre« für Mr. G fertig machen
3. Lilly nicht mehr alles erzählen
4. zu Pearl Paint gehen: weiche Bleistifte, Sprühkleber und aufgezogene Leinwand kaufen (für Mom)
5. Erdkunde: Hausarbeit über Island (5 Seiten, zweizeilig)
6. nicht mehr so oft an Josh Richter denken

7. Wäsche wegbringen
8. Miete Oktober (Mom fragen, ob sie Dads Scheck eingezahlt hat!!!!)
9. mehr Durchsetzungskraft zeigen
10. Brustumfang nachmessen

Donnerstag, 25. September

In Mathe konnte ich heute die ganze Zeit an nichts anderes denken als daran, dass Mr. Gianini meiner Mutter bei ihrem Date morgen Abend die Zunge in den Mund stecken könnte. Ich saß nur da und hab ihn angestarrt. Er hat mir eine wirklich babyleichte Frage gestellt – ich bin mir sicher, dass er die einfachen alle extra für mich aufhebt, weil er nicht möchte, dass ich mich ausgeschlossen fühle oder so – und ich hab es nicht mal mitgekriegt. Ich konnte nur stammeln: »Äh? Was?«

Dann hat Lana Weinberger so abfällig geprustet, wie sie es immer tut, und sich zu mir rübergebeugt, sodass ihre blonde Mähne über meinen ganzen Tisch fegte. Ich bin fast von ihrer Megaparfümwolke erschlagen worden und dann zischelte sie mir mit so einer voll fiesen Stimme zu:

»Lahmarsch!«

Nur dass sie es so richtig verächtlich in die Länge gezogen hat. LAAAAAAAAHMARSCH.

Warum müssen gute Menschen wie Prinzessin Diana eigentlich in Autowracks sterben und fiesen Menschen wie Lana passiert so was nie? Ich kann echt nicht verstehen, was Josh Richter an ihr findet. Klar, hübsch ist sie schon. Aber sie ist *superfies*. Merkt der das gar nicht?

Vielleicht ist Lana Josh gegenüber ja nett. Also, *ich* wäre mit Sicherheit nett zu ihm. Er ist der absolut bestaussehende

Typ an der Albert-Einstein-Highschool. Die meisten der Jungs sehen in unserer Schuluniform mit der grauen Hose, dem weißen Hemd und dem schwarzen Pulli oder Pullunder total beknackt aus. Nur Josh nicht. Den könnte man in seiner Schuluniform glatt für ein Model halten. Ganz im Ernst.

Übrigens ist mir heute aufgefallen, dass Mr. Gianini so total riesige, geblähte Nasenflügel hat. Ich frag mich echt, wie man einen Mann mit solchen Nasenflügeln überhaupt attraktiv finden kann. Aber als ich Lilly in der Mittagspause darauf aufmerksam machte, sagte sie bloß: »Hm. Mir sind seine Nasenflügel noch nie aufgefallen. Isst du die Teigtasche eigentlich noch?«

Lilly findet, ich soll aufhören, mich so reinzusteigern. Sie sagt, was mich in Wirklichkeit beunruhigt, sei nicht das Ding mit Mr. Gianini und meiner Mutter, sondern die Tatsache, dass wir erst seit einem Monat auf die Highschool gehen und ich in einem Fach schon auf Sechs stehe. Sie hat mir erklärt, dass man das Affektverlagerung nennt.

Irgendwie ist es ätzend, wenn die Eltern der besten Freundin Psychoanalytiker sind.

Heute Nachmittag haben die beiden Doktoren Moscovitz voll versucht, mich zu analysieren. Lilly und ich saßen ganz harmlos da und haben Worttüftel gespielt. Und alle fünf Minuten lief es nach demselben Schema ab: »Möchtet ihr vielleicht eine Cola? Im Fernsehen läuft übrigens ein interessanter Dokumentarfilm über Tintenfische. Ach ja, und, Mia, welche Gefühle löst es eigentlich bei dir aus, dass sich deine Mutter und dein Mathelehrer jetzt privat treffen?«

Ich murmelte: »Och, das stört mich gar nicht.«

Wieso schaffe ich es eigentlich nicht, die Wahrheit zu sagen? Aber was wäre denn, wenn Lillys Eltern meiner Mutter zufällig auf dem Jefferson Market oder woanders in der

Stadt über den Weg liefen? Wenn ich die Wahrheit gesagt hätte, würden sie ihr das garantiert alles brühwarm weitererzählen. Ich will einfach nicht, dass Mom weiß, wie peinlich mir die ganze Sache ist. Wo sie doch so glücklich ist.

Das Schlimmste war, dass Lillys großer Bruder Michael alles mitgekriegt hat. Er hat sich sofort halb totgelacht, obwohl ich nicht nachvollziehen kann, was daran so lustig sein soll. Er kicherte voll los: »Echt, *deine* Mutter und Frank Gianini! Ha! Ha! Ha!«

Na, superklasse. Jetzt weiß es also auch noch Lillys Bruder Michael.

Ich hab ihn natürlich gleich angefleht, das bloß niemandem weiterzuerzählen. Wir sitzen jeden Tag die fünfte Stunde im selben Klassenzimmer ab, weil er wie Lilly und ich an so einem schuleigenen Förderprogramm teilnimmt, das »Talent & Begabung« heißt. Der Kurs ist der größte Witz. Der Leiterin, Mrs. Hill, ist es nämlich vollkommen egal, was wir tun, solange wir dabei nur einigermaßen leise sind. Sie hockt die Unterrichtszeit im Lehrerzimmer ab, das direkt gegenüber vom T&B-Raum liegt, und ist jedes Mal genervt, wenn sie rauskommen muss, um uns zusammenzustauchen.

Michael soll die fünfte Stunde dazu nutzen, an der Webzine »Crackhead« zu arbeiten, seiner Internetzeitschrift, und ich müsste Mathe üben.

Aber Mrs. Hill prüft sowieso nie nach, was wir in T & B machen, was wahrscheinlich auch ganz gut ist, weil wir die meiste Zeit vor allem damit beschäftigt sind, uns zu überlegen, wie wir unseren Neuen – einen Russen, der angeblich ein Musikgenie ist – in das Lehrmittelkabuff nebenan sperren können, damit wir uns nicht länger Strawinski auf seiner bescheuerten Geige anhören müssen.

Aber es braucht niemand zu denken, dass Michael nur

deshalb Stillschweigen über meine Mom und Mr. G bewahren würde, weil er und ich Verbündete im Kampf gegen Boris Pelkowski und seine Geige sind.

Im Gegenteil, hat er die ganze Zeit gesagt: »Was springt dabei für mich raus, Thermopolis? Tust du auch irgendwas für mich?«

Aber es gibt nichts, was ich für Michael Moscovitz tun könnte. Ich kann ihm ja zum Beispiel kaum anbieten, seine Hausaufgaben für ihn zu machen. Michael geht in die Zwölfte (genau wie Josh Richter). Er hat sein ganzes Leben lang in allen Fächern nur die allerbesten Noten gehabt (genau wie Josh Richter). Und ab nächstem Jahr studiert er wahrscheinlich in Yale oder Harvard oder an einer anderen Elite-Uni (genau wie Josh Richter).

Was habe ich so jemandem schon anzubieten?

Das heißt aber nicht, dass Michael perfekt wäre oder so. Im Gegensatz zu Josh Richter ist Michael zum Beispiel nicht in der Rudermannschaft. Er ist noch nicht mal in der Politik-AG. Michael hält nämlich nichts von organisiertem Sport oder organisierten Religionen oder überhaupt irgendeiner Form von Organisation. Stattdessen hockt er fast die meiste Zeit in seinem Zimmer rum. Ich hab Lilly mal gefragt, was er da drin eigentlich immer so macht, und sie hat mir erklärt, dass sie und ihre Eltern mit Michael nach dem Motto verfahren: Wer nicht dumm fragt, kriegt auch keine dumme Antwort.

Ich wette, dass er da drin eine Bombe bastelt. Vielleicht hat er vor, die Albert-Einstein-Highschool auf der Abschlussfeier in die Luft zu jagen.

Gelegentlich kommt Michael aus seinem Zimmer raus und lässt ironische Kommentare ab. Manchmal hat er dabei nicht mal ein T-Shirt an. Obwohl er nichts von organisiertem Sport hält, ist mir aufgefallen, dass er gar keinen schlechten Oberkörper hat. Seine Bauchmuskeln sind außergewöhnlich ausgeprägt. Das hab ich Lilly gegenüber aber noch nie erwähnt.

Michael war, glaub ich, nicht beeindruckt von meinem Angebot, im Gegenzug für sein Schweigen mit seinem Sheltie Pawlow spazieren zu gehen oder die leeren Dosen Cola Light von seiner Mutter zurück in den Supermarkt zu bringen (sein Wochenbeitrag zur Hausarbeit), weil er nach einer Weile mit genervter Stimme sagte: »Vergiss das Ganze einfach, Thermopolis, okay?« und in seinem Zimmer verschwand.

Ich hab Lilly gefragt, warum er denn sauer ist, und sie hat geantwortet, weil er mich die ganze Zeit sexuell belästigt und ich nichts davon mitgekriegt hätte.

Wie peinlich! Wenn ich mir vorstelle, dass Josh Richter mich eines Tages sexuell belästigen könnte (schön wär's!) und ich würde das gar nicht merken... O Gott, manchmal steh ich echt so was von auf der Leitung.

Jedenfalls hat Lilly mich beruhigt. Ich soll mir keine Sorgen machen, dass Michael seinen Freunden in der Schule von Mom und Mr. G erzählen könnte, weil er nämlich keine Freunde hätte. Dann wollte sie noch von mir wissen, wieso Mr. Gianinis abstehende Nasenflügel mich so stören. Schließlich müsste ja nicht ich sie mir ansehen, sondern meine Mutter.

Ich hab gesagt: »Na hör mal, immerhin muss ich sie mir außer an Samstagen, Sonntagen, Feiertagen und in den Ferien, also QUASI JEDEN VERDAMMTEN TAG, von 9.55 bis 10.55 Uhr und von 14.30 bis 15.30 Uhr anschauen. Und das mit den Ferien gilt auch nur, wenn ich nicht sitzen bleibe und Nachprüfung machen muss.«

Und falls die beiden heiraten sollten, müsste ich sie mir AN JEDEM VERDAMMTEN TAG DER WOCHE EINSCHLIESSLICH SÄMTLICHER FEIERTAGE UND FERIEN anschauen.

Definiere Menge: Zusammenfassung von bestimmten Objekten – den Elementen der Menge – zu einem Ganzen.

A = {Prue, Phoebe, Piper}
Eigenschaft, die auf jedes Element zutrifft
A = {x|x ist eine Hexe}

Freitag, 26. September

Lilly Moscovitz' Liste begehrenswerter Männer

(Zusammengestellt während der Erdkundestunde. Mit Anmerkungen versehen von Mia Thermopolis)

1. **Josh Richter** (Einverstanden – 1,80 m Anlass zur Begierde; blondes Haar, das ihm häufig in die strahlend blauen Augen fällt, und ein schnuckeliges, verträumtes Lächeln. Einziger Nachteil: beweist schlechten Geschmack, indem er mit Lana Weinberger zusammen ist.)
2. **Boris Pelkowski** (Ganz und gar nicht einverstanden. Dass er als Zwölfjähriger in der Carnegie Hall auf seiner blöden Geige gespielt hat, macht ihn noch lange nicht begehrenswert. Außerdem stopft er sich immer den Pulli in die Hose, statt ihn darüber zu tragen wie jeder andere normale Mensch auch.)
3. **Pierce Brosnan,** der beste James Bond aller Zeiten (Nicht einverstanden – ich fand Timothy Dalton besser.)
4. **Daniel Day Lewis** in »Der letzte Mohikaner« (Einverstanden. Egal, was passiert, bleibt am Leben!)
5. **Prinz William** (O Gott, nee!)
6. **Leonardo** in »Titanic« (Puh! Da ist wohl jemand 1998 in seiner Entwicklung stehen geblieben, was?)

7. **Mr. Wheeton,** der Rudertrainer (Begehrenswert, aber schon vergeben. Wurde dabei beobachtet, wie er Mademoiselle Klein die Tür zum Lehrerzimmer aufgehalten hat.)
8. **Der Typ** in Jeans auf der Riesenplakatwand am Times Square (Absolut einverstanden. Wer *ist* der Typ? Der müsste seine eigene TV-Serie bekommen.)
9. **Der Freund von Dr. Quinn** – »Ärztin aus Leidenschaft« (Was ist aus dem eigentlich geworden? Der war echt scharf!)
10. **Joshua Bell,** der Geiger (Total einverstanden. Es wäre schon cool, einen Musiker zum Freund zu haben – nur darf er nicht Boris Pelkowski heißen.)

Freitag, später

Ich hab vorhin meine Brust vermessen und überhaupt nicht mehr daran gedacht, dass Mom gerade mit meinem Mathelehrer um die Häuser zieht, als Dad anrief. Ich weiß zwar nicht, warum, aber ich hab gelogen und behauptet, Mom wäre im Atelier. Eigentlich ist das total unnötig, weil Dad natürlich weiß, dass Mom sich mit anderen Männern trifft. Aber irgendwie hab ich es einfach nicht geschafft, ihm das mit Mr. Gianini zu erzählen.

Heute Nachmittag saß ich neben Mr. Gianini in meinem Zwangsförderunterricht und hab wieder Mengenlehre geübt (Mengenlehre – o Mann, ich möchte echt wissen, wann ich im wirklichen Leben noch jemals Mengenlehre brauchen werde – GARANTIERT NIE!), als er auf einmal zu mir sagte: »Ich hoffe, es ist dir nicht, hm, unangenehm, dass ich gesellschaftlich mit deiner Mutter verkehre, Mia.«

Aus irgendeinem Grund hab ich im ersten Moment verstanden, er sagt: »...dass ich GESCHLECHTLICH mit deiner Mutter verkehre«, und bin sofort knallrot angelaufen. Mein Gesicht *glühte* richtig. Ich antwortete schnell: »Aber nein, Mr. Gianini, das stört mich kein bisschen.«

Worauf Mr. Gianini sagte: »Wenn es dich stören würde, könnten wir nämlich gerne darüber reden.«

Ich vermute mal, er hat gemerkt, dass ich gelogen hab, weil ich so rot geworden bin.

Aber ich hab nur behauptet: »Nein, im Ernst, das stört mich nicht. Na ja, okay, vielleicht schon ein *kleines bisschen*, aber eigentlich finde ich es total okay. Ich meine, es ist ja bloß ein Date, oder? Es wäre ja lächerlich, wegen einer popeligen Verabredung jetzt einen Aufstand zu bauen.«

Und darauf hat Mr. Gianini dann gesagt: »Tja, Mia, ich weiß nicht, ob es bei dieser einen popeligen Verabredung bleiben wird. Mir liegt nämlich ganz schön viel an deiner Mutter.«

Und dann, ich weiß selbst nicht, wie es passiert ist, aber ich hörte mich plötzlich sagen: »Das hoffe ich auch sehr. Wenn Sie nämlich irgendwas machen, das sie zum Weinen bringt, dann trete ich Ihnen so was von in den Arsch...!«

O Gott! Ich kann selbst nicht glauben, dass ich einem Lehrer gegenüber das Wort »Arsch« in den Mund genommen hab! Danach lief mein Gesicht *noch röter* an, als ich es überhaupt jemals für möglich gehalten hätte. Woran liegt es eigentlich, dass ich immer nur dann die Wahrheit sagen kann, wenn ich mir damit unter Garantie Stress einhandle?

Wenn ich so darüber nachdenke, muss ich zugeben, dass mir die ganze Sache schon irgendwie unangenehm ist. Vielleicht hatten Lillys Eltern Recht.

Mr. Gianini nahm es aber voll cool. Er grinste und sagte: »Ich habe ganz bestimmt nicht die Absicht, deine Mutter zum Weinen zu bringen, aber falls es doch jemals passieren sollte, dann gebe ich dir hiermit die Erlaubnis, mich kräftig in den Arsch zu treten.«

Das wäre also zumindest irgendwie geregelt.

Um noch mal auf Dad zurückzukommen: Er hat sich am Telefon total komisch angehört. Obwohl er eigentlich immer komisch klingt. Ferngespräche aus Europa sind sowieso blöd, weil man im Hintergrund den Ozean rauschen hört, was mich voll nervös macht. Das ist, als würden die Fische einen belauschen, oder so. Außerdem wollte Dad gar nicht mit mir reden, sondern mit Mom. Wahrscheinlich ist irgendjemand gestorben und er will, dass Mom es mir behutsam beibringt.

Vielleicht ist es ja Grandmère. Hmmm...

Mein Busen ist übrigens seit letztem Sommer um exakt *null Komma null* Zentimeter gewachsen. Mom lag mit ihrer Vorhersage total daneben. Ich hatte mit vierzehn keinen plötzlichen Wachstumsschub wie sie damals. Wahrscheinlich werde ich nie einen erleben, jedenfalls nicht am Busen. Bei mir wirken sich die Wachstumsschübe nur auf die *Vertikale* aus, nicht auf die *Horizontale*. Ich bin jetzt größer als sämtliche anderen Mädchen in meiner Klasse.

Für den (unwahrscheinlichen) Fall, dass mich doch noch ein Junge bitten sollte, im Oktober mit ihm zum »Ball der Kulturen« zu gehen, kann ich noch nicht einmal ein trägerloses Kleid anziehen, weil da einfach nichts wächst, was es am Runterrutschen hindern könnte.

Samstag, 27. September

Ich war schon eingeschlafen, als Mom gestern Abend von ihrer Verabredung nach Hause kam. Ich bin zwar so lange wie möglich aufgeblieben, weil ich wissen wollte, wie es gelaufen war, aber die Brustvermessungsaktion hatte mich wahrscheinlich doch zu sehr ausgelaugt. Also konnte ich sie erst heute Morgen fragen, als ich in die Küche kam, um Fat Louie zu fressen zu geben. Mom war schon auf, was echt ungewohnt war. Normalerweise bleibt *sie* länger als ich im Bett liegen, obwohl ja eigentlich ich in der Pubertät bin und diejenige sein müsste, die nicht aus dem Bett kommt.

Aber nachdem sich Moms letzter Freund als stockkonservativer Republikaner entpuppt hat, leidet sie auch unter so einer Art Depression.

Jedenfalls war sie heute schon in der Küche, summte fröhlich vor sich hin und brutzelte Pfannkuchen. Ich bin vor Schreck fast tot umgefallen, als ich sie so früh am Morgen schon kochen sah – und noch dazu was Vegetarisches.

Natürlich hat sie sich prächtig amüsiert. Die beiden waren im Monte's essen (he, he, da hat Mr. G ja richtig was springen lassen!), sind anschließend im West Village rumgeschlendert und hockten bis fast zwei Uhr morgens im Garten irgendeiner Kneipe, wo sie nur geredet haben. Ich hab zwar versucht, ein bisschen zu bohren, um herauszufinden, ob auch geküsst wurde (besonders, was die Zunge-im-

Mund-Variante betrifft), aber Mom lächelte nur und guckte peinlich berührt.

Okay. Kotz.

Sie haben sich für nächste Woche gleich noch mal verabredet. Na ja, wenn es sie so glücklich macht, soll's mir recht sein. Heute dreht Lilly für ihre Sendung »Lilly spricht Klartext« eine kurze Parodie auf den Film »The Blair Witch Project«. Darin geht es um ein paar Studenten, die im Wald nach einer Hexe suchen – nach der Blair Witch nämlich – und danach nie mehr gesehen werden. Alles, was jemals von ihnen gefunden wird, ist ein selbst gedrehtes Video, das ihre Suche dokumentiert, und ein paar Häufchen Zweige.

Lilly nennt ihre Version »The Green Witch Project«. Sie will sich mit einer Handkamera am Washington Square Park postieren und die Touris filmen, die uns fragen, wie man ambesten nach »Green Witch Village« kommt (eigentlich heißtes natürlich Greenwich Village – aber nur die wenigstenTouristen wissen, dass man das »w« in Greenwich nicht mitspricht).

Der Plan ist, dass wir sofort loskreischen und in Panik die Flucht ergreifen, wenn die Touristen uns nach dem Weg nach Green Witch Village fragen. Alles, was am Ende des Films von uns zurückbleibt, ist ein kleiner Haufen Subway-Tickets. Lilly sagt voraus, dass die Menschheit nach Ausstrahlung der Sendung Subway-Tickets nie wieder mit denselben Augen betrachten wird.

Ich hab ihr gesagt, dass ich es echt schade finde, dass wir keine richtige Hexe haben, und Lana Weinberger vorgeschlagen. Aber Lilly fand, ihr wäre die Rolle zu offensichtlich auf den Leib geschrieben. Außerdem müssten wir sie dann den ganzen Tag ertragen und das wolle sie niemandem zumuten. Und es sei auch fraglich, ob sie überhaupt mitmachen würde, wo wir doch ihrer Meinung nach an unserer Schule auf der Popularitätsskala ganz unten stehen. Wahrscheinlich hätte sie Angst um ihr Image, wenn sie sich mit uns blicken lassen würde.

Andererseits ist sie so was von eitel, dass sie womöglich jede Chance wahrnehmen würde, ins Fernsehen zu kommen, selbst wenn die Sendung *bloß* im offenen Kanal läuft, und das um sechs Uhr früh. Da wären dann vielleicht sogar wir als Vermittlerinnen recht.

Samstag, abends

Als wir alles im Kasten hatten, haben wir den blinden Typen wieder gesehen, der gerade über die Bleecker Street ging. Er hatte ein neues Opfer gefunden. Eine total arglose deutsche Touristin, die keinen Schimmer hatte, dass der nette blinde Mann, dem sie über die Straße half, sie sofort nach Erreichen der anderen Straßenseite befummeln und dann so tun würde, als wäre es keine Absicht gewesen.

Das ist übrigens wieder mal bezeichnend für mein Glück: Das einzige männliche Wesen, das mich im Leben jemals befummelt hat (nicht, dass es sonderlich viel zu befummeln gäbe), ist *blind* gewesen.

Lilly will den blinden Typen auf dem 6. Polizeirevier anzeigen. Als ob die sich für so was interessieren würden. Die haben Wichtigeres zu tun. Mörder jagen zum Beispiel.

Zu erledigen:

1. Katzenstreu besorgen
2. nachschauen, ob Mom den Scheck für die Miete abgeschickt hat
3. nicht mehr lügen
4. Entwurf fürs Englischreferat
5. Wäsche abholen
6. nicht mehr an Josh Richter denken

Sonntag, 28. September

Heute hat Dad schon wieder angerufen und zum Glück war Mom diesmal wirklich im Atelier, sodass ich kein so schlechtes Gewissen hatte, weil ich ihn am Freitagabend angelogen und ihm nichts von Mr. Gianini erzählt hatte. Er klang wieder total komisch, weshalb ich ihn dann irgendwann fragte: »Sag mal, Dad, ist Grandmère vielleicht gestorben?«, was ihn total aus dem Konzept brachte und worauf er sagte: »Aber nein, Mia, wie kommst du denn auf die absurde Idee?«

Als ich ihm erklärte, dass ich darauf komme, weil er sich so komisch anhört, behauptete er: »Ich höre mich überhaupt nicht komisch an«, was gelogen war, weil er sich eben schon komisch anhörte. Trotzdem beschloss ich, das Thema fallen zu lassen und mit ihm über Island zu reden, weil wir das gerade in Erdkunde durchnehmen. Island hat die niedrigste Analphabetenrate der Welt, weil man da außer Lesen nicht viel tun kann. Außerdem haben sie dort diese natürlichen heißen Quellen, in denen die Isländer die ganze Zeit baden. Einmal gab ein Opernensemble ein Gastspiel in Island, alle Vorstellungen waren ausverkauft und insgesamt hatten so um die achtundneunzig Prozent der Bevölkerung die Oper gesehen. Die Leute kannten die Texte auswendig und trällerten die Arien den ganzen Tag vor sich hin.

Ich könnte mir gut vorstellen, eines Tages selbst mal nach

Island zu ziehen. Ich hab den Eindruck, es ist echt nett dort. Netter als hier in Manhattan, wo einen manche Leute ohne ersichtlichen Grund anspucken.

Dad dagegen schien von Island nicht sonderlich beeindruckt. Na ja, im Vergleich mit Island schneidet wahrscheinlich jedes andere Land ziemlich verlierermäßig ab. Obwohl das Land, in dem mein Vater lebt, selbst auch ganz schön klein ist. Wenn ein Opernensemble dorthin käme, würden vielleicht achtzig Prozent der Bevölkerung hingehen, worauf man natürlich auch schon stolz sein könnte.

Ich hab meine Information nur deshalb an ihn weitergegeben, weil er Politiker ist und ich mir dachte, dass sie ihm unter Umständen als Anregung für Verbesserungen in Genovia dienen könnte, wo er lebt. Aber ich schätze mal, dass Genovia gar keine Verbesserungen nötig hat. Genovias Haupteinnahmequelle sind Touristen. Das weiß ich deshalb so genau, weil ich in der siebten Klasse mal als Hausaufgabe die wichtigsten Fakten über sämtliche Länder Europas sammeln musste und dabei feststellte, dass Genovia mit Disneyland ganz oben rangiert, was Einkünfte aus dem Tourismus angeht. Wahrscheinlich ist das der Grund dafür, dass die Genovesen keine Steuern zahlen müssen: Die Regierung hat so schon genug Geld. Regiert wird Genovia übrigens von einem Fürsten. In der Nachbarschaft gibt es noch ein Fürstentum, das Monaco heißt. Mein Vater hat mir erzählt, dass wir massenhaft Cousins und Kusinen in Monaco haben, von denen ich bis jetzt aber noch keine kennen gelernt hab, nicht mal bei Grandmère zu Hause.

Ich hab Dad vorgeschlagen, nächsten Sommer doch gemeinsam nach Island zu fahren, statt die Ferien bei Grandmère im Château Miragnac in Frankreich zu verbringen. Meine Großmutter müsste natürlich in ihrem Château bleiben. Aber sie würde Island sowieso grässlich finden. Sie findet es nämlich überall grässlich, wo man keinen anständigen Sidecar serviert bekommt. Das ist ihr absoluter Lieblingsdrink. Den kann sie vierundzwanzig Stunden am Tag süffeln.

Aber alles, was Dad dazu zu sagen hatte, war: »Darüber reden wir ein andermal«, und dann hat er aufgelegt.

Mom hat echt so was von Recht, was ihn betrifft.

Absoluter Wert: der Zwischenraum zwischen einer beliebigen Zahl und der Null auf der Zahlengeraden... immer eine positive Zahl

Montag, 29. September

Heute hab ich Mr. Gianini sehr intensiv beobachtet und nach möglichen Anzeichen dafür gesucht, dass ihm die Verabredung mit meiner Mutter letzten Freitag womöglich nichtso gut gefallen haben könnte wie ihr. Er machte aber einenaußerordentlich gut gelaunten Eindruck. Wir besprachen gerade die quadratischen Gleichungen (ich möchte mal wissen, was eigentlich aus der Mengenlehre geworden ist; ich hatte gerade angefangen, sie einigermaßen zu verstehen, und schon nehmen wir was ganz Neues durch – kein Wunder, dass ich so schlecht bin!), als er plötzlich fragte, ob aus der Klasse jemand in der Musical-AG ist und sich für eine Rolle in »My Fair Lady« beworben hat, das im Herbst aufgeführt werden soll.

Etwas später sagte er dann mit dieser glucksenden Stimme, die er immer kriegt, wenn ihn irgendetwas begeistert: »Wisst ihr, wer eine ganz tolle Eliza Doolittle abgeben würde? Du, Mia.«

Ich wäre am liebsten auf der Stelle tot umgefallen. Klar, ich weiß schon, dass Mr. Gianini nur nett sein wollte – immerhin umwirbt er meine Mutter –, aber der Gedanke ist so was von *abwegig*. Erstens haben die ganzen Vorsprechen natürlich schon längst stattgefunden, und selbst wenn ich mich um eine Rolle hätte bewerben können (was ich aber nicht kann, weil ich nämlich in Mathe durchfalle – hallo, Mr.

Gianini, haben Sie das etwa vergessen?), wäre ich *nie* genommen worden und schon mal gleich gar nicht für eine HAUPTROLLE. Ich kann nicht singen. Ich kann ja kaum *sprechen*.

Nicht mal Lana Weinberger, die in der Junior Highschool immer alle Hauptrollen ergattert hat, bekam die Hauptrolle, sondern irgendeine aus der Elften. Lana spielt ein Hausmädchen, eine Zuschauerin bei den Pferderennen in Ascot und eine Nutte, die breitestes Cockney quakt. Lilly ist Inspizientin. Ihre Aufgabe besteht darin, zu Beginn und zum Ende der Pause die Lichter an- bzw. auszumachen.

Mr. Gianinis Kommentar hat mich so was von umgehauen, dass ich *kein Wort* mehr rausbrachte. Ich saß nur da und spürte, wie ich rot anlief. Bestimmt hat Lana deshalb in der Mittagspause, als ich und Lilly zu meinem Spind kamen, neben dem sie auf Josh wartete, so blöd vornehm genäselt: »Oh, hallo *Amelia*«, obwohl mich seit meiner Kindergartenzeit auf meinen ausdrücklichen Wunsch hin keiner mehr Amelia genannt hat (bis auf Grandmère).

Als ich mich vorbeugte, um den Geldbeutel aus meinem Rucksack zu kramen, hat Lana wohl einen guten Blick in meine Bluse werfen können, weil sie plötzlich rief: »Och, wie niedlich! Ich sehe gerade, dass wir immer noch keinen BH tragen. Aber vielleicht würden bei deiner Größe ja auch schon Heftpflaster reichen?«

Ich hätte bestimmt ausgeholt und ihr eine verpasst – na ja, vielleicht auch nicht, die Doktoren Moscovitz haben mir ja attestiert, dass ich Schwierigkeiten mit direkten Auseinandersetzungen hab –, wenn nicht *genau in diesem Moment* Josh Richter gekommen wäre. Mir war klar, dass er alles haarklein mitgekriegt hatte, aber er sagte nur zu Lilly: »Darf ich mal?«, weil sie vor seinem Spind stand und er nicht vorbeikam.

Ich wäre am liebsten zur Cafeteria runtergeschlichen und hätte die ganze Sache vergessen – das war echt genau das, was mir noch gefehlt hatte, dass jemand direkt vor Josh Richter meinen Mangel an Oberweite in die Welt raustrompetet! –, aber Lilly kann solche Sachen nie auf sich beruhen lassen. Sie lief knallrot an und fauchte Lana an: »Warum tust du uns nicht allen einen Gefallen, verkriechst dich irgendwo in einer Ecke und krepierst, Weinberger?«

Klar, dass niemand Lana Weinberger ungestraft vorschlägt, sich in einer Ecke zu verkriechen und zu krepieren. Und ich meine wirklich: niemand. Nicht, wenn man nicht will, dass der eigene Name in Verbindung mit fiesen Sprüchen kreuz und quer über die Wände vom Mädchenklo gekritzelt wird. Wobei das nicht so ein Drama wäre – da werden es ja wohl kaum irgendwelche Jungs zu sehen kriegen –, aber irgendwie ziehe ich persönlich es vor, dass mein Name nicht an allen Wänden steht.

Lilly sind solche Sachen voll egal. Sie ist zum Beispiel klein und pummelig und hat ein bisschen Ähnlichkeit mit einem Mops. Trotzdem ist ihr ihr Aussehen absolut schnuppe. Man muss sich das mal vorstellen, sie hat ihre eigene Fernsehsendung und da rufen die ganze Zeit irgendwelche Idioten an und sagen ihr, wie potthässlich sie sie finden, und fordern sie auf, ihr T-Shirt hochzuheben (sie ist nicht flachbrüstig, sie braucht schon Körbchengröße C), und sie lacht sich darüber nur halb kaputt. Lilly hat vor überhaupt nichts Angst.

Als Lana Weinberger auf Lilly losgehen wollte, nachdem die ihr vorgeschlagen hatte zu krepieren, schaute Lilly sie nur herausfordernd an und sagte: »Na los, beiß mich!«

Das Ganze hätte mit Leichtigkeit zu einem Mädchenringkampf ausarten können – immerhin hat Lilly keine einzige Folge von »Xena« verpasst und kann kickboxen wie ein

Champion –, wenn Josh Richter in dem Moment nicht seinen Spind zugeknallt und mit genervter Stimme erklärt hätte: »So. Ich bin weg.«

Plötzlich vergaß Lana alles andere, fetzte ihm hinterher und plärrte: »Josh, warte auf mich! Warte doch, Josh!«

Lilly und ich standen nur da und starrten uns ungläubig an. Ich kann es immer noch nicht glauben. Was sind das nur für Leute und warum bin ich dazu verdammt, Tag für Tag mit ihnen im selben Gebäude eingekerkert zu sein?

Hausaufgaben:

Mathe: Aufgaben 1–12, S. 79
Englisch: Referatthema
Erdkunde: Fragen vom Ende von Kap. 4
T & B: nichts
Franz: Verneinungssätze mit »avoir«, Lektion 1–3 lesen, rien plus
Biologie: nichts

B = {x|x ist eine ganze Zahl}
D = {2, 3, 4}
4ED
5ED
E = {x|x ist eine ganze Zahl, größer als 4, kleiner als 258}

Dienstag, 30. September

Gerade ist was echt Komisches passiert. Ich bin aus der Schule gekommen und meine Mutter war schon da (sonst ist sie unter der Woche den ganzen Tag im Atelier). Sie sah mich so ganz komisch an und sagte: »Wir müssen uns mal unterhalten.«

Da sie nicht mehr summte und auch nichts gekocht hatte, war mir sofort klar, dass es um etwas Ernstes geht.

Irgendwie hatte ich ja schon fast die Hoffnung, Grandmère sei gestorben, aber ich hab gespürt, dass es was Schlimmeres sein muss. Mir fiel sofort Fat Louie ein und ich kriegte gleich Panik, dass er vielleicht schon wieder eine Socke gefressen haben könnte. Das letzte Mal hat der Tierarzt tausend Dollar dafür genommen, sie ihm aus dem Dünndarm rauszuoperieren, und er ist einen vollen Monat lang mit komischem Gesicht rumgelaufen.

Fat Louie, meine ich, nicht der Tierarzt.

Aber es stellte sich heraus, dass es gar nicht um den Kater ging, sondern um meinen Vater. Dad hat nämlich deshalb die ganze Zeit angerufen, weil er uns informieren wollte, dass er wegen seinem Krebs jetzt offenbar keine Kinder mehr bekommen kann.

Krebs ist echt eine harte Sache. Aber zum Glück war der, den mein Vater hatte, heilbar. Die Ärzte mussten ihm nur die verkrebsten Teile rausschneiden und anschließend hat er dann eine Chemotherapie gemacht. Das ist jetzt ein Jahr her und bisher ist der Krebs nicht wiedergekommen.

Blöderweise war das Teil, das sie ihm rausschneiden mussten...

Iiihh, ich kann's nicht mal hinschreiben.

Also: sein *Hoden*.

WIE EKLIG!

Offenbar wird man mit ziemlich großer Wahrscheinlichkeit unfruchtbar, wenn man einen Hoden entfernt bekommt und danach Chemotherapie macht. Und Dad hat gerade erfahren, dass es bei ihm so ist.

Mom hat gesagt, die Nachricht hätte ihn ganz schön umgehauen. Sie meint, wir müssten jetzt sehr verständnisvoll mit ihm umgehen, weil bestimmte Dinge für Männer emotional total wichtig wären, und dazu gehöre eben, sich bezüglich ihrer Fertilität omnipotent zu fühlen.

Was ich an der Sache nicht verstehe: wozu das ganze Theater? Weshalb braucht er denn noch mehr Kinder? Er hat doch schon mich! Na gut, wir sehen uns nur in den Sommerferien und an Weihnachten, aber das reicht doch auch, oder etwa nicht? Er hat ja schließlich als Politiker in Genovia eine Menge zu tun. So einfach ist es auch nicht, dafür zu sorgen, dass ein ganzes Land reibungslos funktioniert, auch wenn es nur zwei Kilometer lang ist. Das Einzige, wofür er, neben mir, noch Zeit hat, sind seine Freundinnen. Er hat immer irgendeine neue Tussi, die um ihn rumscharwenzelt. Die nimmt er dann immer mit zu Grandmère nach Frankreich, wo wir die Sommerferien verbringen. Und wenn die die Swimmingpools und den Pferdestall und den künstlichen Wasserfall, die siebenundzwanzig Schlafzimmer, den Ballsaal, die Weinberge, den Gutshof und den Flugplatz sehen, sind sie jedes Mal total geplättet.

Und eine Woche später macht er Schluss mit ihnen.

Ich hatte ja keine Ahnung, dass er eine von denen *heiraten* und Kinder mit ihr zeugen wollte.

Mom hat er schließlich auch nie geheiratet. Zwar behauptet sie, das hätte nur daran gelegen, dass sie zu diesem Zeitpunkt nicht bereit gewesen wäre, sich den bourgeoisen Konventionen einer Gesellschaft unterzuordnen, die noch nicht einmal akzeptierte, dass Frauen Männern gleichgestellt sind, und ihr ihre Rechte als Individuum absprach – aber ich hatte immer den Verdacht, dass mein Vater sie womöglich gar nicht gefragt hat.

Jedenfalls hat Mom mir gesagt, dass Dad morgen hierher fliegt, um mit mir darüber zu reden. Ich verstehe nur nicht, *warum*. Ich meine, das Ganze hat doch gar nichts mit *mir* zu tun. Aber als ich Mom gefragt hab: »Und warum muss Dad extra von Genovia nach New York kommen, nur um mit mir darüber zu reden, dass er keine Kinder mehr kriegen kann?«, da hat sie so ein komisches Gesicht gezogen und den Mund aufgemacht, als wollte sie etwas sagen, nur hat sie es dann doch gelassen.

Alles, was sie sagte, war: »Das musst du deinen Vater fragen.«

Das heißt nichts Gutes. Mom sagt nur dann: »Frag deinen Vater«, wenn ich etwas wissen möchte, worüber sie nicht mit mir sprechen will, z. B. warum manche Leute ihre eigenen Kinder umbringen oder wieso Amerikaner eigentlich so viel rotes Fleisch essen und so viel weniger lesen als Isländer.

Wichtig: nachschauen, was *Fertilität, omnipotent* und *bourgeoise Konvention* bedeuten

Distributivgesetz:

$5x + 5y - 5$
$5(x + y - 1)$

Distributiv-was??? Unbedingt noch vor der Mathearbeit klären!!!

Mittwoch, 1. Oktober

Mein Vater ist da. Natürlich nicht hier bei uns im Loft. Eine Wohnung in einer Fabrik ist ihm nicht nobel genug. Er ist wie immer im Plaza abgestiegen – und ich soll morgen, wenn er »ausgeruht« ist, zu ihm. Mein Dad ruht sich viel aus, seit er Krebs gehabt hat. Er spielt auch nicht mehr Polo, aber ich glaube, das hat eher was damit zu tun, dass ihn einmal ein Pferd niedergetrampelt hat.

Ich hasse das Plaza. Als Dad das letzte Mal da gewohnt hat und ich ihn besuchen wollte, haben sie mich nicht reingelassen, weil ich kurze Hosen anhatte. Sie behaupteten, die Besitzerin vom Plaza wäre gerade da und die würde niemanden mit abgeschnittenen Kleidungsstücken in der Lobby ihres piekfeinen Hotels dulden. Ich musste Dad von der Rezeption aus anrufen und ihn bitten, mir eine lange Hose runterzubringen. Er hat nur gesagt, ich soll ihm mal den Empfangschef geben, und ein paar Sekunden später haben sich alle wie die Blöden bei mir entschuldigt. Und dann hab ich so einen Riesengeschenkkorb mit Früchten und Pralinen bekommen. Das war natürlich schon cool. Weil ich das Obst nicht mochte, hab ich den Korb dann auf dem Rückweg ins Village einem Obdachlosen geschenkt, der in der Subway saß. Aber ich glaub, der wollte das Obst auch nicht. Er hat nämlich alles weggeschmissen und nur den Korb behalten, den er sich dann als Hut aufgesetzt hat.

Ich hab Lilly erzählt, dass mein Dad gesagt hat, er kann keine Kinder mehr kriegen. Sie findet das sehr aufschlussreich. Man könne daran eindeutig ablesen, dass er seine Beziehung zu seinen eigenen Eltern noch nicht aufgearbeitet hätte. Ich hab nur gesagt: »Wundert dich das? Grandmère ist doch auch der volle *Drachen*.«

Lilly hat darauf hingewiesen, dass sie die Richtigkeit dieser Aussage nur schlecht beurteilen kann, da sie meine Großmutter noch nie zu Gesicht bekommen hat. Dabei bettle ich schon seit Jahren darum, sie mal nach Miragnac einladen zu dürfen, aber Grandmère winkt immer ab. Von jungen Leuten kriegt sie Migräne, behauptet sie.

Lilly hat gemutmaßt, dass mein Vater womöglich Angst davor hat, von seiner Jugend Abschied nehmen zu müssen, was für viele Männer gleichbedeutend mit Potenzverlust wäre.

Ich fand schon immer, dass Lilly eine Klasse überspringen sollte, aber sie sagt, sie sei gerne in der Neunten. Auf diese Weise habe sie noch vier volle Jahre Zeit, die Befindlichkeit der amerikanischen Jugend in der Ära nach Beendigung des Kalten Krieges zu beobachten.

Meine neuesten Vorsätze:

1. zu allen nett sein, egal ob ich ihn/sie mag oder nicht
2. nicht mehr ständig meine wahren Gefühle verleugnen
3. endlich dran denken, mein Matheheft einzupacken
4. meine Kommentare für mich behalten
5. keine Matheaufzeichnungen mehr ins Tagebuch schreiben

Die dritte Potenz von x heißt x^3 – negative Zahlen haben keine Quadratwurzel.

Aufzeichnungen aus T & B:

Ich halte das nicht mehr aus, Lilly. Wann verzieht sie sich endlich wieder ins Lehrerzimmer?

Vielleicht bleibt sie heute ganz da. Ich hab gehört, dass heute im Lehrerzimmer der Teppich gereinigt wird. O Gott, ist er nicht total SÜSS?

Wer soll süß sein?

BORIS!

Der ist doch nicht süß. Der ist abstoßend. Schau dir mal an, was er mit seinem Pulli gemacht hat. Wieso tut er das, frag ich mich?

Du bist so kleinlich.

Ich bin kein bisschen kleinlich. Trotzdem finde ich, dass irgendjemand ihn mal darüber aufklären sollte, dass man in Amerika den Pulli nicht in die Hose stopft.

Na und? Könnte doch sein, dass man es in Russland macht.

Wir sind hier aber nicht in Russland. Außerdem sollte ihm mal jemand sagen, dass er sich ein neues Stück suchen soll. Wenn ich mir dieses Requiem für den toten König Dingsbums noch ein einziges Mal anhören muss…

Du bist doch nur neidisch, weil Boris ein Musikgenie ist und du in Mathe durchfällst.

O Mann, Lilly. Bloß weil ich in Mathe durchfalle, bin ich noch lange nicht verblödet.

Okay, okay. Was ist heute eigentlich mit dir los?

Nichts!!!!!

Neigungswinkel: Gegeben ist eine gerade Pyramide, deren Grundfläche ein regelmäßiges Sechseck mit 4 cm Seitenlänge ist. Der Neigungswinkel der Seitenkanten gegen die Grundfläche beträgt 60°. Konstruiere die Körper- sowie eine Seitenhöhe in wahrer Größe.

Berechne den Neigungswinkel von Mr. Gs Nasenflügeln.

Donnerstag, 2. Oktober.
Damentoilette vom Plaza

Na gut.

Ich schätze, ich weiß jetzt, warum es meinen Vater so stresst, dass er keine Kinder mehr kriegen kann.

WEIL ER NÄMLICH EIN FÜRST IST!!!

Ich glaub, ich spinne! Wie lange dachten die eigentlich *so etwas* vor mir geheim halten zu können?

Wenn ich so darüber nachdenke, muss ich allerdings einräumen, dass es ihnen relativ lange gelungen ist.

Immerhin war ich ja selbst schon in Genovia. Das Haus meiner Großmutter, in dem ich die Sommerferien und meistens auch die Weihnachtsferien verbringe, heißt Miragnac und ist in Frankreich. Und zwar genau an der Grenze zu Genovia, das zwischen Frankreich und Italien liegt. Ich bin schon von klein auf in den Ferien immer in Miragnac gewesen. Meine Mutter war aber nie mit. Nur mein Vater. Meine Eltern haben auch nie zusammengelebt. Im Gegensatz zu einer Menge anderer Kinder in meinem Bekanntenkreis, die sich nichts sehnlicher wünschen, als dass ihre Eltern wieder zusammenkommen, bin ich mit dieser Lösung vollkommen glücklich. Meine Eltern haben sich schon vor meiner Geburt getrennt, gehen aber immer ziemlich friedlich miteinander um. Das heißt, wenn Dad nicht gerade seine Launen hat oder Mom wieder mal am Rad dreht, was schon mal vorkommen kann. Jedenfalls wäre es mit Sicherheit verdammt ungemütlich, wenn die zwei zusammenleben würden.

Nach Genovia nimmt mich meine Großmutter immer gegen Ende der Sommerferien zum Klamottenkaufen mit, wenn sie mich in meinen Latzhosen endgültig nicht mehr ertragen kann. Aber da hat mir nie jemand etwas davon gesagt, dass mein Vater ein FÜRST ist.

Mir fällt gerade ein – als ich vor zwei Jahren Informationen zu Genovia zusammensuchen musste, hab ich mir auch den Namen der fürstlichen Familie rausgeschrieben. Renaldo. Aber nicht mal da bin ich auf die Idee gekommen, dass *mein Vater* etwas damit zu tun haben könnte. Klar, ich weiß schon, dass er Phillipe Renaldo heißt, aber in dem Lexikon, in dem ich nachgeschaut hab, stand drin, der Name des Fürsten von Genovia sei Artur Christoff Phillipe Gerard Grimaldi Renaldo. Und das dazugehörige Foto muss echt uralt gewesen sein. Schon als ich zur Welt kam, hatte Dad keine Haare mehr (deshalb hat man ihm die Chemotherapie auch gar nicht angesehen, er war ja vorher schon fast kahl). Auf dem Bild, das den Fürsten von Genovia zeigte, war aber ein Kerl mit *einer ganzen Menge Haar* drauf, der Koteletten und noch dazu einen Schnauzbart hatte. Jetzt kann ich schon irgendwie verstehen, dass Mom im College auf ihn geflogen ist. Er sah gar nicht mal so übel aus.

Aber dass er ein FÜRST ist? Von einem ganzen LAND? Klar, ich wusste, dass er Politiker ist, und natürlich auch, dass er Geld hat – man muss sich nur mal überlegen, wie viele der Eltern meiner Mitschüler ein Sommerhaus in Frankreich besitzen. Klar gibt's manche, die eins auf Martha's Vineyard haben, wo auch der Präsident Ferien macht, aber in *Frankreich* bestimmt nicht. O Mann, darauf, dass er FÜRST ist, wäre ich echt nie gekommen! Was mich jetzt natürlich interessiert, ist: Wozu muss ich eigentlich Mathe lernen, wenn mein Vater FÜRST ist?

Das meine ich ganz ernst.

Ich glaub nicht, dass es eine so gute Idee von Dad war, mir ausgerechnet im Palm Court, dem Teesalon im Wintergarten vom Plaza, zu beichten, dass er Fürst ist. Es begann schon mal damit, dass es beinahe eine Fortsetzung des Shortszwischenfalls gegeben hätte. Der Türsteher wollte mich zuerst gar nicht reinlassen. Und zwar mit der Begründung: »Minderjährige ohne Begleitung von Erwachsenen haben keinen Zutritt.« Wenn das wahr wäre, dann hätten sie »Kevin allein in New York« ja wohl nie dort drehen können, oder?

Ich sagte: »Aber ich bin mit meinem Vater verabredet...«

»Keine Minderjährigen«, wiederholte der Türsteher ungerührt, »ohne Erwachsenenbegleitung.«

Das fand ich voll ungerecht. Dabei hatte ich noch nicht mal Shorts an, sondern meine Albert-Einstein-Schuluniform. Das heißt: Faltenrock, Kniestrümpfe, das ganze Programm eben. Na gut, ich hatte meine Doc-Martens-Springerstiefel an, aber das kann es ja wohl nicht gewesen sein. Ich sah praktisch aus wie dieses kleine Mädchen, Eloise, aus dem berühmten Kinderbuch, und die hat sich im Plaza aufführen können, als wäre sie die Besitzerin.

Nachdem ich ungefähr eine halbe Stunde lang vor ihm gestanden und die ganze Zeit gesagt hatte: »Aber mein Vater... aber mein Vater... aber mein Vater«, kam der Empfangschef zu mir rüber und meinte: »Dann verrate uns doch mal, wer dein Vater ist, junge Dame?«

Als ich seinen Namen sagte, haben sie mich sofort reingelassen. Jetzt ist mir natürlich klar, dass das deswegen war, weil sogar die vom Hotel wussten, dass er Fürst ist. Nur seiner eigenen Tochter, der sagt natürlich keiner was!

Dad saß schon an einem Tisch im Palm Court. Teatime im

Plaza gilt unter New-York-Besuchern ja als absolutes Muss. Überall hockten deutsche Touristen rum und lichteten sich gegenseitig beim Törtchenfressen ab. Als kleines Mädchen war Tee im Plaza für mich auch immer das Größte, und weil Dad nicht kapieren will, dass man mit vierzehn kein kleines Mädchen mehr ist, verabreden wir uns immer noch dort, wenn er in der Stadt ist. Obwohl wir natürlich auch andere Sachen unternehmen. Zum Beispiel gehen wir jedes Mal in »Die Schöne und das Biest« am Broadway. Ich finde, das ist das beste Musical aller Zeiten. Mir ist es total egal, was Lilly über Walt Disneys frauenfeindliche Tendenzen sagt, ich hab es schon siebenmal angeschaut.

Mein Vater auch. Seine Lieblingsstelle ist die mit den tanzenden Gabeln.

Jedenfalls saßen wir vor unseren Teetassen, als er plötzlich anfängt, mir mit dieser todernsten Stimme zu erklären, dass er der Fürst von Genovia ist, worauf etwas Furchtbares passiert.

Ich kriege Schluckauf.

Das passiert mir immer, wenn ich was Heißes trinke und dazu Brot esse. Ich hab keine Ahnung, wieso. Im Plaza hab ich aber noch nie einen Schluckauf bekommen. Er fing an, als mein Vater auf einmal zu mir sagte: »Ich möchte, dass du die Wahrheit erfährst, Mia. Inzwischen bist du ja alt genug, und da ich keine Kinder mehr bekommen kann, ist dein eigenes Leben massiv davon betroffen. Deshalb finde ich es nur richtig, dich davon in Kenntnis zu setzen, dass ich Fürst von Genovia bin.«

Ich starrte ihn an. »Echt wahr, Dad?« Hicks.

»Deine Mutter war immer der Meinung, es sei nicht notwendig, es dir zu sagen, und ich habe ihr zugestimmt. Du musst wissen, dass ich eine sehr ... nun ja, *unerquickliche* Kindheit hatte.«

Das glaubte ich ihm sofort. Das Leben mit Grandmère war ganz bestimmt *très horrible*, hicks.

»Ich war wie deine Mutter der Ansicht, dass ein Palast kein Ort ist, um ein Kind großzuziehen.« Und an diesem Punkt senkte er die Stimme, wie immer, wenn es zum Beispiel darum geht, dass ich Vegetarierin bin, oder wenn wir über meine Mutter sprechen. »Selbstverständlich konnte ich damals nicht ahnen, dass sie dich in einer Fabriketage in der Künstlerboheme von Greenwich Village großziehen würde, aber ich bin gern bereit zuzugeben, dass dir das nicht geschadet zu haben scheint. Ja, ich könnte mir sogar vorstellen, dass jemand, der in Manhattan aufwächst, eine gesunde Portion Misstrauen gegenüber den Menschen im Allgemeinen entwickelt...«

Hicks. Und dabei kennt er noch nicht mal *Lana Weinberger.*

»...das sich bei mir erst im College herausgebildet hat und worin meiner Ansicht nach auch der Grund dafür zu suchen ist, dass ich doch gewisse Schwierigkeiten habe, enge persönliche Bindungen zu Frauen...«

Hicks.

»Ich will, dass du weißt, dass deine Mutter und ich lediglich dein Wohl im Auge hatten, als wir uns entschlossen, dir nichts zu sagen. Wir hätten nie damit gerechnet, dass die Umstände dich eines Tages zur Thronfolgerin machen würden. Als du zur Welt kamst, war ich erst fünfundzwanzig. Ich rechnete sicher damit, dass ich eine andere Frau kennen lernen, sie heiraten und weitere Kinder bekommen würde. Aber das ist ja nun leider nicht mehr möglich. Und das macht dich, Mia, zur Erbin des Thrones von Genovia.«

Ich musste wieder hicksen. Der Schluckauf wurde mir allmählich peinlich. Meine Hickser hörten sich nicht besonders damenhaft an. Sie gingen mir durch und durch und katapultierten mich aus meinem Sessel in die Luft, als wäre ich eine Art Riesenfrosch. Und laut waren sie auch. *Richtig* laut. Die deutschen Touristen starrten immer wieder zu mir rüber und kicherten. Mir war schon klar, dass das, was mein Vater da sagte, eine superernste Angelegenheit war, aber ich konnte einfach nichts dagegen tun. Ich hickste immer weiter! Deshalb versuchte ich, die Luft anzuhalten und bis dreißig zu zählen – ich war erst bei zehn angelangt, als ich schon wieder hicksen musste. Ich legte mir einen Zuckerwürfel auf die Zunge und ließ ihn langsam zergehen. Zwecklos. Ich versuchte sogar, mich selbst zu erschrecken, und stellte mir meine Mom und Mr. Gianini beim heftigen Küssen mit Zungenkontakt vor, aber noch nicht mal das funktionierte.

Irgendwann meinte Dad dann: »Mia? Mia? Hörst du mir zu? Hast du begriffen, was ich dir gerade gesagt habe?«

Ich antwortete: »Dad, könntest du mich bitte einen Moment entschuldigen?«

Er verzog zwar das Gesicht, als hätte er Magenschmerzen oder so, und ließ sich resigniert in seinen Sessel zurücksinken, sagte dann aber: »Ja sicher, geh nur«, und drückte mir fünf Dollar für die Klofrau in die Hand, die ich aber natürlich selbst behalten werde. Fünf Dollar für die Klofrau! Und ich krieg nur zehn Dollar Taschengeld pro Woche!

Also eins muss man dem Plaza echt lassen: Die haben mit Abstand das schönste Damenklo in ganz Manhattan. Alles ist rosa und überall hängen Spiegel und es stehen so kleine Sofas rum, auf die man sich sinken lassen kann, falls man von seiner eigenen Schönheit so hingerissen ist, dass man den Drang verspürt, in Ohnmacht zu fallen. Jedenfalls bin ich, wie eine Bescheuerte hicksend, reingeplatzt und wurde von den ganzen aufgedonnerten Madams mit ihren aufgeplusterten Frisuren empört angeschaut. Wahrscheinlich ist ihnen bei meinem Anblick vor Schreck der Konturenstift aus der Hand gefallen oder so.

Ich hab mich sofort in eine der Kabinen verzogen, in denen sich außer einer Kloschüssel noch ein Privatwaschbecken mit riesigem Spiegel befindet und ein Schminktisch mit so einem Minihocker, von dem Troddeln hängen. Auf den hab ich mich gesetzt und mich darauf konzentriert, dass der Schluckauf endlich weggeht. Ich hab mir noch mal durch den Kopf gehen lassen, was Dad mir gerade eröffnet hat.

Dass er der Fürst von Genovia ist.

Jetzt wird mir plötzlich einiges klar. Zum Beispiel, warum ich, wenn ich nach Frankreich fliege, in New York ganz normal mit allen anderen ins Flugzeug steige, aber bei der Ankunft vor den übrigen Passagieren aus der Maschine geleitet und dann in einer Limousine nach Miragnac gefahren werde, wo mein Vater mich erwartet.

Und ich hab immer angenommen, dass das so eine Art Sonderservice für Vielflieger wäre.

Aber wahrscheinlich machen die das, weil er der Fürst von Genovia ist.

Oder dass Grandmère immer außerhalb der Öffnungszeiten mit mir in Genovia einkaufen geht. Sie ruft einfach vorher in den Geschäften an, damit wir reingelassen werden. Bisher hat sich noch niemand geweigert. Wenn Mom dasselbe bei uns in Manhattan probieren würde, würden sich die Verkäufer bei Gap vor Lachen am Boden wälzen.

Mir fällt ein, dass wir in Miragnac nie im Restaurant essen. Wir speisen immer im Château oder manchmal auch im Nachbarschloss Mirabeau, das diesen unsympathischen Engländern gehört, deren schnöselige Kinder immer extrem britische Sachen sagen, wie: »Das ist in der Tat grotesk!«, und: »Du bist ein verabscheuenswertes Arschloch!« Sie haben eine Tochter, Nicole, mit der ich mich ein bisschen angefreundet hatte, bis sie mir dann eines Abends gestand, dass sie mit einem Jungen Flaschendrehen gespielt hätte, und ich keine Ahnung hatte, was gemeint war. Ich war zwar damals erst elf, aber das ist keine Entschuldigung, weil sie auch nicht älter war. Ich nahm an, Flaschendrehen wäre eine dieser rätselhaften englischen Traditionen, die ich nicht verstehe – so, wie mir überhaupt viele englische Sachen ein Rätsel sind. Zum Beispiel »Puddings« aus Fleisch, oder dass sie auf der falschen Straßenseite fahren. Deshalb erwähnte ich das mit dem Flaschendrehen auch in aller Unschuld beim Essen vor Ni-coles Eltern und wurde von da an von allen Kindern geschnitten.

Mich würde mal interessieren, ob die Engländer wissen, dass mein Vater der Fürst von Genovia ist. Wetten, dass? O Gott, die müssen mich echt für geistig zurückgeblieben gehalten haben oder so.

Die wenigsten Leute kennen Genovia. Als wir in der Siebten die Länder in Europa durchgenommen haben, hatten die anderen aus meiner Klasse jedenfalls noch nie davon gehört. Meine Mutter kannte es übrigens auch nicht, bevor sie meinem Vater begegnet ist. Es gibt nicht einen einzigen Genovesen, der je berühmt geworden wäre, der eine großartige Erfindung gemacht, ein Buch geschrieben hätte oder Filmstar geworden wäre. Viele Genovesen haben wie mein Großvater im Zweiten Weltkrieg gegen die Nazis gekämpft, aber abgesehen davon gibt es nichts, wofür sie bekannt wären.

Die Leute, die Genovia kennen, fahren trotzdem gern hin, weil es nämlich so schön ist. Dort scheint beinahe das ganze Jahr über die Sonne und es liegt vor den schneebedeckten Gipfeln der Alpen und zur anderen Seite hin erstreckt sich das strahlend blaue Mittelmeer. Es gibt eine Menge Hügel, von denen einige so steil sind wie die in San Francisco, und die meisten sind mit Olivenbäumen bewachsen. Das wichtigste Exportprodukt aus Genovia, das weiß ich noch von der Hausaufgabe damals, ist Olivenöl. Und zwar das der allerteuersten Sorte, sagt Mom, das man nur für die leckersten Salatsoßen verwendet.

Und dann steht dort natürlich auch der Palast. Er ist ziemlich berühmt, weil mal ein Hollywood-Film darin gedreht wurde. Einer über die drei Musketiere. Ich war zwar noch nie drin im Palast, bin aber mit Grandmère schon ein paar Mal vorbeigefahren. Da sind überall Türmchen dran und Bögen und so.

Merkwürdig, dass Grandmère dabei nie erwähnt hat, dass sie mal darin gewohnt hat.

Mein Schluckauf ist weg. Ich glaub, jetzt kann ich unbesorgt wieder zu Dad zurück.

Ich hab mir überlegt, dass ich der Klofrau doch einen Dollar gebe, obwohl ich nicht mal richtig auf dem Klo war. Was soll's, ich kann es mir ja leisten: Mein Vater ist ein Fürst!

Immer noch Donnerstag, etwas später. Pinguinhaus im Zoo vom Central Park

Ich bin so was von total geschockt, dass ich kaum schreiben kann, außerdem werde ich die ganze Zeit von irgendwelchen Leuten angerempelt und das Licht ist ganz schön schummrig hier drin, aber das ist nebensächlich. Ich muss unbedingt jetzt gleich ganz genau aufschreiben, was passiert ist, sonst wache ich morgen früh nämlich auf und denke, dass das alles bloß ein Albtraum war.

Es war aber kein Albtraum. Es war ABSOLUTE REALITÄT.

Also eins ist klar. Das erzähl ich niemandem, noch nicht mal Lilly. Die würde das nie verstehen. Das würde *niemand* verstehen. Weil niemand, den ich kenne, jemals in so einer Situation war. Niemand ist eines Tages ganz normal ins Bett gegangen und am nächsten Morgen aufgestanden und musste dann feststellen, dass er auf einmal jemand ganz anderer war!

Als ich vorhin nach meinem Hicksanfall vom Klo an unseren Tisch zurückkam, fiel mir auf, dass die deutschen Touristen weg waren und dafür Japaner um uns rum saßen. Das war schon besser, weil sie wesentlich leiser waren. Dad sprach gerade ins Handy, als ich mich wieder setzte. Ich merkte sofort, dass er mit Mom redete. Wenn er mit ihr spricht, hat er immer so einen ganz bestimmten Gesichtsausdruck. »Ja«, sagte er zu Mom. »Ja, ich habe es ihr erklärt. Nein, sie scheint es mit Fassung zu tragen.« Er musterte mich. »Du trägst es doch mit Fassung?«

Ich sagte: »Ja.« Zu diesem Zeitpunkt war ich auch noch gefasst – *noch*.

Er sagte ins Telefon: »Sie sagt Ja.« Er lauschte eine Weile in den Hörer und sah mich dann wieder an. »Möchtest du, dass deine Mutter herkommt und mir hilft, dir alles zu erklären?«

Ich schüttelte den Kopf. »Nein, nicht nötig. Sie muss doch an dem Bild für die Kelly Tate Gallery weiterarbeiten. Die wollen es bis zum nächsten Dienstag haben.«

Dad leitete meine Antwort an Mom weiter. Ich hörte, wie sie etwas zurückbrummte. Sie wird immer muffelig, wenn ich sie an die Abgabetermine irgendwelcher Bilder erinnere. Meine Mutter wartet lieber darauf, von der Muse geküsst zu werden. Weil Dad die meisten unserer Rechnungen zahlt, ist das in der Regel kein Problem, aber besonders verantwortungsbewusst finde ich dieses Verhalten für eine Erwachsene nicht gerade, auch wenn sie Künstlerin ist. Ich schwöre, falls ich jemals eine von Moms Musen zwischen die Finger kriege, mache ich ihr anständig Feuer unterm Hintern.

Irgendwann legte Dad dann auf und sah mich an. »Und, geht's wieder?«, erkundigte er sich.

Mein Schluckauf schien ihm wohl doch nicht entgangen zu sein.

»Geht wieder«, versicherte ich ihm.

»Hast du denn begriffen, was ich dir gesagt habe, Mia?«

Ich nickte. »Ja. Du bist der Fürst von Genovia.«

»Ja...«, sagte er zögernd, als wäre das noch nicht alles.

Ich wusste nicht, was ich noch sagen sollte. Also versuchte ich es damit: »Grandpère war dann wahrscheinlich vor dir der Fürst von Genovia?«

Er sagte: »Ja...«

»Dann ist Grandmère also die... was?«

»Die Fürstinmutter.«

Ich zuckte zusammen. Aha. Deshalb war Grandmère also so ein herrschsüchtiger Drachen.

Dad konnte sehen, dass ich nicht mehr weiterwusste. Trotzdem schaute er mich weiter erwartungsvoll an. Ich hoffte, er würde mich bald erlösen, und lächelte ihn eine Weile unschuldig an.

Als nichts passierte, rutschte ich in meinem Sessel ein Stück vor und sagte: »Okay, und?«

Er sah enttäuscht aus. »Mia, kannst du dir das nicht denken?«

Ich legte mein Kinn auf die Tischplatte. Eigentlich schickt sich so was im Plaza nicht, aber Ivana Trump, die Besitzerin, war nicht da und konnte sich auch nicht beschweren. »Nein…«, sagte ich. »Was soll ich mir denn denken können?«

»Du bist nicht mehr Mia Thermopolis, Liebes«, verkündete er.

Da ich ein uneheliches Kind bin und meine Mutter nichts davon hielt, den Kult um das Patriarchat auch noch zu unterstützen, hat sie mir ihren Familiennamen gegeben und nicht den von Dad.

Ich hob den Kopf wieder. »Nicht?«, fragte ich und blinzelte ihn erstaunt an. »Wer bin ich denn dann?«

Da sagte er mit so einer betrübten Stimme: »Ab jetzt bist du Amelia Mignonette Grimaldi Thermopolis Renaldo, Prinzessin von Genovia.«

Na gut.

WIE BITTE? PRINZESSIN?? ICH???

Ja, klar.

Aber ich hab ihm gleich bewiesen, dass ich *keine* Prinzessin bin. Ich bin sogar so was von *keiner* Prinzessin, dass ich in dem Moment, in dem Dad mir eröffnete, dass ich eine sei, total zu weinen anfing. In einem riesigen, vergoldeten

Spiegel an der gegenüberliegenden Wand konnte ich mich sehen. Mein Gesicht wurde ganz fleckig rot, wie im Sport, wenn ich beim Brennball getroffen werde. Ich guckte mir mein Gesicht in dem großen Spiegel an und fragte mich: Sieht *so* etwa eine Prinzessin aus?

Die Antwort konnte ich mir selbst geben. Es gibt ja wohl kaum jemanden, der *weniger* nach Prinzessin aussieht als ich: zum Beispiel meine bescheuerten Haare, die nicht richtig glatt, aber auch nicht richtig gelockt sind. Sobald sie länger werden, stehen sie pyramidenförmig von meinem Kopf ab, sodass ich sie kurz tragen muss, weil ich sonst aussehe wie ein lebendiges Vorfahrtsschild. Außerdem sind sie weder blond noch braun, sondern irgendwas dazwischen, also das, was man als mausbraun oder straßenköterblond bezeichnet. Sehr apart, was? Und dann hab ich noch einen Mund wie ein Breitmaulfrosch, null Busen, dafür aber Füße wie Langlaufskier. Lilly sagt, das einzig Attraktive an mir wären meine grau-blauen Augen, die in diesem Moment aber ganz rot und verquollen waren, weil ich versuchte nicht zu weinen.

Also, *ich* hab noch keine Prinzessin gesehen, die geweint hat.

Mein Vater streckte seinen Arm aus und tätschelte mir den Handrücken. Ich hab ihn ja echt lieb, aber er hat wirklich null Ahnung. Er versicherte mir die ganze Zeit, wie Leid es ihm täte, und ich konnte darauf gar nichts antworten, weil ich Angst hatte, dann noch mehr weinen zu müssen. Er beteuerte immer wieder, dass das doch gar nicht so schlimm sei, dass es mir sicher gefallen würde, bei ihm in Genovia im Palast zu wohnen, und dass ich, sooft ich wollte, nach New York fliegen könne, um meine kleinen Freundinnen zu besuchen.

Und da bin ich ausgeflippt.

Ich bin also nicht nur Prinzessin, sondern soll jetzt auch noch UMZIEHEN???

Ich hab schlagartig aufgehört zu weinen. Und zwar, weil ich sauer wurde. Stinksauer. Normalerweise passiert mir das nicht so oft, weil ich ja Angst vor Auseinandersetzungen hab und so, aber wenn ich mal sauer werde, bringt man sich besser schleunigst in Sicherheit.

»Ich ziehe NICHT nach Genovia!«, sagte ich mit sehr lauter Stimme. Wie laut, wurde mir klar, als sämtliche japanischen Touris sich schlagartig umdrehten, mich anstarrten und zu tuscheln begannen.

Mein Vater sah ziemlich erschrocken aus. Es ist schon Jahre her, dass ich ihn so angebrüllt hatte. Das letzte Mal war, als er und Grandmère mich zwingen wollten, *foie gras* zu probieren. Mir ist es schnurzpiepe, ob das in Frankreich eine Delikatesse ist oder nicht, ich esse nichts, was mal rumgewatschelt ist und geschnattert hat.

»Aber, Mia«, versuchte es mein Vater in seinem »Lass-uns-wie-Erwachsene-miteinander-reden«-Tonfall. »Ich dachte, du hättest verstanden...«

»Alles, was ich verstanden hab«, schleuderte ich ihm entgegen, »ist, dass du mich mein ganzes Leben lang *belogen* hast. Wie kommst du darauf, dass ich ausgerechnet bei *dir* wohnen will?«

Ja, ich weiß. Ich hab mich so theatralisch aufgeführt, als wäre ich direkt einer »Party-of-Five«-Folge entsprungen, und ich muss leider zugeben, dass ich in dem Stil weitermachte. Ich sprang nämlich auf – wobei der schwere vergoldete Sessel umkippte – und stürmte nach draußen. Auf dem Weg hätte ich beinahe noch den versnobten Türsteher umgerannt.

Ich glaub, mein Vater ist mir noch nachgelaufen, aber ich kann ziemlich schnell sein, wenn ich will. Mr. Wheeton versucht mich immer zu überreden, in die Leichtathletikmannschaft einzusteigen, aber das kann er sich abschminken, weil ich es bescheuert finde, ohne jeden Grund zu rennen. Und irgendeine alberne Nummer auf dem Rücken ist – für mich jedenfalls – kein ausreichender Grund.

Ich bin die Straße runtergesprintet, vorbei an den blöden Touripferdekutschen, dem Riesenbrunnen mit den Goldstatuen drin und durch das Gedränge vor dem Spielzeuggeschäft F. A. O. Schwarz direkt in den Central Park rein, obwohl es da schon anfing, kalt, dunkel und unheimlich zu werden, aber das war mir egal. Ich war mir sicher, dass niemand ein rennendes 1,77 m großes Mädchen in Springerstiefeln angreifen würde, auf dessen Riesenrucksack Aufkleber mit der Aufschrift SPENDET FÜR GREENPEACE und ICH BREMSE FÜR TIERE klebten. Niemand legt sich mit einem Mädchen in Springerstiefeln an, erst recht nicht, wenn es außerdem noch Vegetarierin ist.

Irgendwann war ich dann erschöpft und hab mir überlegt, wo ich hingehen könnte. Nach Hause wollte ich auf gar keinen Fall. Zu Lilly konnte ich auch nicht. Sie verurteilt jegliche Form von Regierungssystem vehement, bei dem die Macht nicht direkt vom Volk ausgeht oder wenigstens gewählten Vertretern übertragen wird. Sie sagt, sobald die Macht in den Händen eines Einzelnen liege, der das Recht zu herrschen durch Erbfolge erworben hat, seien die Grundsätze der sozialen Gleichheit und der Achtung vor dem Individuum innerhalb der Gemeinschaft unwiederbringlich verloren. Deshalb werde die Regierungsgewalt heutzutage in der Regel auch nicht mehr von Monarchen, sondern von gewählten Parlamentariern ausgeübt, wodurch Personen königlichen Geblüts wie Queen Elizabeth zu bloßen Symbolen der nationalen Einheit degradiert worden seien.

Jedenfalls hat sie das neulich in ihrem Sozialkundereferat so formuliert.

Im Grunde bin ich ja Lillys Meinung, besonders, was Prinz Charles betrifft – der hat Diana wirklich wie den letzten Dreck behandelt –, aber mein Vater ist anders. Gut, er spielt Polo und so, aber er würde zum Beispiel nicht mal im Traum daran denken, seine parlamentslosen Untertanen zu zwingen, Steuern zu zahlen, wie damals die Engländer uns, worauf es dann ja auch zur amerikanischen Revolution und letztendlich zu unserer Unabhängigkeit gekommen ist.

Trotzdem bin ich mir ziemlich sicher, dass Lilly sich auch dadurch nicht umstimmen lassen wird, dass die Leute in Genovia keine Steuern zahlen müssen.

Bestimmt hat Dad gleich bei Mom angerufen, die sich wahnsinnig Sorgen machen wird. Ich hab jedes Mal ein tierisch schlechtes Gewissen, wenn Mom sich um mich sorgt. Sie ist zwar selbst manchmal ziemlich unzuverlässig, aber nur, was das Rechnungenbezahlen oder Einkaufen anbelangt. Wenn es um wichtige Sachen geht, kann ich mich total auf sie verlassen. Ich kenne zum Beispiel Eltern, die schon mal vergessen, ihren Kindern genug Kleingeld für die Subway zu geben. Und umgekehrt gibt es an der Schule welche, die behaupten, sie würden zu Freunden gehen, aber dann in irgendwelchen Klubs rumhängen und saufen und ihre Eltern kriegen das nie raus, weil sie nicht mal bei den Eltern der Freunde anrufen und nachfragen, ob das alles so stimmt.

Bei Mom wäre so was undenkbar. Sie prüft *immer* alles nach.

Ich weiß schon, dass es ihr gegenüber unfair ist, einfach so wegzurennen. Klar macht sie sich Sorgen. Was Dad davon hält, ist mir ziemlich egal. Den hasse ich inzwischen richtig.

Ich musste eben einfach eine Weile allein sein. Ist doch wohl normal, dass man ein bisschen Zeit braucht, um sich an den Gedanken zu gewöhnen, auf einmal eine Prinzessin zu sein. Es kann ja durchaus manche Mädchen geben, die das gut fänden – aber zu denen gehöre ich nicht. Dieses ganze Mädchengetue war noch nie mein Ding: sich schminken, Seidenstrumpfhosen tragen und so. Klar, wenn es sein muss, mach ich das schon, aber ohne fühle ich mich doch wohler.

Viel, viel wohler.

Jedenfalls irrte ich vorhin so rum und stand plötzlich ganz von selbst vor dem Zoo.

Ich liebe den Zoo im Central Park. Schon als kleines Kind bin ich unheimlich gerne hierher gekommen. Er ist viel besser als der in der Bronx, weil er so schön klein und gemütlich ist. Die Tiere sind auch viel freundlicher, besonders die Seehunde und die Eisbären. Eisbären finde ich sowieso genial. Hier im Zoo gibt es einen Eisbären, der früher den ganzen Tag nichts anderes gemacht hat, als sich den Rücken zu scheuern. Ungelogen! Er war sogar mal in den Nachrichten, weil so ein Tierpsychologe gesagt hat, das sei ein Symptom dafür, dass er unter zu großem Stress steht. Es muss nervig sein, wenn man den ganzen Tag von Leuten angeglotzt wird. Aber dann haben sie ihm ein paar Spielsachen besorgt und seitdem ist alles okay. Er hockt entspannt in seinem Gehege – im Zoo vom Central Park gibt es keine Käfige, sondern nur Gehege – und glotzt die Leute an, die ihn anglotzen. Manchmal hält er dabei einen Ball in den Pfoten. Ich liebe diesen Bären echt total.

Deshalb hab ich vorhin, nachdem ich meine zwei Dollar Eintritt gelöhnt hatte – das ist die andere gute Sache an diesem Zoo, er ist billig –, kurz bei dem Eisbären vorbeigeschaut. Ich hatte das Gefühl, es ging ihm ganz gut. Viel besser als mir jedenfalls. Na ja, *sein* Vater hat ihm ja auch nicht gerade mitgeteilt, dass er der Thronfolger von Was-weiß-ich-was ist. Ich möchte mal wissen, wo dieser Eisbär überhaupt herkommt. Hoffentlich aus Island.

Nach einer Weile wurde es mir vor dem Eisbärengehege zu voll und ich bin ins Pinguinhaus rüber. Hier stinkt es zwar ein bisschen, aber es ist total nett. Durch so kleine Fenster in der Wand kann man die Pinguine unter Wasser beim Schwimmen beobachten oder zusehen, wie sie die Felsen raufschlittern und sich pinguinmäßig amüsieren. Die kleinen Kinder legen ihre Patschhändchen ans Glas und kreischen los, sobald ein Pinguin auf sie zuschwimmt. Ich könnte mich jedes Mal totlachen. Hier steht auch eine Bank, auf der ich gerade sitze und schreibe. Nach einer Weile gewöhnt man sich sogar an den Gestank. Na ja, man gewöhnt sich mit der Zeit wahrscheinlich an alles.

O Gott, was hab ich denn da geschrieben?! Ich gewöhne mich garantiert NIE daran, Prinzessin Amelia Renaldo zu sein! Ich weiß noch nicht mal, wer das sein soll! Das klingt nach einer bescheuerten Kosmetikmarke oder einer Heldin aus einem Disneyfilm, die von ihrer Familie getrennt wurde und ihr Gedächtnis verloren hat.

Was soll ich denn jetzt machen? Ich kann AUF KEINEN FALL nach Genovia ziehen. Auf keinen Fall!! Wer würde sich denn um Fat Louie kümmern? Meine Mutter jedenfalls nicht. Die vergisst ja schon, sich um ihr eigenes Futter zu kümmern, geschweige denn um das für den *Kater*.

Außerdem bin ich mir ganz sicher, dass die mir nicht erlauben würden, einen Kater im Palast zu halten. Jedenfalls keinen wie Louie, der über dreizehn Kilo wiegt und Socken frisst. Er würde die ganzen Hofdamen zu Tode erschrecken.

O Gott. *Was soll ich nur machen?*

Wenn Lana Weinberger das rauskriegt, lass ich mich begraben.

Donnerstag, noch später

Klar konnte ich mich nicht für immer und ewig im Pinguinhaus verstecken. Irgendwann ging das Licht aus und sie machten eine Durchsage, der Zoo würde für heute schließen. Ich steckte mein Tagebuch in den Rucksack und ging mit den anderen nach draußen. Dann fuhr ich mit dem Bus nach Hause und war mir ganz sicher, dass ich zu Hause RIESENSTRESS mit Mom bekommen würde. Ich hätte allerdings nie damit gerechnet, dass ich mit beiden Elternteilen gleichzeitig Stress bekommen würde. Das war eine echte Premiere.

»Wo hast du denn gesteckt?«, fragte Mom. Sie saß mit Dad am Küchentisch. Das Telefon lag zwischen ihnen.

Dad sagte genau zur selben Zeit: »Wir haben uns zu Tode gesorgt!«

Ich rechnete eigentlich damit, zum allerlängsten Hausarrest meines Lebens verdonnert zu werden, aber sie wollten bloß wissen, ob es mir gut geht. Ich versicherte ihnen, dass es mir gut ginge, und entschuldigte mich dafür, mich so hysterisch aufgeführt zu haben wie Jennifer Love-Hewitt in der Serie »Party of Five«. Ich sagte ihnen, dass ich ein bisschen Zeit für mich gebraucht hätte.

Ich hatte echt Schiss, dass sie in Stereo auf mich einbrüllen würden, aber sie blieben total friedlich. Mom versuchte mich dazu zu bringen, eine Schüssel japanische Fertigsuppe zu essen, aber ich hab mich geweigert, weil sie mit Rinderbrühe gemacht war. Dad bot an, seinen Fahrer zu Nobu zu schicken – das ist dieses megateure japanische Restaurant, das Robert de Niro eröffnet hat –, um eine Portion gegrillten Zackenbarsch holen zu lassen, aber ich sagte: »Echt Dad. Ich will nur ins Bett.« Dann legte Mom ihre Hand auf meine Stirn, weil sie dachte, ich wäre vielleicht krank, und da schossen mir gleich wieder die Tränen in die Augen. Ich glaube, Dad kannte meinen Gesichtsausdruck schon vom Plaza, weil er auf einmal sagte: »Lass sie einfach, Helen.«

Zu meiner Überraschung ließ sie mich wirklich in Ruhe. Ich schloss mich ins Bad ein und badete ausgiebig, zog meinen Lieblingsschlafanzug an – den roten aus Flanell –, suchte Fat Louie, der sich unter dem Futonklappsofa versteckt hatte (er mag Dad nicht so), und ging ins Bett.

Jetzt unterhalten Dad und Mom sich schon seit Stunden in der Küche. Seine Stimme klingt wie entferntes Donnergrollen und erinnert mich irgendwie an die von Captain Picard aus »Star Trek – Raumschiff Voyager«.

Bei genauerem Nachdenken muss ich sagen, dass Dad eine Menge mit Captain Picard gemeinsam hat. Beide sind weiß, kahlköpfig und Anführer einer kleinen Gruppe von Menschen.

Der Unterschied ist nur, dass Captain Picard am Ende jeder Folge dafür sorgt, dass alles gut ausgeht, wohingegen ich irgendwie meine Zweifel hab, ob für mich am Ende auch alles gut wird.

Freitag, 3. Oktober.
Klassenzimmer

Als ich heute Morgen wach wurde, gurrten die Tauben, die vor meinem Fenster auf der Feuertreppe wohnen, wie die Verrückten (auf dem Fensterbrett kauerte Fat Louie – zumindest so viel von ihm, wie darauf eben Platz hatte – und belauerte sie), die Sonne schien und ich schaffte es sogar, ausnahmsweise mal pünktlich aufzustehen, ohne siebentausendmal auf die Sleeptaste vom Wecker zu hauen. Ich hab geduscht, mich beim Beinerasieren nicht geschnitten, ganz unten im Schrank noch eine relativ unzerknitterte Bluse gefunden und meine Haare sogar irgendwie so hingekriegt, dass sie halbwegs passabel aussahen. Ich war echt voll gut gelaunt. Heute ist ja auch Freitag und Freitag ist neben Samstag und Sonntag mein Lieblingstag. Freitag ist für mich gleichbedeutend mit der Aussicht auf zwei ganze, herrlich entspannende *mathelose* Tage.

Als ich in die Küche kam, leuchtete rosafarbenes Sonnenlicht durch das Oberfenster direkt auf Mom, die in ihrem schönsten Kimono am Herd stand und arme Ritter briet, die sie mit Ei-Ersatz gemacht hatte, statt mit richtigen Eiern, obwohl ich ja nicht mehr Laktovegetarierin, sondern Ovolaktikerin bin, seit mir jemand gesagt hat, dass die Eier nicht befruchtet sind und gar keine Küken daraus schlüpfen können.

Ich wollte mich gerade dafür bedanken, dass sie Rücksicht auf mich genommen hatte, als ich ein Rascheln hörte.

Und da saß DAD am Esszimmertisch (na ja, eigentlich ist es nur ein ganz normaler Tisch, weil wir überhaupt kein Esszimmer haben), las die *New York Times* und hatte einen Anzug an.

Einen *Anzug*. Und das um sieben Uhr morgens.

In dem Moment ist es mir wieder eingefallen. Nicht zu fassen, aber ich hatte es echt total vergessen.

Ich bin PRINZESSIN.

Oje. Als mir das klar wurde, war es mit meiner ganzen schönen guten Laune natürlich aus und vorbei.

Sobald Dad mich sah, strahlte er mich an. »Ah, Mia.«

Mir war klar, was kommen würde. Er sagt nur »Ah, Mia«, wenn er mir irgendeine Gardinenpredigt halten will.

Er faltete seine Zeitung sorgfältig zusammen und legte sie auf den Tisch. Mein Vater faltet die Zeitungen immer so, dass alle Ecken ordentlich aufeinander liegen. Mom macht das nie. Sie lässt die Zeitung einfach total zerknittert und durcheinander auf dem Sofa oder neben dem Klo liegen. So was kann Dad in den Wahnsinn treiben und ist wahrscheinlich der wahre Grund dafür, dass sie nie geheiratet haben.

Ich sah sofort, dass Mom den Tisch mit unseren besten blau gestreiften Tellern gedeckt hatte (die wir billig bei Kmart entdeckt haben) und den Margaritagläsern aus grünem Plastik von Ikea, die wie kleine, runde Kakteen aussehen. Sie hatte sogar eine gelbe Vase mit künstlichen Sonnenblumen in die Mitte des Tisches gestellt. Ich wusste, dass sie das alles nur gemacht hatte, um mich aufzumuntern, und wahrscheinlich extra dafür ganz früh aufgestanden war. Aber es munterte mich nicht auf, sondern machte mich nur noch deprimierter.

Ich bin mir nämlich sicher, dass man im Fürstenpalast von Genovia zum Frühstück nicht aus grünen Plastikkakteen trinkt.

»Wir müssen miteinander reden, Mia«, sagte Dad. So fängt er immer an, wenn etwas Unangenehmes folgt. Nur, dass er mich diesmal irgendwie verwirrt musterte, bevor er loslegte.
»Was ist eigentlich mit deinen Haaren los?«
Ich fasste mir mit der Hand an den Kopf. »Wieso?« Ich fand, dass mein Haar ausnahmsweise mal gut aussah.
»Nichts ist mit ihrem Haar, Phillipe«, sagte Mom. Sie versucht immer, mir beizustehen, wenn Dad auf mir rumhackt. »Los, setz dich, Mia, und iss was. Ich hab dir sogar den Ahornsirup für die armen Ritter warm gemacht, so magst du ihn doch lieber.«
Ich fand, dass das eine nette Geste von Mom war. Echt. Aber ich hatte nicht vor, mich hinzusetzen und über meine Zukunft in Genovia zu reden. Für wie blöd halten die mich? Deshalb hab ich nur gesagt: »Äh, ich würde ja echt gern, aber ich muss los. Wir schreiben heute einen Erdkundetest und ich hab Lilly versprochen, mich mit ihr zu treffen und noch zu lernen...«
»*Setz dich!*«
O Mann, wenn er will, klingt mein Vater wirklich wie der Kapitän eines Raumschiffs der Sternenflotte.
Ich setzte mich also. Meine Mutter schaufelte mir arme Ritter auf den Teller. Ich kippte Sirup darüber und steckte mir aus Höflichkeit einen Bissen in den Mund. Er schmeckte total nach Pappe.
»Mia«, sagte Mom, die immer noch versuchte, mich vor Dad zu schützen. »Ich weiß, dass das alles ein bisschen viel für dich ist. Aber es ist wirklich nicht so schlimm, wie du es dir jetzt ausmalst.«
Ja, klar. Erst knallen sie mir ohne jede Vorwarnung vor den Latz, dass ich eine Prinzessin bin, und jetzt soll ich mich wohl auch noch darüber freuen?
»Ich könnte mir vorstellen«, fuhr Mom fort, »dass die

meisten Mädchen begeistert wären, wenn sie erfahren würden, dass ihr Vater ein Fürst ist.«

Nicht die Mädchen, die ich kenne. Obwohl, das stimmt nicht ganz. Lana Weinberger wäre wahrscheinlich *entzückt*, Prinzessin zu sein. Im Grunde hält sie sich ja jetzt schon für eine.

»Denk doch nur an all die schönen Dinge, die du haben kannst, wenn du in Genovia lebst.« Das Gesicht meiner Mutter erhellte sich, als sie anfing, mir all die schönen Dinge aufzulisten. Aber ihre Stimme klang ganz ungewohnt, so, als würde sie eine Mutter aus einer Fernsehserie imitieren oder so. »Ein Auto zum Beispiel! Hier in New York mit all dem Verkehr wäre es ja ganz unpraktisch, aber in Genovia würde dir dein Vater zu deinem sechzehnten Geburtstag sicher eins kaufen und...«

Ich wies sie darauf hin, dass Europa auch so schon genügend Probleme mit der Umweltverschmutzung hat, ohne dass ich noch persönlich dazu beitrage. Abgase von Dieselmotoren gehören zu den Hauptursachen für die Zerstörung der Ozonschicht.

»Wolltest du nicht immer schon ein Pferd? In Genovia könntest du endlich eins bekommen. Einen hübschen Apfelschimmel...«

Autsch, das tat weh.

»Mom!«, sagte ich und spürte, wie meine Augen sich mit Tränen füllten. Ich konnte echt nichts dagegen tun. Und dann brüllte ich voll los: »Was *soll* das Ganze eigentlich? Sag mal, *willst* du etwa, dass ich zu Dad ziehe? Ja? Hast du mich satt oder was? Soll ich zu Dad ziehen, damit du und Mr. Gianini... damit ihr...« Weiter kam ich nicht, weil ich so schluchzen musste. Mom kamen inzwischen auch schon die Tränen. Sie sprang von ihrem Stuhl auf, rannte um den Tisch rum, umarmte mich und beteuerte: »Aber nein, Liebes! Wie kannst du so etwas nur denken?« Jetzt klang sie auch nicht mehr wie eine Serienmutter. »Ich will doch nur dein Bestes!«

»Genau wie ich«, schaltete Dad sich ein, der genervt aussah. Er hatte die Arme vor der Brust verschränkt, sich in seinen Stuhl zurückgelehnt und beobachtete uns mit leicht gereizter Miene.

»Dann ist ja alles gut. Für mich ist es nämlich das Beste, hier zu bleiben und die Highschool fertig zu machen«, sagte ich zu ihm. »Und danach fange ich bei Greenpeace an und rette Wale.«

Mein Vater sah noch gereizter aus als vorher. »Du gehst *nicht* zu Greenpeace«, sagte er.

»Tu ich doch«, widersprach ich. Es war ziemlich schwierig, deutlich zu sprechen, weil ich immer noch so schluchzte. »Und nach Island gehe ich auch und rette die Seehundbabys.«

»Das wirst du unter Garantie nicht tun.« Dad sah jetzt nicht nur genervt, sondern richtig sauer aus. »Du gehst aufs College. Vassar wäre gut, vielleicht auch Sarah Lawrence.«

Da musste ich noch viel mehr heulen.

Aber bevor ich darauf was sagen konnte, hielt meine Mutter die Hand hoch und sagte: »Lass sie, Phillipe. So erreichen wir überhaupt nichts. Außerdem muss Mia zur Schule. Sie kommt sowieso schon zu spät...«

Ich schaute mich ganz schnell nach meiner Jacke und dem Rucksack um. »Genau«, sagte ich. »Und meine Monatskarte für die Subway muss ich mir auch erneuern lassen.«

Dad stieß dieses komische französische Geräusch aus, das er manchmal macht. So eine Art Mittelding zwischen Schnauben und Seufzen. Es klingt ungefähr so: »B-öh-ff!« Dann sagte er: »Lars fährt dich.«

Ich sagte ihm, dass das nicht nötig wäre, weil ich mich

jeden Tag mit Lilly an der Haltestelle Astor Place treffe, von wo wir dann die Linie 6 Richtung uptown nehmen.
»Lars kann deine kleine Freundin zu Hause abholen.«
Ich schaute Mom an und die schaute Dad an. Lars ist der Chauffeur von meinem Vater. Er ist immer mit von der Partie, egal wo Dad auch hingeht. Seit ich meinen Vater kenne – okay, also schon mein ganzes Leben lang –, hatte er immer Chauffeure. Meistens so große, muskulöse Typen, die vor ihm für den Präsidenten von Israel gearbeitet haben oder so.
Jetzt, wo ich darüber nachdenke, wird mir klar, dass die Typen natürlich nicht nur Chauffeure, sondern seine Bodyguards sind.
O Mann, bin ich naiv gewesen!
Von Dads Chauffeur in die Schule gefahren zu werden, war so ungefähr das Letzte, was ich wollte. Ich überlegte krampfhaft, wie ich das Lilly erklären sollte: *Was, Lilly? Ach, auf den brauchst du gar nicht zu achten, das ist bloß der Chauffeur von meinem Vater.* Ja klar. Die einzige andere Schülerin an der Albert-Einstein-High-School, die von einem Chauffeur gebracht wird, ist so eine superreiche Saudi-Araberin, die Tina Hakim Baba heißt und deren Vater eine große Ölfirma besitzt. Alle verarschen sie nur, weil ihre Eltern Angst haben, sie könnte auf dem einen Straßenblock zwischen ihrer Wohnung an der 75th Street/Ecke 5th Avenue und unserer Schule an der 75th Street/Ecke Madison entführt werden. Sie hat sogar einen eigenen Bodyguard, der mit im Unterricht sitzt und ständig über Funk mit dem Chauffeur schwafelt. Also, ich finde das reichlich übertrieben.
Aber ich schaffte es nicht, meinem Vater die Idee mit dem Chauffeur auszureden. Ja klar – jetzt, wo ich eine offizielle Prinzessin bin, machen sich auf einmal alle Sorgen um mein Wohlbefinden. Gestern, als ich noch Mia Thermopolis war,

hatte keiner was dagegen, dass ich mit der Subway fahre. Heute bin ich Prinzessin Amelia und darf nichts mehr.

Na ja, was soll's. Ich hatte das Gefühl, dass es das nicht wert war, deswegen einen Aufstand zu bauen. Es gibt viel Schlimmeres, was mir Kopfzerbrechen bereitet.

Zum Beispiel, in welchem Land ich in Zukunft leben werde.

Als ich gerade gehen wollte – Dad hatte Lars befohlen, nach oben zu kommen und mich zum Wagen zu begleiten, was echt total peinlich war –, hörte ich, wie mein Vater zu meiner Mutter sagte: »Sag mal, Helen, wer ist eigentlich dieser Gianini, von dem Mia vorhin sprach?«

Ups.

$ab = a + b$
Berechne b
$ab - b = a$
$b(a-1) = a$
$b = a$

Immer noch Freitag, Mathe

Lilly hat natürlich sofort gemerkt, dass irgendwas nicht stimmt. Okay, die Geschichte mit Lars hat sie noch geschluckt. »Äh, weißt du, Dad ist doch gerade in New York und da hat er seinen Chauffeur...«

Aber von der Prinzessinnensache konnte ich ihr auf gar keinen Fall erzählen. Ich musste die ganze Zeit daran denken, wie empört sie in ihrem Referat von den christlichen Königen des Mittelalters erzählt hatte, die glaubten, von Gott persönlich eingesetzt worden zu sein und deshalb auch nur Gott gegenüber verantwortlich zu sein und nicht ihren Untertanen. Dabei geht mein Vater eigentlich nie in die Kirche, außer wenn Grandmère ihn zwingt.

Wie gesagt, die Sache mit Lars hat Lilly mir abgenommen, aber sie hat gesehen, dass ich geweint hatte, und nervte die ganze Zeit: »Sag mal, warum sind deine Augen eigentlich so rot und verquollen? Du hast doch geheult, oder? Wieso hast du geheult? Ist was passiert? Was ist denn passiert? Hast du schon wieder in irgendwas eine Sechs bekommen?«

Ich zuckte nur mit den Achseln und tat so, als würde ich einen interessierten Blick auf die heruntergekommenen Crackhäuser im East Village werfen, an denen wir auf dem Weg zum Franklin-D.-Roosevelt-Drive vorbeifuhren. »Gar nichts ist passiert«, beteuerte ich. »Wahrscheinlich bloß PMS.«

»Quatsch PMS. Du hast erst letzte Woche deine Tage gehabt, das weiß ich ganz genau, weil du dir nach Sport eine Binde von mir geliehen und mittags zwei Tüten M&Ms in dich reingefressen hast.« Manchmal wäre es mir lieber, Lilly hätte nicht so ein gutes Gedächtnis. »Also, spuck's aus. Hat Louie schon wieder einen Socken verschluckt?«

Ich fand es ganz schön peinlich, vor Dads Bodyguard über meinen Menstruationszyklus zu sprechen. Noch dazu, wo Lars ziemlich gut aussieht. Er schien sich zwar schwer auf den Verkehr zu konzentrieren und ich weiß auch gar nicht, ob er uns vorne überhaupt so gut hören konnte, aber unangenehm war es mir trotzdem.

»Es ist echt nichts«, flüsterte ich. »Nur mein Vater. *Du weißt schon.*«

»Ach, so«, sagte Lilly mit ihrer normalen Stimme. Hab ich schon erwähnt, dass Lillys normale Stimme total laut ist? »Du meinst, weil er zeugungsunfähig ist? Hat er sich denn noch immer nicht damit abgefunden? O Mann, deinem Vater würde es echt gut tun, mal ein bisschen an seiner Selbstaktualisierung zu arbeiten.«

Dann erläuterte sie mir das Prinzip der Individuation nach Jung. Sie meinte, wenn man die Entwicklung zum Individuum mit einem Baum vergleicht, dann säße Dad noch auf den unteren Ästen und würde erst dann bis zur Krone kommen, wenn er sich selbst so annehmen kann, wie er ist, und aufhört, mit seiner Unfruchtbarkeit zu hadern.

Wahrscheinlich ist das auch mein Problem. Ich befinde mich auf dem Baum der Individuation noch ganz unten. Quasi noch unterhalb der Wurzel.

Obwohl ich sagen muss, dass es jetzt im Moment gar nicht mehr so schlimm aussieht. Ich hab vorhin im Unterricht die ganze Zeit darüber nachgedacht und dabei ist mir eine Sache klar geworden.

Die können mich gar nicht dazu *zwingen*, Prinzessin zu sein. Können sie echt nicht. He, wir leben in Amerika! Hier hat jeder die Freiheit, zu sein, was er will. Das hat uns Mrs. Holland, bei der wir letztes Jahr amerikanische Geschichte durchgenommen haben, jedenfalls die ganze Zeit gepredigt. Also bitte, wenn ich sein darf, was ich will, dann darf ich mich auch dafür entscheiden, *keine* Prinzessin zu sein. Niemand – noch nicht mal Dad – kann mich dazu zwingen, eine zu sein, wenn ich es nicht will.

Stimmt doch, oder?

Ich hab mir vorgenommen, das meinem Vater, wenn ich heute Abend nach Hause komme, auch deutlich zu sagen: »Vielen Dank. Aber ich bleibe bis auf weiteres lieber doch Mia Thermopolis.«

Oh, Mist. Mr. Gianini hat mich gerade aufgerufen und ich hatte keine Ahnung, was er überhaupt von mir wollte, weil ich Tagebuch geschrieben hatte, statt aufzupassen. Ich bin knallrot angelaufen. Und Lana lacht sich natürlich wieder krumm und schief. Sie ist echt ein Arsch.

Ich möchte sowieso mal wissen, wieso er es die ganze Zeit auf *mich* abgesehen hat. Mittlerweile müsste ihm doch klar sein, dass ich ungefähr so viel Ahnung von quadratischen Gleichungen hab wie von tibetischen Konjunktiven. Er hackt bestimmt bloß wegen Mom so auf mir rum. Nur weil er beweisen will, dass er mich auch nicht anders behandelt als die anderen in der Klasse.

Ich bin aber nicht wie die anderen!

Wozu muss ich überhaupt Mathe lernen? Bei Greenpeace braucht man keine Mathe.

Und ich wette, als Prinzessin auch nicht. Na also. Das heißt, ich bin aus dem Schneider – egal, was ich später mal mache. Cool.

Bestimme jeweils x_1 und x_2 und löse die Divisionsaufgaben:
a) $(x^2 - 4x + 3) : (x - x_1)$
b) $(x^2 - 7x + 10) : (x - x_1)$

Freitag, richtig spät. Bei Lilly

Ich hab heute Nachmittag Mr. Gianinis Förderunterricht sausen lassen. Ich weiß selbst, dass das nicht besonders okay von mir ist. Lilly hat es mich deutlich spüren lassen. Ja, mir ist klar, dass er diesen Förderunterricht extra für Schüler wie mich organisiert, die auf der Kippe stehen. Ich weiß auch, dass seine eigene Freizeit dabei draufgeht und er noch nicht mal Überstunden bezahlt bekommt. Trotzdem möchte ich mal wissen, warum ich daran teilnehmen muss, wenn schon jetzt feststeht, dass ich – ganz gleich, für welchen Beruf ich mich in Zukunft entscheide – dafür unter Garantie kein Mathe brauche?

Als ich Lilly fragte, ob ich heute bei ihr schlafen kann, hat sie gesagt, nur wenn ich ihr verspreche, mich nicht mehr wie eine durchgeknallte Psychopathin zu benehmen.

Ich hab es ihr versprochen, obwohl ich nicht finde, dass ich mich wie eine durchgeknallte Psychopathin benehme.

Ich rief vom Telefon in der Eingangshalle bei Mom an, um mir die Erlaubnis zu holen, bei den Moscovitzens zu übernachten, aber da druckste sie so rum und sagte: »Tja, weißt du, also eigentlich hatte dein Vater gehofft, ihr könntet euch heute Abend noch ein bisschen unterhalten.«

Na, super.

Ich versicherte Mom, dass ich natürlich nichts lieber täte, als noch mal mit Dad zu reden, mir aber totale Sorgen um

Lilly machen würde, weil doch der Typ, von dem sie verfolgt wird, vor kurzem aus der Psychiatrie entlassen worden sei.

Schon seit ihrer ersten Fernsehsendung ruft nämlich immer ein gewisser Norman bei Lilly an und bettelt, sie soll doch mal ihre Schuhe ausziehen. Die Moscovitzens haben uns gesagt, dass man solche Leute Fetischisten nennt. Norman ist total auf Füße fixiert – ganz besonders auf Lillys. Er schickt ihr ständig Sachen an den Sender: CDs, Plüschtiere und so und schreibt, dass sie noch viel mehr haben kann, wenn sie nur einmal in der Sendung die Schuhe ausziehen würde. Lilly hat daraufhin auch wirklich mal ihre Schuhe ausgezogen, aber dann ganz schnell eine Decke über ihre Füße geworfen, mit den Zehen gewackelt und gerufen: »Guck mal, Norman, du alter Spakko! Ich hab keine Schuhe an. Und danke für die CDs – Arschloch!«

Das hat Norman so aufgeregt, dass er anfing, in Greenwich Village rumzulaufen und nach Lilly zu suchen. Jeder weiß, dass Lilly im Village wohnt, seit wir diese eine Folge gedreht haben, in der Lilly sich von einer Verkäuferin bei Grand Union eines dieser Geräte zum Auszeichnen der Waren ausgeliehen hatte. Damit stellte sie sich an die Ecke Bleecker und La Guardia und machte den europäischen Touris in NoHo weis, dass jeder mit einem Preissticker von Grand Union auf der Stirn bei der Cafékette Dean & De Luca einen kostenlosen Becher Milchkaffee kriegen würde (erstaunlich viele haben ihr das abgenommen).

Die Sendung war übrigens ein Bombenerfolg.

Jedenfalls hat uns Norman, der Fußfetischist, vor ein paar Wochen tatsächlich im Park entdeckt. Er ist, mit Zwanzigdollarscheinen wedelnd, hinter uns hergestolpert und wollte uns dazu bringen, unsere Schuhe auszuziehen. Wir haben das eher komisch als beängstigend gefunden und sind sofort in Richtung Washington Square South und Thompson Street geflüchtet, weil wir wussten, dass die Polizei vom 6. Revier dort einen Riesenbus geparkt hat, um verdeckt gegen Dealer zu ermitteln. Als wir den Bullen erzählten, dass wir von so einem komischen Typen verfolgt werden, der uns belästigen will, ging es echt ab! Etwa zwanzig V-Männer (einen hatte ich für einen auf einer Bank schlafenden alten Penner gehalten) haben Norman umzingelt und ihn trotz seines Geschreis ruckzuck in die Psychiatrie gebracht!

Mit Lilly ist es echt immer total witzig.

Lillys Eltern haben ihr erzählt, dass Norman gerade aus der Psychiatrie entlassen worden ist, und sie gebeten, ihn nicht zu quälen, falls sie ihn sieht, weil er ein Zwangsneurotiker mit möglichen schizophrenen Tendenzen sei, mit dem man Mitleid haben müsse.

Lilly widmet die morgige Sendung ganz ihren Füßen. Sie wird jedes einzelne Paar Schuhe vorführen, das sie besitzt, dabei aber kein einziges Mal ihre nackten Füße zeigen. Sie hofft, Norman damit so an den Rand des Wahnsinns zu treiben, dass er etwas noch Verrückteres macht als bisher: zum Beispiel sich eine Knarre besorgen und uns alle erschießen.

Ich hab aber keine Angst. Norman trägt eine total dicke Brille und würde bestimmt sowieso nicht treffen, nicht mal mit einer Maschinenpistole, die sich in unserem Land sogar Wahnsinnige wie Norman problemlos besorgen können, weil die Waffengesetze so unglaublich lax sind, was – wie Michael Moscovitz in seinem Webzine geschrieben hat – unweigerlich zum Untergang unserer Demokratie führen wird.

Mom ließ sich von der Geschichte aber null überzeugen. Sie sagte nur: »Ich finde es ja sehr nett von dir, Mia, dass du deiner Freundin in dieser schwierigen Situation mit ihrem

Fetischisten beistehen willst, aber ich glaube trotzdem, dass du andere, wichtigere Pflichten zu erfüllen hast und deshalb nach Hause kommen solltest.«

Ich fragte: »Was für Pflichten?«, und dachte an das Katzenklo, das ich aber schon vorgestern gründlich sauber gemacht hab.

Sie sagte: »Ich rede von Pflichten deinem Vater und mir gegenüber.«

Da wäre ich beinahe ausgerastet. Pflichten? *Pflichten? Sie will mir was von Pflichten erzählen?* Wann hat sie denn das letzte Mal daran gedacht, unsere Schmutzwäsche wegzubringen, geschweige denn, sie abzuholen? Und wann hat sie das letzte Mal Wattestäbchen, Klopapier oder Milch besorgt?

Was ist mit ihren Mutterpflichten?

Hat sie in all den vierzehn Jahren jemals daran gedacht, dass sie mir gegenüber vielleicht erwähnen sollte, dass ich eines Tages als Prinzessin von Genovia enden könnte????

Und da denkt sie, sie kann mir was von Pflichten erzählen? Ha!!!!!!

Ich hätte beinahe, ohne Tschüss zu sagen, aufgelegt. Aber Lilly stand in der Nähe und knipste das Licht in der Halle an und aus, um für ihren Inspizientinnenjob zu üben. Ich hatte ihr versprochen, mich nicht wie eine durchgeknallte Psychopathin zu benehmen. Wütend den Hörer aufzuknallen wäre für sie aber bestimmt in diese Kategorie gefallen. Deshalb sagte ich mit ganz sanfter Stimme: »Keine Sorge, Mom. Ich denke ganz sicher morgen auf dem Heimweg an die Staubsaugerbeutel.«

Und legte dann erst auf.

Hausaufgaben:

Mathe:	Aufgaben 1–12, S. 119
Englisch:	Referat
Erdkunde:	Fragen am Ende von Kap. 5
T & B:	nichts
Franz:	Übersetzung Kap. 3, Text A
Bio:	nichts

Samstag, 4. Oktober, morgens.
Immer noch bei Lilly

Ich überlege mir gerade, warum ich eigentlich so gerne bei Lilly schlafe. Also, es liegt bestimmt nicht daran, dass sie irgendwie bessere Sachen hätten als wir. Im Gegenteil, Mom und ich sind da viel besser ausgestattet. Die Moscovitzens empfangen zum Beispiel nur ganze zwei Spielfilmkanäle und wir kriegen, seit ich bei Time Warner Cable dieses Superangebot entdeckt hab, alle Programme. Cinemax *und* HBO *und* Showtime, und das Ganze zum sagenhaft niedrigen Preis von 19.99 $ pro Monat. Außerdem kann man von uns aus auch viel bessere Leute in ihren Wohnungen beobachten. Zum Beispiel Ronnie, die früher Ronald hieß und jetzt Ronette und immer die abgefahrensten Partys schmeißt. Oder dieses knochige deutsche Paar, das die ganze Zeit nur schwarze Sachen trägt, sogar im Sommer, und nie die Rollos runterzieht. Auf der 5th Avenue, wo die Moscovitzens wohnen, gibt es überhaupt gar keine interessanten Leute zu sehen. Da wohnen nur andere reiche Psychoanalytiker mit ihren Kindern. Bei denen lohnt es sich gar nicht, zum Fenster reinzuschauen.

Aber trotzdem finde ich es immer total schön, bei Lilly zu übernachten, selbst wenn wir bloß in der Küche rumhocken und die von Rosch Haschana (das ist das jüdische Neujahrsfest) übrig gebliebenen Makronen in uns reinstopfen. Vielleicht liegt es ja daran, dass Maya, die dominikanische

Haushaltshilfe von den Moscovitzens, nie vergisst, O-Saft zu kaufen, und immer daran denkt, dass ich den mit Fruchtfleisch nicht so gern mag. Wenn sie vorher weiß, dass ich komme, kauft sie bei Balducci's sogar extra für mich Gemüselasagne und nicht die mit Hackfleisch. Wie zum Beispiel gestern.

Möglicherweise hat es auch was damit zu tun, dass ich bei den Moscovitzens im Kühlschrank nie auf schimmelige Sachen stoße. Maya wirft alles sofort weg, wenn das Haltbarkeitsdatum auch nur einen Tag überschritten ist. Sogar Crème fraîche, die noch zu ist. Sogar Getränkedosen!

Und die Doktoren Moscovitz vergessen auch nie, ihre Stromrechnung zu bezahlen. *Denen* hat das E-Werk noch nie mitten während der langen »Star-Trek«-Filmnacht den Saft abgedreht. Lillys Mutter redet außerdem über ganz normale Sachen, zum Beispiel, dass die Calvin-Klein-Strumpfhosen, die sie im Edelkaufhaus Bergdorf gekauft hat, ein echtes Schnäppchen waren.

Nicht, dass ich Mom nicht lieben würde. Ich liebe sie sogar heiß und innig. Nur wünsche ich mir manchmal schon, sie wäre etwas mehr Mutter und weniger Künstlerin.

Und es wäre schön, wenn Dad ein bisschen mehr Ähnlichkeit mit Lillys Vater hätte, der mir immer Rührei machen möchte, weil er findet, dass ich zu mager bin, und der in seinen alten Trainingshosen aus dem College rumläuft, wenn er nicht in seine Praxis muss, um irgendjemanden zu analysieren.

Dr. Moscovitz würde *niemals* um sieben Uhr morgens einen Anzug tragen.

Man kann auch nicht sagen, dass ich meinen Vater nicht liebe. Ich glaube schon, dass ich ihn liebe. Nur verstehe ich nicht, wie ihm so was passieren konnte. Sonst ist er doch auch immer so organisiert. *Wie konnte er nur zulassen, dass sie ihn zum Fürsten gemacht haben?*

Ich versteh das einfach nicht.

Ich glaub, das Beste an Lilly ist, dass ich bei ihr überhaupt nicht auf die Idee komme, mir Gedanken darüber zu machen, dass ich in Mathe durchfalle oder die Kronprinzessin eines kleinen europäischen Fürstentums bin. Ich kann mich entspannen, ein paar echte selbst gebackene Fertigzimtbrötchen futtern und zuschauen, wie Pawlow, Michaels Sheltie, Maya immer wieder in die Küche zurückzuscheuchen versucht, wenn sie rauskommen will.

Gestern Abend war es echt total lustig. Die beiden Eltern Moscovitz waren nicht zu Hause – sie mussten zu so einer Benefizveranstaltung zu Gunsten irgendeiner Mini-Minderheit. Lilly und ich haben uns eine Riesenschüssel Butterpopcorn gemacht, haben uns ins Bett ihrer Eltern gelegt und uns hintereinander alle James-Bond-Filme angeschaut. Wir sind dabei zu folgendem Ergebnis gekommen: Pierce Brosnan war der dünnste, Sean Connery der behaartesten und Roger Moore der braunste James Bond. Keiner der James Bonds zeigte sich lange genug ohne Hemd, um zu entscheiden, welcher den besten Oberkörper hatte, aber ich tippe auf Timothy Dalton.

Ich mag Männer mit Haaren auf der Brust. Glaub ich.

Während ich noch über diese Frage nachgrübelte, kam zufällig Lillys Bruder ins Zimmer. Allerdings hatte er ein T-Shirt an. Er sah irgendwie angenervt aus und teilte mir mit, dass mein Vater am Telefon sei. Offenbar war Dad total sauer, weil er seit Stunden vergeblich versucht hatte anzurufen. Michael war die ganze Zeit online gewesen, weil er die Fanpost für sein Webzine »Crackhead« beantwortet hatte, sodass mein Vater nicht durchgekommen war.

Ich muss wohl so ausgesehen haben, als würde ich mich

gleich übergeben, weil Michael nach einer Weile sagte: »Okay, schieb keine Panik, Thermopolis. Ich sag ihm, dass du und Lilly schon im Bett seid.« Diese Lüge hätte meine Mutter ihm nie abgenommen, bei Dad scheint sie aber gezogen zu haben. Michael kam nämlich wieder und verkündete, dass mein Vater sich entschuldigt habe, so spät noch angerufen zu haben (dabei war es erst elf), und dass er morgen mit mir sprechen würde.

Super! Ich kann's kaum erwarten.

Ich muss wohl immer noch so ausgesehen haben, als müsste ich gleich kotzen, weil Michael seinen Hund rief und ihn zu uns ins Bett klettern ließ, obwohl Haustiere im Schlafzimmer der Eltern Moscovitz gar nicht erlaubt sind. Pawlow krabbelte mir auf den Schoß und fing an mir übers Gesicht zu lecken, was er nur bei Leuten macht, zu denen er echt Vertrauen hat. Michael setzte sich aufs Bett, um die Bond-Filme mit uns zu schauen, und Lilly fragte ihn aus wissenschaftlichem Interesse, welche Bond-Girls er persönlich am attraktivsten findet: die blonden, die James Bond immer retten muss, oder die dunkelhaarigen, die ihn immer mit der Pistole bedrohen. Michael sagte, er könne einem Mädchen mit einer Waffe nicht widerstehen, was uns auf den Gedanken brachte, ihn zu fragen, welche zwei Fernsehserien er für die besten aller Zeiten hält: Es sind »Xena« und »Buffy, im Bann der Dämonen«.

Mehr aus blanker Neugier als aus wissenschaftlichem Interesse wollte ich von Michael wissen, wen er aussuchen würde, wenn er als einziger Mensch den Untergang der Welt überleben würde und eine Partnerin wählen müsste, um mit ihr für den Fortbestand der menschlichen Rasse zu sorgen – Xena oder Buffy?

Michael fand die Frage zwar erst komisch, entschied sich dann aber für Buffy. Als Nächstes ließ Lilly mich zwischen

Harrison Ford und George Clooney wählen. Ich nahm Harrison Ford, obwohl er so alt ist. Aber den Harrison Ford aus »Indiana Jones«, nicht den aus »Krieg der Sterne«. Lilly sagte, sie würde Harrison Ford in seiner Rolle als Jack Ryan in den Verfilmungen der Romane von Tom Clancy nehmen. Dann fragte Michael: »Und wenn ihr euch zwischen Harrison Ford und Leonardo di Caprio entscheiden müsstet?« Wir nahmen beide Harrison Ford, weil Leo ja wohl megaout ist. Michael wollte noch wissen: »Und zwischen Harrison Ford und Josh Richter?« Lilly sagte, Harrison Ford, weil sie mal gelesen hätte, dass er gelernter Zimmermann sei, da könne er ihr dann auf der zerstörten Erde gleich ein Haus bauen. Aber ich entschied mich für Josh Richter, weil er länger leben würde – Harrison ist doch bestimmt schon SECHZIG – und mir dann beim Großziehen der Kinder helfen könnte.

Dann fing Michael an, voll über Josh Richter abzulästern und zum Beispiel zu behaupten, dass er sich, falls es zu einem nuklearen Armageddon kommen sollte, wahrscheinlich vor Angst in die Hosen machen würde. Aber Lilly findet, dass die Furcht vor Neuem keine Rückschlüsse auf die Fähigkeit eines Menschen zulässt, im Notfall über sich selbst hinauszuwachsen, und ich stimme ihr zu. Michael meinte, wir wären beide total naiv, wenn wir wirklich glaubten, Josh Richter würde uns auch nur mit dem Arsch anschauen, er würde sowieso nur auf Mädchen wie Lana Weinberger stehen, die für ihn die Beine breit machen, worauf Lilly antwortete, dass sie auch bereit sei, für Josh Richter die Beine breit zu machen, allerdings nur, wenn er bestimmte Bedingungen erfüllt, wie zum Beispiel vorher in einer antibakteriellen Lösung zu baden und während des Akts drei mit Spermizid beschichtete Kondome übereinander zu tragen, falls eines reißt und das zweite abrutscht.

Als Nächstes wollte Michael von mir wissen, ob ich auch die Beine für Josh Richter breit machen würde, worüber ich kurz nachdenken musste. Immerhin ist es eine ziemlich große Sache, jemandem seine Jungfräulichkeit zu opfern, und man sollte sich den Betreffenden schon sehr genau aussuchen, sonst kann es einen für den Rest seines Lebens traumatisieren, wie die Frauen in Dr. Moscovitzens »Über vierzig und immer noch Single«-Gruppe, die sich jeden zweiten Dienstag im Monat trifft. Nach reiflicher Überlegung antwortete ich, dass ich mich Josh Richter hingeben würde, aber nur wenn:
– wir schon mindestens ein Jahr zusammen wären;
– er mir seine ewige Liebe schwören würde;
– er mit mir in »Die Schöne und das Biest« gehen würde, ohne sich darüber lustig zu machen.

Michael fand die ersten beiden Bedingungen okay, sagte aber, falls die dritte ein Indiz dafür sei, wie ich mir meinen zukünftigen Freund vorstelle, müsse ich damit rechnen, noch sehr lange Jungfrau zu bleiben. Er sagte, er kenne niemanden mit auch nur einem Milligramm Testosteron im Leib, der sich »Die Schöne und das Biest« ansehen könne, ohne meterweit kotzen zu müssen. Aber da irrt er sich, mein Vater hat sehr wohl Testosteron im Leib – zumindest in einem Hoden – und der hat während der Vorstellung noch nie meterweit gekotzt.

Lilly fragte Michael dann, mit wem er lieber schlafen würde, mit mir oder mit Lana Weinberger – und er antwortete: »Mit Mia, natürlich«, aber das hat er bestimmt nur deshalb gesagt, weil ich im Zimmer saß und er mich nicht beleidigen wollte.

Mir wär's echt lieber, Lilly würde keine solchen peinlichen Fragen stellen.

Sie ließ aber nicht locker und wollte von ihm wissen, ob

er sich für mich oder Madonna entscheiden würde, und dann sollte er zwischen mir und Buffy wählen (bei Madonna gab er mir den Vorzug, aber gegen Buffy hatte ich keine Chance).

Danach fragte Lilly mich, ob ich – wenn ich müsste – lieber Michael oder lieber Josh Richter nehmen würde. Ich tat so, als würde ich angestrengt darüber nachdenken, als zum Glück die Doktoren Moscovitz nach Hause kamen und totalen Terror machten, weil wir Pawlow ins Zimmer gelassen und in ihrem Bett Popcorn gegessen hatten.

Nachdem Lilly und ich die Popcornkrümel weggesaugt hatten und wieder in ihrem Zimmer saßen, fragte sie mich noch mal, ob ich mich für Josh Richter oder ihren Bruder entscheiden würde, und ich musste einfach Josh Richter nehmen, weil Josh Richter der begehrenswerteste Junge der ganzen Schule, wenn nicht sogar der ganzen Welt ist und ich komplett und rettungslos in ihn verliebt bin. Und zwar nicht nur, weil ihm seine blonden Haare manchmal so nett in die Augen fallen, wenn er sich vorbeugt und nach Sachen in seinem Spind sucht, sondern weil ich weiß, dass hinter der Fassade der Sportskanone ein sehr empfindsamer und fürsorglicher Mensch steckt. Das hab ich sofort gespürt, als er mir damals bei Bigelows in die Augen geschaut hat.

Ich musste trotzdem die ganze Zeit daran denken, ob Michael nicht doch der bessere Partner wäre, wenn die Welt *wirklich* untergehen würde. Er sieht zwar nicht so blendend aus, aber dafür bringt er mich zum Lachen. Ich glaub, in so einem Katastrophenfall spielt Humor schon eine verdammt wichtige Rolle.

Außerdem muss ich zugeben, dass Michael mit nacktem Oberkörper sehr gut aussieht.

Und wenn die Welt wirklich untergehen würde, wäre

Lilly ja auch tot und würde nie erfahren, dass ihr Bruder und ihre beste Freundin sich fortpflanzen!

Ich möchte auf keinen Fall, dass Lilly *jemals* erfährt, dass ich im Zusammenhang mit ihrem Bruder auf solche Gedanken komme. Das würde sie bestimmt nicht verstehen.

Noch weniger, als dass ich Prinzessin von Genovia bin.

Später, immer noch Samstag

Auf dem Heimweg von Lilly hatte ich echt totale Angst, dass Mom und Dad mich zu Hause zur Sau machen würden. Ich hab ihnen noch nie Ärger gemacht. Das ist echt mein Ernst. Noch nie.

Na ja, okay, bis auf dieses eine Mal, als Lilly, Shameeka, Ling Su und ich in einen Film mit Christian Slater wollten und dann stattdessen in die »Rocky Horror Picture Show« sind und ich vergessen hatte, vorher anzurufen. Der Film war erst um halb drei Uhr nachts zu Ende und wir saßen auf dem Time Square fest und hatten noch nicht mal mehr genug Geld, um uns ein Taxi zu teilen.

Aber das war wirklich nur dieses eine Mal! Und ich hab daraus auch was gelernt, ohne dass Mom mir Hausarrest oder so geben musste. Aber sie würde mir sowieso nie Hausarrest geben. Wer würde denn dann zum Geldautomaten gehen, um das Geld für den Pizzaservice zu holen?

Mit Dad ist das wieder was anderes. Er ist echt superstreng, was Disziplin angeht. Meine Mutter sagt, das liegt daran, dass Grandmère ihn als kleinen Jungen zur Strafe immer in eines der Zimmer in ihrem Haus sperrte, in dem er totale Angst hatte.

Wenn ich jetzt so darüber nachdenke, war das Haus, in dem mein Vater aufgewachsen ist, wahrscheinlich der Palast und dann war das Zimmer wahrscheinlich die Folterkammer.

O Mann, kein Wunder, dass Dad alles macht, was Grandmère sagt. Na jedenfalls, wenn mein Vater mal auf mich sauer ist, dann ist er *richtig* sauer. Wie einmal, als ich nicht mit Grandmère in die Kirche gehen wollte, weil ich keine Lust hab, zu einem Gott zu beten, der zulässt, dass Regenwälder abgeholzt werden, um Weideflächen für Kühe zu schaffen, die später dann in Form von Viertelpfündern in den Mägen der ahnungslosen Masse enden, die das personifizierte Böse verehrt – Ronald McDonald. Mein Vater drohte mir damals nicht nur an, mir den Hintern zu versohlen, falls ich nicht in die Kirche mitgehe, sondern auch, mir für alle Ewigkeit zu verbieten, Michaels Webzine »Crackhead« zu lesen! – Ich durfte die ganzen restlichen Sommerferien nicht mehr ins Internet und das Modem hat er mit einer Magnumflasche Châteauneuf du Pape kurz und klein gehauen.

Wenn das nicht reaktionär ist!

Klar, dass ich da ziemliche Angst davor hatte, nach Hause zu kommen.

Ich versuchte so lange wie möglich bei den Moscovitzens zu bleiben und räumte zum Beispiel für Maya die Spülmaschine ein, während sie einen Brief an einen Kongressabgeordneten verfasste, in dem sie ihn bittet, sich für ihren Sohn Manuel einzusetzen. Manuel hat sich an einer Revolution in ihrem Heimatland beteiligt und sitzt deshalb seit zehn Jahren im Gefängnis. Danach bin ich mit Pawlow spazieren gegangen, weil Michael an der Columbia-Universität eine Vorlesung in Astrophysik anhören wollte. Zum Schluss hab ich sogar noch die Düsen im Whirlpool von den Moscovitzens gereinigt – Wahnsinn, wie viele Haare Lillys Vater verliert!

Irgendwann machte Lilly sich zum Gehen bereit und verkündete, sie müsse jetzt die geplante einstündige Sondersendung über ihre Füße drehen. Nur stellte sich da leider heraus, dass ihre Eltern gar nicht bei ihrer Rolfing-Sitzung waren, wie wir angenommen hatten, sondern die ganze Zeit da gewesen und alles mit angehört hatten. Sie baten mich, nach Hause zu gehen, weil sie Lilly analysieren müssten, um herauszufinden, was sie dazu treibt, ihren sexbesessenen Fußfetischisten so zu quälen.

Ich hab mir die ganze Sache noch mal durch den Kopf gehen lassen:

Im Grunde bin ich wirklich eine total brave Tochter. Doch, echt. Ich rauche nicht. Ich nehme keine Drogen. Ich hab noch nie auf dem Schulklo ein Baby zur Welt gebracht. Man kann mir vollkommen vertrauen und ich erledige sogar meistens meine Hausaufgaben. Ich bin ganz okay in der Schule, wenn man von einer popeligen Sechs in einem Fach absieht, das ich in meinem zukünftigen Berufsleben unter Garantie nicht mehr brauchen werde.

Ich frag mich echt, womit ich diese blöde Prinzessinnensache verdient hab.

Auf dem Heimweg beschloss ich, bei Richterin Judy anzurufen und zu fragen, ob ich in ihre Sendung kann, falls mein Vater versucht, mich irgendwie zu bestrafen. Der wird sich noch umschauen, wenn er wegen der Geschichte bei Richterin Judy antanzen muss. Die wird es ihm schon zeigen. Ha! Andere Leute gegen deren Willen zu Prinzessinnen zu machen? So was würde Richterin Judy niemals dulden.

Als ich nach Hause kam, stellte sich aber heraus, dass ich Richterin Judy doch nicht anrufen muss.

Meine Mutter war nicht in ihrem Atelier, wo sie samstags sonst eigentlich immer ist. Sie saß da, wartete auf mich und las dabei die alten *Seventeen*-Hefte, die sie mir abonniert hat, als sie noch nicht ahnen konnte, dass ich ein Bügelbrett bleiben und deshalb niemals mit einem Jungen weggehen werde, weshalb die Informationen in Mädchenzeitschriften für mich völlig nutzlos sind.

Und mein Vater saß auf ganz genau demselben Stuhl, auf dem er gestern schon saß, als ich losging, nur dass er diesmal die *Sunday Times* las, obwohl heute Samstag ist und Mom und ich eine ungeschriebene Regel haben, dass man den Sonntagsteil erst am Sonntag lesen darf. Ich war überrascht, dass er keinen Anzug anhatte. Heute trägt er einen Pulli – Kaschmir, den hat ihm sicher eine seiner Tussen geschenkt – und dazu Kordhosen. Als ich reinkam, faltete er die Zeitung sorgfältig zusammen, legte sie auf den Tisch und sah mich mit diesem durchdringenden Blick an, mit dem Captain Picard Ryker auch immer anschaut, wenn er ihn an die Hauptdirektive erinnert.

Und dann sagte er: »Wir müssen uns unterhalten.«

Ich legte sofort los und verteidigte mich: Ich hätte ihnen doch gesagt, wo ich war, und dass ich eben ein bisschen Zeit zum Nachdenken gebraucht hätte und echt total vorsichtig gewesen sei und deshalb extra nicht mit der Subway gefahren wäre und so, und das Einzige, was Dad darauf sagte, war: »Ich weiß.«

Einfach so. »*Ich weiß.*« Er gab sich kampflos geschlagen. *Mein Vater.*

Ich schaute schnell zu Mom rüber, um zu sehen, ob sie auch mitgekriegt hatte, dass er den Verstand verloren hat. Und da machte sie was total Abgedrehtes. Sie legte ihre Zeitschrift aus der Hand und kam zu mir rüber, umarmte mich und sagte: »Es tut uns ja so Leid, Liebes.«

Äh, hallo? Sollen das etwa meine Eltern sein? Sind womöglich in meiner Abwesenheit die Körperfresser da gewesen und haben sie durch außerirdische Sporen geklont?

Anders kann ich mir nämlich nicht erklären, warum sie schlagartig so vernünftig geworden sein sollten.

Dann sagte Dad zu mir: »Wir haben absolutes Verständnis dafür, dass die Sache dich belastet, Mia, und möchten, dass du weißt, dass wir alles in unserer Macht Stehende tun, um dir die Eingewöhnung so leicht wie möglich zu machen.«

Er fragte mich, ob ich wüsste, was ein Kompromiss sei, und ich erwiderte: »Ja klar, was denkst du denn? Ich bin doch nicht mehr in der Grundschule!« Dann holte er ein Blatt Papier und wir haben alle zusammen eine Rohfassung des von meiner Mutter so getauften Thermopolis-Renaldo-Kompromissabkommens aufgesetzt.

Hier ist der Inhalt:

Ich, Artur Christoff Phillipe Gerard Grimaldi Renaldo, erkläre mich mit meiner Unterschrift bereit, meiner einzigen Tochter und Erbin, Amelia Mignonette Grimaldi Thermopolis Renaldo, zu gestatten, ihre Ausbildung an der Albert-Einstein-Highschool für Knaben (seit 1975 auch für Mädchen) zu beenden, wofür sie die Sommer und Weihnachtsferien, ohne zu murren, im Fürstentum Genovia verbringen wird.

Ich fragte ihn, ob das bedeutet, dass ich im Sommer nie mehr nach Miragnac muss, und er sagte: »Ja.« Ich kann noch gar nicht richtig daran glauben. Weihnachts- und Sommerferien ganz ohne Grandmère? Das wäre ja so, als ginge man zum Zahnarzt und der würde einem keine Füllung verpassen, sondern einen den ganzen Tag auf seinem superbequemen Stuhl sitzen und Klatschblätter lesen lassen. Ich war so was von überglücklich, dass ich ihm auf der Stelle um den Hals gefallen bin. Dummerweise stellte sich heraus, dass das noch nicht alles war:

Ich, Amelia Mignonette Grimaldi Thermopolis Renaldo, erkläre mich mit meiner Unterschrift einverstanden, die mit meiner Stellung als Alleinerbin des Fürsten von Genovia, Artur Christoff Phillipe Gerard Grimaldi Renaldo, verbundenen Verpflichtungen zu erfüllen, einschließlich, jedoch nicht ausschließlich, der Besteigung des Throns nach Verscheiden des Letzteren, und erkläre mich des Weiteren bereit, an sämtlichen offiziellen Terminen teilzunehmen, bei denen die Anwesenheit der Thronerbin als unabdingbar betrachtet wird.

Für mich klang das Ganze eigentlich ziemlich okay, bis auf den letzten Teil, den ich nicht kapierte. Offizielle Termine? Worum ging es da?

Mein Vater tat harmlos: »Och, du weißt schon, das betrifft die Teilnahme an Beerdigungen großer Staatsmänner, das Eröffnen von Bällen, all so etwas.«

Hallo? Beerdigungen, Bälle? Was ist eigentlich aus der schönen alten Sitte geworden, Champagnerflaschen gegen Schiffsrümpfe von Ozeanriesen zu schmettern und sich auf den Premieren von Hollywoodfilmen herumzutreiben?

»Ach, weißt du«, winkte Dad ab. »Hollywoodpremieren sind gar nicht so großartig, wie immer getan wird. Man steht mitten im Blitzlichtgewitter und im Grunde ist das alles schrecklich unerfreulich.«

Na gut, aber *Beerdigungen*? *Bälle*? Ich weiß ja noch nicht mal, wie man Lippenkonturenstift aufträgt, geschweige denn wie man knickst...

»Da mach dir mal keine Sorgen«, beruhigte mein Vater mich und schraubte die Kappe auf den Stift. »Das bringt Grandmère dir schon alles bei.«

Ja, klar. Bin mal gespannt, wie sie das anstellen will. Sie hockt ja zum Glück in Frankreich.

Har! Har! Har!

Samstagabend

Ich bin selbst erschüttert darüber, was für eine Versagerin ich bin. Es ist Samstagabend und wo befinde ich mich? Zu Hause mit meinem VATER!

Er wollte mich sogar dazu bringen, mit ihm in »Die Schöne und das Biest« zu gehen, wahrscheinlich aus blankem Mitleid, weil keiner mit mir wegwill!

Irgendwann beschloss ich, ihm die Augen zu öffnen. »Hör zu, Dad, ich bin kein Kind mehr. Ich weiß ganz genau, dass nicht mal der Fürst von Genovia es schafft, an einem Samstagabend ein paar Minuten vor Beginn der Vorstellung Karten für ein Broadwaymusical aufzutreiben.«

Er fühlt sich bloß vernachlässigt, weil Mom mal wieder mit Mr. Gianini verabredet ist. Eigentlich wollte sie angesichts der hochdramatischen Ereignisse, die das Leben ihrer Tochter in den vergangenen vierundzwanzig Stunden durcheinander gewirbelt haben, nicht weggehen, aber ich hab ihr stark zugeredet, weil ich sah, wie ihre Lippen zunehmend schmaler wurden, mit jeder Minute, die sie mit meinem Vater verbrachte. Moms Lippen werden immer dünn, wenn sie sich einen bösen Kommentar verkneift. Ich nehme mal an, dass sie Dad gern was in dieser Art gesagt hätte: *Raus hier! Verschwinde endlich in dein Hotel! Du bezahlst sechshundert Dollar pro Nacht für deine Suite. Was hockst du überhaupt hier rum?*

Mein Vater macht meine Mutter total wahnsinnig, weil er zum Beispiel ihre Kontoauszüge aus der großen Salatschüssel fischt, in die sie all unsere Post reinwirft, und ihr erklärt, dass sie viel mehr Zinsen bekommen könnte, wenn sie von dem Geld, statt es auf ihrem Girokonto versauern zu lassen, Beiträge an die Versicherung zahlen und damit ihre private Altersvorsorge sichern würde.

Weil ich wusste, dass sie explodiert, wenn sie dableibt, hab ich sie überredet zu gehen. Ich hab ihr versichert, dass sie uns unbesorgt allein lassen kann und dass ich mich mit Dad darüber unterhalten würde, wie man in der heutigen wirtschaftlichen Situation ein kleines Fürstentum am besten regiert. Als Mom ausgehfertig – sprich in einem supersexy schwarzen Minikleid aus dem Versandhaus (Mom hasst Einkaufen, weshalb sie sich, wenn sie vom vielen Malen erschöpft ist, immer mit dem Telefon in die Badewanne legt und ihre Sachen aus dem Katalog bestellt) – aus dem Zimmer kam, hätte sich Dad fast an seinem Eiswürfel verschluckt. Ich nehme an, er hat Mom noch nie im Minikleid gesehen – als sie damals im College miteinander gingen, trug sie immer Latzhosen, wie ich heute –, jedenfalls stürzte er seinen Scotch schnell runter und fragte dann: »*Das* willst du anziehen?«, worauf Mom sagte: »Wieso, stimmt was nicht damit?«, und sich ganz besorgt im Spiegel betrachtete.

Sie sah voll gut aus. Sogar noch viel besser als sonst und ich glaub, genau das war das Problem. Vielleicht klingt es komisch, das über die eigene Mutter zu sagen, aber meine Mutter kann echt toll aussehen, wenn sie will. Ich kann nur hoffen, dass ich eines Tages so hübsch werde wie sie. Ihr Haar steht nicht ab wie ein Vorfahrtsschild, sie hat nicht Schuhgröße 43 und sie besitzt Brüste. Ganz im Ernst, für eine Mutter ist sie verdammt sexy.

Kurz darauf klingelte es und Mom stürzte schnell raus,

weil sie nicht wollte, dass Mr. Gianini raufkam und ihren Ex, den Fürsten von Genovia, zu sehen bekam. Was ich verstehen kann, weil er nach wie vor an seinem Eiswürfel würgte und ziemlich komisch aussah. Ein rotgesichtiger, kahlköpfiger Mann im Kaschmirpulli, der sich die Lunge aus dem Leib hustet – also ganz ehrlich, *mir* wäre es an ihrer Stelle auch peinlich gewesen, zuzugeben, mal mit ihm im Bett gewesen zu sein.

Mir war es sowieso lieber, dass Mr. Gianini nicht raufkam, weil ich nicht wollte, dass er mich vor meinen Eltern fragt, warum ich am letzten Freitag nicht im Förderunterricht war.

Als Mom weg war, versuchte ich Dad zu demonstrieren, wie viel besser ich dafür gerüstet bin, in New York zu leben als in Genovia, indem ich ein wirklich geniales Abendessen für uns bestellte. Insalata Caprese, Ravioli al funghetto und eine Pizza Margarita und das alles sogar für unter zwanzig Dollar. Aber ich schwöre, mein Vater war kein bisschen beeindruckt! Er schenkte sich nur noch einen Scotch mit Soda ein und machte den Fernseher an. Ihm fiel nicht mal auf, dass Fat Louie sich direkt neben ihn pflanzte. Er streichelte ihn sogar. Dabei behauptet Dad, eine *Katzenallergie* zu haben.

Und dann wollte er noch nicht mal über Genovia reden. Nein, er musste Sport schauen. Ungelogen. Sport. Wir kriegen siebenundsiebzig Programme und ihn interessieren nur die Sendungen, in denen lauter gleich aussehende Männer einem kleinen Ball nachjagen. Die lange »Dirty-Harry«-Filmnacht? Musikvideos? Vergiss es. Er suchte den Sportkanal und starrte wie betäubt auf den Schirm, und als ich ihn darauf hinwies, dass Mom und ich normalerweise am Samstag einen Spielfilm auf HBO anschauen, stellte er bloß den Ton lauter!!!

Total kindisch.

Aber das war noch nicht mal das Schlimmste. Als das Essen kam, ließ er den Lieferanten unten von Lars filzen und hat ihn erst danach raufgelassen! Ist so was zu glauben? Ich musste Antonio mit einem ganzen Dollar Trinkgeld für die entwürdigende Behandlung entschädigen. Und dann setzte Dad sich hin, schaufelte stumm sein Essen in sich hinein und pennte nach einem weiteren Scotch auf dem Futon ein – mit Fat Louie auf dem Schoß!

Gut möglich, dass Fürst sein und Hodenkrebs gehabt zu haben, einen leicht dazu verleitet, sich für etwas Besonderes zu halten. Es wäre wahrscheinlich vermessen, von so jemandem verlangen zu wollen, seiner einzigen Tochter und Thronerbin ein klein wenig von seiner kostbaren Zeit zu widmen.

Tja, da hocke ich also an einem Samstagabend mal wieder allein zu Hause. Was nicht heißt, dass ich nie an Samstagen zu Hause hocken würde – wenn ich nicht gerade was mit Lilly mache. Ich möchte mal wissen, warum ich so was von OUT bin? Klar, mir ist schon bewusst, dass ich unattraktiv bin und so, aber ich versuche doch, freundlich zu den anderen zu sein. Man sollte meinen, dass die wenigstens meine inneren Werte zu schätzen wüssten und mich auf ihre Partys einladen würden, weil ich nett bin. Es ist doch nicht *meine* Schuld, dass meine Haare abstehen, genauso wenig wie Lilly was für ihr Mopsgesicht kann.

Ich hab schon eine Zillion Mal versucht, bei Lilly anzurufen, aber da ist die ganze Zeit besetzt, was wahrscheinlich heißt, dass Michael zu Hause ist und online an seinem Webzine arbeitet. Die Moscovitzens wollen sich schon seit langem einen zweiten Anschluss legen lassen, damit man von Zeit zu Zeit auch mal durchkommt, aber die Telefongesellschaft hat gesagt, sie könne keine 212er Nummern mehr vergeben. Lillys Mutter weigert sich aber, zwei Nummern mit unterschiedlichen Ziffern am Anfang in ein und derselben Wohnung zu akzeptieren, und sagt, wenn sie keine 212er Nummer bekommt, besorgt sie sich eben ein Handy. Abgesehen davon geht Michael ab Herbst sowieso aufs College und damit erledigt sich das Telefonproblem von selbst.

Ich würde echt gern mit Lilly sprechen. Okay, ich hab ihr von der Prinzessinnensache nichts erzählt und werde mich auch in Zukunft davor hüten – das darf sie auf keinen Fall erfahren. Aber wenn's mir schlecht geht, fühle ich mich manchmal schon allein dadurch besser, dass ich mit ihr rede, auch wenn ich ihr gar nicht sage, was los ist. Vielleicht tröstet es mich einfach, dass andere Mädchen in meinem Alter an einem Samstag auch zu Hause hocken. Die meisten anderen in unserer Klasse gehen schon mit Jungs weg. Seit kurzem sogar Shameeka. Sie ist richtig IN, seit sie aus den letzten Sommerferien plötzlich mit Busen zurückkam.

Okay, ich muss einräumen, dass sie schon um zehn wieder zu Hause sein und den Jungen ihren Eltern persönlich vorstellen muss. Außerdem erwarten sie von dem Jungen detaillierte Angaben darüber, wo sie hingehen und was sie dort zu tun gedenken, und dann muss er ihrem Vater vorher auch noch zwei Lichtbildausweise von sich aushändigen, die Mr. Taylor kopiert, bevor er Shameeka erlaubt, mit ihm das Haus zu verlassen. Aber immerhin: Sie *unternimmt* was mit Jungs. Die Jungs *fragen sie*, ob sie mit ihnen weggehen will.

Mich hat noch nie einer gefragt.

Bisschen später

Ich fand es ziemlich langweilig, meinem Vater beim Schnarchen zuzuschauen, obwohl es schon komisch war, wie Fat Louie ihn jedes Mal entrüstet anstarrte, wenn er geräuschvoll Luft holte. Die »Dirty-Harry«-Filme hatte ich alle schon gesehen und was anderes kam nicht, deshalb bin ich auf die Idee gekommen, mich an den Computer zu setzen und Michael eine Instant Message zu schicken, um ihm mitzuteilen, dass ich dringend mit Lilly sprechen muss, und ob er bitte mal auflegen kann, damit ich sie anrufen kann.

CRAC-KING: WAS GIBT'S, THERMOPOLIS?

FTLOUIE: ICH MUSS MIT LILLY REDEN.
BITTE GEH MAL AUS DER LEITUNG,
DAMIT ICH ANRUFEN KANN.

CRAC-KING: WORÜBER WILLST DU DENN MIT IHR REDEN?

FTLOUIE: GEHT DICH NICHTS AN. MACH EINFACH DIE LEITUNG FREI. BITTE. DU KANNST NICHT STUNDENLANG DAS FERNSPRECHNETZ BLOCKIEREN. DAS IST DEN ANDEREN GEGENÜBER UNFAIR.

CRAC-KING: WER HAT BEHAUPTET, DASS DAS LEBEN FAIR IST, THERMOPOLIS? WAS MACHST DU ÜBERHAUPT ZU HAUSE? WAS IST LOS? HAT DEIN TRAUMBOY ETWA NICHT ANGERUFEN?

FTLOUIE: WER SOLL DAS SEIN?

CRAC-KING: NA, DU WEISST SCHON. DER MANN, MIT DEM DU NACH DEM POSTNUKLEAREN ARMAGEDDON DEIN LEBEN TEILEN WILLST – JOSH RICHTER.

Lilly hat es ihm gesagt! O Gott, ich glaub's einfach nicht! Ich bring sie um!

FTLOUIE: GEHST DU JETZT BITTE AUS DER LEITUNG, DAMIT ICH LILLY ANRUFEN KANN????

CRAC-KING: WARUM SO EMPFINDLICH? HAB ICH ETWA EINEN WUNDEN PUNKT GETROFFEN?

Ich hab die Verbindung sofort unterbrochen. Manchmal ist er echt so ein Arsch.

Aber fünf Minuten später klingelte das Telefon und Lilly war dran. Na gut, er ist zwar ein Arsch, aber wenn er will, kann er ein ganz netter Arsch sein.

Lilly ist stinksauer auf ihre Eltern, weil die ihr das im ersten Zusatzartikel zur Verfassung niedergelegte Recht auf freie Meinungsäußerung verweigern, indem sie ihr verbieten, die geplante Sendung über ihre Füße zu drehen. Lilly will gleich Montag früh bei der ACLU, der American Civil Liberties Union anrufen, die sich für die Wahrung der Menschenrechte einsetzt. Ohne die finanzielle Unterstützung ihrer Eltern kann sie »Lilly spricht Klartext« in Zukunft vergessen. Jede Sendung kommt auf etwa zweihundert Dollar, wenn man die Kosten für Videobänder und so mitrechnet. Der Offene Kanal steht nur Bürgern mit Bargeld offen.

Lilly war so verzweifelt, da wollte ich sie nicht auch noch zur Sau machen, weil sie Michael das mit Josh erzählt hatte. Wenn ich jetzt so darüber nachdenke, war es vielleicht auch besser so.

Mein Leben ist ein verstricktes Netz von Lügen.

Sonntag, 5. Oktober

Ich kann echt nicht glauben, dass Mr. Gianini mich verpetzt hat. Er hat Mom doch tatsächlich brühwarm erzählt, dass ich am Freitag seinen bescheuerten Förderunterricht geschwänzt hab!!!!

Hallo? Ja, hab ich denn überhaupt keine Rechte? Kann ich nicht mal eine Stunde blaumachen, ohne dass mich der Freund meiner Mutter gleich bei ihr anschwärzt?

Als wäre mein Leben nicht so schon beschissen genug: Ich bin körperlich deformiert *und* werde gezwungen, Prinzessin zu sein. Aber nein, das reicht wohl nicht, was? Jetzt muss ich auch noch von meinem Mathelehrer bespitzelt werden!!!!

Vielen Dank, Mr. Gianini. Dank Ihnen durfte ich den ganzen Sonntag damit verbringen, mir von meinem wahnsinnigen Vater quadratische Gleichungen eindrillen zu lassen, wobei er sich die ganze Zeit mit der Hand an seinen kahlen Kopf klatschte und vor Verzweiflung winselte, als er herausfand, dass ich noch nicht mal weiß, wie man Brüche multipliziert.

Hallo? Darf ich bescheiden anmerken, dass Samstag und Sonntag eigentlich als SCHULFREIE Tage gedacht sind?

Und dann musste Mr. Gianini meiner Mutter natürlich auch gleich erzählen, dass er morgen bei uns eine unangemeldete Lernerfolgskontrolle schreiben will. Okay, es ist vielleicht ganz nett von ihm, mich vorzuwarnen – aber man darf auf so einen Test doch gar nicht vorlernen. Schließlich soll darin abgefragt werden, was man sich gemerkt hat.

Da ich offenbar seit der zweiten Klasse nichts Mathematisches im Kopf behalten hab, sollte ich es Dad wahrscheinlich nicht krumm nehmen, dass er so sauer reagiert hat. Als er drohte, mich auf die Sommerschule zu schicken, falls ich in Mathe durchfalle, wies ich ihn darauf hin, dass er mich bereits dazu verpflichtet hätte, die Sommerferien in Genovia zu verbringen. Darauf sagte er, dann müsse ich eben in GENOVIA zur Sommerschule!

Klar, Superidee. Ich hab schon Kinder kennen gelernt, die in Genovia auf der Schule sind, und die wussten noch nicht mal, was ein Zahlenstrahl ist. Und außerdem wird bei denen alles in Kilos und Zentimetern gemessen. Dabei ist dieses metrische System absolut veraltet!

Aber ich will morgen trotzdem kein Risiko eingehen und hab mir die Formel zum Lösen quadratischer Gleichungen deshalb auf die weiße Sohle von meinen Turnschuhen geschrieben. Und zwar auf das Stück zwischen Ferse und Zehen, wo der Gummi ein bisschen nach innen gewölbt ist. Morgen ziehe ich sie an, und wenn ich was nicht weiß, schlage ich einfach lässig die Beine übereinander und schau nach.

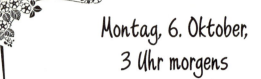

Montag, 6. Oktober, 3 Uhr morgens

Ich hab bis jetzt keine einzige Minute geschlafen, weil ich solche Panik hab, morgen beim Spicken erwischt zu werden. Was passiert eigentlich genau, wenn jemand sieht, dass ich mir die Formel auf die Schuhsohle geschrieben hab? Können die mich von der Schule werfen? Ich will nicht von der Schule fliegen! Ich hab mich inzwischen irgendwie daran gewöhnt, dass mich an der Albert-Einstein-Highschool alle für eine Loserin halten. Ich will nicht an eine neue Schule, wo ich wieder ganz von vorn anfangen müsste. Ob man wohl für den Rest seiner Schulkarriere so eine Art scharlachrotes Zeichen tragen muss, das einen für alle Ewigkeit als Spickerin brandmarkt?

Und was ist mit dem College? Vielleicht werde ich nicht aufs College aufgenommen, wenn in meiner Schülerakte steht, dass ich gespickt hab.

Was nicht heißt, dass ich aufs College gehen möchte. Aber was ist mit Greenpeace? Bestimmt wollen die bei Greenpeace auch keine Spicker. O Gott, was mach ich nur???

Montag, 6. Oktober, 4 Uhr morgens

Ich hab versucht, die Lösungsformel vom Schuh abzuwaschen, aber sie geht nicht ab! Ich hab sie wahrscheinlich mit wasserfestem Stift geschrieben! Was mach ich denn nur, wenn Dad das rauskriegt? Ob die in Genovia heutzutage noch Leute köpfen?

Montag, 6. Oktober, 7 Uhr morgens

War gerade auf die glorreiche Idee gekommen, meine Docs anzuziehen und die Turnschuhe auf dem Schulweg wegzuwerfen – da ist mir doch glatt einer der Schnürsenkel gerissen! Und andere Schuhe kann ich nicht nehmen, weil alle eine Nummer zu klein sind. Letzten Monat sind meine Füße um einen ganzen Zentimeter gewachsen! In den flachen Slippern kann ich kaum laufen und bei den Clogs stehen hinten die Fersen über. Mir bleibt gar nichts anderes übrig, als die Turnschuhe anzuziehen!

Die erwischen mich mit Sicherheit. Ich weiß es genau!

Montag, 6. Oktober, 9 Uhr morgens

Auf dem Weg zur Schule, als ich schon im Wagen saß, fiel mir ein, dass ich ja die Bändel von den Turnschuhen für die Docs hätte nehmen können – ich bin echt so was von blöd!

Lilly hat mich übrigens gefragt, wie lange mein Vater noch in New York bleibt. Sie fährt lieber mit der Subway als mit dem Auto, weil sie da ihr Spanisch aufpolieren kann, indem sie die Poster entziffert, die das Gesundheitsamt für die Spanisch sprechende Bevölkerung aushängt. Ich sagte ihr, dass ich keine Ahnung hab, wie lange er noch bleibt, aber das Gefühl hätte, dass er mir sowieso nicht mehr erlauben würde, irgendwohin mit der Subway zu fahren.

Lilly meinte daraufhin, mein Vater triebe diese Geschichte mit seiner Unfruchtbarkeit etwas zu weit. Die Tatsache, dass er niemanden mehr *embarazada* machen könne, rechtfertige nicht diese plötzliche, übertriebene Fürsorglichkeit, die er mir gegenüber an den Tag legt. Ich sah, wie Lars vorne am Steuer ein bisschen in sich hineingrinste. Hoffentlich kann er kein Spanisch. Wie peinlich.

Jedenfalls findet Lilly, dass ich mich rechtzeitig zur Wehr setzen sollte, bevor es noch schlimmer wird. Sie sagte, man würde mir schon anmerken, wie ich darunter litte. Ich würde total abgespannt aussehen und hätte Augenringe. Natürlich sehe ich abgespannt aus. Ich bin ja auch seit drei Uhr morgens wach und versuche meine Schuhe sauber zu kriegen!

Vorhin war ich auf dem Mädchenklo und hab noch einen Versuch unternommen, die Schrift abzuwaschen. Auf einmal kam Lana rein. Als sie mich an den Schuhen rumrubbeln sah, verdrehte sie bloß die Augen und fing an sich ihre langen Marcia-Brady-Haare zu kämmen und sich im Spiegel anzustarren. Ich war mir eigentlich sicher, dass sie gleich auf ihr Spiegelbild zugehen und es abknutschen würde. Es ist nicht zu übersehen, dass sie total in sich verliebt ist.

Die Lösungsformel ist jetzt zwar ein bisschen verschmiert, aber man kann sie immer noch lesen. Ich schaue trotzdem nicht drauf – ich schwör's!

Montag, 6. Oktober,
T & B

Okay. Ich geb's zu. Ich hab doch gespickt.
Nur hat es mir leider rein gar nichts genützt. Nachdem Mr. Gianini die Blätter eingesammelt hat, ist er an der Tafel alle Aufgaben noch mal durchgegangen und ich hab jede einzelne falsch.

Ich kann noch nicht mal richtig spicken!!!

O Gott, ich glaub echt nicht, dass es auf der Welt noch eine größere Niete gibt als mich.

Polynome: ein aus Konstanten (den Koeffizienten des P.) und Unbestimmten gebildeter Ausdruck
Grad des Polynom = $i + j + \ldots + r$ ist der Grad des Gliedes $a_{ij\ldots r}$ $x_i x_j \ldots x_r$; der größte dieser Grade wird als Grad des P. bezeichnet

Äh hallo? Interessiert das eigentlich *irgendwen*???? Mal ganz im Ernst, gibt es Menschen, die sich wirklich für Polynome begeistern können? Ich meine, jetzt mal außer so Leuten wie Michael Moscovitz und Mr. Gianini? Irgendwen?
Als es endlich klingelte, fragte Mr. Gianini:»Ach ja, Mia, wirst du uns heute Nachmittag im Förderunterricht mit deiner Anwesenheit erfreuen?«
Ich sagte Ja, aber so leise, dass nur er es hörte.
Warum ich? *Warum, warum, warum?* Als hätte ich nicht so

schon genug Probleme. Ich falle in Mathe durch, meine Mutter trifft sich mit meinem Lehrer und ich bin Prinzessin von Genovia. Das ist eindeutig mehr, als ein einzelner Mensch verkraften kann.

Dienstag, 7. Oktober

Ode an die Mathematik
Gestoßen in diesen kargen Klassenraum,
verenden wir wie lampenlose Motten,
hilflos ausgeliefert
der Trostlosigkeit fluoreszierenden
Kunstlichts und metallener Tische.
Zehn Minuten noch, bis die Stunde schlägt.
Die Formel zum Lösen quadratischer Gleichungen.
Was nützt sie uns im wahren Leben?
Hilft sie uns, die Geheimnisse zu entschlüsseln,
die in den Herzen unserer Lieben verborgen sind?
Fünf Minuten noch, bis die Stunde schlägt.
O grausamer Mathelehrer,
wieso lässt du uns nicht gehen?

Hausaufgaben:

Mathe:	Aufgaben 17–30 auf dem Arbeitsblatt
Englisch:	Referat
Erdkunde:	Fragen am Ende von Kapitel 7
T & B:	nichts
Franz:	huit phrases, ex. a) S. 31
Bio:	Arbeitsblatt

Mittwoch, 8. Oktober

O nein.
  Sie ist hergekommen.
  Na ja, nicht exakt *hierher*. Aber sie ist im Land. Sie ist in der Stadt. Sie befindet sich, um genau zu sein, nur knapp siebenundfünfzig Straßenblöcke von hier entfernt. Sie wohnt im Plaza, bei Dad. Gott sei Dank. So muss ich sie wenigstens bloß nach der Schule und am Wochenende sehen. O Gott, wenn ich mir vorstelle, sie würde hier bei uns wohnen – das wäre so was von schrecklich.
  Es ist nämlich voll grausam, wenn sie das Erste ist, was man nach dem Aufwachen zu Gesicht bekommt. Sie schläft immer in solchen Seidennachthemden mit riesigen Spitzeneinsätzen, wo man alles durch sehen kann. Also auch Dinge, die man eigentlich lieber nicht sehen würde. Außerdem setzt sie zum Schlafen ihre blonde Perücke ab. Eyeliner hat sie allerdings auch nachts drauf, weil sie sich den in den Achtzigern auf die Augenlider hat tätowieren lassen. Da durchlief sie (laut Mom) kurz nach dem Tod von Fürstin Grazia Patrizia zeitweilig eine manische Phase. Es ist ziemlich komisch, wenn man sich frühmorgens unerwartet einer kahlköpfigen Greisin im Spitzennegligee und mit schwarz umrandeten Augen gegenübersieht.
  Nein, eigentlich ist es nicht so sehr komisch, als vielmehr

Furcht einflößend, schlimmer als Freddy Krüger und Jason aus »Halloween« zusammengenommen.

Kein Wunder, dass Grandpère im eigenen Bett an Herzversagen gestorben ist. Wahrscheinlich hat er sich eines Morgens auf die andere Seite gerollt und seine Frau aus der Nähe gesehen.

Im Grunde sollte man sicherheitshalber den Präsidenten davon in Kenntnis setzen, dass sie da ist. Ich bin der Meinung, er müsste informiert werden. Also, wenn es jemanden gibt, der den Dritten Weltkrieg auslösen könnte, dann meine Großmutter.

Als ich Grandmère das letzte Mal gesehen hab, gab sie ein Essen, bei dem sie allen Gästen *foie gras* servierte, nur einer ganz bestimmten Frau nicht. Sie hatte ihre Köchin Marie angewiesen, ihr nichts auf den Teller zu legen. Als ich der Dame meine *foie gras* anbot, weil ich annahm, dass vielleicht nicht genug für alle da wäre – und ich ja außerdem keine Sachen esse, die mal gelebt haben –, rief meine Großmutter nur: »Amelia!« Aber so laut, dass mir vor Schreck die Scheibe *foie gras* vom Teller rutschte. Grandmères schrecklicher Zwergpudel war schon übers Parkett geflitzt und hatte sie sich geschnappt, bevor ich reagieren konnte.

Später, als alle gegangen waren, wollte ich wissen, warum die Frau keine *foie gras* bekommen hatte, und Grandmère erklärte mir, dass sie ein uneheliches Kind hätte.

Hallo? Äh, Grandmère, darf ich dich darauf hinweisen, dass dein eigener Sohn ebenfalls ein uneheliches Kind hat, nämlich mich, Mia, *deine Enkelin*?

Aber als ich das sagte, brüllte Grandmère nur nach ihrem Mädchen und ließ sich noch einen Drink bringen. Aha, es ist offenbar okay, ein uneheliches Kind zu haben, wenn man FÜRST ist. Aber wenn man ein ganz normaler Mensch ist, hat man Pech gehabt – keine *foie gras* für Sie, Madame.

O nein! Was ist, wenn Grandmère in unseren Loft kommt? Sie hat die Wohnung noch nie gesehen. Ich glaub nicht, dass sie überhaupt jemals die Gegend um die 5th Avenue herum verlassen hat. Aber sie würde es in Greenwich Village sowieso grässlich finden, dass kann ich schon jetzt sagen. In unserem Viertel sieht man die ganze Zeit Leute desselben Geschlechts Händchen halten und sich küssen. Grandmère kriegt schon einen hysterischen Anfall, wenn sie Leute *unterschiedlichen* Geschlechts Händchen halten sieht. Ich möchte mal wissen, was sie auf der alljährlichen Schwulen- und Lesbenparade machen würde, wo alle sich küssen und an den Händen halten und rufen: »Wir sind schwul und lesbisch – na und?« Na und?!! Grandmère würde das nie akzeptieren, die würde glatt einen Herzinfarkt bekommen. Sie akzeptiert ja noch nicht mal durchstochene Ohrläppchen, geschweige denn andere durchstochene Körperteile.

Außerdem ist es bei uns per Gesetz verboten, in Restaurants zu rauchen, und Grandmère qualmt wie ein Schlot, sogar im Bett.

Deshalb hat Grandpère in Miragnac auch jedes einzelne Zimmer mit diesen komischen Einweg-Sauerstoffmasken ausrüsten und einen unterirdischen Tunnel graben lassen, durch den wir uns in Sicherheit bringen können, falls Grandmère mit brennender Zigarette einschläft und das Schloss abfackelt.

Und dann hasst Grandmère Katzen. Sie glaubt, sie würden sich schlafenden Kindern nachts aufs Gesicht setzen, um ihnen den Atem abzusaugen. Ich möchte nicht wissen, was sie zu Fat Louie sagen würde. Er schläft jede Nacht bei mir im Bett. Und wenn er jemals auf die Idee käme, mir aufs Gesicht zu hüpfen, wäre ich sofort tot. Fat Louie wiegt 13,2 Kilo, und zwar schon, bevor er morgens seine Dose Katzenfutter bekommen hat.

Ich will auch lieber nicht wissen, wie sie auf Moms Sammlung geschnitzter Fruchtbarkeitsgöttinnen reagieren würde.

O Mann, wieso musste sie denn ausgerechnet JETZT herkommen? Damit ist ALLES aus! Ich schaff es niemals, die Sache vor den anderen geheim zu halten, wenn SIE hier ist.

Warum?
    Warum??
        WARUM???

Donnerstag, 9. Oktober

Jetzt weiß ich, warum. Ich krieg von ihr Prinzessunterricht. Ich stehe noch zu sehr unter Schock, um schreiben zu können. Später mehr.

Freitag, 10. Oktober

Prinzessunterricht.
    Ungelogen. Ich muss ab jetzt jeden Tag direkt nach dem Matheförderunterricht zu meiner Großmutter ins Plaza, wo sie mir Prinzessunterricht geben will.
    Falls es Gott wirklich gibt, frage ich mich wirklich, wie er das zulassen konnte!
    Doch, ganz im Ernst. Man hört doch immer wieder, dass Gott einem Menschen nie mehr aufbürdet, als er bewältigen kann, aber – und das ist jetzt echt keine Anstellerei – ich kann das nicht mehr bewältigen. Es ist schlicht ZU VIEL! Ich kann nicht jeden Tag nach der normalen Schule auch noch zum Prinzessunterricht. Nicht mit Grandmère als Lehrerin. Ich überlege ganz ernsthaft, ob ich abhauen soll.
    Dad hat gesagt, ich hätte keine andere Wahl. Ich bin gestern Abend, nachdem ich bei Grandmère war, direkt zu seinem Zimmer runtergegangen. Ich hab gegen die Tür gehämmert, und als er öffnete, bin ich mit Riesenschritten ins Zimmer und hab ihm klipp und klar gesagt, dass ich es nicht machen würde, auf keinen Fall. Niemand hätte mir was von Prinzessunterricht gesagt.
    Und seine Antwort? Er behauptete, mit meiner Unterschrift unter dem Kompromiss hätte ich mich bereit erklärt, im Rahmen meiner Verpflichtungen als Thronerbin am Prinzessunterricht teilzunehmen.

Ich hab eine völlige Neubearbeitung des Vertrags verlangt, weil darin mit keinem Wort steht, dass ich mich jeden Tag nach der Schule mit Grandmère treffen muss, um irgendwelchen Prinzessunterricht zu bekommen.

Aber mein Vater war noch nicht mal bereit, sich mit mir darüber zu unterhalten. Er sagte, es sei schon spät und ob wir diese Diskussion nicht bitte auf einen anderen Zeitpunkt verschieben könnten. Und während ich noch dastand und mich laut darüber ereiferte, wie verdammt ungerecht das alles ist, schwebt auf einmal diese Journalistin, die ich aus dem Fernsehen kenne, ins Zimmer. Sie war wahrscheinlich da, um ihn zu interviewen, nur was ich komisch fand: Ich hab sie ja schon ein paar Mal im Fernsehen gesehen, aber wenn sie den Präsidenten oder solche Leute interviewt, trägt sie normalerweise keine ärmellosen Cocktailkleider.

Heute Abend lese ich mir den Kompromiss noch mal gründlich durch, ich erinnere mich nämlich wirklich nicht daran, dass da irgendwo die Rede von Prinzessunterricht wäre.

Und so ist meine gestrige, erste »Unterrichtsstunde« gelaufen: Zuerst wollte der Türsteher mich nicht reinlassen (das alte Spiel), aber dann hat er Lars gesehen, der 1,95 m groß ist und bestimmt an die 150 Kilo wiegt. Außerdem hat Lars' Jackett so eine Ausbuchtung und mir ist erst jetzt klar geworden, dass das wahrscheinlich seine Waffe ist und gar nicht der Stumpf eines zusätzlichen dritten Arms, wie ich anfangs annahm. Ich hatte ihn die ganze Zeit bewusst nicht danach gefragt, weil ich keine schmerzlichen Erinnerungen an seine Jugend in Amsterdam (oder wo auch immer er aufgewachsen ist) in ihm wachrufen wollte, wo ihn die anderen Kinder bestimmt deswegen gehänselt haben. Ich weiß ja aus eigener leidvoller Erfahrung, wie es ist, mit einem körperlichen Defekt leben zu müssen. Über so was spricht man nicht gerne.

Aber jetzt ist mir klar, dass es eine Waffe ist. Der Türsteher hat sich nämlich total aufgeführt und den Empfangschef geholt. Zum Glück wusste der Empfangschef gleich, wer Lars ist.

Immerhin wohnt er ja auch im Hotel in einem Zimmer in Dads Suite.

Der Empfangschef geleitete uns höchstpersönlich nach oben ins Penthouse, wo Grandmère sich eingemietet hat. Wahnsinn! Dieses Penthouse, das ist ein Thema für sich. Es ist superluxuriös. Und ich dachte, das Damenklo im Plaza wäre luxuriös – dabei ist das Klo nichts gegen das Penthouse!

Es fängt schon mal damit an, dass alles rosa ist. Die Wände sind rosa, der Teppich ist rosa, die Vorhänge sind rosa, sogar die Möbel sind rosa. Überall stehen Vasen voller rosafarbener Rosen rum und an den Wänden hängen Bilder, von denen Schäferinnen mit rosa Bäckchen herunterlächeln.

Als ich gerade das Gefühl hatte, in diesem Meer von Rosa zu ertrinken, kam Grandmère in den Salon geschwebt – und zwar von Kopf bis Fuß in Lila gekleidet, vom Seidenturban bis hin zu den strassbesetzten Sandalen.

Jedenfalls vermute ich mal, dass es Strass war.

Grandmère trägt grundsätzlich Lila. Lilly hat mir erklärt, dass Leute, die lila Kleidung bevorzugen, unter einer Persönlichkeitsstörung leiden, die sie glauben lässt, sie seien irgendwie höher gestellt. Lila sei nämlich traditionell die Farbe der aristokratischen Klasse gewesen und es sei den einfachen Bauern deshalb jahrhundertelang verboten gewesen, ihre Kleidungsstücke mit Indigo zu färben, damit sie auch kein Lila herstellen konnten.

Natürlich weiß Lilly nicht, dass meine Großmutter ein Mitglied der aristokratischen Klasse IST. Eine gestörte Persönlichkeit hat sie auf jeden Fall auch, aber die drückt sich nicht darin aus, dass sie sich für eine Aristokratin hält. Sie IST eine.

Jedenfalls kam Grandmère von der Terrasse, wo sie gestanden hatte, in den Salon und das Erste, was sie zu mir sagte, war: »Was hast du dir auf den Schuh gekritzelt?«

Ich hätte mir aber gar keine Sorgen machen müssen, dass sie meinen Spickzettel entdeckt hatte, weil sie sofort anfing, an allem anderen rumzumeckern.

»Warum hast du denn zu einem Rock Turnschuhe an? Du hältst diese Strümpfe doch nicht etwa für sauber, oder? Steh nicht so krumm und schief da! Was ist überhaupt mit deinem Haar los? Hast du etwa wieder angefangen, an den Nägeln zu kauen, Amelia? Ich dachte, wir wären uns einig gewesen, dass du diese unappetitliche Angewohnheit ablegst? Meine Güte, kannst du nicht mal langsam aufhören zu wachsen? Hast du dir etwa vorgenommen, so groß wie dein Vater zu werden?«

Nur, dass das alles noch viel böser klang, weil sie es auf Französisch keifte.

Und als wäre das noch nicht schlimm genug, raunzt sie mich mit ihrer heiseren Zigarettenstimme an: »Und einen *Kuss* bekommt deine Grandmère wohl nicht von dir?«

Ich bin artig zu ihr rüber, beugte mich runter (Grandmère ist etwa dreißig Zentimeter kleiner als ich) und drückte ihr einen Kuss auf die Wange (die total weich ist, weil sie sich jeden Abend vor dem Schlafengehen Vaseline draufschmiert), und als ich mich gerade zurückziehen wollte, packte sie mich und schimpfte: »*Pfui!* Hast du denn schon alles vergessen, was ich dir beigebracht habe?«, und zwang mich, sie auch noch auf die andere Wange zu küssen, weil man das in Frankreich (und in SoHo) bei der Begrüßung so macht.

Als ich sie auf die andere Backe küsste, sah ich Rommel

hinter ihrem Rücken hervorlugen. Rommel ist Grandmères fünfzehnjähriger Zwergpudel. Er hat in etwa die Größe und Statur eines Leguans, nur dass er nicht so intelligent ist. Er zittert die ganze Zeit und muss immer ein Jäckchen aus Fleecestoff tragen. Das gestrige war lila, farblich passend zu Grandmères Kleid. Rommel duldet es nicht, von jemandem anderen angefasst zu werden als von Grandmère, und selbst wenn sie ihn streichelt, verdreht er die Augen, als würde er gefoltert.

Wenn Noah Rommel gekannt hätte, hätte er es sich vielleicht noch mal überlegt, wirklich zwei Tiere von *jeder* Art auf die Arche zu lassen.

»*Bon*«, sagte Grandmère, als sie der Meinung war, wir hätten genug Zärtlichkeiten ausgetauscht: »Eines musst du mir aber erklären: Dein Vater eröffnet dir, dass du die Prinzessin von Genovia bist, und du brichst in Tränen aus. Wieso das denn?«

Ich fühlte mich plötzlich sehr müde und musste mich in einen der rosafarbenen Plüschsessel fallen lassen, weil ich sonst umgekippt wäre.

»Mensch, Grandmère«, maulte ich auf Englisch. »Ich will eben keine Prinzessin sein. Ich will nur ich sein – Mia.«

Grandmère erwiderte darauf: »Bitte benutze kein Englisch in meiner Gegenwart. Das ist vulgär. Sprich französisch, wenn du mit mir redest. Und setz dich gefälligst anständig in den Sessel. Nicht die Beine über die Lehne hängen lassen. Außerdem bist du nicht Mia, du bist Amelia. Um genau zu sein – Amelia Mignonette Grimaldi Renaldo.«

Auf meinen Einwand: »Du hast Thermopolis vergessen«, warf sie mir den bösen Blick zu, den sie sehr gut beherrscht.

»Nein«, sagte sie, »Thermopolis vergesse ich nicht.«

Grandmère ließ sich in dem Plüschsessel neben mir nieder und sagte: »Willst du mir damit etwa zu verstehen geben, dass du nicht gedenkst, den dir rechtmäßig zustehenden Platz auf dem Thron einzunehmen?«

Mann, war ich müde. »Grandmère, du weißt doch genauso gut wie ich, dass aus mir keine Prinzessin wird, oder? Wozu sollen wir überhaupt unsere Zeit verschwenden?«

Grandmère starrte mich aus ihren rundum tätowierten Augen an.

Ich konnte ihr ansehen, dass sie mich am liebsten umgebracht hätte. Vermutlich wusste sie nur nicht, wie sie das anstellen sollte, ohne den rosa Teppich mit Blut zu besudeln.

»Du bist die Kronprinzessin von Genovia«, verkündete sie mit bedeutungsschwangerer Stimme. »Und du wirst meinem Sohn auf den Thron nachfolgen, wenn er einmal verscheiden sollte. So ist es nun mal und daran ist nicht zu rütteln.«

O Mann.

Ich murmelte resigniert: »Na gut, wie du meinst, Grandmère. Hör mal, ich hab echt eine Menge Hausaufgaben. Dauert diese Prinzessinnensache noch lang?«

Grandmère sah mich bloß stumm an. »So lang«, erklärte sie schließlich, »wie es eben dauert. Wenn es dem Wohl unseres Landes dient, bin ich gerne bereit, meine kostbare Zeit zu opfern – ja, sogar mein Leben.«

Boah, das war mir ein bisschen zu patriotisch. »Aha«, sagte ich. »Okay.«

Danach starrte ich Grandmère eine Weile an und sie starrte zurück und Rommel ließ sich zwischen unseren Sesseln auf dem Teppich nieder – aber ganz langsam und vorsichtig, als wären seine dünnen Beinchen zu zerbrechlich, um sein eines Kilo Lebendgewicht zu tragen. Endlich brach Grandmère das Schweigen und verkündete: »Ab morgen fangen wir an. Du kommst direkt nach der Schule zu mir.«

»Äh... Grandmère... ich kann aber nicht direkt nach der

Schule kommen. Ich steh doch in Mathe auf der Kippe und muss jeden Nachmittag am Förderunterricht teilnehmen.«
»*Bon*, dann eben danach. Und trödel nicht herum. Bis morgen schreibst du mir eine Liste der zehn Frauen, die du auf der Welt am meisten bewunderst, und zwar mit Begründung. Das ist alles.«

Mir fiel die Kinnlade runter. *Hausaufgaben?* Ich soll auch noch *Hausaufgaben* machen? Also, davon hatte mir niemand was gesagt!

»Mach gefälligst den Mund zu«, blaffte sie mich an. »Wie sieht das denn aus?«

Ich schloss meinen Mund wieder. Hausaufgaben?!

»Und morgen ziehst du Seidenstrumpfhosen an. Keine dicken Wollstrumpfhosen und auch keine langen Kniestrümpfe. Dafür bist du zu alt. Und ich erwarte, dass du anständige Schuhe trägst, keine Turnschuhe. Du wirst dir die Haare frisieren, Lippenstift tragen und dir die Nägel lackieren – jedenfalls die Stummel, die davon übrig sind.« Grandmère erhob sich. Dazu musste sie sich noch nicht mal auf den Armlehnen abstützen. Für ihr Alter ist Grandmère ziemlich fit. »*Alors*, ich muss mich jetzt für das Abendessen mit dem Schah umkleiden. Auf Wiedersehen.«

Ich saß da wie betäubt. War sie wahnsinnig geworden? War sie jetzt komplett durchgedreht? Hatte sie auch nur die geringste Ahnung, was sie da von mir verlangte?

Jedenfalls waren Grandmère und Rommel im nächsten Moment verschwunden und Lars stand vor mir.

Ich glaub, ich spinne! Hausaufgaben!!! Wenn ich das gewusst hätte!

Und das war ja noch nicht mal das Schlimmste.

Seidenstrumpfhosen? Zur Schule? Die einzigen anderen, die mit Seidenstrumpfhosen in die Schule kommen, sind Lana Weinberger und welche aus der Oberstufe. So Angeberinnen eben. Von meinen Freundinnen zieht keine einzige Seidenstrumpfhosen an.

Und außerdem trägt keine meiner Freundinnen Lippenstift oder Nagellack oder macht was mit ihren Haaren. Jedenfalls nicht für die *Schule.*

Aber ich wusste, dass mir keine andere Wahl blieb. Ich hab nämlich richtig Angst vor Grandmère mit ihren tätowierten Augenlidern und so. Ich kann ihr unmöglich NICHT gehorchen.

Zum Glück ist mir eine gute Idee gekommen. Ich lieh mir eine von Moms Strumpfhosen, die sie auf Vernissagen immer anhat – oder wenn sie Mr. Gianini trifft, wie mir aufgefallen ist –, und nahm sie im Rucksack zur Schule mit. Nägel, die ich lackieren könnte, besitze ich nicht (laut Lilly bin ich oralfixiert, ich stecke mir alles in den Mund, was reinpasst), dafür borgte ich mir einen Lippenstift von Mom. Und zuletzt probierte ich noch das Styling-Mousse aus, das ich im Badezimmerschränkchen entdeckt hatte. Es muss funktioniert haben, denn als Lilly heute Morgen in den Wagen stieg, fragte sie Lars: »Wahnsinn, wo haben Sie denn diese scharfe Jerseyschnalle aufgesammelt?«

Ich schätze mal, dass sie damit meinte, dass mein Haar genauso aufgeplustert aussah wie das dieser Landeier aus New Jersey, die sich total aufbretzeln, wenn sie von ihren Verlobten zu einem romantischen Abendessen nach Little Italy in Manhattan ausgeführt werden.

Nach dem Nachhilfeunterricht bei Mr. Gianini raste ich aufs Mädchenklo, zog die Seidenstrumpfhose an, legte Lippenstift auf und schlüpfte in meine Slipper, die mir echt viel zu klein sind und total drücken. Als ich mich im Spiegel betrachtete, fand ich mich gar nicht übel. Ich war mir sicher, dass Grandmère nichts an mir auszusetzen haben würde.

Auf meinen Einfall, mit dem Umziehen bis nach dem Unterricht zu warten, war ich richtig stolz. Freitagnachmittag würde sich bestimmt keiner mehr im Schulgebäude rumtreiben. Wer tut sich das schon freiwillig an?

Leider hatte ich die Computer-AG vergessen.

Aber das geht *allen* so. Man sieht die Leute ja nie. Sie sind mit niemandem außerhalb ihrer Gruppe befreundet und haben auch nie was mit anderen Jungs oder Mädchen aus der Schule – nur, glaub ich, verzichten sie im Gegensatz zu mir freiwillig darauf. Wahrscheinlich ist ihnen an der Albert-Einstein-High-School keiner intelligent genug – abgesehen natürlich von ihnen selbst.

Als ich aus dem Mädchenklo kam, bin ich jedenfalls prompt mit Lillys Bruder Michael zusammengeprallt, der Schatzmeister der Computer-AG ist. Er ist so klug, dass er auch Präsident sein könnte, aber er hat mal gesagt, er hätte keine Lust, als Aushängeschild zu fungieren.

»Ja, spinn ich, Thermopolis!«, rief er, während ich am Boden rumkrabbelte, um das ganze Zeug aufzuklauben, das mir bei unserem Zusammenstoß runtergefallen war – meine Turnschuhe, die Kniestrümpfe und so. »Was ist denn mit *dir* los?«

Ich dachte, er meint, was ich so spät in der Schule mache. »Du weißt doch, dass ich jeden Nachmittag von Mr. Gianini Nachhilfe kriege, weil ich in Math...«

»Ich weiß, ich weiß.« Michael hielt den Lippenstift hoch, der aus meinem Rucksack gerollt war. »Was die Kriegsbemalung soll, meine ich.«

Ich riss ihm den Lippenstift aus der Hand. »Gar nichts. Und wehe, du sagst Lilly was.«

»Was soll ich ihr nicht sagen?« Als ich mich aufrappelte, sah er die Seidenstrumpfhose. »Sag mal, Thermopolis, wo willst du denn heute noch hin?«

»Nirgendwohin.« Muss ich denn die ganze Zeit in Situationen kommen, in denen ich gezwungen bin zu lügen? Ich wünschte mir in dem Moment echt nur, er würde weggehen. Außerdem standen auch noch ein paar von seinen Computerspezies um uns herum und die starrten mich an, als wäre ich eine neue Pixelsorte oder so. Das alles war mir ziemlich unangenehm.

»Niemand, der so aussieht wie du, geht *nirgendwohin*.« Michael klemmte sich seinen Laptop unter den anderen Arm und machte plötzlich ein ganz komisches Gesicht. »Aber du triffst dich nicht mit irgendeinem Typen, Thermopolis, oder?«

»Was? Nein, ich treffe mich mit keinem Typen!« Was für ein absurder Gedanke. Ich war völlig geschockt. Mit einem Typen treffen? Ich? Ja, klar – sonst noch was? »Nein, ich treff mich mit meiner Großmutter.«

Michael sah nicht so aus, als würde er mir das glauben. »Ach so, und du trägst immer Strumpfhosen und malst dir die Lippen an, wenn du dich mit deiner Großmutter triffst?«

Ich hörte ein diskretes Hüsteln und sah hinten an der Tür Lars stehen, der auf mich wartete.

Ich hätte natürlich stehen bleiben und ihm erklären können, dass meine Großmutter mich unter Androhung körperlicher Gewalt (na ja, irgendwie schon) gezwungen hat, mich für meinen Besuch bei ihr zu schminken und diese Strumpfhosen anzuziehen. Aber irgendwie hatte ich meine Zweifel, dass er mir das abnehmen würde. Deshalb bat ich ihn nur: »Bitte sag Lilly nichts davon, okay?«

Und dann rannte ich davon.

Mir war klar, dass ich damit quasi schon tot war. Natürlich wird er seiner Schwester niemals vorenthalten, dass er mich mit Lippenstift und Seidenstrumpfhose aus dem Mädchenklo hat kommen sehen. Niemals.

Und Grandmère war GEMEIN. Sie hat gesagt, dass ich

mit dem Lippenstift aussähe wie eine *poule*. Ich hab null kapiert, warum sie findet, dass ich wie ein Hühnchen aussehe. Aber gerade eben hab ich in meinem Französischwörterbuch nachgeschaut und festgestellt, dass *poule* außerdem noch »Prostituierte« heißen kann! Meine eigene Großmutter nennt mich eine Nutte!

Ich bin erschüttert! Was ist nur aus den lieben Großmüttern geworden, die ihren Enkeln Plätzchen backen und ihnen sagen, was für Goldstücke sie sind? Das ist mal wieder bezeichnend für mein Glück, dass ich eine Großmutter mit eintätowiertem Eyeliner erwische, die behauptet, ich sähe aus wie eine Nutte.

Dann hat sie noch über die Farbe von meiner Seidenstrumpfhose gemeckert. Ich möchte mal wissen, was daran überhaupt falsch sein soll. Sie hat genau die Farbe, die Seidenstrumpfhosen immer haben! Und als Nächstes musste ich zwei Stunden lang üben, so auf einem Stuhl zu sitzen, dass man meine Unterhose nicht sieht!

Ich bin am Überlegen, ob ich nicht bei Amnesty International anrufe. Diese Behandlung fällt bestimmt unter Folter!

Und als ich ihr meine Liste der zehn Frauen gab, die ich am meisten bewundere, da hat sie sie nach dem Lesen in kleine Fetzen zerrissen! Ungelogen!

Ich brüllte los: »Wieso hast du denn das gemacht, Grandmère?«, worauf sie total ungerührt sagte: »Das ist nicht die Sorte von Frauen, die du bewundern sollst. Nimm dir echte Frauen zum Vorbild.«

Ich erkundigte mich bei Grandmère, was sie denn unter »echten Frauen« versteht, schließlich sind die Frauen auf meiner Liste auch alle echt. Na gut, Madonna hat vielleicht die eine oder andere Schönheitsoperation hinter sich, aber sie ist deshalb noch lange nicht künstlich.

Für Grandmère sind Fürstin Grazia Patrizia und Coco

Chanel echte Frauen. Ich machte sie deshalb darauf aufmerksam, dass Prinzessin Diana schließlich auch auf meiner Liste stand, und darauf meinte sie, Diana sei eine »dumme Pute« gewesen. So hat sie sie echt genannt! Eine »dumme Pute«.

Nur dass es bei ihr wie »dümmö *Püttö*« klang.

Unfassbar!

Nachdem wir stundenlang Sitzpositionen eingeübt hatten, verkündete Grandmère, sie müsse jetzt baden gehen, weil sie später noch mit irgendeinem Premierminister zum Abendessen verabredet sei. Sie bestellte mich für morgen pünktlich um zehn wieder ins Plaza – zehn Uhr morgens!

»Grandmère«, sagte ich. »Morgen ist Samstag.«

»Das weiß ich.«

»Aber Grandmère«, rief ich. »Samstags muss ich Regieassistenz bei der Sendung von meiner Freundi...«

Darauf wollte Grandmère wissen, was wichtiger sei, Lillys Fernsehsendung oder das Wohl des genovesischen Volkes. Genovia hat etwa 50 000 Einwohner. Wahrscheinlich sind 50 000 Menschen schon wichtiger als eine Folge von »Lilly spricht Klartext«.

Aber ich fürchte, dass Lilly trotzdem nicht einsehen wird, warum ich sie nicht filmen kann, wenn sie Mr. und Mrs. Ho, die Besitzer von Ho's Deli – das ist der Asia-Imbiss gegenüber der Schule –, auf ihre unfaire Preispolitik anspricht. Lilly hat nämlich durch Zufall herausgefunden, dass Mr. und Mrs. Ho den asiatischen Schülern der Albert-Einstein-Highschool beträchtliche Preisnachlässe gewährten, wohingegen die Europäischstämmigen, die Afroamerikaner, die Latinos und die Araber keine Rabatte eingeräumt bekommen. Das Ganze kam gestern raus, als sie sich nach der Probe der Theater-AG eine Portion Gingko Biloba Puffs holen wollte, genau wie Ling Su, die vor ihr in der Schlange stand. Aber Mrs. Ho verlangte für dasselbe Produkt von ihr (Lilly) ganze fünf Cent mehr als von Ling Su. Als Lilly sich deswegen beschweren wollte, tat Mrs. Ho so, als würde sie kein Englisch sprechen, obwohl sie unter Garantie ein bisschen versteht, sonst würde auf dem Minifernseher hinter der Theke ja wohl kaum die ganze Zeit »Richterin Judy« laufen, oder?

Lilly hat daraufhin beschlossen, die Hos heimlich zu filmen, um Beweise für deren himmelschreiend ungerechte Vorzugsbehandlung asiatischstämmiger Amerikaner zu sammeln. Außerdem will sie einen schulweiten Boykott von Ho's Deli organisieren.

Ehrlich gesagt finde ich, dass Lilly ein bisschen viel Wirbel um diese popeligen fünf Cent macht. Aber Lilly sagt, es ginge ihr ums Prinzip, und wenn die Leute damals mehr Wirbel gemacht hätten, als die Nazis in der Reichskristallnacht Schaufenster von jüdischen Geschäften eingeschmissen haben, wäre es vielleicht auch nie so weit gekommen, dass so viele Juden in die Gaskammern mussten.

Also, ich weiß echt nicht: Die Hos sind doch keine Nazis. Zu der kleinen Katze, die sie aufgepäppelt haben, damit sie die Ratten von den Hühnchenflügeln verjagt, sind sie jedenfalls sehr nett.

Ich glaube, so schlimm finde ich es gar nicht, den Dreh morgen zu verpassen.

Aber *was* ich schlimm finde, ist, dass Grandmère meine Liste der zehn Frauen, die ich am meisten bewundere, zerrissen hat. Ich fand sie gut. Als ich nach Hause kam, hab ich sie deshalb auch gleich noch mal ausgedruckt, nur weil ich so sauer war, dass sie sie einfach so zerfetzt hat. Ich kleb sie nachher ins Tagebuch.

Übrigens hab ich vorhin noch mal gründlich mein Exemplar des Renaldo-Thermopolis-Kompromisses durchgelesen und konnte darin *keinerlei Hinweis* auf den Prinzessunterricht entdecken. So geht's nicht! Ich versuche schon den ganzen Abend, meinen Vater anzurufen, und hab lauter Nachrichten hinterlassen, aber er rührt sich nicht: Wo steckt er?

Und Lilly ist auch nicht zu Hause. Maya hat mir gesagt, die Moscovitzens seien zum Abendessen ins Great Shanghai gegangen, um sich innerhalb der Familie als Individuen besser verstehen zu lernen.

Hoffentlich kommt Lilly bald nach Hause und ruft zurück. Ich will auf keinen Fall, dass sie auf die Idee kommt, ich wäre ihrer bahnbrechenden Untersuchung im Fall Ho's Deli gegenüber kritisch eingestellt. Ich würde ihr gern sagen, dass ich nur deshalb morgen nicht kommen kann, weil ich den Tag mit meiner Großmutter verbringen muss.

Ich hasse mein Leben.

Die zehn Frauen,
die ich am meisten auf der Welt bewundere

von Mia Thermopolis

Madonna. *Madonna Ciccone revolutionierte mit ihrem radikalen, alle Konventionen sprengenden Stilempfinden die Modewelt, was gelegentlich für Aufruhr sorgte. Empört reagierten Leute mit beschränktem Horizont (zum Beispiel einige christliche Gruppierungen, die Madonnas CDs wegen ihrer Strasskruzifix-Ohrringe auf den Index setzten) oder mit beschränktem Sinn für Humor (wie die von Pepsi, denen es missfiel, dass sie vor brennenden Kerzen tanzte). Weil Madonna sich nicht scheute, Leute wie zum Beispiel den Papst zu verärgern, wurde sie eine der reichsten Musikerinnen der Welt, die für andere Künstlerinnen wegbereitend wirkte, indem sie bewies, dass es möglich ist, auf der Bühne sexy zu sein und im Geschäft knallhart.*

Prinzessin Diana. *Obwohl Prinzessin Diana tot ist, ist sie für mich eine der besten Frauen aller Zeiten. Auch sie hat die Modewelt revolutioniert, indem sie sich weigerte, die alten, potthässlichen Hüte zu tragen, die ihre Schwiegermutter ihr aufzwingen wollte, und stattdessen Halston und Bill Blass den Vorzug gab. Außerdem hat sie ganz viele sehr kranke Menschen besucht, obwohl sie keiner dazu gezwungen hat und einige Leute – wie zum Beispiel ihr Mann – sich sogar darüber lustig gemacht haben. An dem Abend, als Prinzessin Diana starb, habe ich den Stecker vom Fernseher rausgezogen und mir geschworen, nie wieder Fernsehen zu schauen. Aber am nächsten Morgen habe ich das dann doch wieder ein bisschen bereut, weil durch das Steckerziehen die Senderbelegung irgendwie durcheinander gekommen war und ich keine japanischen*

Zeichentrickfilme mehr auf dem Sci-Fi-Kanal schauen konnte.

Hillary Rodham Clinton. *Hillary Rodham Clinton erkannte noch rechtzeitig, dass ihre dicken Knöchel von ihrem Image als ernst zu nehmende Politikerin ablenkten, und begann daher, Hosen zu tragen. Obwohl alle über sie lästerten, weil sie ihren Mann nicht verließ, der hinter ihrem Rücken Sex mit einer anderen gehabt hatte, tat sie so, als wäre nichts passiert, und regierte das Land einfach weiter, wie sie es immer getan hatte – ich finde, das ist ein vorbildliches Verhalten für eine Präsidentin.*

Picabo Street. *Sie hat alle ihre Goldmedaillen im Skifahren nur dadurch gewonnen, dass sie wie verrückt trainiert und nie aufgegeben hat, nicht mal, wenn sie in Zäune und solche Sachen reingerast ist. Außerdem hat sie sich ihren Namen selbst ausgesucht, was ja wohl echt cool ist.*

Leola Mae Harmon. *Ich habe mal einen Spielfilm über sie im Fernsehen gesehen. Leola war eine Krankenschwester bei der Air Force, der bei einem Autounfall praktisch die ganze untere Gesichtshälfte zermatscht wurde. Aber Armand Assante, der im Film einen plastischen Chirurgen spielt, sagte, er könne ihr wieder ein Gesicht geben. Leola musste stundenlange und sehr schmerzhafte Operationen über sich ergehen lassen, in deren Verlauf ihr Mann sie verließ, weil sie keine Lippen mehr hatte (ich glaube, deshalb heißt der Film auch »Warum ich?«). Armand Assante versprach ihr ein neues Paar Lippen. Aber die anderen Ärzte im Air-Force-Krankenhaus waren dagegen, weil er sie aus der Haut ihrer Schamlippen formen wollte. Er hat es aber trotzdem gemacht und dann heirateten er und Leola und gründeten eine Organisation, um auch anderen Unfallopfern zu*

Schamlippenmündern zu verhelfen. Und das Ganze beruht sogar auf einer wahren Begebenheit.

Johanna von Orleans. *Johanna von Orleans – oder Jeanne d'Arc, wie sie in Frankreich heißt – lebte ungefähr im 12. Jahrhundert und hörte eines Tages, als sie so alt war wie ich, die Stimme eines Engels, der ihr sagte, sie solle zu den Waffen greifen und der französischen Armee im Kampf gegen die Engländer beistehen. (Die Franzosen bekämpften die Briten jahrhundertelang, bis sie dann irgendwann von den Nazis angegriffen wurden und zu den Engländern sagten: »Zut alors! Könnt ihr uns nicht helfen?« Und die Briten mussten dann ihre feigen Ärsche retten. Allerdings hat man in Frankreich niemals gebührende Dankbarkeit bewiesen, was sich in der nachlässigen Wartung der Straßen zeigt. Siehe Tod von Prinzessin Diana, oben.) Jedenfalls schnitt Johanna ihr Haar ab, besorgte sich eine Rüstung (genau wie Mulan im Disneyfilm) und führte die Franzosen in einer Reihe von Schlachten zum Sieg. Wie es in der Politik immer so geht, empfand die französische Regierung Johanna dann aber als zu mächtig, klagte sie der Hexerei an und verbrannte sie auf dem Scheiterhaufen. Im Gegensatz zu Lilly bin ich übrigens* NICHT *der Meinung, dass Johanna unter Pubertätsschizophrenie gelitten hat. Ich glaube, dass* WIRKLICH *ein Engel zu ihr sprach. Kein einziger der Schizos in unserer Schule hat jemals eine Stimme gehört, die ihm oder ihr befohlen hat, etwas Cooles zu tun, wie zum Beispiel ihr Land in eine Schlacht zu führen. Brandon Hertzenbaums Stimmen haben ihm zum Beispiel nur gesagt, dass er aufs Jungenklo gehen und mit seinem Geodreieck »Satan« in die Kabinentür ritzen soll. Na also.*

Christy. *Christy ist kein echter Mensch, sondern die Heldin meines absoluten Lieblingsbuches, das »Christy – Geschichte einer jungen Frau« heißt und von Catherine Marshall geschrie-*

ben wurde. Christy ist ein junges Mädchen, das um die Jahrhundertwende als Lehrerin in ein kleines Dorf in die Apalachen geht, um etwas Soziales zu tun, und dann verlieben sich lauter coole Typen in sie und sie lernt alles Mögliche über Gott und Typhus und so. Leider kann ich keinem erzählen – am wenigsten Lilly –, dass das mein Lieblingsbuch ist, weil es ziemlich schmalzig und religiös ist und weder Raumschiffe noch Serienmörder darin vorkommen.

Die **Polizistin**, *die ich einmal dabei beobachtet habe, wie sie einem Lkw-Fahrer einen Strafzettel schrieb, weil er eine Frau angehupt hatte, die über die Straße ging (sie trug einen ziemlich kurzen Rock). Die Polizistin erklärte dem Lkw-Fahrer, dass Hupen in dieser Zone verboten sei, und als er mit ihr rumstreiten wollte, schrieb sie ihm gleich noch einen Strafzettel wegen Beamtenbeleidigung.*

Lilly Moscovitz. *Lilly Moscovitz ist zwar noch keine richtige Frau, aber ich bewundere sie sehr: Sie ist wirklich unheimlich intelligent, reibt einem im Gegensatz zu manch anderen klugen Menschen aber nicht ständig unter die Nase, dass sie so viel intelligenter ist als man selbst. Jedenfalls nicht oft. Lilly denkt sich immer witzige Aktionen für uns aus: zum Beispiel in der Buchhandlung Barnes and Noble heimlich zu filmen, wie ich auf die erfolgreiche Autorin eines Eheratgebers für Frauen zugehe, die dort signiert, und sie frage, wie es kommt, dass sich ihr Mann trotzdem von ihr hat scheiden lassen. Wir haben das Ganze dann in Lillys Sendung ausgestrahlt, auch den Teil, wo man sieht, wie wir aus der Barnes-and-Noble-Filiale am Union Square rausgeworfen werden und lebenslanges Hausverbot bekommen. Lilly ist meine beste Freundin und ich sage ihr alles, außer dass ich Prinzessin bin, weil ich nicht glaube, dass sie dafür Verständnis hätte.*

Helen Thermopolis. *Abgesehen davon, dass Helen Thermopolis meine Mutter ist, ist sie eine sehr talentierte Künstlerin, die kürzlich von der Zeitschrift* Art in America *als eine der wichtigsten Malerinnen des neuen Jahrtausends porträtiert wurde. Für ihr Gemälde »Frau, die bei Grand Union an der Kasse auf ihren Bon wartet« bekam sie einen total bedeutenden Preis verliehen und konnte es für 140 000 Dollar verkaufen. Von dem Geld durfte meine Mutter aber nur einen Teil behalten, weil 15 Prozent an die Galerie gingen und die Hälfte von dem, was übrig blieb, ans Finanzamt, was ich persönlich echt ungerecht finde. Obwohl sie so eine wichtige Künstlerin ist, hat meine Mutter immer Zeit für mich. Ich habe auch deshalb so große Achtung vor ihr, weil sie ein sehr prinzipientreuer Mensch ist: Zum Beispiel sagt sie, sie würde niemals auf die Idee kommen, anderen ihre Überzeugungen aufzuzwingen, und fände es gut, wenn die es umgekehrt auch so hielten.*

Ist es nicht unglaublich, dass Grandmère das zerrissen hat? Also, meiner Meinung nach ist das die Art von Essay, mit dem man ein Land in die Knie zwingen kann.

Samstag, 11. Oktober, 9.30 Uhr

Es ist genau, wie ich befürchtet hatte: Lilly denkt *natürlich*, ich sei nur deswegen heute beim Drehen nicht dabei, weil ich gegen den Ho-Boykott bin. Ich hab ihr versichert, dass das gar nicht stimmt, sondern dass ich zu meiner Großmutter muss. Und was ist? Sie glaubt mir kein Wort. Da sagt man einmal im Leben die Wahrheit und dann wird sie einem nicht geglaubt!

Lilly meinte, wenn ich wirklich so wenig Lust hätte, mich mit Grandmère zu treffen, würde ich schon einen Weg finden, aus der Sache rauszukommen. Aber ich sei ja so konfliktscheu, dass ich sowieso niemandem etwas abschlagen könne. Dabei hatte ich diese Theorie doch kurz zuvor widerlegt, indem ich *ihr* etwas abgeschlagen hatte. Aber als ich sie darauf hinwies, wurde sie nur noch gereizter. Und meiner Großmutter kann ich deshalb nichts abschlagen, weil sie mindestens schon fünfundsechzig ist und bald sterben wird, falls es noch so etwas wie Gerechtigkeit auf der Welt gibt.

»Und außerdem«, erklärte ich Lilly, »kennst du meine Großmutter nicht. Der schlägt man nichts ab.«

Lilly keifte: »Da hast du ganz Recht, Mia, ich kenne deine Großmutter wirklich nicht. Komisch, was? Vor allem, wenn man bedenkt, dass du sämtliche *meiner* Großeltern kennst« – die Moscovitzens laden mich jedes Jahr zu Pessach, also wenn die Juden den Auszug aus Ägypten feiern, zum Essen ein – »und ich kenne weder die von deinem Vater noch die von deiner Mutter.«

Also, der Grund *dafür* ist, dass die Eltern von Mom die totalen Bauern sind, die in einer Kleinstadt in Indiana wohnen, die Versailles heißt, nur dass das dort »Wör-säils« ausgesprochen wird. Die Eltern meiner Mutter haben Angst, nach New York zu kommen, weil ihrer Meinung nach zu viele »Ausländer« hier leben. Alles, was nicht hundertprozentig amerikanisch ist, ist ihnen unheimlich. Das ist einer der Gründe, warum Mom mit achtzehn von zu Hause weggezogen ist und seitdem nur zweimal mit mir wieder dort war. Dieses Ver-sailles ist echt ein Kaff. Sogar so ein Kaff, dass an der Tür der Bank ein Schild hängt, auf dem steht: »Falls die Bank geschlossen ist, Geld bitte unter der Tür durchschieben.« Ungelogen. Ich hab ein Beweisfoto gemacht und es mitgebracht, um es allen zu zeigen, weil ich wusste, dass mir das niemand glauben würde. Es klebt an unserem Kühlschrank.

Jedenfalls kommen Grandma und Grandpa Thermopolis eher selten aus Indiana heraus. Und Grandmère hab ich Lilly deswegen nie vorgestellt, weil Grandmère Renaldo Kinder hasst. Und jetzt kann ich sie ihr erst recht nicht mehr vorstellen, weil Lilly dann herausfinden würde, dass ich Prinzessin von Genovia bin, und mir nie mehr meine Ruhe lassen würde. Wahrscheinlich würde sie mich sofort für ihre Sendung interviewen wollen. Das hätte mir gerade noch gefehlt: dass nach der Ausstrahlung der Sendung im Offenen Kanal ganz New York meinen Namen und mein Aussehen kennt.

Jedenfalls erklärte ich Lilly alles – nur, dass ich zu meiner Großmutter gehen muss natürlich, und nicht, dass ich Prinzessin bin –, hörte aber schon währenddessen, wie sie heftig in den Hörer schnaufte, wie sie es immer tut, wenn sie sauer ist. Als ich fertig war, blaffte sie nur: »Dann komm wenigstens heute Abend und hilf mir beim Schneiden« und knallte den Hörer auf.

O Mann!

Na ja, wenigstens hat Michael ihr nichts von dem Lippenstift und der Seidenstrumpfhose verraten. Dann wäre sie wahrscheinlich erst recht ausgeflippt. Sie hätte mir nie geglaubt, dass ich nur zu meiner Großmutter gegangen bin. Niemals.

Ich hatte gegen neun bei ihr angerufen und mich gleichzeitig für Grandmère fertig gemacht, die mir gesagt hat, dass ich mich heute nicht schminken und auch keine Strumpfhosen tragen muss – sie meinte sogar, ich kann anziehen, was ich will. Da hab ich mich natürlich für die Latzhose entschieden. Ich weiß, wie grauenhaft sie die findet, aber – he – sie hat gesagt, alles, was ich will. Hi, hi, hi!

Ups, ich muss das Buch wegpacken. Lars hält gerade vor dem Plaza. Wir sind da.

Samstag, 11. Oktober

Ich kann nie mehr in die Schule. Ich kann überhaupt nie mehr *irgendwohin*. Ich bleib ab jetzt im Loft und geh nie, nie mehr raus.

Es ist unvorstellbar, was sie mir angetan hat. Ich kann es ja selbst kaum fassen. Ich versteh auch nicht, wie mein Vater zulassen konnte, dass sie mir *das* antut.

Aber dafür soll er bluten. Und wie! Das kommt ihn TEUER zu stehen. Als ich nach Hause kam, marschierte ich an Mom vorbei (die sagte: »Hallo, Rosemary, wo hast du dein Baby gelassen?«, was vermutlich ein Witz über meine neue Frisur sein sollte, den ich aber NICHT lustig fand) direkt auf Dad zu und verkündete: »Dafür wirst du bezahlen. Und wie du dafür bezahlen wirst!«

Wer behauptet eigentlich, ich wäre konfliktscheu?

Er versuchte natürlich volle Kanne sich rauszureden: »Wovon sprichst du, Mia? Ich finde, du siehst sehr gut aus. Hör nicht auf deine Mutter, was weiß die schon? Ich finde dein Haar sehr apart. Es ist so... so... kurz.«

Ach? Warum ist es wohl so kurz? Vielleicht liegt es ja daran, dass seine Mutter Lars und mich, nachdem wir den Wagen vor dem Plaza zum Parken übergeben hatten, in der Halle erwartete und auf die Drehtür deutete. Auf die Tür, durch die wir gerade erst hereingekommen waren. Sie sagte: »*On y va!*«, was so viel heißt wie: »Lass uns gehen!«

»Lass uns wohin gehen?«, fragte ich in aller Naivität (ich darf daran erinnern, dass das alles heute Morgen war, als ich noch naiv und unschuldig war).

»*Chez Paolo*«, sagte Grandmère. *Chez Paolo* heißt: »Zu Paul«.

Deswegen dachte ich, dass wir einen ihrer Freunde besuchen – vielleicht waren wir zum Brunch eingeladen – und freute mich schon: He, cool, wir machen einen Ausflug! In dem Moment fand ich den Prinzessunterricht gar nicht so schlecht.

Aber als wir *chez Paolo* ankamen, sah ich, dass es gar keine Wohnung war. Im ersten Moment wusste ich nicht, was es sonst sein könnte. Das Ganze erinnerte mich an ein supermodernes Krankenhaus – überall Milchglas und japanische Bäumchen. Und drinnen erst: Von allen Seiten schwebten dünne, junge Leute auf uns zu, die ganz in Schwarz gekleidet waren. Sie schienen sich irrsinnig zu freuen, meine Großmutter zu sehen, und führten uns in ein kleines Wartezimmer, in dem Sofas standen und Massen von Zeitschriften rumlagen. Ich nahm an, Grandmère hätte einen Termin für eine Schönheitsoperation ausgemacht, und obwohl ich eigentlich etwas gegen kosmetische Chirurgie hab – es sei denn, man heißt Leola Mae und braucht neue Lippen –, dachte ich: Auch okay, dann hab ich sie wenigstens für eine Weile vom Hals.

O Mann, war ich auf dem Holzweg! Dieser Paolo ist gar kein Arzt. Ich bezweifle sogar, dass er überhaupt je irgendetwas studiert hat. Paolo ist *Stylist*. Und was das Schlimmste ist – er stylt Menschen! Das ist mein voller Ernst. Er geht her, krallt sich modemuffelige, unansehnliche Leute wie mich und stylt sie auf. Das ist sein Beruf, dafür kriegt er Geld! Und diesen Menschen hatte Grandmère auf mich gehetzt! Auf *mich*!!! Als wäre es nicht schon schlimm genug, dass ich keinen Busen hab. Muss sie das diesem Kerl namens Paolo auch noch auf die Nase binden? Was soll Paolo überhaupt für ein Name sein? Wo sind wir denn? Hier ist schließlich Amerika und DA HEISST MAN PAUL!!!

Jedenfalls hätte ich ihm das alles am liebsten mitten ins Gesicht geschrien. Konnte ich natürlich nicht. Schließlich kann Paolo ja nichts dafür, dass Grandmère mich zu ihm geschleppt hat. Außerdem erzählte er mir, er habe in seinem sagenhaft vollen Terminplan nur deshalb noch etwas Platz freigeschaufelt, weil Grandmère ihm gesagt habe, ich sei ein echter Notfall.

O Gott, wie peinlich. Ich bin ein stylistischer Notfall.

Ich war echt stinksauer auf Grandmère, aber vor Paolo konnte ich schlecht anfangen, sie zusammenzustauchen. Das wusste sie natürlich auch ganz genau. Deshalb saß sie ganz gelassen auf ihrem Samtsofa, streichelte Rommel, der mit überkreuzten Beinen auf ihrem Schoß thronte (sie hat sogar *ihm* beigebracht, damenhaft dazusitzen, und dabei ist er ein Rüde), nippte an einem Sidecar, den sie sich hatte bringen lassen, und blätterte in der *Vogue*.

Inzwischen hielt Paolo mit spitzen Fingern ein paar Strähnen meiner Haare in die Höhe, machte ein betroffenes Gesicht und verkündete bekümmert: »Es hat keinen Zweck. Das muss alles weg.«

Und jetzt ist alles weg. Es ist nichts mehr übrig. Na ja, fast nichts mehr. Ich hab vereinzelt vorne noch ein paar Löckchen und hinten im Nacken sind sie ein bisschen länger. Ach so, und straßenköterblond bin ich übrigens auch nicht mehr. Ab heute bin ich eine stinknormale Blondine.

Aber Paolo war noch lange nicht fertig. O nein. Ich besitze zum Beispiel zum ersten Mal in meinem Leben Fingernägel. Sie sind zwar durch und durch künstlich, aber sie kleben an meinen Fingern. Und es sieht ganz danach aus, als würden sie da noch eine Weile kleben bleiben. Ich hab vorhin mal versucht, einen abzuziehen, und das hat gemein WEH-GETAN. Ich möchte echt mal wissen, was die Maniküre da für einen geheimen Weltraumkleber verwendet hat.

Man könnte sich jetzt wahrscheinlich berechtigterweise fragen, warum ich zugelassen habe, dass sie mir die Haare abschneiden und mir falsche Fingernägel auf die echten kleben, wenn ich es nicht wollte.

Tja, das frage ich mich selbst irgendwie auch. Aber ich hab nun mal Angst vor Auseinandersetzungen. Das heißt, dass ich niemals mein Colaglas auf den Boden geschleudert und gebrüllt hätte: »Hände weg – lasst mich sofort in Ruhe!« Genau, sie haben mir nämlich auch Cola gebracht. Das muss man sich mal vorstellen! Im International House of Hair auf der 6th Avenue, wo Mom und ich uns normalerweise die Haare schneiden lassen, kriegt man nie Cola. Dafür kostet der Haarschnitt da auch nur 9,99 $ mit Föhnen.

Und wenn man von lauter attraktiven, superhippen Leuten gesagt bekommt, wie gut einem dieses und jenes steht und wie toll es die Wangenknochen zur Geltung bringt, dann ist es auch nicht so einfach, zu sagen, dass man Feministin und Umweltschützerin ist und eigentlich nichts von Schminke oder Chemikalien hält, die an Tieren getestet wurden und möglicherweise die Umwelt belasten. Ich wollte sie auch nicht beleidigen oder ihnen eine Riesenszene machen.

Außerdem redete ich mir die ganze Zeit ein, dass sie das alles nur macht, weil sie mich liebt. Grandmère, meine ich jetzt. Gut, ich weiß, dass das wahrscheinlich gar nicht stimmt – ich bezweifle eigentlich, dass Grandmère mich mehr liebt als ich sie –, aber ich hab's mir trotzdem eingeredet.

Besonders nachdem wir von Paolo zum Edelkaufhaus

Bergdorf Goodman fuhren, wo Grandmère mir vier Paar Schuhe kaufte, die fast so viel gekostet haben wie die operative Entfernung der Socke aus Fat Louies Dünndarm. Und danach schenkte sie mir einen ganzen Haufen Klamotten, die ich nie anziehen werde. Ich sagte ihr natürlich auch, dass ich sie nie anziehen würde, aber sie winkte nur ab à la: »Ja, Kind, rede du nur. Du bist wirklich sehr amüsant.«

Aber jetzt reicht es mir ein für alle Mal. Das lass ich nicht mit mir machen. Es gibt keinen einzigen Zentimeter meines Körpers, der nicht befühlt, beschnitten, befeilt, bemalt, beschrubbt, beföhnt oder befeuchtet wurde. Ich besitze sogar Fingernägel. Nur glücklich bin ich nicht. Ich bin gar kein bisschen glücklich.

Grandmère, ja – *die* ist glücklich.

Grandmère kriegt sich vor Glück über mein neues Aussehen gar nicht mehr ein. Ich sehe nämlich kein bisschen mehr aus wie Mia Thermopolis. Mia Thermopolis hatte nie Fingernägel. Mia Thermopolis hatte nie blonde Strähnchen. Mia Thermopolis hat sich nie geschminkt und trug auch keine Schuhe von Gucci oder Röcke von Chanel oder BHs von Christian Dior (die es übrigens nicht mal in meiner Größe 70A gibt). Ich weiß nicht mehr, wer ich eigentlich bin. Mia Thermopolis bin ich jedenfalls ganz sicher nicht.

Sie hat mich in jemanden anderen verwandelt.

In dieser Stimmung und mit meiner neuen Frisur, die mich aussehen lässt wie ein menschliches Wattestäbchen, hab ich mich vorhin vor meinem Vater aufgebaut und es ihm so richtig gegeben.

»Erst zwingt sie mich, Hausaufgaben zu machen. Dann zerreißt sie meine Hausaufgabe. Dann bringt sie mir bei, wie ich sitzen soll. Dann befiehlt sie jemandem, mir praktisch alle Haare abzuhacken, den Rest zu färben und mir kleine Surfbretter auf die Nägel zu kleben, und zum Schluss kauft sie mir Schuhe, die so viel kosten wie eine Kleintier-OP, und Kleider, in denen ich aussehe wie Vicky, die Tochter des Kapitäns aus »Love Boat«, dieser blöden Siebzigerjahreserie.

Tut mir echt Leid, Dad, aber ich bin nicht Vicky und ich werde auch nie Vicky werden, egal wie sehr Grandmère versucht, mich wie sie herzurichten. Ich werde dadurch nicht plötzlich eine Einserschülerin oder hüpfe ständig prima gelaunt rum und werde der Schwarm aller Jungs.«

In dem Moment kam meine Mutter aus dem Schlafzimmer, wo sie sich für ihre Verabredung mit Mr. Gianini umgezogen hatte, während ich rumbrüllte. Sie hatte neue Sachen an. So eine Art bunten Flamencorock und ein schulterfreies Top. Sie trug ihr langes Haar offen und sah wirklich super aus. Dad goss sich gleich noch einen Whiskey ein, als er sie sah.

»Mia«, sagte Mom, während sie sich gleichzeitig einen Ohrring am Ohrläppchen befestigte, »niemand verlangt von dir, so zu werden wie Vicky, die Kapitänstochter.«

»Doch, Grandmère schon!«

»Aber deine Großmutter will dich doch nur ein bisschen hübsch machen, Mia.«

»Hübsch machen? So, wie ich aussehe, kann ich ja noch nicht mal in die Schule!«, schrie ich.

Mom sah mich verständnislos an. »Ach, wieso denn nicht?«

Mein Gott: Womit hab ich das nur verdient?

»Weil«, erklärte ich so geduldig, wie ich konnte, »ich nicht will, dass irgendjemand in der Schule herausfindet, dass ich Prinzessin von Genovia bin.«

Meine Mutter schüttelte den Kopf. »Mia-Schatz, eines Tages werden sie es sowieso herausfinden.«

Ich wüsste nicht, wieso. Ich hab mir nämlich alles ganz

genau überlegt: Prinzessin bin ich nur in Genovia, und da das Risiko, dass irgendjemand aus meiner Schule jemals nach Genovia kommt, praktisch bei null liegt, wird es auch keiner erfahren und ich bin davor geschützt, als totale Außenseiterin gebrandmarkt zu werden wie Tina Hakim Baba. Zumindest nicht als die Art von Außenseiterin, die jeden Tag in einer Limousine vom Chauffeur zur Schule gebracht und ständig von Bodyguards bewacht wird.

»Hm«, machte meine Mom skeptisch, nachdem ich ihr das alles auseinander klamüsert hatte. »Und was ist, wenn es in der Zeitung steht?«

»Wieso sollte es denn in der Zeitung stehen?«

Mom schaute Dad an. Dad schaute weg und nahm einen Schluck von seinem Drink.

Und dann kam der Hammer. Er stellte sein Glas ab, griff in die Hosentasche, zog sein Portmonee raus und fragte: »Also, wie viel?«

Ich war total geschockt. Meiner Mutter ging es genauso.

»Phillipe«, sagte sie. Aber mein Vater sah nur mich an.

»Ich meine es ganz ernst, Helen«, sagte er. »Mir ist klar geworden, dass der Kompromiss, den wir abgeschlossen haben, uns nicht weiterbringen wird. In Situationen wie dieser hilft nur der schnöde Mammon – Bargeld! Also, Mia, wie viel muss ich dir bezahlen, damit du zulässt, dass deine Großmutter eine Prinzessin aus dir macht?«

»Ach, das ist also euer Plan?«, schrie ich sofort wieder los. »Dann hat sie aber auf voller Linie versagt. Jedenfalls hab ich noch nie eine Prinzessin gesehen, die so kurze Haare oder solche Riesenfüße hatte wie ich und dazu noch nicht mal Busen...«

Mein Vater warf einen Blick auf seine Armbanduhr. Wahrscheinlich war er verabredet. Ich wette, es war schon wieder ein »Interview« mit der blonden Journalistin.

»Betrachte das Ganze als einen Job«, sagte er. »Du lernst, eine Prinzessin zu sein, und ich zahle dir dafür ein Gehalt. Also, wie viel willst du?«

Ich brüllte ihn sofort weiter an, schließlich hätte ich ja auch noch so etwas wie Ehrgefühl und sei nicht bereit, dem »Kapital« meine Seele zu verkaufen und so was. Sprüche eben, die ich mir von Moms alten LPs mit den Songs politischer Liedermacher gemerkt hatte. Ich glaub, sie hat sie wieder erkannt, weil sie es auf einmal ziemlich eilig hatte und sagte, sie müsse sich jetzt für ihr Treffen mit Mr. G fertig machen. Mein Vater schleuderte ihr den bösen Blick zu – den er fast so gut beherrscht wie Grandmère – und sagte dann seufzend: »Hör zu, Mia, ich überweise pro Tag in deinem Namen eine Spende von hundert Dollar an – wie hießen sie noch mal? Ach ja, Greenpeace, damit sie so viele Wale retten können, wie sie wollen, wenn du im Gegenzug meiner Mutter eine Freude machst und ihr erlaubst, dir beizubringen, eine Prinzessin zu sein.«

Hm.

Das ist natürlich etwas ganz anderes. Es wäre auf jeden Fall ehrenrührig, persönlich Geld anzunehmen dafür, dass ich meine Haarfarbe chemisch verändern lasse. Aber hundert Dollar täglich für Greenpeace? Das sind 365 000 Dollar pro Jahr! In meinem Namen. Da muss Greenpeace mir ja einen Job geben, wenn ich mit der Schule fertig bin! Bis dahin hab ich denen ja quasi eine Million gespendet!

Warte mal, oder sind das etwa bloß 36 500 Dollar. Wo hab ich meinen Taschenrechner?????

Samstag, später

Also, ich weiß nicht, wofür Lilly Moscovitz sich hält, aber ich weiß mit Sicherheit, was sie nicht ist: eine Freundin. Ich glaub nicht, dass eine Freundin so gemein zu mir sein könnte, wie Lilly es heute Abend war. Es ist nicht zu fassen. Und alles nur wegen meiner *Frisur*.

Ich könnte es wahrscheinlich noch verstehen, wenn sie wegen irgendwas Wichtigem auf mich sauer wäre – wie zum Beispiel, dass ich nicht zum Dreh des Ho-Beitrags erschienen bin. Immerhin bin ich ja quasi die Kamerafrau von »Lilly spricht Klartext« und kümmere mich auch um die Requisiten und solche Sachen. Wenn ich nicht da bin, muss Shameeka meinen Job mit übernehmen und dabei ist sie schon Produktionsleiterin und Location Scout.

Wie gesagt, wenn Lilly deswegen sauer auf mich gewesen wäre, hätte ich es echt noch verstanden. Sie glaubt ja, dass »Ho-Gate« – wie sie es inzwischen nennt – die wichtigste Story ist, der sie jemals auf die Spur gekommen ist. Dabei finde ich das Ganze eigentlich ziemlich bescheuert. Wen kümmern schon läppische fünf Cent? Aber Lilly spricht nur noch davon, dass wir »den fatalen Teufelskreis des Rassismus« durchbrechen müssen, »der in den Imbissen aller fünf Stadtteile New Yorks mittlerweile überhand genommen hat«.

Soll sie doch. Ich weiß nur, dass Lilly, als ich heute Abend zu den Moscovitzens kam, einen Blick auf meine neue Frisur warf und ausrief: »O Gott, was ist denn mit dir passiert?«

So, als hätte ich Frostbeulen im Gesicht und meine Nase wäre schwarz geworden und abgefallen, wie bei Leuten, die auf dem Mount Everest waren.

Okay, ich hatte schon damit gerechnet, dass meine Frisur zum Teil krasse Reaktionen hervorrufen würde. Deshalb wusch ich mir, bevor ich zu Lilly ging, gründlich die Haare und spülte den Stylingschaum und das ganze andere Zeug raus. Außerdem schminkte ich mich ab und zog eine Latzhose und die Turnschuhe an (die Formel ist fast nicht mehr zu sehen). Ich war wirklich der Meinung, von der neuen Frisur abgesehen, wieder ziemlich normal auszusehen. Eigentlich fand ich sogar, dass ich ganz gut aussah – für meine Verhältnisse.

Aber Lilly war da wohl anderer Meinung.

Ich versuchte locker zu bleiben, so, als wäre das Ganze keine große Sache. Ist es ja auch nicht: Ich hab mir ja schließlich keine Silikonbrüste einpflanzen lassen.

»Meinst du die Frisur?«, fragte ich und zog meine Jacke aus. »Ach, weißt du, meine Großmutter hat mich zu diesem Paolo geschleppt und der...«

Aber Lilly ließ mich nicht mal ausreden. Sie schien richtig unter Schock zu stehen. Ja, sie schrie fast: »Ist dir klar, dass du dieselbe Haarfarbe hast wie Lana Weinberger?«

»Hm«, räumte ich ein. »Stimmt.«

»Und was soll das auf deinen *Fingern*? Sind das etwa künstliche Fingernägel? Die hat Lana auch!« Sie starrte mich mit diesen hervorquellenden Augen an. »O mein Gott, Mia, du verwandelst dich in Lana Weinberger!«

Also, da wurde ich stinksauer. Erstens verwandle ich mich *nicht* in Lana Weinberger. Und außerdem – selbst wenn ich es tun würde –, Lilly ist doch diejenige, die ständig davon redet, wie dumm es sei, andere nur nach ihrem Äußeren zu beurteilen und nicht nach inneren Werten.

Ich stand in der mit schwarzem Marmor ausgekleideten Eingangshalle der moscovitzschen Wohnung und versuchte Pawlow abzuwehren, der vor lauter Wiedersehensfreude wie wild an mir emporsprang, und mich gleichzeitig zu verteidigen. »Das Ganze war auch gar nicht meine Idee. Meine Großmutter wollte es so. Ich musste…«

»Was heißt: Du musstest?« Lilly zog dieses angenervte Gesicht, das sie auch jedes Mal aufsetzt, wenn unsere Sportlehrerin uns für den alljährlichen Fitnesstest zwingt, rund um das Reservoir im Central Park zu joggen. Lilly läuft nicht gern, und erst recht nicht um das Reservoir im Central Park (es ist ja auch ziemlich groß).

»Was bist du eigentlich?«, wollte sie wissen. »Total passiv? Stumm oder was? Unfähig, das Wort ›Nein‹ auszusprechen? Hör mal, Mia, wir müssen dringend an deiner Durchsetzungsfähigkeit arbeiten. Ich hab das starke Gefühl, dass du irgendein tief sitzendes Problem mit deiner Großmutter hast. Mir kannst du doch auch einen Wunsch abschlagen. Ich hätte deine Hilfe bei der Ho-Geschichte heute wirklich gut brauchen können und du hast mich total sitzen lassen. Aber gleichzeitig lässt du zu, dass deine Großmutter dir die Haare abschneidet und gelb färbt…«

Vielleicht sollte ich daran erinnern, dass ich mir schon den ganzen Tag hatte anhören müssen, wie unvorteilhaft ich aussehe – jedenfalls bis Paolo mich in die Finger bekam und mich in einen Lana-Weinberger-Klon verwandelte. Und jetzt musste ich mir sagen lassen, ich hätte darüber hinaus noch eine gestörte Persönlichkeit.

Deshalb bin ich ausgerastet. Ich schrie: »*Ach, halt doch die Klappe, Lilly!*«

Ich hab Lilly noch nie gesagt, sie soll die Klappe halten. Noch nie. Ich glaub nicht, dass ich das überhaupt jemals zu irgendwem gesagt hab. So was mach ich normalerweise nicht. Ich hab keine Ahnung, woran es lag. Vielleicht an meinen neuen Fingernägeln. Ich hatte vorher ja noch nie welche. Sie gaben mir irgendwie ein Gefühl von Stärke. Mal im Ernst, wieso sagt Lilly mir eigentlich die ganze Zeit, wie ich mich zu verhalten hab?

Gerade als ich Lilly befahl, die Klappe zu halten, kam leider Michael mit einer leeren Cornflakesschüssel und ohne T-Shirt aus seinem Zimmer.

»Boah!«, rief er und zuckte zurück. Ich weiß nicht, ob das Boah und das Zurückzucken sich darauf bezogen, wie ich aussah oder was ich gesagt hatte.

»Was?«, fragte Lilly. »*Was* hast du da eben zu mir gesagt?«

Sie sah in dem Moment mehr denn je wie ein Mops aus.

Ich hätte am liebsten alles zurückgenommen. Aber das tat ich nicht, weil ich wusste, dass sie im Grunde Recht hat. Es fehlt mir wirklich an Durchsetzungsvermögen.

Deshalb sagte ich stattdessen: »Ich hab es satt, dass du mich die ganze Zeit niedermachst. Ich muss mir den ganzen Tag von meiner Mutter, meinem Vater, meiner Großmutter und meinen Lehrern vorschreiben lassen, was ich zu tun hab. Da brauche ich nicht auch noch *Freundinnen*, die ständig an mir rummotzen.«

»Boah!«, sagte Michael noch einmal. Diesmal wusste ich, dass es sich auf das bezog, was ich gesagt hatte.

»Sag mal«, stieß Lilly hervor und kniff die Augen zu schmalen Schlitzen zusammen, »was hast du eigentlich in letzter Zeit?«

Ich antwortete: »Weißt du was? Ich hab gar nichts. *Du* hast was. Ich hab das Gefühl, du hast ein Riesenproblem mit mir. Aber keine Angst, Lilly. Ich weiß schon eine Lösung für dein

Problem. Ich gehe nämlich. Und bei dieser bescheuerten ›Ho-Gate‹-Geschichte wollte ich von Anfang an nicht mitmachen. Die Hos sind total nette Leute, die überhaupt nichts verbrochen haben. Ich versteh nicht, warum du ihnen so die Hölle heiß machst. Und außerdem...«, brüllte ich und riss dabei die Tür auf, »...sind meine Haare *nicht* gelb!«

Dann ging ich. Ich knallte sogar die Tür ein bisschen hinter mir zu.

Während ich auf den Aufzug wartete, rechnete ich halb damit, dass Lilly mir vielleicht nachlaufen und sich entschuldigen würde. Aber das tat sie nicht.

Ich fuhr sofort nach Hause, badete und legte mich mit der Fernbedienung und Fat Louie ins Bett. Louie ist der Einzige, der mich so mag, wie ich jetzt bin. Irgendwie hoffe ich, dass Lilly vielleicht doch noch anruft und sich entschuldigt, aber bisher hat sie das noch nicht getan.

Also, ich entschuldige mich auf gar keinen Fall als Erste.

Und noch was: Ich hab mich vorhin im Spiegel angeschaut und finde meine neue Frisur gar nicht so schlecht.

Schon Sonntag, 12. Oktober, Mitternacht

Sie hat immer noch nicht angerufen.

Sonntag, 12. Oktober

O Gott, ist mir das peinlich. Ich würde mich am liebsten in Luft auflösen! O-b-e-r-peinlich ist das.

Ich wollte gerade in die Küche, um zu frühstücken, da sehe ich Mom und Mr. Gianini am Tisch sitzen und Pfannkuchen futtern! Mr. Gianini hatte nur ein T-Shirt und Boxershorts an!! Und meine Mutter ihren Kimono!!! Als sie mich sah, hätte sie sich fast an ihrem O-Saft verschluckt. Dann rief sie: »Mia, was machst du denn hier? Ich hab gedacht, du schläfst bei Lilly?«

Hätte ich doch nur. Warum musste ich auch ausgerechnet gestern Abend damit anfangen, anderen meine Meinung zu sagen? Ich hätte gemütlich bei den Moscovitzens schlafen können und der Anblick von Mr. Gianini in Shorts wäre mir erspart geblieben. Ich hätte ein erfülltes und glückliches Leben leben können, ohne diese Szene jemals erleben zu müssen.

Ganz abgesehen davon, dass er mich jetzt in meinem grellroten Flanellnachthemd gesehen hat. Wie soll ich jemals wieder in seinen Förderunterricht gehen?

Ich bin am Ende. Ich würde unheimlich gern bei Lilly anrufen, aber so wie es aussieht, sind wir verkracht.

Immer noch Sonntag, später

Ach so. Gerade ist meine Mutter ins Zimmer gekommen und hat mir erklärt, dass Mr. Gianini heute auf dem Futonsofa übernachtet hat, weil die Bahn, mit der er sonst immer nach Hause nach Brooklyn fährt, entgleist ist und den gesamten Schienenverkehr mehrere Stunden lang lahm gelegt hat. Deshalb hat sie ihm angeboten, bei uns zu schlafen.

Wenn Lilly noch meine Freundin wäre, würde sie mir vermutlich sagen, dass Mom mich anlügt, um zu verhindern, dass ich ein Trauma erleide, weil ich sie nicht mehr als reines – und damit asexuelles – Mutterwesen sehen kann. Das sagt Lilly jedes Mal, wenn die Mutter von irgendwem einen Mann bei sich übernachten lässt und dann am nächsten Tag irgendwelche Ausreden erfindet.

Ich hab mich aber dazu entschlossen, doch lieber Moms Lüge zu glauben. Das ist die einzige Möglichkeit, die mir bleibt, wenn ich in Mathe noch mal auf einen grünen Zweig kommen will. Ich könnte niemals dasitzen und mich auf Polynome konzentrieren, wenn ich wüsste, dass der Typ vor mir meiner Mutter nicht nur seine Zunge in den Mund gesteckt, sondern sie womöglich auch noch nackt gesehen hat.

Warum muss ich diese ganzen schrecklichen Sachen erleben? Ich finde, jetzt wird es allmählich auch mal Zeit, dass mir etwas Gutes passiert.

Nachdem Mom in meinem Zimmer war und mich angelogen hatte, zog ich mich an und ging in die Küche, um mir endlich was zum Frühstück zu machen. Ich musste. Mom hatte sich nämlich geweigert, mir was ins Zimmer zu bringen. Wörtlich sagte sie: »Für wen hältst du dich? Etwa für die Prinzessin von Genovia?«

Das fand sie wahrscheinlich rasend originell und witzig. Ist es aber nicht.

Als ich aus dem Zimmer kam, war Mr. Gianini schon angezogen. Er versuchte die ganze Geschichte ins Alberne zu ziehen und Witze darüber zu reißen, was vermutlich auch die einzige Möglichkeit ist, damit umzugehen.

Eigentlich war ich anfangs nicht zum Lachen aufgelegt, aber dann fing Mr. G an, sich auszumalen, wie bestimmte Leute an der Albert-Einstein-Highschool wohl in ihren Schlafanzügen aussehen. Zum Beispiel unsere Direktorin Mrs. Gupta. Mr. G vermutet, dass Mrs. Gupta zum Schlafen ein Footballtrikot und die alten Trainingshosen ihres Mannes trägt. Also, die Vorstellung von Mrs. Gupta in Jogginghosen fand ich schon ziemlich komisch. Ich machte mit Mrs. Hill weiter und sagte, dass sie bestimmt so elegante Negligees mit Federn dran trägt. Aber Mr. G hält Mrs. Hill eher für den Flanell- als für den Federtyp. Ich frage mich, woher Mr. G das wissen will. Hatte er etwa schon mal was mit Mrs. Hill? Für einen Langweiler mit einer derartigen Menge von Kulis in der Hemdtasche hat Mr. G es aber faustdick hinter den Ohren.

Nach dem Frühstück wollten Mom und Mr. G mich überreden, mit ihnen in den Central Park zu gehen, weil doch so schönes Wetter sei und so. Aber ich behauptete, zu viele Hausaufgaben aufzuhaben, was gar nicht mal besonders gelogen war. Ich hab wirklich verdammt viel auf – und Mr. G müsste das eigentlich wissen –, aber so viel ist es dann doch wieder nicht. Ich hatte nur keine große Lust, mit einem

Liebespaar rumzuziehen. Ich kenne das noch aus der Siebten, als Shameeka mit Aaron Ben-Simon zusammen war und uns immer belabert hat, mit ihnen ins Kino zu gehen und so. Ihr Vater erlaubt ihr nämlich nicht, alleine mit einem Jungen wegzugehen (nicht mal mit einem so harmlosen Exemplar wie Aaron Ben-Simon, dessen Hals so dünn ist wie mein Oberarm). Aber jedes Mal, wenn wir mitgegangen sind, ließ sie uns links liegen, was vermutlich in solchen Fällen auch ganz normal ist. Trotzdem, während der zwei Wochen, die Shameeka mit Aaron ging, konnte man nichts mit ihr anfangen. Sie redete über nichts anderes mehr.

Meine Mutter redet zwar schon auch noch über anderes als Mr. G, aber ich hatte das ungute Gefühl, ihnen womöglich beim Küssen zusehen zu müssen, falls ich mitginge. Küssen ist schon okay. Im Fernsehen schaue ich ja auch nicht weg. Aber wenn es die eigene Mutter und der Mathelehrer sind ...

Na ja, ich glaub, das würde sich keiner gerne anschauen, oder?

Gründe, mich wieder mit Lilly zu vertragen:

1. Wir sind seit dem Kindergarten beste Freundinnen.
2. Eine von uns sollte Größe beweisen und den ersten Schritt tun.
3. Man kann so gut mit ihr lachen.
4. Mit wem soll ich in der Mittagspause sonst zusammensitzen?
5. Ich vermisse sie.

Gründe, mich nicht wieder mit Lilly zu vertragen:

1. Sie schreibt mir immer vor, wie ich mich verhalten soll.
2. Sie denkt, sie weiß alles besser.
3. Lilly hat den Streit schließlich angefangen, also müsste sie sich als Erste entschuldigen.
4. Wenn ich immer wieder klein beigebe, werde ich mich nie erfolgreich selbst aktualisieren und zur Individuation gelangen.
5. Was ist, wenn ich mich als Erste entschuldige und sie trotzdem nicht mit mir redet????

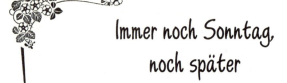
Immer noch Sonntag, noch später

Ich hatte gerade den Computer angemacht, um im Internet nach Websites über Afghanistan zu suchen (ich muss in Erdkunde eine Hausarbeit über ein aktuelles Thema schreiben), als ich sah, dass eine Instant Message auf mich wartete. Ich bekomme ja fast nie Instant Messages und war deshalb echt total gespannt. Aber dann sah ich, von wem sie war: CRAC-KING.

Michael Moscovitz? Ich hatte keine Ahnung, was der von mir wollen könnte.

Hier ist der Ausdruck:

CRAC-KING: HE, THERMOPOLIS, WAS WAR DENN GESTERN ABEND LOS? ICH HAB SCHON GEDACHT, DU WÄRST JETZT VOLLENDS DURCHGEKNALLT.

Ich? Durchgeknallt?

FTLOUIE: NUR ZU DEINER INFORMATION: ICH BIN KEIN BISSCHEN DURCHGEKNALLT. ICH HAB ES BLOSS SATT, DASS DEINE SCHWESTER MIR IMMER VORSCHREIBEN WILL, WIE ICH MICH ZU VERHALTEN HAB. ABER DAS BRAUCHT DICH GAR NICHT ZU INTERESSIEREN.

CRAC-KING: KEIN GRUND, SO ÜBERHEBLICH ZU WERDEN. NATÜRLICH INTERESSIERT ES MICH. SCHLIESSLICH MUSS ICH MIT IHR ZUSAMMENLEBEN.

FTLOUIE: WIESO? REDET SIE ÜBER MICH?

CRAC-KING: KÖNNTE MAN SO SAGEN.

Die haben sich also über mich unterhalten – ich pack es nicht. Und es ist ja wohl ganz klar, dass sie nichts Gutes über mich gesagt haben kann.

FTLOUIE: WAS HAT SIE GESAGT?

CRAC-KING: ICH DACHTE, DAS BRAUCHT MICH NICHT ZU INTERESSIEREN.

Bin ich froh, dass ich keinen Bruder hab.

FTLOUIE: HAT ES AUCH NICHT. ALSO, WAS SAGT SIE ÜBER MICH?

CRAC-KING: DASS SIE NICHT VERSTEHT, WAS IN LETZTER ZEIT MIT DIR LOS IST. SIE MEINT, SEIT DEIN VATER DA IST, BENIMMST DU DICH WIE EINE GESTÖRTE.

FTLOUIE: ICH? WIE EINE GESTÖRTE? UND WAS IST MIT IHR? SIE KRITISIERT MICH DIE GANZE ZEIT. ICH HAB ES ECHT SATT!! WENN SIE MEINE FREUNDIN WÄRE, WÜRDE SIE MICH SO AKZEPTIEREN, WIE ICH BIN, ODER ETWA NICHT????

CRAC-KING: KEIN GRUND, SO RUMZUSCHREIEN.

FTLOUIE: ICH SCHREIE NICHT!!!

CRAC-KING: DU BENUTZT ÜBERTRIEBEN VIELE SATZZEICHEN UND DAS IST IM INTERNET WIE SCHREIEN. AUSSERDEM IST SIE NICHT DIE EINZIGE, DIE KRITISIERT. SIE HAT MIR ERZÄHLT, DASS DU DEN HO-BOYKOTT NICHT UNTERSTÜTZEN WILLST.

FTLOUIE: STIMMT. DA HAT SIE AUCH RECHT. ICH MACH DA NICHT MIT. DIE IDEE IST DOCH BESCHEUERT. FINDEST DU ETWA NICHT?

CRAC-KING: KLAR IST SIE BESCHEUERT. STEHST DU IN MATHE EIGENTLICH IMMER NOCH SO SCHLECHT?

Die Frage kam ziemlich überraschend.

FTLOUIE: ICH GLAUB SCHON. ABER IN ANBETRACHT DER TATSACHE, DASS MR. G LETZTE NACHT BEI UNS GESCHLAFEN HAT, LÄSST ER MICH VIELLEICHT NOCH MIT EINER VIER DURCHKOMMEN. WIESO?

CRAC-KING: WAS? MR. G HAT BEI EUCH ÜBERNACHTET? BEI EUCH ZU HAUSE? UND, WIE WAR DAS FÜR DICH?

Äh... warum hatte ich ihm das überhaupt erzählt? Morgen weiß es die ganze Schule. Vielleicht verliert Mr. G dann seinen Job! Ich weiß gar nicht, ob sich Lehrer überhaupt mit den Müttern ihrer Schülerinnen einlassen dürfen. Wieso hab ich Michael nur davon erzählt?

FTLOUIE: ZIEMLICH SCHRECKLICH. ABER DANN HAT ER EIN PAAR WITZE DARÜBER GEMACHT UND DAS WAR EIGENTLICH GANZ NETT. ICH WEISS AUCH NICHT. ICH MÜSSTE WAHRSCHEINLICH EINE WUT AUF MEINE MUTTER HABEN, ABER SIE KOMMT MIR SO GLÜCKLICH VOR, DASS ICH ECHT NICHT SAUER AUF SIE SEIN KANN.

CRAC-KING: ICH FINDE, DEINE MUTTER HAT NOCH EINE GANZ GUTE WAHL GETROFFEN. STELL DIR MAL VOR, SIE HÄTTE WAS MIT MR. STUART.

Mr. Stuart gibt Gesundheitslehre und hält sich für Gottes Geschenk an die Frauenwelt. Ich hab ihn bisher noch nicht gehabt. Wir kriegen Gesundheitslehre erst in der Zehnten. Jedenfalls ist allseits bekannt, dass Mädchen bei ihm einen Sicherheitsabstand einhalten müssen, weil er immer den Arm ausstreckt und so tut, als würde er ihnen die Schultern massieren – aber alle sagen, dass er in Wirklichkeit nur prüfen will, ob man schon einen BH trägt oder nicht.

Wenn meine Mutter sich mit Mr. Stuart eingelassen hätte, würde ich nach Afghanistan auswandern.

FTLOUIE: HA, HA, HA.
WIESO WOLLTEST DU WISSEN, WIE ICH IN MATHE STEHE?

CRAC-KING: WEIL ICH DIE OKTOBERAUSGABE VON »CRACKHEAD« FERTIG HAB. ICH DACHTE, ICH KÖNNTE DIR IN DER T-&-B-STUNDE EIN BISSCHEN MATHENACHHILFE GEBEN, WENN DU INTERESSE HAST.

Michael Moscovitz will mir helfen? Ich war so platt, dass ich fast von meinem Bürostuhl gefallen wäre.

FTLOUIE: WOW. KLAR, DAS WÄRE SUPER. DANKE!

CRAC-KING: NICHTS ZU DANKEN. IMMER COOL BLEIBEN, THERMOPOLIS.

Und dann hat er sich verabschiedet.
    Ist das zu fassen? Das ist ja supernett von ihm. Ich möchte echt wissen, was plötzlich in ihn gefahren ist.
    Ich glaube, ich sollte mich öfter mit Lilly verkrachen.

Sonntag, viel später

Das war mal wieder typisch. Gerade als ich anfing zu glauben, dass vielleicht doch nicht alles so schlimm ist, rief mein Vater an. Er sagte, er würde Lars vorbeischicken, um mich abzuholen, und dann würden wir mit Grandmère im Plaza zu Abend essen.

Mom war natürlich nicht eingeladen.

Aber ich hatte nicht den Eindruck, dass sie sonderlich betrübt darüber war. Sie schien sich sogar richtig zu freuen, als ich es ihr erzählte. »Gar kein Problem«, sagte sie. »Ich mache mir einen gemütlichen Fernsehabend und lass mir was vom Thailänder bringen.«

Sie war supergut gelaunt aus dem Central Park zurückgekommen und erzählte mir, dass sie und Mr. G so eine Touri-Kutschfahrt mitgemacht hätten. Ich war total geschockt. Diese Kutscher kümmern sich überhaupt nicht um ihre Pferde. Man hört immer wieder, dass alte Pferde zusammenklappen, weil sie nicht genug Wasser zu trinken bekommen. Ich hab mir geschworen, nie in meinem Leben mit so einer Kutsche zu fahren – jedenfalls nicht, solange die Rechte der Pferde weiterhin eklatant missachtet werden. Eigentlich dachte ich immer, Mom würde das genauso sehen.

Tja, die Liebe treibt einen dazu, die seltsamsten Dinge zu tun.

Im Plaza war's diesmal gar nicht so schlecht. Ich glaub,

ich gewöhne mich langsam dran. Die Türsteher wissen mittlerweile, wer ich bin – oder wer Lars ist –, und machen keine Probleme mehr. Aber Grandmère und Dad waren beide irgendwie ziemlich mies gelaunt. Wieso, weiß ich nicht. Na ja, die werden – im Gegensatz zu mir – ja auch nicht dafür bezahlt, Zeit miteinander zu verbringen.

Das Abendessen war *so was* von stinklangweilig. Grandmère erklärte mir die ganze Zeit, welche Gabel man wofür benutzt und warum. Es gab lauter verschiedene Gänge, die meisten davon mit Fleisch. Einmal kriegten wir auch Fisch, den hab ich gegessen und den Nachtisch auch. So eine Art Luxusriesenpraline. Grandmère wollte mir weismachen, ich müsse später in meiner Funktion als Genovias Repräsentantin bei Staatsbanketten essen, was auf den Tisch kommt, weil ich andernfalls die Gastgeber beleidigen und unter Umständen einen internationalen Zwischenfall provozieren würde. Aber ich beruhigte sie und sagte, meine Privatsekretäre würden den Gastgebern rechtzeitig Bescheid geben, dass ich kein Fleisch esse, und dann würde ich sicher auch keins serviert bekommen.

Grandmère zog ein ziemlich wütendes Gesicht. Ich glaub, sie hat einfach nicht damit gerechnet, dass ich alle Filme über Diana im Fernsehen gesehen hab. Daher weiß ich nämlich ganz genau, wie man Staatsbankette übersteht, ohne etwas zu essen, und auch, wie man – wenn man doch etwas gegessen hat – hinterher alles wieder rauskotzt (nur, dass ich das echt nie machen würde).

Während des Essens stellte mir mein Vater lauter komische Fragen wegen Mom. Ob es mir irgendwie unangenehm sei, dass sie diese Beziehung zu Mr. Gianini habe, und ob ich mit ihm darüber reden wolle. Ich hab den Verdacht, dass er rausfinden wollte, ob es was Ernstes ist – das mit Mr. G und Mom, meine ich.

Also, ich weiß, dass es ziemlich ernst ist, wenn sie ihn bei uns übernachten lässt. Meine Mutter muss einen Mann wirklich sehr mögen, wenn sie ihm erlaubt, bei uns zu schlafen. Inklusive Mr. G waren das in den letzten vierzehn Jahren nur drei: Wolfgang, der sich später dann als schwul herausstellte; dieser Tim, der sich irgendwann als stockkonservativ entpuppte; und jetzt mein Mathelehrer. Das sind nicht viele. Umgerechnet kommt bei ihr ein Mann auf vier Jahre.

So was in der Richtung jedenfalls.

Aber ich konnte meinem Vater natürlich schlecht sagen, dass Mr. G bei uns geschlafen hat, sonst hätte er bestimmt gleich eine Embolie bekommen. Er ist echt der volle Chauvi – jeden Sommer schleppt er irgendeine Tussi in Miragnac an. Manchmal hat er alle zwei Wochen eine Neue – aber von Mom erwartet er, so rein und unbefleckt zu bleiben wie frisch gefallener Schnee.

Ich weiß genau, was Lilly dazu sagen würde, wenn sie noch mit mir reden würde: »Männer sind solche Heuchler.«

Irgendwie hätte ich Dad ja schon gerne von Mr. G erzählt, nur um seinem männlichen Stolz einen kleinen Dämpfer zu verpassen. Aber ich wollte Grandmère nicht noch mehr Munition gegen Mom in die Hand geben – sie sagt immer, Mom sei flatterhaft. Deshalb hab ich so getan, als wüsste ich von nichts.

Grandmère kündigte an, morgen ein bisschen Wortschatzarbeit mit mir zu machen. Mein Französisch sei grässlich, aber mein Englisch wäre noch viel schlimmer. Sie drohte, wenn ich noch einmal »echt total« sage, würde sie mir den Mund mit Seife auswaschen.

Als ich mich verteidigte: »Ich kann nichts dafür, das kommt echt total automatisch«, funkelte sie mich superfies an. Dabei hatte ich es gar nicht frech gemeint. Es war mir wirklich nur so rausgerutscht.

Greenpeace hat durch mich jetzt schon zweihundert Dollar eingenommen. Vielleicht gehe ich noch mal in die Geschichte ein, als das Mädchen, das die Wale rettete.

Als ich vorhin nach Hause kam, fiel mir auf, dass im Müll *zwei* Aluschalen und *zwei* Paar Essstäbchen vom Thailänder lagen. Und beim Altglas standen *zwei* Flaschen Heinecken. Ich wollte von Mom wissen, ob Mr. G etwa zum Abendessen da war – mein Gott, dabei hat sie doch schon den ganzen Tag mit ihm verbracht! –, aber sie sagte: »Wie kommst du denn darauf, Mia? Ich war bloß sehr hungrig.«

Das sind zwei Lügen an einem Tag. Die Sache mit Mr. G muss echt ziemlich ernst sein.

Lilly hat sich noch immer nicht gemeldet. Allmählich fange ich an zu denken, dass vielleicht doch *ich* bei ihr anrufen sollte. Aber was soll ich sagen? *Ich* hab ja schließlich nichts getan. Okay, ich hab sie angeschrien, sie soll die Klappe halten, aber ja nur, weil sie mir gesagt hat, dass ich mich in Lana Weinberger verwandle. Unter diesen Umständen ist es ja wohl gerechtfertigt, zu jemandem »Halt die Klappe« zu sagen.

Oder etwa nicht? Womöglich hat kein Mensch das Recht, einem anderen den Mund zu verbieten. Vielleicht ist das genau der Grund, warum es zu Kriegen kommt – weil einer vom anderen verlangt, die Klappe zu halten, und keiner bereit ist, sich zu entschuldigen.

Allmählich frage ich mich, mit wem ich morgen zu Mittag essen soll, wenn wir weiterhin verkracht bleiben…

Montag, 13. Oktober, Mathe

Als Lars auf dem Schulweg bei Lilly hielt, um sie abzuholen, teilte uns der Portier mit, sie sei schon weg. O Mann, ist die verstockt. So lange waren wir noch nie verkracht.

In der Schule hielt mir sofort jemand eine Unterschriftenliste unter die Nase:

*Wir boykottieren Ho's Deli.
Deine Unterschrift gegen den Rassismus!*

Ich sagte, dass ich nicht unterschreiben werde, worauf Boris, der das Ding in der Hand hielt, mir Undankbarkeit vorwarf und erklärte, wo er herkäme, habe der Staat jahrzehntelang alle oppositionellen Stimmen zum Schweigen gebracht, und ich sollte mich gefälligst glücklich schätzen, in einem Land zu leben, in dem ich so eine Protestaktion unterstützen könnte, ohne Angst haben zu müssen, von der Geheimpolizei verfolgt zu werden.

Ich sagte Boris, dass wir in Amerika unsere Pullis nicht in die Hose stecken.

Also eins muss man Lilly lassen: Sie ist echt fix. Die ganze Schule ist von oben bis unten mit Plakaten zugepflastert, auf denen BOYKOTTIERT HO'S DELI! steht.

Und noch was: Wenn sie mal sauer ist, dann bleibt sie es auch. Sie redet echt kein einziges Wort mit mir.

Ich wünschte, Mr. G würde mich endlich in Ruhe lassen.
Wen interessieren denn schon ganze Zahlen?

Negative Zahlen oder Gegenzahlen: Die Zahlen auf der den positiven Zahlen gegenüberliegenden Seite der Null auf der Zahlengeraden werden negative Zahlen genannt. a + x = 0. x ist die Gegenzahl zu a.

Wie man die Mathestunde rumbringt

Ach,
wie bring ich die Mathestunde nur rum?
Möglichkeiten gibt's tausendfach:
vor sich hinkritzeln und gähnen
oder unterm Tisch 'ne Partie Schach.

Es lässt sich auch dösen und träumen,
dabei verwirrt aus der Wäsche schauen,
summen und mit den Fingerspitzen trommeln
oder gedankenverloren an den Nägeln kauen.

Man kann ständig auf die Wanduhr stieren
oder auch ein kleines Liedchen singen.
Ich hab schon fast alles ausprobiert,
um diese Mathestunde rumzubringen.

ABER NICHTS DAVON FUNKTIONIERT!!!!!

Montag, etwas später, Franz

Mir ist klar geworden, dass ich selbst dann nicht mit Lilly zu Mittag hätte essen können, wenn wir nicht verkracht wären. Sie ist nämlich zur gefeierten Anführerin des Aktionsbündnisses gegen den Rassismus mutiert. Rings um den Tisch, an dem sie, ich, Shameeka und Ling Su normalerweise unsere Dim Sums von Big Wong essen, scharten sich nämlich alle möglichen Schüler. Und an dem Platz, an dem sonst eigentlich ich sitze, saß *Boris Pelkowski*.

Lilly schwebt bestimmt auf Wolke sieben. Es war immer schon ihr absoluter Traum, von einem musikalischen Genie angehimmelt zu werden.

Und ich stand mit meinem blöden Tablett mit dem blöden Salat drauf da und fühlte mich wie bestellt und nicht abgeholt. Salat war heute das einzige vegetarische Hauptgericht, weil die aus der Küche vergessen hatten, Spiritus für die Warmhaltevorrichtung der Körnertheke zu besorgen. Ich stand also ziemlich blöd da und fragte mich, zu wem *ich* mich jetzt setzen sollte. In der Cafeteria stehen ja nur zehn Tische, weshalb wir in Schichten essen müssen. In unserer Schicht sind die Plätze sonst so verteilt: An einem Tisch sitzen Lilly und ich, dann gibt es den Tisch von den Sportcracks, den von den Cheerleadern, den Bonzenkindern, den Hip-Hoppern, den Kiffern, den Theater-AG-Leuten, den Intelligenzbestien, den Austauschschülern und dann noch den, an dem Tina Hakim Baba mit ihrem Bodyguard sitzt.

Zu den Sportfreaks und den Cheerleadern konnte ich mich nicht setzen, weil ich weder das eine noch das andere bin. Zu den Bonzen konnte ich auch nicht, weil ich weder ein Handy noch einen eigenen Anlageberater besitze. Ich höre keinen Hip-Hop und kiffen tu ich auch nicht, im neuen Theaterstück hab ich keine Rolle, mit meiner Sechs in Mathe sind meine Chancen auf einen Platz in der Riege der Hochbegabten gleich null und mit den Austauschschülern kann ich mich nicht verständigen, weil keine Franzosen dabei sind.

Ich warf einen vorsichtigen Blick zu Tina Hakim Baba rüber, die einen Salat vor sich stehen hatte, genau wie ich. Aber sie isst ihn wegen ihrer Gewichtsprobleme und nicht, weil sie Vegetarierin ist. Tina schmökerte in so einem Herz-Schmerz-Liebesroman. Auf dem Umschlag war ein Foto von einem Jungen, der ein Mädchen im Arm hält. Das Mädchen hatte lange blonde Haare und dafür, dass ihre Oberschenkel so dünn waren, einen ziemlichen Riesenbusen. Sie sah ganz genau so aus, wie meine Großmutter sich mich erträumen würde.

Ich ging zu Tina Hakim Baba rüber und stellte mein Tablett neben ihres.

»Ist bei dir noch frei?«, erkundigte ich mich.

Tina schaute total erschrocken von ihrem Buch hoch und sah dann zu ihrem Bodyguard rüber. Das ist so ein großer, dunkelhäutiger Typ im schwarzen Anzug. Er trug eine Sonnenbrille, obwohl wir ja drinnen waren. Ich bin mir ziemlich sicher, dass Lars es mit ihm aufnehmen könnte, wenn es zu einem Zweikampf zwischen den beiden käme.

Nachdem Tina den Bodyguard angesehen hatte, musterte er mich – glaube ich jedenfalls; wegen der Sonnenbrille war das nicht so deutlich zu erkennen – und nickte.

Tina strahlte richtig. »Ja, klar«, sagte sie und legte ihr Buch auf den Tisch. »Setz dich doch.«

Ich setzte mich. Irgendwie hatte ich ein schlechtes Gewissen. Vielleicht hätte ich sie schon vorher mal fragen sollen, ob ich mich zu ihr setzen kann. Aber ich fand sie immer komisch, weil sie in einer Limousine in die Schule gefahren wird und einen eigenen Bodyguard hat.

Inzwischen finde ich sie gar nicht mehr so komisch.

Wir aßen unsere Salate und lästerten über den grauenhaften Cafeteriafraß. Tina erzählte mir von der Diät, auf die ihre Mutter sie gesetzt hat. Bis zum »Ball der Kulturen« will sie neun Kilo abnehmen. Ich sehe aber ziemlich schwarz für sie, weil der Ball ja schon diesen Samstag ist. Ich wollte wissen, ob sie schon einen Tanzpartner hat. Sie kicherte und sagte, Ja, hätte sie. Sie geht mit so einem von der Trinity-High-School, einer anderen Privatschule in Manhattan. Er heißt Dave Farouq El-Abar.

Hallo? O Mann, das Leben ist einfach nicht fair. Sogar Tina Hakim Baba, deren Vater ihr nicht mal erlaubt, den einen Block zwischen ihrer Wohnung und der Schule zu Fuß zu gehen, hat einen Tanzpartner.

Ich glaub, ich weiß auch, warum: Sie hat Busen.

Also, ich muss sagen, Tina ist ziemlich nett.

Als sie aufstand, um sich an der Theke noch eine Cola Light zu holen (der Bodyguard ging übrigens mit; also, wenn Lars jemals anfangen würde, mich überallhin zu begleiten, würde ich mich erschießen), las ich schnell, was auf dem Rücken ihres Buches stand. Es hatte den Titel »Sie sagen, ich heiße Amanda« und handelte von einem Mädchen, das im Krankenhaus aus dem Koma erwacht, sich aber nicht mehr erinnern kann, wer sie ist. Sie bekommt Besuch von einem supersüßen Jungen, der erzählt, sie hieße Amanda und er sei ihr Freund. Und den Rest des Buches verbringt sie damit, herauszufinden, ob er sie anlügt oder die Wahrheit sagt.

Superrealistisch, echt! Also, wenn *mir* irgendein süßer Junge erzählen würde, er sei mein Freund, würde ich das ungefragt akzeptieren. Manche Mädchen wissen eben nicht, was für ein Glück sie haben.

Während ich noch den Klappentext las, fiel auf einmal ein Schatten über das Buch, und als ich aufschaute, stand Lana Weinberger vor mir. Ich schätze, heute war Spieltag. Sie trug nämlich ihre Cheerleaderkluft – grün-weißer Minifaltenrock und enges weißes Sweatshirt mit einem Riesen-P auf der Brust. Ich hab den starken Verdacht, dass sie sich ihre Pompons in den BH stopft, wenn sie nicht gerade damit herumwedelt. Sonst würden ihre Brüste niemals so rausstehen.

»Ganz tolle Frisur, Amelia«, näselte sie mit ihrer arroganten Stimme. »Wer ist eigentlich dein modisches Vorbild? Tank Girl – diese Punkschlampe aus dem Comic?«

Hinter ihr sah ich Josh Richter mit seinen schwachsinnigen Sportlerkollegen stehen. Sie achteten gar nicht auf mich und Lana, sondern unterhielten sich über irgendeine Party, auf der sie am Wochenende gewesen waren. Sie gaben damit an, dass sie total verkatert seien, weil sie zu viel Bier gesoffen hätten.

Mich würde ja mal interessieren, ob ihr Trainer das auch weiß.

»Wie nennt man den Farbton eigentlich?«, wollte Lana wissen und fasste mit spitzen Fingern meine Haare an. »Eitergelb?«

Während Lana mich quälte, kamen Tina Hakim Baba und ihr Bodyguard zurück. Tina hatte nicht nur die Cola Light gekauft, sondern mir auch noch ein Eis mitgebracht. Ich fand das echt total nett von ihr. Vor allem, wenn man bedenkt, dass wir vor heute kaum ein Wort miteinander gewechselt hatten.

Aber Lana erkannte die Nettigkeit dieser Geste natürlich gar nicht. Stattdessen säuselte sie mit gespielter Harmlosigkeit: »Ach – hast du Mia ein Eis mitgebracht, Tina? Hat Daddy dir heute hundert Dollar mitgegeben, damit du dir eine Freundin kaufen kannst?«

Man sah Tinas dunklen Augen sofort an, wie tief sie das traf.

Und dann passierte was ganz Komisches. Ich saß da und sah zu, wie Tina Hakim Baba die Tränen in die Augen stiegen, und das Nächste, woran ich mich erinnere, ist, dass ich den Arm hob und Lana mein Eis mitten aufs Sweatshirt klatschte.

Lana schaute an sich runter und sah entgeistert auf die Waffel mit dem Vanilleeis, der Schokoglasur und den Erdnusssplittern, die mitten auf ihrer Brust klebte. Josh Richter und seine Sportsfreunde hörten plötzlich auf zu reden und starrten auch auf Lanas Brust. Ich glaub nicht, dass ich die Cafeteria schon jemals so still erlebt hab wie in diesem Augenblick. Alle stierten auf die Eistüte, die auf Lanas Brust klebte. Es war so leise, dass man Boris durch den Draht seiner Zahnspange atmen hören konnte.

Und dann fing Lana an zu kreischen.

»Du – du...« Aber wahrscheinlich fiel ihr kein Wort ein, das schlimm genug für mich gewesen wäre. »Du – du... Schau doch, was du gemacht hast! Schau dir mein Sweatshirt an!«

Ich packte mein Tablett und erhob mich. »Kommst du?«, fragte ich Tina. »Lass uns woandershin gehen. Hier ist es mir zu laut.«

Tina starrte mit ihren großen braunen Augen auf die Eistüte, die auf dem großen P auf Lanas Brust klebte, nahm ihr

Tablett und folgte mir. Der Bodyguard kam auch mit. Ich könnte schwören, dass es um seine Mundwinkel zuckte. Als Tina und ich an dem Tisch vorbeigingen, an dem ich sonst mit Lilly sitze, sah ich, dass Lilly mich mit offenem Mund anglotzte. Sie hatte bestimmt alles mitgekriegt.

Tja, sieht ganz so aus, als müsste sie ihre Diagnose noch mal überdenken. Ich bin *gar nicht* konfliktscheu. Jedenfalls nicht, wenn ich es nicht sein will.

Ich weiß es nicht genau, aber ich bilde mir ein, dass aus der Richtung des Überfliegertischs leiser Applaus ertönte, als ich mit Tina und dem Bodyguard im Schlepptau aus der Cafeteria marschierte. Ich hab das Gefühl, dass ich mit meiner Selbstaktualisierung ein ganz schönes Stück weitergekommen bin.

Immer noch Montag, noch später

O Mann, ich sitze voll in der Scheiße. So was ist mir noch nie in meinem Leben passiert.
Ich bin zur Direktorin gerufen worden!
Ungelogen. Ich muss zur Direktorin, weil ich Lana Weinberger die Eistüte auf die Brust geklatscht hab.
Ich hätte mir ja denken können, dass sie mich verpetzt. Die alte Heulsuse.
Irgendwie ist mir schon mulmig. Ich hab vorher noch nie gegen die Schulordnung verstoßen. Ich bin immer total brav gewesen.
Als es vorhin in T & B hieß, einer aus unserer Klasse muss zur Direktorin, wäre ich niemals darauf gekommen, ich könnte damit gemeint sein. Ich saß neben Michael Moscovitz, der gerade dabei war, mir zu erklären, dass ich die ganze Zeit total falsch subtrahiert hab. Seiner Meinung nach ist mein Hauptproblem, dass ich die Zahlen unleserlich schreibe und kein ordentliches Matheheft führe, sondern einfach immer irgendwo reinkritzle. Er findet, ich muss unbedingt ein richtiges Heft anlegen.
Außerdem meinte er, ich hätte Konzentrationsschwierigkeiten. Aber ich konnte mich nur deshalb nicht so gut konzentrieren, weil ich noch nie so nah neben einem Jungen saß! Klar, ich weiß schon, dass es nur Michael Moscovitz war, den ich sowieso die ganze Zeit sehe und der auch gar

nichts von mir will, weil er schon in die Zwölfte geht und ich erst in die Neunte und ich außerdem die beste Freundin von seiner kleinen Schwester bin und so – bzw. war.

Trotzdem ist und bleibt er ein männliches Wesen – und zwar ein ziemlich *süßes*, selbst wenn er *nur* Lillys Bruder ist. Ich fand es echt schwierig, auf seine Erklärungen zu achten, während mir gleichzeitig sein angenehm sauberer Jungengeruch in die Nase stieg. Außerdem legte er immer wieder seine Hand auf meine und nahm mir den Stift weg und sagte: »Nein, nicht so, Mia.«

Ein weiterer Grund für meine Konzentrationsschwäche war aber auch, dass ich die ganze Zeit das Gefühl hatte, Lilly würde uns beobachten – was sie natürlich überhaupt nicht tat.

Seit sie den Kampf gegen die verdammenswerten rassistischen Umtriebe in unserer Nachbarschaft aufgenommen hat, kümmert sie sich nicht mehr um unwichtige Menschen wie mich. Sie und ihre Mitstreiter hockten um den Gruppentisch herum und besprachen die nächsten Schritte der Ho-Offensive. Sie hatte sogar Boris aus dem Lehrmittelkabuff gelassen, damit er mithelfen konnte.

Er klebte wie eine Klette an ihr. Mir ist ein Rätsel, wie sie zulassen kann, dass er seinen dürren, schwachen Geigerarm um die Rückenlehne ihres Stuhls legt. Und seinen Pulli stopft er sich nach wie vor in die Hose!

Ich hätte mir also wirklich keine Sorgen machen müssen, dass irgendjemand auf mich und Michael achtet. Und er hatte ja noch nicht mal seinen Arm um meine Lehne gelegt. Obwohl er einmal unter dem Tisch aus Versehen mit seinem Knie an meins stieß. Das fühlte sich so aufregend an, dass ich fast gestorben wäre.

Und dann hieß es auf einmal, ich soll zur Direktorin. Ich. Zur Direktorin.

Ich hab ziemliche Angst, dass ich geschmissen werde. Aber dann komm ich vielleicht auf eine andere Schule, wo niemand weiß, dass meine Haare mal eine andere Farbe hatten und dass meine Nägel künstlich sind. Das wäre eigentlich auch nicht schlecht.

Gute Vorsätze:

- erst denken und dann handeln
- immer souverän bleiben und die Ruhe bewahren, egal wie sehr man versucht, mich zu provozieren
- die Wahrheit sagen, nur dann nicht, wenn sie die Gefühle eines anderen verletzen würde
- mich von Lana Weinberger so fern halten wie möglich

O Gott, gerade kriege ich gesagt, dass Mrs. Gupta, die Schuldirektorin, mich jetzt empfangen wird.

Montagabend

Ich weiß echt nicht, wie ich das durchstehen soll. Zusätzlich zu Mr. G's Förderunterricht und dem Prinzessunterricht von Grandmère muss ich jetzt auch noch eine Woche lang jeden Tag nachsitzen.

Heute bin ich erst um neun Uhr abends nach Hause gekommen! So *kann* es nicht weitergehen.

Mein Vater ist stinksauer. Er kündigt an, die Schule zu verklagen. Niemand dürfe seine Tochter dafür bestrafen, dass sie sich für die Schwachen dieser Welt einsetzt. Ich hab ihm aber klargemacht, dass Mrs. Gupta das sehr wohl darf. Sie darf alles. Sie ist die Direktorin.

Ich muss sagen, dass ich es ihr nicht mal persönlich übel nehme. Ich hab mich ja auch nicht entschuldigt oder so. Mrs. Gupta ist wirklich eine nette Frau, aber in meinem Fall blieb ihr kaum was anderes übrig, als mich zu bestrafen. Sie wollte, dass ich mich bei Lana entschuldige und das Sweatshirt reinigen lasse. Ich war gern bereit, die Reinigungskosten zu übernehmen, sagte aber, dass ich mich nicht entschuldigen würde. Daraufhin schaute Mrs. Gupta mich über den Rand ihrer Zweistärkenbrille forschend an und fragte irritiert: »Was hast du gerade gesagt, Mia?«

Ich wiederholte noch mal, dass ich mich nicht entschuldigen würde. Mein Herz klopfte fast zum Zerspringen. Ich hatte gar keine Lust, mich von irgendjemandem anschreien zu lassen, ganz besonders nicht von Mrs. Gupta, die einem echt tierisch Angst einjagen kann, wenn sie es drauf anlegt. Zur Beruhigung versuchte ich, sie mir in den ausgeleierten Jogginghosen ihres Mannes vorzustellen, aber das klappte nicht. Ich hatte immer noch Angst vor ihr.

Aber eins wusste ich ganz genau. Ich war nicht bereit, mich bei Lana zu entschuldigen. Niemals.

Mrs. Gupta sah eigentlich gar nicht so aus, als würde sie mich gleich anschreien. Sie machte vielmehr einen besorgten Eindruck. Wahrscheinlich müssen Pädagogen so schauen. Man kennt das ja. Lehrer sehen einen immer so an, als machten sie sich Sorgen. Schließlich sagte sie: »Weißt du, ich war sehr verwundert, als Lana mit ihrer Beschwerde über dich zu mir kam, Mia. Normalerweise ist es ja eher Lilly Moscovitz, die ich hierher zitieren muss. Ich hätte niemals erwartet, dich jemals hier zu sehen. Jedenfalls sicher nicht wegen eines disziplinarischen Vergehens. Höchstens auf Grund deiner mangelnden Leistungen. Ich habe gehört, dass Mathe nicht gerade dein stärkstes Fach ist. Aber dass es disziplinarische Schwierigkeiten mit dir gibt, ist mir völlig neu. Ich würde dir gerne eine persönliche Frage stellen, Mia... hast du vielleicht irgendwelche Probleme?«

Eine Minute lang starrte ich sie nur an.

Ob ich irgendwelche Probleme hab? *Ob ich Probleme hab?*

Hm, einen Augenblick, da muss ich mal überlegen... also, meine Mutter hat ein Verhältnis mit meinem Mathelehrer – bei dem ich übrigens wahrscheinlich durchfalle –, meine allerbeste Freundin hasst mich, ich bin vierzehn und noch nie in meinem Leben mit einem Jungen gegangen, ich bin flach wie ein Bügelbrett und – ach ja, gerade hab ich erfahren, dass ich außerdem Prinzessin von Genovia bin.

»Probleme?«, sagte ich zu Mrs. Gupta. »Überhaupt nicht.«

»Bist du dir sicher, Mia? Irgendetwas sagt mir, dass du dich nicht so verhalten würdest, wenn wirklich alles in Ordnung wäre... Gibt es vielleicht Probleme innerhalb der Familie?«

Wen glaubte sie vor sich zu haben? Lana Heulsusenberger? Erwartete sie etwa, ich würde ihr mein Herz ausschütten? Ja, es ist wahr, Mrs. Gupta. Und zusätzlich zu allem anderen ist auch noch meine Großmutter in der Stadt und mein Vater zahlt mir hundert Dollar pro Tag, damit ich mir von ihr beibringen lasse, eine echte Prinzessin zu werden. Ach, und fast hätte ich es vergessen, letztes Wochenende bin ich in unserer Küche Mr. Gianini über den Weg gelaufen, der, mal abgesehen von seinen Boxershorts, splitternackt war. Wollen Sie sonst noch was wissen?

»Hör mal, Mia«, fuhr Mrs. Gupta fort. »Ich möchte dir gerne sagen, dass du ein ganz besonderer Mensch bist. Du besitzt sehr viele Begabungen und es gibt keinen Grund, dich neben Lana Weinberger minderwertig zu fühlen. Überhaupt keinen.«

Ach so? Na, wenn Sie es sagen. Sie haben sicher vollkommen Recht, Mrs. Gupta. Nur weil Lana das hübscheste und beliebteste Mädchen der Klasse ist und mit dem schnuckeligsten und beliebtesten Jungen an der ganzen Schule zusammen ist, muss ich mich doch nicht minderwertig fühlen. Erst recht nicht, wenn sie jede Chance nutzt, um mich in aller Öffentlichkeit zu demütigen und zu erniedrigen. Minderwertig? Ich? Aber nicht doch!

»Weißt du was, Mia«, fuhr Mrs. Gupta fort. »Ich wette, wenn du dir mal die Zeit nimmst, Lana besser kennen zu lernen, wirst du feststellen, dass sie in Wirklichkeit ein sehr nettes Mädchen ist. Ein Mädchen wie du.«

Genau. Ein Mädchen wie ich.

Ich war so was von fassungslos, dass ich mich sogar

Grandmère in unserer Wortschatz-Übungsstunde anvertraute. Sie zeigte erstaunlich viel Mitgefühl.

»Als ich so alt war wie du«, erzählte sie, »gab es bei uns an der Schule ein Mädchen, an das mich diese Lana erinnert. Sie hieß Genevieve und saß in Erdkunde hinter mir. Genevieve steckte immer meine Zöpfe ins Tintenfass, sodass ich mir beim Aufstehen mein ganzes Kleid mit Tinte besudelte. Aber meine Lehrerin hat mir nie geglaubt, dass Genevieve es mit Absicht getan hatte.«

»Echt?« Ich war ziemlich beeindruckt. Diese Genevieve musste Nerven wie Drahtseile gehabt haben. Ich hab noch nie erlebt, dass jemand es gewagt hätte, meine Großmutter zu provozieren. »Und was hast du gemacht?«

Grandmère stieß ihr fieses, keckerndes Lachen aus. »Ach, gar nichts.«

Das glaub ich ihr aber niemals, dass sie nichts gemacht hat. Nicht, wenn sie so lacht. Aber obwohl ich sie total löcherte, wollte Grandmère mir nicht verraten, wie sie sich an dieser Genevieve gerächt hat. Irgendwie hab ich den Verdacht, dass sie sie umgebracht hat.

Wieso? Könnte doch gut sein.

Trotzdem wäre es wahrscheinlich doch besser gewesen, Grandmère nicht so zu löchern. Um mir das Maul zu stopfen, hat sie einen Test mit mir gemacht! Echt wahr!

Und zwar einen, der sauschwer war. Ich kleb das Blatt unten rein, weil ich 98 Punkte bekommen hab. Grandmère sagt, ich hätte seit dem Beginn ihres Unterrichts gute Fortschritte gemacht.

Grandmères Test

Was macht man in einem Restaurant mit seiner Serviette, wenn man aufsteht, um sich die Nase pudern zu gehen?
Falls es sich um ein Viersternerestaurant handelt, reicht man sie dem Kellner, der sofort auf einen zustürzt, um den Stuhl zurückzuschieben. Wenn es ein normales Restaurant ist und kein Kellner kommt, legt man sie auf den leeren Stuhl.

Unter welchen Umständen gilt es als akzeptabel, sich in der Öffentlichkeit Lippenstift aufzulegen?
Unter gar keinen.

Was sind die Kennzeichen des Kapitalismus?
Das Privateigentum an Produktionsmitteln und an Grund und Boden sowie der Austausch von Gütern auf der Grundlage des Marktgeschehens.

Wie lautet die angemessene Erwiderung, wenn ein Mann einem seine Liebe gesteht? Danke, Sie sind zu liebenswürdig.

Was betrachtete Marx als Widerspruch im Kapitalismus?
Dass der Wert jeder Ware eigentlich durch die zu ihrer Herstellung benötigte Arbeitskraft bestimmt wird. Da die Kapitalisten den Arbeitern aber nicht den Gegenwert dessen, was sie herstellen, zahlen, untergraben sie ihr eigenes Wirtschaftssystem.

Weiße Schuhe dürfen keinesfalls getragen werden...
Zu Beerdigungen, nach dem Labour Day, vor dem Memorial Day und überall dort, wo Pferde sein könnten.

Definiere Oligarchie!
Herrschaft einer kleinen und im Allgemeinen korrupten Gruppe.

Wie mixt man einen Sidecar?
⅓ Limettensaft, ⅓ Cointreau, ⅓ Brandy, mit Eis geschüttelt, vor dem Servieren abseihen.

Die einzige Frage, die ich falsch beantwortet hab, ist die mit dem Mann, der einem seine Liebe gesteht. Offenbar ist es nicht nötig, sich dafür zu bedanken.

Nicht, dass ich jemals in die Verlegenheit kommen werde, auf so ein Geständnis antworten zu müssen. Aber Grandmère hat gesagt, dass ich mich eines Tages vielleicht noch wundern werde.

Schön wär's!

Dienstag, 14. Oktober.
Schule

Heute Morgen war Lilly schon wieder vor uns weg. Ich hab eigentlich auch nicht damit gerechnet, dass sie da ist, aber ließ Lars trotzdem bei ihr halten … nur für den Fall, dass sie vielleicht doch wieder mit mir befreundet sein will. Es hätte ja sein können, dass sie angesichts meiner Konfliktfähigkeit im Fall Lana zu dem Entschluss gekommen ist, dass es ein Fehler war, mich so zu kritisieren.

Scheint nicht so zu sein.

Als Lars mich vor der Schule absetzte, stieg Tina Hakim Baba auch gerade aus ihrer Limousine, was wahrscheinlich ziemlich komisch aussah. Wir haben uns beide etwas verlegen angegrinst und sind mit Tinas Bodyguard im Schlepptau zusammen ins Schulgebäude gegangen. Tina bedankte sich bei mir für gestern. Sie sagte, sie hätte ihren Eltern davon erzählt und die würden mich gern für Freitag zum Abendessen zu sich einladen.

»Und vielleicht«, setzte sie dann total schüchtern noch hinzu, »hast du ja Lust, bei mir zu übernachten.«

Ich hab zugesagt. Hauptsächlich aus Mitleid, weil sie gar keine Freundinnen hat. Niemand will was mit ihr zu tun haben, weil sie immer von ihrem Bodyguard begleitet wird und so. Außerdem hab ich gehört, die Hakim Babas hätten einen Springbrunnen in der Wohnung – genau wie Donald Trump –, den würde ich mir schon gern mal anschauen.

Außerdem mag ich sie irgendwie. Jedenfalls ist sie *nett* zu mir.

Es ist schon schön, wenn jemand nett zu einem ist.

Weitere Vorsätze:

1. nicht mehr darauf warten, dass das Telefon klingelt (Lilli ruft bestimmt NICHT an und Josh Richter auch nicht)
2. mir mehr Freundinnen zulegen
3. selbstbewusster sein
4. nicht mehr an meinen künstlichen Fingernägeln kauen
5. mich in Zukunft
   vernünftiger,
   erwachsener,
   reifer
   verhalten
6. glücklicher sein
7. an meiner Selbstaktualisierung arbeiten
8. Einkaufsliste:
   Müllsäcke
   Servietten
   Haarspülung
   Tunfisch
   Klopapier!!!!

Dienstag, Mathe

O Mann – das *darf* nicht wahr sein. Aber es muss stimmen, weil ich es von Shameeka hab.

Lilly hat einen Tanzpartner für den »Ball der Kulturen« am Wochenende.

Lilly hat einen Tanzpartner. Jetzt hat sogar Lilly einen. Und ich dachte immer, alle Jungs an unserer Schule hätten Todesangst vor Lilly.

Aber es gibt einen, der keine Angst hat:

Boris Pelkowski.

AAAAHHHHHHHHHHHHHHHHHHHHHHHHH!

Noch später, immer noch Dienstag, Englisch

Mich fragt nie einer. Nie. Nie. Jetzt haben echt ALLE einen Tanzpartner für den »Ball der Kulturen«: Shameeka, Lilly, Ling Su, Tina Hakim Baba. Und ich bin die Einzige, die nicht hingeht. Die EINZIGE!

Warum muss immer ich so ein Pech haben? Warum straft mich das Schicksal so und hat mich zu einer missgestalteten Lachnummer gemacht? Warum? WARUM???

Ich würde echt alles dafür geben, statt einer 1,77 m großen, flachbrüstigen Prinzessin eine 1,70 m große Bürgerliche mit Busen zu sein. ALLES.

Satire: setzt den Humor systematisch zum Anprangern menschlicher Schwächen ein
Ironie: paradoxe Konstellation, Gegenteil des Gesagten
Parodie: übertreibende Nachahmung eines Werkes zur Aufdeckung von Schwächen und Unzulänglichkeiten

Noch immer Dienstag, Franz

Heute hat Michael Moscovitz mir in T & B erklärt, wie man Bruchgleichungen löst, und mir zu meiner Zivilcourage im – wie er es ausdrückte – »Weinberger-Zwischenfall« gratuliert. Ich war ziemlich baff, dass er überhaupt davon wusste. Aber er meinte, alle an der Schule würden davon reden, wie ich Lana vor Josh zur Schnecke gemacht hätte. Plötzlich kam ihm ein Gedanke: »Ist dein Spind nicht direkt neben dem von Josh?«

Ich nickte. Er fragte mich, ob das nicht komisch sei, aber ich sagte ihm, dass ich Lana seitdem nicht in der Nähe des Spinds gesehen hätte und dass Josh sowieso nie mehr zu mir sagt als: »Darf ich mal vorbei?«

Als ich von ihm wissen wollte, ob Lilly noch immer schlecht über mich redet, sah er mich ganz erstaunt an und sagte: »Lilly hat kein einziges schlechtes Wort über dich gesagt. Sie kann nur nicht verstehen, warum du so ausgerastet bist.«

Ich erklärte es ihm: »Weil sie mich die ganze Zeit fertig macht! Das hab ich einfach nicht mehr ausgehalten. Ich hab so schon genug Probleme, da brauch ich nicht auch noch Freundinnen, die mir das Leben zusätzlich schwerer machen.«

Er lachte. »Ach komm, was kannst du schon für Probleme haben?«

Als wäre ich noch zu jung oder so, um Probleme zu haben!

O Mann, dem hab ich es aber gegeben! Ich konnte ihm zwar nicht direkt sagen, dass ich Prinzessin von Genovia und noch dazu busenlos bin, aber ich erinnerte ihn daran, dass ich nicht nur wegen Mathe durchfalle, sondern außerdem vor nicht allzu langer Zeit nach dem Aufwachen Mr. Gianini in unserer Küche in Boxershorts mit meiner Mutter am Frühstückstisch vorgefunden hab.

Danach räumte er ein, dass ich womöglich doch ein paar Probleme haben könnte.

Während wir uns unterhielten, schrieb Lilly mit einem fetten, schwarzen Marker Anti-Ho-Sprüche auf eine Plakatwand und warf uns die ganze Zeit böse Blicke zu. Wahrscheinlich darf ich jetzt, wo wir verkracht sind, nicht mal mehr mit ihrem Bruder befreundet sein.

Vielleicht war sie ja auch bloß allgemein stinkig, weil der Boykott von Ho's Deli an der Schule nicht so gut läuft. Die ganzen asiatischstämmigen Schüler kaufen seitdem nämlich ausschließlich bei den Hos ein. Das ist ja auch kein Wunder. Dank Lillys Kampagne wissen sie jetzt, dass sie dort auf so ungefähr alles einen Rabatt von fünf Cent kriegen. Außerdem hat es sich als problematisch rausgestellt, dass es in der Gegend um die Schule herum keinen zweiten Imbiss gibt, was die Protestler in zwei Lager spaltete. Die Nichtraucher wollen mit dem Boykott weitermachen, während die Raucher dafür plädieren, den Hos einen geharnischten Protestbrief zu schreiben und die Sache damit auf sich beruhen zu lassen. Und weil an unserer Schule alle, die zur In-Clique gehören, auch rauchen, halten sie sich nicht an den Boykott, sondern kaufen ihre Camel Lights weiterhin bei den Hos.

Wenn Lilly die beliebten Schüler nicht auf ihre Seite ziehen kann, hat die Geschichte keinen Sinn. Ohne die Unterstützung prominenter Mitstreiter hat eine solche Aktion nicht die geringste Chance. Was wäre denn der Regenwald heute ohne Sting?

Auf einmal stellte Michael mir eine echt komische Frage: »Hast du jetzt eigentlich Hausarrest?«

Ich sah ihn total überrascht an. »Du meinst, weil ich nachsitzen muss? Nein, natürlich nicht. Meine Mutter ist voll auf meiner Seite und mein Vater will die Schule verklagen.«

Darauf sagte er: »Ah, okay. Weil ich dich nämlich fragen wollte, ob du Samstag schon was vorhast. Wenn nicht, könnten wir doch...«

In diesem Augenblick kam Mrs. Hill in die Klasse und ließ uns für ihre Doktorarbeit Fragebögen zur Jugendgewalt in Großstädten ausfüllen, obwohl Lilly sie darauf hinwies, dass wir wohl kaum die geeigneten Experten für dieses Thema sind, weil sich die einzigen gewalttätigen Szenen, die wir erleben, höchstens beim Kampf um die runtergesetzten Jeans an den Wühltischen bei Gap in der Madison Avenue abspielen.

Als es klingelte, rannte ich, so schnell ich konnte, raus. Ich konnte mir nämlich schon denken, was Michael mich hatte fragen wollen. Er wollte bestimmt vorschlagen, mit mir am Samstag noch mal Bruchrechnen zu üben. Er findet nämlich, dass es ein Bild des Jammers ist, mir beim Dividieren zuzusehen. Aber das hätte ich einfach nicht auch noch geschafft. Mathe? Am Wochenende? Nachdem ich schon die ganze Woche fast jeden wachen Augenblick der Mathematik gewidmet hab?

Nein danke.

Aber ich wollte ihn nicht vor den Kopf stoßen, deshalb bin ich gegangen, bevor er mich fragen konnte. War das sehr undankbar?

Irgendwann ist eben der Punkt erreicht, wo ein Mädchen keine weitere Kritik an ihren Divisionen mehr ertragen kann.

ma	mon	mes
ta	ton	tes
sa	son	ses
notre	notre	nos
votre	votre	vos
leur	leur	leurs

Hausaufgaben:

Mathe:	S. 121, 1–57 alle ungeraden Aufgaben
Englisch:	??? Shameeka fragen
Erdkunde:	Fragen am Ende von Kapitel 9
T & B:	nichts
Franz:	pour demain une vignette culturelle
Bio:	nichts

Dienstagabend

Grandmère hat gesagt, sie habe den Eindruck, Tina Hakim Baba sei eine wesentlich geeignetere Freundin für mich als Lilly Moscovitz. Aber ich glaube, das findet sie nur, weil Lillys Eltern Psychoanalytiker sind, während Tinas Vater – wie sich jetzt herausgestellt hat – ein arabischer Ölscheich und ihre Mutter mit dem schwedischen König verwandt ist, weshalb sie für die Erbin des Throns von Genovia natürlich der passendere Umgang sind.

Außerdem hat Grandmère mir noch gesteckt, dass die Hakim Babas schwerreich sind. Sie besitzen ungefähr eine Quadropillion Ölquellen. Grandmère meint, wenn ich Freitag zum Abendessen zu ihnen gehe, soll ich meine neuen Gucci-Schuhe anziehen und ein Gastgeschenk mitbringen. Als ich sie wegen des Geschenks um Rat fragte, schlug sie mir vor, ihnen ein »Frühstück« zu schenken. Sie hat es auch gleich bei Balducci's bestellt, die alles am Samstagmorgen liefern.

Prinzessin sein ist echt kompliziert.

Gerade fällt mir ein, dass Tina heute beim Mittagessen ein neues Buch mithatte. Das Bild auf dem Cover sah genauso aus wie beim letzten, nur dass die Heldin diesmal braune Haare hatte. Es hieß »Heimliche Liebe« und handelt von einem in ärmsten Verhältnissen lebenden Mädchen, das sich in einen reichen Jungen verliebt, der sie aber nie beachtet. Irgendwann entführt der Onkel des Mädchens den Jungen und fordert Lösegeld und sie muss seine Wunden pflegen und hilft ihm zu fliehen und so weiter, wobei er sich natürlich bis über beide Ohren in sie verliebt. Tina hat das Ende schon gelesen. Offenbar wird das Mädchen zum Schluss von den Eltern des reichen Jungen aufgenommen, weil ihr Onkel ins Gefängnis muss und nicht mehr für sie sorgen kann.

Ich möchte echt mal wissen, wieso mir so was nie passiert?

Mittwoch, 15. Oktober, Schule

Lilly hat wieder nicht gewartet. Lars hat vorgeschlagen, in Zukunft nicht mehr bei ihr zu halten, sondern direkt zur Schule zu fahren, um Zeit zu sparen. Hat wahrscheinlich wirklich keinen Sinn.

Als wir vor der Albert-Einstein-High-School hielten, fiel mir auf, dass sich ein richtiger Volksauflauf versammelt hatte.

Komisch. Es ist normal, dass vor dem Unterricht noch alle vor dem Schulgebäude rumhängen und rauchen und sich auf Joe den Steinlöwen hocken, aber heute standen sie dicht gedrängt in kleinen Grüppchen und betrachteten irgendwas. Wahrscheinlich lasen sie die Zeitung und es ist mal wieder einer der Väter von irgendjemandem an unserer Schule wegen Geldwäscherei oder so angeklagt worden. Eltern sind echt solche Egoisten: Also, ich finde, bevor Eltern was Illegales tun, sollten sie mal einen Moment lang an ihre Kinder denken und sich überlegen, wie die sich fühlen, wenn es rauskommt.

Wenn ich Chelsea Clinton wäre, würde ich mir einen neuen Namen zulegen und nach Island ziehen.

Um zu demonstrieren, dass mich solche Sensationsgeschichten nicht interessieren, blieb ich nicht erst stehen, sondern ging gleich rein. Ein paar Schüler starrten mir richtig hinterher. Wahrscheinlich hat Michael Recht und die Story, dass ich Lana Weinberger mein Eis vor den Latz geknallt hab, hat sich *wirklich* rumgesprochen. Entweder das oder meine Haare standen irgendwie komisch ab. Ich stürzte gleich aufs Klo, um mich im Spiegel anzuschauen, aber sie sahen ganz normal aus.

Als ich ins Klo kam, rannten ein paar Mädchen raus und kicherten wie verrückt.

Manchmal wünsche ich mir echt, auf einer verlassenen Insel zu leben. Im Ernst. Hunderte von Seemeilen kein anderer Mensch außer mir. Nur ich, das Meer, der Sand und eine Kokospalme. Und vielleicht noch ein hochauflösender Breitbildfernseher, eine Satellitenschüssel und eine Playstation mit Crash Bandicoot, für den Fall, dass ich mich langweile.

Wenig bekannte Tatsachen

1. Die an der Albert-Einstein-Highschool am häufigsten gestellte Frage lautet: »Hast du mal 'nen Kaugummi?«
2. Bienen und Stiere reagieren auf die Farbe Rot
3. bei uns in der Klasse dauert es manchmal bis zu einer halben Stunde, die Anwesenheitsliste durchzugehen
4. ich finde es echt schade, dass Lilly Moscovitz nicht mehr meine beste Freundin ist

Später am Mittwoch, vor Mathe

Vorhin ist was total Komisches passiert. Josh Richter stand vor seinem Spind, um sein Trigonometriebuch reinzulegen, während ich mein Matheheft aus meinem holte, und fragte mich: »Na, wie läuft's?«

Ich schwöre zu Gott, das ist die reine Wahrheit.

Ich stand so unter Schock, dass mir beinahe mein Rucksack aus der Hand gefallen wäre. Ich hab nicht die blasseste Ahnung, was ich geantwortet hab. Ich glaube, so was wie »gut«. Ich hoffe, ich hab »gut« gesagt.

Wieso spricht Josh Richter mit mir?

Wahrscheinlich war es wieder so eine Synapsenfehlzündung wie damals bei Bigelows an der Kasse.

Als Nächstes knallte er seinen Spind zu, schaute *voll zu mir runter* – er ist echt total groß – und sagte: »Man sieht sich.« Und dann schlenderte er davon.

Ich hab so hyperventiliert, dass ich fünf Minuten brauchte, um mich wieder zu beruhigen.

Seine Augen sind so blau, dass es fast wehtut, reinzusehen.

Mittwoch.
Büro von Mrs Gupta

Jetzt ist alles vorbei.

Ich lass mich begraben.

Das war's.

Ich weiß jetzt, warum mich vor der Schule alle so angeglotzt und blöd geflüstert und gekichert haben. Ich weiß, warum die Mädchen aus dem Klo gerannt sind, und ich weiß auch, warum Josh Richter mit mir geredet hat.

Mein Foto ist auf der Titelseite der *Post* abgebildet.

Ganz genau. Auf dem Titel der *New York Post*. Der Zeitung, die tagtäglich Millionen von New Yorkern lesen.

Ich hab's doch gesagt. Das ist mein Ende.

Aber ich muss zugeben, dass es ein ziemlich gelungenes Foto ist. Die haben mich wohl am Samstag geknipst, als ich nach dem Abendessen mit Dad und Grandmère aus dem Plaza kam. Man sieht mich die Eingangsstufen runtergehen. Ich lächle ein bisschen, aber natürlich nicht in die Kamera. Ich hab echt null gemerkt, dass ich fotografiert wurde, aber es scheint wohl so gewesen zu sein.

Über dem Foto steht riesengroß »Prinzessin Amelia« und darunter etwas kleiner »New Yorks frisch gebackene Fürstentochter«.

Super. Ganz super.

Mr. Gianini war der Erste, der es gesehen hat. Er ist wohl gerade zur Subway gegangen, als er die Zeitung am Kiosk sah. Daraufhin rief er sofort meine Mutter an, nur stand sie gerade unter der Dusche und hörte das Telefon nicht. Zwar hinterließ Mr. G eine Nachricht auf dem AB, aber den hört Mom morgens nie ab, weil alle wissen, was für ein Morgenmuffel sie ist, und sowieso nicht vor zwölf anrufen. Als Mr. Gianini zum zweiten Mal anrief, war sie bereits auf dem Weg ins Atelier, wo sie auch nie ans Telefon geht, weil sie beim Malen immer Howard Sterns Radioshow über Kopfhörer hört.

Mr. G blieb nichts anderes übrig, als meinen Vater im Plaza anzurufen, was – wenn man so darüber nachdenkt – reichlich mutig von ihm war.

Laut Mr. G muss Dad total ausgerastet sein und gesagt haben, er käme auf der Stelle zur Schule und ich soll so lange im Büro von Mrs. Gupta warten, wo ich »in Sicherheit« sei.

Offensichtlich kennt Dad Mrs. Gupta nicht.

Eigentlich ist es gemein, so was zu sagen, sie war nämlich gar nicht so übel. Als sie mir die Zeitung zeigte, sagte sie mit so einem sarkastischen, aber nicht unfreundlichen Unterton: »Vielleicht hättest du mich doch einweihen sollen, als ich dich gestern fragte, ob du familiäre Probleme hast?«

Ich lief rot an. »Na ja«, versuchte ich mich zu verteidigen. »Ich hätte nicht gedacht, dass mir das jemand glaubt.«

»Ich gebe zu«, räumte Mrs. Gupta ein, »dass die Geschichte wirklich ziemlich unglaublich ist.«

Die Journalistin, die den Artikel auf der zweiten Seite der *Post* geschrieben hat, sieht das auch so: »Für ein New Yorker Schulmädchen wurde ein Märchen wahr.« Das klingt, als hätte ich im Lotto gewonnen oder so. Als müsste ich mich darüber freuen.

Außerdem lässt sich diese Ms. Carol Fernandez lang und breit über meine Mutter »Helen Thermopolis, die Avantgardekünstlerin mit der Flut rabenschwarzer Haare« aus.

Meinen Vater beschreibt sie als den »attraktiven Fürsten Phillipe von Genovia, der den Kampf gegen den Hodenkrebs offenbar gewonnen hat«. Wirklich zu liebenswürdig, Carol Fernandez – dank Ihnen wissen jetzt alle New Yorker, dass mein Vater nur noch *einen* Sie-wissen-schon besitzt.

Und ich werde in dem Artikel als »hoch gewachsene Schönheit« geschildert, »die Frucht der stürmischen Romanze zwischen den beiden Collegestudenten Helen und Phillipe«.

HALLO??? SAGEN SIE MAL, CAROL FERNANDEZ – SIND SIE AUF CRACK, ODER WAS? Ich bin keine hoch gewachsene Schönheit. Klar, GROSS bin ich schon. Sogar verdammt GROSS. Aber keine Schönheit!

Also, wenn Carol Fernandez MICH für schön hält, dann will ich was von dem Zeug abhaben, das sie geraucht hat.

Kein Wunder, dass alle mich ausgelacht haben. O Gott, ich schäme mich zu Tode. Ich möchte mich am liebsten in Luft auflösen.

He, da kommt gerade mein Vater. Mann, sieht der aber geladen aus...

Immer noch Mittwoch, Englisch

Das ist voll gemein.

Echt so was von supergemein ist das!

Ich bin mir sicher, dass jeder andere Vater seiner Tochter erlaubt hätte, nach Hause zu gehen. Jeder andere Vater, dessen Tochter auf dem Titelblatt der *Post* abgebildet wäre, hätte zu ihr gesagt: »Vielleicht wäre es das Beste, wenn du erst mal ein paar Tage mit der Schule aussetzt, bis sich die Wogen etwas geglättet haben.«

Andere Väter würden höchstwahrscheinlich sogar vorschlagen: »Oder du wechselst die Schule. Was hältst du von einem rustikalen, menschenleeren Bundesstaat wie Iowa? Würdest du nicht gerne auf eine nette Dorfschule nach Iowa gehen?«

Aber nein. *Mein* Vater sagt so was natürlich nicht. Schließlich ist *er* ja Fürst. Dad klärte mich darüber auf, dass die Mitglieder der Fürstenfamilie von Genovia in Krisenzeiten nicht einfach »nach Hause« gingen. Nein, sie halten die Stellung und kämpfen bis aufs Blut. Bis aufs Blut kämpfen. Ich glaub, mein Vater und diese Carol Fernandez haben was gemeinsam: Die sind beide auf Crack!

Und dann erinnerte er mich auch noch daran, dass ich ja schließlich dafür bezahlt werde. Bezahlt, ha! Hundert lausige Dollar! Hundert lausige Dollar am Tag, dafür, dass ich mich öffentlich erniedrigen und demütigen lassen muss.

Ich kann nur hoffen, den Seehundbabys ist bewusst, welches Opfer ich für sie bringe.

Das Ende vom Lied ist jedenfalls, dass ich hier in Englisch hocke, und alle tuscheln und zeigen mit dem Finger auf mich, als wäre ich von Außerirdischen entführt worden oder so. Und mein Vater erwartet, dass ich dasitze und das alles passiv über mich ergehen lasse, weil ich ja eine Prinzessin bin und mich auch wie eine verhalten muss.

Dabei sind diese Jugendlichen *Sadisten*.

Ich hab versucht, ihm das klarzumachen. »Dad«, hab ich ihn angefleht, »ich glaub, du verstehst nicht. Die lachen mich aus.«

Aber er blieb knallhart. »Tut mir Leid, Liebes. Da musst du durch. Es war doch klar, dass das alles eines Tages an die Öffentlichkeit kommen würde. Ich hatte gehofft, dir bliebe noch etwas Zeit. Aber vielleicht ist es auch gut so, dann hast du es hinter dir...«

Äh, wie bitte? Mir war kein bisschen klar, dass das eines Tages rauskommen würde. Ich dachte wirklich, ich könnte diese ganze Prinzessinnensache geheim halten. Und jetzt stürzt mein schöner Plan, der darin bestand, mein Prinzessinnendasein auf Genovia zu beschränken, in sich zusammen. Ich muss mitten in Manhattan Prinzessin sein und das ist bei Gott kein Zuckerschlecken.

Ich war so was von sauer darüber, dass mein Vater mich in den Unterricht zurückschicken wollte, dass ich ihm unterstellte, er selbst hätte mich Carol Fernandez ausgeliefert.

Er reagierte total eingeschnappt. »*Ich?* Ich kenne diese Carol Fernandez überhaupt nicht.« Aber dann warf er Mr. Gianini, der mit den Händen in den Taschen daneben stand und besorgt schaute, einen misstrauischen Seitenblick zu.

»Was?«, sagte Mr. G, dessen Gesichtsausdruck blitzschnell von besorgt zu fassungslos wechselte. »Wer... *ich?* Vor heute

Morgen wusste ich noch nicht einmal, dass es dieses Genovia überhaupt *gibt*.«

»O Mann, Dad«, stöhnte ich. »Jetzt mach nicht Mr. G fertig. Der hat doch echt nichts damit zu tun.«

Mein Vater sah aber nicht sonderlich überzeugt aus. »Einer muss die Geschichte an die Presse weitergegeben haben...«, sagte er bedeutungsvoll. Man merkte ihm total an, dass er Mr. G für den Schuldigen hielt. Dabei hat Carol Fernandez in ihrem Artikel über Sachen geschrieben, die Mr. G auf keinen Fall wissen kann, weil noch nicht mal Mom davon weiß. Zum Beispiel, dass es in Miragnac einen eigenen Flugplatz gibt. Davon hab ich ihr nie was erzählt.

Aber als ich das meinem Vater sagte, warf er Mr. G nur einen argwöhnischen Blick zu. »Wie dem auch sei«, sagte er. »Dann werde ich diese Carol Fernandez mal anrufen und fragen, wer ihre Quelle ist.«

Und dann ging mein Vater telefonieren und ich hab jetzt Lars am Hals. Kein Witz. Ich hab jetzt genau wie Tina Hakim Baba meinen eigenen Bodyguard, der mir von einem Klassenraum zum anderen hinterherschlappt. Als wäre ich nicht schon so das Gespött der ganzen Schule.

Nein, jetzt krieg ich auch noch eine bewaffnete Eskorte aufs Auge gedrückt.

Ich versuchte alles, um das zu verhindern. Ich sagte: »Dad, ich schwöre dir, ich kann sehr gut auf mich alleine aufpassen.« Aber er blieb total stur und erklärte, Genovia sei zwar ein kleines Land, aber auch ein sehr reiches und das Risiko sei zu groß, dass ich entführt und nur gegen Lösegeld freigelassen werde, wie der Junge aus »Meine heimliche Liebe«. Wortwörtlich hat mein Vater das natürlich nicht gesagt, weil er »Meine heimliche Liebe« gar nicht kennt.

Ich beschwor ihn: »Hier werde ich nicht entführt, Dad. Das ist eine *Schule*«, aber er ließ sich nicht davon abbringen.

Als er Mrs. Gupta fragte, ob sie was dagegen hätte, flötete sie: »Selbstverständlich nicht, Eure Hoheit.«

Eure Hoheit! Meine Schuldirektorin Mrs. Gupta nennt meinen Vater Eure Hoheit! Wenn nicht alles so ernst und schrecklich gewesen wäre, hätte ich mich vor Lachen weggeschmissen.

Das einzig Positive an der ganzen Geschichte ist, dass Mrs. Gupta mich für den Rest der Woche vom Nachsitzen befreit hat, mit dem Argument, auf der Titelseite der *Post* abgebildet zu werden sei Strafe genug. Aber in Wirklichkeit hat sie das natürlich nur gemacht, weil sie von meinem Vater total hin und weg ist. Er hat aber auch die volle Jean-Luc-Picard-Nummer abgezogen. Mir schlackerten echt die Ohren, als er sie *Madame* Gupta nannte und sich bei ihr für die entstandenen Unannehmlichkeiten entschuldigte. Die beiden waren so schwer am Flirten, dass es mich wundert, warum er ihr nicht auch noch die Hand geküsst hat. Dabei ist Mrs. Gupta doch schon seit Millionen Jahren verheiratet und auf einem Nasenflügel wächst ihr so ein riesiges, schwarzes Muttermal. Aber sie ist dahingeschmolzen. Ich konnte sie beinahe schnurren hören!

Ich frage mich gerade, ob Tina Hakim Baba überhaupt noch mit mir zu Mittag essen will. Wenn ja, sind unsere Bodyguards zumindest beschäftigt: Sie können sich ja über die Vor- und Nachteile verschiedener Personenschutzstrategien unterhalten.

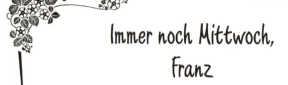

Immer noch Mittwoch, Franz

Vielleicht sollte ich öfter mal dafür sorgen, dass mein Foto auf dem Titelblatt der *Post* erscheint. Ich war noch nie so beliebt wie heute.

Als ich mich in der Cafeteria (Lars hab ich übrigens gesagt, er soll sich immer fünf Schritte hinter mir halten, weil er mir die ganze Zeit auf die Hacke von meinen Springerstiefeln getreten ist) mit meinem Tablett an der Schlange anstellte, kam plötzlich ausgerechnet Lana Weinberger auf mich zu und sagte: »He, Mia! Sag mal, hättest du nicht Lust, dich an unseren Tisch zu setzen?«

Ich schwöre – genau so war es. (Diese widerliche Heuchlerin will auf einmal meine Freundin sein, und das alles bloß, weil ich jetzt Prinzessin bin.)

Tina stand direkt hinter mir (das heißt, nicht direkt, hinter mir stand natürlich Lars und dann erst kam Tina und dahinter Tinas Bodyguard). Und? Hat Lana auch Tina gefragt? Natürlich nicht. Aber *Tina* ist von der *New York Post* schließlich auch nicht als »hoch gewachsene Schönheit« beschrieben worden.

Kleinwüchsige, pummelige Mädchen – selbst solche, deren Väter arabische Ölscheichs sind – sind nicht gut genug, um mit Lana am Tisch zu sitzen. O nein. Nur reinrassige, genovesische Prinzessinnen sind gut genug für Lana.

Ich hätte fast auf mein Tablett gekotzt.

»Danke, Lana«, hab ich gesagt. »Aber ich hab schon jemanden, mit dem ich zusammensitze.«

O Mann, Lanas Gesichtsausdruck war echt zum Schreien! Als ich sie das letzte Mal so geschockt gesehen hab, klebte ihr eine Eiswaffel auf der Brust.

Als Tina und ich am Tisch saßen, brachte sie kein Wort raus, sondern knabberte nur stumm an ihrem Salat. Sie verlor kein Wort über die Prinzessinnensache. Dafür glotzte die gesamte Cafeteria – sogar die Intelligenzbestien, die sonst nie was mitkriegen – in unsere Richtung. Es war verdammt ungemütlich. Ich spürte richtig, wie sich Lillys Augen in mich bohrten. Sie hatte zwar noch nichts zu mir gesagt, aber ich war mir sicher, dass sie es wusste. Lilly entgeht nichts.

Nach einer Weile hielt ich es einfach nicht mehr aus. Ich legte die Gabel mit dem Reis und den Bohnen, die ich in der Hand gehalten hatte, auf den Teller zurück und sagte: »Hör mal Tina, ich könnte es echt verstehen, wenn du nicht mehr neben mir sitzen willst.«

Tinas große Augen füllten sich sofort mit Tränen. Echt wahr. Sie schüttelte so heftig den Kopf, dass ihr langer schwarzer Zopf hin- und herflog. »Ich versteh dich nicht. Was meinst du?«, sagte sie. »Hast du plötzlich was gegen mich, Mia?«

Das hat wiederum mich total geschockt. »Was? Natürlich hab ich nichts gegen dich. Ich dachte, du hättest vielleicht was gegen mich, weil uns alle so anstarren. Ich könnte es total verstehen, wenn du dich lieber woanders hinsetzen willst.«

Tina hat nur kläglich gelächelt. »Aber mich starren sie doch sowieso immer an«, sagte sie. »Du weißt schon. Wegen Wahim.«

Wahim ist ihr Bodyguard. Wahim und Lars saßen neben uns und diskutierten darüber, wessen Waffe mehr Durchschlagskraft hat, Wahims 357 Magnum oder die 9 mm Glock von Lars. Kein besonders erbauliches Thema, aber die beiden schienen ihren Spaß zu haben. Es hätte mich gar nicht gewundert, wenn sie auch noch mit Armdrücken angefangen hätten.

»Weißt du«, sagte Tina. »*Ich* bin daran gewöhnt, dass alle mich komisch finden. Für *dich* ist es viel schlimmer. Die wären doch alle überglücklich, mit dir am Tisch sitzen zu dürfen – jeder hier in der Cafeteria –, und du sitzt ausgerechnet bei mir. Ich will nicht, dass du denkst, du müsstest nett zu mir sein, bloß weil die anderen es nicht sind.«

Ich spürte, wie die blanke Wut in mir hochstieg. Nicht auf Tina, sondern auf alle anderen an der Albert-Einstein-Highschool. Im Ernst – Tina Hakim Baba ist echt wahnsinnig nett, nur weiß das keiner, weil niemand sich die Mühe macht, mal mit ihr zu reden. Und warum? Weil sie ein bisschen mollig ist und irgendwie ziemlich still und weil sie mit einem bescheuerten Bodyguard geschlagen ist.

Während es Leute gibt, die einen tierischen Aufstand bauen, nur weil so ein blöder Imbiss von manchen Kunden für Gingko Biloba Puffs fünf Cent zu viel verlangt, laufen an unserer Schule Menschen rum, die zutiefst unglücklich sind, weil niemand je Guten Morgen zu ihnen sagt oder: »Was hast du am Wochenende gemacht?«

Plötzlich bekam ich auch die totalen Schuldgefühle, weil *ich* vor einer Woche noch genauso war. Ich hatte Tina Hakim Baba auch immer für ein bisschen komisch gehalten. Und ich wollte nur deswegen nicht, dass jemand rausfindet, dass ich Prinzessin bin, weil ich Angst hatte, auch so behandelt zu werden wie Tina Hakim Baba. Jetzt, nachdem ich Tina kennen gelernt hab, weiß ich natürlich, wie falsch und gemein es war, so was über sie gedacht zu haben.

Deshalb versicherte ich ihr schnell, dass ich neben keinem

anderen sitzen möchte. Und dann sagte ich, dass ich finde, wir müssten zusammenhalten – und zwar nicht nur aus praktischen Gründen (Wahim und Lars), sondern weil alle anderen an dieser bescheuerten Schule komplett NEBEN DER KAPPE sind.

Tina sah schon gleich viel fröhlicher aus und erzählte mir von dem neuen Buch, das sie gerade liest. Es heißt »Liebe bis zum Tod« und handelt von einem Mädchen, das sich in einen Jungen verliebt, der unheilbar an Krebs erkrankt ist. Ich meinte zu Tina, dass ich das ganz schön hart fände, aber sie sagte mir, dass sie den Schluss schon gelesen hätte und der Junge doch noch geheilt werden kann. Na, dann geht's ja.

Als wir unsere Tabletts wegräumten, sah ich, dass Lilly in unsere Richtung starrte. Und zwar nicht wie jemand, der sich entschuldigen will. Deshalb überraschte es mich auch nicht, dass sie mich vorhin in T & B weiter so angestarrt hat. Boris schwafelte die ganze Zeit auf sie ein, aber sie hörte gar nicht zu. Irgendwann gab er es auf, schnappte sich seine Geige und verschwand im Kabuff, wo er hingehört.

Hier ist ein kurzes Protokoll meiner Nachhilfestunde mit Lillys Bruder:

Ich: Hi, Michael. Ich hab alle Aufgaben gemacht, die du mir aufgegeben hast. Trotzdem kapiere ich nicht, warum ich nicht einfach auf den Fahrplan schauen kann, um rauszufinden, wann ein Zug mit einer Reisegeschwindigkeit von 110 km/h in Fargo, North Dakota, ankommt, wenn er um 7 Uhr morgens in Salt Lake City abfährt.

Michael: So, so. Prinzessin von Genovia bist du also? Sag mal, hattest du eigentlich jemals vor, uns alle in dein kleines Geheimnis einzuweihen, oder wolltest du, dass wir selbst draufkommen?

Ich: Eigentlich hab ich gehofft, dass es nie rauskommt.
Michael: Ja, das hat man gemerkt. Ich versteh nur nicht, wieso? Das ist doch nichts Schlimmes.
Ich: Machst du Witze. Natürlich ist es schlimm!
Michael: Hast du den Artikel heute in der *Post* eigentlich gelesen, Thermopolis?
Ich: Natürlich nicht. Ich lese den Müll doch nicht auch noch. Diese Carol Fernandez hat ja wohl ein Rad ab, wenn sie...

In dem Augenblick mischte Lilly sich ein. Ich glaube, für sie ist es unerträglich, wenn sie mal ihren Senf nicht dazugeben kann.

Lilly: Dann willst du uns also erzählen, dass du keine Ahnung hast, dass dieser Fürst von Genovia – sprich dein Herr Vater – über ein persönliches Gesamtvermögen verfügt, das sich, wenn man den Immobilienbesitz und die fürstliche Kunstsammlung mitrechnet, auf über dreihundert Millionen Dollar beläuft?

Lilly hatte den Artikel in der *Post* offensichtlich gelesen.
Ich: Äh...

Was? Dreihundert Millionen Dollar?? Und mich will man mit lausigen hundert pro Tag abspeisen?

Lilly: Mich würde mal interessieren, wie hoch der Anteil an seinem Vermögen ist, den er dem Schweiß der ausgebeuteten Arbeiterschaft zu verdanken hat.
Michael: Angesichts der Tatsache, dass die Bürger von Genovia noch nie Einkommens- oder Vermögens-

	steuer zahlen mussten, würde ich sagen, dass der Anteil bei null liegt. Sag mal, was ist eigentlich mit dir los, Lil?
Lilly:	Wenn du die Exzesse der Monarchie tolerieren willst, bitte schön, Michael. Ich halte es zufälligerweise angesichts des aktuellen Zustands der Weltwirtschaft für völlig pervertiert, dass ein einzelner Mensch ein Vermögen von 300 Millionen Dollar anhäuft… ganz besonders, wenn dieser Jemand keinen einzigen Tag in seinem Leben gearbeitet hat!
Michael:	Also entschuldige mal, Lilly, aber soweit ich informiert bin, kann man Mias Vater weiß Gott nicht vorwerfen, zu wenig für sein Land zu tun. Vielleicht ist dir bekannt, dass Mias Großvater 1939 angesichts des drohenden Einmarschs von Mussolinis Truppen dem Nachbarland Frankreich die historische Zusicherung gab, als Gegenleistung für die Unterstützung der französischen Armee und Marine im Kriegsfall die Ausübung seiner Souveränität den politischen und ökonomischen Interessen Frankreichs unterzuordnen. Einem etwas weniger befähigten Politiker wären durch diese Vereinbarung die Hände gebunden gewesen, aber Mias Vater ist es gelungen, sich dennoch einen enormen Handlungsspielraum zu sichern. Dank seiner klugen Politik weist sein Land die niedrigste Analphabetenrate und mit den höchsten Bildungsstandard Europas auf und nirgends in der westlichen Hemisphäre sind die Säuglingssterblichkeit, die Inflation und die Arbeitslosigkeit geringer.

Ich hab Michael nur total entgeistert angestarrt. Wow. Warum bringt mir Grandmère in unserem Prinzessinnenunterricht nicht solche Sachen bei? Das sind Infos, die für mich wenigstens von praktischem Nutzen wären. Mal ehrlich – viel wichtiger als zu wissen, in welche Richtung der Suppenteller gekippt wird, ist es doch, Argumente an die Hand zu bekommen, mit deren Hilfe man sich gegen gehässige Antimonarchisten wie zum Beispiel meine Ex-beste-Freundin Lilly zur Wehr setzen kann, oder?

Lilly: (zu Michael) Halt du die Klappe. (zu mir) Aha, jetzt plapperst du schon ihre populistische Propaganda nach. Du bist ja eine echte Musterschülerin!

Ich: Ich? Das war doch Michael…

Michael: Ach komm, Lilly. Du bist doch bloß eifersüchtig.

Lilly: Bin ich nicht!

Michael: Klar. Bist du wohl. Du packst es nur nicht, dass sie beim Frisör war, ohne dich vorher zu konsultieren. Und dass sie sich eine neue Freundin gesucht hat. Und dass sie die ganze Zeit dieses Geheimnis hatte und dich nicht eingeweiht hat.

Lilly: Michael, HALTS MAUL!

Boris: (guckt aus dem Lehrmittelkabuff raus) Lilly? Hast du was gesagt?

Lilly: NICHT ZU DIR, BORIS!

Boris: Oh, Verzeihung (verschwindet wieder im Kabuff).

Lilly: (jetzt echt sauer) Ich finde es sehr interessant, Michael, dass du Mia jetzt plötzlich verteidigst. Ich frage mich, ob dir jemals der Gedanke gekommen ist, dass deine Argumentation, so logisch begründet sie auch sein mag, womöglich nicht intellektuellen, sondern vielmehr libidinösen Motiven entspringt?

Michael: (läuft unerklärlicherweise rot an) Ach, und was ist mit deiner Hexenjagd auf die Hos? Entspringt die etwa intellektuellen Überlegungen? Oder ist sie womöglich ein Beispiel für gekränkte Eitelkeit, die sich ein Ventil sucht?
Lilly: Da ziehst du leider einen Zirkelschluss.
Michael: Überhaupt nicht. Das beruht auf Empirie.

Wow. Michael und Lilly sind so wahnsinnig intellektuell. Grandmère hat Recht: Ich muss unbedingt meinen Wortschatz erweitern.

Michael: (zu mir) Sag mal, musst du dich von jetzt ab etwa ständig von diesem Typen (deutet auf Lars) begleiten lassen?
Ich: Ja.
Michael: Im Ernst? Überallhin?
Ich: Überallhin. Außer wenn ich aufs Klo muss. Da wartet er draußen.
Michael: Und was wäre, wenn du eine Verabredung hättest? Zum Beispiel für den »Ball der Kulturen« am Wochenende?
Ich: In die Situation bin ich noch nicht gekommen – bis jetzt bin ich von keinem gefragt worden.
Boris: (streckt seinen Kopf aus dem Kabuff) Entschuldigung. Ich hab mit meinem Geigenbogen aus Versehen eine Dose Gummikleber umgestoßen, der stinkt brutal und ich krieg keine Luft mehr. Darf ich jetzt raus?

Alle im T-&-B-Zimmer: NEIN!!!

Mrs. Hill: (in der Tür stehend) Was soll der Lärm? Wir können uns im Lehrerzimmer nicht mehr denken hören. Boris, was hast du im Lehrmittelkabinett verloren? Raus mit dir. Alle wieder auf ihre Plätze!

Ich glaub, ich muss mir diesen Artikel in der *Post* doch mal näher ansehen. 300 Millionen Dollar?? Das ist so viel, wie Oprah Winfrey im letzten Jahr verdient hat!

Ich möchte mal wissen, wieso ich bloß einen Schwarzweißfernseher im Zimmer hab, wenn wir solche Bonzen sind?

Wichtig: nachschauen, was *Empirie* und *libidinös* heißt.

Mittwochabend

Kein Wunder, dass mein Vater wegen dem Carol-Fernandez-Artikel so sauer war! Als Lars und ich nach meinem Nachhilfeunterricht aus der Schule kamen, wimmelte es auf der Straße überall von Reportern. Ungelogen. Es war echt so, als hätte ich jemanden ermordet oder wäre ein Promi oder so.

Mr. Gianini, der mit uns rauskam, erzählte uns, dass sich die Reporter schon den ganzen Tag über zusammengerottet hätten. Ich sah Ü-Wagen von New York One, Fox News, CNN und Entertainment Tonight – alle Sender waren vertreten. Sie haben offenbar versucht, Schüler der Albert-Einstein-Highschool zu interviewen und zu fragen, ob sie mich kennen und so (meine mangelnde Popularität hat sich zum ersten Mal bezahlt gemacht; ich bezweifle, dass sie jemanden gefunden haben, der überhaupt wusste, wer ich bin – jedenfalls nicht mit meiner neuen, nicht mehr pyramidenmäßig abstehenden Frisur). Mr. G meinte, Mrs. Gupta hätte am Ende sogar die Polizei rufen müssen, weil unsere Schule auf einem Privatgrundstück steht, auf dem sich die Reporter unbefugt aufhielten. Außerdem schmissen sie ihre Zigarettenkippen auf die Treppe, blockierten den Gehweg und stützten sich auf Joe ab und solche Sachen.

Im Grunde haben sie auch nichts anderes getan als das, was die ganzen coolen Typen an unserer Schule auch immer machen, wenn sie vor dem Unterricht draußen rumstehen – und *wegen denen* hat Mrs. Gupta bisher noch nie die Bullen gerufen... Na ja, aber deren Eltern zahlen ja auch Schulgeld.

Ich muss sagen, dass ich jetzt irgendwie nachempfinden kann, wie sich Prinzessin Diana gefühlt haben muss. Als Lars, Mr. G und ich aus der Tür kamen, stürzte die ganze Horde auf uns zu, wedelte mit Mikrofonen und brüllte los: »Amelia, schenken Sie uns ein Lächeln!«, oder: »Sagen Sie, Amelia, wie ist es, als Kind einer allein erziehenden Mutter ins Bett zu gehen und am Morgen als dreihundert Millionen Dollar schwere Prinzessin aufzuwachen?«

Ich kriegte richtig ein bisschen Angst. Und auf die Fragen hätte ich gar nicht antworten können, selbst wenn ich es gewollt hätte, weil ich gar nicht gewusst hätte, in welches Mikro ich sprechen soll. Außerdem war ich praktisch blind, weil plötzlich diese ganzen Blitze vor meinem Gesicht explodierten.

Lars übernahm sofort das Kommando. Es war wie im Film. Erst befahl er mir, keine Fragen zu beantworten, und legte mir dann einen Arm um die Schulter. Mr. G sollte von der anderen Seite einen Arm um mich legen. Ich weiß nicht wie, aber es gelang uns, mit geduckten Köpfen durch das Meer der Kameras und Mikrofone und der dazugehörigen Menschen zu tauchen, und als wir wieder nach oben kamen, stieß Lars mich in den Wagen meines Vaters und sprang anschließend selbst hinein.

Wahnsinn! Ich muss sagen, seine Ausbildung bei der israelischen Armee scheint sich gelohnt zu haben. (Ich hab zufällig mitgekriegt, wie Lars Wahim erzählt hat, dass er dort den Umgang mit der Uzi gelernt hat. Dabei stellte sich heraus, dass Wahim und Lars sogar gemeinsame Freunde haben.

Wahrscheinlich werden alle Bodyguards im selben Trainingscamp irgendwo in der Wüste Gobi ausgebildet.)

Jedenfalls schlug Lars im nächsten Moment die Autotür zu und rief: »Fahren Sie schon!«, und der Typ hinter dem Steuer trat aufs Gas. Ich kannte ihn nicht, aber auf dem Beifahrersitz saß mein Vater. Als wir mit quietschenden Reifen losrasten, brach das volle Blitzlichtgewitter los, Reporter krabbelten auf die Motorhaube und legten sich auf die Windschutzscheibe, um bessere Bilder zu bekommen, und mein Vater sagte total gelassen: »Wie war's in der Schule, Mia?«

O Mann!

Ich beschloss meinen Vater zu ignorieren. Stattdessen drehte ich mich nach hinten und winkte Mr. G zu. Doch der war schon in dem Meer von Mikrofonen verschwunden! Er ließ sich aber nicht interviewen. Ich sah ihn, wild mit den Armen rudernd, in Richtung Subway fliehen, um den E-Train nach Hause zu nehmen.

Mir tat der arme Mr. Gianini in dem Augenblick echt Leid. Klar, er hat meiner Mom wahrscheinlich die Zunge in den Mund gesteckt, aber im Grunde ist er ganz okay und verdient es nicht, von der Pressemeute so gejagt zu werden. Ich sagte Dad, dass wir Mr. G ruhig auch nach Hause hätten fahren können, aber da wurde er ganz schlecht gelaunt und zerrte an seinem Sicherheitsgurt rum. »Verdammte Dinger, die drücken mir immer die Luft ab«, schimpfte er.

Ich wollte von meinem Vater wissen, auf welche Schule ich denn jetzt gehen soll.

Er schaute mich an, als wäre ich komplett durchgedreht. »Du wolltest doch unbedingt an der Albert-Einstein-Highschool bleiben!«, brüllte er mehr, als dass er es sagte.

Ich antwortete: »Ja schon, aber da hatte Carol Fernandez mich ja auch noch nicht geoutet.«

Daraufhin wollte Dad wissen, was »geoutet« bedeutet, und ich erklärte ihm, dass man das sagt, wenn die sexuelle Neigung eines Menschen gegen dessen Willen im Fernsehen, in der Presse oder in einem anderen Forum publik gemacht wird. Nur dass in meinem Fall nicht meine sexuelle Orientierung, sondern meine fürstliche Herkunft geoutet worden war.

Dad fand, ich könne nicht verlangen, auf eine neue Schule zu kommen, nur weil man mich als Prinzessin geoutet habe. Er sagte, ich müsse an der Albert-Einstein-Highschool bleiben und Lars würde mit mir in den Unterricht kommen und mich vor den Paparazzi beschützen.

Als ich von ihm wissen wollte, wer ihn dann rumkutschiert, deutete er neben sich auf den neuen Typen – Hans.

Der Neue nickte mir im Rückspiegel zu und sagte: »Hi.«

Ich fragte: »Wie? Lars geht jetzt also überall mit mir hin, oder was? Und wenn ich nur mal schnell zu Lilly will?«

Angenommen, Lilly und ich wären noch befreundet, meinte ich natürlich. Was bestimmt nie mehr der Fall sein wird.

Darauf entgegnete mein Vater: »Dann würde Lars natürlich mitkommen.« Das heißt also, dass ich jetzt quasi nie mehr irgendwo alleine hingehen kann.

Der Gedanke machte mich echt stinkig. Ich lehnte mich auf der Rückbank zurück, das rote Licht der Ampel flackerte mir ins Gesicht, und verkündete: »Okay, das war's. Ich will keine Prinzessin mehr sein. Du kannst dir deine täglichen hundert Dollar sparen und Grandmère nach Frankreich zurückschicken. Ich lass das Ganze.«

Mein Vater antwortete nur mit müder Stimme: »Du kannst es nicht sein lassen, Mia. Und nach dem Artikel heute erst recht nicht. Ab morgen wird jede Zeitung in Amerika, vielleicht sogar auf der ganzen Welt, dein Foto abdrucken. Dann wissen alle, dass du Prinzessin Amelia von Genovia bist. Man kann nicht aufhören zu sein, was man ist.«

Ich reagierte darauf auf eine Weise, die bestimmt nicht besonders prinzessinnenhaft war – ich heulte den ganzen Weg bis zum Plaza. Lars drückte mir sein Taschentuch in die Hand, was ich echt sehr nett von ihm fand.

Immer noch Mittwoch

Mom glaubt, dass Grandmère Carol Fernandez den Tipp gegeben hat.

Aber ich kann mir irgendwie nicht vorstellen, dass Grandmère so was tun würde – dass sie die *Post* auf mich hetzen würde und so. Vor allem, nachdem ich im Prinzessunterricht so total hinterherhinke. Das wäre doch gar nicht in ihrem Interesse, oder? Jetzt, wo ich geoutet bin, ist ja damit zu rechnen, dass ich mit dem Prinzessinnending Ernst machen muss – also, dass ich mich *wirklich* wie eine Prinzessin benehmen können muss. Dabei ist Grandmère noch gar nicht dazu gekommen, mir die wirklich entscheidenden Sachen beizubringen. Zum Beispiel, wie ich mich gekonnt gegen Gift spritzende Antimonarchisten wie Lilly zur Wehr setze. Bis jetzt habe ich von Grandmère gelernt, sittsam zu sitzen, Fischbesteck zu benutzen, mich ordentlich anzuziehen, im Umgang mit Dienstpersonal die angemessene Ebene zu finden, »Danke sehr« und »Nein danke« in sieben verschiedenen Sprachen zu sagen, einen Sidecar zu mixen, und ein bisschen marxistische Theorie haben wir auch durchgenommen.

Aber was kann ich DAMIT schon groß anfangen?

Meine Mutter ist sich total sicher. Sie lässt sich das auch nicht ausreden. Dad wurde richtig wütend, aber sie bleibt hart. Sie glaubt, dass Grandmère Carol Fernandez' Informantin ist, und sagte zu Dad, er müsse sie schließlich nur fragen, um die Wahrheit herauszufinden.

Dad hat daraufhin auch eine Frage gestellt – aber nicht Grandmère, sondern Mom. Er fragte sie, ob sie schon mal daran gedacht hätte, dass ihr Freund womöglich derjenige gewesen sein könnte, der Carol Fernandez alles gesteckt hat.

Dad hat das wahrscheinlich schon in dem Moment bereut, in dem er es sagte. Die Augen meiner Mom bekamen nämlich diesen Ausdruck, den sie immer bekommen, wenn sie sauer wird – und zwar *echt* sauer. Wie einmal, als ich ihr von diesem Typen im Washington Square Park erzählte, der mir und Lilly seinen Pimmel gezeigt hatte, als wir dort einen Beitrag für Lillys Sendung drehten. Damals wurden ihre Augen immer schmaler, bis sie nur noch dünne Schlitze waren, und dann zog sie sich den Mantel über und marschierte los, um es dem Exhibitionisten so richtig zu geben.

Der einzige Unterschied war, dass sie sich diesmal nicht den Mantel überzog, als mein Vater das über Mr. Gianini sagte. Dafür wurden ihre Augen ganz schmal und sie presste die Lippen zusammen und sagte: »Hau ... ab!« Ihre Stimme klang wie die von dem Poltergeist in diesen »Amityville«-Horrorfilmen.

Obwohl der Loft laut Mietvertrag meiner Mutter gehört, ist Dad geblieben. (Zum Glück hatte Carol Fernandez unsere Adresse nicht in die Zeitung gesetzt. Im Telefonbuch stehen wir auch nicht, weil Mom so Panik schiebt, der erzkonservative Senator Jesse Helms, der sozialkritischen Künstlern und Künstlerinnen wie ihr die staatlichen Fördergelder streichen will, könne ihr die CIA auf den Hals hetzen. Bisher hat die Pressemeute unsere Wohnung noch nicht entdeckt, sodass wir wenigstens was beim Chinesen bestellen können, ohne in der nächsten *Extra* lesen zu müssen, dass Prinzessin Amelia am liebsten Mu-Shu-Gemüse isst.)

Statt zu gehen, sagte Dad: »Helen, mäßige dich bitte. Ich habe den Verdacht, deine riesige Aversion gegen meine Mutter lässt dich die Augen vor der Wirklichkeit verschließen.«

»Der Wirklichkeit?«, brüllte meine Mom. »Ich erzähl dir mal was von der Wirklichkeit, Phillipe. Deine Mutter...«

In diesem Moment beschloss ich, dass es das Beste wäre, mich in mein Zimmer zurückzuziehen. Ich stülpte mir die Kopfhörer über, um sie nicht streiten zu hören. Das ist ein Trick, den ich von Scheidungskindern in Fernsehfilmen gelernt hab. Meine aktuelle Lieblings-CD ist übrigens die neue Britney Spears. Natürlich weiß ich, dass das nur seichtes Popgedudel ist, und könnte das Lilly gegenüber niemals zugeben. Irgendwie wäre ich selbst gern Britney Spears. Ich hab sogar mal geträumt, Britney zu sein und in der Aula der Albert-Einstein-High-School aufzutreten. Ich hatte ein pinkfarbenes Minikleid an und Josh Richter beglückwünschte mich zu meinem erlesenen Geschmack, bevor ich auf die Bühne ging.

Ziemlich peinlich, was? Komisch – Lilly könnte ich den Traum nie erzählen. Die würde mir sofort mit Freud kommen und sagen, das pinkfarbene Kleid sei ein Phallussymbol und mein Wunsch, Britney Spears zu sein, lasse auf mangelndes Selbstwertgefühl schließen. Aber Tina Hakim Baba wäre bestimmt total begeistert und würde nur wissen wollen, ob Josh Lederhosen anhatte oder nicht.

Ich weiß nicht, ob ich es schon mal erwähnt hab, aber es ist echt voll schwer, mit meinen neuen künstlichen Fingernägeln zu schreiben.

Ich frag mich langsam, ob mich nicht doch Grandmère an Carol Fernandez verraten hat. Als ich heute Nachmittag zu ihr zum Prinzessunterricht kam, weinte ich noch immer und sie hatte überhaupt kein Mitleid. Sie sagte nur: »Was bitte ist der Grund dieser Tränenflut...?« Und als ich ihr alles erzählte, zog sie nur ihre gemalten Augenbrauen hoch – sie zupft sich alle aus und malt sie sich jeden Morgen neu hin, was meiner Meinung nach den Zweck der Übung verfehlt, aber egal – und sagte: »*C'est la vie*«, was auf Französisch »So ist das Leben« heißt.

Ich glaub nicht, dass im normalen Leben viele Mädchen ihr Gesicht auf der Titelseite der *Post* wieder finden, wenn sie nicht gerade im Lotto gewonnen haben oder mit dem Präsidenten Sex hatten. Ich hab gar nichts verbrochen, außer zur Welt zu kommen.

»So ist das Leben« trifft es für mich überhaupt nicht. Schon eher: »So eine Scheiße.«

Grandmère erzählte mir, sie sei den ganzen Tag von diversen Journalisten angerufen worden, die mich interviewen wollen. Klatschweiber wie Leeza Gibbons und Barbara Walters. Sie schlug mir vor, eine Pressekonferenz zu geben. Sie habe auch schon mit den Plaza-Leuten gesprochen und die hätten bereits einen Raum vorbereitet, mit einem Podium und einer Kanne eisgekühltem Wasser und ein paar Zimmerpalmen und so.

Ich hab echt gedacht, ich spinne! »Grandmère! Ich hab keinen Bock, mit Barbara Walters zu sprechen! Verdammt! Ich will doch nicht, dass ganz Amerika alles über mich weiß?!!«

Grandmère erwiderte eingeschnappt: »Du wirst selbst sehen, was du davon hast. Wenn sie ihre Story nicht bekommen, holen sie sie sich eben. Entweder du arrangierst dich mit der Presse oder die Paparazzi werden dir überall auflauern. Vor der Schule, wenn du deine Freunde besuchst, im Supermarkt und sogar in dem Laden, wo du dir deine geliebten Videofilme ausleihst.«

Grandmère hält nichts von Videorekordern. Sie sagt, wenn Gott gewollt hätte, dass wir uns Filme zu Hause ansehen, hätte er die Kinovorschau nicht erfunden.

Und dann warf sie mir fehlendes Pflichtbewusstsein vor. Sie sagte, es würde den Tourismus in Genovia enorm ankurbeln, wenn ich mich nur einmal für Dateline NBC interviewen lassen würde.

Ich will ja wirklich das Beste für Genovia. Echt. Aber ich will auch das Beste für Mia Thermopolis und es wäre sicher nicht gut für mich, von Dateline interviewt zu werden.

Ich hatte den Eindruck, dass Grandmère total versessen darauf ist, Genovia in die Medien zu bringen. Deshalb bin ich mir jetzt gar nicht mehr so sicher, ob Mom nicht Recht hatte und Grandmère – ganz vielleicht – nicht doch mit Carol Fernandez gesprochen hat. Würde Grandmère so was machen?

Hm... Ja.

Ich hab eben mal kurz den Kopfhörer angehoben. Die sind immer noch voll am Streiten. Sieht aus, als würde es heute spät werden.

Donnerstag, 16. Oktober, Schule

So – heute Morgen erschien mein Gesicht auf den Titelseiten der *Daily News* und der *New York Newsday*. Im Lokalteil der *New York Times* war auch eines. Mein Schulfoto, um genau zu sein, worüber Mom überhaupt nicht begeistert war, weil es bedeutet, dass entweder ein Familienmitglied dahinter steckt, dem sie Abzüge geschickt hat, oder jemand aus der Schule. Sieht gar nicht gut aus für Mr. Gianini. Ich war selbst auch nicht besonders froh darüber, weil das Foto noch aus der Zeit vor Paolos Styling stammt und ich darauf aussehe wie eines dieser Mädchen, die in Talkshows von ihren schockierenden Erfahrungen bei irgendeiner Sekte erzählen oder von ihrer Flucht vor prügelnden Ehemännern und solche Sachen.

Vor der Albert-Einstein-Highschool warteten noch mehr Reporter als letztes Mal, als Hans mich heute Morgen vorfuhr. Ich nehme an, die brauchen fürs Morgenfernsehen immer ein Livethema. Meistens berichten sie über umgekippte Hühnertransporter auf dem Palisades Parkway oder über Cracksüchtige in Queens, die ihre Frau und ihre Kinder als Geisel genommen haben. Aber heute ging es um mich.

Ich hatte irgendwie damit gerechnet und war deshalb besser vorbereitet als gestern. Schon morgens hatte ich beschlossen, einen schwer wiegenden Verstoß gegen Grandmères Modediktat zu wagen und die Springerstiefel (mit brandneuen Schnürsenkeln) anzuziehen (falls mir jemand sein Mikro zu dicht vors Gesicht gehalten hätte und ich ihn oder sie vors Schienbein hätte treten müssen) und mir außerdem sämtliche Greenpeace- und PETA-Buttons anzustecken, damit meine Medienpräsenz wenigstens noch was Gutes hat.

Alles lief genauso ab wie gestern. Lars packte mich am Arm und wir preschten durch das Meer der Kameras und Mikros in die Schule. Dabei brüllten mir die Reporter Sachen entgegen, wie: »Amelia! Haben Sie vor, in Prinzessin Di's Fußstapfen zu treten und unsere Königin der Herzen zu werden?«, oder: »Wer gefällt Ihnen besser, Amelia, Leonardo di Caprio oder Prinz William?«, oder: »Wie stehen Sie zur Massentierhaltung, Prinzessin Amelia?«

Mit der letzten Frage hätten sie mich um ein Haar rumgekriegt. Ich wollte mich schon umdrehen, da zerrte Lars mich ins Schulgebäude.

Dringende Vorsätze:

1. Mir was einfallen lassen, damit Lilly mich wieder mag.
2. Nicht mehr so eine Loserin sein.
3. Nicht mehr lügen und/oder bessere Lügen ausdenken.
4. Meinen Hang zur Dramatik aufgeben.
5. In Zukunft:
    a unabhängiger,
    b selbstständiger und
    c erwachsener sein.
6. Nicht mehr an Josh Richter denken.
7. Nicht mehr an Michael Moscovitz denken.
8. Meine Noten verbessern.
9. Selbstaktualisierung erlangen.

Donnerstag, Franz

Heute hat Mr. Gianini in Mathe verzweifelt versucht, uns was über das kartesische Koordinatensystem beizubringen, aber wegen der ganzen Reporter draußen konnte sich keiner darauf konzentrieren. Ständig sprang jemand auf, beugte sich zum Fenster raus und brüllte der Presse zu: »Ihr habt Prinzessin Diana ermordet! Gebt sie uns zurück!«

Mr. Gianini versuchte immer wieder, für Ruhe zu sorgen, aber es war zwecklos. Lilly war megasauer, weil sich plötzlich alle gegen die Journalisten zusammentaten, aber keiner bereit gewesen war, sich mit ihr vor Ho's Deli zu stellen und zu singen: »Der Kampf geht los – gegen den Rassismus der Hos!«

Das ist aber irgendwie auch komplizierter als: »Ihr habt Prinzessin Diana ermordet! Gebt sie uns zurück!« Vielleicht ist das der Grund. Lillys Kampfruf ist einfach zu abstrakt.

Wir haben dann mit Mr. Gianini darüber diskutiert, ob die Medien wirklich am Tod von Prinzessin Diana schuld sind oder ob sie nur sterben musste, weil der Typ, der ihren Wagen gesteuert hat, betrunken war. Irgendjemand behauptete, dass der Chauffeur überhaupt nicht betrunken gewesen, sondern vergiftet worden wäre und der britische Geheimdienst das alles ausgeheckt hätte. Aber darauf bat uns Mr. Gianini, doch bitte wieder auf den Boden der Tatsachen zurückzukehren.

Dann wollte Lana Weinberger wissen, seit wann ich schon weiß, dass ich Prinzessin bin. Ich war echt total baff, dass sie mir eine normale Frage stellt, ganz ohne fiesen Hintergrund, und antwortete: »Äh, seit zwei Wochen, oder so.« Darauf erklärte Lana, wenn sie herausfinden würde, dass sie eine Prinzessin sei, würde sie sofort Schule schwänzen und nach Disneyworld fahren, und ich entgegnete: »Nein, das würdest du nicht, weil du dann dein Cheerleadertraining verpassen würdest.« Sie meinte, dass sie dann aber nicht verstehen könne, warum *ich* nicht nach Disneyworld fahre, schließlich sei ich in keiner AG und hätte keinerlei Verpflichtungen, und das brachte Lilly dazu, die Disneyfizierung der Vereinigten Staaten anzuprangern und uns darüber aufzuklären, dass Walt Disney im Grunde seines Herzens Faschist gewesen sei, was zu einer Diskussion darüber führte, ob es wahr ist, dass er sich hat einfrieren lassen und seine Leiche unter dem Cinderellaschloss in Disneyland aufbewahrt wird, aber dann meinte Mr. Gianini, ob wir jetzt nicht lieber wieder auf die kartesische Ebene zurückkehren könnten.

Das war vielleicht auch eine gute Idee. Die kartesische Ebene ist vermutlich sicherer als die, auf der wir leben – dort gibt es keine Reporter.

Kartesisches Koordinatensystem: Unterteilt die Ebene durch die K.-Achsen in vier Gebiete, die Quadranten genannt werden.

Donnerstag, T & B

Vorhin hab ich wieder mit Tina Hakim Baba und Wahim zu Mittag gegessen und sie hat mir gesagt, dass die Mädchen in Saudi-Arabien, wo ihr Vater herkommt, so ein Ding tragen müssen, das Tschador heißt. Das ist so eine Art Decke, die sie von Kopf bis Fuß verhüllt und nur oben einen schmalen Schlitz hat, damit sie was sehen können. Er soll sie vor den lüsternen Blicken der Männer beschützen, aber Tina vertraute mir an, dass alle ihre Kusinen darunter Gap-Jeans anhaben, und wenn keine Erwachsenen da sind, ziehen sie ihren Tschador aus und sind genauso mit Jungs zusammen wie wir.

Ich meine, wie wir, wenn sich Jungs für uns interessieren *würden*.

Halt, stopp. Ich nehme alles zurück. Ich hab vergessen, dass Tina ja einen Jungen hat, mit dem sie zusammen sein kann. Ihr Tanzpartner für den »Ball der Kulturen«, Dave Farouq El-Abar.

Och Mensch! Was stimmt eigentlich mit mir nicht? Warum gibt es keine Jungs, die sich für mich interessieren?

Während Tina mir von den Tschadors erzählte, stellte Lana Weinberger plötzlich ihr Tablett neben uns ab.

Das ist mein heiliger Ernst. *Lana Weinberger.*

Ich hab natürlich gedacht, dass sie mir gleich die Rechnung für die Reinigung des Eiswaffel-Sweatshirts unter die

Nase hält oder wenigstens Tabasco über unsere Salate schüttet oder so, aber stattdessen flötete sie nur: »Ihr habt doch nichts dagegen, wenn wir uns zu euch setzen, oder?«

Und dann sah ich aus dem Augenwinkel dieses andere Tablett neben mir. Es war mit zwei Doppelcheeseburgern, einer großen Portion Pommes, zwei Kakaos, einer Schüssel Chili con carne, einer Tüte Dorito-Nachos, einem Salat mit French Dressing, einem Schokoshake, einem Apfel und einer großen Cola beladen. Als ich hochschaute, um zu sehen, wer wohl beabsichtigte, eine derartige Menge an ungesättigten Fettsäuren zu sich zu nehmen, erblickte ich Josh Richter, der sich gerade den Stuhl neben mir heranzog.

Das ist die reine Wahrheit. *Josh Richter.*

Er sagte: »Hi«, setzte sich und begann zu essen. Ich schaute zu Tina rüber, Tina schaute zu mir und dann schauten wir beide zu unseren Bodyguards. Aber die waren gerade mitten in einer Diskussion darüber, ob Gummigeschosse randalierenden Demonstranten überhaupt wehtun oder ob Wasserwerfer nicht doch wirkungsvoller sind.

Tina und ich schauten wieder zu Lana und Josh.

Wirklich gut aussehende Menschen wie Lana und Josh sind nie alleine unterwegs. Sie haben so eine Art Hofstaat, der ihnen überallhin folgt. Der von Lana besteht aus ein paar anderen Mädchen, die fast alle wie sie im Cheerleaderteam sind. Alle sind sauhübsch, mit langen Haaren und Busen und so – eben wie Lana.

Joshs Hofstaat setzt sich aus den Zwölftklässlern zusammen, die mit ihm in der Rudermannschaft sind. Sie sind alle groß und gut aussehend und verdrücken wie Josh ungeheure Mengen an tierischen Proteinen.

Joshs Begleiter stellten ihre Tabletts neben das von Josh und Lanas Begleiterinnen stellten ihre neben Lanas. Und plötzlich zierten diesen Tisch, an dem bis vor einer Minute lediglich zwei unpopuläre Mädchen mit ihren Bodyguards saßen, die zwei schönsten Menschen der Albert-Einstein-Highschool – womöglich sogar ganz Manhattans.

Ich konnte deutlich sehen, wie Lillys Augen beinahe aus ihren Höhlen traten. Diesen Blick kriegt sie immer, wenn sie was sieht, von dem sie glaubt, es würde sich gut für ihre Sendung eignen.

»Na, Mia?«, sagte Lana im Plauderton, während sie in ihrem Salat – kein Dressing und sonst nur ein Glas Mineralwasser – rumstocherte. »Was machst du eigentlich am Wochenende? Gehst du auch zum ›Ball der Kulturen‹?«

Sie hat mich zum ersten Mal Mia genannt und nicht Amelia.

»Äh...«, erwiderte ich überaus schlagfertig, »...warte, lass mich mal überlegen...«

»Joshs Eltern fahren nämlich weg und wir haben uns gedacht, dass wir Samstag nach dem Ball bei ihm zu Hause Party machen könnten. Wäre genial, wenn du auch kommen könntest.«

»Öh... ja?«, sagte ich. »Also, ich weiß ni...«

»Ich finde, Mia müsste auf jeden Fall dabei sein«, sagte Lana und spießte mit der Gabel eine Cocktailtomate auf. »Du doch auch, oder, Josh?«

Josh schaufelte sich gerade sein Chili in den Mund, wobei er die Nachos als Löffel benutzte. »Auf jeden Fall«, sagte er mit vollem Mund. »Unbedingt.«

»Das wird echt total cool«, schwärmte Lana. »Die haben die volle Hammerwohnung. Allein sechs Zimmer. Auf der Park Avenue. Und Joshs Eltern haben einen Whirlpool im Schlafzimmer. Stimmt's, Josh?«

Josh sagte: »Ja, wir hab...«

Aber da wurde er von Pierce, einem 1,86 m großen Ruderer und Mitglied seines Hofstaats unterbrochen: »He, Richter, weißt du noch nach dem letzten Schulball? Als die Bonham-Allen im Whirlpool von deiner Mutter umgekippt ist. Mann, war das krass!«

Lana kicherte. »Genau, die hatte ja vorher den ganzen Baileys in sich reingekippt, weißt du noch, Josh? Sie hat die Flasche praktisch alleine niedergemacht – die hat den Hals nicht voll gekriegt – und danach konnte sie überhaupt nicht mehr aufhören zu kotzen.«

»Die hat voll abgereihert, die Alte.« Pierce nickte.

»Im Krankenhaus mussten sie ihr den Magen auspumpen«, erläuterte Lana, an mich und Tina gewandt. »Die Sanitäter haben gesagt, wenn Josh nur ein bisschen später angerufen hätte, wäre sie gestorben.«

Wir sahen alle zu Josh rüber. Der sagte bescheiden: »Das kam echt mega-uncool.«

Lana hörte schlagartig auf zu kichern. »Ja, echt«, sagte sie plötzlich ganz ernst, weil Josh Richter den Zwischenfall für uncool erklärt hatte.

Ich hatte keine Ahnung, was ich dazu sagen sollte, also sagte ich nur: »Wow.«

»Also, was ist?«, fragte Lana. Sie schob sich ein Fitzelchen Salatblatt in den Mund und spülte geräuschvoll mit Mineralwasser nach. »Kommst du oder nicht?«

»Tut mir Leid«, bedauerte ich. »Ich kann nicht.«

Lanas Freundinnen, die sich untereinander unterhalten hatten, verstummten augenblicklich und starrten mich an. Joshs Freunde aßen ungerührt weiter.

»Du *kannst* nicht?«, fragte Lana und schaute total verblüfft.

»Genau«, sagte ich. »Ich kann nicht.«

»Wie, du kannst nicht?«

Ich überlegte mir, ob ich lügen sollte. Ich hätte Lana sagen können: »Ich kann leider nicht, weil ich schon mit dem Premierminister von Island zu Abend essen muss«, ich hätte auch behaupten können, irgendein Kreuzfahrtschiff taufen zu müssen. Es hätte hunderte von Ausreden gegeben. Und was ist? Zum ersten Mal in meinem jämmerlichen Leben sage ich glatt die Wahrheit.

»Ich kann nicht«, sagte ich, »weil meine Mutter mir nie erlauben würde, auf so eine Party zu gehen.«

O Gott! Warum hab ich das gesagt? Warum, warum, warum? Ich hätte lügen sollen. Ganz klarer Fall. Wie stehe ich denn da? Urgh – jetzt halten sie mich endgültig für eine Loserin. Noch schlimmer, für eine ätzende Langweilerin. Eine hundertprozentige Spießerkuh.

Ich weiß echt nicht, wieso ich überhaupt darauf gekommen bin, die Wahrheit zu sagen. Dabei war es noch nicht mal die echte Wahrheit. Also, ich meine, wahr war es schon, aber nicht der Hauptgrund, warum ich nicht hingehen will. Klar stimmt es, dass Mom mich nie auf die Party von einem Jungen gehen lassen würde, dessen Eltern nicht da sind. Noch nicht mal mit Bodyguard. Aber der Hauptgrund ist natürlich, dass ich keine Ahnung hab, wie man sich auf solchen Partys *benimmt*. Ich hab ja schon davon gehört und weiß, dass es da zum Beispiel *ganze Zimmer* gibt, die extra zum Rumknutschen reserviert sind. Und zwar zum Rumknutschen mit Zungenkontakt. Vielleicht sogar mit MEHR als das. Womöglich sogar mit obenrum anfassen. Womöglich sogar mit untenrum anfassen. Ich weiß es nicht mit Sicherheit, weil keine meiner Freundinnen jemals auf so einer Party war. Keine meiner Freundinnen ist IN genug, um auf solche Partys eingeladen zu werden.

Außerdem saufen die da alle. Ich trinke nicht und ich hab auch niemanden, mit dem ich rumknutschen könnte. Ich hätte keine Ahnung, was ich dort *machen* soll!

Lana schaute erst mich an und dann ihre Freundinnen

und brach dann in lautes Lachen aus. Und mit laut meine ich ECHT laut.

Na ja, wahrscheinlich hätte jeder gelacht.

»Ach, komm!«, sagte Lana, als sie sich von ihrem Lachanfall erholt hatte und wieder sprechen konnte. »Das ist nicht dein Ernst, oder?«

Mir wurde sofort klar, dass ich Lana gerade den idealen zukünftigen Quälstoff geliefert hatte. Dabei war mir das Ganze ziemlich egal, mir tat es nur wegen Tina Leid, die es so lange geschafft hatte, an der Schule unauffällig zu bleiben, und durch meine Schuld plötzlich in den Mittelpunkt des sadistischen Interesses der In-Mädchen-Clique gesogen worden war.

»Oder?«, fragte Lana noch mal. »Du machst doch Witze?«

»Äh…«, sagte ich. »Nein.«

»Du brauchst doch nicht die Wahrheit zu sagen«, säuselte Lana, die plötzlich wieder total gönnerhaft klang.

Ich verstand gar nichts.

»Na, deiner Mutter. Müttern sagt man grundsätzlich nicht die Wahrheit. Du erzählst einfach, dass du nach dem Ball bei einer Freundin schläfst. Kapiert, Dummie?«

Oh.

Sie sprach vom Lügen. Ich sollte Mom anlügen.

Offensichtlich kennt Lana meine Mutter nicht. *Niemand* lügt Mom an. Es geht einfach nicht. Nicht bei so was. Keine Chance.

Also sagte ich: »Ich finde es ja echt nett, dass du mich fragst und so, aber ich glaube wirklich, dass ich nicht kommen kann. Außerdem trinke ich ja auch keinen Alkohol…«

Okay, ich weiß schon. Nächster Fehler.

Lana glotzte mich an, als hätte ich gerade behauptet, noch nie »Raumschiff Enterprise« geguckt zu haben. Dann sagte sie: »Du trinkst nicht?«

Ich glotzte einfach zurück. In Wirklichkeit trinke ich in Miragnac schon Alkohol. Zum Abendessen gibt es dort immer Wein. Das ist in Frankreich so. Aber man trinkt ihn nicht zum *Vergnügen*, sondern weil er zum Essen dazugehört. Ich könnte mir vorstellen, dass die *foie gras* dann besser rutscht. Genau weiß ich es nicht, weil ich so was ja selbst nicht esse. Aber ich kann aus persönlicher Erfahrung bestätigen, dass zu Ziegenkäse Wein besser schmeckt als Dr. Pepper.

Allerdings würde ich niemals eine ganze Flasche Wein trinken, nicht mal als Mutprobe. Nicht mal Josh Richter zuliebe.

Deshalb zuckte ich bloß mit den Achseln und sagte: »Weißt du, ich versuche meinem Körper mit Achtung zu begegnen und ihn nicht zu vergiften.«

Lana schnaubte nur verächtlich, aber ihr gegenüber – neben mir – schluckte Josh Richter seinen Mund voll Burger runter, an dem er gerade kaute, und brummte: »Coole Einstellung.«

Lana klappte die Kinnlade nach unten. Ich muss gestehen – mir auch. Josh Richter lobte *meine* Einstellung? Machte der Witze, oder was?

Aber er sah total ernst aus. Mehr als ernst. Er sah so aus wie an dem Tag bei Bigelows. So, als könnte er mit seinen elektrisierenden blauen Augen direkt in mein Inneres sehen... als *hätte* er bereits in mein Inneres gesehen.

Ich glaube nicht, dass Lana auffiel, dass ihr Freund gerade in mein Inneres guckte, sie sagte nämlich: »Ach komm, Josh. Du bist doch der größte Saufkopf *an der ganzen Schule*.«

Josh drehte den Kopf und sah sie mit seinen hypnotisierenden Augen an. Und dann sagte er, ohne zu lächeln: »Hm, vielleicht sollte ich mal eine Pause einlegen.«

Lana begann zu lachen. Sie sagte: »Ja, klar. Da bin ich aber gespannt!«

Josh lachte nicht. Er schaute sie einfach weiter an.

Boah, mir lief es in dem Moment echt kalt den Rücken runter. Josh schaute Lana immer weiter an. Ich war froh, dass er mich nicht so anstarrte. Seine blauen Augen sind echt die Härte. Ich sprang schnell auf und packte mein Tablett. Als Tina das sah, stand sie auch auf.

»Also, dann«, sagte ich. »Ciao.«

Und dann machten wir uns vom Acker.

Auf dem Weg zur Tablettrückgabe fragte Tina: »Was war das denn?«, und ich sagte ihr, ich hätte keine Ahnung. Aber eins weiß ich genau:

Zum ersten Mal in meinem Leben bin ich irgendwie froh, nicht Lana Weinberger zu sein.

Immer noch
Donnerstag, Franz

Nach dem Mittagessen bin ich zu meinem Spind hoch, um mein Französischzeug zu holen, und da war Josh. Er stand an seine verschlossene Spindtür gelehnt und guckte in die Luft. Als er mich kommen sah, stellte er sich gerade hin und sagte: »Hi.« Dann lächelte er. Von einem Ohr zum anderen, sodass ich alle seine weißen Zähne sehen konnte. Seine supergleichmäßigen, schneeweißen Zähne. Ich musste echt weggucken, weil seine Zähne so perfekt sind und so blendend weiß.

Ich sagte auch: »Hi.« Ich war ziemlich verlegen, weil ich ein paar Minuten vorher doch den Streit zwischen ihm und Lana mitgekriegt hatte. Ich nahm an, dass er auf sie wartete, weil er sich mit ihr versöhnen wollte, und dass die beiden gleich die volle Zungenkussnummer abziehen würden. Deshalb versuchte ich, so schnell wie möglich die Kombination an meinem Zahlenschloss einzustellen und mich aus dem Staub zu machen, um da nicht zuschauen zu müssen.

Plötzlich *sprach Josh mich an*. Er meinte: »Echt gut, was du vorhin in der Cafeteria gesagt hast. Du weißt schon, von wegen, dass du Achtung vor deinem Körper hast und so. Coole Einstellung.«

Ich spürte, wie mein Gesicht immer röter wurde. Es fühlte sich an, als würde es in Flammen stehen. Ich musste aufpassen, dass mir nicht irgendwas runterfiel, während ich in meinem Spind rumkramte. Schon blöd, dass meine Haare jetzt so kurz sind. Ich konnte mein rot angelaufenes Gesicht gar nicht hinter einem Haarvorhang verstecken. »Äh«, gab ich sehr intelligent zurück.

»He, sag mal«, fuhr Josh fort. »Hast du eigentlich schon jemanden, mit dem du zum Schulball gehst?«

Da fiel mein Mathebuch zu Boden. Es schlitterte richtig über das Linoleum. Ich ging in die Knie, um es aufzuheben.

»Hm«, antwortete ich auf seine Frage.

Auf Händen und Knien kauernd, sammelte ich gerade die alten Arbeitsblätter ein, die aus dem Buch geflattert waren, als plötzlich diese grauen Flanellknie vor mir auftauchten. Und dann erschien direkt vor mir Joshs Gesicht.

»Da, bitte.« Er hielt mir meinen Lieblingsbleistift hin, den mit dem fedrigen Puschel am Ende.

»Danke«, sagte ich und machte den Fehler, in seine viel zu blauen Augen zu schauen.

»Nein«, stieß ich hilflos hervor. Weil ich mich unter seinem Blick exakt so fühlte: hilflos. »Ich hab noch keinen, mit dem ich gehe.«

Und dann klingelte es.

Josh sagte: »Also dann. Man sieht sich.« Und ging.

Ich stehe noch immer unter Schock.

Josh Richter hat mit mir *gesprochen*. Er hat wirklich mit mir *gesprochen. Zweimal.*

Zum ersten Mal seit mindestens einem Monat ist es mir total egal, dass ich in Mathe durchfalle. Mir ist egal, ob meine Mutter mit einem meiner Lehrer anbandelt. Mir ist egal, dass ich Kronprinzessin von Genovia bin. Mir ist es sogar egal, dass meine beste Freundin und ich nicht mehr miteinander reden. Ich glaub, es könnte sein, dass Josh Richter mich nett findet.

Hausaufgaben:

Mathe: ???? Weiß nicht mehr!!!
Englisch: Shameeka fragen
Erdkunde: ??? Lilly fragen. Oh, vergessen – kann Lilly nicht fragen, weil sie nicht mehr mit mir redet
T & B: nichts
Franz: ????
Bio: ????

O Gott, nur weil ein Junge mich vielleicht nett finden könnte, verliere ich vollkommen den Verstand. Ich kotze mich selbst an.

Donnerstagabend

Grandmère hat gesagt: »Aber natürlich findet der Knabe dich nett. Was sollte er denn auch nicht nett an dir finden? Du hast dich doch dank Paolos Maßarbeit und meiner Unterweisung sehr gut entwickelt.«

Super, Grandmère! Vielen Dank. Als wäre es vollkommen abwegig, dass ein Typ mich um meinetwillen nett findet und nicht deshalb, weil ich plötzlich eine Prinzessin mit einem Zweihundertdollar-Haarschnitt bin.

Irgendwie hasse ich sie echt.

Doch, ganz im Ernst. Ich weiß schon, dass man niemanden hassen soll, aber meine Großmutter hasse ich irgendwie wirklich. Zumindest hege ich eine starke Abneigung gegen sie. Abgesehen davon, dass sie total selbstverliebt ist und immer nur an sich denkt, ist sie auch ziemlich fies zu anderen.

Wie heute Abend zum Beispiel:

Grandmère hatte beschlossen, im Rahmen des heutigen Prinzessunterrichts außerhalb des Hotels essen zu gehen, um mir den richtigen Umgang mit der Presse beizubringen. Nur dass draußen vor dem Plaza quasi keine Reporter mehr standen, wenn man von so einem Milchgesicht absieht, der für die Jugendzeitschrift *Tiger Beat* schrieb. Ich schätze mal, dass die ganzen richtigen Reporter zum Essen nach Hause gegangen waren. (Außerdem macht es denen ja auch keinen

Spaß, einem aufzulauern, wenn man mit ihnen rechnet. Die kommen immer dann, wenn man sie am wenigsten erwartet. Ich glaube, das verschafft denen irgendwie einen besonderen Kick.)

Ich fand das eigentlich ganz angenehm, weil ich sowieso nicht scharf drauf gewesen war, von Paparazzi umringt zu werden, Fragen entgegengebrüllt zu bekommen und von Blitzlichtern geblendet zu werden. Das ist echt ganz schön beschissen. Egal, wo ich hingehe – ich sehe nur noch riesige lila Blitze vor meinen Augen.

Aber als Hans vor dem Hotel vorfuhr und ich in den Wagen stieg, sagte Grandmère: »Momentchen noch«, und ging noch mal zurück. Ich dachte, sie hätte ihre Tiara vergessen oder so, aber als sie wieder rauskam, sah sie auch nicht anders aus als vorher.

Und als wir dann vor dem Four Seasons hielten, standen da auf einmal lauter Reporter! Im ersten Augenblick dachte ich, dass irgendein Promi im Restaurant isst, Shaquille O'Neil vielleicht oder Madonna, aber dann fingen sie alle an, mich abzuknipsen und zu rufen: »Prinzessin Amelia, wie ist es, bei einer allein erziehenden Mutter aufzuwachsen und auf einmal herauszufinden, dass der eigene Vater drei Millionen Dollar schwer ist?«, und: »Prinzessin, welche Turnschuhmarke tragen Sie am liebsten?«

Ich hab total vergessen, dass ich ja eigentlich konfliktscheu bin. Ich war nämlich stinksauer. Ich drehte mich im Wagen zu Grandmère um und fragte: »Wieso wussten die, dass wir hierher wollten?«

Grandmère kramte bloß in ihrer Tasche nach Zigaretten. »Wo hab ich nur mein Feuerzeug hingetan«, murmelte sie.

»Du hast sie herbestellt, oder?« Ich war so geladen, dass mir alles vor den Augen verschwamm. »Du hast sie angerufen und ihnen gesagt, dass wir kommen, oder?«

»Sei nicht albern«, antwortete Grandmère. »Wann hätte ich diese vielen Leute denn alle anrufen sollen?«

»Das musstest du doch gar nicht. Du rufst einen an und alle anderen folgen. Warum, Grandmère?«

Grandmère zündete sich eine Zigarette an. Ich kann es nicht ausstehen, wenn sie im Auto raucht. »Das ist nun mal ein ganz wichtiger Bestandteil deiner Erziehung zur Prinzessin«, sagte sie zwischen zwei Zügen. »Du musst lernen, mit der Presse umzugehen. Warum echauffierst du dich so?«

»Du warst diejenige, die dieser Carol Fernandez alles erzählt hat.« Das sagte ich echt voll ruhig und beherrscht.

»Aber natürlich«, sagte Grandmère und zuckte mit den Achseln im Stil von: *Na und?*

»Grandma!«, schrie ich. »Wie konntest du!«

Sie starrte mich verblüfft an. Dann schimpfte sie: »Nenn mich nicht Grandma!«

»Ich bin echt sauer!«, brüllte ich. »Dad denkt, dass es Mr. Gianini war! Er und Mom haben sich total gestritten. Sie hat gesagt, dass du es warst, aber er wollte ihr nicht glauben!«

Grandmère ließ Zigarettenrauch aus ihren Nasenlöchern strömen. »Phillipe war immer schon unglaublich naiv.«

»Egal«, sagte ich. »Jedenfalls erzähl ich ihm alles. Ich sag ihm die ganze Wahrheit.«

Grandmère wedelte nur mit der Hand, als wollte sie sagen: »Bitte – wenn es dir Spaß macht.«

»Das ist mein Ernst«, schwor ich ihr. »Ich sag ihm alles und dann wird er total wütend auf dich, Grandmère.«

»Wird er nicht. Du brauchtest dringend etwas Praxis, meine Liebe. Dieser Artikel in der *Post* war doch erst der Anfang. Bald wirst du auf dem Cover der *Vogue* erscheinen und als Nächstes ...«

»Grandmère!«, schrie ich. »ICH WILL NICHT AUF DAS

Cover der *Vogue*! Kapiert? Ich will einfach nur die neunte Klasse schaffen!«

Grandmère sah ein bisschen irritiert aus. »Ist ja gut, mein Lämmchen. Ist ja gut. Kein Grund zu schreien.«

Ich weiß nicht, ob mein Geschrei wirklich was bewirkt hat, aber nach dem Abendessen waren die Reporter alle nach Hause gegangen. Also hat sie es vielleicht doch kapiert.

Als ich nach Hause kam, war Mr. Gianini da. Schon wieder. Ich musste in mein Zimmer gehen, um bei Dad anzurufen. Ich hab ihm gesagt: »Dad, Carol Fernandez hat das alles von Grandma, nicht von Mr. Gianini«, worauf er antwortete: »Ich weiß.« Er hörte sich ziemlich geknickt an.

»Du wusstest es?« Ich traute meinen Ohren nicht. »Du wusstest es und hast trotzdem nichts gesagt?«

Er: »Mia, die Beziehung zwischen deiner Großmutter und mir ist hochkompliziert.«

Damit meint er, dass er Angst vor ihr hat. Man kann ihm das wahrscheinlich auch nicht verdenken, wo sie ihn doch als Kind in die Folterkammer gesperrt hat und so.

»Trotzdem«, sagte ich. »Du könntest dich ruhig bei Mom dafür entschuldigen, dass du Mr. Gianini so schlecht gemacht hast.«

Er klang immer noch geknickt. »Du hast ja Recht.«

Ich hakte nach: »Und? Machst du's denn?«

Er stöhnte: »Mia...« Er klang echt erschöpft. Ich hatte das Gefühl, für diesen Tag genügend gute Taten vollbracht zu haben, und legte auf.

Danach half Mr. Gianini mir bei den Hausaufgaben. In T & B war ich zu abgelenkt gewesen, um mich auf Michaels Erklärungen zu konzentrieren, weil ich die ganze Zeit darüber nachdenken musste, dass Josh Richter mit mir gesprochen hat.

Ich kann übrigens schon irgendwie verstehen, was Mom an Mr. G findet. Es ist echt ganz nett mit ihm. Zum Beispiel bunkert er beim Fernsehen nicht immer die Fernbedienung, wie ein paar andere von Moms Exfreunden. Und Sport scheint ihn gar nicht zu interessieren.

Eine halbe Stunde, bevor ich ins Bett bin, rief Dad noch mal an und wollte meine Mutter sprechen. Sie verschwand zum Telefonieren in ihrem Zimmer, und als sie rauskam, sah sie sehr zufrieden aus, so à la *Hab-ich's-doch-gewusst*.

Ich würde Lilly schon gern erzählen, dass Josh Richter mit mir gesprochen hat.

Freitag, 17. Oktober, Englisch

Ich fasse es nicht!!!

Josh und Lana haben Schluss gemacht!!!!

Das ist mein heiliger Ernst. Die ganze Schule spricht von nichts anderem. Josh hat gestern Abend nach dem Rudertraining mit ihr Schluss gemacht. Sie waren zusammen im Hard Rock Café essen und er hat seinen Schulsiegelring von ihr zurückgefordert!! Direkt unter dem spitzen Kegel-BH, den Gaultier für Madonna entworfen hat, widerfuhr Lana die schlimmste Demütigung ihres Lebens.

Das würde ich nicht einmal meiner ärgsten Feindin wünschen.

Heute Morgen in Mathe waren ihre Augen ganz rot und geschwollen, ihr Haar sah aus, als hätte sie es weder gewaschen noch gebürstet, und ihre Strümpfe schlabberten lose um ihre Knie rum. Ich hätte echt niemals gedacht, dass ich Lana Weinberger noch mal so fertig sehen würde!!! Vor der Stunde hab ich zufälligerweise mitbekommen, wie sie mit dem Handy bei Bergdorf anrief, um zu versuchen, ihr Ballkleid zurückzugeben, obwohl sie die Preisschilder schon abgemacht hatte. Im Unterricht saß sie da und strich mit einem fetten Marker auf allen ihren Heften das »Mrs. Lana Richter« durch.

Der Anblick war so deprimierend, dass ich meine ganzen Zahlen kaum in Faktoren zerlegen konnte, weil ich so abgelenkt war.

Ich wünschte, ich wäre:

- so vollbusig, dass ich einen BH Größe 80C bräuchte,
- gut in Mathe,
- Mitglied in einer weltberühmten Girlband,
- noch mit Lilly Moscovitz befreundet,
- Josh Richters neue Freundin.

Immer noch Freitag

Ich kann selbst noch nicht fassen, was gerade passiert ist.
Vorhin wollte ich mein Mathebuch in den Spind zurücklegen, als Josh Richter gerade seine Mathesachen rausholte und plötzlich mit superbeiläufiger Stimme fragte: »He, Mia, mit wem gehst du morgen eigentlich zum Ball?«

Schon die Tatsache, dass er überhaupt mit mir redete, hätte unter normalen Umständen ausgereicht, um mich auf der Stelle das Bewusstsein verlieren zu lassen. Aber dass er noch dazu etwas sagte, das sich wie ein mögliches Vorspiel zu einer Verabredung anhörte – also, ich hätte mich beinahe übergeben. Im Ernst. Mir war richtig schlecht, aber irgendwie auf eine angenehme Art.

Glaub ich.

Irgendwie gelang es mir zu stammeln: »Äh, mit niemandem«, und darauf sagte er – und das ist echt die Wahrheit: »Wie wär's denn, wenn wir beide zusammen hingehen?«

GRUNDGÜTIGER HERRGOTT!!!! JOSH RICHTER HAT MICH ZUM SCHULBALL EINGELADEN!!!!

Ich war so was von geschockt, dass ich mindestens eine Minute lang kein Wort rausbrachte. Ich hatte wirklich Angst, gleich anzufangen zu hyperventilieren, wie damals, als ich diesen Dokumentarfilm gesehen hab, in dem gezeigt wurde, wie Kühe zu Hamburgern verarbeitet werden. Ich konnte nichts anderes tun als dastehen und ihn anstarren (er ist echt sooo groß!). Dann passierte was Komisches. Ein winziger Teil meines Hirns – der einzige Teil, der durch Joshs Frage nicht vollkommen lahm gelegt war – meldete sich plötzlich zu Wort: *Der fragt dich doch nur, weil du Prinzessin von Genovia bist.*

Im Ernst. Der Gedanke schoss mir einen Moment lang wirklich durch den Kopf.

Aber dann sagte der restliche – viel größere – Teil meines Gehirns: NA UND????

Es kann doch durchaus sein, dass er mit mir zum Schulball will, weil er mich als Mensch achtet und mich besser kennen lernen will und mich vielleicht, nur vielleicht, sogar ganz nett findet.

Könnte doch sein.

Und deshalb brachte mich der Teil meines Gehirns, der sich all das überlegt hatte, dazu, total lässig zu antworten: »Ja, okay. Das könnte ganz nett werden.«

Daraufhin fügte Josh noch lauter Dinge hinzu, die sich darauf bezogen, wann und wie er mich abholt und dass wir vorher noch was essen gehen und so. Aber ich hörte ihn kaum. In meinem Kopf wiederholte nämlich diese Stimme immer wieder denselben Satz:

Josh Richter hat sich gerade mit dir verabredet. Josh Richter hat sich gerade mit dir verabredet. JOSH RICHTER HAT SICH GERADE MIT DIR VERABREDET!!!!!

Ich fühlte mich, als wäre ich gerade gestorben und direkt in den Himmel geschwebt. Es ist passiert. Es ist endlich passiert: Josh Richter hat in mein tiefstes Inneres geschaut. Er hat in mein Inneres geschaut und mein wahres Ich erkannt. Die Mia hinter der Bügelbrettbrust. ER HAT SICH MIT MIR VERABREDET.

Dann klingelte es, Josh Richter schlenderte davon und ich stand wie betäubt da, bis Lars mich auf den Arm tippte.

Ich weiß nicht, was Lars für ein Problem hat. Aber ich weiß, dass er nicht mein Privatsekretär ist.

Trotzdem danke ich Gott, dass er da war, weil ich sonst nie erfahren hätte, dass Josh mich morgen um sieben zu Hause abholt. Ich hab mir fest vorgenommen, daran zu arbeiten, das nächste Mal nicht so geschockt zu sein, wenn er sich mit mir verabreden will. Sonst krieg ich das mit den Jungs nie geregelt.

Was ich vorher noch alles erledigen muss (glaub ich; ich war noch nie mit einem Jungen verabredet und bin mir nicht ganz sicher)

1. Ballkleid kaufen
2. zum Frisör gehen
3. ins Nagelstudio gehen (die künstlichen Nägel in Zukunft nicht mehr abkauen)

Immer noch Freitag, T & B

O Mann, ich weiß wirklich nicht, was Lilly Moscovitz sich einbildet. Erst redet sie nicht mehr mit mir. Und wenn sie sich dann doch mal dazu herablässt, mit mir zu sprechen, tut sie es nur, um noch ein bisschen mehr an mir rumzumotzen. Ich möchte mal wissen, wieso sie glaubt, das Recht zu haben, den Jungen schlecht zu machen, mit dem ich zum »Ball der Kulturen« gehe? Ich meine, he – sie geht schließlich mit Boris Pelkowski! Gut, vielleicht ist er ein Musikgenie und so, aber er ist und bleibt trotzdem Boris Pelkowski.

Als ich das sagte, fauchte Lilly mich an: »Zumindest missbraucht er mich nicht als Trostpflaster.«

Also, ich muss doch sehr bitten. Josh Richter missbraucht mich nicht als Trostpflaster. Er und Lana waren schon seit sechzehn Stunden nicht mehr zusammen, als er mich zum Ball eingeladen hat.

Dann fügte Lilly hinzu: »Außerdem nimmt Boris keine Drogen.«

Ich muss sagen, dafür, dass Lilly so intelligent ist, ist sie in Bezug auf Gerüchte und blöde Unterstellungen aber verdammt unkritisch. Als ich sie fragte, ob sie Josh jemals persönlich beim Drogenkonsum beobachtet hat, grinste sie bloß mitleidig.

Dabei ist das mein voller Ernst. Es gibt überhaupt gar keinen Beweis dafür, dass Josh Richter Drogen nimmt. Okay, er ist mit Leuten zusammen, die kiffen und so, aber – he – Tina Hakim Baba ist auch mit einer Prinzessin befreundet und ist selbst keine.

Lilly ließ das aber überhaupt nicht gelten. Sie sagte: »Du suchst krampfhaft nach rationalen Erklärungen, Mia. Und das ist bei dir immer ein Zeichen dafür, dass dich irgendwas beunruhigt.«

Was? Ich bin kein bisschen beunruhigt. Der süßeste, netteste und empfindsamste Junge an der Schule hat mich zum Herbstball eingeladen und das werde ich mir unter Garantie von nichts und niemandem vermiesen lassen.

Nur dass ich mir schon irgendwie blöd vorkomme, weil Lana so traurig aussieht und Josh sich benimmt, als wäre ihm das total egal. Heute haben er und sein Hofstaat sich wieder zu mir und Tina gesetzt, während Lana mit ihrem Hofstaat bei den anderen Cheerleadern sitzen blieb. Das war ein total komisches Gefühl. Außerdem haben weder Josh noch seine Kumpels mit mir oder Tina geredet. Die laberten nur untereinander. Tina störte das überhaupt nicht, mich aber schon. Besonders weil Lana sich solche offensichtliche Mühe gab, nicht zu uns rüberzuschauen.

Übrigens hat Tina kein schlechtes Wort über Josh gesagt, als ich ihr von der Sache erzählt hab. Im Gegenteil, sie hat sich richtig gefreut und gesagt, dann könnten wir ja heute Abend, wenn ich bei ihr übernachte, verschiedene Kleider anprobieren und mit Frisuren experimentieren, um zu sehen, was für den Ball am besten aussieht. Ich selbst besitze zwar keine Haare mehr, mit denen man experimentieren könnte, aber wir können ja mit ihren was machen. Ich hab fast das Gefühl, dass Tina noch viel aufgeregter ist als ich. Überhaupt ist sie als Freundin eine viel größere Stütze als Lilly, die mich gleich mit triefendem Sarkasmus fragte: »Und, wohin führt er dich zum Essen aus? Ins Harley-Davidson-Café?«

»Nein«, antwortete ich genauso sarkastisch, »ins Tavern on the Green, falls du's genau wissen willst. Das ist dieses sehr teure und sehr romantische Restaurant mitten im Central Park mit den vielen Lichterketten in den Bäumen.«

Lilly sagte nur: »Oh, wie überaus originell!«

Boris macht wahrscheinlich einen auf Möchtegernkünstler und geht mir ihr in irgendein Szenelokal in Greenwich Village.

Michael, der die ganze Stunde lang (für seine Verhältnisse) ziemlich ruhig gewesen war, schaute zu Lars rüber und fragte: »Sie gehen da doch mit, oder?«

Worauf Lars sagte: »Ja, sicher.« Und dann haben sie sich mit diesem Verschwörerblick angeschaut, den Jungs manchmal draufhaben. Manchmal denke ich, dass die in der sechsten Klasse, während wir Mädchen in einem anderen Klassenzimmer einen Film über die Menstruation und so vorgeführt bekamen, ein Video gezeigt kriegten, in dem einem beigebracht wurde, wie man solche Blicke austauscht. Na ja, vielleicht war's auch ein Zeichentrickfilm oder so was.

Aber jetzt, wo ich darüber nachdenke, fällt mir auf, dass Josh ganz schön gemein zu Lana ist. Wahrscheinlich hätte er, nachdem er mit ihr Schluss gemacht hatte, noch etwas warten sollen, bevor er sich mit einem anderen Mädchen verabredet – oder sich wenigstens nicht für den Ball verabreden sollen, auf den er ursprünglich mit ihr wollte. Irgendwie hab ich wegen der Sache schon ein schlechtes Gewissen.

Aber es ist nicht so schlimm, dass ich deswegen nicht hingehen würde.

In Zukunft werde ich:
1. Zu allen nett sein, sogar zu Lana Weinberger.
2. Nie mehr an den Nägeln kauen, auch nicht an den künstlichen.
3. Jeden Tag zuverlässig Tagebuch schreiben.
4. Keine alten »Baywatch«-Folgen mehr schauen, sondern meine Zeit vernünftiger nutzen, zum Beispiel, indem ich für Mathe lerne oder vielleicht was für die Umwelt tue oder so.

Freitagabend

Heute gab's nur verkürzten Prinzessunterricht, weil ich ja zu Tina musste. Grandmère hat es offenbar mehr oder weniger überwunden, dass ich sie gestern wegen den Reportern so angebrüllt hab. Wie ich mir schon gedacht hatte, ist sie total wild darauf, mir bei den Ballvorbereitungen zu helfen. Sie rief gleich in der Chanel-Boutique an und machte einen Termin für morgen aus. Wir haben nicht mehr viel Zeit, was auszusuchen, und das Ganze wird ein Vermögen kosten, aber sie sagt, das spiele keine Rolle. Es gehe schließlich um meinen ersten gesellschaftlichen Auftritt als Repräsentantin von Genovia und ich müsse »funkeln«. Ihre Worte, nicht meine.

Ich versuchte ihr klarzumachen, dass es nur ein Schulball ist und nicht der Festakt zur Amtseinsetzung des Präsidenten. Nicht mal der Abschlussball, sondern bloß eine popelige Veranstaltung, mit der die Vielfalt der verschiedenen Kulturkreise gefeiert werden soll, denen die Schüler der Albert-Einstein-High-School angehören. Aber Grandmère ließ sich nicht beirren und schwafelte die ganze Zeit aufgeregt davon, dass die Zeit kaum reichen würde, um mir zum Kleid passende Schuhe färben zu lassen.

Es gibt echt eine Menge Aspekte des Mädchenseins, die ich mir bis jetzt nicht so richtig klargemacht hatte. Zum Beispiel, dass Schuhe farblich zum Ballkleid passen müssen. Ich wusste nicht, dass das so wichtig ist.

Tina Hakim Baba weiß solche Sachen mit Sicherheit. Ihr Zimmer ist der Wahnsinn. Ich glaub, sie besitzt jede Modezeitschrift, die überhaupt jemals gedruckt wurde. Die Hefte stehen alle ordentlich aufgereiht in Regalen, die mehrere Wände ihres Zimmers bedecken. Es ist übrigens riesengroß und ganz in Rosé gehalten, wie auch der größte Teil der restlichen Wohnung, die sich über ein gesamtes Stockwerk des Gebäudes erstreckt. Wenn man im Aufzug auf den Knopf neben den Buchstaben PH (für Penthouse) drückt, steht man, sobald die Tür aufgeht, sofort mitten in der mit Marmor ausgekleideten Empfangshalle der Hakim Babas, in der wirklich ein Springbrunnen plätschert. Man darf aber keine Pennys reinwerfen, wie ich festgestellt habe.

Und wenn man weitergeht, folgt ein Zimmer auf das nächste. Sie haben eine Haushälterin, einen Koch, eine Kinderfrau und einen Chauffeur, die alle auch in der Wohnung wohnen. Allein daraus kann man schon ersehen, dass sie viele Zimmer besitzen, und dann hat Tina ja auch noch drei jüngere Schwestern und einen kleinen Bruder, die auch alle ihre eigenen Zimmer haben.

In Tinas Zimmer stehen außerdem ein Breitbildfernseher und eine Playstation. Im Vergleich zu Tina hab ich bisher in klösterlicher Bescheidenheit gelebt.

Manche Leute haben eben einfach Glück.

Mir ist aufgefallen, dass Tina zu Hause ganz anders ist als in der Schule. Sie redet total viel und geht so richtig aus sich raus. Ihre Eltern sind auch ziemlich nett. Mr. Hakim Baba ist total witzig. Letztes Jahr hatte er einen Herzinfarkt und darf seitdem praktisch nur noch Gemüse und Reis essen. Er muss noch zehn Kilo abnehmen. Beim Essen hat er mich die ganze Zeit in den Arm gekniffen und gefragt: »Wie schaffst du es bloß, so dünn zu bleiben?« Als ich ihm sagte, dass ich strikt vegetarisch lebe, hat er nur »Oh!« gesagt und so getan, als würde es ihn vor Ekel schütteln. Der Koch der Hakim Babas hat den Auftrag, ausschließlich vegetarische Mahlzeiten zuzubereiten, was für mich ja nur gut war. Es gab Couscous mit Ratatouille, das richtig lecker schmeckte.

Mrs. Hakim Baba ist eine schöne Frau, aber ganz anders als meine Mutter. Sie ist Engländerin und sehr blond. Ich glaube, sie langweilt sich ein bisschen, weil sie in Amerika leben muss und keinen Job hat und so. Mrs. Hakim Baba war nämlich Model, hat aber aufgehört, als sie heiratete. Deshalb lernt sie auch nicht mehr so viele interessante Leute kennen wie früher, als sie noch gemodelt hat. Einmal übernachtete sie im selben Hotel wie Prinz Charles und Prinzessin Diana. Sie hat uns erzählt, die beiden hätten in getrennten Zimmern geschlafen. Und dabei war das ihre Hochzeitsreise!

Kein Wunder, dass es mit den beiden nicht geklappt hat.

Mrs. Hakim Baba ist so groß wie ich und überragt Mr. Hakim Baba damit um etwa zehn Zentimeter. Aber ich hatte nicht das Gefühl, dass ihm das was ausmacht.

Tinas kleine Schwestern und ihr Bruder sind echt süß. Wir haben erst in den Modezeitschriften geblättert und uns die Frisuren darin angeschaut und anschließend ein paar davon an Tinas Schwestern ausprobiert. Sie sahen ziemlich merkwürdig aus. Zuletzt haben wir ihrem kleinen Bruder das Haar mit so Klämmerchen hochgesteckt und ihm die Nägel mit einem French-Manicure-Set lackiert. Er wurde immer aufgedrehter, zog sich sein Batmankostüm an und rannte kreischend in der Wohnung rum. Ich fand das niedlich, aber Mr. und Mrs. Hakim Baba wohl nicht. Sie ließen den kleinen Bobby Hakim Baba nämlich gleich nach dem Essen von der Kinderfrau ins Bett stecken.

Später hat Tina mir ihr Kleid für morgen gezeigt. Es ist von Nicole Miller und sieht wunderschön aus. So gerüscht, als wäre es aus Meerschaum gemacht. Tina Hakim Baba sieht viel mehr nach Prinzessin aus, als ich es überhaupt jemals könnte.

Um neun kam dann wie jeden Freitag »Lilly spricht Klartext«. Es war die Folge über das rassistische Geschäftsgebaren von Ho's Deli. Lilly hatte den Beitrag schon abgedreht, bevor sie den Boykott wegen mangelnden Interesses abgeblasen hat. Ich muss sagen, die Sendung war ein Paradebeispiel für hammermäßig guten, zeitgemäßen Nachrichtenjournalismus und das ist noch nicht mal Eigenlob, weil ich ja gar nicht an der Produktion beteiligt war. Falls »Lilly spricht Klartext« mal von einem echten Sender übernommen werden sollte, würde es bestimmt in einem Atemzug mit etablierten Nachrichtenmagazinen wie »60 Minutes« genannt werden.

Am Ende des Beitrags wurde noch ein persönlicher Kommentar von Lilly eingeblendet, den sie gestern Abend mit der Kamera auf einem Stativ bei sich im Zimmer aufgenommen haben muss. Sie saß auf ihrem Bett und verkündete, dass jede Form von Rassismus eine Ausgeburt des Bösen sei, die wir gemeinsam mit vereinten Kräften bekämpfen müssen. Einigen von uns würde ein Aufschlag von fünf Cent auf eine Portion Gingko Biloba Puffs vielleicht nicht dramatisch erscheinen, doch die Opfer von echtem Rassismus wie die Armenier, die Ruander, die Ugander und die Bosnier wüssten, dass diese fünf Cent nur den ersten Schritt auf dem Weg zum Genozid darstellten. Lilly schloss damit, dass ihr mutiges Eingreifen im Fall Ho dafür gesorgt hätte, dass wieder ein bisschen mehr Gerechtigkeit auf der Welt herrsche.

Ich weiß zwar nicht, ob ich ihre Meinung wirklich so teile, aber irgendwie fing ich an, sie zu vermissen, als sie ihre Füße in den Bärentatzen-Hausschuhen in die Kamera hielt und als Tribut an Norman mit den Zehen wackelte. Tina ist zwar echt nett, aber Lilly kenne ich eben schon seit dem Kindergarten. So was lässt sich nicht so schnell vergessen.

Wir haben total lange in Tinas Liebesromanen rumgeschmökert. Ich schwöre, da war echt keiner darunter, in dem der Junge mit einer angeberischen Freundin Schluss gemacht und sich gleich danach an die Heldin rangemacht hätte. In fast allen Büchern ließen die Jungen eine angemessene Zeitspanne verstreichen – einen Sommer oder zumindest ein Wochenende –, bevor sie sie fragten, ob sie mit ihnen ausgeht. Und wenn das nicht der Fall war, stellte sich im Verlauf des Romans immer raus, dass diese Jungs die Heldin nur ausnutzten, um sich an einer anderen zu rächen oder so.

Aber Tina meinte, dass sie solche Bücher zwar echt gern lesen würde, aber nicht glaubt, dass man sie als Orientierung fürs wirkliche Leben benutzen könne. Wie viele Leute litten denn schon unter Gedächtnisschwund? Und seit wann hielten gut aussehende, junge europäische Terroristen Mädchen in Umkleidekabinen als Geisel? Und wenn, wäre das nicht garantiert genau der Tag, an dem man seine hässlichste, ausgeleierteste, löchrigste Unterhose und einen nicht dazu passenden BH tragen würde, und nicht ein rosa Seidenbustier und enge Shorts wie die Heldin des betreffenden Buches?

Da hat sie irgendwie Recht.

Tina will jetzt das Licht ausmachen, weil sie müde ist. Ich bin auch dafür. Es war echt ein langer Tag.

Samstag, 18. Oktober

Als ich nach Hause kam, hab ich Mom gleich gefragt, ob Josh nicht doch angerufen und abgesagt hatte.
Hatte er aber nicht.
Mr. Gianini war wieder mal da (na klar). Diesmal hatte er aber zum Glück Hosen an. Als er hörte, wie ich Mom nach einem Jungen namens Josh fragte, mischte er sich gleich ein: »Du meinst doch nicht etwa Josh Richter, oder?«
Ich wurde irgendwie sauer, weil er sich so... ich weiß auch nicht... geschockt anhörte, oder so.
Ich antwortete: »Doch, ich meine Josh Richter. Wir gehen heute Abend zusammen zum ›Ball der Kulturen‹.«
Mr. Gianini zog die Augenbrauen hoch. »Was ist denn aus dieser Weinberger geworden?«
Ich weiß schon, warum ich es bescheuert finde, dass meine Mutter ein Verhältnis mit einem Lehrer aus meiner Schule hat. »Die beiden haben Schluss gemacht«, informierte ich ihn.
Mom hörte uns ziemlich aufmerksam zu, was ungewöhnlich für sie ist, weil sie eigentlich die meiste Zeit in ihrer eigenen Welt schwebt. Schließlich erkundigte sie sich: »Wer ist dieser Josh Richter denn?«
Ich antwortete: »Zufälligerweise nur der schnuckeligste und feinfühligste Junge an unserer Schule.«
Mr. Gianini schnaubte und brummte: »Na ja, man könnte vielleicht sagen, der, der am meisten angehimmelt wird.«

Worauf meine Mutter total überrascht rausplatzte: »Und *der* hat Mia zum Ball eingeladen?«

Ich muss wohl nicht extra erwähnen, dass das nicht besonders schmeichelhaft war. Wenn schon die eigene Mutter es komisch findet, dass einen der schnuckeligste, beliebteste Junge der Schule zum Ball einlädt – dann weiß man, dass man ein ernstes Problem hat.

»Ja, hat er«, sagte ich und sah sie kampfeslustig an.

»Mir gefällt das nicht«, verkündete Mr. Gianini. Und als Mom ihn fragte, warum, sagte er: »Weil ich Josh Richter kenne.«

»Oh-oh!«, machte Mom. »Das klingt nicht gut.« Und noch bevor ich was zu Joshs Verteidigung sagen konnte, fuhr Mr. Gianini fort: »Der Junge geht mit zweihundert Stundenkilometern ans Werk« – was in diesem Zusammenhang überhaupt gar keinen Sinn ergab.

Jedenfalls so lange nicht, bis Mom erklärte, sie müsse in »dieser Angelegenheit« erst meinen Vater konsultieren, weil meine Geschwindigkeit bei fünf Stundenkilometern (FÜNF!) läge.

Äh, hallo? Wozu muss sie ihn konsultieren? Für was hält sie mich – ein Auto mit einem defekten Keilriemen? Und was soll das dumme Gerede von den fünf Stundenkilometern?

»Er geht eben schnell ran«, übersetzte Mr. Gianini für mich.

Er geht schnell ran? ER GEHT SCHNELL RAN? Ja, wo leben wir denn? Sind wir plötzlich wieder in den Fünfzigern und Josh Richter ist auf einmal zum halbstarken Rebellen mutiert?

Während Mom Dads Nummer im Plaza eintippte, sagte sie: »Du bist schließlich erst in der Neunten. Ein Junge aus der Zwölften ist sowieso zu alt für dich.«

Also, das ist ja wohl TOTAL unfair! Endlich verabredet sich mal ein Junge mit mir und auf einmal verwandeln sich meine Eltern in Mr. und Mrs. Superspießer? Ich glaub, ich spinne!

Ich blieb wie gelähmt stehen und hörte über Lautsprecher mit, wie sich meine Mutter und mein Vater darüber ausließen, dass ich zu jung wäre, um mit Jungen auszugehen, und im Augenblick auch gar nicht ausgehen SOLLTE, weil ich viel zu verwirrt wäre. Ich hätte schließlich gerade erst erfahren, dass ich eine Prinzessin bin, und so weiter und so fort. Die haben echt den Rest meines Lebens für mich geplant (erster Freund erst ab achtzehn, reines Mädchenwohnheim im College etc.). Irgendwann klingelte es an der Tür und Mr. G ging zur Sprechanlage. Als er fragte, wer da sei, schallte eine vertraute Stimme aus dem Lautsprecher: »Hier ist Clarisse Marie Grimaldi Renaldo – und wer sind Sie?«

Mom wäre am anderen Ende des Zimmers beinahe der Hörer aus der Hand gefallen. Es war Grandmère. Grandmère war zu uns in den Loft gekommen!

Ich hätte echt nie im Leben gedacht, dass ich Grandmère mal für irgendwas dankbar sein würde. Ich hätte nie gedacht, dass ich mal froh sein würde, sie zu sehen. Aber als sie vorhin vor der Tür stand, um mich zum Kleidkaufen abzuholen, hätte ich sie am liebsten abgeküsst – sogar auf beide Backen. Im Ernst. Ich riss die Tür auf und rief: »Grandmère – die wollen mich nicht zum Ball lassen!«

Ich hatte vergessen, dass Grandmère noch nie bei uns gewesen war. Ich hatte vergessen, dass Mr. Gianini da war. Ich konnte an nichts anderes denken als daran, dass meine Eltern kurz davor waren, mir mein Date mit Josh zu vermasseln. Grandmère würde es ihnen schon zeigen, da war ich mir sicher.

Und bei Gott, das hat sie.

Grandmère stiefelte in die Wohnung und warf Mr. Gianini einen superfiesen Blick zu. Sie blieb gerade lang genug stehen, um zu fragen: »Ist er das?«, und als ich nickte, schnaubte sie und marschierte glatt an ihm vorbei. In dem Augenblick hörte sie Dads Stimme über Lautsprecher. »Gib mir das Telefon!«, herrschte sie meine Mutter an, die aussah wie ein kleines Kind, das gerade beim Schwarzfahren erwischt worden ist.

»Mutter?«, ertönte die Stimme meines Vaters aus dem Lautsprecher. Man hörte deutlich, dass er genauso geschockt war wie Mom. »Bist du das? Was machst du denn bei Helen?«

Für jemanden, der behauptet, nichts von moderner Technik zu verstehen, wusste Grandmère sehr genau, wie der Lautsprecher funktionierte. Sie drückte Dad sofort weg und krallte sich den Hörer aus Moms Hand. »Hör mir mal zu, Phillipe«, sagte sie. »Deine Tochter wird mit ihrem *Beau* zu diesem Tanz gehen. Ich habe mich in der Limousine fünfundsiebzig Straßenblöcke weit fahren lassen, um sie hier abzuholen und ihr ein Kleid zu kaufen, und falls du glaubst, dass ich darauf verzichten werde, sie darin tanzen zu sehen, dann...«

Meine Großmutter benutzte ziemlich deftige Formulierungen. Da sie französisch sprach, verstanden aber nur Dad und ich sie. Mom und Mr. Gianini standen stumm daneben. Mom sah sauer aus und Mr. G nervös.

Nachdem meine Großmutter meinem Vater klargemacht hatte, auf welche Weise er sie mal kennen lernen könne, knallte sie den Hörer auf und sah sich dann zum ersten Mal in unserem Loft um. Meine Großmutter ist nicht gerade berühmt dafür, mit ihren Gefühlen hinterm Berg zu halten, deshalb war ich auch nicht überrascht, als sie sagte: »*Hier* wächst die Prinzessin von Genovia also auf? In dieser... *Fabrikhalle?*«

Ich glaube, wenn sie meiner Mutter einen Knallfrosch unter dem Hintern angezündet hätte, hätte sie auch nicht saurer sein können.

»Jetzt hör mir mal gut zu, Clarisse«, rief Mom und stapfte in ihren Birkenstock-Schlappen zu ihr rüber. »Wag es bloß nicht, mir vorzuschreiben, wie ich mein Kind erziehen soll! Phillipe und ich haben bereits entschieden, dass sie nicht mit diesem Jungen zum Ball geht. Du kannst nicht einfach so hier reinplatzen und...«

»Amelia«, ordnete meine Großmutter an. »Geh und hol deine Jacke.«

Ich ging. Als ich zurückkam, war Mom puterrot im Gesicht und Mr. Gianini starrte auf den Boden. Aber keiner der beiden sagte etwas, als Grandmère und ich zur Tür rausgingen.

Als wir draußen waren, hielt ich es vor Spannung nicht mehr aus. »Grandmère!« Ich schrie beinahe. »Was hast du denn zu ihnen gesagt? Womit hast du sie überzeugt?«

Aber Grandmère lachte nur wieder in dieser Furcht erregenden Weise und sagte: »Ich habe meine Methoden.«

Ich glaub, ich hab sie noch nie so sehr *nicht* gehasst wie in diesem Moment.

Später
am Samstag

Tja, jetzt hocke ich hier in meinem neuen Kleid, meinen neuen Schuhen, mit meinen neuen Nägeln und in meiner neuen Strumpfhose, mit meinen frisch enthaarten Beinen, meinem frisierten Haar und professionell geschminkten Gesicht und warte. Es ist 7 Uhr und von Josh fehlt jede Spur. Allmählich fange ich an, mich zu fragen, ob das Ganze vielleicht nur ein Trick war, wie in dem Horrorfilm »Carrie«, den ich mir noch nie angeschaut hab, weil ich mich nicht traue. Aber Michael hat ihn sich mal ausgeliehen und mir und Lilly dann erzählt, wovon er handelt: Also, ein total unscheinbares Mädchen wird vom beliebtesten Jungen der Schule zum Schulball eingeladen, wo er und seine Freunde sie dann vor allen anderen Leuten mit einem Eimer voll Schweineblut übergießen. Aber sie ahnen nicht, dass Carrie übersinnliche Kräfte hat und am Ende alle in der ganzen Stadt umbringt, sogar Steven Spielbergs erste Frau, die Mutter aus der Serie »Eight is Enough«.

Das Problem ist natürlich nur, dass ich keine übersinnlichen Kräfte hab, und falls Josh und seine Freunde vorhaben sollten, Schweineblut über mich zu kippen, könnte ich sie nicht alle töten. Ich könnte höchstens die genovesische Nationalgarde zu Hilfe rufen, aber es wäre ziemlich kompliziert, sie kommen zu lassen. In Genovia gibt es nämlich weder eine Luftwaffe noch eine Marine. Wahrscheinlich müsste ich auf die Schnelle einen normalen Linienflug buchen und das wäre SCHWEINETEUER. Ich kann mir nicht vorstellen, dass Dad so einen exorbitanten Verbrauch an Regierungsgeldern gutheißen würde – vor allem würde er meine Begründung bestimmt lachhaft finden.

Aber falls Josh Richter mich wirklich versetzt, kann ich schon jetzt garantieren, dass er über meine Reaktion nicht lachen wird. Immerhin hab ich mir für ihn die Beine mit Kaltwachs enthaaren lassen, und wer glaubt, dass das nicht wehtut, der soll sich mal vorstellen, wie es sich anfühlt, sich die Achselhaare mit Wachs entfernen zu lassen. Das hab ich nämlich auch für ihn getan. Diese Wachserei tut verdammt WEH. So weh, dass ich fast angefangen hätte zu weinen. Da soll mir keiner erzählen, dass ich nicht alles Recht der Welt hab, die genovesische Nationalgarde herbeizuordern, wenn ich nach so einer Tortur versetzt werde.

Ich weiß, dass Dad nicht daran glaubt, dass Josh noch kommt. Er sitzt am Küchentisch und tut so, als würde er in der Fernsehzeitschrift lesen. Aber mir ist aufgefallen, dass er die ganze Zeit heimlich auf seine Armbanduhr linst. Mom auch. Nur dass sie nie eine Uhr trägt und deshalb heimlich auf die Wanduhr mit der zwinkernden Katze auf dem Zifferblatt schaut.

Lars ist auch da. Aber er schaut nicht auf die Uhr. Er prüft die ganze Zeit nach, ob er auch genug Munition mithat. Mein Vater hat ihm wahrscheinlich gesagt, dass er Josh erschießen soll, falls er Annäherungsversuche macht.

Ach stimmt, das hab ich ja noch gar nicht geschrieben. Dad erlaubt mir jetzt doch, mit Josh zum Ball zu gehen – aber nur unter der Bedingung, dass Lars mich begleitet. Das geht von mir aus total in Ordnung. Ich hab die ganze Zeit damit gerechnet, dass er mitkommt. Trotzdem hab ich Dad gegenüber so getan, als fände ich das eine Zumutung, damit er nicht denkt, dass er so leicht davonkommt. Übrigens hat ER sowieso schon RIESENÄRGER mit Grandmère. Während der Anprobe für mein Kleid vertraute sie mir an, dass Dad immer schon Probleme gehabt hätte, sich auf eine richtige Beziehung einzulassen, und dass er mich nur deshalb nicht mit Josh zum Ball gehen lassen will, weil er es nicht ertragen könnte, wenn Josh mich genauso fallen lassen würde, wie er selbst es schon mit unzähligen Models auf der ganzen Welt gemacht hat.

O Gott! Immer vom schlechtesten Fall ausgehen, Dad – von Optimismus hast du wohl noch nie was gehört?

Josh kann mich gar nicht fallen lassen. Wir waren bisher noch nicht mal zusammen weg.

Und wenn er nicht bald hier auftaucht, kann ich nur sagen – SELBST SCHULD. Ich sehe besser aus, als ich jemals in meinem ganzen Leben ausgesehen hab. Die gute Coco Chanel hat sich selbst übertroffen. Mein Kleid ist echt GEIL. Es ist aus so superblassblauer Seide und obenrum gesmokt wie ein Akkordeon, sodass meine nicht vorhandene Brust gar nicht auffällt, dann fließt es schmal und gerade an mir runter bis zu den farblich passenden superblassblauen hochhackigen Pumps. Ich finde ja irgendwie, dass ich aussehe wie ein Eiszapfen, aber die Frauen bei Chanel haben uns versichert, das sei der neue Millenniumlook. Eiszapfen sind topmodern.

Blöd ist nur, dass ich Fat Louie nicht streicheln kann, weil ich sonst überall orange-rote Katzenhaare kleben hab. Dabei wollte ich mir letztes Mal im Drogeriemarkt noch eine von diesen Klebefusselrollen kaufen, aber dann hab ich es total verschwitzt. Na ja, jedenfalls hockt er neben mir auf dem Futonsofa und starrt traurig vor sich hin, weil ich ihn nicht streichle. Ich hab zur Sicherheit alle rumliegenden Socken weggeräumt, falls er sich irgendwie in den Kopf setzt, mich zu bestrafen und noch mal eine zu verschlucken.

Gerade hat Dad wieder auf die Uhr geschaut und gesagt: »Hmm. Viertel nach sieben. Pünktlichkeit scheint jedenfalls nicht zu seinen Tugenden zu zählen.«

Ich hab versucht, ruhig zu bleiben. »Wahrscheinlich steckt er im Stau«, hab ich mit möglichst prinzessinnenhafter Stimme geantwortet.

»Wahrscheinlich«, sagte Dad darauf. Es schien ihn aber nicht besonders betroffen zu machen. »Weißt du, Mia, wir können immer noch in ›Die Schöne und das Biest‹ gehen, wenn du willst. Ich bin mir sicher, dass ich noch Karten...«

»Dad!« Ich war total entsetzt. »Ich geh heute Abend unter Garantie NICHT mit dir in ›Die Schöne und das Biest‹...«

Jetzt war er aber wirklich betroffen. »Früher bist du doch immer so gerne reingegangen...«

GOTT SEI DANK klingelt es gerade. Er ist es. Mom hat ihn gerade reingelassen und er kommt jetzt rauf. Um mit Josh weggehen zu dürfen, musste ich mich nicht nur einverstanden erklären, mich von Lars begleiten zu lassen, sondern Josh muss sich meinen Eltern persönlich vorstellen – vermutlich soll er sich auch noch durch seinen Führerschein ausweisen. Obwohl ich eigentlich nicht glaube, dass Dad schon auf die Idee gekommen ist.

Mein Tagebuch passt leider nicht in mein winziges, flaches Abendtäschchen, deshalb lass ich es hier.

O Gott, meine Hände sind total schwitzig! Ich hätte doch auf Grandmère hören sollen, die mir lange Handschuhe aufschwatzen wollte.

Samstagabend, Damentoilette im Tavern on The Green

Na gut, ich hab gelogen. Ich hab das Buch doch mit. Ich hab es Lars zur Verwahrung gegeben. Schließlich schleppt er eine Riesenaktentasche mit sich rum. Ich weiß zwar, dass er darin Schalldämpfer und Handgranaten und so Zeug aufbewahrt, aber ich dachte mir, dass mein klitzekleines Tagebuch sicher auch noch dazwischenpasst.

Und ich hatte Recht.

Ich bin jetzt, wie gesagt, auf dem Klo im Tavern on The Green. Die haben hier aber längst nicht so eine schöne Damentoilette wie im Plaza. In den Kabinen fehlen zum Beispiel die kleinen Hocker, weshalb ich auf dem runtergeklappten Klodeckel sitze. Zwischen Boden und Kabinentür sehe ich lauter Knöchel von fetten Frauen, die draußen vorbeilaufen. Es sind nämlich ziemlich viele fette Frauen da. Die meisten davon gehören zu einem jungen Paar, das hier Hochzeit feiert. Ein italienisch aussehendes, dunkelhaariges Mädchen, dem es nichts schaden könnte, sich ein paar Augenbrauenhaare mit Kaltwachs entfernen zu lassen, und ein klapperdürrer Rothaariger namens Fergus. Fergus hat mich von oben bis unten abgecheckt, als ich ins Restaurant kam. Echt wahr. Mein erster verheirateter Mann! Auch wenn er erst seit einer Stunde verheiratet ist und aussieht, als wäre er nicht älter als ich. Mein Kleid ist der HAMMER!

Sonst ist es aber nicht so toll, wie ich erwartet hätte. Ich weiß von Grandmère, welche Gabel ich benutzen muss und dass ich den Suppenteller beim Auslöffeln leicht nach hinten kippen muss, aber daran liegt es gar nicht.

Es liegt an Josh.

Um Missverständnissen vorzubeugen: Er sieht in seinem Smoking voll super aus. Offenbar gehört er ihm sogar richtig und ist nicht geliehen. Er hat mir erzählt, dass er letztes Jahr mit der Freundin, die er vor Lana hatte, alle Debütantinnenbälle New Yorks abgeklappert hat. Lanas Vorgängerin war die Tochter des Mannes, der die Plastiktüten erfunden hat, in die man im Supermarkt sein Gemüse reintut. Seine Tüten waren die ersten, auf denen an einer Seite stand: HIER ÖFFNEN, damit man weiß, wo man versuchen soll, sie aufzupopeln. Und diese zwei mickrigen Worte haben dem Mann eine halbe Milliarde Dollar eingebracht, sagt Josh.

Ich weiß nur nicht, warum er mir das erzählt. Soll ich ihn jetzt etwa für etwas bewundern, das der Vater seiner Exfreundin geleistet hat? Ehrlich gesagt, finde ich das nicht besonders feinfühlig von ihm.

Aber bei meinen Eltern vorhin war er wirklich vorbildlich. Er kam rein, überreichte mir mein Ansteckgebinde (winzige weiße Röschen, die mit einem rosa Bändchen zusammengebunden sind. Total süß! Das hat mindestens zehn Dollar gekostet – blöd nur, dass mir sofort der Gedanke kam, dass er es ursprünglich für ein anderes Mädchen bestellt hat, dessen Kleid eine andere Farbe hatte) und schüttelte meinem Vater die Hand. Dazu sagte er: »Es ist mir ein Vergnügen, Ihre Bekanntschaft zu machen, Eure Hoheit«, worauf meine Mutter laut rausplatzte. Sie kann manchmal echt peinlich sein.

Als Nächstes wandte er sich Mom zu: »Sind Sie etwa Mias Mutter? O mein Gott, ich hätte schwören können, Sie sind ihre ältere Schwester!«, was natürlich voll schleimig war, aber Mom ist, glaub ich, trotzdem drauf reingefallen. Sie wurde richtig ROT, als er ihr die Hand gab. Ich schätze mal, ich bin nicht die einzige Thermopolis, die dem Zauber von Josh Richters blauen Augen erlegen ist.

Mein Vater räusperte sich und begann Josh alle möglichen Fragen zu stellen: was für ein Auto er fährt (den BMW von seinem Vater), wo wir hingehen (dumme Frage!) und wann wir zurück sind (rechtzeitig zum Frühstück, sagte Josh). Da meinem Vater diese Antwort aber sichtlich missfiel, fragte er hastig: »Wann möchten Sie Ihre Tochter denn wiederhaben, Sir?«

Sir! Josh Richter hat meinen Vater SIR genannt!

Dad sah zu Lars rüber und sagte: »Spätestens um eins«, was ich echt fair finde, weil ich an Wochenenden sonst immer um elf zu Hause sein muss. Obwohl – wenn man bedenkt, dass Lars schließlich mitkommt und mir nichts passieren kann, ist es eigentlich doch unfair, dass ich nicht wegbleiben darf, so lange ich will. Aber Grandmère hat mir beigebracht, dass eine Prinzessin stets kompromissbereit sein sollte, und deshalb hab ich nichts gesagt.

Dann stellte Dad Josh noch ein paar Fragen, zum Beispiel auf welches College er im Herbst geht (er weiß es noch nicht, hat sich aber an allen Eliteunis beworben) und was er studieren will (BWL). Mom wollte dann von ihm wissen, warum er kein geisteswissenschaftliches Fach belegt, worauf Josh sagte, ihm ginge es hauptsächlich darum, einen Abschluss zu machen, der ihm später einen Job mit einem Jahresgehalt von mindestens 80 000 Dollar verschafft. Als Mom ihn darauf hinwies, dass es Wichtigeres gäbe als Geld, rief ich schnell: »O Gott, es ist ja schon total spät!«, packte Josh am Arm und zerrte ihn zur Tür raus.

Josh, Lars und ich sind runter zum Auto von Joshs Vater, und als Josh mir die Beifahrertür aufhielt, schlug Lars vor, er könne doch fahren, damit Josh und ich uns nach hinten setzen und ein bisschen reden können. Ich fand das sehr nett von Lars, aber als Josh und ich nebeneinander saßen, stellte ich fest, dass wir uns nicht besonders viel zu sagen hatten. Josh machte mir ein Kompliment: »Du siehst echt toll aus in dem Kleid«, und ich sagte ihm, dass ihm sein Smoking gut steht, und bedankte mich noch mal für das Ansteckgebinde. Und dann sagten wir die nächsten zwanzig Straßenblöcke lang nichts mehr.

Das ist wirklich nicht übertrieben. Mir war die Situation voll peinlich! Gut, ich hab nicht viel Erfahrung mit Jungs, aber mit den paar, *die* ich kenne, hatte ich dieses Problem eigentlich noch nie. Michael Moscovitz redet ja praktisch ununterbrochen. Ich hab echt null verstanden, warum Josh ÜBERHAUPT NICHTS gesagt hat. Ich dachte kurz daran, ihn zu fragen, mit wem er, falls die Welt untergehen sollte, lieber für alle Ewigkeit zusammen wäre, mit Winona Ryder oder mit Nicole Kidman, aber dann überlegte ich, dass ich ihn dazu noch nicht gut genug kenne.

...

Irgendwann brach Josh das Schweigen und fragte mich, ob es stimmt, dass meine Mutter was mit Mr. Gianini hat. Na ja, war ja klar, dass sich das rumspricht. Nicht ganz so schnell wie die Tatsache, dass ich eine Prinzessin bin, aber es hat eindeutig die Runde gemacht.

Als ich nickte, wollte Josh wissen, wie ich das finde.

Aus irgendeinem Grund konnte ich ihm aber nicht erzählen, dass ich Mr. G in Unterhosen an unserem Küchentisch sitzen gesehen hatte. Das wäre mir so... ich weiß auch nicht genau wie... vorgekommen. Ich brachte es einfach nicht fertig. Komisch, oder? Dabei hab ich es Michael Moscovitz sogar gesagt, ohne dass er gefragt hatte. Und Josh konnte ich es nicht erzählen, obwohl er doch in mein Inneres geblickt hat und alles. Echt merkwürdig, was?

Nachdem wir schweigend eine Zillion Straßenblocks hinter uns gebracht hatten, hielten wir endlich vor dem Restaurant. Lars übergab das Auto einem Typen, der es auf den Parkplatz fuhr, und Josh und ich sind rein (Lars hatte mir versprochen, beim Essen nicht neben mir zu sitzen, sondern sich neben der Tür zu postieren und jeden neuen Gast schwarzeneggermäßig bedrohlich anzustarren). Es stellte sich raus, dass Joshs Hofstaat schon auf uns wartete, was ich nicht gewusst hatte. Aber irgendwie war ich ganz erleichtert darüber. Ich hatte nämlich schon ein bisschen Angst davor gehabt, eine Stunde oder so mit ihm an einem Tisch zu sitzen und keinen Gesprächsstoff zu haben.

Na ja, zum Glück saßen alle Mitglieder des Ruderteams mit ihren Cheerleaderfreundinnen an einem breiten, langen Tisch, an dessen Kopfende zwei Plätze reserviert waren – einer für Josh und einer für mich.

Ich muss sagen, bis jetzt sind alle sehr nett zu mir. Die Mädchen haben mir Komplimente über mein Kleid gemacht und mich gefragt, wie es ist, Prinzessin zu sein. Zum Beispiel, ob es nicht komisch wäre, morgens plötzlich sein Foto auf der Titelseite der *Post* zu sehen, und ob ich manchmal auch eine Krone trage und solche Sachen. Die sind alle viel älter als ich – manche sind schon in der Zwölften – und deshalb schon ganz schön erwachsen. Keine hat einen blöden Kommentar abgelassen, weil ich keinen Busen hab, was Lana bestimmt gemacht hätte, wenn sie da gewesen wäre.

Na ja, andererseits wäre dann natürlich ich nicht da gewesen.

Als Josh für den ganzen Tisch Champagner bestellte, war ich total verblüfft darüber, dass niemand seinen Ausweis sehen wollte, der natürlich durch und durch gefälscht ist. Die haben jetzt schon drei Flaschen getrunken und Josh bestellt immer weiter nach, weil sein Vater ihm zur Feier des Tages seine American-Express-Platinkarte geliehen hat. Ich begreife das echt nicht. Sehen die Ober denn nicht, dass er erst achtzehn ist und die meisten seiner Gäste noch viel jünger sind?

Und überhaupt frage ich mich, wieso er so viel trinkt. Was wäre denn, wenn Lars uns nicht fahren würde? Dann würde er sich wohl beschwipst hinter das Steuer vom BMW seines Vaters setzen, oder was? Also, ich finde das verantwortungslos! Und dabei gilt Josh als vorbildlicher Schüler und darf deshalb sogar bei der Abschlussfeier die Abschiedsrede halten.

Außerdem hat er, ohne mich zu fragen, das Essen für den ganzen Tisch bestellt: Filet Mignon für alle. Eigentlich ist das ja eine nette Geste, aber ich esse nun mal kein Fleisch – noch nicht mal dem feinfühligsten Jungen der Welt zuliebe.

Aber ihm ist gar nicht aufgefallen, dass ich mein Essen nicht angerührt hab! Um nachher nicht zu verhungern, musste ich mich am Salat und an Brötchen satt essen.

Vielleicht könnte ich mich heimlich rausschleichen und Lars bitten, schnell zu Emerald Planet zu fahren und mir einen Gemüseburger zu besorgen.

Und was ich auch noch komisch finde: Je mehr Champagner Josh trinkt, desto auffälliger fängt er an, mich zu begrapschen. Er legt mir zum Beispiel die ganze Zeit unter dem Tisch die Hand auf den Oberschenkel. Beim ersten Mal dachte ich noch, es wäre ein Versehen, aber jetzt hat er es schon viermal gemacht. Das letzte Mal hat er sogar richtig zugedrückt!

Ich glaub nicht, dass er richtig betrunken ist, aber er ist eindeutig wesentlich lockerer als auf der Hinfahrt im Auto. Vielleicht ist er einfach nicht mehr so gehemmt, jetzt, wo Lars nicht mehr einen Meter vor uns sitzt.

Hm... ich schätze, ich sollte langsam mal wieder reingehen. Ich hätte es übrigens echt gut gefunden, wenn Josh mir vorher gesagt hätte, dass wir uns mit seinen Freunden treffen. Dann hätte ich vielleicht Tina Hakim Baba und ihren Tanzpartner einladen können – oder sogar Lilly und Boris. Mit denen könnte ich wenigstens reden.

Na ja. Was soll's.

Später. Mädchenklo in der Schule

Warum?
 Warum??
  Warum???
Ich kann einfach nicht glauben, dass das da gerade wirklich geschieht. Ich kann einfach nicht glauben, dass MIR so was passiert.
 WARUM? WARUM ICH? Warum passieren diese Sachen IMMER MIR?????
Ich versuche mich krampfhaft daran zu erinnern, was Grandmère mir geraten hat, falls ich mal in eine Zwangslage komme. Ich bin nämlich gerade in einer. Okay, ich atme durch die Nase ein und durch den Mund aus, wie sie es mir gesagt hat. Durch die Nase ein, durch den Mund aus, durch die Nase ein, durch den...
 WIESO HAT ER MIR DAS ANGETAN???? WIESO, WIESO, WIESO??????!!!
Ich würde ihm echt am liebsten seine blöde Fresse zerkratzen. Ganz im Ernst. Für wen hält sich dieses Arschloch eigentlich? Mir bleibt echt die Spucke weg, wenn ich daran denke, was er mir angetan hat. Das Schwein.
Also, alles kam so:
Nachdem Josh und seine Freunde NEUN Flaschen Schampus geleert hatten – also umgerechnet eine Flasche pro Person, nur dass ich lediglich ein paar Schlückchen hatte, so-

dass irgendjemand meine Flasche auch noch mitgetrunken haben muss –, beschlossen sie endlich, zur Schule zu fahren. Kein Grund zur Eile, der Ball war ja erst SEIT EINER STUNDE in vollem Gang. Es war allerhöchste Zeit, verdammt!

Als wir vor dem Restaurant auf unseren Wagen warteten, dachte ich, dass vielleicht doch noch alles gut wird, weil Josh mir einen Arm um die Schulter legte, was ich echt lieb von ihm fand. Mein Ballkleid hat nämlich keine Ärmel und ich hab zwar eine Stola mit, aber die ist so eine Art transparenter, hauchdünner Schleier. Ich stehe also da und bin ihm dankbar für seinen Arm, weil er mich schön warm hält. Außerdem ist es ein schöner Arm, sehr muskulös durch das Rudertraining. Das einzige Problem ist, dass Josh nicht so gut riecht. Gar kein Vergleich mit Michael Moscovitz, der immer nach Seife duftet. Ich hab den Verdacht, dass Josh sich in »Drakkar Noir« gebadet hat, das in stärkerer Dosierung ziemlich scheußlich stinkt. Ich kann kaum atmen, aber das ist mir egal. Im Großen und Ganzen bin ich eigentlich zufrieden. Okay, er hat keine Rücksicht darauf genommen, dass ich Vegetarierin bin, aber schließlich kann jeder mal einen Fehler machen. Gleich gehen wir zum Ball und dann wird er mit seinen elektrisierenden, blauen Augen wieder tief in mein Innerstes blicken und alles wird gut.

Mannomann – da war ich ja so was von auf dem Holzweg.

Also. Vor der Schule ist so viel Verkehr, dass wir kaum noch durchkommen. Im ersten Moment kapiere ich überhaupt nichts.

Klar, es ist Samstag, aber es ist doch trotzdem nicht normal, dass *so* viele Autos vor der Albert-Einstein-Highschool stehen, oder? Es ist doch bloß ein Schulball. Und in New York besitzen die wenigsten Schüler oder deren Eltern

Autos. Wahrscheinlich sind Josh und ich sogar die Einzigen, die mit dem Wagen zum Schulball gekommen sind.
Und dann wird mir plötzlich klar, was den Stau verursacht. Da parken ja überall TV-Übertragungswagen. Scheinwerfer tauchen den Treppenaufgang in strahlend helles Licht. Und dann stehen überall Reporter rum, rauchen Kette, quatschen in Handys und warten.
Worauf warten die denn?
Auf mich, wie sich gleich herausstellte.
Sobald Lars die Scheinwerfer sah, fing er an, saftige Flüche auszustoßen. Ich verstand nichts, weil er weder englisch noch französisch sprach, aber man hörte seiner Stimme an, dass es Flüche waren. Ich beugte mich vor und rief total fassungslos: »Woher wussten die das? Woher wussten die das nur? Es kann doch nicht sein, dass Grandmère es ihnen gesagt hat, oder?«
Aber ich glaube wirklich nicht, dass Grandmère so was gemacht hätte. Echt nicht. Nicht nach dem Gespräch, das ich mit ihr geführt hab. Ich hab voll Klartext mit ihr geredet. Ich hab sie mir vorgeknöpft wie ein New Yorker Bulle, der einen Ring illegaler Glücksspieler aufmischt. Grandmère würde nie mehr, da bin ich mir sicher – NIE MEHR ohne meine ausdrückliche Erlaubnis die Presse auf mich hetzen.
Aber die Reporter waren nun mal da. Das heißt, IRGENDJEMAND musste sie benachrichtigt haben. Und wenn es nicht Grandmère gewesen war, wer dann?
Josh war irgendwie voll unbeeindruckt von den Scheinwerfern und Kameras und der Pressemeute. »Was regst du dich so auf. Allmählich müsstest du doch dran gewöhnt sein«, meinte er nur.
Ja, klar. Ich sag dir, wie sehr ich allmählich dran gewöhnt bin. Ich bin so sehr daran gewöhnt, dass mir bei dem Gedanken, jetzt gleich aus dem Wagen aussteigen zu müssen –

selbst wenn der süßeste Junge der Schule mich im Arm hält
–, kotzübel wird und ich Angst hab, gleich den ganzen Salat
und die Brötchen hochzuwürgen.

»Na komm!«, meinte Josh. »Wir beide rennen los und Lars
parkt in der Zwischenzeit den Wagen.«

Lars war total dagegen. Er sagte: »Das halte ich für eine
ganz schlechte Idee. Ich würde sagen, du parkst den Wagen
und ich und die Prinzessin rennen zur Schule.«

Aber Josh hatte schon die Tür aufgemacht und packte
mich an der Hand. »Los! Man lebt nur einmal«, sagte er und
zog mich aus dem Wagen.

Und ich Blödmann lass mich auch noch mitziehen.

Es ist wahr. Ich hab mich von ihm aus dem Wagen ziehen
lassen. Seine Hand, die meine hielt, fühlte sich so gut an, so
groß und kräftig, so warm und sicher. Ich dachte: Was kann
schon groß passieren? Die machen vielleicht ein paar Fotos,
na und? Wir rennen einfach los, wie er es vorgeschlagen hat.
Es wird schon gut gehen.

Also sagte ich zu Lars: »Ist okay, Lars. Parken Sie ruhig.
Josh und ich gehen schon mal rein.«

Lars rief: »Nein, Prinzessin, warten Sie...«

Mehr hörte ich von ihm nicht mehr – jedenfalls fürs Erste
–, weil Josh und ich bereits ausgestiegen waren und Josh die
Tür hinter uns zugeknallt hatte.

Und eine Sekunde später stürzten sich die Paparazzi auf
uns, warfen blitzschnell ihre Kippen weg, rissen die Schutz-
kappen von ihren Objektiven und brüllten: »Da ist sie! Da
ist sie!«

Josh zerrte mich die Treppe hoch und ich kicherte dabei
sogar, weil mir das Ganze zum ersten Mal wirklich irgendwie Spaß machte. Blitzlichter strahlten auf und blendeten
mich so, dass ich nur die Treppenstufen sah, während wir
nach oben stürmten. Ich konzentrierte mich vor allem da-

rauf, mein Kleid hochzuhalten, um nicht über den Saum zu stolpern, und musste mich voll und ganz auf diese Finger verlassen, die meine andere Hand umklammerten. Ich vertraute darauf, dass Josh mich schon sicher ins Schulgebäude bringen würde, weil ich ja nichts mehr sehen konnte.

Als er plötzlich stehen blieb, glaubte ich, wir wären an der Tür angekommen. Ich dachte, wir blieben stehen, weil Josh mir die Tür aufhalten wollte. Ich weiß, dass es dumm von mir war, aber das hab ich echt geglaubt. Ich sah die Tür ja auch. Wir standen direkt davor. Unter uns auf der Treppe brüllten die Reporter Fragen und knipsten wie die Wilden. Irgendein Idiot johlte: »Küss sie doch! Los, küss sie!« Ich muss wohl nicht extra sagen, wie peinlich mir das war.

Ich stand also wie eine komplette IDIOTIN da und wartete darauf, dass Josh mir die Tür aufmachte, statt das in dieser Situation einzig Wahre zu tun und die Tür selbst aufzumachen und mich in die Schule zu flüchten, wo ich vor Kameras, vor Reportern und Leuten, die »Küss sie doch! Küss sie!« grölten, sicher gewesen wäre.

Und dann – ich hab keine Ahnung, wie das passieren konnte – legte Josh auf einmal wieder den Arm um mich, zog mich zu sich heran und quetschte seinen Mund auf meinen.

Ich schwöre, genau so fühlte es sich an. Er quetschte seinen Mund auf meinen und in diesem Augenblick flammten die ganzen Blitzlichter auf – aber es war kein bisschen so wie in den Romanen, die Tina immer liest, wo der Junge das Mädchen küsst und sie sieht Feuerwerke und solche Sachen hinter ihren geschlossenen Lidern. Ich sah zwar wirklich explodierende Lichter, aber das war kein Feuerwerk, das waren die Blitzlichter der Kameras. JEDER, aber auch wirklich JEDER knipste Prinzessin Mia, als sie das erste Mal geküsst wurde. Das ist die reine Wahrheit. Als wäre es nicht schon schlimm genug, dass das mein erster Kuss war.

Es war mein erster Kuss und der Reporter von *Teen People* hat ihn fotografiert.

Und noch was zu diesen Büchern, die Tina immer liest: Wenn da ein Mädchen das erste Mal geküsst wird, kriegt sie immer so ein warmes, schwindliges Gefühl in der Magengrube, so als würde der Junge sie irgendwie ganz tief in der Seele berühren. Also, ich hab das Gefühl nicht gekriegt. Nicht mal annähernd. Ich hab mich nur geschämt. Es hat sich nicht besonders schön angefühlt, von Josh Richter geküsst zu werden. Es fühlte sich, ehrlich gesagt, vor allem merkwürdig an. Es war echt komisch, diesen Menschen vor mir stehen zu haben, der seinen Mund auf meinen quetschte. Dabei hab ich den Typen so lange für den tollsten Mann der Welt gehalten, dass man eigentlich meinen sollte, ich hätte wenigstens IRGENDWAS spüren müssen, als er mich küsste.

Aber das Einzige, was ich verspürte, war tiefste Scham.

Und genau wie auf der Fahrt zum Restaurant wünschte ich mir nur, dass es endlich vorbei ist. Alles was ich dachte, war: Wann hört er endlich damit auf? Und mach ich das überhaupt richtig? In Filmen bewegen sie doch immer die Köpfe hin und her. Sollte ich vielleicht auch ein bisschen meinen Kopf bewegen? Was mach ich nur, wenn er mir die Zunge in den Mund stecken will, wie ich es bei ihm und Lana beobachtet hab? Ich kann doch unmöglich zulassen, dass die von *Teen People* mich ablichten, während irgendein Typ seine Zunge in meinen Mund steckt. Mein Vater würde mich umbringen.

Und dann, als ich gerade dachte, dass ich es keine Sekunde länger aushalte und vor Scham und Schande auf den Stufen der Albert-Einstein-Highschool STERBEN muss, hob Josh den Kopf, winkte den Reportern zu, öffnete die Eingangstür und schob mich ins Foyer.

Wo – ungelogen – so ungefähr jeder stand, den ich überhaupt nur kenne, und uns anglotzte. Das ist die reine Wahrheit. Tina und ihr Tanzpartner von der Trinity-Highschool starrten mich irgendwie erschrocken an. Da waren Lilly und Boris, der sich ausnahmsweise mal nichts in die Hose gesteckt hatte, was dort nicht hingehört. Er sah sogar fast gut aus – auf eine etwas verquere, musikgeniemäßige Art. Lilly trug ein wunderschönes, paillettenbesetztes, weißes Kleid und hatte sich weiße Rosen ins Haar gesteckt. Dann waren da noch Shameeka und Ling Su mit ihren Tanzpartnern und eine ganze Menge anderer Leute, die ich vermutlich kannte, ohne ihre Schuluniform aber nicht *erkannte*. Alle starrten mich mit demselben Ausdruck an, den Tina auf dem Gesicht hatte: totale und komplette Verblüffung.

Und Mr. G stand an der Kasse vor dem Eingang zur Cafeteria, wo der Ball stattfand, und sah noch viel erstaunter aus als alle anderen.

Vielleicht mit Ausnahme von mir. Ich würde sagen, dass ich von allen Anwesenden wahrscheinlich unter dem allergrößten Schock stand. Ich meine, he, Josh Richter HAT mich gerade geküsst. JOSH RICHTER hat mich gerade geküsst. Josh Richter hat MICH gerade geküsst.

Hab ich schon geschrieben, dass er mich AUF DIE LIPPEN geküsst hat?

Ach ja, und dass er es vor den Augen der Reporter von TEEN PEOPLE getan hat?

Ich stehe also da und alle starren mich an und draußen höre ich noch immer die Paparazzi brüllen und aus der Cafeteria dringt das *Stampf, Stampf, Stampf* der Anlage rüber, aus der irgendein Latino-Hip-Hop-Stück schallt – ein Tribut an die Puertoricaner unter der Schülerschaft –, und in meinem Kopf nimmt ganz langsam ein Gedanke Gestalt an und dieser Gedanke raunt mir zu:

Er hat dich reingelegt.

Er wollte nur mit dir zum Ball, damit sein Foto in die Zeitung kommt.

Er war derjenige, der die Presse informiert hat, dass du heute Abend hier bist.

Wahrscheinlich hat er nur mit Lana Schluss gemacht, damit er vor seinen Kumpels damit angeben kann, dass er mit einem dreihundert Millionen Dollar schweren Mädchen geht. Dem bist du doch erst aufgefallen, als dein Foto in der *Post* erschienen ist. Lilly hatte Recht: Damals bei Bigelows, als er dich anlächelte, war das WIRKLICH nur auf eine Synapsenfehlzündung zurückzuführen. Wahrscheinlich hofft er, dass seine Chancen, in Harvard oder an einer anderen Eliteuni aufgenommen zu werden, massiv steigen, wenn die Prinzessin von Genovia seine Freundin ist.

Und ich Riesengans bin natürlich voll drauf reingefallen.

Super. Echt ganz super.

Lilly findet, ich setze mich nicht genug durch. Ihre Eltern meinen, ich neige dazu, alles in mich reinzufressen und Konflikten aus dem Weg zu gehen.

Meine Mutter sagt dasselbe. Deshalb hat sie mir ja auch dieses Tagebuch geschenkt. In der Hoffnung, dass ich dann das, was ich ihr schon nicht anvertraue, wenigstens auf andere Weise zum Ausdruck bringe.

Wenn sich nicht herausgestellt hätte, dass ich eine Prinzessin bin, würde all das vielleicht immer noch auf mich zutreffen. Ich wäre eine durchsetzungsschwache, konfliktscheue Verdrängerin. Dann hätte ich wahrscheinlich nicht das gemacht, was ich als Nächstes tat.

Nämlich, mich zu Josh umzudrehen und zu fragen: »Wieso hast du das gemacht?«

Er war gerade damit beschäftigt, sich mit der flachen Hand abzuklopfen und die Eintrittskarten zu suchen, um

sie den Zehntklässlern zu geben, die an der Kasse saßen.
»Was gemacht?«
»Mich so zu küssen – vor allen.«
Er fand die Tickets in seinem Portmonee. »Keine Ahnung«, sagte er. »Hast du nicht gehört, wie sie mir zugerufen haben, ich soll dich küssen? Da hab ich's halt gemacht. Wieso fragst du?«
»Weil ich das nicht gut fand.«
»Du fandst es nicht gut?« Josh schaute verwirrt. »Meinst du, es hat dir nicht gefallen?«
»Genau«, antwortete ich. »Genau das meine ich. Es hat mir nicht gefallen. Es hat mir sogar überhaupt gar nicht gefallen. Ich weiß nämlich, dass du mich nicht geküsst hast, weil du mich magst. Du hast mich nur geküsst, weil ich Prinzessin von Genovia bin.«
Josh starrte mich an, als hielte er mich für verrückt.
»Das ist doch verrückt«, sagte er. »Klar mag ich dich. Ich mag dich sogar sehr.«
Ich sagte darauf: »Du kannst mich gar nicht sehr mögen. Du kennst mich ja noch nicht mal. Ich hab gedacht, du hättest mich deswegen gefragt, ob wir zusammen zum Ball gehen, damit du mich besser kennen lernen kannst. Aber du hast ja noch nicht mal *versucht*, mich kennen zu lernen. Du wolltest nur, dass dein Foto in der *Extra* erscheint.«
Er lachte, aber mir fiel auf, dass er mir nicht in die Augen schaute, als er sagte: »Wie meinst du das, dass ich dich nicht kenne? Natürlich kenne ich dich.«
»Nein, tust du nicht. Wenn du mich kennen würdest, hättest du mir heute beim Abendessen kein Steak bestellt.«
Ich hörte, wie ein Raunen durch die Gruppe meiner Freunde ging. Offensichtlich erkannten sie die Tragweite seines Fehlers – im Gegensatz zu ihm. Er hatte ihre Reaktion aber mitgekriegt, denn seine Antwort richtete sich auch an

sie: »Okay, ich gebe alles zu, ich hab diesem Mädchen ein Steak bestellt.« Dabei breitete er die Arme aus, als wollte er sagen: Verklagt mich, wenn ihr wollt. »Ist das denn ein Verbrechen? Außerdem war es ein verdammtes Filet Mignon.«

Lilly klärte ihn mit vor Verachtung triefender Stimme auf: »Sie ist Vegetarierin, du Soziopath.«

Diese Information schien Josh aber gar nicht zu erschüttern. Er zuckte nur die Achseln und sagte: »Ups! Bitte untertänigst um Vergebung.«

Und dann drehte er sich zu mir und meinte: »Bist du so weit?«

War ich. Nämlich so weit, den Entschluss gefasst zu haben, nie mehr irgendwas mit Josh zu tun haben zu wollen. Ich konnte nicht glauben, dass er wirklich dachte, ich würde mich noch mit ihm abgeben – nach allem, was passiert ist. Der Typ ist echt ein Soziopath. Wie hab ich nur jemals glauben können, er hätte in mein tiefstes Inneres geschaut? Ich versteh's einfach nicht.

Total angewidert tat ich das einzig Richtige, was ein Mädchen unter diesen Umständen tun kann:

Ich drehte ihm den Rücken zu und ging davon.

Nur dass ich natürlich nicht nach draußen gehen konnte, weil ich *Teen People* nicht die Chance geben wollte, eine hübsche Nahaufnahme von meinem weinenden Gesicht zu machen. Mir blieb also nichts anderes übrig, als mich aufs Klo zu flüchten.

Josh dämmerte allmählich, dass ich ihn sitzen gelassen hatte. Inzwischen waren auch alle seine Kumpels angekommen und trudelten einer nach dem anderen zur Tür herein, als Josh gerade total angenervt sagte: »Ich glaub, ich spinne. Und das alles bloß wegen einem Kuss.«

Ich wirbelte herum: »Das war nicht bloß ein Kuss«, fauchte ich. Ich wurde langsam echt sauer. »Du hättest es vielleicht gern so aussehen lassen, als wäre das bloß ein Kuss gewesen. Aber wir beide, du und ich, wissen genau, was es wirklich war: Es war ein Medienereignis. Und zwar eins, das du geplant hattest, seit du mein Foto in der *Post* gesehen hast. Vielen Dank, Josh, aber ich kann mich um meine Vermarktung selbst kümmern. Ich brauche dich nicht dazu.«

Damit stolzierte ich aufs Mädchenklo. Und da sitze ich jetzt gerade und schreibe das alles auf.

Gott! Das ist doch echt nicht zu GLAUBEN. Ich meine, das muss man sich mal vorstellen: mein erster Kuss – der allererste Kuss meines Lebens – und nächste Woche erscheint das Foto davon in jeder Teeniezeitschrift des Landes. Vielleicht wird die Story ja sogar von irgendeinem internationalen Magazin gekauft wie *Majesty*, wo alles über das Leben der Mitglieder des britischen und monegassischen Hochadels nachzulesen ist. Einmal haben sie zum Beispiel einen ganzen Artikel über die Garderobe von Prinz Edwards Frau Sophie im Heft gehabt und jedes Kleidungsstück auf einer Notenskala von eins bis zehn bewertet. Das Ganze unter der Überschrift: »Farbe bekennen«. Wahrscheinlich dauert es nicht mehr lange, bis die Reporter von *Majesty* mir auch hinterherspionieren, um meine Klamotten – und Freunde – zu beurteilen. Mich würde mal interessieren, was für eine Bildunterschrift die sich für das Foto von Josh und mir einfallen lassen: »Eine Prinzessin entdeckt die Liebe«? Entschuldigung – aber *kotz*!

Der größte Witz an der Sache ist, dass ich absolut NICHT in Josh Richter verliebt bin. Klar, es wäre irgendwie schon nett gewesen – ach was, wem versuche ich hier was vorzumachen? –, es wäre GENIAL gewesen, einen Freund zu haben. Manchmal denke ich nämlich wirklich, dass mit mir was nicht stimmt, weil ich noch keinen hab. Aber lieber gar keinen Freund als einen, der mich nur wegen der Kohle will oder weil mein Vater Fürst ist oder aus einem anderen Grund als dem, dass er mich nett findet.

Natürlich wird es jetzt, wo jeder weiß, dass ich eine Prinzessin bin, schwierig, festzustellen, ob mich einer mag, weil ich *ich* bin oder weil ich eine Krone trage. Na ja, wenigstens hab ich Josh rechtzeitig durchschaut.

Ich frag mich, was ich jemals an ihm gefunden hab. Er ist so ein Schmarotzer. Er hat mich total ausgenutzt! Zuerst bricht er Lana das Herz und dann versucht er, mich zu benutzen. Und ich dumme Gans hab sein Spiel natürlich blauäugig mitgespielt.

Nur, was mache ich jetzt? Wenn mein Vater die Fotos zu Gesicht bekommt, RASTET ER AUS. Der glaubt mir doch niemals, dass ich gar nichts dafür kann. Wenn ich Josh anschließend vor den ganzen Fotografen voll eine in den Magen geschlagen hätte, dann hätte Dad mir vielleicht abgenommen, dass ich völlig unschuldig bin und nur zufällig zur falschen Zeit am falschen Ort stand...

Wahrscheinlich nicht mal dann.

Der erlaubt mir für den Rest meines Erdenlebens nie mehr, mit einem Jungen aus dem Haus zu gehen.

Was ist das? Vor meiner Kabine sehe ich Schuhe. Irgendjemand will was von mir.

Es ist Tina. Sie fragt, ob es mir gut geht. Und neben ihr steht noch jemand.

O Gott, die Füße kenne ich doch. Das ist Lilly! Lilly und Tina wollen beide wissen, ob alles okay ist!

Lilly spricht sogar mit mir. Und zwar ohne mich zu kritisieren oder sich über mich aufzuregen. Sie hört sich richtig nett an. Gerade hat sie mir durch die Kabinentür gesagt, es täte ihr Leid, dass sie über meine Frisur gelacht hat, und eingeräumt, herrschsüchtig zu sein und an einer latenten, krankhaften Neigung zu autoritären Verhaltensformen zu leiden. Sie hat versprochen, sich wirklich Mühe zu geben, nicht mehr allen Leuten – insbesondere mir – vorzuschreiben, wie sie sich verhalten sollen.

Wow! Lilly gibt zu, dass sie einen Fehler gemacht hat! Ich kann es nicht glauben. Ich kann es nicht glauben!

Sie und Tina wollen, dass ich rauskomme, damit wir zusammen in den Saal gehen können, aber ich hab ihnen gesagt, dass ich keine Lust mehr hab. Ich würde mich total blöd fühlen, weil sie doch alle ihre Tanzpartner haben und ich mir dann vorkommen würde wie das volle Mauerblümchen.

Aber gerade hat Lilly gesagt: »Kein Problem – Michael ist doch da. Der steht auch schon den ganzen Abend rum wie bestellt und nicht abgeholt.«

Michael Moscovitz auf einer Schulveranstaltung???? Das gibt's doch gar nicht!!! Der geht doch sonst nie irgendwohin, außer in Vorlesungen über Quantenphysik und so was!!!

Das muss ich mir anschauen. Bin schon weg. Später mehr.

Sonntag, 19. Oktober

Ich hatte gerade einen total merkwürdigen Traum.

Ich hab geträumt, dass Lilly und ich uns wieder vertragen. Sie und Tina haben sich angefreundet, Boris Pelkowski war ohne seine Geige eigentlich sogar ganz nett und Mr. Gianini hat mir verkündet, dass er meine Zwischennote von einer Sechs auf eine Vier verbessert; ich hab eng umschlungen mit Michael Moscovitz getanzt und der Iran hat Bomben über Afghanistan abgeworfen, sodass in keiner einzigen Zeitung am Kiosk ein Kussfoto von mir und Josh erschienen ist, weil sie den ganzen Platz mit Gräuelbildern von den Zerstörungen des Bombenangriffs gefüllt haben.

Aber das war kein Traum. Das war alles andere als ein Traum! Das alles ist wirklich und wahrhaftig passiert! Heute Morgen bin ich nämlich aufgewacht, weil ich plötzlich etwas Nasses im Gesicht hatte, und als ich die Augen aufschlug, sah ich, dass ich im Gästebett in Lillys Zimmer lag und Pawlow mir quer übers Gesicht leckte. Im Ernst. Ich bin voller Hundespucke.

Und das ist mir total egal! Von mir aus kann Pawlow mich von oben bis unten besabbern! Ich hab meine beste Freundin wieder! Ich falle dieses Jahr nicht durch! Und mein Vater wird mich doch nicht umbringen, weil ich Josh Richter geküsst hab!

Ach ja – und ich glaub, es könnte sein, dass Michael Moscovitz mich mag! Ich kann vor lauter Glück kaum schreiben!

Als ich gestern aus dem Mädchenklo kam, hätte ich nie gedacht, dass ich noch mal so glücklich werde. Ich war in total morbider Stimmung, so deprimiert war ich – ja, *morbide*. Ist das nicht ein geniales Wort? Das hab ich von Lilly gelernt – sie hat es in Zusammenhang mit Josh gebraucht.

Als ich aus dem Klo rauskam, war Josh weg. Später hat Lilly mir erzählt, dass er, nachdem ich ihn öffentlich gedemütigt hatte und aufs Klo gestürmt war, mit ungerührter Miene in den Saal schlenderte. Eine Sekunde später muss Lars in die Schule gerannt gekommen sein. Offenbar war er voll sauer, weil Josh und ich seine Anweisungen ignoriert hatten (obwohl ich ja eigentlich gar nichts gemacht hatte). Na ja, vielleicht doch. Ich hätte eben nicht mitmachen dürfen. Aber als Mr. Gianini Lars von der Sache mit dem Kuss erzählte, wurde er so wütend auf Josh, dass er mich ganz vergaß. Lilly hat gesagt, Lars' Gesicht hätte plötzlich total versteinert ausgesehen, wie das von Michael Biehn im »Terminator«, als ihm klar wird, dass er John Connors Vater ist. Was danach passierte, konnte Lilly mir auch nicht sagen, weil Mr. G sie und Tina gebeten hatte, nach mir zu schauen (süß von ihm, oder?), aber ich hab den Verdacht, dass Lars möglicherweise einen seiner Spezialnervenlähmungsgriffe bei Josh angewendet hat. Als ich Josh das nächste Mal sah, kniete er jedenfalls zusammengesunken vor dem Ausstellungstisch der Schüler von den pazifischen Inseln, die Stirn auf ein Modell von Krakatau gebettet, und rührte sich den ganzen restlichen Abend nicht mehr vom Fleck. Natürlich führte ich das auf den ganzen Schampus zurück, den er intus hatte. Aber seit Lilly mir das von Lars erzählt hat, bin ich mir da nicht mehr so sicher.

Jedenfalls haben Lilly, Tina und ich uns zu Boris und Dave

gesetzt – der echt ganz nett ist, obwohl er auf die Trinity geht. Sie hatten zusammen mit Shameeka, deren Freund Allan, Ling Su und ihrem Tanzpartner Clifford einen der Tische besetzt. Es war der Pakistantisch, den die Wirtschafts-AG aufgebaut hatte und auf dem ein Modell verdeutlichte, dass der Preis für Reis stetig fällt. Wir haben ein paar von den Reishaufen zur Seite geschoben und uns auf die Tischplatte gesetzt, sodass wir alles überblicken konnten.

Und dann tauchte aus dem Nichts plötzlich Michael Moscovitz auf. Er sah richtig *schneidig* aus – ist das nicht ein geiler Ausdruck? Den hab ich von Michael gelernt. Er trug nämlich den Smoking, den ihn seine Mutter für die Bar Mizwa seines Cousins Steve hat kaufen lassen. So eine Bar Mizwa ist für jüdische Jungen so was Ähnliches wie eine Konfirmation bei den Protestanten. Michael war praktisch allein da, weil Mrs. Gupta der Meinung ist, das Internet sei keine richtige Kultur und könne deshalb auch nicht durch einen eigenen Ausstellungstisch vertreten werden – worauf sämtliche Mitglieder der Computer-AG dem Ball aus Protest geschlossen fernblieben.

Aber Michael schien es total egal zu sein, was die anderen Mitglieder der Computer-AG von ihm hielten. Dabei ist er Schatzmeister! Er setzte sich neben mich auf den Tisch und fragte, ob alles okay sei, und dann rissen wir erst mal Witze über die Cheerleader, die das Motto des Balls (»Kulturelle Vielfalt«) ziemlich schlecht umgesetzt hatten – sie trugen nämlich fast alle dasselbe Kleid. Ein enges, schwarzes Schlauchkleid von Donna Karan. Irgendeiner fing mit »Deep Space Nine« an und stellte die Frage, ob der Kaffee aus dem Replikator wohl Koffein enthält. Michael erklärte, der Replikator stelle die Nahrungsmittel aus Materie her, die aus Abfällen gewonnen würde. Deshalb könne es gut sein, dass der Eisbecher, der unten rauskommt, ursprünglich mal Urin war – aus dem Bakterien und Unreinheiten natürlich rausgefiltert worden sind. Bei dem Gedanken wurde allen ziemlich schlecht und dann legte der DJ andere Musik auf und alle stürzten auf die Tanzfläche.

Alle außer mir und Michael natürlich. Wir blieben zwischen den Reishäufchen sitzen.

Was aber gar nicht schlimm war, weil Michael und ich immer etwas zu reden haben – im Gegensatz zu mir und Josh. Wir diskutierten erst noch ein bisschen weiter über den Replikator und dann darüber, ob Captain Kirk oder Captain Picard der fähigere Commander war. Irgendwann kam Mr. Gianini rüber und wollte wissen, ob es mir wieder gut geht.

Ich nickte und Mr. G sagte, das höre er gern, und erzählte mir dann beiläufig, dass die Übungsblätter, die ich täglich im Förderunterricht machen musste, so gut ausgefallen sind, dass er meine Mathenote von Sechs auf Vier verbessern könnte. Er gratulierte mir und meinte, ich solle so weitermachen.

Ich sagte ihm, dass ich das vor allem Michael verdanke, weil ich, seit er mir hilft, ein richtiges Matheheft führe und nicht mehr alles ins Tagebuch kritzle, die Zahlenkolonnen sauber untereinander schreibe und die Ziffern durchstreiche, die ich bei Subtraktionen abziehe. Michael wurde total verlegen und behauptete, er hätte gar nichts damit zu tun. Aber Mr. G hörte ihm sowieso nicht zu. Er musste schnell weg, um eine Gruppe von Gruftis davon abzubringen, zu demonstrieren, weil die Schule ihnen unfairerweise einen den Teufelsanbetern gewidmeten Ausstellungstisch verweigert hatte.

Als die Musik wieder hektischer wurde und die anderen zurückkamen, redeten wir über Lillys Sendung, die in Zukunft von Tina Hakim Baba produziert wird. Wir haben nämlich rausgefunden, dass sie in der Woche fünfzig Dollar

Taschengeld bekommt. (Tina wird ihre Romane von jetzt an in der Bücherei ausleihen, statt sie zu kaufen, damit sie ihr ganzes Geld in die Vermarktung von »Lilly spricht Klartext« stecken kann.) Und dann fragte Lilly mich, ob ich bereit wäre, mich für die nächste Sendung zur Verfügung zu stellen. Der Titel steht schon fest: »Der neue Hochadel: Blaublütige mit sozialem Gewissen«. Ich übertrug ihr gleich die Exklusivrechte an meinem ersten offiziellen Interview und nahm ihr das Versprechen ab, mich auch nach meiner Meinung zur Massentierhaltung zu befragen.

Als Nächstes wurde wieder ein langsameres Stück gespielt und alle standen auf und gingen zur Tanzfläche. Michael und ich blieben alleine zwischen den Reishäufchen sitzen und ich wollte ihn gerade fragen, mit wem er lieber sein Leben verbringen würde, wenn ein Atomkrieg den Rest der Bevölkerung auslöschen würde, mit Buffy aus »Im Bann der Dämonen« oder mit Sabrina aus »Total verhext!«, als er mich fragte, ob ich Lust hätte, mit ihm zu tanzen!

Ich war so baff, dass ich, ohne darüber nachzudenken, Ja sagte. Und im nächsten Moment tanzte ich auch schon zum ersten Mal mit einem Jungen, der nicht mein Vater war!

Und noch dazu einen langsamen Blues!

So eng umschlungen langsam zu tanzen ist echt komisch. Es ist eigentlich gar nicht wie tanzen. Im Grunde steht man einfach nur da, umarmt den anderen und verlagert dabei im Rhythmus der Musik das Gewicht von einem Fuß auf den anderen. Und dabei soll man, glaub ich, gar nicht sprechen – jedenfalls hat keines der Paare um uns rum was gesagt. Ich glaub, ich weiß auch, warum. Man ist nämlich so sehr damit beschäftigt zu *fühlen*, dass einem gar kein Gesprächsstoff einfällt. Und dann roch Michael auch noch so gut – nach »Ivory«-Seife – und er fühlte sich auch so gut an. Das Kleid, das Grandmère für mich ausgesucht hat, ist sehr schön und alles, aber ich fror trotzdem ein bisschen und deshalb fand ich es erst recht angenehm, so dicht neben Michael zu stehen, der so warm war – jedenfalls war es quasi unmöglich, sich dabei auch noch zu unterhalten.

Und ich glaube, Michael ging es genauso. Als wir zwischen den Reishäufchen auf dem Tisch saßen, redeten wir ohne Punkt und Komma, weil wir uns so viel zu sagen hatten, aber beim Tanzen brachte keiner von uns auch nur ein Wort raus.

Sobald das Lied zu Ende war, fing Michael sofort wieder an zu reden und fragte mich, ob er mir vielleicht einen Eistee vom Thaitisch holen soll oder eine Hand voll Edamame-Sojabohnen vom Tisch der japanischen Zeichentrickfilm-AG. Für jemanden, der noch nie auf einer Schulveranstaltung war – abgesehen von den Treffen der Computer-AG –, legte er eine Begeisterung an den Tag, die sein Desinteresse an all den versäumten Festen wettmachte.

Und jetzt die Kurzversion vom Rest des Abends: Wir saßen die ganze Zeit nebeneinander, redeten während der schnellen Stücke und tanzten zu den langsamen.

Ehrlich gesagt, weiß ich gar nicht, was mir besser gefallen hat. Mit Michael zu reden oder mit ihm zu tanzen. Irgendwie war beides so... aufregend.

Natürlich auf unterschiedliche Weise.

Als der Ball zu Ende war, quetschten wir uns in die Limousine, die Mr. Hakim Baba geschickt hatte, um Tina und Dave abzuholen. (Die ganzen Übertragungswagen vom Fernsehen waren weg, weil sich die Sache mit dem Bombenangriff rumgesprochen hatte; wahrscheinlich belagerten sie schon die iranische Botschaft.)

Ich rief vom Autotelefon aus bei Mom an, erzählte ihr, wo ich war, und fragte sie, ob ich bei Lilly schlafen konnte, wo wir nämlich alle hinfuhren. Sie sagte, ohne nachzufragen, Ja, weshalb ich den Verdacht hab, dass sie bereits mit Mr. G gesprochen hatte und wusste, was passiert war. Da fällt mir ein: Ich wüsste gern, ob er ihr auch das mit der Vier in Mathe erzählt hat.

Eigentlich hätte er mir ruhig auch eine Vier plus geben können. Ich hab ja wirklich alles getan, um die Beziehung zwischen ihm und meiner Mutter in jeder Hinsicht zu fördern.

Eine solche Loyalität müsste eigentlich belohnt werden.

Die Doktoren Moscovitz wirkten ein bisschen überrascht, als wir zehn Mann hoch – zwölf, wenn man Lars und Wahim mitrechnet – vor ihrer Tür standen. Besonders erstaunt waren sie darüber, dass Michael bei uns war. Sie hatten gar nicht gewusst, dass er sein Zimmer überhaupt verlassen hatte. Aber sie überließen uns das Wohnzimmer, wo wir so lange saßen und laberten, bis Lillys und Michaels Vater doch irgendwann im Schlafanzug reinkam und sagte, wir sollten jetzt alle nach Hause gehen, weil er morgen sehr früh einen Termin bei seinem Tai-Chi-Meister hätte.

Alle verabschiedeten sich und quetschten sich in den Aufzug, bis auf mich und die Moscovitzens. Lars ließ sich von den anderen am Plaza absetzen – ich war ja jetzt über Nacht in Sicherheit und er hatte dienstfrei. Ich nahm ihm vorher aber das feste Versprechen ab, meinem Vater nichts von dem Kuss zu erzählen. Er nickte, aber bei Männern weiß man nie genau, ob man sich darauf verlassen kann: Die haben irgendwie ihren eigenen Ehrenkodex. Das ist mir auch wieder aufgefallen, als Lars und Michael sich bei der Verabschiedung kumpelmäßig auf die Schulter schlugen.

Aber von allen Sachen, die gestern passiert sind, ist das der größte Hammer: Ich hab rausgefunden, was Michael die ganze Zeit in seinem Zimmer macht. Er hat es mir gezeigt, aber ich musste ihm versprechen, niemandem etwas zu erzählen, nicht mal Lilly. Wahrscheinlich dürfte ich es noch nicht mal in mein Tagebuch schreiben, weil es ja jemand finden und lesen könnte. Ich sage nur so viel: Lilly hätte gar nicht so lange suchen müssen, um jemanden wie Boris zu finden, den sie verehren kann. Sie hatte die ganze Zeit ein Musikgenie in der eigenen Familie.

Und wenn man sich vorstellt, dass er nie Unterricht hatte! Er hat sich das Gitarrespielen ganz allein beigebracht – und er schreibt alle Songs selbst! Einen hat er mir vorgespielt. Er heißt »Die Bohnenstange« und handelt von einem sehr großen, hübschen Mädchen, das nicht ahnt, dass so ein Junge total in sie verliebt ist. Ich bin mir sicher, dass es mal die absolute Nummer eins wird. Es kann gut sein, dass Michael Moscovitz eines Tages so berühmt wird wie Puff Daddy.

Erst als alle weg waren, merkte ich, wie erschöpft ich war. Es war ja auch ein verdammt langer Tag. Und schließlich hatte ich mit einem Typen Schluss gemacht, mit dem ich nur einen halben Abend weg war. So was steckt man nicht so einfach weg.

Trotzdem bin ich heute Morgen ganz früh aufgewacht, wie immer, wenn ich bei Lilly schlafe. Ich liege mit Pawlow im Arm im Bett und lausche auf den morgendlichen Verkehrslärm auf der 5th Avenue, der aber nicht besonders laut ist, weil sich die Moscovitzens schallisolierte Fenster haben einbauen lassen.

Während ich so daliege und nachdenke, wird mir klar, dass ich eigentlich sehr viel Glück hab. Obwohl es ja eine Zeit lang ziemlich übel für mich aussah. Irgendwie schon komisch, dass am Ende doch immer alles gut wird, was?

Irgendjemand klappert in der Küche. Wahrscheinlich gießt Maya uns gerade O-Saft ohne Fruchtfleisch fürs Frühstück ein – ich schau mal nach, ob sie vielleicht Hilfe braucht. Ich hab keine Ahnung, warum, aber ICH BIN TOTAL GLÜCKLICH!

Wahrscheinlich braucht es dazu gar nicht viel.

Sonntagabend

Heute tauchte Grandmère mit Dad im Schlepptau bei uns zu Hause im Loft auf. Dad wollte wissen, wie der Abend gelaufen ist. Dann hat Lars ihm also wirklich nichts gesagt! O Mann, ich glaub, ich liebe meinen Bodyguard. Und Grandmère wollte mir mitteilen, dass sie für eine Woche wegmuss und der Prinzessunterricht in der Zeit ausfallen muss. Sie sagt, dass sie irgendeinem Baden-Baden ihren alljährlichen Besuch abstattet. Vermutlich ist das ein Freund von diesem anderen Kerl, mit dem sie sich öfter mal trifft, Boutros-Boutros-Dingsbums, oder wie er heißt.

Sogar meine Großmutter hat einen Freund!

Jedenfalls tauchten sie und Dad unangemeldet auf und Mom zog ein total angesäuertes Gesicht. Sie sah so aus, als würde sie im nächsten Moment kotzen. Besonders, als Grandmère anfing rumzunörgeln, wie unordentlich es bei uns wäre (ich war in letzter Zeit zu beschäftigt, um aufzuräumen).

Um Grandmère von Mom abzulenken, schlug ich ihr vor, sie zu ihrer Limousine zu bringen und ihr auf dem Weg alles von Josh zu erzählen, was sie natürlich brennend interessierte, weil die Story alle Zutaten enthält, auf die sie steht: Reporter, gut aussehende Jungen, und Leute, auf deren Gefühlen gnadenlos rumgetrampelt wird.

Als wir an der Straßenecke rumstanden und uns verabschiedeten (HURRA! Eine ganze Woche ohne Prinzessunterricht! Sieg auf der ganzen Linie!), hörten wir auf einmal das Klicken eines Stocks auf dem Asphalt und der blinde Typ kam an uns vorbei. Er blieb an der Ecke stehen, um auf ein nächstes Opfer zu lauern, das ihm helfen würde, die Straße zu überqueren.

Grandmère sah ihn und fiel natürlich prompt drauf rein. »Na, Amelia. Geh und hilf dem armen jungen Mann.«

Aber ich kannte das Spiel ja schon und sagte: »Vergiss es!«

»Amelia!« Grandmère war schockiert. »Eine der wichtigsten Eigenschaften einer Prinzessin ist ihre uneingeschränkte Hilfsbereitschaft Fremden gegenüber. Wirst du wohl sofort losgehen und dem jungen Mann über die Straße helfen?!«

Ich sagte noch mal: »Vergiss es, Grandmère. Wenn du glaubst, dass er so dringend Hilfe braucht, dann hilf du ihm doch.«

Stinksauer und fest entschlossen, mir ihre uneingeschränkte Hilfsbereitschaft zu demonstrieren, marschierte Grandmère los und säuselte dem jungen Mann mit gespielter Freundlichkeit zu: »Darf ich Ihnen behilflich sein, junger Mann…«

Der blinde Typ umklammerte Grandmères Arm. Offenbar fühlte er sich gut an, er antwortete nämlich: »Oh, vielen Dank, Ma'am.« Und dann zuckelten er und Grandmère über die Spring Street.

Ich hätte nie gedacht, dass der blinde Typ meine Großmutter befummeln würde. Wirklich nicht – sonst hätte ich doch niemals zugelassen, dass sie ihm hilft. Ich meine, Grandmère ist ja nicht mehr die Jüngste und so. Also, ich konnte mir echt nicht vorstellen, dass irgendein Typ, nicht mal ein Blinder, Lust hätte, sie zu befummeln.

Aber eine Sekunde später kreischte Grandmère auch

schon wie am Spieß und ihr Chauffeur und unsere Nachbarin, die mal ein Mann war, kamen ihr zu Hilfe geeilt.

Dabei benötigte Grandmère gar keine Hilfe. Sie zog dem blinden Typen nämlich mit ihrer Handtasche so dermaßen eins über, dass ihm seine getönte Brille vom Kopf flog. Danach stand für uns alle zweifelsfrei fest: Der blinde Typ kann sehen.

Und noch was. Ich hab das Gefühl, dass er sich in nächster Zeit nicht mehr in unserer Straße blicken lassen wird.

Nach all dem Stress fand ich es richtig entspannend, wieder reinzugehen und den restlichen Nachmittag damit zu verbringen, über den Mathehausaufgaben zu grübeln. Ich brauchte dringend etwas Ruhe.

Power, Prinzessin!

»Wenn es unerträglich wird – richtig unerträglich –,
dann stelle ich mir ganz fest vor, dass ich Prinzessin bin. ›Ich
bin eine Prinzessin‹, sage ich mir selbst.
Du glaubst gar nicht, wie sehr mir das hilft,
alles zu vergessen.«

Prinzessin Sara
(Francis Hodgson Burnett,
übersetzt von Sabine Hindelang)

Danksagung

Mein Dank gilt Barb Cabot, Debra Martin Case,
Bill Contardi, Sarah Davies, Laura Langlie,
Abby McAden – sowie den üblichen Verdächtigen:
Beth Ader, Jennifer Brown, Dave Walton und
ganz besonders Benjamin Egnatz.

Montag, 20. Oktober, 8 Uhr morgens

Also, ich saß vorhin nichts ahnend in der Küche und löffelte meine Cornflakes in mich rein – genau wie an jedem normalen Montagmorgen –, als Mom mit so einem komischen Gesichtsausdruck aus dem Bad schlappte. Sie war kreidebleich, ihre Haare standen wirr vom Kopf ab, und sie hatte ihren alten Frotteebademantel an und nicht ihren Kimono, was meistens ein Hinweis darauf ist, dass sie ihre Tage kriegt.

»Willst du eine Schmerztablette, Mom?«, fragte ich sofort. »Sei nicht beleidigt, aber du siehst aus, als könntest du eine brauchen.«

So etwas zu einer prämenstruierenden Frau zu sagen, ist nicht ganz ohne Risiko, aber sie ist ja meine Mutter. Ich darf das – andere Leute würde sie für so einen Kommentar karatemäßig zu Hackfleisch verarbeiten.

»Nein«, murmelte sie nur mit benommener Stimme, »nein, danke.«

Da schwante mir, dass etwas ganz Fürchterliches passiert sein musste. Hatte Fat Louie am Ende die nächste Socke verschluckt, oder war uns wieder mal der Strom abgestellt worden, weil ich versäumt hatte, die Rechnung rechtzeitig aus der Salatschüssel zu fischen, in der Mom immer unsere Post deponiert?

Erschrocken fasste ich sie am Arm und fragte: »Mom? Mom, was hast du? Was ist los?«

Aber sie schüttelte nur verwirrt den Kopf, so als würde sie gerade die Zubereitungsanleitung für die Mikrowelle auf der Tiefkühlpizza zu enträtseln versuchen.

»Mia«, sagte sie und sah gleichzeitig geschockt und total selig aus. »Mia. Ich bin schwanger.«

O Gott. O GOTTOGOTTOGOTT.

Meine Mutter kriegt von meinem Mathelehrer ein Kind.

Montag, 20. Oktober, Schule

Ich geb mir echt Mühe, das Ganze mit Fassung zu tragen. Es hat gar keinen Sinn, sich darüber aufzuregen. Ich meine – passiert ist passiert, oder?

Trotzdem möchte ich mal wissen, wie man sich über so was NICHT aufregen soll. Immerhin muss sich Mom bald als allein erziehende Mutter durchschlagen. SCHON WIEDER.

Man sollte meinen, das erste Mal mit mir wäre ihr eine Lehre gewesen. Aber anscheinend nicht.

Als hätte ich nicht schon genug Probleme. Als wäre mein Leben nicht sowieso schon im Eimer. Wie viel will man mir denn noch zumuten? Offenbar genügt es nicht, dass ich:

1. größer bin als alle anderen Neuntklässlerinnen der Schule,
2. dabei aber busenmäßig am wenigsten vorzuweisen hab,
3. im September herausgefunden hab, dass meine Mutter ein Verhältnis mit meinem Mathelehrer hat,
4. kurz darauf erfahren musste, dass ich die Alleinerbin des Thrones eines kleinen europäischen Fürstentums bin,
5. deshalb Prinzessunterricht nehmen muss,
6. im Dezember im Nationalfernsehen meinen neuen Landsmännern und -frauen vorgestellt werden soll (in

Genovia, das nur 50 000 Einwohner hat – aber trotzdem) und
7. keinen Freund vorzuweisen hab.

Aber nein. Offensichtlich ist die Bürde, die ich tragen muss, noch nicht schwer genug. Jetzt muss sich meine unverheiratete Mutter auch noch schwängern lassen. Zum ZWEITEN MAL.
Danke, Mom. Echt. Vielen, vielen Dank.

Montag, 20. Oktober, Schule

Gerade fällt mir *noch* was ein: Wieso haben sie und Mr Gianini eigentlich nicht verhütet? Könnte mir das vielleicht mal jemand erklären? Was ist mit ihrem Diaphragma? Ich weiß zufälligerweise genau, dass sie eins hat. Als ich klein war, hab ich es nämlich in der Dusche gefunden und ein paar Wochen lang für mein Barbiehaus als Vogelbad zweckentfremdet, bis Mom dahinter kam und es mir wieder weggenommen hat.

Wofür gibt es denn Kondome??? Bilden sich Leute in Moms Alter etwa ein, sie wären gegen Geschlechtskrankheiten immun? Gegen Befruchtung sind sie jedenfalls eindeutig nicht immun, also bitte.

Das ist echt typisch Mom. Sie denkt noch nicht mal daran, neues Klopapier zu besorgen, wenn das alte aufgebraucht ist. Wie kann man von so jemandem erwarten, an Kondome zu denken???????

Montag, 20. Oktober, Mathe

Ich fass es nicht. Ich fasse es einfach nicht.

Sie hat ihm nichts davon gesagt. Meine Mutter trägt das Kind meines Mathelehrers unter dem Herzen und *hat ihm nichts davon gesagt!*

Ich weiß, dass er nichts weiß, weil er vorhin, als ich ins Klassenzimmer kam, nämlich nur sagte: »Ah! Hi, Mia. Na, wie geht's?«

Ah! Hi, Mia. Na, wie geht's?????

So spricht man niemanden an, dessen Mutter man geschwängert hat. Da sagt man eher: »Mia, dürfte ich dich bitte mal kurz sprechen?«

Danach führt man die Tochter der Frau, mit der man diese schändliche Indiskretion begangen hat, auf den Gang hinaus, wo man vor ihr auf die Knie fällt und wimmernd um Verständnis und Verzeihung fleht. So macht man das.

Ich muss Mr Gianini die ganze Zeit anstarren, weil ich mich frage, wie mein neuer Bruder oder meine neue Schwester wohl aussehen wird. Mom ist ja superattraktiv, sie hat so was von Carmen Sandiego aus dem gleichnamigen Computerspiel, nur ohne Trenchcoat – übrigens ein weiterer Beweis dafür, dass ich eine biologische Anomalie darstelle: Ich hab weder ihre schwarze Lockenpracht geerbt noch ihre Körbchengröße (C).

Jedenfalls bringt sie 1A-Erbanlagen mit.

Bei Mr G bin ich mir nicht so sicher. Ich glaub zwar schon, dass er ganz gut aussieht. Wenigstens ist er groß und hat noch alle Haare (was für ihn spricht; Dad ist ja kahl wie eine Billardkugel). Aber was ist mit seinen Nasenlöchern? Ich weiß nicht... die sind so... groß.

Ich kann nur hoffen, das Baby erbt die Nasenlöcher von Mom und von Mr G die Begabung, Brüche im Kopf auszurechnen.

Schon tragisch, dass Mr Gianini nicht die geringste Ahnung hat, was ihm bevorsteht. Ich hätte fast Mitleid mit ihm, wenn er nicht selbst an allem Schuld wäre. Natürlich weiß ich, dass immer zwei dazugehören. Aber hey – meine Mutter ist Künstlerin. Er ist Mathelehrer.

Die Frage, von wem man mehr Verantwortungsgefühl erwarten kann, beantwortet sich da wohl von selbst.

Montag, 20. Oktober, Englisch

Na toll. Ganz toll.

Als würde ich vom Schicksal nicht schon genug gebeutelt, hat sich unsere Englischlehrerin jetzt auch noch einfallen lassen, dass wir in diesem Halbjahr Tagebuch führen sollen. Kein Witz. Ein *Tagebuch*. Was schreibe ich denn hier die ganze Zeit?

Aber es kommt noch härter: Mrs Spears will unsere Tagebücher jeden Freitag *einsammeln*. Um darin zu lesen. Weil sie uns kennen lernen möchte. Unsere erste Aufgabe besteht darin, uns kurz vorzustellen und Angaben zu unserer Person zu machen. Und später sollen wir dazu übergehen, unsere tiefsten Gedanken und Gefühle in Worte zu fassen.

Die macht wohl Witze? Bildet sich Mrs Spears etwa wirklich ein, ich würde sie an meinen tiefsten Gedanken und Gefühlen teilhaben lassen? Meine tiefsten Gedanken und Gefühle vertraue ich noch nicht mal meiner *Mutter* an – werd ich sie da meiner *Englischlehrerin* auf die Nase binden?

Klar ist, dass ich auf gar keinen Fall *dieses* Tagebuch abgeben kann. Da stehen lauter Sachen drin, die ich lieber für mich behalten würde. Beispielsweise, dass meine Mutter von meinem Mathelehrer geschwängert wurde.

Tja, sieht ganz so aus, als müsste ich ein zweites Tagebuch anlegen. Eine Fälschung. Statt tiefste Gedanken und Gefühle reinzuschreiben, fülle ich es einfach mit einem

Haufen Lügen und überreichte es Mrs Spears anstelle des Originals.

Ich glaub kaum, dass ihr das auffällt – schließlich bin ich im Lügen Profi.

TAGEBUCH (im Fach Englisch)
von Mia Thermopolis
HÄNDE WEG!!!!
Ja, damit bist DU gemeint und alle,
die nicht Mrs Spears heißen!!!!!!!!!!!

Selbstdarstellung

Name:
Amelia Mignonette Grimaldi Thermopolis Renaldo; Spitzname: Mia
Ihre königliche Hoheit, Prinzessin von Genovia, in gewissen Kreisen auch schlicht als Prinzessin Mia bekannt

Alter:
Vierzehn

Klasse:
Neunte

Geschlecht:
Da müsste ich erst mal nachsehen. Ha, ha, kleiner Gag, Mrs Spears!
Theoretisch weiblich, aufgrund der mangelnden Oberweite allerdings in der äußeren Erscheinung beunruhigend androgyn

Äußere Erscheinung:
Größe: 1,77 m
Haar: mausbraun, kurz (neu: blonde Strähnchen)
Augen: grau
Schuhgröße: 43
Ansonsten: nicht der Rede wert

Eltern:
Mutter: Helen Thermopolis

Beruf: Künstlerin
Vater: Artur Christoff Phillipe Gerard Grimaldi Renaldo
Beruf: Fürst von Genovia
Familienstand der Eltern:

Da ich einer kurzlebigen Collegeromanze zwischen meinem Vater und meiner Mutter entsprungen bin, haben sie nie geheiratet (einander) und sind zurzeit beide ledig. Das ist wahrscheinlich auch besser so, weil sie sowieso nur streiten (miteinander).

Haustiere:

Ein Kater namens Fat Louie. Weiß-oranges Fell und 13,2 kg schwer. Louie ist acht Jahre alt und seit mindestens sechs Jahren auf Diät. Wenn er sauer ist, weil wir zum Beispiel vergessen haben, ihn zu füttern, frisst er aus Protest herumliegende Socken. Außerdem hat er ein Faible für kleine, glänzende Gegenstände und besitzt eine stolze Sammlung von Kronenkorken und Pinzetten, die er in meinem Bad hinter der Kloschüssel hortet. (Er denkt, ich weiß nichts davon.)

Beste Freundin:

Meine beste Freundin ist Lilly Moscovitz. Ich kenne sie schon seit dem Kindergarten. Mit ihr ist es immer superlustig, weil sie total intelligent ist und sogar ihre eigene Fernsehsendung im offenen Kanal macht, die »Lilly spricht Klartext« heißt. Sie denkt sich immer sehr witzige Sachen aus, wie zum Beispiel das Parthenon-Modell aus Styropor zu entwenden, das die Altgriechisch- und Latein-AGs für den Elternabend angefertigt haben, und es erst gegen Zahlung eines Lösegelds von fünf Kilo Kaubonbons wieder rauszurücken.

Nicht dass Sie denken, das wären wir gewesen, Mrs Spears. Ich wollte es nur als Beispiel für die Art von Aktion anführen, die Lilly sich ausdenken *könnte*.

Freund:
    Ha! Schön wär's.
Wohnort:
    Ich wohne schon seit meiner Geburt mit meiner Mutter in New York, außer während der Sommerferien, die ich traditionellerweise zusammen mit meinem Vater auf dem Château seiner Mutter in Frankreich verbringe. Mein Vater hat seinen Hauptwohnsitz in Genovia, einem kleinen europäischen Land, das zwischen Italien und Frankreich an der Mittelmeerküste liegt. Lange Zeit wurde mir vorgegaukelt, mein Vater wäre ein wichtiger Politiker in Genovia – Bürgermeister oder so. Niemand hat mir gesagt, dass er in Wirklichkeit Mitglied der genovesischen Herrscherfamilie und sogar aktuell regierendes Oberhaupt des Landes ist, wobei es sich übrigens um ein Fürstentum handelt. Sehr wahrscheinlich wäre ich sogar nie aufgeklärt worden, wenn mein Vater nicht Hodenkrebs bekommen hätte. Seitdem ist er nämlich zeugungsunfähig, was mich, seine uneheliche Tochter, zur Alleinerbin seines Thrones macht. Seit er mich endlich in dieses kleine und nicht ganz unwichtige Geheimnis eingeweiht hat (vor einem Monat), wohnt er hier in New York im Plaza Hotel, wie seine Mutter, meine Großmutter, die »Fürstinmutter«, die mir alles beibringt, was ich als seine Nachfolgerin wissen muss.

Dazu kann ich nur sagen: Danke. Echt. Vielen, vielen Dank.
    Und das Traurigste an der ganzen Geschichte: Nichts davon ist gelogen.

Montag, 20. Oktober, mittags. Schulcafeteria

Ganz klar. Lilly weiß Bescheid.

Na gut, vielleicht weiß sie es nicht DIREKT, aber sie weiß zumindest, dass etwas nicht stimmt. Keine Kunst – immerhin ist sie schon seit dem Kindergarten meine beste Freundin. Sie merkt immer gleich, wenn mit mir was los ist. Wir sind seit der ersten Klasse unzertrennlich, seit damals, als Orville Lockhead eines Tages in der Warteschlange vor dem Musiksaal plötzlich seine Hosen runterließ. Ich war voll angewidert, weil ich noch nie ein männliches Geschlechtsteil gesehen hatte. Lilly blieb total cool. Sie hat ja einen Bruder und kennt so was. Sie guckte Orville ungerührt in die Augen und sagte: »Ich hab schon Größere gesehen.«

Er hat's nie wieder getan.

Daran sieht man, dass Lilly und mich viel mehr verbindet als bloße Freundschaft.

Deshalb genügte ihr vorhin, als sie sich in der Cafeteria an unseren Stammplatz setzte, auch ein einziger Blick in mein Gesicht. »Was hast du?«, fragte sie sofort. »Mit dir ist doch irgendwas los. Es geht aber nicht um Louie – oder hat er etwa schon wieder eine Socke verschluckt?«

Hätte er doch nur. Die Wahrheit ist viel schlimmer. Was nicht heißt, dass es nicht das totale Drama wäre, wenn Fat Louie Socken verschluckt. Wir müssen dann gleich mit ihm zum Tierarzt, und zwar ratzfatz, weil er sonst stirbt. Und tausend Dollar später kriegen wir als Andenken eine halb verdaute Socke überreicht.

Der Kater ist hinterher aber wenigstens wieder im Ursprungszustand. Dagegen das hier? Mit tausend Dollar lässt sich in meinem Fall gar nichts ausrichten. Und nichts in unserem Leben wird jemals wieder so sein, wie es war.

Das Ganze ist mir saupeinlich. Ich meine, dass Mom und Mr Gianini es... na ja... GETRIEBEN haben.

Schlimmer noch, dass sie es ohne irgendwelche Verhütungsmittel miteinander getrieben haben. Mal im Ernst, wer macht das denn heutzutage noch?

Ich hab zu Lilly gesagt, dass alles okay ist. Ich sei nur ein bisschen schlecht drauf, weil ich bald meine Tage bekäme. Es war mir grässlich peinlich, so was vor Lars, meinem Bodyguard, erwähnen zu müssen, der neben mir saß und noch dazu gerade ein Gyros verdrückte, das ihm Tina Hakim Babas Bodyguard Wahim gegenüber bei dem Straßenhändler besorgt hatte, der vor Ho's Deli seinen Stand hat (Tina hat einen Bodyguard, weil ihr Vater Scheich ist und fürchtet, sie könnte vom Vorstand einer konkurrierenden Ölfirma gekidnappt werden, und ich brauche Personenschutz, weil... wahrscheinlich, weil ich Prinzessin bin).

Welche Frau spricht schon vor ihrem Bodyguard über ihren Menstruationszyklus?

Leider fiel mir auf die Schnelle keine andere Ausrede ein.

Lars hat sein Gyros dann übrigens nicht mehr weitergegessen. Wahrscheinlich aus lauter Ekel vor mir.

Schlimmer kann der Tag ja wohl kaum werden.

Lilly hat nicht locker gelassen. Manchmal hat sie wirklich was von diesen kleinen Möpsen, die immer von alten Damen im Park Gassi geführt werden. Nicht nur, weil ihr Gesicht irgendwie klein und eingedrückt aussieht (aber süß), sondern auch weil sie sich richtig in ein Thema verbeißen kann und dann eben nicht mehr lockerlässt.

Wie vorhin beim Mittagessen, als sie meinte: »Wenn es nur um PMS geht, möchte ich mal wissen, was du dann die ganze Zeit in dein Tagebuch kritzelst? Ich dachte, du wärst sauer auf deine Mutter, weil sie es dir aufgedrängt hat. Hast du nicht gesagt, du willst gar nichts reinschreiben?«

Na ja, stimmt, ich war wirklich eine Zeit lang sauer auf Mom. Sie hat mir das Tagebuch nur geschenkt, weil sie glaubt, dass ich eine Menge aufgestaute Wut und Aggressionen mit mir herumschleppe, die ich irgendwie rauslassen muss. Und das alles käme nur daher, dass ich nicht mit meinem »Inneren Kind« in Berührung sei und an einer ererbten Unfähigkeit litte, meine Emotionen zu verbalisieren.

Ich hab den starken Verdacht, dass sie sich vorher mit Lillys Eltern unterhalten hat, die Psychoanalytiker sind.

Seit ich erfahren musste, dass ich Prinzessin von Genovia bin, hab ich dann aber gemerkt, dass es mir doch ganz gut tut, meine Gefühle im Tagebuch festzuhalten. Und wenn ich jetzt lese, was ich geschrieben hab, muss ich zugeben, dass es sich wirklich ziemlich aggressiv anhört.

Aber das ist alles noch harmlos im Vergleich zu dem, was jetzt in mir abgeht.

Nicht, dass ich *Aggressionen* gegen Mr Gianini oder Mom hätte. Immerhin sind sie ja volljährig und können tun und lassen, was sie wollen. Aber den beiden scheint nicht klar zu sein, dass es nicht bloß sie was angeht, sondern alle Leute um sie herum. Grandmère ist bestimmt nicht begeistert, wenn sie erfährt, dass Mom schon WIEDER ein uneheliches Kind erwartet. Und an Dad denken sie wohl gar nicht, oder was? Er hatte dieses Jahr doch schon Hodenkrebs. Wenn er jetzt auch noch hören muss, dass die Mutter seines einzigen Kindes ein Baby von einem anderen Mann erwartet, verliert er womöglich den letzten Lebensmut. Was nicht heißt, dass er Mom noch liebt. Glaub ich jedenfalls nicht.

Und was ist mit Fat Louie? Wie der wohl auf Familienzuwachs reagiert? Wo er doch sowieso viel zu wenig Zuwendung bekommt – wenn man bedenkt, dass ich die Einzige bin, die daran denkt, ihn zu füttern. Womöglich läuft er weg oder verschluckt in Zukunft nicht bloß Socken, sondern ganze Fernbedienungen und Ähnliches.

Ich glaub, ich persönlich hab nichts dagegen, einen kleinen Bruder oder eine Schwester zu bekommen. Vielleicht wäre es sogar ganz lustig. Wenn es ein Mädchen wird, könnte sie bei mir im Zimmer wohnen. Ich würde sie baden und witzige Frisuren an ihr ausprobieren. Das haben wir mal mit Tina Hakim Babas kleinen Schwestern gemacht – und mit ihrem kleinen Bruder auch, wie mir gerade einfällt.

Trotzdem will ich lieber keinen Bruder. Von Tina Hakim Baba weiß ich, dass die einem beim Wickeln schon mal mit kräftigem Strahl ins Gesicht pinkeln. Das ist so widerlich, dass ich es mir gar nicht vorstellen möchte.

Eigentlich sollte man meinen, Mom hätte sich über solche Sachen Gedanken gemacht, bevor sie mit Mr Gianini in die Kiste gesprungen ist.

Montag, 20. Oktober, T & B

Und noch was: Wie oft war Mom eigentlich insgesamt mit Mr G aus? Nicht so oft. Ich schätze, so an die achtmal vielleicht. WAS? Nach gerade mal acht Treffen geht sie schon mit ihm ins Bett? Und höchstwahrscheinlich haben sie mehr als einmal Sex gehabt – mit sechsunddreißig wird man nämlich nicht mehr so ohne weiteres schwanger. Das weiß ich genau, weil man keine Ausgabe unseres Stadtmagazins *New York* in die Hand nehmen kann, ohne dass einem Millionen von Kleinanzeigen ins Auge springen, in denen frühzeitig in die Wechseljahre gekommene Frauen nach jüngeren Eispenderinnen fahnden.

Aber doch nicht Mom. Nein. Nichts da. Die Gute ist so fruchtbar wie ein Karnickel.

Ich hätte es mir denken können. Schließlich kam ich vor kurzem morgens in die Küche und sah mich unerwartet mit einem nichts als Boxershorts tragenden Mr Gianini konfrontiert.

Eigentlich wollte ich die Erinnerung daran verdrängen, aber das ist mir anscheinend nicht gelungen.

Ob Mom weiß, dass sie jetzt besonders viel Folsäure zu sich nehmen sollte? Garantiert nicht. Und in diesem Zusammenhang möchte ich außerdem darauf hinweisen, dass Alfalfasprossen auf ungeborene Kinder tödlich wirken können. In unserem Kühlschrank liegen aber Alfalfasprossen.

Unser Kühlschrank ist also eine Todesfalle für heranreifende Föten! Und im Gemüsefach steht BIER.

Auch wenn Mom sich einbildet, der Mutterrolle gewachsen zu sein – sie hat noch eine Menge zu lernen. Sobald ich nach Hause komme, geb ich ihr als Erstes die ganzen Informationen, die ich im Internet zusammengesucht und ausgedruckt hab. Wenn sie sich einbildet, die Gesundheit meiner zukünftigen kleinen Schwester aufs Spiel setzen zu können, indem sie weiterhin mit Alfalfasprossen belegte Sandwiches isst und Kaffee und solche Sachen trinkt, irrt sie gewaltig.

Immer noch Montag, 20. Oktober, immer noch T & B

Ich bin gerade von Lilly dabei ertappt worden, wie ich im Internet nach Tipps für Schwangere gesucht habe.

»O Gott!«, rief sie. »Sag bloß, da ist damals mehr mit Josh Richter gelaufen, als du mir gesagt hast?«

Ich fand es nicht so toll, dass sie das ausgerechnet vor ihrem Bruder Michael fragen musste – von Lars, Boris Pelkowski und dem Rest der Klasse ganz abgesehen. Außerdem hat sie es alles andere als leise gesagt.

So was würde gar nicht passieren, wenn die Lehrkräfte an dieser Schule täten, wofür sie bezahlt werden, und ab und zu auch mal unterrichten würden. Abgesehen von Mr Gianini scheinen es aber alle Lehrer an unserer Schule für absolut okay zu halten, uns irgendwelche Aufgaben vorzusetzen und sich dann zum Rauchen ins Lehrerzimmer zu verziehen.

Was wahrscheinlich sowieso gegen die Gesundheitsbestimmungen verstößt.

Und Mrs Hill ist die Schlimmste von allen. Klar, ich weiß schon, dass Talent & Begabung kein richtiges Unterrichtsfach ist. Es scheint sich eher um so eine Art Arbeitsgruppe für soziale Außenseiter zu handeln. Aber wenn Mrs Hill gelegentlich auch mal da wäre, um Aufsicht zu führen, dann würden Leute wie ich, die weder talentiert noch begabt sind, sondern nur in Mathe auf der Kippe stehen und die zusätzliche Übungszeit brauchen, nicht andauernd von den rechtmäßig hier sitzenden Genies gepiesackt.

Lilly weiß nämlich sehr genau, dass damals mit Josh Richter rein gar nichts passiert ist. Mir ist sehr schnell klar geworden, dass er mich nur benutzt hat, weil ich zufälligerweise Prinzessin bin und er hoffte, durch mich auf die Titelblätter irgendwelcher Hochglanzmagazine zu kommen. Wir waren ja auch nie allein und ungestört, wenn man die Autofahrt nicht mitrechnet, was ich nicht tue, weil Lars vorn saß, um nach europäischen Terroristen Ausschau zu halten, die mich eventuell hätten entführen wollen.

Als Lilly hinter mich trat, klickte ich blitzschnell die Seite »Du und dein ungeborenes Kind« weg, die ich gerade gelesen hatte. Aber nicht schnell genug für Lilly. »Um Gottes willen, Mia«, rief sie geschockt. »Warum hast du mir nichts davon erzählt?«

Das Ganze war mir saupeinlich, obwohl ich mich erfolgreich damit rausreden konnte, ich müsse was für Bio recherchieren. Das war noch nicht mal richtig gelogen, weil wir als Nächstes nämlich Frösche sezieren sollen, was ich und Kenny Showalter (der in Bio neben mir sitzt) aus ethischen Gründen verweigern. Mrs Sing hat uns vorgeschlagen, stattdessen eine zusätzliche schriftliche Arbeit abzugeben.

Allerdings heißt das Thema »Der Lebenszyklus des Mehlwurms«. Aber das weiß Lilly ja nicht.

Ich versuchte einen eleganten Themenwechsel, indem ich fragte, ob sie von der lebensbedrohlichen Wirkung von Alfalfasprossen wisse, aber sie redete immer weiter über mich und Josh. Das alles wäre halb so schlimm gewesen, hätte nicht ihr Bruder Michael neben uns gesessen und zugehört, statt an seinem Internetmagazin »Crackhead« zu arbeiten, wie er sollte. Es ist ja nicht so, als wäre ich nicht schon seit ewigen Zeiten total in ihn verknallt.

Wovon er natürlich nichts ahnt. Für ihn bin ich bloß die beste Freundin seiner kleinen Schwester. Er muss nett zu mir sein, weil Lilly sonst nämlich in der Schule verbreiten würde, dass sie ihn mal dabei erwischt hat, wie er sich »Eine himmlische Familie« ansah und zu Tränen gerührt war.

Abgesehen davon bin ich ja nur eine unwürdige Neuntklässlerin. Michael Moscovitz geht schon in die Zwölfte, gehört zu den besten Schülern der ganzen Schule (Zweitbester nach Lilly) und ist dazu auserwählt worden, auf der Abschlussfeier die Abschiedsrede zu halten. Außerdem haben sich bei Michael im Gegensatz zu Lilly die Mopsgesichtgene nicht durchgesetzt. Wenn er wollte, könnte er an der Albert-Einstein-Highschool jedes Mädchen kriegen.

Na ja, mit Ausnahme der Cheerleader. Die geben sich nur mit den Muskelpaketen ab.

Was nicht heißen soll, dass Michael nicht gut gebaut wäre. Er hält zwar nichts von organisiertem Sport, besitzt dafür aber sehr beeindruckende Oberschenkelmuskeln. Eigentlich ist er am restlichen Körper auch ziemlich muskulös. Das ist mir neulich aufgefallen, als er wütend in Lillys Zimmer stürzte, um sich über den Lärm zu beschweren (wir hatten Christina Aguilera in ihrem Video mit ordinären Zurufen angefeuert), und da hatte er zufälligerweise kein T-Shirt an.

Deshalb fand ich es nicht gerade toll, dass Lilly sich so laut über meine mögliche Schwangerschaft ausließ, während ihr Bruder direkt neben uns saß.

**FÜNF GRÜNDE, WARUM ES NICHT LEICHT IST,
DIE BESTE FREUNDIN
EINES AUSGEWIESENEN GENIES ZU SEIN:**

1. Sie benutzt häufig Fremdwörter, die ich nicht kenne.
2. Es fällt ihr oft schwer, zuzugeben, dass ich vielleicht auch mal einen intelligenten Beitrag zu einem Gespräch oder einem Projekt leiste.
3. Sie hat Schwierigkeiten, die Führungsrolle auch mal an andere abzugeben.
4. Im Gegensatz zu Normalmenschen löst sie ein Problem nicht schrittweise von A nach B, sondern geht gleich zu D über, was es uns weniger Begabten manchmal schwierig macht, ihr geistig zu folgen.
5. Man kann ihr nichts anvertrauen, ohne dass sie es gleich zu Tode analysiert.

Hausaufgaben:

Mathe: Aufgaben auf S. 133
Englisch: Kurzer Abriss deiner Familiengeschichte
Politik: Sammle Beispiele für typische Vorurteile gegenüber Arabern (Kino, Fernsehen, Literatur) und stelle sie in einer kurzen Zusammenfassung vor.
T & B: Nada, niente, nichts
Franz: Ecrivez une vignette parisienne.
Biologie: Fortpflanzungsorgane (Kenny fragen)

TAGEBUCH (im Fach Englisch)
Meine Familie

Auf der Seite meines Vaters lassen sich die Wurzeln meiner Familie bis in das Jahr 568 n. Chr. zurückverfolgen. Damals ermordete ein westgotischer Kriegsfürst namens Albion, der, mit heutigen Maßstäben gemessen, offenbar an einer autoritären Persönlichkeitsstörung litt, den italienischen König sowie mehrere andere Leute und krönte sich anschließend selbst zum König. Danach beschloss er, eine gewisse Rosagunde zur Frau zu nehmen – die Tochter eines Feldmarschalls des ehemaligen Königs.

Rosagunde fand Albion aber nicht besonders sympathisch, weil er sie zwang, aus dem Schädel ihres ermordeten Vaters Wein zu trinken, und rächte sich deshalb in der Hochzeitsnacht, indem sie ihn im Schlaf mit ihren Zöpfen erwürgte.

Nach Albions Tod bestieg der Sohn des ehemaligen italienischen Königs den Thron. Er war Rosagunde so dankbar, dass er sie zur Fürstin einer Region ernannte, die heute Genovia heißt. Die einzige aus dieser Zeit überlieferte Quelle beschreibt Rosagunde als gütige und gerechte Herrscherin. Sie ist meine Ururur-(ungefähr x 60)großmutter. Und es ist hauptsächlich ihr zu verdanken, dass Genovia heute über eine der niedrigsten Analphabeten-, Säuglingssterblichkeits- und Arbeitslosenquoten von ganz Europa verfügt. Rosagunde führte ein (für die damalige Zeit) extrem ausgeklügeltes System der Gewaltenteilung ein und schaffte die Todesstrafe ab.

Mein Urururgroßvater mütterlicherseits trug den Namen Dionysos Thermopolis und lebte wie Generationen vor ihm als Schafhirte auf Kreta, bis er es nicht mehr aushielt und 1904 nach Amerika auswanderte. Er ließ sich in der kleinen Stadt Versailles in Indiana nieder, wo er eine Werkzeughandlung eröffnete. Der »Handy-Dandy-Hardwarestore« liegt direkt gegenüber vom Amtsgericht und wird inzwischen von seinen Nachkommen geführt. Meine Mutter glaubt, wenn die Familie in Kreta geblieben wäre, hätte sie sicher eine viel weniger repressive, um nicht zu sagen, eine liberalere Erziehung genossen.

Tagesernährungsplan für werdende Mütter

2–4 Portionen proteinreiche Nahrungsmittel wie Fleisch, Fisch, Geflügel, Käse, Tofu oder Eier bzw. eine Kombination aus Nüssen, Getreide, Bohnen und Milchprodukten

1 halber Liter Milch (Vollmilch, fettarme Milch oder Buttermilch) bzw. Milchprodukte (Käse, Jogurt, Quark)

1–2 Sorten Gemüse oder Obst mit viel Vitamin C: Kartoffeln, Grapefruits, Orangen, Melonen, grüne Paprikas, Kohl, Erdbeeren, Orangensaft

1 gelbe oder orangefarbe Obst- oder Gemüsesorte

4–5 Scheiben Vollkornbrot, Pfannkuchen, Tortillas, Maisbrot bzw. eine Portion Vollkornflocken oder Pasta (andere Nahrungsmittel sollten durch Zugabe von Weizenkeimen und Bierhefe angereichert werden)

Butter, mit Vitaminen versetzte Margarine, Keimöl

6–8 Gläser Flüssigkeit: Obst- und Gemüsesäfte, Mineralwasser oder Kräutertees (gesüßte Säfte, Cola, Alkohol und Koffein sind absolut tabu}

Zwischenmahlzeiten: Trockenobst, Nüsse, Kürbis- und Sonnenblumenkerne, Popcorn

Das wird Mom niemals mitmachen. Nahrungsmittel, die sie nicht in der Hoisinsoße von unserem Stammchinesen ertränken kann, lehnt sie grundsätzlich ab.

Dringend erledigen, bevor Mom nach Hause kommt:

Loswerden: Heineken und andere Biersorten
           Kochsherry
           Alfalfasprossen
           Roastbeef (Rindfleisch!)
           Schokochips
           Salami
           (Wichtig: Die Flasche »Absolut« im Gefrierfach nicht vergessen!)

Besorgen: Multivitamintabletten
           frisches Obst
           Weizenkeime
           Jogurt

Noch immer Montag, 20. Oktober.
Zu Hause

Typisch – da dachte ich, dass es nicht mehr schlimmer werden kann, und es kommt ganz dicke.

Grandmère hat gerade auf den AB gesprochen.

Voll fies ist das. Dabei hatte sie angekündigt, dass sie in Baden-Baden Urlaub macht. Und ich hab mich schon so auf eine Erholungspause von der Quälerei (auch Privatunterricht genannt) gefreut, die mir mein Despotenvater aufgezwungen hat. Ich bin echt selbst ziemlich urlaubsreif. Glauben die etwa im Ernst, das genovesische Volk kümmert es auch nur einen Dreck, ob ich mein Fischbesteck korrekt halte? Oder längere Zeit auf einem Stuhl sitzen kann, ohne dass mein Rock Knitterfalten am Po bekommt? Oder ob ich mich auf Suaheli bedanken kann? Müsste es für meine zukünftigen Landsleute nicht von viel größerem Interesse sein, wie ich zum Umweltschutz stehe? Oder zu einem Verbot von Schusswaffen? Oder was ich gegen die Bevölkerungsexplosion zu unternehmen gedenke?

Aber Grandmère behauptet, solche Dinge seien den Genovesen schnuppe. Wichtig sei einzig und allein, dass ich dem Land bei Staatsbanketten keine Schande mache.

Ja klar. Die sollten sich lieber mal über Grandmères Zustand Gedanken machen. *Ich* hab mir schließlich keinen Lidstrich auf die Augenlider tätowieren lassen, *ich* ziehe meinem Haustier keine Bolerojäckchen aus Chinchillafell an und *ich* war auch nie mit solchen Schurken wie unserem Expräsidenten Richard Nixon befreundet.

Aber nein, trotzdem bin ich diejenige, um die sich angeblich alle Sorgen machen müssen. Als bestünde die Gefahr, dass ich irgendeinen Riesenfauxpas begehe, wenn ich im Dezember dem genovesischen Volk vorgeführt werde.

Klar doch.

Na ja, jedenfalls hat sich jetzt rausgestellt, dass Grandmère gar nicht nach Baden-Baden fliegt, weil die dortigen Gepäckträger gerade streiken.

Wenn es nur eine Möglichkeit gäbe, die Adresse vom Leiter der Gepäckträgergewerkschaft rauszukriegen! Vielleicht könnte ich ihn und seine Kollegen überreden, die Arbeit wieder aufzunehmen und mir Grandmère einige Zeit vom Hals zu schaffen, wenn ich ihm dafür die hundert Dollar überlasse, die Dad in meinem Namen täglich an Greenpeace spendet, damit ich meine Pflichten als genovesische Prinzessin erfülle.

Grandmère hat jedenfalls eine ziemlich beunruhigende Nachricht auf dem AB hinterlassen. Sie hätte eine »Überraschung« für mich. Ich soll mich umgehend bei ihr melden.

Möchte mal wissen, was das für eine Überraschung sein soll. So wie ich Grandmère kenne, ist es irgendwas total Horrormäßiges, ein Mantel aus Babypudelfell oder so.

Kein Witz. So was ist ihr voll zuzutrauen.

Ich tu lieber so, als hätte ich die Nachricht nicht abgehört.

Montag, später

Gerade hab ich mit Grandmère telefoniert, die wissen wollte, weshalb ich sie nicht gleich zurückgerufen hab. Ich hab einen auf total ahnungslos gemacht.

Warum bin ich bloß so eine notorische Lügnerin? Nicht mal in den harmlosesten Situationen schaffe ich es, die Wahrheit zu sagen. Und ausgerechnet ich soll Prinzessin sein – das ist doch ein Witz. Ich kenne jedenfalls keine Prinzessin, die in einer Tour Lügen erzählt.

Grandmère schickt eine Limousine vorbei. Sie lädt mich und Dad zum Abendessen in ihre Suite im Plaza Hotel ein. Dort will sie mir von der Überraschung erzählen.

Wohlgemerkt: *erzählen*, nicht: *zeigen*. Demnach scheint es sich zum Glück nicht um einen Welpenpelzmantel zu handeln.

Eigentlich trifft es sich sogar ganz gut, dass ich heute bei Grandmère zu Abend essen kann. Mom hat nämlich Mr Gianini zu uns eingeladen, um mit ihm zu »reden«. Übrigens war sie nicht gerade begeistert darüber, dass ich ihren Kaffee und das Bier weggeschmissen hab (weggeschmissen stimmt auch nicht ganz, ich hab die Sachen unserer Nachbarin Ronnie geschenkt). Jedenfalls läuft sie mies gelaunt rum und motzt, weil sie Mr G nachher angeblich nichts anbieten kann.

Ich hab ihr erklärt, dass ich das nur zu ihrem eigenen

Besten gemacht hab und dass Mr Gianini, falls er auch nur einen Funken Ehre im Leib hat, in Zukunft ja sowieso auf Bier und Kaffee verzichten wird, um ihr in der schwierigen Zeit der Schwangerschaft den Rücken zu stärken. Ich jedenfalls würde vom Vater meines ungeborenen Kindes so viel Rücksichtnahme erwarten.

Das heißt, falls ich – wider Erwarten – jemals mit einem Mann schlafen sollte.

Montag, 20. Oktober, 11 Uhr abends

Superüberraschung, echt.

Irgendjemand sollte Grandmère mal darüber aufklären, dass es sich bei Überraschungen um erfreuliche Dinge handelt. Dass es ihr gelungen ist, Beverly Bellerieve von *Twentyfour/Seven* dazu zu bringen, ein Interview mit mir zu machen, das auch noch zur besten Sendezeit ausgestrahlt werden soll, ist alles andere als erfreulich.

Und dass es das meistgesehene Nachrichtenmagazin ganz Amerikas ist, ist mir schnurzegal. Ich hab Grandmère schon eine Million Mal gesagt, dass ich nicht fotografiert werden und erst recht nicht im Fernsehen auftreten will. Ich finde es schon traurig genug, wenn alle meine Bekannten und Freunde wissen, dass ich mit meinem busenlosen Rumpf und den pyramidenmäßig abstehenden Haaren wie ein menschliches Wattestäbchen aussehe. Da ist es ganz und gar unnötig, auch noch dem Rest Amerikas Gelegenheit zu geben, sich davon zu überzeugen.

Aber Grandmère behauptet, solche Auftritte gehörten zu meinen Pflichten als Mitglied der genovesischen Fürstenfamilie. Und sie hat sogar Dad für ihre Zwecke eingespannt. »Deine Großmutter hat vollkommen Recht, Mia«, mischte er sich immer wieder ins Gespräch ein.

Tja, nächsten Samstagnachmittag muss ich wohl damit verbringen, mich von Beverly Bellerieve interviewen zu lassen.

Ich hab alles versucht, um Grandmère klar zu machen, dass ihre Idee mit dem Interview ganz schlecht ist. Für so einen großen Auftritt hätte ich längst noch nicht genug Routine, hab ich gesagt. Ob es nicht vernünftiger wäre, eine Nummer kleiner anzufangen und mich erst mal von Carson Dely (schmacht!) auf MTV interviewen zu lassen?

Aber Grandmère stellte sich taub. Ich kenne echt niemanden, der einen kleinen, entspannenden Erholungsurlaub in Baden-Baden dringender gebrauchen könnte als sie. Grandmère sieht in etwa so entspannt aus wie Fat Louie, wenn ihm der Tierarzt das Thermometer in den Allerwertesten schiebt.

Was natürlich auch etwas damit zu tun haben könnte, dass sie sich ihre Augenbrauen abrasiert und jeden Morgen neue hinmalt. Wozu sie das macht, ist mir ein Rätsel. Sie besitzt makellose eigene Augenbrauen – ich hab die Stoppeln selbst gesehen. Mir ist aber aufgefallen, dass ihre künstlichen Brauen in letzter Zeit immer mehr in Richtung Haaransatz wandern, was ihr Gesicht aussehen lässt, als wäre es in einer Art Dauerverblüffung erstarrt. Muss wohl was mit ihren vielen Schönheitsoperationen zu tun haben. Wenn sie nicht aufpasst, kleben ihre Augenlider eines Tages in Höhe ihrer Schläfenlappen.

Wie gesagt, Dad war mir überhaupt keine Hilfe. Er wollte nur lauter Dinge über Beverly Bellerieve wissen, zum Beispiel ob sie 1991 wirklich Miss America war und ob Grandmère zufälligerweise wüsste, ob sie (Beverly) noch mit diesem Medienmogul Ted Turner zusammen sei oder ob sich die beiden inzwischen getrennt hätten.

Dafür dass Dad nur noch einen Hoden hat, denkt er reichlich oft an Sex, finde ich.

Wir diskutierten während des gesamten Abendessens. Ich wollte zum Beispiel wissen, ob das Interview im Hotel oder bei uns zu Hause im Loft aufgezeichnet werden würde. Gegen das Plaza spricht meiner Meinung nach, dass die Zuschauer einen völlig falschen Eindruck von meinem Lebensstil bekommen. Umgekehrt behauptet Grandmère, dass viele Leute erschüttert wären, wenn sie sähen, in was für schäbigen Verhältnissen ich aufwachsen musste.

Das ist superfies. Bei uns ist es kein bisschen schäbig. Das Loft ist gemütlich und kuschelig-verwohnt.

»Du meinst, es sieht aus, als wäre noch nie sauber gemacht worden«, korrigierte Grandmère mich. Eine gemeine Unterstellung. Erst gestern bin ich mit Zitronen-Reinigungsspray durch die ganze Wohnung gelaufen.

»Solange das Vieh bei euch haust, kann es gar nicht sauber sein«, warf Grandmère ein.

Dabei hat Fat Louie gar nichts damit zu tun. Schließlich ist allgemein bekannt, dass Hausstaub zu 95 Prozent aus abgestorbenen menschlichen Hautzellen besteht.

Das einzig Gute ist, dass mich das Filmteam wenigstens nicht bis in die Schule verfolgt. Dafür bin ich wirklich dankbar. Schon allein die Vorstellung ist grauenhaft, dass sie filmen könnten, wie mich Lana Weinberger während der Mathestunde fertig macht. Bestimmt würde sie mir mit ihren Pompons im Gesicht rumwedeln, nur um denen vom Fernsehen zu beweisen, was für eine Memme ich bin. Zuschauer in ganz Amerika würden sich fragen: »Was hat das Mädchen bloß?« Und alle wüssten, dass es mit meiner Selbstaktualisierung nicht besonders weit her sein kann.

Oder was wäre, wenn sie uns in T & B filmen würden? Abgesehen davon, dass keinerlei Aufsichtsperson anwesend ist, sperren wir Boris Pelkowski regelmäßig ins Lehrmittelkabuff, um uns sein Gejaule auf der Geige nicht anhören zu müssen. Ich bin ziemlich sicher, dass das gegen die Brandschutzbestimmungen verstößt.

Und während der ganzen Zeit ging mir durch den Kopf: *Genau jetzt, während wir uns hier rumstreiten, sitzt Mom nur siebenundfünfzig Blocks von uns entfernt mit ihrem Liebhaber – meinem Mathelehrer – zusammen und eröffnet ihm, dass sie von ihm ein Kind kriegt.*

Ich hab mich gefragt, wie Mr G wohl reagiert, und mir vorgenommen, ihm Lars auf den Hals zu hetzen, falls er etwas anderes als pure Freude zum Ausdruck bringen sollte. Das ist mein blutiger Ernst. Ich bin mir sicher, dass Lars bereit ist, Mr G für mich zusammenzuschlagen. Wahrscheinlich sogar zu einem ganz günstigen Preis. Er muss drei Exfrauen Alimente zahlen und freut sich bestimmt, als Auftragsschläger einen Zehner nebenher verdienen zu können. Mehr kann ich ihm dafür nicht anbieten.

Ich muss mich dringend um eine Taschengelderhöhung kümmern.

Mal im Ernst, wo gibt's denn so was, dass eine Prinzessin nur läppische zehn Dollar pro Woche bekommt? Damit kann man ja noch nicht mal ins Kino.

Na gut, für das Ticket reicht es vielleicht, aber dann bleibt nichts mehr für Popcorn übrig.

Als ich vorhin nach Hause kam, war es aber noch zu früh, um zu entscheiden, ob ich Lars auf meinen Mathelehrer ansetzen muss oder nicht. Mom und Mr G sind im Schlafzimmer und unterhalten sich im Flüsterton.

Man versteht überhaupt nichts, noch nicht mal, wenn man das Ohr an die Tür presst.

Hoffentlich nimmt Mr G es positiv auf. Er ist der netteste Freund, den Mom je hatte, und das sage ich, obwohl er mir fast eine Sechs verpasst hätte. Ich glaub nicht, dass er so blöd sein wird, sie sitzen zu lassen oder zu versuchen, das alleinige Sorgerecht zu erzwingen.

Obwohl – er ist ein Mann und deshalb unberechenbar.

Hey, gerade kommt eine Instant Message im PC an. Von Michael!

CRAC-KING: WAS WAR EIGENTLICH IN DER SCHULE MIT DIR LOS? DU WARST HEUTE IRGENDWIE TOTAL VON DER ROLLE.

Ich hab sofort zurückgeschrieben.

FTLOUIE: ICH HAB KEINE AHNUNG, WOVON DU ÜBERHAUPT REDEST. MIT MIR IST GAR NICHTS LOS. ALLES IN BESTER ORDNUNG.

Ich bin eine elende Lügnerin.

CRAC-KING: ICH HATTE DEN EINDRUCK, DASS DU KEIN WORT VON MEINEN ERLÄUTERUNGEN ZUR ERMITTLUNG DER STEIGUNG MITGEKRIEGT HAST.

Seit mir mitgeteilt wurde, dass es mein Schicksal ist, eines Tages über ein kleines europäisches Fürstentum zu regieren, gebe ich mir wirklich allergrößte Mühe, in Mathe besser zu werden, weil ich ja später mal über das genovesische Haushaltsbudget entscheiden muss und so. Ich gehe jeden Tag nach dem normalen Unterricht zu Mr G in den Förderunterricht und lasse mir zusätzlich von Michael während T & B noch ein bisschen Nachhilfe geben.

Allerdings schweifen meine Gedanken oft von seinen Erklärungen ab, was daran liegt, dass er wirklich sehr gut riecht.

Wie soll ich mich auf Steigungen konzentrieren, wenn neben mir jemand sitzt, in den ich seit ich weiß nicht wann verknallt bin (praktisch seit ich denken kann), der nach Seife duftet und dessen Knie meines manchmal kurz streift?

Hier meine Antwort:

FTLOUIE: KLAR HAB ICH ALLES VERSTANDEN, WAS DU ÜBER STEIGUNGEN GESAGT HAST. DIE STEIGUNG KANN ERMITTELT WERDEN, INDEM MAN DIE SEKANTENGLEICHUNG S(X) = MX + B AUSRECHNET, UND M DURCH Y2 – Y1 DURCH X2 – X3 ERRECHNET. DANN IST M DIE MITTLERE ÄNDERUNGSRATE.

CRAC-KING: WAAAAS????

FTLOUIE: WIESO? STIMMT DAS ETWA NICHT?

CRAC-KING: HAST DU DAS GERADE HINTEN AUS DEM BUCH ABGESCHRIEBEN?

Na, was denn sonst?

Oje – gerade klopft Mom an die Tür.

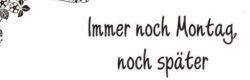

Immer noch Montag, noch später

Mom kam zu mir ins Zimmer. Ich dachte, Mr G wäre schon gegangen, und fragte: »Na, und wie lief's?«

Dann sah ich die Tränen in ihren Augen. Also ging ich schnell zu ihr rüber und nahm sie fest in die Arme.

»Nicht so schlimm, Mom«, versuchte ich sie zu trösten. »Du hast ja immer noch mich. Ich helf dir mit allem. Ich steh nachts auf, um dem Baby die Flasche zu geben und die Windeln zu wechseln, alles. Sogar wenn es ein Junge wird.«

Mom drückte mich auch fest an sich, aber dann stellte sich heraus, dass sie gar nicht weinte, weil sie unglücklich war. Sie weinte vor Glück.

»Ach Mia«, schluchzte sie. »Wir wollen, dass du es als Erste erfährst.«

Dann zog sie mich rüber ins Wohnzimmer, wo Mr Gianini wartete und vollkommen belämmert schaute. Selig belämmert.

Ich wusste es, bevor sie es aussprach, machte aber trotzdem einen auf überrascht.

»Wir heiraten!«

Mit diesen Worten schloss Mom mich und Mr Gianini zu so einer Art innigen Gruppenumklammerung in die Arme.

Irgendwie sehr seltsam, von seinem Mathelehrer umarmt zu werden. Mehr kann ich dazu nicht sagen.

Dienstag, 21. Oktober, 1 Uhr nachts

Und ich hab Mom immer für eine eingefleischte Feministin gehalten, die nicht bereit ist, sich männlichen Hierarchien unterzuordnen und sich mit der Schwächung der weiblichen Identität abzufinden, die zwangsläufig mit der Eheschließung einhergeht.

Das hat sie jedenfalls immer behauptet, wenn ich wissen wollte, warum sie und Dad nie geheiratet haben.

Ich persönlich hatte immer den Verdacht, dass er sie bloß nie gefragt hat.

Vielleicht hat sie mich deshalb gebeten, vorerst keinem etwas zu erzählen. Sie will es Dad selbst beibringen, meinte sie.

Von der ganzen Aufregung brummt mir der Schädel.

Dienstag, 21. Oktober, 2 Uhr nachts

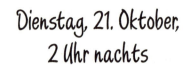

O Gott – gerade ist mir was eingefallen: Wenn Mom und Mr Gianini heiraten, will er bestimmt bei uns wohnen. Mom zieht nämlich mit Sicherheit niemals zu ihm nach Brooklyn. Sie sagt immer, jedes Mal wenn sie mit der Subway fährt, werden ihre tief sitzenden Aversionen gegen Anzugträger noch größer.

Ich fasse es einfach nicht. Dann sitze ich in Zukunft also jeden Morgen beim Frühstück meinem *Mathelehrer* gegenüber!

Und wenn ich ihn aus Versehen mal nackt sehe, was dann? Der Anblick könnte mich lebenslang traumatisieren.

Ich muss mich jedenfalls schleunigst darum kümmern, dass das Schloss an der Klotür repariert wird, bevor er hier einzieht. Mittlerweile hab ich nicht nur Kopfschmerzen, sondern auch noch Halsweh.

Dienstag, 21. Oktober, 9 Uhr morgens

Als ich vorhin aufgewacht bin, tat mir mein Hals so weh, dass ich noch nicht mal sprechen konnte. Nur noch krächzen.

Eine Zeit lang hab ich versucht, nach Mom zu krächzen, aber die hörte mich nicht. Selbst als ich mit den Fäusten gegen die Wand hämmerte, tat sich nichts, außer dass meine Greenpeace-Poster runterfielen.

Zum Schluss blieb mir nichts anderes übrig, als aufzustehen. Um mich nicht zu verkühlen und noch kränker zu werden, wickelte ich mich in meine Daunendecke und schlurfte dann durch den Gang zu Moms Zimmer, um sie zu wecken.

Zu meinem Entsetzen sah ich unter ihrer Decke nicht einen, sondern ZWEI Erhebungen!!!! Mr Gianini hat bei uns geschlafen!!! Na gut, soll er ruhig. Er hat ja versprochen, eine ehrbare Frau aus ihr zu machen.

Trotzdem ist es ziemlich peinlich, morgens um sechs ins Schlafzimmer zu kommen und feststellen zu müssen, dass der eigene *Mathelehrer* neben der Mutter liegt. Also wirklich. Leute mit zarteren Nerven als ich könnten durch so was den Schock ihres Lebens kriegen.

Jedenfalls war ich so bestürzt, dass ich mich gar nicht ins Zimmer traute und so lange von der Tür aus krächzte, bis Mom schließlich ein Auge aufmachte. Ich erklärte ihr im Flüsterton, dass es mir total schlecht ginge, und bat sie, im

Sekretariat in der Schule anzurufen und mich krank zu melden. Dann sagte ich ihr noch, dass sie die Limousine abbestellen und Lilly Bescheid geben soll, damit die nicht umsonst darauf wartet, abgeholt zu werden.

Und dass sie Dad oder Lars (aber keinesfalls Grandmère) anrufen soll, falls sie vorhabe, im Atelier zu arbeiten, damit jemand zum Aufpassen herkommt. Nicht dass ich in meinem geschwächten Zustand noch gekidnappt oder von Terroristen ermordet werde.

Ich glaube, sie hat alles mitgekriegt, aber ganz sicher bin ich mir nicht.

Als Prinzessin muss man sich immer um so viele Sachen kümmern, echt wahr.

Später

Mom geht heute nicht ins Atelier.

Ich hab ihr zwar krächzend klar zu machen versucht, dass ich es besser fände, sie würde gehen. In einem knappen Monat eröffnet ihre Ausstellung in der superteuren Mary Boone Gallery, und ich weiß genau, dass sie erst die Hälfte der nötigen Bilder fertig hat. Wenn jetzt noch Morgenübelkeit dazukommt und sie am Malen hindert, kann sie ihre Karriere als Vertreterin des modernen Realismus vergessen.

Sie bleibt trotzdem zu Hause. Aus schlechtem Gewissen, glaub ich. Irgendwie bildet sie sich ein, sie wäre schuld an meiner Krankheit. Als hätte die Sorge um das Ungeborene mein Autoimmunsystem geschwächt oder so.

Was totaler Quatsch ist. Ich weiß zwar nicht, worunter ich genau leide, aber angesteckt hab ich mich unter Garantie in der Schule. Meiner Meinung nach ist die Albert-Einstein-Highschool nämlich eine einzige gigantische Bakterienkultur, was an der erschreckend hohen Anzahl von Mundatmern unter den Schülern liegt.

Jetzt kommt meine von Schuldgefühlen geplagte Mutter alle zehn Minuten ins Zimmer und fragt mich, ob ich irgendwas brauche. Ich hatte ganz vergessen, dass sie diesen Krankenschwesterkomplex hat. Die ganze Zeit bringt sie mir Tee und Zimttoast mit abgeschnittener Kruse. Ziemlich angenehm, das muss ich schon sagen.

Bis auf vorhin, als sie mich dazu bringen wollte, langsam eine Zinktablette im Mund zergehen zu lassen, weil eine Freundin von ihr bei Erkältungen auf Zink schwört.

Das war nicht so angenehm.

Sie hatte aber auch sofort ein superschlechtes Gewissen, weil das Zeug so bitter geschmeckt hat, dass ich total würgen musste. Danach ist sie sogar runtergerannt und hat mir zum Trost eine Riesenpackung M&Ms gekauft.

Später wollte sie mir Spiegeleier mit Speck braten, um mich wieder aufzupäppeln, aber das ging mir dann doch zu weit: Dass ich auf dem Sterbebett liege, bedeutet noch lange nicht, dass ich bereit bin, mit meinen vegetarischen Grundsätzen zu brechen.

Mom hat mir gerade Fieber gemessen.

Im Mittelalter wäre ich jetzt höchstwahrscheinlich schon tot.

Temperatur:
11:45 Uhr – 37,3 °C
12:14 Uhr – 37,1 °C
13:27 Uhr – 37,0 °C

Ich glaub, das bescheuerte Thermometer ist kaputt.

14:05 Uhr – 37,1 °C
15:35 Uhr – 37,2 °C

Ganz klar, wenn das so weitergeht, kann ich am Samstag den Interviewtermin mit Beverly Bellerieve unmöglich wahrnehmen.

HURRAAAAA!!!

Dienstag, noch später

Lilly war da, um mir zu sagen, was für Hausaufgaben wir haben. Sie meint, ich sehe supermies aus und meine Stimme würde sich exakt so anhören wie die von Linda Blair in »Der Exorzist«. Ich kann nicht beurteilen, ob sie Recht hat, weil ich den Exorzisten nie gesehen hab. Ich steh nicht besonders auf solche Splatterfilme mit Leuten, deren Köpfe rotieren oder aus deren Bäuchen Monster rausquellen. Ich schau mir lieber Filme an, in denen sich hässliche Menschen als Schönheiten entpuppen oder in denen getanzt wird.

Lilly hat erzählt, dass es an der Schule nur noch ein Thema gibt: Unser »Traumpaar« Josh Richter und Lana Weinberger ist wieder zusammen, nachdem es eine volle Woche lang getrennt war (was für beide ein persönlicher Rekord ist, letztes Mal haben sie es nur drei Tage ausgehalten).

Als Lilly vorhin meine Hefte aus meinem Spind holen wollte, stand offenbar Lana in ihrer Cheerleadermontur davor und wartete auf Josh. Sein Spind ist ja direkt neben meinem.

Als er kam, begrüßte er Lana mit einem Schlabberzungenkuss, der Lilly zufolge mindestens einer 5 auf der Fujimotoskala (mit der man die Saugleistung von Tornados misst) entsprach und dem sie sich so leidenschaftlich hingaben, dass Lilly die Tür von meinem Spind nicht zumachen konnte. (Das Problem kenne ich zur Genüge.) Lilly löste es aber ziemlich schnell, indem sie Josh vermeintlich zufällig die Spitze ihres Bleistifts ins Rückgrat rammte.

Ich zog kurz in Erwägung, sie über die neuesten Entwicklungen bei mir zu Hause zu informieren. Die Sache mit Mom und Mr G, meine ich. Früher oder später kriegt sie es ja sowieso mit. Vielleicht liegt es ja an den Bazillen, die durch meinen Körper jagen, aber irgendwie fehlte mir die Kraft. Ich hätte es nicht ertragen, wenn Lilly Spekulationen über die zu erwartende Größe der Nasenlöcher meines zukünftigen Geschwisters angestellt hätte.

Übrigens hab ich tonnenweise Hausaufgaben auf. Selbst der Vater meines ungeborenen Geschwisterchens, von dem ich eigentlich ein Quäntchen mehr Mitgefühl erwartet hätte, hat mir Unmengen aufgehalst. Ich muss feststellen, dass die Liaison zwischen meiner Mutter und meinem Mathelehrer mir gar nichts bringt. Null Komma null.

Höchstens vielleicht, dass er zum Abendessen kommt und mir bei den Hausaufgaben hilft. Aber er verrät mir nie die Lösungen, sodass ich meistens trotzdem nur 68 Prozent richtig hab. Und das ist bloß eine Vier.

Langsam werde ich richtig krank! Mein Fieber ist auf 37,8 °C gestiegen! Fast achtunddreißig.

Wenn das hier eine Folge von »Emergency Room« wäre, müssten sie mich schon künstlich beatmen.

Das Interview mit Beverly Bellerieve können die sich jetzt echt abschminken. Aber so was von TOTAL.

Har har har.

Mom hat mir ihren Luftbefeuchter ins Zimmer gestellt und volle Pulle aufgedreht. Lilly meinte, ich hätte hier ein Klima wie in Vietnam und ich wäre ja wohl nicht so krank, dass ich nicht wenigstens das Fenster einen Spalt weit aufmachen könnte.

Mir fällt erst jetzt auf, wie ähnlich sich Lilly und Grandmère in vieler Hinsicht sind. Als Grandmère beispielsweise vorhin anrief und ich ihr mitteilte, wie krank ich bin und dass ich bis zum Interview am Samstag wohl kaum wieder auf den Beinen sei, da wurde sie richtig *aggressiv*.

Im Ernst. Sie hat mir totale Vorwürfe gemacht, so als wäre es *meine* Schuld, dass ich krank bin. Dann brüstete sie sich damit, dass sie an ihrem Hochzeitstag 38 °C Fieber gehabt hätte. Ob sie das etwa daran gehindert hätte, die zweistündige Hochzeitszeremonie im wahrsten Sinn des Wortes *durchzustehen,* anschließend in einer offenen Kutsche, dem Volk zuwinkend, durch die Straßen Genovias zu fahren, auf dem Empfang Melone mit Parmaschinken zu essen und danach bis in den Morgen hinein Walzer zu tanzen?

Nein, lautete die wenig überraschende Antwort. Ganz und gar nicht.

Und warum nicht? Weil eine wahre Prinzessin niemals ihre Gesundheit vorschiebt, um sich vor ihren Verpflichtungen gegenüber dem Volk zu drücken.

Als würden sich die Genovesen dafür interessieren, ob ich dieses bescheuerte Interview für *Twentyfour/Seven* gebe oder nicht. Die empfangen die Sendung da drüben doch sowieso nicht. Na gut, außer sie haben eine Satellitenschüssel.

Lilly ist jedenfalls genauso mitleidslos wie Grandmère. Nein, ich kann wirklich nicht behaupten, dass ihr Besuch tröstlich war. Sie hat sogar die Vermutung geäußert, ich könnte Schwindsucht haben, so wie die englische Dichterin Elizabeth Barrett Browning. Auf meinen Einwand, es sei wahrscheinlich nur eine Bronchitis, erwiderte sie, das habe Elizabeth Barrett Browning bestimmt auch geglaubt, bevor sie starb.

Hausaufgaben:

Mathe: Aufgaben am Ende von Kap. 10
Englisch: (Tagebuch) liebster Film, Serie, Buch, Essen
Erdkäse: Aufsatz (1000 Wörter): Analysiere, wie es zum Konflikt zwischen Iran und Afghanistan gekommen ist.
T & B: Ja klar.
Franz: Ecrivez une vignette amusante. (Na super!)
Bio: endokrines System (Kenny fragen)

O Mann! Was soll das? Wollen die mich umbringen, oder was?

Mittwoch, 22. Oktober

Heute Morgen rief Mom meinen Vater im Plaza an und bat ihn, mit seinem Fahrer herzukommen, um mich zum Arzt zu bringen. Gleich nach dem Aufwachen hatte ich nämlich 38 °C – wie Grandmère an ihrem Hochzeitstag.

Im Gegensatz zu ihr war mir aber keine Spur nach Walzertanzen zumute. Ich hatte kaum die Kraft, mich anzuziehen. In meinem Fieberwahn griff ich aus Versehen nach einem der Kostüme, die Grandmère mir gekauft hat, und wartete dann, von Kopf bis Fuß in Chanel gekleidet, mit glasigen Augen und von Schweißtröpfchen bedeckt auf Dad. Als er mich sah, zuckte er richtig zusammen. Ich glaub, im ersten Moment hat er mich mit Grandmère verwechselt.

Nur dass ich natürlich viel größer bin als sie. Und das, obwohl mein Haar nicht so aufgeplustert ist.

Wie sich herausstellte, gehörte Dr. Fung zu den wenigen Amerikanern, die noch nicht wussten, dass ich Prinzessin bin, weshalb wir zehn Minuten lang im Wartezimmer sitzen mussten, bevor er mich hereinrief. Mein Vater nutzte die Zeit, um mit der Sprechstundenhilfe anzubändeln. Sie hatte nämlich ein bauchfreies Top an, obwohl schon fast Winter ist. Auch wenn Dad völlig kahl ist und im Gegensatz zu normalen Vätern immer Anzug trägt, war nicht zu übersehen, dass er auf die Sprechstundenhilfe tierischen Eindruck machte. Was damit zu tun hat, dass er trotz seines nicht zu leugnenden europäischen Aussehens immer noch ein ziemlicher Schuss ist.

Lars, der auf seine Art auch ein Schuss ist (extrem muskulös und behaart), saß neben mir und blätterte in einem Ratgeber für werdende Eltern. Es war nicht zu übersehen, dass er lieber ein Waffen- und Söldnermagazin gelesen hätte, aber solche Zeitschriften werden von New Yorker Hausärzten wohl eher nicht abonniert.

Als mich Dr. Fung endlich ins Behandlungszimmer rief, maß er mir zuerst Fieber (37,9 °C) und tastete dann meine Lymphknoten auf eventuelle Schwellungen ab (ja). Danach musste ich die Zunge rausstrecken, weil er einen Abstrich machen wollte, um mich auf Streptokokken zu testen.

Aber als er mir den Spatel in den Rachen stieß, musste ich so würgen, dass ich unkontrolliert hustete. Ich konnte überhaupt nicht aufhören und machte ihm röchelnd verständlich, dass ich mal eben aufs Klo müsse, um dort ein Glas Wasser zu trinken. Ich glaub, wegen meines Fiebers konnte ich nicht mehr klar denken, weil ich nämlich gar nicht aufs Klo ging, sondern schnurstracks aus der Praxis hinausmarschierte. Ich setzte mich in die Limousine und befahl dem Fahrer, mich sofort zum nächsten McDonald's zu fahren, um mir einen Milchshake zu holen.

Zum Glück war der Chauffeur so vernünftig, mich ohne meinen Bodyguard nirgendwohin zu fahren. Er brummte irgendwas in sein Handy, und kurz darauf kam Lars mit meinem Vater angerannt, der wissen wollte, was ich mir bei der Aktion gedacht hätte.

Ich hätte ihn gerne gefragt, was *er* sich dabei gedacht hatte, die Sprechstundenhilfe mit dem Nabelpiercing so anzumachen. Aber ich konnte vor lauter Halsschmerzen nicht mehr sprechen.

Dr. Fung nahm es ziemlich gelassen. Er verzichtete auf den Abstrich und verschrieb mir stattdessen Antibiotika und einen kodeinhaltigen Hustensaft – aber vorher ließ er sich von einer seiner Arzthelferinnen dabei fotografieren, wie er mir, in der Limousine sitzend, die Hand schüttelt. Das Bild kommt zu seiner Promisammlung an die Wand. Da hängen eine ganze Menge Fotos, auf denen er anderen berühmten Patienten die Hand gibt, hauptsächlich so Uraltsängern wie Robert Goulet oder Lou Reed. Jetzt, wo mein massives Fieber etwas nachlässt, wird mir klar, dass ich mich total lächerlich gemacht hab.

Wahrscheinlich gehört dieser Arztbesuch zu den peinlichsten Momenten meines Lebens. Wobei es natürlich nicht so einfach ist, Abstufungen zu machen, weil es viele solcher Momente gab. Auf jeden Fall mindestens genauso peinlich wie damals, als mir bei Lillys Bat-Mizwa (was, soweit ich mich erinnere, eine Art jüdische Konfirmation ist) auf dem Rückweg vom Buffet der Teller aus der Hand rutschte, sodass die anderen Gäste während des restlichen Abends immer wieder über meine Portion *Gefillte Fisch* stapfen mussten.

DIE FÜNF PEINLICHSTEN MOMENTE IM LEBEN DER MIA THERMOPOLIS:

1. Als mich Josh Richter vor der ganzen Schule auf den Mund geküsst hat und alle zuschauten.

2. Als ich sechs war und Grandmère mir befahl, ihre Schwester Jeanne-Marie zu umarmen, und ich in Tränen ausbrach, weil ihr Schnurrbart mir Angst machte. Natürlich war Jeanne-Marie zutiefst verletzt.

3. Als ich sieben war und Grandmère mich zwang, an einer langweiligen Cocktailparty teilzunehmen, die sie für ihre Freunde gab. Weil ich nichts zu tun hatte, nahm ich eine aus Elfenbein geschnitzte Miniaturrikscha, die als Behälter für Untersetzer diente, und schob sie auf einem Beistelltisch hin und her. Dabei brabbelte ich auf Pseudochinesisch vor mich hin. Irgendwann fielen alle Untersetzer aus der Rikscha und kullerten klappernd über das Parkett und alle starrten mich an. (Das Ganze ist rückblickend sogar noch peinlicher, weil es total unhöflich ist, Chinesen nachzumachen, und politisch korrekt ist es schon mal gleich gar nicht.)

4. Als ich zehn war und Grandmère mit mir und ein paar Kusinen an den Strand ging. Ich hatte mein Bikinioberteil im Château vergessen, aber Grandmère ließ mich nicht zurückgehen, um es zu holen. Sie sagte, *mon dieu*, man sei schließlich in Frankreich und ich solle gefälligst oben ohne baden wie alle anderen auch. Obwohl ich damals obenrum genauso wenig vorzuweisen hatte wie heute, schämte ich mich zu Tode und weigerte mich, mein T-Shirt auszuziehen, und alle glotzten mich an, weil sie glaubten, ich litte unter irgendeinem widerlichen Ausschlag oder einem entstellenden Muttermal oder hätte einen noch im Fötalstadium vertrockneten siamesischen Zwilling an meinem Oberkörper hängen.

5. Als ich zwölf war und das erste Mal meine Tage bekam. Ich verbrachte die Ferien bei Grandmère und musste es ihr sagen, weil ich keine Binden mithatte. Als ich nach dem Abendessen auf mein Zimmer ging, hörte ich, wie sie all ihren Freundinnen davon erzählte und alle

den ganzen restlichen Abend noch Witze über das Naturwunder »Frau« machten.

Wenn ich so darüber nachdenke, wird mir klar, dass die meisten peinlichen Momente meines Lebens unmittelbar mit Grandmère zu tun hatten.

Mich würde mal interessieren, was Lillys Eltern als Psychoanalytiker dazu sagen würden.

Temperatur:
17:20 Uhr – 37,3 °C
18:45 Uhr – 37,1 °C
19:52 Uhr – 37,0 °C

Kann es sein, dass ich so bald schon wieder gesund werde? Das wäre eine echte Katastrophe. Dann müsste ich ja doch zu diesem beknackten Interview ...

Die Lage erfordert drastische Maßnahmen. Ich hab mich dazu entschlossen, heute Abend noch zu duschen und mich danach mit nassen Haaren ans offene Fenster zu stellen.

Sollen sie doch sehen, was sie davon haben.

Donnerstag, 23. Oktober

Unglaublich. Eine Sensation! Ich bin so aufgeregt, dass ich kaum schreiben kann.

Heute Morgen, als ich noch siech darniederlag, kam Mom rein und gab mir einen Brief, der gestern für mich in der Post war und den sie vergessen hatte.

Es war aber keine Strom- oder Kabelrechnung, die Mom nach Erhalt grundsätzlich sofort vergisst, sondern ein an mich persönlich adressierter Brief.

Die Adresse war computergeschrieben, deshalb hatte ich keine großen Erwartungen. Ich dachte, der Brief käme von der Schule oder so. Vielleicht war ich wegen meiner guten Noten für einen Preis nominiert worden (guter Witz). Gewundert hat mich nur, dass kein Absender draufstand. Auf den Umschlägen von der Schule ist eigentlich immer links ein Stempel mit Albert Einsteins nachdenklichem Gesicht und daneben steht die Schuladresse.

Ich war also absolut baff, als ich den Umschlag aufriss und statt des erwarteten Rundschreibens mit der Bitte, Plätzchen zu backen, die dann auf dem nächsten Schulfest zugunsten der Rudermannschaft verkauft werden könnten, folgende Zeilen fand... die ich in Ermangelung einer treffenderen Bezeichnung nur als Liebesbrief bezeichnen kann:

Liebe Mia (so fing er an)!
Du wunderst dich sicher über diesen Brief. Ich wundere mich ja selbst ein bisschen darüber, dass ich ihn schreibe. Aber ich bin einfach zu schüchtern, um dir ins Gesicht zu sagen, was ich über dich denke: dass du nämlich eine richtige Josie bist. Ich möchte, dass du weißt, dass es jemanden gibt, der dich schon immer gemocht hat, lange bevor er wusste, dass du eine Prinzessin bist –
und der dich auch immer mögen wird.

Bis bald, ein Freund

Wahnsinn!

Ich glaub es einfach nicht. Ich hab noch nie im Leben so einen Brief bekommen. Und ich hab gar keine Ahnung, von wem er sein könnte. Der Text ist genau wie die Adresse auf dem Umschlag am PC geschrieben. Eindeutig nicht mit der Schreibmaschine.

Das heißt, dass ich nicht mal die Eigenheiten der Typen mit denen auf der Schreibmaschine von einer verdächtigen Person vergleichen kann (so wie Jan in dieser einen Folge von der »Brady-Familie«, in der sie Alice verdächtigt, ihr das Medaillon geschickt zu haben) – keine Chance. Die Schriftbilder von Laserdruckern kann man nicht miteinander vergleichen. Die sehen immer identisch aus.

Von wem könnte ich den Brief nur bekommen haben?

Von wem ich ihn am liebsten bekommen *hätte*, weiß ich natürlich.

Aber die Chance, dass ein Typ wie Michael Moscovitz jemals mehr als normale Sympathie für mich empfinden könnte, ist gleich null. Wenn er irgendein Interesse an mir hätte, wäre der Ball der Kulturen ja wohl der ideale Ort gewesen, um es mir zu sagen. Zum Beispiel, als er netterweise mit mir getanzt hat, nachdem Josh Richter so widerlich zu mir war. Und wir haben ja nicht nur einmal, sondern öfter getanzt. Auch ganz eng umschlungen. Und nach dem Ball sind wir zu den Moscovitzens gefahren und saßen noch in seinem Zimmer rum. Da hätte er ja was sagen können, wenn er gewollt hätte.

Hat er aber nicht. Er hat mit keinem Ton erwähnt, dass er mich irgendwie besonders nett findet oder so.

Warum auch? Schließlich bin ich eine Missgeburt – ich leide unter Riesenwuchs, hab keinerlei sichtbares Brustgewebe und mein Haar widersetzt sich hartnäckig allen Bemühungen, es auch nur annähernd zu etwas Frisurähnlichem zu stylen.

Übrigens haben wir in Bio gerade solche Phänomene wie mich besprochen. Die Biologen nennen uns *Varianten*. Das heißt, dass die Merkmale eines Individuums deutlich von der normalen Art oder seinen Erzeugern abweichen, was sehr häufig das Ergebnis einer Mutation ist.

Das trifft auf mich zu. Absolut. Ich meine, jeder Mensch, der sich erst mich und dann meine Eltern anschaut (die beide sehr attraktiv sind), muss sich zwangsläufig fragen: Was ist da nur *passiert*? Eigentlich müsste ich mich bei den »X-Men« bewerben, die hätten für eine Mutantin wie mich sicher Verwendung.

Außerdem frage ich mich gerade, ob Michael Moscovitz überhaupt jemand ist, der mich eine richtige *Josie* nennen würde? Ich nehme an, der Verfasser des Briefs bezieht sich auf die Sängerin Josie aus »Josie and the Pussycats«, die in dem Kinofilm von Rachel Leigh Cook gespielt wurde. Nur dass ich Rachel Leigh Cook überhaupt nicht ähnlich sehe. Schön wär's! Ehrlich gesagt kann ich mir nicht vorstellen, dass sich Michael jemals einen Film über eine Mädchenband angucken würde. Ursprünglich war »Josie and the Pussycats« mal eine Zeichentrickserie, aber Michael sieht sich auch so was nicht an. Soweit ich weiß, hat er Cartoon Network in seinem Fernseher nicht mal einprogrammiert. Eigentlich schaut er nur Dokumentarfilme, Sciencefictions und »Buffy, im Bann der Dämonen«. Hätte der Satz gelautet: »Du bist eine richtige *Buffy*«, ja dann vielleicht...

Aber wenn Michael ihn nicht geschrieben hat – wer dann?

Ich bin so aufgeregt, dass ich sofort jemanden anrufen und davon erzählen muss. Nur wen? Alle, die ich kenne, sind jetzt in der Schule.

VERDAMMT – WARUM BIN ICH KRANK????

Mich mit nassem Haar ans Fenster zu stellen, kommt jetzt nicht mehr in Frage. Ich muss schleunigst gesund werden, damit ich in die Schule gehen und herausfinden kann, wer mein heimlicher Verehrer ist!

Temperatur:
10:45 Uhr – 37,1 °C
11:15 Uhr – 37,0 °C
12:27 Uhr – 36,9 °C

Ja! JA! Ich werde gesund. Ich danke dir, Selman Wakesman, du Erfinder der Antibiotika!

14:05 Uhr – 37 °C

Nein. Nein, bitte nicht!

15:35 Uhr – 37,1 °C

Womit hab ich das nur verdient?

Donnerstag, später

Als ich heute Nachmittag mit Eispackungen unter der Decke im Bett lag, um mein Fieber zu senken, damit ich morgen wieder in die Schule gehen und die Identität meines geheimnisvollen Verehrers lüften kann, lief im Fernsehen die beste »Baywatch«-Folge aller Zeiten.

Das ist mein Ernst.

Und zwar lernt Mitch bei einem Bootsrennen ein Mädchen kennen, das mit einem total gekünstelten französischen Akzent spricht. Die beiden verlieben sich ineinander und tollen im Meer herum, wozu ein ergreifender Soundtrack läuft. Bald stellt sich aber heraus, dass das Mädchen mit Mitchs Gegner bei dem Rennen verlobt ist und außerdem – und jetzt kommt's – *Prinzessin eines kleinen europäischen Landes,* von dem Mitch noch nie was gehört hat. Der Verlobte ist ein Prinz, dem sie gleich nach ihrer Geburt von ihrem Vater versprochen wurde!

»Baywatch« lief noch, als Lilly mit den Hausaufgaben kam. Sie schaute sich den Rest mit mir an. Leider rauschte die tiefere philosophische Bedeutung der Folge vollkommen an ihr vorbei. Alles, was ihr dazu einfiel, war: »Igitt, schau dir mal die Augenbrauen der Königstochter an – da ist massives Zupfen angesagt!«

Ich war entsetzt.

»Lilly!«, krächzte ich. »Ist dir nicht klar, dass das, was wir da gerade gesehen haben, prophetisch sein könnte? Es ist doch gut möglich, dass ich ebenfalls schon seit meiner Geburt irgendeinem Prinzen versprochen bin, den ich nicht kenne, und dass mein Vater mir nur noch nichts davon gesagt hat. Was ist, wenn ich am Strand mal einen Rettungsschwimmer kennen lerne, in den ich mich Hals über Kopf verliebe? Unsere Beziehung hätte keine Chance, weil ich meinen Verpflichtungen nachkommen und den Mann heiraten muss, den man für mich ausgesucht hat.«

Lilly sah mich zweifelnd an. »Wie viel von dem Hustensaft hast du heute eigentlich geschluckt? Da steht, du sollst alle vier Stunden einen *Tee*löffel nehmen – keinen *Ess*löffel, du Doofie!«

Dass Lilly die Tragweite des Ganzen nicht erkannte, hat mich ganz schön aufgeregt. Von dem Brief, den ich bekommen hab, kann ich ihr natürlich nichts erzählen, solange ich nicht sicher weiß, dass er nicht von ihrem Bruder ist. Denn falls er von ihm ist, will ich keinesfalls, dass er denkt, ich hätte gleich der ganzen Welt davon erzählt. So ein Liebesbrief ist eine sehr intime Angelegenheit.

Trotzdem sollte man doch eigentlich annehmen, dass sie meinen Standpunkt versteht.

»Verstehst du denn nicht?«, krächzte ich. »Was hat es für einen Sinn, mich in jemanden zu verlieben, wenn mein Vater mit großer Wahrscheinlichkeit schon eine Ehe mit irgendeinem unbekannten Prinzen für mich arrangiert hat. Einer, der in... Dubai oder was weiß ich wo wohnt, sich tagtäglich sehnsüchtig mein Foto anguckt und es kaum erwarten kann, mich endlich zu seiner Frau zu machen.«

Lilly findet, dass ich zu viele von diesen Schnulzenromanen lese, die Tina Hakim Baba immer mit sich rumschleppt. Ich geb gern zu, dass die mich vielleicht beeinflusst haben, aber das ändert nichts an den Tatsachen.

»Ganz im Ernst, Lilly«, sagte ich. »Ich muss höllisch aufpassen, mich nicht in jemanden wie David Hasselhoff oder deinen Bruder zu verlieben, weil ich womöglich später Prinz William heiraten muss.« Nicht, dass mich das viel Überwindung kosten würde.

Lilly rutschte vom Bett und marschierte ins Wohnzimmer, wo nur mein Vater saß. Als er gekommen war, um nach mir zu sehen, war Mom plötzlich siedend heiß eingefallen, dass sie noch mal ganz dringend wegmuss, um was zu erledigen.

Was natürlich eine faule Ausrede war. Mom hat ihm noch immer nichts von Mr G und ihrer Schwangerschaft und ihren Heiratsplänen erzählt. Wahrscheinlich hat sie Angst, dass er sie für verantwortungslos hält und ihr lautstark Vorwürfe macht (was ich mir bei ihm übrigens gut vorstellen kann). Deswegen ergreift sie jetzt immer schuldbewusst die Flucht, sobald sie ihn sieht. Das Ganze wäre ja fast zum Lachen, wenn es nicht so kindisch wäre. Immerhin ist sie sechsunddreißig. Ich hab mir geschworen, alles dafür zu tun, mit sechsunddreißig selbstaktualisiert zu sein, damit ich dann nicht ständig in solche Situationen komme wie Mom.

»Eine Frage, Mr Renaldo«, hörte ich Lillys Stimme aus dem Wohnzimmer. Sie spricht meinen Vater immer mit Mr Renaldo an, obwohl sie ganz genau weiß, dass er der Fürst von Genovia ist. Aber das kümmert sie nicht. Sie sieht es nicht ein, hier in Amerika irgendjemanden mit »Hoheit« anzureden. Lilly ist eingefleischte Antiroyalistin – das schließt Fürsten mit ein. Ihrer Ansicht nach gehört die Macht in die Hände des Volkes. In der Französischen Revolution hätte sie sicher an Dantons Seite gekämpft.

»Sagen Sie«, hörte ich sie also Dad fragen, »ist Mia etwa ohne ihr Wissen mit irgendeinem Prinzen verlobt?«

Mein Vater ließ seine Zeitung sinken. Das Rascheln drang

bis in mein Zimmer. »Gütiger Gott, selbstverständlich nicht«, sagte er.

»Du Dummkopf«, sagte Lilly zu mir, als sie wieder in mein Zimmer marschierte. »Außerdem verstehe ich zwar sehr gut, warum du höllisch aufpassen musst, dich nicht in David Hasselhoff zu verlieben, der – ganz nebenbei – altersmäßig dein Vater sein könnte und alles andere als sexy ist, aber ich verstehe nicht, was mein *Bruder* mit der Sache zu tun hat.«

Zu spät wurde mir klar, was ich gesagt hatte. Lilly weiß ja gar nicht, welche Gefühle ich für Michael empfinde. Ehrlich gesagt weiß ich selbst nicht genau, was das für Gefühle sind. Ich weiß nur, dass er mit nacktem Oberkörper eine verblüffende Ähnlichkeit mit Casper Van Dien hat.

Hoffentlich, hoffentlich hat *er* den Brief geschrieben. Ach, wäre das schön!

Aber das werde ich unter Garantie nicht seiner Schwester auf die Nase binden.

Stattdessen hab ich gesagt, es sei unfair, Erklärungen für etwas zu fordern, das ich unter Einfluss eines kodeinhaltigen Hustensaftes von mir gegeben hab.

Lilly bekam diesen Gesichtsausdruck, den sie in der Schule immer hat, wenn die Lehrer Fragen stellen, deren Antwort sie zwar weiß, aber nicht sagen möchte, um zur Abwechslung auch mal den anderen eine Chance zu geben.

Wie gesagt, manchmal ist es echt anstrengend, wenn die beste Freundin einen IQ von 170 hat.

Hausaufgaben:

Mathe: Aufgaben 1–20, S. 115
Englisch: Viertes Kapitel aus »Die gelungene Erörterung: Struktur und Analyse« lesen
Politik: Erörtere in einem kurzen Aufsatz (200 Wörter) den Konflikt zwischen Indien und Pakistan.
T & B: Wie immer
Franz: chapitre huit
Bio: Hirnanhangdrüse (von Kenny geben lassen!)

WEIBLICHE STARS UND IHRE BRÜSTE:

(Einschätzung von Lilly Moscovitz und Mia Thermopolis)

STAR	LILLY	MIA
Britney Spears	Silikon	echt
Jennifer Love Hewitt	Silikon	echt
Winona Ryder	Silikon	echt
Courtney Love	Silikon	echt
Jenny Garth	Silikon	echt
Tori Spelling	Silikon	Silikon
Brandy Norwood	Silikon	echt
Neve Campbell	Silikon	echt
Sarah Michelle Gellar	echt	echt
Christina Aguilera	Silikon	echt
Lucy Lawless	echt	echt
Melissa Joan Hart	Silikon	echt
Mariah Carey	Silikon	Silikon

Donnerstag, noch später

Nach dem Abendessen fühlte ich mich fit genug, um aufzustehen. Als Erstes rief ich meine Mails ab, weil ich insgeheim auf eine Nachricht von meinem mysteriösen »Freund« hoffte. Wenn er meine »Snail Mail«-Adresse kennt, dann wahrscheinlich auch die E-Mail-Adresse. Beide stehen im Schuljahrbuch.

Ich hatte Mails von Tina Hakim Baba und von Shameeka, die mir gute Besserung wünschten. Shameeka schrieb außerdem, sie sei gerade dabei, ihren Vater dazu zu überreden, an Halloween eine Party machen zu dürfen; ob ich kommen würde. Klar, schrieb ich zurück, falls ich vom vielen Husten nicht zu geschwächt sei.

Die nächste Mail war von Michael, der mir auch gute Besserung wünschte – aber nicht als normale Mail, sondern mit einer kleinen Animation: ein Kater, der Fat Louie ziemlich ähnlich sieht und einen kleinen »Gute-Besserungs-Tanz« aufführt. Voll süß! Und dazu hat er geschrieben: »Alles Liebe, Michael.«

Nicht »Viele Grüße«.

Nicht »Alles Gute«.

Nein – »Alles *Liebe*«.

Ich hab mir den kleinen Film viermal angeguckt, wusste hinterher aber trotzdem nicht, ob er den Brief geschrieben hat. In dem übrigens nirgendwo das Wort *Liebe* erwähnt wird. Da steht bloß, dass der Absender mich *mag*. Und unterschrieben ist er mit »Bis bald«.

Aber von Liebe keine Spur. Nicht die geringste.

Dann erst hab ich die vierte Mail entdeckt, deren Absender mir gar nichts sagte. O Gott! Kam die etwa von meinem anonymen Michmögenden? Mit zitternder Hand tastete ich nach der Maus... Ein gewisser JoCrox schrieb:

JOCROX: ICH WOLLTE MICH NUR GANZ KURZ MELDEN UND DIR SAGEN, DASS ICH HOFFE, ES GEHT DIR SCHON WIEDER BESSER. ICH HAB DICH HEUTE IN DER SCHULE RICHTIG VERMISST. HAST DU MEINEN BRIEF BEKOMMEN? VIELLEICHT WIRST DU JA SCHNELLER GESUND, WENN DU WEISST, DASS ES JEMANDEN GIBT, DER DICH SUPERCOOL FINDET. DEIN FREUND

O Gott. Das ist von *ihm*! Von meinem unbekannten Verehrer! Aber Jo Crox? Ich kenne keinen Jo Crox. Er schreibt, dass er mich in der Schule vermisst hat, also ist er vielleicht in einem meiner Kurse. Aber da gibt es, soweit ich weiß, keinen Jo.

Womöglich heißt er ja gar nicht wirklich Jo Crox. Das klingt auch nicht nach einem richtigen Namen. Vielleicht steht es für *Joc Rox*, er ist Discjockey und das ist sein Künstlername oder so. Aber ich kenne auch keine DJs. Jedenfalls nicht persönlich. Halt – Sekunde! Ich glaub, ich hab's.

Jo-C-rox. Jo »cee« Rox.

Josie Rocks! Das ist ja genial! Wie Josie aus »Josie and the Pussycats«!

Hach, ist das eine *süße* Idee!

Aber er? Wer ist *er*?

Mir war klar, dass es nur eine Möglichkeit gab, das rauszufinden. Deshalb schrieb ich sofort zurück.

FTLOUIE: LIEBER FREUND, JA, ICH HAB DEINEN BRIEF BEKOMMEN. VIELEN DANK AUCH FÜR DIE MAIL. WER BIST DU? (ICH SCHWÖRE, ICH SAG ES AUCH NIEMANDEM WEITER.)
MIA

Ich saß ungefähr eine halbe Stunde lang rum und wartete auf eine Antwort, aber er rührte sich nicht mehr.

Wer kann das bloß sein? WER??

Ich muss bis morgen unbedingt wieder gesund sein, damit ich zur Schule gehen und herausfinden kann, wer hinter Jo-C-rox steckt. Sonst werde ich noch wahnsinnig, so wie Mel Gibsons Freundin aus »Hamlet«, und schmeiße mich in den Hudson, wo ich dann tot in meinem eleganten Nachthemd treibe – zusammen mit dem übrigen Chemiemüll.

Freitag, 24. Oktober, Mathe

ICH BIN WIEDER GESUND!

Na ja, »gesund« ist vielleicht übertrieben, aber das ist mir egal. Ich hab jedenfalls kein Fieber mehr, sodass Mom nichts anderes übrig blieb, als mich in die Schule zu lassen. Im Bett hätte ich es auch keinen weiteren Tag mehr ausgehalten. Nicht solange da draußen ein Jo-C-rox rumläuft, der möglicherweise in mich verliebt ist.

Schlauer als vorher bin ich bis jetzt aber auch nicht. Vorhin haben wir wie immer Lilly mit der Limousine abgeholt. Michael ist zwar auch mitgefahren, aber so beiläufig wie er zu mir »Hallo« gesagt hat, sollte man kaum glauben, dass er mir jemals eine mit »Alles Liebe, Michael« unterzeichnete Gute-Besserungs-Mail geschickt hat, geschweige denn, dass ich in seinen Augen »eine richtige Josie« sein könnte.

Das *Liebe* am Ende seiner Mail war rein platonisch gemeint.

»Alles Liebe«, bedeutet eindeutig nicht, dass er mich irgendwie liebt.

Nicht dass ich jemals dachte, er würde. Oder könnte. Mich lieben, meine ich.

Immerhin hat er mich noch bis zu meinem Spind begleitet. Was ich voll nett von ihm fand. Ja okay, wir steckten mitten in einer hitzigen Diskussion über die letzte Folge von »Buffy – im Bann der Dämonen«, aber trotzdem ist er der erste Junge, der mich jemals zu meinem Spind begleitet hat. Boris Pelkowski wartet jeden, aber auch wirklich absolut jeden Morgen vor der Schule auf Lilly und geht dann noch bis zu ihrem Spind mit. Und das seit dem Tag, als sie sich bereit erklärt hat, seine Freundin zu werden.

Zugegeben, Boris Pelkowski atmet durch den Mund und stopft sich immer den Pulli in die Hose. Und zwar trotz mehrfacher taktvoller Hinweise meinerseits, dass das bei uns in Amerika ein modisches Gewaltverbrechen darstellt. Aber er ist ein Junge. Und es ist ziemlich cool, von einem Jungen – selbst wenn er Zahnspangenträger ist – zum Spind begleitet zu werden. Ja klar, ich hab Lars, aber es ist schon etwas anderes, ob man von seinem Bodyguard zum Spind begleitet wird oder von einem richtigen *Jungen*.

Gerade ist mir aufgefallen, dass sich Lana Weinberger lauter neue Ordner zugelegt hat. Die alten musste sie wahrscheinlich entsorgen. Sie hatte nämlich erst auf alle »Mrs Josh Richter« geschrieben und das dann fett durchgestrichen, als mit Josh Schluss war. Jetzt sind sie ja aber wieder zusammen. Und wahrscheinlich bedeutet das, dass sie auch diesmal wieder bereit ist, ihre weibliche Identität aufzugeben und den Namen ihres »Mannes« anzunehmen. Allein auf dem Matheordner steht nämlich insgesamt schon dreimal »Ich liebe Josh« und siebenmal »Mrs Josh Richter«. Vor dem Unterricht hat Lana allen, die es hören wollten, von irgendeiner Party erzählt, auf die sie heute Abend geht. Bei irgendeinem von Joshs Freunden. Von uns ist natürlich keiner eingeladen.

Ich werde nie zu solchen Partys eingeladen. Ich meine, wie die aus Teeniefilmen, wo die Eltern übers Wochenende verreisen und dann kommt die halbe Schule vorbei, bringt Fassbier mit und verwüstet das Haus.

Außerdem kenne ich niemanden, der in einem Einfamilienhaus wohnt. Hier in New York wohnen alle in Wohnungen. Und wenn man anfängt, so eine Wohnung zu verwüsten, kann man Gift darauf nehmen, dass die Nachbarn sofort unten beim Pförtner anrufen und sich beschweren. Und dann kriegt man einen Riesenstress mit der Eigentümerversammlung.

Na ja, Lana macht sich über so was bestimmt keinen Kopf.

Die dritte Potenz von x ist x^3 (Kubik)
Die zweite Potenz von x ist x^2 (Quadrat)

Poetischer Blick aus dem Fenster des Mathesaals

sonnenwarme betonbänke,
tische mit aufgemalten schachbrettern
und an der mauer graffiti in neonfarbe –
hinterlassenschaft zahlloser schülergenerationen:

Joanne liebt Richie
Punk is not dead!
Schwulis und Lesben stinken
und
Amber ist 'ne Sau

die brise, die vom park herweht, treibt
totes laub und plastiktüten vor sich her
und männer in anzügen halten verzweifelt die letzten
verbliebenen strähnen auf ihren rosa glänzenden glatzen fest.
kippenschachteln und ausgespuckte kaugummis
pflastern den grauen asphalt
und ich denke:
wen kümmern
lineare gleichungen und potenzen?
wir sterben doch sowieso alle.

Freitag, 24. Oktober, Politik

Nenne fünf Regierungsformen:

Anarchie
Monarchie
Aristokratie
Diktatur
Oligarchie
Demokratie

Nenne fünf Personen, die sich hinter Jo-C-rox verbergen könnten:

Michael Moscovitz (ach, wär das schön!)
Boris Pelkowski (bitte nicht)
Mr Gianini (weil er denkt, ich muss aufgemuntert werden?)
Mein Vater (s. o.)
Der merkwürdige Typ, den ich manchmal in der Schulcafeteria treffe und der immer einen Aufstand macht, wenn Maiskörner im Chili sind (bitte, bitte nicht)

Wüüürgggg!!!!

Freitag, 24. Oktober, T & B

Während ich krank war, hat Boris offenbar ein neues Stück auf der Geige angefangen. Im Moment übt er ein Violinkonzert von einem Menschen namens Bartók.

Genauso klingt das Teil auch. Dass wir ihn samt seiner Geige im Lehrmittelkabuff eingesperrt haben, hat rein gar nichts gebracht. Keiner von uns kann sich konzentrieren. Michael ist eben zur Schulschwester, um sich eine Kopfschmerztablette zu besorgen.

Vorhin hab ich versucht, das Gespräch auf Briefe und solche Dinge zu lenken. Ganz unauffällig natürlich.

Nur für den Fall.

Als Lilly irgendwas über ihre Sendung »Lilly spricht Klartext« sagte, hat mich das auf die Idee gebracht, sie zu fragen, ob sie eigentlich immer noch so viel Fanpost bekommt – einer ihrer größten Fans, Norman (der ihr auch nachspioniert), schickt ihr zum Beispiel die ganze Zeit Geschenke, weil er hofft, dass sie in der Sendung mal ihre nackten Füße zeigt. Norman ist nämlich Fußfetischist.

Ganz nebenbei hab ich einfließen lassen, dass ich selbst vor kurzem einen äußerst *merkwürdigen* Brief bekommen hätte...

Und dann habe ich blitzschnell in Michaels Richtung geguckt, um zu sehen, wie er reagiert.

Er hat nicht einmal von seinem Laptop aufgeschaut.

Gerade ist er von der Schulschwester zurückgekommen, die sich geweigert hat, ihm eine Schmerztablette zu geben, weil sich in der letzten Zeit die Fälle von Medikamentenmissbrauch gehäuft hätten. Ich bot ihm einen Schluck von meinem kodeinhaltigen Hustensaft an. Danach sagte er, seine Kopfschmerzen seien wie weggeblasen.

Das kann aber auch daran liegen, dass Boris mit seinem Bogen eine Dose Farbverdünner umgestoßen hat, worauf wir ihn aus dem Kabuff lassen mussten.

Gute Vorsätze:

1. aufhören, so oft an Jo-C-rox zu denken
2. dasselbe gilt für Michael Moscovitz
3. und für meine Mutter und alles, was mit ihrer Fortpflanzung zu tun hat
4. und für mein morgiges Interview mit Beverly Bellerieve
5. und für Grandmère
6. mehr Selbstvertrauen aufbauen
7. aufhören, meine künstlichen Fingernägel abzukauen
8. an meiner Selbstaktualisierung arbeiten
9. in Mathe besser aufpassen
10. Turnzeug waschen

Freitag, etwas später

Gott, wie PEINLICH! Unsere Schuldirektorin Mrs Gupta hat wohl irgendwie mitgekriegt, dass ich Michael von meinem Hustensaft abgegeben hab. In Bio wurde ich rausgerufen und musste mich bei ihr im Büro dazu äußern, dass ich auf dem Schulgelände rezeptpflichtige Medikamente verteile!

O Gott. Ich hab schon damit gerechnet, sofort von der Schule verwiesen zu werden.

Ich hab versucht, ihr das mit Bartók und den Kopfschmerztabletten zu erklären, aber sie zeigte keinerlei Verständnis. Nicht mal, als ich darauf hinwies, dass vor der Schule ständig Schüler stehen und rauchen, ließ sie sich erweichen. Kriegen die etwa Ärger, wenn sie Zigaretten voneinander schnorren?

Und was ist mit den Cheerleadern, die alle Diätpillen nehmen?

Mrs Gupta findet, das könne man nicht vergleichen. Sie hat meinen Hustensaft konfisziert und ich bekomme ihn erst nach dem Unterricht zurück. Außerdem darf ich ihn am Montag nicht in die Schule mitnehmen.

Da muss sie sich keine Sorgen machen. Die ganze Geschichte ist mir so ultrapeinlich, dass ich allen Ernstes überlege, ob ich überhaupt jemals wieder zur Schule gehe, von Montag ganz zu schweigen.

Ich kann mich doch zu Hause von Privatlehrern unterrichten lassen, wie die Jungs von *Hanson*, dieser Kultband. Aus denen ist ja schließlich auch was geworden.

Hausaufgaben:

Mathe: Aufgaben S. 129
Englisch: Schildere ein Erlebnis, das dich nachhaltig berührt hat.
Politik: Aufsatz (200 Wörter) über die Staats- und Verwaltungsform in Indien
T & B: *Ts, ts*
Franz: devoirs: les notes grammaticales: 141–143
Bio: zentrales Nervensystem

TAGEBUCH (im Fach Englisch)

Lieblingsgericht:
Gemüselasagne
Lieblingsfilm:
Meinen absoluten Lieblingsfilm habe ich zum ersten Mal im Fernsehen gesehen, als ich zwölf war. Trotz der Bemühungen von Freunden und Familienangehörigen, mich mit angeblich anspruchsvollen Filmen vertraut zu machen, ist er mein Lieblingsfilm geblieben. Offen gestanden, finde ich, dass »Dirty Dancing« (mit Patrick Swayze und einer noch nicht an der Nase operierten Jennifer Grey in den Hauptrollen) all das besitzt, was Werken wie »Außer Atem« oder »September« fehlt, die von so genannten »Autorenfilmern« gedreht wurden. »Dirty Dancing« spielt in den Sommermonaten in einem Ferienort. Mir ist aufgefallen, dass Filme, die in Ferienorten spielen (andere Beispiele dafür sind »Cocktail« oder »Zwei Asse im Schnee«) einfach grundsätzlich besser sind als andere Filme. Außerdem wird in »Dirty Dancing« getanzt und das tut jedem Film gut. Man muss sich nur mal überlegen, wie viel besser solche oscargekrönten Filme wie »Der englische Patient« wären, wenn darin getanzt würde. Wenn ich tanzende Menschen auf der Leinwand sehe, langweile ich mich im Kino gleich viel weniger. Zu den vielen, vielen Menschen, die in Bezug auf »Dirty Dancing« nicht meiner Meinung sind, kann ich nur mit Patrick Swayze sagen: »Mein Baby gehört zu mir!«
Lieblingsserie:
Meine Lieblingsserie ist »Baywatch«. Ich weiß, dass viele Leute die Serie für stinklangweilig und sexistisch halten,

aber das stimmt nicht – die Männer rennen genauso halb nackt rum wie die Frauen und eine Frau trägt die Hauptverantwortung für die ganzen Lebensrettungsaktionen (jedenfalls in den späteren Folgen). »Baywatch« gucken macht mich einfach glücklich. Das liegt daran, dass man genau weiß, dass Mitch Hobie immer retten wird, egal wie tief er in der Tinte sitzt, ob er gegen Monsterzitteraale oder gegen Smaragdschmuggler kämpfen muss. Außerdem ist der Soundtrack hervorragend und das Ganze spielt vor einer atemberaubenden Meereskulisse. Ich wäre froh, wenn ich einen Mitch hätte, der immer alles für mich in Ordnung bringen würde. Und ich hätte gern so einen Busen wie Carmen Electra.

Lieblingsbuch:
Mein Lieblingsbuch heißt »IQ 83«. Es ist von dem Bestsellerautor Arthur Herzog, der auch die Vorlage zu dem Film »Der tödliche Schwarm« geschrieben hat.
In »IQ 83« spielt eine Gruppe von Ärzten an der DNS herum und setzt dabei irgendeinen Virus frei, durch den alle Menschen auf der Welt ein paar IQ-Punkte verlieren und anfangen, sich total debil zu benehmen. Wirklich! Sogar der Präsident der Vereinigten Staaten, der am Schluss sabbert wie ein Idiot! Da das Land droht von einer Bande übergewichtiger Hirnamputierter bevölkert zu werden, die den ganzen Tag nichts weiter tun, als primitive Talkshows zu glotzen und Chips in sich reinzustopfen, muss Dr. James Healy alles tun, um das zu verhindern. Dem Buch wurde leider nie die Aufmerksamkeit zuteil, die es verdient hätte, und es ist nie verfilmt worden!
Das ist ein kulturpolitischer Skandal.

Freitag, noch später

Was mach ich nur mit dieser beknackten Englischhausaufgabe: *Schildere ein Erlebnis, das dich nachhaltig berührt hat?* O Mann. Was könnte ich nur schreiben? Wie ich einmal in die Küche kam und mich unerwartet meinem nur mit einer Unterhose bekleideten Mathelehrer gegenübersah? Berührt hat mich der Anblick nicht unbedingt, aber ein Erlebnis war es schon.

Oder wie mein Vater mir völlig überraschend eröffnet hat, dass ich ihm auf den Thron von Genovia nachfolgen muss? Das war auch ein echtes Erlebnis. Nur bin ich mir nicht sicher, ob es nachhaltig war, und obwohl ich total weinen musste, glaube ich nicht, dass das etwas mit Rührung zu tun hatte. Ich war einfach nur stinksauer, weil mir das vorher niemand gesagt hatte. Klar, ich versteh schon, dass es ihm vor den Genovesen peinlich war, ein uneheliches Kind zu haben, aber musste er es ihnen ganze vierzehn Jahre lang verheimlichen? Ein klassischer Fall von Verdrängung.

Kenny, der in Bio neben mir sitzt und auch bei Mrs Spears in Englisch ist, schreibt über seine letzten Sommerferien, wo er mit seinen Eltern in Indien war. Er hat sich dort mit Cholera angesteckt und wäre fast gestorben. Und während der Zeit, die er in diesem fremden Land im Krankenhaus lag, wurde ihm klar, dass wir nur für kurze Zeit auf der Erde zu Gast sind und dass es deshalb entscheidend ist, jeden Augenblick so zu leben, als wäre es unser letzter. Deswegen will er sein Leben auch der Suche nach einem Heilmittel gegen Krebs und der Verbreitung japanischer Anime-Zeichentrickfilme widmen.

Kenny hat echt Glück. Wieso krieg ich eigentlich nie eine potenziell tödliche Krankheit?

Allmählich wird mir klar, dass das einzig Nachhaltige in meinem bisherigen Leben der absolute Mangel an nachhaltig berührenden Erlebnissen ist.

JEFFERSON MARKET
GARANTIERT FRISCHE WARE – JEDEN TAG
ZÜGIGE LIEFERUNG FREI HAUS

BESTELLUNG NR. 2764

1 Sojaquark
1 Weizenkeime
1 Vollkornbrot
5 Grapefruits
12 Orangen
6 Bananen
1 Bierhefe
1 fettarme Milch
1 Orangensaft (kein Konzentrat)
1 Butter
12 Eier
1 Sonnenblumenkerne, natur
1 Vollkorn-Frühstücksflocken
1 Toilettenpapier
1 Wattestäbchen

LIEFERADRESSE:
Mia Thermopolis, 1005 Thompson Street, Apartment-Nr. 4A

Samstag, 25. Oktober, 2 Uhr nachmittags. Grandmères Suite im Plaza Hotel

So, jetzt hocke ich hier und warte darauf, interviewt zu werden. Zusätzlich zu den Halsschmerzen ist mir inzwischen auch noch speiübel. Vielleicht hat sich meine Bronchitis zu einer schweren Grippe ausgewachsen. Oder es liegt an den Falafel, die ich mir gestern Abend nach Hause bestellt hab. Womöglich waren die Kichererbsen faul.

Es kann natürlich auch die pure Nervosität sein – immerhin wird das Interview, das am Montagabend ausgestrahlt wird, von schätzungsweise zweiundzwanzig Millionen Haushalten empfangen. Wobei ich kaum glaube, dass sich wirklich zweiundzwanzig Millionen Haushalte dafür interessieren könnten, was *ich* zu sagen hab.

Irgendwo hab ich gelesen, dass sich Prinz William die Interviewfragen immer eine Woche vorher schriftlich schicken lässt, damit er Zeit hat, sich geistreiche und scharfsinnige Antworten einfallen zu lassen. Den Mitgliedern der genovesischen Fürstenfamilie wird diese Gefälligkeit offenbar nicht erwiesen. Nicht dass mir selbst bei einer Woche Bedenkzeit geistreiche und scharfsinnige Antworten einfallen würden. Na ja, geistreiche vielleicht, aber bestimmt keine scharfsinnigen.

Obwohl, vielleicht noch nicht mal geistreiche. Kommt drauf an, was sie mich fragen.

Ich hab echt das Gefühl, mich gleich übergeben zu müssen. Je schneller das Ganze vorbei ist, desto besser. Eigentlich hätten wir ja schon vor zwei Stunden anfangen sollen.

Aber Grandmère hat eine Szene gemacht, weil sie der Meinung ist, dass die Visagistin (die das Make-up macht) meine Augen total schlecht geschminkt hat. Sie findet, ich sehe aus wie eine *poule*. Das ist das französische Wort für »Nutte«. Oder »Huhn«. Aber bei Grandmère bedeutet es immer »Nutte«.

Warum ist es mir nicht vergönnt, eine ganz normale, nette Oma zu haben, die Strudel backt und mich immer hübsch findet, ganz egal, wie ich aussehe? Lillys Großmutter hat noch nie in ihrem Leben das Wort »Nutte« in den Mund genommen, noch nicht mal auf Jiddisch. Das weiß ich genau.

Jedenfalls musste die Visagistin jetzt extra in den Hotelshop runter, um zu schauen, ob sie da blauen Lidschatten verkaufen. Grandmère behauptet, Blau würde ideal zu meinen Augen passen. Wobei die grau sind. Ob Grandmère farbenblind ist?

Das würde einiges erklären.

Diese Beverly Bellerieve hab ich schon kennen gelernt. Ich bin erleichtert, dass sie halbwegs menschlich zu sein scheint. Sie meinte, wenn ich eine Frage als zu persönlich oder unangenehm empfinde, müsste ich nur sagen, dass ich darauf lieber nicht antworten will. Das ist doch echt nett, oder?

Außerdem ist sie richtig schön. Dad ist fast umgekippt. Ich prophezeie jetzt schon mal, dass diese Beverly seine nächste Eroberung wird. Na ja, besser als die Tussis, mit denen er sonst so rumzieht, ist sie allemal. Sie sieht aus, als würde sie normale Unterhosen und keine Super-Stringtangas tragen. Und als wäre ihr Hirnstamm voll funktionsfähig.

Eigentlich komisch, dass ich immer noch so nervös bin, obwohl sie so nett ist.

Ich weiß ehrlich gesagt auch nicht, ob es wirklich nur an dem Interview liegt, dass mir so speiübel ist. Wahrscheinlich hat es mehr mit dem zu tun, was Dad zu mir gesagt hat, als er hier reinkam. Ich sehe ihn heute ja zum ersten Mal seit seinem Krankenbesuch bei mir. Jedenfalls fragte er, wie es mir ginge, und ich hab gelogen und behauptet »gut«. Und dann fragte er: »Sag mal, Mia, dein Mathelehrer...?«

Ich hab sofort zurückgefragt: »Was ist mit meinem Mathelehrer?«, weil ich dachte, er wolle wissen, ob Mr Gianini uns auch die negativen Zahlen beibringt oder so. Aber darum ging es ÜBERHAUPT nicht. Er fragte nämlich: »Wohnt er eigentlich bei euch?«

Uff. Ich war voll geschockt und wusste überhaupt nicht, was ich sagen sollte. Natürlich wohnt Mr Gianini nicht bei uns. Jedenfalls nicht richtig.

Aber bald. Wahrscheinlich sehr bald.

Deshalb sagte ich bloß: »Öh. Nein.«

Mann, sah Dad vielleicht erleichtert aus! Echt – richtig erleichtert!

Oje, ich möchte nicht wissen, wie er aussehen wird, wenn er die Wahrheit erfährt.

Jedenfalls fällt es mir schwer, mich auf mein bevorstehendes Interview mit dieser hochkarätigen, weltbekannten Journalistin zu konzentrieren, wenn ich die ganze Zeit daran denken muss, wie mein armer Vater sich wohl fühlt, wenn er herausfindet, dass Mom meinen Mathelehrer nicht nur heiraten, sondern auch noch ein Kind von ihm bekommen wird. Nicht dass ich glaube, Dad würde sie immer noch lieben. Aber Lilly hat mal gesagt, sein massiver Frauenverschleiß sei ein klarer Hinweis auf seine Unfähigkeit, Nähe zuzulassen.

Aber wenn man Grandmère zur Mutter hat, ist das irgendwie auch kein Wunder.

Ich könnte mir vorstellen, dass er sich insgeheim auch so eine Beziehung wünscht wie die von Mom und Mr Gianini. Wie er wohl reagiert, wenn Mom endlich mal den Mut hat, ihm zu sagen, was läuft? Womöglich flippt er total aus. Vielleicht zwingt er mich dann, zu ihm nach Genovia zu ziehen, damit ich ihn in seinem Kummer trösten kann!

Und ich kann mich natürlich nicht weigern, weil er mein Vater ist und ich ihn liebe und alles.

Aber ich will nicht nach Genovia ziehen. Ich würde Lilly, Tina Hakim Baba und meine anderen Freundinnen und Freunde viel zu sehr vermissen. Und Fat Louie? Ob ich den wohl behalten dürfte? Eigentlich ist er sehr gut erzogen (wenn man von der Sockenvorliebe und seinem Faible für glänzende Gegenstände mal absieht). Falls es im Schloss eine Mäuseplage gibt, wäre er dort genau richtig. Aber was ist, wenn Katzen im Palast verboten sind? Wir haben ihm nicht die Krallen rausoperieren lassen – wenn es dort also irgendwelche wertvollen Möbel oder Gobelins gibt, kann man sich von denen schon mal getrost verabschieden...

Mr G und Mom haben sogar schon beratschlagt, wo er sein Zeug hinstellen kann, wenn er einzieht. Es klingt, als hätte er ein paar ganz coole Sachen, z. B. einen eigenen Kicker, ein Schlagzeug (hätte ich ja nie gedacht, dass Mr G musikalisch ist), einen Flipper UND einen 16:9-Flachbildfernseher.

Ja doch. Er ist echt wesentlich cooler, als ich gedacht hätte. Wenn ich nach Genovia ziehen muss, verpasse ich einmalige Chance, zu Hause Tischfußball spielen zu können.

Andererseits: Wenn ich nicht nach Genovia ziehe – wer tröstet Dad dann über seine chronische Einsamkeit hinweg?

Ah, ich sehe, dass die Visagistin gerade zurückgekommen ist und tatsächlich blauen Lidschatten aufgetrieben hat.

Ich hab wirklich das Gefühl, gleich kotzen zu müssen. Ein Glück, dass ich heute den ganzen Tag viel zu nervös war, um irgendwas zu essen.

Samstag, 25. Oktober, 7 Uhr abends, unterwegs zu Lilly

O Gott. O Gott, o Gott, o Gottogottogottogottogott – o Gott. Ich hab's voll vergeigt. Echt so was von MEGAMÄSSIG vergeigt. Ich weiß selbst nicht, wie es passiert ist. Echt nicht.

Eigentlich ist alles gut gelaufen. Also, diese Beverly Bellerieve ist echt so... *nett*. Ich war supernervös, und sie hat sich totale Mühe gegeben, mich zu beruhigen.

Ich fürchte aber, ich hab mich trotzdem ziemlich verplappert. Fürchte???? Nein, ich WEISS es.

Es war keine Absicht. Wirklich nicht. Ich weiß nicht mal, wieso es mir überhaupt rausgerutscht ist. Ich war einfach so nervös und zappelig, von allen Seiten waren Scheinwerfer auf mich gerichtet und dann das Mikro und so. Ich hatte das Gefühl... ich weiß auch nicht, als säße ich im Büro von Mrs Gupta und würde wieder wegen der Sache mit dem kodeinhaltigen Hustensaft verhört.

Und als Beverly Bellerieve sagte: »Ich habe gehört, dass es vor kurzem erfreuliche Nachrichten für dich gab, Mia. Erzähl doch mal?«, da hat es bei mir einfach ausgesetzt. Ich dachte total panisch: *Was? Woher weiß sie das?*, und gleichzeitig: *Millionen von Menschen schauen dir jetzt zu, also tu so, als würdest du dich freuen.*

Deshalb sagte ich: »Was? Oh, ja... das ist wirklich erfreulich. Ich wollte ja schon immer jüngere Geschwister haben. Aber die beiden wollen kein großes Trara darum machen. Es soll bloß eine kleine Feier im Rathaus werden, mit mir als Trauzeugin...«

Dad ließ das Glas Perrier fallen, aus dem er gerade getrunken hatte. Grandmère begann zu hyperventilieren und musste in eine Papiertüte atmen. Und ich saß nur da und dachte: O mein Gott, o mein Gott, was hab ich angerichtet?

Natürlich hatte sich Beverly Bellerieves Frage gar nicht auf Moms Schwangerschaft bezogen. Natürlich nicht. Woher hätte sie das auch wissen sollen?

Sie hatte vielmehr darauf angespielt, dass ich mich in Mathe kürzlich von einer Sechs auf eine Vier hochgearbeitet hab.

Ich wollte sofort aufspringen, um Dad zu trösten. Er war in seinem Sessel zusammengebrochen und hatte die Hände vors Gesicht geschlagen. Aber ich war durch die Mikrokabel an meinen Platz gefesselt und konnte doch nicht die ganze Arbeit der Tontechniker zunichte machen, die eine halbe Stunde damit zugebracht hatten, mich zu verkabeln. Ich sah Dads Schultern zucken und war mir sicher, dass er weinte, so wie am Ende von »Free Willy«, obwohl er jedes Mal versucht, es auf seine Allergie zu schieben.

Sobald Beverly meine Verzweiflung bemerkte, machte sie so eine resolute Handbewegung in Richtung Kamera und wickelte mich sehr hilfsbereit aus dem Kabelwirrwarr.

Als ich vor Dad stand, wurde mir klar, dass er kein bisschen weinte. Er *lachte*. Worüber ich natürlich mordsmäßig erleichtert war. Im Ernst, ich bin sehr froh, dass er nicht zusammenbricht, weil er Mom an einen anderen Mann verliert. Aber so lustig finde ich es wiederum auch nicht.

Und was ist mit Mom? Wie die wohl reagiert, wenn sie erfährt, was ich angerichtet hab? Aber Dad meint, ich soll mir keine Sorgen machen, er will ihr alles erklären.

Und das macht er wahrscheinlich auch gut. Blöd ist nur,

dass sie es ihm doch selbst sagen wollte. Und jetzt hab ich es ihr vermasselt. Ich mit meiner großen Klappe. Meiner GIGANTISCHEN, GROTESKEN RIESENKLAPPE.

Ich hab keine Ahnung, was ich im Verlauf des Interviews noch für einen Mist abgesondert hab. Ich stand so was von unter Schock, dass ich mich an keine einzige Frage erinnern kann, die Beverly Bellerieve mir noch gestellt haben könnte.

Übrigens glaub ich nicht, dass sich Grandmère noch mal erholen wird. Als ich sie zuletzt sah, hockte sie zusammengesunken auf einem Sofa und stürzte einen Sidecar runter. Mit zwei Aspirin drin.

Dad hat mir versichert, er sei echt kein bisschen eifersüchtig auf Mr Gianini, sondern freue sich für Mom und sei außerdem der Meinung, die beiden gäben ein prima Paar ab. Ich glaube, er meint das ernst. Nachdem der erste Schock vergangen war, wirkte er ziemlich gelassen. Mir ist aufgefallen, dass er und Beverly Bellerieve nach dem Interview noch albern rumkicherten.

Zum Glück hatte ich schon mit Lilly ausgemacht, dass ich vom Hotel aus gleich zu ihr fahre. Wir machen nämlich mit den anderen bei ihr eine Pyjamaparty und drehen dabei gleich die nächste Folge der Sendung ab. Gut, dass ich heute bei ihr schlafen kann und Mom erst morgen unter die Augen treten muss. Bis dahin ist vielleicht schon alles vergeben und vergessen.

Hoffentlich.

Sonntag, 26. Oktober, 2 Uhr morgens bei Lilly

Mal eine bescheidene Frage: Wieso krieg ich es eigentlich immer mit doppelter Härte ab?
Offenbar reicht es noch nicht, dass...

1. ich ohne jegliche Brustwachstumsdrüse geboren wurde,
2. meine Füße so lang sind wie bei normalen Menschen die Oberschenkel,
3. ich die Alleinerbin des Thrones eines kleinen europäischen Fürstentums bin,
4. in der Schule trotz aller Bemühungen immer weiter abrutsche,
5. einen heimlichen Verehrer hab, der seine Identität nicht preisgibt,
6. meine Mutter von meinem Mathelehrer geschwängert wurde und
7. dass ganz Amerika darüber Bescheid wissen wird, sobald am Montagabend mein Exklusivinterview in *Twentyfour/Seven* ausgestrahlt wurde.

Aber nein, zusätzlich zu alldem muss ich natürlich auch noch die Einzige aus meinem Freundeskreis sein, die noch nie einen Zungenkuss bekommen hat.
Das ist die Wahrheit. Ich weiß es, weil Lilly ihre nächste Sendung als – wie sie es nennt – »Bekenntnis à la Scorcese«

plant, um den Tiefstand der Degeneration zu demonstrieren, auf den die Jugend von heute herabgesunken ist. Also mussten wir alle vor der Kamera unsere schlimmsten Verfehlungen beichten, und dabei stellte sich heraus, dass Shameeka, Tina Hakim Baba, Ling Su und Lilly jeweils schon Jungenzungen im Mund hatten. Alle. *Ausnahmslos.*

Bis auf mich.

Okay, bei Shameeka überrascht es mich nicht. Seit sie aus den Sommerferien plötzlich mit Busen wiederkam, sind die Jungs hinter ihr her, als wäre sie das neue Tomb-Raider-Spiel. Und Ling Su ist ja seit einiger Zeit mit diesem Clifford zusammen und die beiden sind schwer verknallt.

Aber Tina? Die hat doch genau wie ich einen Bodyguard. Wann war *die* denn jemals so lang mit einem Jungen allein, dass die Zeit für einen Zungenkuss gereicht hätte?

Und Lilly? Entschuldigung – aber Lilly, MEINE BESTE FREUNDIN? Lilly, von der ich geglaubt habe, sie würde mir alles anvertrauen (selbst wenn ich es umgekehrt nicht unbedingt auch so halte)? Lilly weiß also, wie es sich anfühlt, wenn ihre Zunge von einer Jungenzunge berührt wird, und ist BIS JETZT nie auf die Idee gekommen, mir davon zu erzählen?

Offensichtlich geht Boris Pelkowski viel schärfer ran, als man es ihm in Anbetracht seiner in die Hose gestopften Pullover zutrauen würde.

Also wirklich, es tut mir Leid, aber ich finde das widerlich. Total krank und widerlich. Lieber möchte ich als vertrocknete, ungeküsste alte Jungfer enden, als jemals mit Boris Pelkowski Körperflüssigkeiten auszutauschen. Der hat immer Essensreste in seiner Zahnspange hängen. Und zwar nicht irgendwas, sondern meistens komische, bunte Klebrigkeiten wie Gummibärchen oder Jelly Beans.

Allerdings hat Lilly gesagt, dass er die Spange zum Küssen rausnimmt.

Gott, ich bin der volle Ladenhüter. Niemand will mich. Der einzige Junge, der mich jemals geküsst hat, hat es nur deshalb getan, damit sein Foto in die Zeitung kommt.

Gut, ein bisschen Zunge war dabei, aber ich hab meine Lippen zusammengekniffen, so fest ich konnte.

Und zur Strafe dafür, dass ich noch nie mit Zunge geküsst hab und auch nichts anderes Gutes beichten konnte, beschloss Lilly, mir eine Mutprobe aufzuerlegen. Sie hat noch nicht mal gefragt, ob ich stattdessen nicht lieber eine andere superpeinliche Frage beantworten will.

Die Mutprobe bestand darin, aus ihrem Zimmer im 16. Stock eine Aubergine auf den Gehsteig fallen zu lassen.

Ich sagte, dass ich mich das natürlich trauen würde, obwohl ich überhaupt keine Lust dazu hatte. Ich meine, ist doch echt blöd, oder? Immerhin kann die unten einem auf den Kopf fallen und ihn ernsthaft verletzen. Ich bin ja absolut dafür, den degenerierten Zustand der amerikanischen Jugend zu demonstrieren, aber ich möchte nicht, dass sich jemand dabei einen Schädelbasisbruch zuzieht.

Nur – was hätte ich tun sollen? Es war eine Mutprobe. Ich musste mitmachen. Schlimm genug, dass ich quasi ungeküsst bin. Ich will mich nicht auch noch als Weichei beschimpfen lassen müssen.

Außerdem konnte ich mich ja schlecht hinstellen und erklären: Na gut, vielleicht bin ich noch nie von einem Jungen richtig geküsst worden, aber dafür hab ich von einem einen Liebesbrief bekommen. Von einem Jungen, meine ich.

Das ging nicht. Weil ... was, wenn Michael doch Jo-C-rox ist?

Ich weiß, wie unwahrscheinlich das ist, aber ... was, wenn doch? Ich will nicht, dass Lilly davon weiß – genauso wenig wie ich will, dass sie von meinem Interview mit Beverly Bellerieve erfährt oder davon, dass Mom und Mr G heiraten. Ich gebe mir die größte Mühe, ein ganz normales Mädchen zu sein, und nichts von den oben erwähnten Dingen ist auch nur im Entferntesten als normal zu bewerten.

Wahrscheinlich verlieh mir das Wissen darum, dass es irgendwo auf der Welt einen Jungen gibt, der etwas für mich übrig hat, ein Gefühl der Stärke (das ich übrigens während des Interviews mit Beverly Bellerieve sehr gut hätte gebrauchen können, aber egal). Gut, vielleicht bin ich nicht in der Lage, vor laufender Kamera einen einzigen zusammenhängenden Satz herauszubringen, aber ich will mir nicht nachsagen lassen, nicht mal eine Aubergine aus dem Fenster werfen zu können.

Lilly war sprachlos. Bisher hab ich solche Mutproben ja immer abgelehnt.

Ich kann selbst nicht genau erklären, warum ich es getan hab. Vielleicht war es einfach ein Versuch, meinem neu erworbenen Ruf als »richtige Josie« gerecht zu werden.

Womöglich hatte ich auch mehr Angst vor der Ersatzaufgabe, die Lilly mir andernfalls auferlegt hätte. Einmal hat sie mich gezwungen, splitterfasernackt durch den Flur zu rennen. Nicht den in der Wohnung. Den Hausflur draußen.

Aber egal, jedenfalls habe ich kurze Zeit später versucht, unauffällig an den beiden Doktoren Moscovitz vorbei in die Küche zu schleichen. Beide hatten es sich in Jogginghosen im Wohnzimmer gemütlich gemacht und saßen in Sesseln, ringsum umgeben von Stapeln wichtig aussehender medizinischer Fachzeitschriften – trotzdem las Lillys Vater eine Ausgabe der *Sports Illustrated* und Lillys Mutter die *Cosmopolitan*.

»Hallo Mia«, rief Lillys Vater hinter seiner Zeitschrift hervor. »Alles klar?«

»Äh, ja«, murmelte ich nervös. »Alles klar.«
»Und deiner Mutter geht's gut?«, fragte Lillys Mutter.
»Ja«, sagte ich.
»Ist sie eigentlich noch mit deinem Mathelehrer befreundet?«
»Äh, ja, Dr. Moscovitz«, antwortete ich und dachte bei mir: Sogar mehr, als Sie ahnen.
»Und du stehst der Beziehung nach wie vor tolerant gegenüber?«, wollte Lillys Vater wissen.
»Äh«, sagte ich. »Ja, Dr. Moscovitz.« Ich hielt es nicht für angebracht zu erwähnen, dass Mom ein Kind von Mr G kriegt. Außerdem musste ich ja meine Mutprobe hinter mich bringen. Da konnte ich doch nicht stehen bleiben und mich mal eben schnell therapieren lassen.
»Tja, dann richte ihr doch bitte schöne Grüße von uns aus«, sagte Lillys Mutter. »Wir freuen uns schon sehr auf die nächste Ausstellung. Sie ist doch in der Mary Boone Gallery geplant, oder?«
»Ja, genau«, sagte ich. Die Moscovitzens sind große Bewunderer meiner Mutter. Eines ihrer schönsten Gemälde »Frau macht Mittagspause bei Starbucks« hängt bei ihnen im Esszimmer.
»Wir kommen auf jeden Fall«, verkündete Lillys Vater.
Danach verschanzten er und seine Frau sich wieder hinter ihren Zeitschriften, sodass ich endlich in die Küche huschen konnte. Im Gemüsefach entdeckte ich eine Aubergine und steckte sie mir unters T-Shirt, damit die Doktoren Moscovitz mich nicht dabei sahen, wie ich mit einer riesigen eiförmigen Frucht in der Hand ins Zimmer ihrer Tochter zurückschlich. Das hätte bestimmt unangenehme Fragen nach sich gezogen. Während ich die Aubergine vorne an mich drückte, dachte ich, dass Mom in ein paar Monaten genauso aussehen wird. Kein beruhigender Gedanke. Mom

zieht sich als Schwangere nämlich bestimmt nicht konservativer an als jetzt. Also quasi gar nicht konservativ.

Als ich zurück im Zimmer war, sprach Lilly mit düsterer Stimme ins Mikro, dass Mia Thermopolis sich gerade darauf vorbereite, eine Lanze für die braven Mädchen der Welt zu brechen. Shameeka filmte, ich machte das Fenster auf, vergewisserte mich, dass keine unschuldigen Passanten unten standen und …

»Bombe ausgelöst«, sagte ich wie im Kriegsfilm.

Irgendwie war es cool zuzusehen, wie dieses riesige, violette Ding – etwa so groß wie ein Football – kreiselnd zu Boden plumpste. Auf der Fifth Avenue, wo die Moscovitzens wohnen, gibt es genug Staßenlaternen, sodass wir ihren freien Fall bestens beobachten konnten. Die Aubergine trudelte an den Fenstern der übrigen Psychoanalytiker und Börsianer vorbei (andere Berufsgruppen können sich die Wohnungen in dem Gebäude gar nicht leisten), bis sie – KAWUMM! – auf dem Gehsteig landete.

Nur dass sie nicht einfach landete: Sie explodierte förmlich auf dem Asphalt und schleuderte Auberginenteilchen in alle Richtungen, vor allem aber auf einen Stadtbus, der in diesem Moment vorbeifuhr, und auf einen Jaguar, der mit laufendem Motor am Gehsteig wartete.

Ich beugte mich aus dem Fenster, um das Muster zu bewundern, das die zerplatzte Aubergine auf dem Gehsteig hinterlassen hatte. Da wurde die Fahrertür des Jaguars aufgerissen und ein Mann stieg aus. Im selben Augenblick trat der Pförtner von Lillys Haus unter der Eingangsmarkise hervor und sah nach oben …

Plötzlich schlang mir jemand die Arme um die Taille und riss mich nach hinten, sodass ich beinahe umkippte.

»Ducken!«, zischte Michael und zog mich zu sich runter aufs Parkett.

Alle duckten sich. Das heißt Lilly, Shameeka, Ling Su und Tina – ich selbst und Michael lagen ja bereits am Boden.

Keine Ahnung, wo Michael mit einem Mal hergekommen war. Ich hatte nicht gewusst, dass er überhaupt zu Hause war – und natürlich hatte ich danach gefragt, bevor Lilly mir meine Aufgabe verkündete (falls sie vorgehabt hätte, mich nackt auf den Gang zu schicken). Aber Lilly hatte behauptet, er sei an der Columbia University bei einer Vorlesung über Quasare und würde erst in ein paar Stunden zurückkommen.

»Habt ihr einen an der Waffel?«, brüllte Michael. »Abgesehen davon, dass es in Manhattan gesetzlich verboten ist, Sachen aus dem Fenster zu werfen, hättet ihr gerade locker jemanden umbringen können.«

»Ach komm, Michael«, sagte Lilly gereizt. »Krieg dich mal ein. Das war doch bloß eine Aubergine.«

»Ich meine das ganz ernst.« Michael sah echt sauer aus. »Wenn Mia beobachtet wurde, muss sie damit rechnen, in den Knast zu wandern.«

»Blödsinn«, widersprach Lilly. »Sie ist minderjährig.«

»Sie würde aber vors Jugendgericht kommen. Ich kann nur hoffen, dass du das nicht in deiner Sendung zeigen willst«, sagte Michael.

Wahnsinn. Michael verteidigte meine Ehre! Zumindest versuchte er sicherzustellen, dass ich nicht vors Jugendgericht musste. Das war so süß... so... hach, so jo-c-roxig von ihm.

»Klar strahl ich das aus, was denkst du denn?«, keifte Lilly.

»Dann solltest du aber wenigstens die Szenen rausschneiden, in denen Mias Gesicht zu sehen ist.«

Lilly reckte trotzig das Kinn vor. »Vergiss es.«

»Mensch Lilly, Mia wird doch von allen sofort erkannt.

Wenn du das sendest, verbreiten sie in den Nachrichten überall, dass die Prinzessin von Genovia Gegenstände aus dem Fenster des Hochhauses geworfen hat, in dem ihre beste Freundin wohnt. Schalt doch mal dein Hirn ein!«

Mit Bedauern musste ich feststellen, dass Michael meine Taille losgelassen hatte.

»Michael hat Recht, Lilly«, mischte sich Tina Hakim Baba ein. »Wir sollten die Szene schneiden. Mia braucht nicht noch mehr Presse, als sie sowieso schon hat.«

Und dabei weiß Tina noch nicht mal von meinem Interview für *Twentyfour/Seven*.

Lilly richtete sich auf und stapfte zum Fenster. Sie wollte sich gerade rausbeugen – wahrscheinlich, um nachzusehen, ob der Pförtner und der Jaguarbesitzer noch dastanden –, als Michael sie ins Zimmer zurückzerrte.

»Regel Nummer eins«, sagte er. »Wenn du schon unbedingt was aus dem Fenster schmeißen musst, dann schau anschließend auf keinen Fall nach, ob jemand unten steht und hochblickt. Wenn dich jemand sieht, kann er ohne Probleme rausfinden, wo du genau wohnst. Und du bist überführt. Weil natürlich nur der aus dem Fenster schaut, der gerade irgendwas runtergeworfen hat.«

»Wahnsinn, Michael«, sagte Shameeka bewundernd. »Du klingst, als hättest du so was auch schon mal gemacht.«

Nicht nur das. Er klang wie Dirty Harry, dieser Filmcop.

Genauso hatte ich mich übrigens gefühlt, als ich die Aubergine fallen ließ. Exakt wie Dirty Harry.

Ein ziemlich angenehmes Gefühl – aber noch angenehmer war es, als Michael mir zu Hilfe gekommen war.

Michael meinte nur: »Sagen wir mal so: Experimente, bei denen es um die Anziehungskraft der Erde geht, haben mich immer sehr interessiert.«

O Mann. Mir wird mal wieder bewusst, wie wenig ich

Michael eigentlich kenne. Zum Beispiel hätte ich nie gedacht, dass er schon mal Straftaten begangen hat.

Ich frag mich natürlich, ob sich ein Computergenie Querstrich jugendlicher Straftäter überhaupt für eine flachbrüstige Prinzessin wie mich interessieren könnte. Aber immerhin hat er mir heute das Leben gerettet (na ja, jedenfalls hat er mich vor ein paar Stunden Sozialdienst bewahrt).

Klar, das ist kein Zungenkuss, kein eng umschlungener Tanz, und er hat auch nicht gestanden, der Autor des anonymen Briefs zu sein.

Aber es ist ein Anfang.

»Na, komm schon.«

(Pause)

»Make my day!«

Zu erledigen:

1. Tagebucheintrag für Englisch schreiben
2. aufhören, über den blöden Brief nachzudenken
3. dasselbe gilt für Michael Moscovitz
4. und das Interview
5. und Mom
6. Katzenklo sauber machen
7. Schmutzwäsche wegbringen
8. Hausmeister bitten, Schloss an Klotür zu reparieren
9. Kaufen: – Spülmittel
   – Wattestäbchen
   – aufgezogene Leinwände (für Mom)
   – dieses bittere Zeug, das man sich auf die Nägel schmiert, damit man nicht daran kaut
   – irgendein Geschenk für Mr Gianini, um ihn als Familienmitglied willkommen zu heißen
   – Geschenk für Dad, um ihn zu trösten und ihm klar zu machen, dass auch er eines Tages seine große Liebe finden wird

Sonntag, 26. Oktober, 7 Uhr abends

Auf dem Nachhauseweg hatte ich totale Angst, Mom könnte von mir enttäuscht sein.

Nicht dass sie mich anschreien könnte. Das macht Mom ja eher selten.

Aber manchmal reagiert sie enttäuscht, wenn ich zum Beispiel später nach Hause komme, ohne angerufen und ihr Bescheid gesagt zu haben (was bei meinem gesellschaftlichen Leben bzw. meinem nicht vorhandenen gesellschaftlichen Leben kaum vorkommt).

Und diesmal hatte ich ja wirklich Mist gebaut. Megamist. Heute Morgen hatte ich echt gar keine Lust, von den Moscovitzens wegzugehen, weil ich mit Moms enttäuschter Miene rechnete. Wobei es mir jedes Mal schwer fällt, von Lilly wegzugehen. Bei ihr fühle ich mich immer ein bisschen so, als hätte ich Urlaub vom richtigen Leben. Lillys Familie ist so schön normal. Na ja, so normal wie zwei Psychoanalytiker, deren Sohn sein eigenes Internetmagazin herausgibt und deren Tochter eine Fernsehsendung im offenen Kanal hat, eben sein können. Die Moscovitzens haben nie Streit oder Probleme und wenn, dann geht es darum, wer mit ihrem Sheltie Pawlow Gassi gehen muss oder ob sie sich das Abendessen vom Chinesen oder Thailänder liefern lassen sollen.

Ich hab das Gefühl, bei mir zu Hause ist alles immer eine Spur komplizierter.

Aber als ich endlich den Mut hatte, zu Hause aufzukreuzen, war Mom total froh, mich zu sehen. Sie umarmte mich und sagte, ich solle mir keine Gedanken über das Interview machen. Dad hätte mit ihr gesprochen und sie habe vollstes Verständnis. Ja, sie hat sogar versucht, mir weiszumachen, das Ganze sei letztendlich *ihre* Schuld, weil sie ihm die Sache nicht von vornherein gebeichtet hatte.

Was natürlich Quatsch ist – es ist und bleibt mein Fehler. Ich rede immer los, ohne nachzudenken, aber nett fand ich es trotzdem von ihr.

Wir saßen dann noch zusammen und hatten totalen Spaß bei der Hochzeitsplanung. Mom findet, dass Halloween der ideale Hochzeitstermin ist, weil die Ehe an sich schon so eine Furcht einflößende Institution sei. Sie wollen vormittags im Rathaus heiraten, was heißt, dass ich wahrscheinlich an dem Tag nicht in die Schule gehen kann – aber damit hab ich mich großzügigerweise einverstanden erklärt!

Weil Halloween ist, will Mom kein Hochzeitskleid anziehen, sondern im King-Kong-Kostüm zum Rathaus gehen. Und ich soll mich als Empire-State-Building verkleiden (die Größe stimmt ja schon mal). Sie war gerade dabei, Mr G zu überzeugen, Fay Wray zu spielen (die Darstellerin der Blondine, in die King Kong verliebt ist), als das Telefon klingelte. Mom ging ran. Es war Lilly für mich. Ich war etwas überrascht, weil ich doch gerade erst von ihr weggefahren war, aber dann dachte ich, ich hätte vielleicht meine Zahnbürste vergessen oder so.

Aber das war nicht der Grund für ihren Anruf. Ganz und gar nicht. Das wurde mir sehr schnell klar, als sie spitz fragte: »Was ist das denn für ein Interview mit dir, das diese Woche in *Twentyfour/Seven* kommt?«

Ich war platt. Mein erster Gedanke war, Lilly sei telepathisch begabt und hätte mir diese Fähigkeit jahrelang verheimlicht. »Woher weißt du davon?«, fragte ich entgeistert.

»Weil sie alle fünf Minuten im Fernsehen Trailer zeigen, du Doofie!«

Ich schaltete den Fernseher an. Lilly hatte Recht! Egal auf welchen Sender man schaltete, überall kamen Werbetrailer, in denen den Zuschauern geraten wurde, »morgen unbedingt dabei zu sein, wenn Beverly Bellerieve ein Exklusivinterview mit Amerikas Prinzessin Mia führt.«

O nein. Ich kann mich einsargen lassen.

»Also, sag schon, wieso hast du mir das verschwiegen?«, wollte Lilly wissen.

»Weiß ich auch nicht«, sagte ich und sofort wurde mir wieder speiübel. »Es war erst gestern. Ist ja keine große Sache.«

Lilly begann so laut zu schreien, dass ich das Telefon von meinem Ohr weghalten musste.

»KEINE GROSSE SACHE???? Beverly Bellerieve interviewt dich und du nennst das ›keine große Sache‹???? Ist dir etwa nicht klar, dass BEVERLY BELLERIEVE EINE DER BEKANNTESTEN JOURNALISTINNEN GANZ AMERIKAS IST, DASS SIE KNALLHART IST UND ÜBERHAUPT MEIN ABSOLUTES IDOL UND VORBILD???«

Als sie sich so weit beruhigt hatte, dass ich wieder sprechen konnte, versuchte ich, ihr klar zu machen, dass ich keine Ahnung von Beverly Bellerieves journalistischen Verdiensten gehabt hätte und noch weniger davon, dass sie Lillys absolutes Idol und Vorbild sei. Ich hätte sie einfach nur nett gefunden.

Aber Lilly war beleidigt. »Ich bin jetzt nur deswegen nicht sauer auf dich, weil du mir morgen alles haarklein erzählen wirst.«

»Ach ja?«

Dann stellte ich eine noch wichtigere Frage: »Warum solltest du überhaupt sauer auf mich sein?« Das interessierte mich wirklich.

»Na, weil du mir die Exklusivrechte für dein erstes Interview überlassen hattest«, klärte Lilly mich auf. »Für ›Lilly spricht Klartext‹.«

Daran kann ich mich zwar überhaupt nicht erinnern, aber sie hat wahrscheinlich Recht.

Als ich mich in den Trailern sah, musste ich zugeben, dass Grandmère mit dem blauen Lidschatten Recht hatte.

Eigentlich komisch, sonst behält sie nämlich eher selten Recht.

GRANDMÈRES IRRTÜMER (TOP 5):

Sie lag voll daneben, als sie sagte:

1. Dad würde ruhiger werden und eine Familie gründen, wenn er erst die richtige Frau fände;
2. Fat Louie würde sich nachts, wenn ich schlafe, auf mich setzen und mir den Atem aussaugen, bis ich ersticke;
3. ich würde eine Geschlechtskrankheit kriegen, wenn ich in eine gemischte statt in eine reine Mädchenschule ginge;
4. meine Ohrläppchen würden sich entzünden, wenn ich mir Löcher stechen lasse, und ich würde an Blutvergiftung sterben;
5. ich würde im Busenbereich fülliger werden, wenn ich in die Pubertät komme.

Sonntag, 26. Oktober, 8 Uhr abends

Nicht zu fassen. Während ich weg war, kam eine Lieferung von Jefferson Market hier an. Ich war total überzeugt, dass eine Verwechslung vorliegt, bis ich den Lieferschein sah. (Ich klebe ihn hier rein.) Wenn ich Mom in die Finger bekomme, ist sie geliefert!

Jefferson Market

Garantiert frische Ware – jeden Tag
zügige Lieferung frei Haus

Bestellung Nr. 2803

1 Mikrowellenpopcorn (Käse)
1 Palette Yoo-Hoo-Schokoshakes
1 Glas Cocktailoliven
1 Kakaokekse mit Vanillecreme »Oreos«
1 Eiscreme (Karamell)
1 Hotdogwürstchen (Rindfleisch)
1 Hotdogbrötchen
1 Mozarellasticks
1 Schokochips
1 Kartoffelchips (Barbecue)
1 Erdnüsse im Knuspermantel
1 Schokobiskuits »Milano«
1 Gewürzgurken
1 Toilettenpapier
1 Schinken (6 Pfund)

Lieferadresse:
Helen Thermopolis, 1005 Thompson Street, Apartment Nr. 4A

Weiß die Frau nicht, wie negativ sich diese gesättigten Fettsäuren und das viele Natrium auf ihr ungeborenes Kind auswirken können? Eins ist jetzt klar: Mr Gianini und ich werden die nächsten sieben Monate extrem wachsam sein müssen. Bis auf das Klopapier hab ich alles an Ronnie von nebenan verschenkt. Den Süßkram will sie aber nicht behalten, sondern an Halloween an Kinder verteilen. Seit ihrer Geschlechtsumwandlung muss sie auf ihr Gewicht achten. Durch die Östrogenspritzen setzt sich bei ihr alles gleich auf die Hüften.

Sonntag, 26. Oktober, 9 Uhr abends

Wieder eine Mail von Jo-C-rox!

JOCROX: HI, MIA. ICH HAB GERADE DEN TRAILER FÜR DEIN INTERVIEW GESEHEN. DU SIEHST SCHARF AUS. LEIDER KANN ICH DIR NICHT SAGEN, WER ICH BIN. OBWOHL ES MICH WUNDERT, DASS DU NICHT SCHON DRAUFGEKOMMEN BIST. ABER JETZT HÖR AUF, E-MAILS ZU LESEN, UND KÜMMER DICH LIEBER UM DIE MATHEHAUSAUFGABEN. ICH WEIß DOCH, DASS DU DIE IMMER ERST AUF DEN LETZTEN DRÜCKER MACHST.
DAS FINDE ICH ÜBRIGENS GERADE SÜß AN DIR.
DEIN FREUND

Der macht mich noch wahnsinnig. Wer kann das nur sein????
Ich hab sofort zurückgemailt.

FT LOUIE: SAG SCHON, WER BIST DU???????????????????

Ich hoffte, das würde ihm klar machen, wie ernst es mir ist, aber er meldete sich nicht mehr. Ich hab mir den Kopf darüber zerbrochen, wer von meinen Freunden und Bekannten weiß, dass ich die Mathehausaufgaben immer bis zuletzt rausschiebe. Leider weiß das, glaub ich, jeder.

Aber am besten weiß es Michael. Er hilft mir ja schließlich jeden Tag in T & B bei den Hausaufgaben. Und schimpft immer, weil ich die Zahlen nicht ordentlich untereinander schreibe.

Ach, könnte Michael Moscovitz doch nur Jo-C-rox sein! Das wäre sooooo toll.

Aber er ist es bestimmt nicht. Das wäre einfach zu schön, um wahr zu sein. Solche filmreifen Sachen passieren nur Mädchen wie Lana Weinberger, aber nie jemandem wie mir. Bei meinem Glück ist es wahrscheinlich doch der komische Chilityp. Oder einer, der durch den Mund atmet wie Boris.

WOMIT HAB ICH DAS VERDIENT?

Montag, 27. Oktober, T & B

Leider sieht es so aus, als wäre Lilly nicht die Einzige, der die Trailer für das Interview heute Abend aufgefallen sind.
Alle sprechen darüber. Wirklich ALLE.
Und alle wollen es sich anschauen.
Und das bedeutet wiederum, dass morgen alle über Mom und Mr Gianini Bescheid wissen.
Nicht dass mir das was ausmachen würde. Schließlich ist es nichts, wofür man sich schämen muss. Ganz und gar nicht. So eine Schwangerschaft ist eine ganz natürliche und wunderbare Sache.
Trotzdem wäre mir wohler, wenn ich mich besser daran erinnern könnte, worüber Beverly und ich gesprochen haben. Ich bin mir nämlich sicher, dass Moms bevorstehende Hochzeit nicht alles war, worüber wir uns unterhalten haben. Und ich fürchte, dass ich auch noch andere blöde Sachen gesagt habe und superdoof rüberkommen könnte.
Deshalb hab ich beschlossen, mich eingehend über Hauslehrer zu informieren, nur für alle Fälle…
Tina Hakim Baba hat mir erzählt, dass ihre Mutter, die als Supermodel in England lebte, bevor sie Mrs Hakim Baba wurde, früher ständig interviewt worden ist. Vor der Ausstrahlung sei ihr aus Gefälligkeit immer ein Mitschnitt zugeschickt worden, und wenn sie gegen irgendwelche Stellen

Einwände hatte, wurden sie rausgeschnitten. Ich fand die Idee ganz vernünftig und hab deshalb in der Mittagspause bei Dad im Plaza angerufen, um ihn zu fragen, ob er Beverly bitten kann, mir das Interview zu schicken.

Er sagte: »Moment mal«, und fragte sie. Beverly saß also direkt neben ihm! In seinem Hotelzimmer! An einem Montagnachmittag! Vor Scham wäre ich beinahe gestorben, als Beverly Bellerieve selbst ans Telefon kam und fragte: »Worum geht es, Mia?«

Ich erklärte ihr also, dass ich wegen des Interviews ziemlich nervös sei, und fragte, ob es eine Möglichkeit gäbe, sich das Ganze vor der Ausstrahlung anzusehen.

Beverly beteuerte mir wortreich, ich wäre bezaubernd gewesen und müsse mir keine Sorgen machen. Ich weiß gar nicht mehr, was sie genau gesagt hat, aber irgendwie hatte ich das überwältigende Gefühl, dass alles gut wird.

Beverly ist einer dieser Menschen, die es schaffen, ihrem Gegenüber ein wirklich gutes Lebensgefühl zu geben. Keine Ahnung, wie sie das macht.

Kein Wunder, dass Dad sie seit Samstag nicht mehr aus seinem Hotelzimmer gelassen hat.

Zwei Autos, von denen eines mit 80 km/h in Richtung Norden und das andere mit 100 km/h in südlicher Richtung unterwegs ist, fahren zur selben Uhrzeit in der Stadt los. Wie viele Stunden vergehen, bis zwischen den beiden Wagen 620 Kilometer liegen?

Mal im Ernst – wen kratzt das schon?

Montag, 27. Oktober, Bio

Unsere Biolehrerin Mrs Sing behauptet, es sei medizinisch unmöglich, aus Langeweile oder Scham zu sterben, aber ich weiß genau, dass sie da falsch liegt, weil ich nämlich gerade fast einen Herzinfarkt bekommen hätte.

Nach T & B sind Michael, Lilly und ich zusammen den Gang runtergegangen, weil Lilly in Psycho, ich in Bio und Michael in Mathe mussten und die Klassenzimmer ja direkt gegenüberliegen. Auf einmal schoss Lana Weinberger auf uns zu – AUF MICHAEL UND MICH –, deutete mit zwei Fingern auf uns, wackelte viel sagend damit und fragte: »Habt ihr eigentlich was miteinander?«

Ich wäre fast gestorben. Und Michael erst. Ich dachte, sein Kopf würde gleich explodieren, so rot wurde er.

Ich war bestimmt auch nicht gerade blass.

Lilly war überhaupt keine Hilfe. Sie lachte nur wiehernd und kreischte: »Sonst noch was?«

Darauf brachen Lana und die anderen Tussis auch sofort in Lachen aus.

Ich kapier nicht, was daran so lustig sein soll. Diese Mädchen haben Michael offensichtlich noch nie mit nacktem Oberkörper gesehen. Aber ich, *und wie*.

Michael hat nicht viel gesagt, wahrscheinlich fand er die ganze Aktion viel zu kindisch. Ich merke, dass es mir zunehmend schwerer fällt, ihn nicht zu fragen, ob er vielleicht doch Jo-C-rox ist. Zum Beispiel versuche ich immer wieder, unauffällig das Gespräch auf »Josie and the Pussycats« zu bringen. Ich weiß schon, dass das taktisch nicht klug ist, aber ich kann einfach nicht anders.

Ich weiß nicht, wie lange ich es noch ertragen kann, das einzige Mädchen aus der Neunten zu sein, das keinen Freund hat.

Hausaufgaben:

Mathe: Aufgaben auf S. 135
Englisch: »Mach das Beste aus dir, denn es ist alles, was du hast.« Wie interpretierst du diesen Ausspruch des Dichters Ralph Waldo Emerson? Schreibe einen kurzen Text darüber in dein Tagebuch.
Politik: Fragen am Ende von Kap. 9
T & B: nichts
Franz: Planung eines fiktiven Ausflugs nach Paris
Bio: (übernimmt Kenny)

Dringend:

Mom empfehlen, einen Termin bei einem Humangenetiker zu machen, um herauszufinden, ob sie oder Mr G Träger des Tay-Sachs-Gens sind, das Morbus-Tay-Sachs bzw. GM2-Gangliosidose vererbt. Das Gen findet sich häufig unter osteuropäischen Juden und Frankokanadiern. Haben wir Frankokanadier in der Familie?
HERAUSFINDEN!

Montag, 27. Oktober, nach der Schule

Ich hätte nie gedacht, dass ich so was jemals sagen werde, aber ich mache mir Sorgen um Grandmère.

Ernsthaft. Ich glaub, jetzt ist sie wirklich am Durchdrehen. Heute kam ich wie immer zum Prinzessunterricht ins Plaza in ihre Suite – da ich im Dezember offiziell dem genovesischen Volk vorgestellt werden soll, will Grandmère sicherstellen, dass ich nicht irgendwelche Würdenträger brüskiere oder so etwas – und was macht sie? Sie bespricht mit dem genovesischen Zeremonienmeister die Hochzeit meiner Mutter.

Das ist mein heiliger Ernst. Sie hat ihn einfliegen lassen. Aus Genovia!

Die beiden saßen am Esstisch und hatten ein Riesenblatt Papier vor sich ausgebreitet, auf das lauter Kreise gezeichnet waren, und Grandmère schob kleine Papierstreifen hin und her. Als ich ins Zimmer kam, guckte sie hoch und sagte auf Französisch: »Ah, Amelia. *Très bien.* Komm her und setz dich zu uns. Wir beide haben eine Menge mit Vigo zu besprechen.«

Mir sind wahrscheinlich die Augen aus dem Kopf getreten. Ich konnte nicht glauben, was ich sah, und hoffte, dass das, was ich sah, nicht das war... na ja, was ich zu sehen glaubte.

»Grandmère«, fragte ich, »was macht ihr da?«

»Sieht man das nicht?« Grandmère zog ihre aufgemalten Brauen in ungeahnte Höhen. »Wir planen die Hochzeit, was sonst?«

Ich schluckte. Das war schlecht. GANZ schlecht.

»Aha«, sagte ich. »Und wessen Hochzeit, Grandmère?«

Sie sah mich sehr bissig an. »Dreimal darfst du raten«, sagte sie.

Ich schluckte noch mal. »Äh, Grandmère?«, bat ich sie. »Kann ich mal kurz mit dir sprechen? Unter vier Augen?«

Aber Grandmère wedelte nur mit der Hand und sagte: »Vigo darf alles hören, was du mir zu sagen hast. Er konnte es übrigens kaum erwarten, dich endlich kennen zu lernen. Vigo, darf ich vorstellen – Ihre königliche Hoheit, Prinzessin Amelia Mignonette Grimaldi Renaldo.«

Das Thermopolis ließ sie unter den Tisch fallen. Wie üblich.

Vigo sprang vom Tisch auf und eilte auf mich zu. Er war viel kleiner als ich, etwa in Moms Alter und hatte einen grauen Anzug an. Offenbar teilt er Grandmères Vorliebe für Lila, denn er trug ein lavendelfarbenes Hemd aus glänzendem Stoff und eine ebenso glänzende dunkelviolette Krawatte.

»Hoheit!«, stieß er hervor. »Es ist mir eine Ehre. Ich freue mich sehr, endlich Ihre Bekanntschaft zu machen.« Und zu Grandmère: »Wie Recht Sie hatten, Madame. Sie hat die Renaldo-Nase, kein Zweifel.«

»Na bitte«, sagte Grandmère zufrieden. »Verblüffend, nicht wahr?«

»Absolut.« Vigo formte Zeigefinger und Daumen zu einer Art Kameralinse und sah mit zusammengekniffenen Augen hindurch. »Rosa«, sagte er entschieden. »Eindeutig rosa. Oh, ich liebe rosa gekleidete Brautjungfern! Trotzdem schlage ich für die übrigen Brautjungfern cremeweiß vor.

Ganz à la Diana. Aber Diana hatte ohnehin einen untadeligen Geschmack.«

»Wirklich nett, Sie kennen zu lernen«, begrüßte ich Vigo.

»Die Sache ist nur, ich glaube, meine Mutter und Mr Gianini hatten an eine Trauung im kleinen Kreis gedacht. Und zwar im...«

»Rathaus.« Grandmère verdrehte die Augen. Das sieht bei ihr besonders Furcht erregend aus, weil sie sich vor langer Zeit einen schwarzen Lidstrich eintätowieren ließ, damit sie keine wertvolle Zeit mit Schminken verliert, in der sie zum Beispiel irgendjemanden schikanieren könnte. »Ja, ich weiß. Das ist natürlich absurd. Die beiden werden im Goldenen Saal des Plazahotels getraut, und im direkten Anschluss daran findet im großen Ballsaal ein Empfang statt, wie es sich für die Mutter der zukünftigen Regentin von Genovia geziemt.«

»Aha...«, sagte ich. »Aber ich glaube, die beiden haben sich das anders vorgestellt.«

Grandmère schaute mich ungläubig an. »Ach ja? Aber dein Vater kommt natürlich für alle anfallenden Kosten auf. Und ich lasse mich auch nicht lumpen – beide dürfen jeweils fünfundzwanzig Gäste einladen.«

Ich warf einen Blick auf das vor ihr liegende Blatt Papier, auf dem ich weit mehr als fünfzig Papierstreifen sah.

Grandmère muss meinen Blick bemerkt haben, denn sie sagte hastig: »Ich selbst komme unter dreihundert natürlich nicht aus.«

Ich starrte sie an. »Unter dreihundert was?«

»Gästen, natürlich.«

Ich fühlte mich allmählich leicht überfordert. Wenn ich sie davon abbringen wollte, brauchte ich Verstärkung.

»Wie wär's«, schlug ich vor, »wenn ich mal zu Dad runtergehe und ihn frage, was er davon hält...«

»Dann viel Glück«, schnaubte Grandmère. »Er ist mit dieser Bellerieve auf und davon und seitdem habe ich nichts von ihm gehört. Wenn er nicht Acht gibt, ergeht es ihm wie deinem Mathelehrer.«

Dabei ist es natürlich hochgradig unwahrscheinlich, dass Dad jemanden schwängern könnte, weil ich ja nur deshalb anstelle irgendeines ehelich gezeugten Kindes Thronfolgerin bin, weil er seit seinem Hodenkrebs, der nur durch eine massive Chemotherapie geheilt werden konnte, zeugungsunfähig ist. Aber Grandmère hält vermutlich so wenig von mir als Nachfolgerin, dass sie diese Tatsache verdrängt.

In diesem Moment erklang unter Grandmères Sessel ein schwaches Wimmern. Wir sahen beide nach unten. Ihr Zwergpudel Rommel starrte verängstigt zu mir hoch.

Ich weiß schon, dass ich abschreckend aussehe, trotzdem finde ich es lächerlich, dass der Hund solche Angst vor mir hat. Und dabei liebe ich Tiere!

Aber wahrscheinlich würde es selbst dem heiligen Franz von Assisi schwer fallen, Rommel zu mögen. Seit einiger Zeit hat er irgendein Nervenleiden (ich vermute, es hat etwas damit zu tun, dass er in Grandmères Nähe leben muss), wodurch ihm alle Haare ausgefallen sind. Deshalb zieht ihm Grandmère jetzt kleine Pullover und Mäntelchen an, damit er sich nicht erkältet.

Heute trug er ein Nerzjäckchen. Doch, im Ernst. Der Pelz war violett gefärbt, wie der, den sich Grandmère um die Schultern geschlungen hatte. Ich finde es schon Horror, dass Menschen Pelze anziehen, aber es ist noch tausendmal schlimmer, wenn ein Tier das Fell eines anderen Tieres trägt.

»Rommel!«, schimpfte Grandmère. »Hör auf zu knurren.«

Dabei knurrte er gar nicht. Er winselte. Aus Angst. Vor mir! MIR!

Wie oft muss ich mich an einem einzigen Tag eigentlich demütigen lassen?

»Dummer Hund, du!« Zu Rommels Entsetzen griff Grandmère nach unten und hob ihn hoch. Ich sah, wie sich ihre Brillantbroschen in seine Wirbelsäule bohrten (er hat kein Gramm Fett am Leib, und seit er kein Fell mehr besitzt, ist er besonders empfindlich, was spitze Gegenstände angeht), aber sie gab ihn nicht frei, obwohl er nach Kräften zappelte.

»Hör zu, Amelia«, begann Grandmère. »Deine Mutter und dieser Wie-heißt-er-noch-gleich müssen heute Abend die Namen ihrer Gäste und deren Adressen notieren und mir durchgeben, damit ich morgen die Umschläge drucken lassen kann. Ich kann mir denken, dass deine Mutter einige ihrer ... unkonventionellen Bekannten einladen möchte, Mia, aber ich hielte es für besser, wenn sie sich vielleicht nach draußen zu den Fotografen und Touristen stellen könnten, um zu winken, wenn deine Mutter der Limousine entsteigt. Dann haben sie das Gefühl, dabei zu sein, ohne dass sie mit ihren unattraktiven Frisuren und ihrer schlecht sitzenden Kleidung das Gesamtbild stören.«

»Grandmère«, sagte ich. »Ich glaub echt...«

»Und was sagst du zu diesem Kleid?« Grandmère hielt das Foto einer Hochzeitsrobe von Vera Wang mit aufgeblähtem Glockenrock in die Höhe, das Mom unter Garantie nie anziehen würde.

Vigo hüstelte. »Wenn ich einen Vorschlag machen dürfte, Hoheit. Dieses hier scheint mir ideal zu sein.« Er wedelte mit einem anderen Foto.

Es zeigte ein hautenges Armanikleid, das Mom ebenso wenig anziehen würde.

»Hm, Grandmère ...«, versuchte ich es wieder. »Das ist

wirklich nett von dir, aber Mom will keine große Hochzeit. Echt. Ganz sicher nicht.«

»*Bö'ff!*«, machte Grandmère. Das ist französisch und heißt so viel wie: *Ich will nichts hören.* »Wenn sie erst die köstlichen Hors d'œuvres sieht, die beim Empfang serviert werden, wird sie ihre Meinung schon ändern. Erzählen Sie ihr davon, Vigo.«

Er zählte genüsslich auf: »Mit Trüffeln gefüllte Champignons, Lachscarpaccioröllchen mit Spargelspitzen, Zuckererbsenschoten mit einer Füllung aus Ziegenkäse, zart gekräuselte Endivienblätter mit Roquefortsträuseln ...«

Ich versuchte es ein letztes Mal: »Trotzdem nicht, Grandmère. Glaub mir.«

»Unsinn«, sagte sie. »Vertrau mir, Mia. Deine Mutter wird unsere Anstrengungen zu schätzen wissen. Vigo und ich sorgen dafür, dass ihre Hochzeit zu einem unvergesslichen Erlebnis wird.«

Daran zweifelte ich keine Sekunde.

»Ja, aber Grandmère, Mom und Mr Gianini hatten eine ganz einfache und schlichte...«

Grandmère schleuderte mir einen ihrer berüchtigten Blicke zu – die wirklich unglaublich Furcht einflößend sind – und sagte mit Grabesstimme: »Während dein Grandpère fröhlich gegen die Deutschen ins Feld zog, brachte ich drei Jahre damit zu, uns die Nazis – von Mussolini ganz zu schweigen – vom Leibe zu halten. Sie warfen Granaten gegen das Palastportal und wollten mit ihren Panzern den Burggraben durchqueren. Doch ich hielt ihnen stand – mit schierer Willenskraft. Und jetzt willst du mir erzählen, Amelia, dass es mir nicht gelingen sollte, eine einzige schwangere Frau dazu zu bringen, sich meinen Wünschen zu fügen?«

Nicht, dass ich Mom mit den Nazis oder Mussolini gleichsetzen will, aber wenn es darum geht, Grandmère Widerstand zu leisten, ist sie jedem faschistischen Diktator um Längen voraus.

Ich merkte, dass ich in diesem Fall mit vernünftigen Argumenten nicht weiterkam. Deshalb tat ich erst mal so, als würde ich mitmachen, lauschte Vigo, der von der Menüfolge und der Musik schwärmte, die er für die Trauung und den Empfang ausgewählt hatte – und bewunderte sogar die Präsentationsmappe des Fotografen, den er engagiert hatte.

Erst als sie mir den Entwurf für die Einladung zeigten, wurde mir plötzlich etwas klar.

»Die Hochzeitsfeier ist ja am Freitag!«

»Ja.« Grandmère nickte.

»An Halloween!« Derselbe Tag, den Mom für ihre standesamtliche Trauung vorgesehen hat – und zufälligerweise genau der Tag von Shameekas Party.

Grandmère schaute gelangweilt. »Und?«

»Na ja ... Halloween, du weißt schon.«

Vigo sah meine Großmutter an. »Halloween?«, fragte er verständnislos. Mir fiel ein, dass man in Genovia kein Halloween feiert.

»Ein heidnischer Feiertag«, antwortete Grandmère mit einem Schaudern. »Die Kinder verkleiden sich und erpressen Süßigkeiten von völlig Unbekannten. Furchtbare amerikanische Tradition.«

»Und das Ganze ist in einer knappen Woche«, warf ich ein.

Grandmère zog ihre aufgemalten Augenbrauen hoch. »Und?«

»Na ja, das ist so ... du weißt schon ... bald. Viele Leute ...«, (ich zum Beispiel), »haben vielleicht schon etwas anderes vor.«

»Ich will niemandem zu nahe treten, Hoheit«, Vigo hüstelte, »aber wir sollten die Trauung über die Bühne bringen, bevor man es Ihrer Mutter... nun... zu sehr ansieht.«

Na toll. Also weiß sogar der genovesische Zeremonienmeister schon, dass meine Mutter guter Hoffnung ist.

Warum mietet Grandmère eigentlich keinen Werbezeppelin und lässt ihn über New York kreisen?

Plötzlich kam Grandmère eine Idee. »Apropos Hochzeit, das ist eine ideale Gelegenheit, dich über die Erwartungen an deinen zukünftigen Gemahl aufzuklären.«

Moment mal. »Mein zukünftiger *was*?«

»Gemahl«, erklärte Vigo eifrig. »Der Ehemann der Regentin. Prinz Philip ist beispielsweise der *Gemahl* von Königin Elizabeth. Und der Mann, den Sie eines Tages ehelichen werden, Hoheit, wird Ihr Gemahl sein.«

Ich blinzelte ihn an. »Ich dachte, Sie wären der fürstliche Zeremonienmeister?«

»Vigo ist nicht nur Zeremonienmeister, sondern auch unser Protokollchef«, erläuterte Grandmère.

»Ah, Protokoll. Das heißt, er kann Steno und so?«

Grandmère verdrehte die Augen. »Beim Protokoll geht es um Fragen des Zeremoniells und der Etikette, die zum Beispiel bei Staatsakten und Treffen mit ausländischen Würdenträgern beachtet werden müssen. Vigo kann dir erklären, was von deinem zukünftigen Gemahl erwartet wird. Nur damit es später keine unerfreulichen Überraschungen gibt.«

Dann ließ mich Grandmère ein Blatt Papier rausholen und genau aufschreiben, was Vigo mir diktierte, damit ich – wie sie sich ausdrückte – in vier Jahren, wenn ich aufs College ginge und mir in den Kopf setzte, mich mit einem völlig unpassenden Partner einzulassen, genau wisse, weshalb sie darüber so ungehalten sein wird.

College? Grandmère ahnt offensichtlich nicht, dass ich schon jetzt aktiv von Gemahlsanwärtern umworben werde.

Zugegeben, ich kenne noch nicht mal den richtigen Namen von Jo-C-rox. Aber es gibt ihn.

Dann erklärten mir beide genau, wie sich mein zukünftiger Gemahl zu verhalten hat, und irgendwie kommen mir langsam Zweifel, ob ich in nächster Zeit von jemandem Zungenküsse kriegen werde. Mir ist jetzt auch klar, weshalb Mom meinen Vater nie heiraten wollte – wenn er sie denn gefragt hätte.

Ich klebe den Zettel mit meinen Notizen hier rein:

*Verhaltenskodex für den Gemahl
der Prinzessin von Genovia*

*Der Gemahl hat die Erlaubnis der
Prinzessin einzuholen, bevor er den Raum verlässt.*

*Der Gemahl hat zu warten, bis die Prinzessin gesprochen hat,
bevor er selbst das Wort ergreift.*

*Der Gemahl hat bei jeder Mahlzeit zu warten,
bis die Prinzessin ihre Gabel in die Hand nimmt,
bevor er selbst mit dem Essen beginnt.*

*Der Gemahl hat erst Platz zu nehmen,
wenn die Prinzessin sich gesetzt hat.*

*Der Gemahl hat sich zu erheben,
sobald die Prinzessin aufsteht.*

*Der Gemahl hat so lange von jeglichen
riskanten Unternehmungen Abstand zu nehmen –
dazu gehören z. B. Auto- oder Bootsrennen,*

Bergsteigen, Fallschirmspringen –,
bis ein gesunder Thronerbe zur Verfügung steht.

Im Falle einer Annullierung oder Scheidung der Ehe
erklärt der Gemahl, für alle Zeiten auf das Sorgerecht für die
während der Ehe geborenen Kinder zu verzichten.

Der Gemahl hat etwaige Staatsbürgerschaften zugunsten
der genovesischen Staatsbürgerschaft aufzugeben.

Was für ein Weichei soll ich denn eines Tages abkriegen?

Wahrscheinlich muss ich mich glücklich schätzen, wenn mich überhaupt noch einer will. Ich meine, das kann doch nur ein Schwachkopf sein, der ein Mädchen heiratet, das er nicht unterbrechen darf. Und das er bei einem Streit nicht einfach im Zimmer sitzen lassen kann. Oder dem zuliebe er seine Staatsbürgerschaft aufgeben muss.

Mich schaudert bei dem Gedanken an den Versager, den ich eines Tages heiraten muss. Und mir blutet das Herz, wenn ich an die coolen Rennfahrer, Bergsteiger und Fallschirmspringer denke, die ich haben könnte, wenn ich keine beknackte Prinzessin wäre.

DIE FÜNF GRÖSSTEN NACHTEILE MEINES LEBENS ALS PRINZESSIN:

1. Ich kann Michael Moscovitz niemals heiraten (er würde seine amerikanische Staatsbürgerschaft nie aufgeben, um Genovese zu werden),
2. kann nirgendwo ohne Bodyguard hingehen (sosehr ich Lars mag; aber selbst der Papst darf manchmal alleine beten),

3. muss bei wichtigen Themen wie Massentierhaltung oder Rauchen einen neutralen Standpunkt einnehmen,
4. bekomme Prinzessunterricht von Grandmère und
5. werde weiterhin gezwungen, Mathe zu lernen, obwohl ich in meinem zukünftigen Beruf als Regentin eines kleinen europäischen Fürstentums garantiert nichts damit anfangen kann.

Montag, 27. Oktober, später

Als ich nach Hause kam, hatte ich fest vor, Mom und Mr G zur Flucht zu raten, und zwar schnellstmöglich. Immerhin hat sich Grandmère professionelle Hilfe geholt! Natürlich wäre das nicht einfach zu organisieren gewesen (Moms Ausstellung ist ja bald), aber ich dachte, jetzt heißt es entweder fliehen, oder die Stadt wird ein Hochzeitsspektakel erleben, wie es New York nicht mehr gesehen hat, seit...

... eben überhaupt noch nie.

Aber als ich reinkam, hing Mom gerade über der Kloschüssel. Sieht ganz so aus, als hätte die Morgenübelkeit begonnen, und die beschränkt sich wohl keineswegs nur auf morgens. Sie kotzt die ganze Zeit.

Weil es ihr so schlecht ging, brachte ich es echt nicht übers Herz, alles noch schlimmer zu machen und ihr von Grandmères Plänen zu erzählen.

»Ihr müsst unbedingt eine Kassette reintun«, rief sie immer wieder aus dem Klo. Ich hatte keine Ahnung, was sie wollte, aber Mr G verstand.

Es ging darum, das Interview aufzunehmen. Mein Interview mit Beverly Bellerieve!

Vor lauter Stress mit Grandmère hatte ich das Interview glatt vergessen. Im Gegensatz zu Mom.

Da Mom anderweitig beschäftigt war, schauten Mr G und ich das Interview allein, wobei wir zwischendurch immer wieder zum Klo rannten, um sie mit Alka Selzer und Salzkräckern zu versorgen.

Eigentlich wollte ich Mr G während des ersten Werbeblocks in Grandmères Hochzeitspläne einweihen – aber dann war alles so unglaublich horrormäßig, dass ich es irgendwie voll vergaß.

Übrigens hat mir Beverly Bellerieve – sicher, um Eindruck bei Dad zu schinden – sowohl ein Video als auch ein abgetipptes Manuskript des Interviews geschickt. Ich klebe einen Teil davon hier rein, damit ich in Zukunft, falls ich wieder einmal um ein Interview gebeten werde, nur kurz draufschauen muss, um mich daran zu erinnern, warum ich nie, nie wieder im Fernsehen auftreten darf.

Twentyfour/Seven für Montag, 27. Oktober

Eine amerikanische Prinzessin
B. Bellerieve im Interview mit M. Renaldo

Außenaufnahme: Thompson Street, South of Houston (SoHo).

Anmoderation – Beverly Bellerieve (BB):
Stellen Sie sich ein ganz normales junges Mädchen vor. Nun ja, so normal, wie ein junges Mädchen sein kann, das in Greenwich Village wohnt und dessen allein erziehende Mutter die bekannte Malerin Helen Thermopolis ist.

In Mias Leben spielten all die Dinge eine Rolle, die das Leben der meisten Teenager bestimmen: Hausaufgaben, die Freunde und gelegentlich mal eine Sechs in Mathe… Doch eines Tages sollte sich das alles schlagartig ändern.

Innenaufnahme. Penthouse im Plaza Hotel.

BB: Mia – falls ich dich so nennen darf? Oder möchtest du lieber mit »Hoheit« oder Amelia angesprochen werden?
Mia Renaldo (MR):
Nein, bitte. Mia ist schon okay.
BB: Gut, Mia, dann erzähl uns doch mal etwas von diesem Tag. Dem Tag, der dein bisheriges Leben völlig auf den Kopf stellte.
MR: Ja, also das war so: Ich saß mit meinem Dad beim Tee im Plaza Hotel, ich bekam einen Schluckauf und alle schauten mich an. Mein Dad versuchte, na ja, er wollte mir sagen, dass ich die zukünftige Fürstin von Genovia bin. Das ist das Land, in dem er lebt. Aber ich hab ihm gesagt, dass ich dringend mal aufs Klo muss, und da bin ich dann auch hingegangen und hab gewartet, bis der Schluckauf weg war. Dann hab ich mich wieder hingesetzt, und er hat mir erklärt, dass ich jetzt Prinzessin bin. Ich bin total ausgerastet und zum Zoo gerannt, wo ich dann eine ganze Weile saß und den Pinguinen zuschaute. Ich konnte es einfach nicht glauben. Wissen Sie, in der siebten Klasse haben wir mal alle europäischen Länder durchgenommen, aber dass mein Vater Fürst von einem davon ist, das ist mir total entgangen. Ich musste die ganze Zeit daran denken, dass ich mich einsargen lassen kann, wenn die Leute aus meiner Schule davon erfahren. Ich wollte nicht als komplette Außenseiterin enden, so wie meine Freundin Tina, die sogar in der Schule von einem Bodyguard begleitet wird. Aber ganz genauso ist es dann gekommen. Ich bin eine Außenseiterin. Eine totale Außenseiterin.

Hier versuchte Beverly, das Interview noch zu retten.

BB: Also nein, Mia, das glaube ich dir nicht. Ich bin mir sicher, dass du sehr beliebt bist.
MR: Nein, wirklich nicht. Ich bin kein bisschen beliebt. Bei uns an der Schule sind sowieso nur die Leute beliebt, die gut in Sport sind. Und die Cheerleader. Aber ich gehöre nicht dazu. Also, ich meine, ich hab mit denen nichts zu tun. Für die bin ich ein Niemand. Ich werde auch nie auf Partys eingeladen. Ich meine, auf so coole Partys, wo es Bier gibt und alle rumknutschen und so. Na ja, ich bin eben nicht besonders gut in Sport, bin nicht bei den Cheerleadern und sonderlich begabt bin ich auch nicht...
BB: Ich glaube aber doch, dass du begabt bist. Zum Beispiel habe ich gehört, dass du an einem Kurs teilnimmst, der sogar »Talent und Begabung« heißt.
MR: Ja schon, aber T & B ist mehr so eine Art Stillarbeit. Wir lernen in dem Kurs eigentlich nichts Richtiges. Meistens albern wir nur rum, weil die Lehrerin sowieso nie da ist. Sie ist immer im Lehrerzimmer und hat keine Ahnung, was bei uns abgeht. Wie gesagt, meistens machen wir nur Quatsch.

Offensichtlich dachte Beverly Bellerieve zu diesem Zeitpunkt immer noch, sie könne das Interview retten.

BB: Aber ich kann mir eigentlich nicht vorstellen, dass dir viel Zeit bleibt, um Quatsch zu machen, Mia.
Zum Beispiel sitzen wir hier gerade in der Penthouse Suite deiner Großmutter, der hoch geachteten Fürstinmutter, die dich, soweit ich informiert bin, in der höfischen Etikette unterrichtet.

MR: Ja, das stimmt. Sie gibt mir nach der Schule noch Prinzessunterricht. Das heißt, nach dem Matheförderkurs, der auch nachmittags ist.
BB: Da wir gerade davon reden: Ich habe gehört, dass es vor kurzem erfreuliche Nachrichten für dich gab, Mia. Erzähl doch mal.
MR: Was? Oh, ja... das ist wirklich erfreulich. Ich wollte ja schon immer kleinere Geschwister haben. Aber die beiden wollen kein großes Trara darum machen. Es soll bloß eine schlichte Trauung im Rathaus werden...

Das Interview ist noch länger. Noch viel länger. Aber ich will mir den Rest nicht antun. Ich hab zehn Minuten wie eine Hirnamputierte so weitergebrabbelt, während Beverly Bellerieve angestrengt versuchte, meinen Redefluss in eine Richtung zu lenken, die einigermaßen als Antwort auf ihre ursprüngliche Frage verstanden werden konnte.

Aber diese Aufgabe überstieg sogar ihre beeindruckenden journalistischen Fähigkeiten. Ich stand komplett neben mir selbst. Eine Mischung aus Nervosität und – wie ich leider zugeben muss – kodeinhaltigem Hustensaft hatte mich unzurechnungsfähig gemacht.

Aber eins muss ich ihr anrechnen – versucht hat sie es.

Das Interview endete dann so:

Außenaufnahme: Thompson Street, SoHo.

BB: Sie ist weder eine Sportskanone noch Cheerleader. Amelia Mignonette Thermopolis Renaldo, meine Damen und Herren, entspricht nicht den Klischees, die wir von den Schülern an modernen Highschools haben.
Sie ist eine Prinzessin. Eine amerikanische Prinzessin. Und doch hat sie tagtäglich mit denselben Problemen

zu kämpfen und ist demselben Druck ausgesetzt wie
alle anderen jungen Menschen in unserem Land... mit
einem kleinen Unterschied: Eines Tages, wenn sie erwachsen ist, wird sie ein ganzes Volk regieren.
Und im kommenden Frühjahr bekommt sie ein Geschwisterchen. Wie *Twentyfour/Seven* heute erfahren
hat, erwarten Helen Thermopolis und Mias Mathelehrer Frank Gianini – die übrigens nicht miteinander
verheiratet sind – im Mai ihr erstes Kind. Nach der kurzen Werbepause folgt ein Exklusivinterview mit Mias
Vater, dem Fürsten von Genovia... Bleiben Sie also
dran!

Keine Frage, dass mir nichts anderes übrig bleibt, als nach
Genovia zu ziehen.

Mr G und Mom, die irgendwann aus dem Klo kam,
versuchten mich zwar zu überzeugen, dass alles halb so
schlimm sei, aber ich weiß es besser.

Es ist *sehr, sehr* schlimm.

Richtig klar wurde mir das, als gleich nach dem ersten
Teil, während der Werbepause, das Telefon klingelte.

»O Gott«, sagte meine Mutter, die eine plötzliche Einge-
bung hatte. »Nicht drangehen. Das ist meine Mutter. Frank,
ich hab vergessen, meiner Mutter von uns zu erzählen!«

Ehrlich gesagt hatte ich sogar gehofft, dass Grandma
Thermopolis dran sein würde. Grandma Thermopolis wäre
mir jedenfalls unendlich viel lieber gewesen als diejenige
Person, die wirklich dran war – Lilly.

Mann, war die sauer.

»Spinnst du, uns alle als Außenseiter zu bezeichnen?«,
schrie sie ins Telefon.

»Lilly, wovon redest du?«, sagte ich. »Ich hab doch gar
nicht gesagt, dass du einer bist.«

»Du hast die gesamte amerikanische Nation darüber informiert, dass sich die Schülerschaft der Albert-Einstein-Highschool in verschiedene sozioökonomische Gruppen gliedert und dass du und deine Freundinnen zu uncool sind, um zu einer von ihnen zu gehören!«

»Na ja«, sagte ich. »Aber das stimmt doch auch.«

»Sprich gefälligst nur für dich selbst und nicht für andere! Und was ist mit T & B?«

»Was soll damit sein?«

»Du hast gerade dem ganzen Land erzählt, dass wir nur die Zeit absitzen und rumalbern, weil Mrs Hill immer im Lehrerzimmer ist! Bist du doof, oder was? Die kriegt wahrscheinlich gewaltigen Ärger.«

Ich spürte, wie sich in mir etwas zusammenzog, so als würde jemand meine Eingeweide zerquetschen.

»O nein«, flüsterte ich. »Glaubst du echt?«

Lilly stieß einen frustrierten Schrei aus und zischte: »Meine Eltern wünschen deiner Mutter übrigens ›massel tow‹ – herzlichen Glückwunsch.«

Damit knallte sie den Hörer auf.

Ich fühlte mich noch erbärmlicher. Arme Mrs Hill!

Gleich darauf klingelte wieder das Telefon. Diesmal war es Shameeka.

»Mia«, sagte sie. »Kannst du dich noch erinnern, dass ich dich für nächsten Freitag zu meiner Halloweenparty eingeladen hab?«

»Natürlich«, sagte ich.

»Also, ich darf von meinem Vater aus jetzt doch keine machen.«

»Was? Warum denn nicht?«

»Weil er dank dir den Eindruck hat, in der Albert-Einstein-Highschool würde es vor Sexsüchtigen und Alkoholikern nur so wimmeln.«

»Aber das hab ich doch gar nicht gesagt!« Jedenfalls nicht wortwörtlich.

»So hat er es jedenfalls verstanden. Er sitzt gerade drüben und sucht im Internet nach einer reinen Mädchenschule in New Hampshire, auf die er mich ab nächstem Halbjahr schicken kann. Außerdem hat er mir verboten, mit Jungs auszugehen, bevor ich dreißig bin.«

»O Mann, Shameeka«, sagte ich. »Das tut mir so Leid!«

Darauf erwiderte Shameeka nichts. Sie musste auflegen, weil sie vor lauter Schluchzen nicht weiterreden konnte.

Und wieder klingelte das Telefon. Ich wollte eigentlich nicht dran, hatte aber keine andere Wahl, weil Mr Gianini Moms Haare nach hinten hielt, während sie sich noch ein bisschen übergab.

»Hallo?«

Diesmal war es Tina Hakim Baba.

»Mia!«, kreischte sie.

»Tut mir Leid, Tina.« Ich hielt es für das Beste, mich schon im Voraus bei allen Anrufern zu entschuldigen.

»Leid? Wieso denn?« Tina blieb vor lauter Aufregung die Luft weg. »Du hast im Fernsehen meinen Namen gesagt!«

»Was... ja, stimmt.« Außerdem hatte ich sie als Außenseiterin bezeichnet.

»Ich kann es noch gar nicht glauben!«, schrie Tina. »Das ist so cool.«

»Dann bist du also... nicht sauer auf mich?«

»Wieso sollte ich denn sauer sein? Das ist das Aufregendste, was mir je passiert ist. Noch nie hat jemand meinen Namen im Fernsehen gesagt!«

In mir wallte Liebe und Dankbarkeit für Tina Hakim Baba auf. »Und deine Eltern«, fragte ich. »Haben die es auch gesehen?«

»Klar! Die sind auch begeistert. Von meiner Mutter soll

ich dir ausrichten, der blaue Lidschatten sei ein Geniestreich. Nur ein Hauch, ein leichter Schimmer. Sie war sehr beeindruckt. Und deiner Mutter soll ich sagen, sie hätte eine ganz tolle schwedische Creme gegen Schwangerschaftsstreifen. Du weißt schon, für später, wenn sie langsam einen dicken Bauch kriegt. Ich bringe sie morgen in die Schule mit, dann kannst du sie ihr geben.«

»Und dein Vater?«, erkundigte ich mich vorsichtig. »Der plant nicht, dich auf eine Mädchenschule zu schicken oder so?«

»Wie kommst du denn auf die Idee? Er fand es super, dass du meinen Bodyguard erwähnt hast. Er meint, jetzt würde es sich jeder potenzielle Entführer zweimal überlegen, ob er sich an mir vergreift… ups, ich krieg gerade einen Anruf rein. Das ist bestimmt meine Oma aus Dubai. Die haben Satellitenempfang. Sie hat sicher gehört, dass du mich erwähnt hast. Tschüss!«

Tina legte auf. Na, super. Sogar in Dubai ist mein Interview gesehen worden. Und ich weiß noch nicht mal, wo Dubai liegt.

Wieder klingelte das Telefon. Diesmal war Grandmère dran.

»Mir fehlen die Worte«, sagte sie. »Ein Fiasko.«

»Meinst du, ich kann vom Sender verlangen, die Ausstrahlung zurückzuziehen?«, fragte ich. »Ich wollte nämlich gar nicht sagen, dass meine Lehrerin in Talent und Begabung nie da ist und dass es in meiner Schule nur so von Sexsüchtigen wimmelt. Das ist auch gar nicht wahr.«

»Ich frage mich, was diese Frau sich dabei gedacht hat«, sagte Grandmère. Ich fand es nett, dass sie ausnahmsweise mal auf meiner Seite war. Aber als sie weiterredete, wurde mir klar, dass sie mir gar nicht zugehört hatte. »Keine einzige Aufnahme vom Palast – unglaublich! Dabei ist er im

Herbst am schönsten. Die Palmen sehen so herrlich aus. Es ist eine Farce, sage ich dir. Eine Farce. Das wäre die ideale Werbung für uns gewesen. Aber das hat sie vermasselt. Gründlich vermasselt.«

»Grandmère, tu doch bitte was«, jammerte ich. »Ich kann mich nie wieder in der Schule blicken lassen.«

»Du weißt, wie miserabel es um die Tourismusbranche in Genovia bestellt ist«, rief Grandmère mir in Erinnerung, »seit wir den Kreuzfahrtschiffen verboten haben, im Hafen anzulegen. Aber was haben wir schon von diesen Tagesausflüglern? Verschwitzte Leute in geschmacklosen Shorts mit Fotoapparaten. Ach, hätte diese Frau doch wenigstens ein paar Aufnahmen unserer Casinos gezeigt. Und der Strände! Immerhin besitzen wir den einzigen weißen, natürlichen Sandstrand an der ganzen Riviera. Wusstest du das überhaupt, Amelia? Die Monegassen müssen ihren Sand importieren.«

»Vielleicht kann ich auf eine andere Schule wechseln. Glaubst du, es gibt eine Schule in Manhattan, die jemanden mit einer Sechs in Mathe aufnehmen würde?«

»*Attends* – warte...« Grandmères Stimme klang gedämpft. »Na also. Es geht weiter und sie zeigen jetzt doch ein paar wunderbare Bilder vom Palast. Oh, und da, der Strand. Und die Bucht. Und die Olivenhaine. Traumhaft. Einfach traumhaft. Die Frau hat vielleicht doch ein paar Qualitäten. Ich glaube beinahe, ich werde deinem Vater erlauben, sich auch in Zukunft mit ihr zu treffen.«

Sie legte auf. Meine eigene Großmutter legt einfach mitten im Gespräch den Hörer auf. Als wäre ich der letzte Dreck.

Als ich ins Bad kam, kauerte Mom mit unglücklichem Blick auf dem Boden. Mr Gianini saß auf dem Badewannenrand und sah verwirrt aus.

Na ja, kein Wunder. Vor ein paar Monaten war er noch normaler Mathelehrer. Und jetzt ist er der Vater des zukünftigen Geschwisterchens der Prinzessin von Genovia.

»Ich muss mir eine neue Schule suchen«, teilte ich ihnen mit. »Könnten Sie mir dabei vielleicht behilflich sein, Mr Gianini? Sie haben doch sicher Kontakte zum Lehrerverband, oder?«

»Komm, Mia, so schlimm war es doch gar nicht«, behauptete Mom.

»War es doch«, widersprach ich. »Du hast ja kaum was davon gesehen. Du warst hier und hast gekotzt.«

»Stimmt«, räumte Mom ein, »aber ich hab alles gehört. Und du hast nur die Wahrheit gesagt. In unserer Gesellschaft sind Schüler, die sich sportlich hervortun, immer schon wie Halbgötter verehrt worden, und die Intelligenten werden gar nicht beachtet oder, schlimmer noch, gemobbt. Ehrlich, ich finde, dass Mediziner, die nach einem Heilmittel gegen Krebs suchen, dieselben Gehälter bekommen sollten wie Profisportler. Sportler retten schließlich keine Leben, verdammt noch mal. Sie unterhalten. Und dasselbe gilt für Schauspieler. Mir soll keiner erzählen, Schauspielerei sei Kunst. Unterrichten – das ist eine Kunst. Dafür dass Frank euch beibringt, wie man Brüche multipliziert, müsste er so viel Geld bekommen wie Tom Cruise.«

Anscheinend ging es Mom so schlecht, dass sie bereits halluzinierte. Deshalb sagte ich: »Ich glaub, ich geh erst mal ins Bett.«

Statt zu antworten, beugte sich Mom über die Kloschüssel und übergab sich wieder ein bisschen. Ich sah, dass sie trotz meiner eindringlichen Warnungen vor potenziell tödlichen Schalentieren offenbar Riesengarnelen in Knoblauchsoße vom Chinesen gegessen hatte.

Ich setzte mich in meinem Zimmer an den PC und ging

online. Dabei dachte ich darüber nach, ob ich nicht auf dieselbe Schule gehen könnte wie Shameeka. Dann hätte ich dort wenigstens schon eine Freundin – falls Shameeka nach allem, was ich ihr angetan hab, überhaupt noch mit mir reden will. Was ich bezweifle. Ich bin mir sicher, dass niemand an der Albert-Einstein-Highschool, mit Ausnahme von Tina Hakim Baba, die offenbar überhaupt keinen Peil hat, jemals wieder mit mir sprechen will.

In dem Moment kam eine Instant Message an. Es gab doch noch jemanden, der mit mir sprechen wollte.

Aber wer? Jo-C-rox??? Etwa Jo-C-rox??????

Nein. Viel besser! Michael. Wenigstens Michael scheint noch mit mir Kontakt haben zu wollen.

Ich hab unseren Chat ausgedruckt und unten reingeklebt.

CRAC-KING: HEY, ICH HAB DICH GERADE IM FERNSEHEN GESEHEN. DU WARST GUT.

FTLOUIE: WOVON SPRICHST DU? ICH HAB MICH ZUM IDIOTEN DER NATION GEMACHT. UND WAS WIRD AUS MRS HILL? DIE WIRD WAHRSCHEINLICH VON DER SCHULE GESCHMISSEN.

CRAC-KING: WAS DU GESAGT HAST, WAR JA NICHT GELOGEN.

FTLOUIE: ABER JETZT SIND ALLE SAUER AUF MICH. LILLY IST STINKSAUER.

CRAC-KING: DIE IST DOCH BLOSS NEIDISCH, WEIL DICH IN EINEM FÜNFZEHNMINÜTIGEN INTERVIEW MEHR MENSCHEN GESEHEN HABEN ALS SIE IN ALL IHREN SENDUNGEN ZUSAMMEN.

FTLOUIE: NEIN, DAS IST ES NICHT. SIE FINDET, ICH BIN UNSERER GENERATION IN DEN RÜCKEN GEFALLEN, WEIL ICH ENTHÜLLT HAB, DASS ES BEI UNS AN DER SCHULE CLIQUEN GIBT.

CRAC-KING: GENAU, UND WEIL DU BEHAUPTET HAST, ZU KEINER ZU GEHÖREN.

FTLOUIE: STIMMT DOCH AUCH.

CRAC-KING: DAS IST ES EBEN. LILLYS MEINUNG NACH GEHÖRST DU ZU DER EXKLUSIVEN UND ELITÄREN LILLY-MOSCOVITZ-CLIQUE. UND SIE IST SAUER, WEIL DU DAS NICHT ERWÄHNT HAST.

FTLOUIE: IM ERNST? HAT SIE DAS GESAGT?

CRAC-KING: GESAGT NICHT. ABER SIE IST MEINE SCHWESTER. ICH WEISS, WIE SIE TICKT.

FTLOUIE: HM, VIELLEICHT. ICH WEISS NICHT, MICHAEL.

CRAC-KING: SAG MAL, IST BEI DIR ALLES OKAY? IN DER SCHULE SAHST DU HEUTE NÄMLICH AUS WIE EINE LEICHE... JETZT WEISS ICH JA WARUM. ICH FINDE DAS MIT DEINER MUTTER UND MR GIANINI ZIEMLICH COOL. FREUST DU DICH?

FTLOUIE: GLAUB SCHON. IRGENDWIE IST ES AUCH PEINLICH. ABER WENIGSTENS HEIRATET SIE DIESMAL GANZ NORMAL.

CRAC-KING: JETZT BRAUCHST DU KEINE HILFE MEHR BEI DEN MATHEHAUSAUFGABEN. DU HAST JA EINEN PRIVATNACHHILFELEHRER ZU HAUSE SITZEN.

Daran hatte ich noch gar nicht gedacht. Wie furchtbar! Ich will keinen Privatnachhilfelehrer. Ich will, dass Michael mir in T & B weiter bei den Hausaufgaben hilft. Mr Gianini ist okay, aber er ersetzt keinen Michael!
Ich schrieb ganz schnell zurück:

FTLOUIE: ICH WEISS NICHT. ER HAT ERST MAL TOTAL VIEL ZU TUN MIT DEM UMZUG UND SO, UND DANN KOMMT JA BALD AUCH DAS BABY.

CRAC-KING: WAHNSINN. EIN BABY. NICHT ZU GLAUBEN. KEIN WUNDER, DASS DU HEUTE SO DANEBEN WARST.

FTLOUIE: JA. WAR ICH ECHT. DANEBEN, MEINE ICH.

CRAC-KING: UND WAS WAR DAS VORHIN MIT LANA? DAS HAT DIR WAHRSCHEINLICH DEN REST GEGEBEN, WAS? OBWOHL ICH ES ZIEMLICH WITZIG FINDE, DASS SIE DACHTE, WIR SIND ZUSAMMEN.

Ehrlich gesagt, finde ich es nicht besonders witzig. Aber was hätte ich sagen sollen: Hör mal, Michael, wieso probieren wir es eigentlich nicht mal aus?
Ja klar.
Stattdessen schrieb ich:

FTLOUIE: JA, DIE SPINNT ECHT. WAHRSCHEINLICH KANN SIE SICH GAR NICHT VORSTELLEN, DASS MÄNNER UND FRAUEN EINFACH SO BEFREUNDET SEIN KÖNNEN, OHNE DASS DAS IRGENDWAS MIT ROMANTISCHEN GEFÜHLEN ZU TUN HAT.

Obwohl ich zugeben muss, dass meine Gefühle für Michael – besonders wenn ich bei Lilly bin und er mit nacktem Oberkörper ins Zimmer kommt – schon ziemlich romantisch sind.

CRAC-KING: GENAU. SAG MAL, HAST DU AM FREITAG SCHON WAS VOR?

Wollte er sich mit mir verabreden? Wollte er sich etwa endlich mit mir VERABREDEN?
Nein. Unmöglich. Nicht, nachdem ich mich im Fernsehen so lächerlich gemacht hatte.
Zur Sicherheit entschied ich mich für eine neutrale Antwort. Vielleicht wollte er ja nur fragen, ob ich Freitag mit Pawlow Gassi gehen kann, weil da alle Moscovitzens was anderes vorhaben oder so.

FTLOUIE: WEISS ICH NOCH NICHT GENAU. WIESO?

CRAC-KING: NA, WEIL HALLOWEEN IST. ICH DACHTE, WIR KÖNNTEN MIT EIN PAAR LEUTEN INS VILLAGE CINEMA IN DIE »ROCKY HORROR PICTURE SHOW«.

Okay. Kein Date.
Aber wir könnten nebeneinander in einem dunklen Saal sitzen! Das ist doch auch was. Außerdem ist die »Rocky

Horror Picture Show« ein bisschen gruselig, sodass ich vielleicht seine Hand halten kann.

KLAR, begann ich zu schreiben, DAS KLINGT...

Und dann fiel es mir ein. Freitagabend ist Halloween, klar. Aber gleichzeitig ist es der Termin von Moms fürstlicher Hochzeit! Falls Grandmère ihren Willen bekommt.

FTLOUIE: DARF ICH NOCH MAL DARAUF ZURÜCKKOMMEN? ES KANN NÄMLICH SEIN, DASS ICH AM FREITAG EINE FAMILIÄRE VERPFLICHTUNG HAB.

CRAC-KING: KLAR. SAG MIR NUR RECHTZEITIG BESCHEID. BIS MORGEN DANN.

FTLOUIE: ICH KANN'S KAUM ERWARTEN...

CRAC-KING: KEINE PANIK. DU HAST NUR DIE WAHRHEIT GESAGT. DAFÜR KANN DIR KEINER STRESS MACHEN.

Ha! Das denkt er. Ich hab schon meine Gründe dafür, dass ich dauernd lüge, glaub mir.

FÜNF GRÜNDE, DIE DAFÜR SPRECHEN, SICH IN DEN BRUDER DER BESTEN FREUNDIN ZU VERLIEBEN:

1. Du siehst ihn in seiner natürlichen Umgebung, nicht nur in der Schule, und kannst auf diese Weise wichtige Informationen sammeln. Beispielsweise, inwieweit sich seine

Schulpersönlichkeit von seinem wahren »Ich« unterscheidet.
2. Du bekommst ihn manchmal mit nacktem Oberkörper zu sehen.
3. Du kannst ihn so oft sehen, wie du willst.
4. Du kannst beobachten, wie er mit seiner Mutter/Schwester/Haushälterin umgeht (wichtiger Hinweis darauf, wie er seine zukünftige Freundin behandeln wird).
5. Es ist praktisch: Du kannst mit deiner Freundin Zeit verbringen und gleichzeitig das Objekt der Begierde ausspionieren.

FÜNF GRÜNDE, DIE DAGEGEN SPRECHEN, SICH IN DEN BRUDER DER BESTEN FREUNDIN ZU VERLIEBEN:

1. Du kannst es ihr nicht sagen.
2. Du kannst es ihm nicht sagen, weil er es ihr sagen könnte.
3. Du kannst es auch anderen nicht sagen, weil die es ihm oder – noch schlimmer – ihr sagen könnten.
4. Er wird dir nie seine wahren Gefühle eingestehen, weil du die Freundin seiner kleinen Schwester bist.
5. Du bist ständig gezwungen, in seiner Nähe zu sein, und weißt dabei genau, dass er, so lange du lebst, nie mehr in dir sehen wird als die beste Freundin seiner kleinen Schwester. Und trotzdem wächst deine Sehnsucht nach ihm, bis du ihn mit jeder Faser deines Körpers begehrst, und du glaubst, sterben zu müssen, auch wenn deine Biolehrerin behauptet, dass man an gebrochenem Herzen nicht sterben kann.

Dienstag, 28. Oktober. Sekretariat vor Mrs Guptas Büro

O Gott! Ich kam gerade ins Klassenzimmer und wollte mich setzen, da hieß es, ich solle zu Mrs Gupta ins Direktorat!

Hoffentlich will sie nur sicherstellen, dass ich keinen Hustensaft in die Schule geschmuggelt hab, aber ich fürchte, es geht um mein Interview gestern. Wahrscheinlich besonders um den Teil, in dem ich behauptet hab, die Schülerschaft wäre in lauter Cliquen gespalten.

Übrigens krieg ich Rückendeckung von allen anderen Schülern, die noch nie zu einer In-Party eingeladen worden sind. Ich scheine zu so einer Art Heiligen für alle Außenseiter und Sonderlinge mutiert zu sein. Als ich heute in die Schule kam, war ich in Minutenschnelle von den Intelligenzbestien, Hip-Hoppern und Mitgliedern der Theater-AG umringt, die mir alle auf die Schulter klopften: »Hey! Gut gemacht, Schwester. Gib's ihnen!«

Ich bin noch nie *Schwester* genannt worden. Irgendwie ein cooles Gefühl.

Nur die Cheerleader sind wie immer. Wenn ich durch den Gang gehe, mustern sie mich von oben bis unten, tuscheln und brechen dann in Gelächter aus.

Na ja, wahrscheinlich ist es wirklich ziemlich lustig, eine 1,77 m große, flachbrüstige Amazone wie mich frei in den Schulfluren herumstreifen zu sehen. Es wundert mich, dass bisher noch niemand auf die Idee gekommen ist, ein Fangnetz über mich zu werfen und mich ins Naturkundemuseum zu bringen.

Meine Freundinnen sind alle restlos begeistert von meiner gestrigen Vorstellung. Nur Lilly nicht – und Shameeka natürlich. Lilly ist nach wie vor noch sauer, dass ich über die sozioökonomische Cliquenbildung an der Schule gesprochen hab. Allerdings war sie nicht *so* sauer, dass sie heute Morgen nicht mit mir in der Limousine in die Schule gefahren wäre.

Interessanterweise hat Lillys miese Laune mir gegenüber dazu geführt, dass Michael und ich uns näher gekommen sind. Heute Morgen hat er mir auf der Fahrt in die Schule angeboten, meine Mathehausaufgabe durchzusehen und die Gleichungen zu überprüfen.

Ich fand das total rührend von ihm, und das warme Gefühl, das mich durchströmte, als er sagte, alle Aufgaben seien korrekt gelöst, hatte nichts mit Stolz zu tun, sondern damit, dass er mich kurz mit den Fingerspitzen streifte, als er mir das Blatt zurückgab. Vielleicht ist er ja doch Jo-C-rox? Könnte doch sein, oder?

Oje. Ich muss jetzt zu Mrs Gupta rein.

Dienstag, 28. Oktober, Mathe

Mrs Gupta macht sich Sorgen um mein seelisches Gleichgewicht.

»Sag, Mia, bist du an der Albert-Einstein-Highschool wirklich so unglücklich?«

Um ihre Gefühle nicht zu verletzen, erwiderte ich, es sei nicht so schlimm. Wahrscheinlich spielt es wirklich keine Rolle, in welche Schule man mich steckt. Ich wäre überall eine 1,77 m große, busenlose Außenseiterin.

Dann sagte Mrs Gupta etwas Überraschendes: »Ich frage nur, weil du gestern in deinem Interview behauptet hast, du seist ein Niemand.«

Ich wusste nicht so recht, worauf sie hinauswollte, deshalb antwortete ich nur: »Ja und? Stimmt doch«, und zuckte mit den Schultern.

»Das stimmt eben nicht«, sagte Mrs Gupta. »Alle an der Schule kennen dich.«

Ich wollte nicht, dass sie das Gefühl bekam, sie sei schuld daran, dass ich so eine Mutantin bin, deshalb erklärte ich ihr sehr behutsam: »Richtig. Aber das liegt nur daran, dass ich Prinzessin bin. Vorher war ich praktisch unsichtbar.«

»Das ist einfach nicht wahr«, widersprach Mrs Gupta.

Währenddessen ging mir die ganze Zeit durch den Kopf: *Woher wollen Sie das denn wissen? Sie sind nicht da draußen. Sie wissen nicht, wie es da zugeht.*

Sie tat mir total Leid, weil sie ganz offensichtlich in einer Schulleiterinnen-Fantasiewelt lebt.

»Vielleicht«, sagte Mrs Gupta, »solltest du dich stärker in unseren verschiedenen AGs engagieren, das würde dein Gefühl der Zugehörigkeit zu unserer Schule verstärken.«

Mir klappte die Kinnlade runter.

»Mrs Gupta!«, rief ich hysterisch. »Ich stehe in Mathe auf der Kippe. Meine gesamte Freizeit geht schon für Nachhilfe drauf, damit ich wenigstens eine Vier schaffe!«

»Na gut«, räumte Mrs Gupta ein. »Das weiß ich natürlich...«

»Und nach der Mathenachhilfe muss ich zum Prinzessunterricht zu meiner Großmutter, damit ich mich im Dezember, wenn ich nach Genovia fahre und meinem Volk vorgestellt werde, nicht komplett zur Idiotin mache – so wie gestern im Fernsehen.«

»Na, na, das Wort ›Idiotin‹ ist in diesem Zusammenhang doch etwas stark.«

»Ich hab wirklich keine Zeit für AGs«, sagte ich und spürte, wie mein Mitleid für sie wuchs.

»Die Gruppe, die das Jahrbuch zusammenstellt, trifft sich nur einmal pro Woche«, sagte Mrs Gupta. »Vielleicht könntest du auch in die Leichtathletikmannschaft eintreten. Das Training beginnt erst im Frühjahr und bis dahin hast du ja hoffentlich keinen Prinzessunterricht mehr.«

Ich blinzelte sie nur ungläubig an. *Ich? Leichtathletik?* Ich kann ja kaum gehen, ohne über meine eigenen Gigantolatschen zu stolpern. Gott weiß, was passieren würde, wenn ich versuchen würde zu rennen.

Und das Jahrbuch? Sehe ich etwa aus wie jemand, der auch nur den geringsten Wert darauf legt, sich an seine Highschool-Zeit zu erinnern?

»Nun«, sagte Mrs Gupta, die aus meinem Gesichtsausdruck wohl schloss, dass ich von keinem der beiden Vorschläge sonderlich begeistert war. »Es war ja nur eine Idee. Ich glaube wirklich, dass du dich bei uns wohler fühlen würdest, wenn du in einer der AGs mitmachen würdest. Natürlich weiß ich, dass du eng mit Lilly Moscovitz befreundet bist, aber manchmal frage ich mich, ob... sie dich nicht... nun ja, negativ beeinflusst. Diese Fernsehsendung, die sie da macht, ist ja recht destruktiv.«

Das schockte mich erst recht. Die arme Mrs Gupta ist noch viel realitätsferner, als ich dachte!

»Überhaupt nicht«, widersprach ich. »Lillys Sendung ist sogar sehr positiv. Haben Sie nicht die Folge gesehen, in der sie gegen den Rassismus koreanischer Deli-Besitzer kämpft? Oder die, in der sie die vielen Modegeschäfte anprangert, die kräftiger gebaute Mädchen diskriminieren, indem sie Kleidung in Größe 40 nicht in ausreichender Anzahl vorrätig haben, obwohl das die Kleidergröße der Durchschnittsamerikanerin ist? Oder die Folge, in der wir versucht haben, zur Wohnung von Freddy Prinz jr. vorzudringen, um ihm persönlich ein halbes Kilo Butterkekse vorbeizubringen, weil er uns zu der Zeit etwas abgemagert vorkam?«

Mrs Gupta brachte mich mit einer Handbewegung zum Schweigen. »Ich merke schon, dass du deinen Standpunkt leidenschaftlich vertrittst«, sagte sie. »Das freut mich. Schön, dass du so leidenschaftlich empfinden kannst, Mia, und dass sich diese Gefühlsausbrüche nicht nur auf deine Abneigung gegen Sportler und Cheerleader beschränken.«

Ich fühlte mich immer mieser. »Gegen die hab ich gar nichts. Ich sage nur, dass man manchmal... na ja... das Gefühl hat, als würden sie bestimmen, wo es in der Schule langgeht, Mrs Gupta.«

»Nun, ich kann dir versichern«, sagte Mrs Gupta, »dass das nicht der Fall ist.«

Arme, arme Mrs Gupta.

Sie lebt eindeutig in einer Fantasiewelt. Trotzdem musste ich das Gespräch auf ein reales Problem lenken.

»Da ist noch was, Mrs Gupta«, sagte ich. »Wegen Mrs Hill...«

»Was ist mit ihr?«, fragte Mrs Gupta.

»Ich hab das nicht so ernst gemeint, als ich sagte, dass sie während T & B immer im Lehrerzimmer ist. Das war übertrieben.«

Mrs Gupta warf mir ein schwaches Lächeln zu.

»Keine Sorge, Mia«, sagte sie. »Um Mrs Hill habe ich mich bereits gekümmert.«

Gekümmert? Was heißt *das* denn?

Mir wird ganz mulmig.

Dienstag, 28. Oktober, T & B

Puh, Mrs Hill ist nicht rausgeschmissen worden.
Stattdessen hat sie wahrscheinlich eine Abmahnung bekommen. Und das hat zur Folge, dass sie sich jetzt in T & B keinen Millimeter mehr von ihrem Pult wegbewegt.
Und das bedeutet wiederum, dass wir an unseren Plätzen sitzen und richtig arbeiten müssen. Und gezwungen sind, Boris beim Üben zuzuhören (Bartók), weil wir ihn nicht mehr ins Lehrmittelkabuff sperren können.
Wir dürfen uns nicht mal mehr unterhalten, weil wir uns auf unsere jeweiligen Projekte konzentrieren sollen.
Mann, sind die alle sauer auf mich.
Und am allersauersten ist Lilly.
Wie sich herausgestellt hat, schreibt Lilly schon seit einer ganzen Weile heimlich an einem Buch über die sozioökonomische Cliquenbildung an der Albert-Einstein-Highschool. Ja, wirklich!
Eigentlich dürfte ich es gar nicht wissen, aber Boris hat sich heute beim Essen verplappert, worauf Lilly mit Pommes frites nach ihm warf und seinen Pulli mit Ketschup verkleckerte.
Ich kann echt nicht glauben, dass Lilly Boris mehr erzählt als mir. Dabei bin ich doch ihre beste Freundin. Boris ist bloß ihr Freund. Wieso darf er so coole Sachen wissen, wie das mit dem Buch, und ich nicht?

»Kann ich es mal lesen?«, bettelte ich.

»Nein.« Lilly war echt sauer. Sie tat so, als wäre Boris Luft für sie, dabei hatte er ihr die Ketschupflecken längst verziehen, obwohl der Pullover wahrscheinlich in die Reinigung muss.

»Nur eine Seite?«

»Nein.«

»Einen Satz?«

»Nein.«

Nicht mal Michael hatte sie bisher von dem Buch erzählt. Kurz bevor Mrs Hill ins Zimmer kam, hat er mir gesagt, dass er Lilly angeboten hat, es im Rahmen seines Webzines »Crackhead« ins Netz zu stellen, aber Lilly habe hochnäsig abgelehnt – sie will lieber auf einen »richtigen« Verlag warten.

»Bin ich drin?«, wollte ich wissen. »In deinem Buch? Bin ich drin?«

Lilly kündigte an, sich vom Wasserturm der Schule zu stürzen, wenn wir nicht aufhörten, sie zu nerven. Was natürlich Quatsch ist. Seit vor ein paar Jahren eine Abschlussklasse Kaulquappen darin ausgesetzt hat, darf niemand mehr rauf.

Ich kann es nicht fassen, dass Lilly an einem Buch arbeitet und mir kein Wort davon erzählt hat. Natürlich wusste ich schon lange, dass sie eine Abhandlung über das »Abenteuer Jugend in Amerika nach Beendigung des Kalten Kriegs« plant. Aber ich war immer der Meinung, sie wolle erst nach unserem Abschluss damit anfangen. Besonders ausgewogen kann ihr Buch jedenfalls nicht sein. Soweit ich gehört hab, wird ab der Zehnten nämlich alles viel besser.

Nach längerem Nachdenken muss ich zugeben, dass es vielleicht doch normal ist, jemandem, dessen Zunge man schon mal im Mund hatte, mehr zu erzählen als der besten

Freundin. Trotzdem bin ich sauer, dass Boris mehr von Lilly weiß als ich. Immerhin erzähle ich Lilly alles.

Na ja, abgesehen von meinen Gefühlen für ihren Bruder.
Ach ja, und meinem heimlichen Verehrer.
Und der Sache mit Mom und Mr Gianini.
Aber sonst erzähle ich ihr praktisch alles.

Dringend:

1. Aufhören, an M. M. zu denken!
2. Englisch-Tagebuch! Nachhaltig berührendes Erlebnis!
3. Katzenfutter
4. Wattestäbchen
5. Zahnpasta
6. KLOPAPIER

Dienstag, 28. Oktober, Bio

Ich scheine heute unglaublich beliebt zu sein. Kenny hat mich gerade gefragt, was ich an Halloween vorhab. Als ich sagte, ich sei eventuell familiär verpflichtet, erzählte er, dass er mit ein paar anderen aus der Computer-AG in die »Rocky Horror Picture Show« geht – ob ich vielleicht mitwolle, falls ich mir doch Zeit freischaufeln könnte?

Ich fragte, ob Michael Moscovitz auch dabei sei (er ist ja Schatzmeister der Computer-AG). Ja, ist er.

Ich zog kurz in Erwägung, Kenny zu fragen, ob Michael schon mal erwähnt hat, wie er mich findet. Also, ob er mich irgendwie netter findet als nur nett, meine ich. Aber dann habe ich lieber doch nicht gefragt.

Am Ende denkt Kenny noch, ich steh auf ihn. Auf Michael, meine ich. Das wäre mir superpeinlich.

Ode an M

O, M!
Nun gib fein 8
und hör mir zu:
denn y = ich
und x = du
und 1 ist klar,
dass ich + du =
perfektes Paar,
da hab ich keine 2fel.

Dienstag, 28. Oktober, 6 Uhr abends. Auf dem Rückweg von Grandmère

Vor lauter Aufregung über die Reaktionen auf das Interview hatte ich Grandmère und den genovesischen Zeremonienmeister Vigo komplett vergessen!

Echt wahr. Ich hatte keine Sekunde mehr an den Mann mit den Spargelspitzen gedacht, bis ich vorhin zum Prinzessunterricht in Grandmères Suite kam und dort lauter Leute rumhektiken sah, die in Telefone brüllten – »Nein! Wir hatten vier*tausend* langstielige Rosen bestellt, nicht vier*hundert*!« – oder in Schönschrift Namen auf Tischkarten schrieben.

Inmitten des Getümmels thronte Grandmère mit Rommel (in einem eleganten mauvefarbenen Chinchillacape) im Schoß und testete Schokotrüffel.

Im Ernst – Trüffel.

»Nein«, entschied Grandmère und legte eine klebrige, halb angebissene Schokokugel in die Schachtel zurück, die Vigo ihr hinhielt. »Die nicht. Kirschwasser ist zu ordinär.«

»Grandmère!« Ich konnte nicht glauben, was ich sah. Ich war kurz davor zu hyperventilieren, so wie Grandmère, als sie von Moms Schwangerschaft erfuhr. »Was ist hier los? Wer sind all diese Leute?«

»Ah, Mia!«, rief Grandmère, die erfreut schien, mich zu sehen. Obwohl sie, den Resten in der Trüffelschachtel nach zu urteilen, eine Menge Pralinen gegessen hatte, war nichts an ihren Zähnen kleben geblieben. Das scheint einer der vielen Tricks zu sein, die sie mir noch beibringen muss. »Wunderbar. Setz dich und hilf mir bei der Auswahl der Trüffel, die wir als Souvenirs an die Hochzeitsgäste verteilen.«

»Die Hochzeitsgäste?« Ich sank in den Sessel, den Vigo mir herangezogen hatte, und ließ meinen Rucksack zu Boden plumpsen. »Aber ich hab dir doch gesagt, dass meine Mutter das niemals mitmacht, Grandmère. Sie *will* so was nicht.«

Grandmère schüttelte nur den Kopf. »Schwangere Frauen wissen nie, was sie wollen.«

Ich erwiderte, dass meine Recherchen zu diesem Thema zwar auch ergeben hätten, dass der Hormonhaushalt von Schwangeren häufig durcheinander geriet, ich mir aber ziemlich sicher sei, dass dies keinerlei Einfluss auf Moms Haltung in dieser Frage hat. Sie ist einfach grundsätzlich nicht der Typ für kitschig-pompöse Hochzeitsfeiern. Würde sie sich sonst einmal im Monat mit ihren Freundinnen treffen, um Poker zu spielen und Margaritas in sich reinzuschütten?

»Immerhin«, schaltete sich Vigo ein, »ist sie die Mutter der zukünftigen Regentin von Genovia, Hoheit. Und als solche hat sie das Recht, alle Privilegien in Anspruch zu nehmen, die einem Mitglied des Hofes zustehen.«

»Wie wäre es, wenn Sie ihr das Privileg zugestehen würden, ihre Hochzeit selbst planen zu dürfen?«, sagte ich.

Grandmère lachte so herzlich, dass sie um ein Haar an ihrem Sidecar erstickt wäre, von dem sie nach jedem Trüffelbissen einen Schluck zum Nachspülen nahm.

»Amelia«, ächzte sie, als ihr Hustenanfall vorbei war – der Rommel in Todesangst versetzt hatte, wenn ich seine verdrehten Augen richtig interpretierte. »Deine Mutter wird uns ihr Leben lang dafür dankbar sein, dass wir uns so viel Mühe geben. Du wirst schon sehen.«

Mir wurde klar, dass es keinen Sinn hatte, mich mit den beiden zu streiten. Ich fasste einen Entschluss. Gleich nach dem Unterricht, der heute im Formulieren eines fürstlichen Standard-Dankschreibens bestand, wollte ich ihn in die Tat umsetzen. Es ist übrigens der Hammer, wie viele Hochzeits- und Babygeschenke die Leute schon an die »fürstliche Familie c/o Plaza Hotel« geschickt haben. Wahnsinn. Die Suite platzt fast aus den Nähten. Überall stapeln sich Elektrowoks, Waffeleisen, Tischdecken, Babyschuhe, Mützchen, Strampelanzüge, Windeln, Wickeltische, Babyspielzeug, Babyschaukeln, Baby-was-weiß-ich-alles. Ich wusste überhaupt nicht, dass man für Babys so viel Zeug braucht. Ich bin mir aber ziemlich sicher, dass Mom nichts davon will. Sie steht nicht so auf Pastelltöne.

Nach dem Unterricht bin ich also runter zu Dads Suite und hab gegen die Tür gehämmert.

Er war nicht da! Als ich unten am Empfang nach ihm fragte, sagte die Frau, sie wisse nicht, wo er hingegangen sei.

Aber dafür wusste sie mit Sicherheit, dass Beverly Bellerieve ihn begleitet hatte.

Ich freu mich ja für Dad, dass er eine Freundin gefunden hat – aber trotzdem. Sieht er denn nicht, dass sich direkt vor seinen fürstlichen (aber vor Liebe blinden?) Augen eine Katastrophe zusammenbraut?

Dienstag, 28. Oktober, 10 Uhr abends. Zu Hause

Tja, jetzt ist es passiert. Die bevorstehende Katastrophe ist offiziell geworden.

Grandmère ist nicht mehr zu kontrollieren. Richtig klar geworden ist mir das auch erst vorhin, als ich nach Hause kam und diese Familie an unserem Esstisch sitzen sah. Genau. Eine richtige *Familie*. Na ja, jedenfalls Mutter, Vater und Sohn. Kein Witz. Zuerst dachte ich, es wären Touris, die sich verlaufen hatten – unsere Gegend ist ziemlich touristisch. Vielleicht wollten sie ursprünglich zum Washington Square Park und waren dann versehentlich dem Lieferanten vom Chinaimbiss bis in unser Loft gefolgt.

Aber dann sah mich die Frau mit der rosa Jogginghose – ein eindeutiger Hinweis darauf, dass sie nicht aus New York ist – an und kreischte: »*Jesusmaria* – deine Haare sehen ja wirklich so aus. Ich war mir sicher, die hätten das nur fürs Fernsehen so hinfrisiert.«

Mir klappte die Kinnlade runter. »Großmutter Thermopolis?«

»Großmutter Thermopolis?« Die Frau blinzelte mich an. »Dir ist wohl der ganze Adelsfirlefanz zu Kopf gestiegen. Weißt du denn nicht, wie ich heiße? Ich bin's doch – Mamma.«

Mamma! Meine Großmutter mütterlicherseits.

Und neben ihr – ungefähr halb so groß wie sie und mit

einer Baseballkappe auf dem Kopf – saß der Vater meiner Mutter. Pappa!

Den grobschlächtigen Jungen in Holzfällerhemd und Latzhose kannte ich nicht, aber egal. Was hatten denn Moms Eltern, mit denen sie nichts mehr zu tun haben wollte und die nie aus ihrem Kaff Versailles in Indiana herausgekommen waren, hier in unserem New Yorker Loft zu suchen?

Ein kurzes Gespräch mit Mom klärte alles. Ich fand sie, indem ich dem Telefonkabel erst bis in ihr Schlafzimmer und von dort bis in ihren begehbaren Kleiderschrank folgte. Da kauerte sie hinter dem Schuhregal (das leer war – alle Schuhe lagen auf dem Boden) und beriet sich flüsternd mit Dad.

»Ist mir egal, wie du es machst, Phillipe«, zischte sie ins Telefon. »Richte deiner Mutter aus, dass sie diesmal zu weit gegangen ist. Meine Eltern, Philippe! Du weißt genau, wie ich zu ihnen stehe. Wenn du sie nicht ruck, zuck hier wegschaffst, kann Mia mich in Zukunft in der Gummizelle besuchen.«

Ich konnte hören, wie Dad beruhigend auf sie einredete. Plötzlich bemerkte Mom mich und flüsterte: »Sind sie noch da?«

»Hmm, ja. Dann hast du sie also nicht eingeladen?«

»Natürlich nicht!« Moms Pupillen wurden groß wie Kalamata-Oliven. »Deine Großmutter hat sie zu irgendeiner völlig wahnwitzigen Hochzeitsfeier herbestellt, die sie diesen Freitag für mich und Frank organisieren will!«

Ich schluckte schuldbewusst. Oha.

Zu meiner Verteidigung muss ich sagen, dass in letzter Zeit echt ziemlich viel los war. Erst hab ich herausgefunden, dass Mom schwanger ist, dann war ich krank und dann war da noch die Sache mit Jo-C-rox und dem Interview ...

Ja, okay. Ich weiß. Es gibt keine Entschuldigung. Ich bin als Tochter eine Niete.

Meine Mutter hielt mir den Hörer hin. »Er will dich sprechen«, sagte sie.

Ich nahm das Telefon. »Dad? Wo bist du?«

»Im Auto«, sagte er. »Hör zu, Mia, ich habe in einem Hotel in eurer Nähe Zimmer für deine Großeltern reservieren lassen – im SoHo-Grandhotel, ja? Setz sie einfach in die Limousine und schick sie hin.«

»Okay, Dad«, sagte ich. »Und was ist mit Grandmère und dieser Hochzeitsgeschichte? Weißt du, ich hab das Gefühl, das Ganze gerät etwas außer Kontrolle.« Die Untertreibung des Jahres.

»Grandmère kannst du mir überlassen«, versicherte mir Dad und klang dabei sehr wie Captain Picard. Den von Star Trek, meine ich. Ich hatte den Verdacht, dass Beverly Bellerieve bei ihm im Auto saß und er besonders fürstlich wirken wollte.

»Ja, gut«, sagte ich, »aber ...«

Nicht dass ich ihm nicht zutrauen würde, die Sache zu regeln. Nur – na ja, immerhin geht es um Grandmère. Sie kann sehr fies sein, wenn sie es drauf anlegt. Selbst – da hab ich keine Zweifel – ihrem eigenen Sohn gegenüber.

Wahrscheinlich ahnte er, was ich dachte, denn er sagte: »Keine Sorge, Mia. Das schaffe ich schon.«

»Okay«, sagte ich und bekam ein schlechtes Gewissen, weil ich an ihm gezweifelt hatte.

»Noch was, Mia.«

Ich wollte gerade auflegen. »Ja, Dad?«

»Bitte sag deiner Mutter, dass ich nichts davon wusste. Ich schwöre es.«

»Okay, Dad.«

Ich legte auf. »Keine Panik«, sagte ich zu Mom. »Ich kümmere mich um Mamma und Pappa.«

Dann holte ich tief Luft, richtete mich zu voller Größe auf

und marschierte ins Wohnzimmer zurück. Meine Großeltern saßen noch immer am Tisch. Der Jungbauer hatte sich mittlerweile erhoben. Er stand in der Küche und inspizierte den Kühlschrank.

»Mehr zu futtern gibt's hier nicht?«, fragte er und deutete auf die Packung Sojamilch und die Schale japanischer Edamame-Sojabohnen im obersten Fach.

»Na ja«, sagte ich. »Nein. Weißt du, wir wollen keine Produkte im Kühlschrank haben, die einem Fötus potenziell gefährlich werden könnten.«

Als er mich verständnislos ansah, erklärte ich: »Meistens bestellen wir unser Essen woanders.«

Er strahlte und schloss die Tür. »Ah, Domino-Pizza«, sagte er. »Cool!«

»Ja«, sagte ich. »Wenn du willst, kannst du dir nachher von eurem Hotel aus Pizza bei Domino bestellen.«

»*Hotel?*«

Ich wirbelte herum. Hinter mir stand Mamma.

»Na ja.« Ich nickte. »Weißt du, mein Vater dachte, da habt ihr es gemütlicher als hier bei uns.«

»Also, das schlägt dem Fass den Boden aus«, schimpfte Mamma. »Da kommen Pappa, Hank und ich den ganzen weiten Weg, um euch zu sehen, und dann schiebt ihr uns in ein Hotel ab!«

Ich blickte den Kerl in der Latzhose mit neu erwachtem Interesse an. *Hank?* Mein *Cousin* Hank?

Ich hab Hank bisher erst einmal gesehen, als ich zehn und das zweite und ultimativ letzte Mal in Versailles zu Besuch war. Im Jahr davor war er von seiner weltreisenden Mutter, Tante Marie, bei den Großeltern Thermopolis abgegeben worden. Mom kann Marie nicht ausstehen, vor allem weil sie – wie Mom es ausdrückt – in einem intellektuellen und spirituellen Vakuum lebt. (Damit meint sie, dass Marie die amerikanischen Republikaner wählt.) Jedenfalls war Hank damals noch ein Bubi mit Hühnerbrust und Milchallergie. So dürr wie damals sieht er zwar nicht mehr aus, aber besonders laktosetolerant kommt er mir auch jetzt nicht vor.

»Die französische Frau, die bei uns angerufen hat, hat nichts davon gesagt, dass wir in ein teures Hotel abgeschoben werden sollen.« Mamma baute sich vor mir auf und stemmte die Hände in die speckigen Hüften. »Sie zahlt uns alles, hat sie gesagt. Von A bis Zett.«

Ich verstand sofort, was Mamma Sorgen machte.

»Ach so, Mamma«, sagte ich schnell. »Die Rechnung übernimmt natürlich mein Dad.«

»Na, das hört sich doch schon besser an.« Mama strahlte. »Dann lasst uns mal losfahren.«

Ich hielt es für besser, sie zu begleiten, um sicherzugehen, dass sie auch wirklich dort ankamen. Sobald wir in der Limousine saßen, vergaß Hank vor lauter Begeisterung über die vielen Knöpfe, die er drücken konnte, seinen leeren Magen. Außerdem hatte er sichtlich Spaß daran, seinen Kopf zum Schiebedach rauszustrecken. Er stand irgendwann sogar auf, sodass sein ganzer Oberkörper aus dem Auto ragte, lehnte sich vor, breitete die Arme aus und juchzte: »Juhu, ich bin der König der Welt!«

Zum Glück sind die Fenster getönt, sodass mich wahrscheinlich keiner aus der Schule gesehen hat, aber es war mir trotzdem saupeinlich.

Deshalb wäre ich vorhin auch fast in Ohnmacht gefallen, als Mamma mich, nachdem sie im Hotel eingecheckt hatten, fragte, ob ich Hank morgen mit in die Schule nehmen könnte.

»Dazu hast du bestimmt keine Lust, oder?«, sagte ich zu Hank. »Du bist doch zu Besuch und willst sicher irgendwelche coolen Sachen machen.« Ich versuchte, mir schnell etwas einfallen zu lassen, das Hank richtig cool finden würde. »Du könntest zum Beispiel ins Harley Davidson Café.«

»Nee.« Hank schüttelte den Kopf. »Ich will mit in die Schule. Ich wollte immer mal so eine richtig echte Großstadtschule von innen sehen.« Er senkte die Stimme, damit Mamma und Pappa nichts mitbekamen. »In New York haben die Weiber doch alle gepiercte Bauchnabel, oder?«

Hank wird eine Riesenenttäuschung erleben, wenn er wirklich denkt, er kriegt an meiner Schulter gepiercte Bauchnabel zu sehen – wir tragen Schuluniformen und dürfen noch nicht mal einen Knoten à la Britney in die Blusen machen.

Es war total unmöglich, ihm auszureden, morgen mitzukommen. Grandmère spricht die ganze Zeit davon, dass eine Prinzessin liebenswürdig sein muss. Wahrscheinlich musste ich das jetzt unter Beweis stellen.

Deshalb sagte ich: »Also gut«, was nicht gerade liebenswürdig klang. Aber was hätte ich sonst sagen sollen?

Ich war total baff, als Mama mich zum Abschied plötzlich an sich riss und umarmte. Ich weiß selbst nicht, warum mich das so verblüffte. Eigentlich ist das ja normal für Großmütter. Wahrscheinlich war ich einfach nicht darauf vorbereitet, weil die Großmutter, mit der ich die meiste Zeit verbringe, Grandmère ist.

Während der Umarmung rief Mama: »*Jesusmaria!* Mädchen, bist du knochig!« Vielen Dank, Mama. Es stimmt schon, dass ich schwach auf der Brust bin, aber musst du das gleich in der Lobby vom SoHo-Grandhotel rumtrompeten? »Und wie lange willst du noch so in die Höhe schießen? Ich möchte wetten, dass du schon größer bist als Hank.«

Die Wette hat sie leider gewonnen.

Mamma brachte mich dazu, auch Pappa zu umarmen.

Hatte Mamma sich sehr weich angefühlt, so war Pappa das genaue Gegenteil – sehr knochig. Irgendwie erstaunlich, dass diese Menschen es schaffen, meine willensstarke, selbstständige Mutter in ein zitterndes Nervenbündel zu verwandeln. Ich meine, Grandmère hat Dad als Kind in die Folterkammer vom Schloss gesperrt und trotzdem hat er längst nicht solche Probleme mit ihr wie Mom mit ihren Eltern.

Andererseits ist Dad ein Meister der Verdrängung und leidet unter einem klassischen Ödipuskomplex. Hat Lilly jedenfalls diagnostiziert.

Als ich wieder nach Hause kam, war Mom vom Schrank in ihr Bett umgezogen, wo sie sich mit einem Stapel Kataloge für Dessous und Designermode vergraben hatte. Das bedeutete, dass es ihr schon wieder besser ging. Klamotten bestellen ist ihr Lieblingshobby.

»Hi, Mom«, begrüßte ich sie.

Sie spähte hinter einem Katalog mit Frühjahrsbademoden hervor. Ihr Gesicht war ganz verschwollen und fleckig. Echt gut, dass Mr Gianini nicht da war. Vielleicht hätte er sich das mit dem Heiraten sonst noch mal überlegt.

»Ach Mia«, sagte sie, als sie mich sah. »Komm her und lass dich umarmen. War es sehr schlimm? Tut mir Leid, dass ich so eine schlechte Mutter bin.«

Ich setzte mich neben sie aufs Bett. »Du bist keine schlechte Mutter«, sagte ich. »Du bist eine gute Mutter. Dir geht es nur nicht gut.«

»Doch«, sagte Mom und schniefte. Sie war also offenbar deshalb so verschwollen und fleckig, weil sie geweint hatte. »Ich bin ein schlechter Mensch. Meine Eltern sind extra aus Indiana gekommen, um mich zu besuchen, und ich habe sie ins Hotel abgeschoben.«

Ganz klar: Moms Hormonhaushalt ist durcheinander und sie ist nicht sie selbst. Sonst hätte sie keine Sekunde lang

Schuldgefühle, ihre Eltern ins Hotel abschoben zu haben. Sie wird ihnen nie verzeihen, dass sie

a.) nicht wollten, dass sie mich bekommt,
b.) ihre Erziehungsmethoden kritisierten und
c.) den alten und den jungen George Bush gewählt haben.

Egal ob gestörter Hormonhaushalt oder nicht, jedenfalls kann Mom diese Art von Stress im Moment überhaupt nicht gebrauchen. Wir müssen jetzt dafür sorgen, dass es ihr gut geht. Man kann überall nachlesen, dass die Zeit der Vorbereitung auf die Geburt von Freude und Zuversicht erfüllt sein sollte.

Und das wäre sie auch, wenn Grandmère nicht gekommen wäre und alles kaputtgemacht hätte, nur weil sie sich immer in anderer Leute Angelegenheiten mischen muss.

Wir müssen sie irgendwie aufhalten.

Und das sage ich nicht nur, weil ich am Freitag wirklich sehr, sehr gern mit Michael in die »Rocky Horror Picture Show« gehen würde.

Dienstag, 28. Oktober, 11 Uhr abends

Schon wieder eine Mail von Jo-C-rox!
Hier der Text:

JOCROX: LIEBE MIA, ICH WOLLTE DIR NUR KURZ SAGEN, DASS ICH DICH GESTERN IM FERNSEHEN GESEHEN HABE. DU SAHST WIE IMMER VERDAMMT GUT AUS. ICH WEISS, DASS ES EIN PAAR LEUTE AN DER SCHULE GIBT, DIE DICH FERTIG GEMACHT HABEN. LASS DICH NICHT UNTERKRIEGEN. DIE MEISTEN AN UNSERER SCHULE FINDEN DICH SUPERCOOL. DEIN FREUND

Süß, was? Ich hab sofort zurückgemailt.

FTLOUIE: LIEBER FREUND. VIELEN DANK. BITTE SAG MIR DOCH, WER DU BIST? ICH SCHWÖRE, ICH SAG ES NIEMANDEM WEITER!!!!!!!
MIA

Er hat sich nicht mehr gemeldet, aber ich glaub, dass man an den vielen Ausrufezeichen merkt, wie ernst es mir ist.
Langsam wird er mürbe, da bin ich mir sicher.

TAGEBUCH (Im Fach Englisch)

Das Ereignis, das mich in meinem Leben am nachhaltigsten berührt hat, war…

TAGEBUCH (Im Fach Englisch)

Mach das Beste aus dir, denn es ist alles, was du hast.
                                           Ralph Waldo Emerson

Ich glaube, Emerson meinte damit, dass jeder Mensch nur ein Leben hat und deshalb das Beste daraus machen soll. Derselbe Gedanke wird meiner Meinung nach großartig in einem Film thematisiert, den ich einmal im Lifetime-Channel gesehen habe, als ich krank war. Er trug den Titel: »Wer ist meine Frau?«

Darin stellt Mare Winningham eine Frau namens Julia dar, die eines Tages nach einem Autounfall aufwacht und feststellt, dass man aufgrund ihrer schweren Verletzungen ihr Gehirn in den Körper einer anderen Frau transplantiert hat, die irgendwas am Hirn hatte. Da Julia, die vor dem Unfall ein erfolgreiches Model war, jetzt im Körper einer Hausfrau (Mare Winningham) steckt, ist sie verständlicherweise sehr bestürzt. Sie schlägt die ganze Zeit mit dem Kopf gegen die Wand, weil sie nicht mehr blond und 1,80 m groß ist und 55 Kilo wiegt. Aber dank der grenzenlosen Liebe ihres Mannes begreift Julia – die zwischenzeitlich kurz auch vom psychopathischen Ehemann der Hausfrau entführt wird, damit sie seine Wäsche macht – am Ende trotz ihres unattraktiven Aussehens, dass es wichtiger ist, am Leben zu sein, als auszusehen wie ein Model.

Als Zuschauer stellt man sich die unvermeidliche Frage, wessen Körper man wählen würde, wenn das eigene Gehirn nach einem Unfall in einen anderen Körper transplantiert werden müsste. Ich habe selbst lange darüber nachgedacht und bin zu dem Entschluss gekommen, dass ich am liebsten den

Körper der olympischen Eiskunstläuferin Michelle Kwan hätte, weil sie sehr hübsch ist und mit ihrem Talent eine Menge Geld machen kann. Außerdem sind Asiaten, wie man weiß, zurzeit sehr hip. Vielleicht würde ich mich auch für Britney Spears entscheiden, um endlich einen Busen zu haben.

Mittwoch, 29. Oktober, Englisch

Also eins weiß ich jetzt:

Wenn einem ein Typ wie mein Cousin Hank den ganzen Tag von Klassenzimmer zu Klassenzimmer nachlatscht, lenkt das die Aufmerksamkeit der Leute unheimlich gut davon ab, dass man sich am Vorabend im Fernsehen zur Lachnummer gemacht hat.

Ja echt. Okay, die Cheerleader haben mein *Twentyfour /Seven*-Interview noch nicht ganz vergessen. Wenn ich einer von ihnen im Gang begegne, krieg ich immer noch den einen oder anderen bösen Blick ab – aber sobald sie Hank sehen, passiert etwas Merkwürdiges.

Zuerst hab ich es nicht begriffen. Ich dachte, sie wären einfach erstaunt, mitten in Manhattan einem Naturburschen in Latzhose und Holzfällerhemd zu begegnen.

Aber jetzt dämmert mir allmählich, dass es etwas anderes ist. Okay, Hank ist gut gebaut und hat kräftiges blondes Haar, das ihm in die babyblauen Augen fällt. Aber das ist nicht alles. Ich hab den Verdacht, Hank dünstet diese Pheromone aus, diese Sexuallockstoffe, die wir vor kurzem in Bio durchgenommen haben.

Und auf mich wirken sie nicht, weil wir verwandt sind.

Sobald ich mit Hank ankomme, bin ich von Mädchen umringt, die mir zuflüstern: »Wer ist *das* denn?«, und sehnsüchtig auf seine Oberarmmuskeln schauen, die unter den ganzen Karos wirklich ziemlich deutlich hervortreten.

Zum Beispiel Lana Weinberger. Sie hing wie immer in der Nähe von meinem Spind rum und wartete auf Josh, um mit ihm ihre allmorgendliche Küssorgie abzuziehen, als ich mit Hank kam. Sofort riss Lana ihre dick mit Kajal umrandeten Augen auf. »Sag mal, wie heißt dein Freund denn?«, fragte sie mich mit einer Stimme, die ich bei ihr noch nie gehört hab. Und dabei kenne ich sie schon ziemlich lang.

»Das ist nicht mein Freund, sondern mein Cousin«, korrigierte ich sie.

Darauf sagte Lana mit der gleichen komischen Stimme zu Hank: »Dann kannst du ja *mein* Freund werden.«

Und darauf erwiderte Hank mit breitem Grinsen: »Hö, cool, danke.«

Während der Mathestunde war Lana nur damit beschäftigt, Hank auf sich aufmerksam zu machen: Sie schüttelte ihre lange Blondmähne und fegte damit über meinen Tisch, ließ mindestens viermal ihren Bleistift fallen und schlug ständig abwechselnd die Beine übereinander. Nach einer Weile erkundigte sich Mr Gianini: »Kann es sein, dass du mal auf die Toilette musst, Lana?« Danach hielt sie eine Zeit lang still – fünf Minuten oder so.

Sogar unsere Schulsekretärin Miss Molina kicherte albern, als sie Hank den Besucherpass ausstellte.

Aber das alles war nichts, verglichen mit Lillys Reaktion, als wir sie und Michael heute Morgen mit der Limousine abholten. Als sie Hank im Wagen sitzen sah, klappte ihr die Kinnlade runter und das Stück Müsliriegel, das sie gerade kaute, fiel auf den Boden. So hab ich sie noch nie gesehen. Normalerweise gelingt es ihr ganz gut, ihr Essen im Mund zu behalten.

Hormone haben eine unglaublich starke Wirkung. Wir sind ihnen hilflos ausgeliefert.

Was auch die Sache mit Michael erklärt.

Eben dass ich so total in ihn verknallt bin.

T. Hardy – englischer Schriftsteller. Herz in Wessex begraben, Körper in Westminster.

Also wenn das nicht voll *eklig* ist.

 Mittwoch, 29. Oktober, T & B

Ich glaub's einfach nicht. Das gibt's nicht.
Lilly und Hank sind *verschollen.*
Im Ernst. Verschollen.
Keiner weiß, wo sie stecken. Boris ist total fertig. Er spielt die ganze Zeit Mahler. Sogar Mrs Hill hat eingesehen, dass es im Interesse unser geistigen Gesundheit das Beste ist, ihn ins Lehrmittelkabuff zu sperren.
Sie hat uns erlaubt, in der Turnhalle heimlich ein paar Matten zu besorgen und sie gegen die Tür vom Kabuff zu lehnen, um den Schall zu dämpfen.
Leider bringt das nichts.
Irgendwie kann ich Boris' Weltschmerz verstehen. Ich meine, wenn man ein musikalisches Genie ist und das Mädchen, mit dem man auf relativ regelmäßiger Basis Zungenküsse ausgetauscht hat, plötzlich mit so einem wie Hank verschwindet, kann man schon nachdenklich werden.
Ich hätte es kommen sehen müssen. Beim Mittagessen hat Lilly übertrieben mit ihm geflirtet und ihm lauter Fragen über sein Leben in Indiana gestellt. Zum Beispiel, ob viele Mädchen an seiner Schule auf ihn stehen und so. Er sagte natürlich Ja. Wobei ich persönlich es für keine große Leistung halte, der begehrteste Junge an einer Dorfschule in Versailles, Indiana, zu sein. (Die Leute da sprechen das üb-

rigens Wör-säiles aus.) Dann wollte sie wissen, ob er eine Freundin hat.

Das war Hank sichtlich peinlich. Er sagte, bis vor zwei Wochen hätte er noch eine gehabt, aber sie (Amber) hätte Schluss gemacht und wäre jetzt mit dem Sohn des Besitzers des größten Steakrestaurants am Ort zusammen. Lilly erwiderte total bestürzt, dass Amber ja wohl unter einer latenten Persönlichkeitsstörung leiden müsse, wenn sie so einen selbstaktualisierten Jungen wie Hank nicht zu würdigen wisse.

Vor lauter Ekel über ihre ungenierte Flirterei wäre mir fast mein Bratling wieder hochgekommen.

Und dann schwärmte sie von all den tollen Sachen, die man in New York machen kann, und meinte, er solle unbedingt die Chance wahrnehmen, etwas von der Stadt zu sehen, statt mit mir in der Schule rumzuhängen. »Zum Beispiel das U-Bahn-Museum«, sagte sie. »Das ist wirklich faszinierend.«

Ungelogen. *Lilly Moscovitz* hat behauptet, das *U-Bahn-Museum* sei faszinierend.

Hormone sind echt so was von gefährlich!

Dann sagte sie: »Halloween gibt es übrigens einen großen Umzug im Village und danach schauen wir uns alle die ›Rocky Horror Picture Show‹ an. Warst du schon mal drin?«

Hank schüttelte den Kopf.

In diesem Moment hätte es bei mir *Klick* machen müssen, aber ich merkte nichts. Als es klingelte, verkündete Lilly, sie wolle mit Hank noch schnell in die Aula, um ihm den Teil des Bühnenbilds für die Schulaufführung von »My Fair Lady« zu zeigen, den sie gemalt hat (eine Straßenlaterne). Ich war einverstanden, weil mir Hanks ständige Kommentare über meinen letzten Besuch in Versailles – »Und weißt du noch, wie wir die Räder vor dem Haus abgestellt haben und du Angst hattest, dass sie nachts gestohlen werden?« – ziemlich auf den Nerv gingen. Ich fand, eine Auszeit würde mir gut tun.

Seitdem sind die beiden nicht mehr gesehen worden.

Ich mache mir Vorwürfe. Es sieht ganz so aus, als wäre Hank zu attraktiv, um auf die Bevölkerung losgelassen zu werden. Das hätte ich ahnen müssen. Ich hätte mir denken können, dass ein ungehobelter, aber körperlich umso kräftiger ausgebildeter Bauernbursche aus Indiana anziehender wirkt als ein eher unansehnliches Musikgenie aus Russland. Jetzt bin ich schuld daran, dass meine beste Freundin ihren Freund betrügt UND die Schule schwänzt. Lilly hat in ihrem Leben noch nie blaugemacht. Wenn sie erwischt wird, muss sie nachsitzen. Ob sie nachher, wenn sie mit den anderen jugendlichen Straftätern eine ganze Stunde lang in der Cafeteria hocken muss, noch findet, dass es dieser flüchtige Augenblick sexueller Lust mit Hank wert war?

Michael ist mir überhaupt keine Unterstützung. Er macht sich null Sorgen um seine Schwester. Im Gegenteil – er findet das Ganze anscheinend urkomisch. Ich hab ihm zu bedenken gegeben, dass Lilly auch entführt worden sein könnte. Das hält er für unwahrscheinlich. Er glaubt eher, dass die beiden in der Nachmittagsvorstellung im IMAX-Kino sitzen.

Ja klar. Hank wird doch total schnell schwindlig. Das hat er uns heute Morgen auf dem Schulweg erzählt, als wir an der Seilbahn nach Roosevelt Island vorbeigefahren sind.

Wie Mamma und Pappa wohl reagieren, wenn sie erfahren, dass mir ihr Enkel abhanden gekommen ist?

ORTE, AN DENEN SICH LILLY UND HANK AUFHALTEN KÖNNTEN:

1. im U-Bahn-Museum
2. in dem »2nd Avenue Deli«, wo es das berühmteste koschere Cornedbeef von ganz New York gibt
3. auf Ellis Island, wo sie auf der Mauer mit den Namen der Einwanderer den von Dionysos Thermopolis suchen
4. in einem finsteren Laden am St. Marks Place, wo sie sich tätowieren lassen
5. in seinem Zimmer im SoHo-Grandhotel, wo sie sich wild und leidenschaftlich lieben

O GOTT!

Mittwoch, 29. Oktober, Politik

Immer noch kein Lebenszeichen von den beiden.

Mittwoch, 29. Oktober, Bio

Immer noch nichts Neues.

Hausaufgaben:

Mathe: Aufgaben 3, 9, 12 auf S. 147
Englisch: berührendstes Erlebnis!!!!!!!!!!!!!!!!!!!!!!!
Politik: Kapitel 10 lesen
T & B: ha, ha, ha
Franz: Une blague. 5 Sätze: la montagne, la mer, il y a du soleil
Bio: Kenny fragen

Ich möchte mal wissen, wie ich mich auf meine Hausaufgaben konzentrieren soll, wenn meine beste Freundin und mein Cousin im Moloch New York verschollen sind!

Mittwoch, 29. Oktober, Matheförderunterricht

Lars hält es für verfrüht, die Polizei zu alarmieren, und Mr Gianini ist derselben Meinung. Er sagt, Lilly sei an sich ein sehr vernünftiges Mädchen, und er könne sich nicht vorstellen, dass Hank in ihrer Begleitung Kidnappern in die Hände gefallen sei. Wobei das mit den Kidnappern ja nur ein Beispiel für das sein sollte, was ihnen passiert sein *könnte*.

Es gibt ein anderes Szenario, das mich weit mehr beunruhigt: Angenommen, Lilly hätte sich in ihn verliebt.

Im Ernst. Nehmen wir mal an, Lilly hätte sich gegen alle Vernunft unsterblich in meinen Cousin Hank verliebt und er sich in sie. Man hat schon Pferde kotzen sehen. Möglich ist alles. Vielleicht begreift Lilly allmählich, dass sich Boris – Genie hin oder her – wirklich absurd anzieht und nicht in der Lage ist, normal durch die Nase zu atmen. Vielleicht ist sie bereit, ihre ausgedehnten intellektuellen Gespräche mit Boris einem Typen zuliebe zu opfern, dessen einziges Kapital ein so genannter »Knackarsch« ist.

Und Hank hat sich womöglich von Lillys überragendem Intellekt beeindrucken lassen. Ihr IQ übersteigt seinen locker um mindestens hundert Punkte.

Begreifen die beiden denn nicht, dass ihre Beziehung trotz der starken gegenseitigen Anziehung zum Scheitern verurteilt ist? Nehmen wir mal an, sie hätten echt Sex miteinander. Und nehmen wir weiter an, sie würden trotz der ständig auf MTV gezeigten Safer-Sex-Videos keine Kondome benutzen (wie Mom und Mr G), dann müssten sie heiraten und Lilly müsste nach Indiana ziehen und dort in einem dieser Asi-Wohnwagengettos hausen, wo alle minderjährigen Mütter wohnen. Und sie müsste solche hässlichen Hauskleider aus dem Supermarkt tragen und Mentholzigaretten rauchen, und Hank hätte einen Job in der Gummireifenfabrik, wo er fünf Dollar pro Stunde verdient.

Bin ich denn die Einzige, die sieht, wo das alles hinführt? Sind die anderen alle blind?

1. Klammern auflösen (von innen nach außen)
2. Potenzen ausrechnen
3. multiplizieren und dividieren (von links nach rechts)
4. addieren und subtrahieren (von links nach rechts)

Mittwoch, 29. Oktober, 7 Uhr abends

Alles okay. Sie sind wieder da.

Hank ist anscheinend um fünf wieder im Hotel aufgetaucht und Lilly kam – laut Michael – kurz vorher nach Hause.

Ich würde echt gern wissen, wo die beiden wirklich waren, aber beide behaupten übereinstimmend, sie wären »bloß ein bisschen rumgelaufen«.

Und Lilly hat mich angefaucht: »Du bist so was von besitzergreifend, weißt du das?«

Ja klar.

Aber ich hab im Moment sowieso größere Sorgen. Als ich vorhin zum Prinzessunterricht zu Grandmère ins Plaza kam, fing mich Dad vor der Tür zu ihrer Suite ab. Er sah total nervös aus. Es gibt nur zwei Menschen, die Dad nervös machen. Einer davon ist meine Mutter.

Der andere ist *seine* Mutter.

»Hör mal, Mia«, flüsterte er. »Wegen der Hochzeit...«

»Du hast hoffentlich mit Grandmère gesprochen?«, fragte ich ihn.

»Deine Großmutter hat bereits die Einladungen verschickt. Zur Hochzeit, meine ich.«

»*Was?*«

O Gott. O Gott. Das ist eine Katastrophe. Eine *Katastrophe*! Mein Dad muss mir angesehen haben, was ich dachte, denn er sagte: »Mach dir keine Sorgen, Mia. Ich bringe das in Ordnung. Überlass nur alles mir, ja?«

Ich soll mir keine Sorgen machen? Wie denn? Mein Dad meint es ja sicher gut, aber hier geht es um Grandmère. Um GRANDMÈRE. Niemand stellt sich ihr in den Weg, noch nicht mal der Fürst von Genovia.

Außerdem: Ich weiß ja nicht, was er bisher zu ihr gesagt hat, aber es hat ganz offensichtlich nicht funktioniert. Sie und Vigo sind tiefer denn je in ihre Hochzeitsvorbereitungen verstrickt.

»Wir haben bereits die ersten Zusagen«, informierte mich Vigo stolz, als ich ins Zimmer trat. »Der Bürgermeister kommt. Der Millionär Donald Trump, die Societylady Diana von Fürstenberg, die königliche Familie von Schweden, der Modeschöpfer Oscar de la Renta, der Gastgeber der beliebten Sendung ›Entertainment Tonight‹, John Tesh, und Martha Stewart...«

Ich sagte gar nichts. Was daran lag, dass ich mir gerade bildlich vorstellte, wie Mom den Mittelgang entlangschreitet und John Tesh und Amerikas stets lächelnde Vorzeigehausfrau und Ratgeberin in allen Lebenslagen Martha Stewart sieht. Wahrscheinlich würde sie schreiend aus dem Saal rennen.

»Ach ja, und Ihr Kleid ist gekommen«, sagte Vigo und wackelte viel sagend mit den Augenbrauen.

»Was?«, fragte ich.

Blöderweise hörte Grandmère mich und klatschte so laut in die Hände, dass Rommel unter einem Sessel Schutz suchte, weil er wahrscheinlich annahm, der Atomkrieg sei ausgebrochen.

»Ich möchte nie wieder ein ›Was‹ von dir hören!« Grandmère funkelte mich an wie ein Feuer speiender Drache. »Das heißt: ›Wie bitte?‹«

Ich schaute wieder zu Vigo, der sich ein Lächeln verkniff. Im Ernst. Vigo hält es offenbar für komisch, wenn Grandmère sauer wird.

Falls es einen genovesischen Tapferkeitsorden gibt, muss er ihn sofort bekommen.

»Ich bitte um Verzeihung, Mr Vigo«, sagte ich höflich.

»Aber nicht doch«, rief Vigo und wedelte mit der Hand. »Nennen Sie mich nicht ›Mister‹, Hoheit. Vigo reicht vollkommen. Jetzt sagen Sie mir aber bitte, was Sie von dem Kleid hier halten?«

Er zog schwungvoll ein Kleid aus einem Karton hervor. Als ich es sah, war es um mich geschehen.

Es ist das allerschönste Kleid, das ich jemals gesehen hab. Es sieht genauso aus wie das von der guten Hexe Glinda im »Zauberer von Oz« – vielleicht nicht ganz so glitzernd, aber es ist ebenfalls rosa und hat so einen bauschigen Rock und winzige Röschen an den Ärmeln. Ich glaub nicht, dass es schon mal ein Kleid gab, das ich soooooooo gern haben wollte.

Ich musste es einfach anprobieren.

Grandmère überwachte die Anprobe, während Vigo in ihrer Nähe blieb und sie immer wieder mit neuen Sidecars, ihrem absoluten Lieblingscocktail, versorgte. Außerdem rauchte Grandmère mit hastigen Zügen eine ihrer ultralangen Zigaretten. Damit deutete sie immer wieder auf mich und rief: »Nein, nein, nicht so!«, oder: »*Mon dieu*, nun mach nicht so einen krummen Rücken, Amelia.«

Sie kamen überein, dass das Kleid am Busen zu locker sitzt (ach, wer hätte das gedacht?) und geändert werden muss. Das soll bis Freitag dauern, aber Vigo versprach uns, dass ich es auf alle Fälle noch rechtzeitig bekomme.

Erst da fiel mir wieder ein, wozu das Kleid gedacht war.

Gott, was bin ich für eine miese Tochter? Eine totale Egoistin bin ich. Ich will diese Hochzeit nicht und Mom will sie auch nicht – was stehe ich dann hier und probiere dieses Kleid an, das ich auf einem Fest tragen soll, das einzig und allein Grandmère will und das sowieso nie stattfinden wird, wenn Dad Erfolg hat? Trotzdem hätte ich heulen können, als ich das Kleid auszog und wieder auf den mit Satin überzogenen Bügel hängte. Ich hab echt noch nie ein so schönes Kleid gesehen, geschweige denn getragen. Und ich musste die ganze Zeit daran denken, wie toll es wäre, wenn Michael mich darin sehen könnte.

Oder Jo-C-rox. Dann würde er vielleicht seine Schüchternheit überwinden und mir endlich ins Gesicht sagen, was er sich bislang nur zu schreiben traut... Und falls sich herausstellt, dass er nicht dieser Chilityp ist, dann könnten wir uns ja auch mal verabreden.

Das Blöde ist nur: Es gibt bloß eine Gelegenheit, zu der man so ein Kleid anziehen kann – nämlich eine große Hochzeitsfeier. Und auch wenn ich mir nichts sehnlicher wünsche, als dieses Kleid zu tragen, will ich auf keinen Fall, dass diese Hochzeitsfeier stattfindet. Mom steht schon so kurz vor einem Nervenzusammenbruch. Wenn auch noch Josh Tesh zu ihrer Hochzeit eingeladen ist – und womöglich sogar auf die Idee kommt zu singen –, könnte ihr das den Rest geben.

Aber ich muss zugeben, ich hab mich noch nie im Leben prinzessinnenhafter gefühlt als in diesem Kleid.

Echt superschade, dass ich es nie tragen werde.

Mittwoch, 29. Oktober, 10 Uhr abends

Vorhin musste ich eine kleine Verschnaufpause einlegen, weil ich so angestrengt darüber nachgedacht hatte, welches nachhaltig berührende Erlebnis ich in meinem Englisch-Tagebuch beschreiben könnte. Um mich zu erholen, hab ich mich vor den Fernseher gesetzt. Tja, und wie ich mich so nichts ahnend durch die Programme zappe, sehe ich auf Channel 67, einem der offenen Kanäle, plötzlich eine Folge von »Lilly spricht Klartext«, die ich gar nicht kenne. Ich hab mich gewundert, weil »Lilly spricht Klartext« normalerweise immer freitags kommt.

Aber dann hab ich mir überlegt, dass sie den Termin vielleicht vorverlegt haben, um am Freitag den Halloweenumzug durchs Village live übertragen zu können.

Jedenfalls sitze ich so da und gucke zu, und auf einmal wird mir klar, dass es die Folge ist, die wir letzten Samstag auf Lillys Pyjamaparty abgedreht haben, auf der die anderen ihre Erfahrungen mit Zungenküssen gebeichtet haben und ich die Aubergine aus dem Fenster werfen musste. Aber Lilly hat alle Szenen rausgeschnitten, in denen mein Gesicht zu sehen ist, sodass mich keiner erkennt, der nicht zufälligerweise weiß, dass das Mädchen in dem Schlafanzug mit den kleinen Erdbeeren drauf Mia Thermopolis ist.

Insgesamt war alles ziemlich harmlos. Okay, irgendwelche tief religiösen Mütter würden sich vielleicht über die Sache mit den Zungenküssen aufregen, aber hier in New York gibt es von der Sorte nicht so viele und woanders ist der offene Kanal sowieso nicht zu empfangen.

Plötzlich wackelte das Bild und verschwamm, und als es wieder scharf wurde, sah man eine Nahaufnahme von meinem Gesicht. Ganz genau. VON MEINEM GESICHT. Ich lag auf dem Boden, ein Kissen unter dem Kopf, und redete mit schläfriger Stimme vor mich hin.

Dann fiel es mir wieder ein: Als die anderen schon eingedöst waren, hatten Lilly und ich noch leise miteinander geredet. Und dabei muss sie mich DIE GANZE ZEIT gefilmt haben!

Ich sah mich also im Fernseher auf dem Boden liegen und müde murmeln: »Am liebsten würde ich ein Heim für verlassene Tiere gründen. Ich war mal in Rom, da gibt's zum Beispiel ungefähr achtzig Millionen Katzen, die in den Ruinen rumstreunen. Wenn die Nonnen sie nicht füttern würden, wären die alle schon tot. Das ist das Erste, was ich machen will. Ein Tierheim gründen, in dem alle streunenden Tiere von Genovia aufgenommen werden. Und keines dürfte eingeschläfert werden, außer es wäre krank oder so. Wir würden Katzen aufnehmen und Hunde und Delfine und Ozelote...«

»Gibt es in Genovia denn überhaupt Ozelote?«, fragte Lilly aus dem Off.

»Das hoffe ich doch«, sagte ich. »Vielleicht nicht. Aber egal. Wir nehmen alle heimatlosen Tiere auf. Und womöglich engagiere ich auch ein paar Trainer für Blindenhunde und dann bilden wir die Hunde zu Blindenhunden aus. Die könnten wir dann kostenlos an Blinde abgeben, die einen brauchen. Und mit den Katzen könnten wir in Krankenhäuser und Altersheime gehen, damit die Patienten und die alten Leute sie streicheln können. Es ist ja wissenschaftlich bewiesen, dass das die Produktion von Glückshormonen anregt – nur nicht bei Leuten, die Katzenhasser sind, wie meine Großmutter. Aber die können dann ja die Hunde streicheln oder die Ozelote...«

Lilly: »Das ist also quasi deine erste Amtshandlung, wenn du Fürstin von Genovia wirst?«

»Ja, ich glaub schon«, sagte ich schläfrig. »Vielleicht könnte man auch einfach das ganze Fürstentum in ein einziges riesiges Tierheim umwandeln. Dann könnten alle verlassenen Tiere aus ganz Europa dort leben, sogar die Katzen aus Rom.«

»Glaubst du denn, dass deine Großmutter damit einverstanden wäre? Ich meine, wenn die ganzen streunenden Katzen im Palast rumrennen würden?«

Ich: »Die ist bis dahin doch sowieso tot, also kann es ihr egal sein.«

O Gott! Ich kann nur hoffen, dass die Direktion vom Plaza den offenen Kanal nicht eingespeichert hat.

»Was ist für dich das Schlimmste daran, dass du Prinzessin bist?«, wollte Lilly wissen.

»Da muss ich nicht lange überlegen. Dass ich nicht einfach zum nächsten Supermarkt kann, um Milch oder Lotterielose zu kaufen, ohne vorher bei meinem Bodyguard anzurufen und ihn zu bitten, mich zu begleiten. Und bei dir kann ich auch nicht einfach so spontan aufkreuzen. Jeder Besuch artet gleich in eine Riesenaktion aus. Und dann das mit den Fingernägeln. Ich meine, wen interessiert es denn, wie meine Nägel aussehen? Warum spielt das überhaupt eine Rolle? Solche Sachen nerven mich.«

»Bist du nervös, weil du im Dezember in Genovia offiziell deinem Volk vorgestellt wirst?«

»Na ja, nicht richtig nervös... ich weiß nicht. Nur, was mach ich, wenn sie mich nicht mögen? Die Hofdamen und so? In der Schule mag mich ja auch schon keiner. Also kann es gut sein, dass die mich in Genovia genauso blöd finden.«

»Natürlich mögen dich die Leute an der Schule«, behauptete Lilly.

Und dann schlief ich direkt vor der Kamera ein. Nur gut, dass ich nicht gesabbert hab oder – noch schlimmer – geschnarcht. Sonst könnte ich mich morgen in der Schule echt nicht blicken lassen.

Auf einmal flimmerten Buchstaben über den Schirm. *Lassen Sie sich von anderen nichts vormachen! Nur bei uns sehen Sie das einzig wahre Interview mit der Prinzessin von Genovia!*

Als die Sendung zu Ende war, rief ich sofort bei Lilly an und fragte sie, was sie sich dabei gedacht hätte.

Mit aufreizender Überheblichkeit antwortete sie: »Ich will nur, dass die Leute die echte Mia Thermopolis kennen lernen.«

»Das stimmt nicht«, sagte ich. »Du willst bloß, dass einer der großen Sender das Interview sieht und es dir für verdammt viel Kohle abkauft.«

»Ach komm, Mia.« Lilly klang verletzt. »Wie kannst du so was von mir denken.«

Sie klang so überrascht, dass ich es ihr abnahm.

»Na ja«, sagte ich, »du hättest es mir aber trotzdem vorher sagen können.«

»Wärst du denn einverstanden gewesen?«, fragte Lilly.

»Hm«, sagte ich. »Nein ... wahrscheinlich nicht.«

»Na also«, sagte Lilly.

In Lillys Interview wirke ich zwar nicht wie eine hirnamputierte Quasselstrippe, dafür werden sie mich jetzt alle für eine durchgeknallte Katzenfanatikerin halten. Ich weiß nicht, was schlimmer ist.

Aber allmählich ist mir das alles egal. Mich würde mal interessieren, ob das allen berühmten Leuten so geht. Vielleicht macht man sich ja nur am Anfang so viele Gedanken darüber, was die Zeitungen über einen schreiben, und nach einer Weile geht es einem am Arsch vorbei.

Ob Michael mich gesehen hat? Und wenn ja, wie er wohl meinen Schlafanzug fand? Ich finde ihn nämlich echt süß.

Donnerstag, 30. Oktober, Englisch

Heute ist Hank nicht mit in die Schule gekommen. Er rief mich morgens an und sagte, er fühle sich ziemlich mies. Kein Wunder. Gestern Abend haben Mamma und Pappa nämlich angerufen, um zu fragen, wo man in Manhattan gutes *New York Strip* essen könne. Weil ich eher selten in Restaurants verkehre, in denen Fleisch serviert wird, mussten sie mir erst erklären, dass das so eine Art dünnes Roastbeef ist. Darauf reichte ich den Hörer an Mr Gianini weiter, der sich da besser auskennt und einen Tisch in einem ziemlich berühmten Steakhaus reservierte.

Außerdem beschloss er trotz Moms energischer Proteste, Mamma, Pappa, Hank und mich dorthin einzuladen, um seine zukünftigen Schwiegereltern besser kennen zu lernen.

Das war anscheinend zu viel für Mom. Sie krabbelte doch tatsächlich aus dem Bett, zog sich an, schminkte sich und kam mit. Ich glaube, hauptsächlich wollte sie verhindern, dass Mamma Mr G verschreckt, indem sie ihm erzählt, wie viele Autos Mom als Führerschein-Neuling in Maisfeldern zu Schrott gefahren hat.

Geschockt musste ich feststellen, dass mein zukünftiger Stiefvater, mein Cousin, meine Großeltern mütterlicherseits, ja selbst Lars, dessen Appetit auf Fleisch mir bisher entgangen war, und meine Mutter – die sich auf ihr Steak stürzte wie Rosemary in »Rosemarys Baby« auf das rohe Fleisch (den Film hab ich zwar nie gesehen, aber ich hab mir alles erzählen lassen) – insgesamt das Gegenstück zu einer halben Kuh in sich reinstopften. Und das trotz aller Berichte über das erhöhte Risiko von Herz- und Gefäßkrankheiten und obwohl der Zusammenhang zwischen manchen Krebsarten und gesättigten Fettsäuren bzw. Cholesterin wissenschaftlich bewiesen ist.

Dieser Anblick machte mich echt fertig, und ich hätte sie gern darauf hingewiesen, wie unnötig es ist, Sachen zu essen, die mal gelebt haben und herumgelaufen sind, aber dann dachte ich an meine guten Manieren als Prinzessin und widmete mich schweigend meinem Teller mit gegrilltem Gemüse.

Trotzdem wundert es mich kein bisschen, dass sich Hank nicht wohl fühlt. Wahrscheinlich liegt ihm das ganze Fleisch jetzt noch als unverdauter Klumpen im Waschbrettbauch. (Ich hab Hank zwar Gott sei Dank noch nie nackt gesehen, aber ich nehme an, er hat einen Waschbrettbauch.)

Übrigens interessant, dass das Fleisch bis jetzt die einzige Mahlzeit war, die Mom bei sich behalten konnte. Das Baby wird schon mal garantiert kein Vegetarier.

Die Enttäuschung über Hanks Abwesenheit ist hier an der Schule fast mit Händen greifbar. Vorhin bin ich Miss Molina im Flur begegnet, die mich betrübt fragte: »Heute brauchst du wohl keinen Besucherpass für deinen Cousin, Mia?«

Dass Hank nicht da ist, bedeutet außerdem, dass die besondere Schonung, die mir die Cheerleader gestern gewährt haben, heute wieder aufgehoben ist: Heute Morgen hat Lana einen meiner BH-Träger schnalzen lassen und mit höhnischer Stimme gesagt: »Ich möchte mal wissen, wieso du einen BH trägst, Mia. Bei dir ist das ja wohl voll unnötig.«

Ich sehne mich nach einem Ort, an dem ich mit Höflichkeit und Respekt behandelt werde. Diese Highschool ist es jedenfalls nicht. Vielleicht Genovia? Oder diese russische Raumstation, die sie kürzlich verschrottet haben.

Der einzige Mensch, der sich über Hanks Abwesenheit zu freuen scheint, ist Boris Pelkowski. Er wartete heute Morgen wie immer vor der Schule auf uns und fragte als Erstes: »Wo ist dieser Honk?« (So klingt es, wenn man *Hank* mit russischem Akzent ausspricht.)

»Honk, äh, ich meine Hank ist krank«, informierte ich ihn, und es ist nicht übertrieben, wenn ich sage, dass ein engelhaft seliges Lächeln über Boris' unansehnliche Züge huschte. Es war geradezu rührend. Manchmal nervt es mich, dass Boris Lilly so anhimmelt, aber das ist wahrscheinlich der blanke Neid. Ich will auch einen Freund, dem ich meine tiefsten Geheimnisse anvertrauen kann. Einen, der mir Zungenküsse gibt. Einen, der eifersüchtig wird, wenn ich zu viel Zeit mit einem anderen verbringe – sogar wenn es ein Neandertaler wie Hank ist.

Aber im Leben kriegt man eben nicht immer, was man will. So wie es aussieht, bekomme ich nur ein Geschwisterchen und einen Stiefvater, der eine Menge über Quadratzahlen weiß und morgen mit seinem Kicker bei uns einzieht.

Ach ja, und eines Tages bekomme ich auch noch die Fürstenkrone von Genovia.

Na toll. Ein Freund wär mir lieber.

Donnerstag, 30. Oktober, Politik

**Dringend noch vor
Mr Gs Einzug erledigen:**

- saugen
- Katzenklo sauber machen
- Wäsche wegbringen
- Müll rausbringen, besonders Papiermüll: Alle Zeitschriften von Mom entsorgen, auf deren Titelblatt irgendwas mit Orgasmus steht – pervers!!!
- Tampons, Binden, Slipeinlagen etc. aus allen Klos entfernen
- im Wohnzimmer Platz für Kicker/Flipper/Flachbildfernseher machen
- Badezimmerschränkchen durchsehen. Verstecken: sämtliche Pillen gegen Menstruationsbeschwerden, Enthaarungscremes, Bleichmittel für unerwünschte Gesichtshaare – oberpeinlich!!!
- den »Hite Report« und »Joy of Sex« aus Moms Bücherregal entfernen
- Kabelfirma anrufen und Romantik-TV gegen Sportkanal austauschen
- Mom daran erinnern, in Zukunft nie mehr BHs an die Türklinke im Bad zu hängen
- abgewöhnen, an künstlichen Fingernägeln zu kauen

- nicht mehr so oft an MM denken
- endlich Schloss an der Klotür reparieren lassen
- Klopapier!!!

Donnerstag, 30. Oktober, T & B

Ich glaub, ich spinne!
Sie haben es schon wieder getan.
Hank und Lilly sind schon WIEDER verschwunden.
Von Hanks Verschwinden hab ich erst erfahren, als sich Mom genervt auf Lars' Handy meldete. Mamma hat nämlich panisch bei ihr im Atelier angerufen, weil Hank nicht mehr im Hotel ist. Mom wollte wissen, ob er in der Schule aufgetaucht sei, was ich nach bestem Wissen und Gewissen verneinen musste.
Und dann fehlte Lilly beim Mittagessen.
Besonders raffiniert ist sie allerdings nicht vorgegangen. Wir mussten heute in Sport den alljährlichen Fitnesstest machen, und ausgerechnet, als sie am Seil hochklettern sollte, fing sie an, über Bauchschmerzen zu jammern.
Ich hab keinen Verdacht geschöpft, weil Lilly jedes Mal über Bauchschmerzen klagt, wenn wir den Fitnesstest machen müssen. Mrs Pott hat sie zur Schulschwester geschickt, und ich dachte, ich würde sie wie üblich mittags in der Cafeteria wieder sehen – auf wundersame Weise genesen.
Tja, Irrtum. Wie Nachforschungen bei der Schulschwester ergaben, waren Lillys Bauchkrämpfe anscheinend so schlimm geworden, dass sie beschlossen hatte, nach Hause zu gehen.

Krämpfe. Ha! Lilly hat keine Krämpfe. Die ist nur scharf auf meinen Cousin.

Die drängende Frage ist: Wie lange können wir das noch vor Boris geheim halten? Eingedenk der Mahlerklänge, denen wir gestern ausgesetzt waren, hüten wir uns alle, Boris darauf hinzuweisen, wie auffällig Lillys Bauchkrämpfe und Hanks zeitgleiches Verschwinden sind. Niemand hat Lust, wieder Turnmatten zu schleppen. Die Dinger sind verdammt schwer.

Michael bemüht sich, Boris mit einem von ihm selbst geschriebenen Computerspiel abzulenken, das »Enthaupte den Backstreet Boy« heißt. Der Spieler muss Messer und Äxte auf die *Backstreet Boys* schleudern, und nachdem man möglichst viele von ihnen geköpft hat, kommt man ins zweite Level, wo man die Köpfe der Jungs von *98 Degrees* abhackt, dann die von *'N Sync* und so weiter. Wer am meisten Köpfe gesammelt hat, darf zum Schluss seine Initialen in Ricky Martins nackte Brust ritzen.

Ich kann echt nicht glauben, dass Michael im Programmierkurs nur eine Zwei auf das Spiel bekommen hat. Der Lehrer hat ihm wohl ein paar Punkte abgezogen, weil das Spiel für den heutigen Markt nicht blutrünstig genug ist.

Übrigens dürfen wir uns bei Mrs Hill heute laut unterhalten. Das erlaubt sie natürlich nur, weil sie verhindern will, dass Boris Mahler oder – noch schlimmer – Wagner spielt.

Gestern war ich nach dem Unterricht bei ihr und hab mich dafür entschuldigt, im Fernsehen behauptet zu haben, sie wäre immer im Lehrerzimmer (auch wenn es die Wahrheit war). Sie sagte, sie sei nicht nachtragend. Mit ziemlicher Sicherheit hat das was mit dem Discman und dem Riesenblumenstrauß zu tun, den Dad ihr am Tag nach der Ausstrahlung des Interviews geschickt hat. Seitdem ist sie viel netter zu mir.

Die Sache mit Lilly und Hank geht mir nicht aus dem Kopf. Dass sich ausgerechnet *Lilly* als so triebgesteuert entpuppt, hätte ich nie gedacht. Ich bin mir nämlich sicher, dass sie nicht in Hank verliebt ist. Er ist ja ganz nett und sieht auch sehr gut aus – aber dass er besonders helle wäre, kann man nun wirklich nicht behaupten.

Und Lilly ist Mitglied bei diesem Verein »Mensa« oder könnte zumindest locker dazugehören, wenn sie Clubs für Intelligenzbestien nicht hoffnungslos verspießert finden würde. Abgesehen davon ist sie aber nicht das, was man landläufig als »Schuss« bezeichnet – also, ich find sie schon süß, aber gemessen am gängigen (und zugegebenermaßen beschränkten) Schönheitsideal, ist sie nicht gerade attraktiv. Sie ist viel kleiner als ich und ein bisschen pummelig und hat dieses flache Mopsgesicht. Eigentlich erstaunlich, dass sich so einer wie Hank für sie interessiert.

Ich frag mich wirklich, welches Bindeglied es zwischen den beiden gibt.

O Gott – ich verzichte auf die Antwort.

Hausaufgaben:

Mathe: S.123, Aufgaben 1–5 und 7
Englisch: beschreibe einen Tag in deinem Leben (nachhaltig berührendes Erlebnis nicht vergessen)
Politik: Fragen am Ende von Kapitel 10
T & B: Wichtig! Am Montag ein Dollar für Ohrstöpsel
Franz: une description d'une personne, 30 mots minimum.
Bio: übernimmt Kenny für mich

Donnerstag, 30. Oktober, 7 Uhr abends, auf dem Rückweg nach Hause

Nächster Schock. Wenn mein Leben weiter so achterbahnmäßig verläuft, muss ich mir einen Psychiater suchen.

Wen sehe ich, als ich zum Prinzessunterricht ins Plaza komme? Mamma! Sie saß auf einem von Grandmères zierlichen rosa Sofas und schlürfte Tee.

»So war sie schon immer«, sagte Mamma gerade. »Störrisch wie ein alter Esel.«

Ich war mir sicher, dass sie über mich redeten, deshalb schleuderte ich meinen Rucksack auf den Boden und schrie: »Stimmt gar nicht!«

Grandmère saß Mamma gegenüber und balancierte eine Teetasse samt Untertasse in der Hand. Im Hintergrund raste Vigo herum wie ein Aufziehmännchen und brüllte ins Telefon: »Nein, die Orangenblüten sind für die Hochzeitsfeier, die Rosen sind für die Tischdekoration«, und: »Natürlich hatten wir die Lammkoteletts als Vorspeise gedacht.«

»Was ist das für eine Art, ins Zimmer zu platzen?«, herrschte Grandmère mich auf Französisch an. »Eine Prinzessin fällt ihren Großmüttern nicht ins Wort und wirft auch nicht mit Gegenständen. Jetzt komm her und begrüß mich, wie es sich gehört.«

Ich ging zu ihr und küsste sie unlustig auf beide Wangen. Dann ging ich zu Mamma und machte bei ihr dasselbe. Mamma kicherte und sagte: »Hach, wie französisch!«

Grandmère sagte: »Und jetzt setz dich bitte und biete deiner Großmutter eine Madeleine an.«

Ich setzte mich brav, um zu beweisen, dass ich kein bisschen störrisch bin, und hielt Mamma den Teller mit den französischen Biskuits hin, wie Grandmère es mir beigebracht hat.

Mamma kicherte wieder und nahm sich eine Madeleine. Dabei spreizte sie den kleinen Finger in die Luft.

»Zu liebenswürdig, Kleines«, sagte sie.

»Nun«, sagte Grandmère auf Englisch. »Wo waren wir stehen geblieben, Shirley?«

»Ah ja«, rief Mamma. »Wie gesagt, ich kenn sie nicht anders. Trotzig ohne Ende. Mich wundert es ja kein bisschen, dass sie sich jetzt bei der Hochzeit quer stellt. Wundert mich ganz und gar nicht.«

He, die redeten ja gar nicht über mich, sondern über...

»Na, ich kann Ihnen sagen, gefreut haben wir uns nicht gerade, als das erste Mal was Kleines unterwegs war. Andererseits hat Helen uns auch nie was davon gesagt, dass er Fürst ist, sonst hätten wir ihr natürlich schon zugeredet, ihn zu heiraten.«

»Verständlicherweise«, murmelte Grandmère.

»Aber diesmal«, fuhr Mamma fort. »Also der Frank, der ist ja ein richtiges Goldstück. Ein Schwiegersohn, wie man ihn sich nur wünschen kann.«

»Dann sind wir uns ja einig«, stellte Grandmère fest. »Diese Hochzeit muss stattfinden – und sie wird stattfinden.«

»Na, aber sicher«, sagte Mamma.

Es hätte mich nicht gewundert, wenn sie in die Hände gespuckt und eingeschlagen hätten (ein alter Farmerbrauch aus Indiana, den Hank mir beigebracht hat).

Stattdessen nahmen sie einen Schluck Tee.

Obwohl ich mir ziemlich sicher war, dass meine Meinung keinen interessierte, räusperte ich mich.

»Amelia«, warnte Grandmère mich auf Französisch. »Wage es noch nicht einmal, daran zu denken.«

Zu spät. Es war schon passiert. »Mom möchte keine...«

»Vigo«, rief Grandmère. »Haben Sie eigentlich die Schuhe? Sie wissen schon, die zum Kleid der Prinzessin gehören?«

Plötzlich stand Vigo neben mir und trug das hübscheste Paar Satinpumps in der Hand, das ich jemals gesehen habe. Vorne auf der Spitze saßen winzige Röschen, die ganz genau zu meinem Kleid passten.

»Sind die nicht entzückend?«, schwärmte Vigo und hielt sie mir hin. »Möchten Sie sie anprobieren, Hoheit?«

Das war grausam. Hinterhältig.

Typisch Grandmère.

Aber was hätte ich tun sollen? Ich konnte nicht widerstehen. Die Schuhe passten perfekt und standen mir – zugegebenermaßen – vorzüglich. Meine Riesenlatschen sahen darin mindestens um zwei Nummern kleiner aus! Ich konnte es kaum erwarten, sie zu dem Kleid anzuziehen, und überlegte mir schon, dass ich – wenn die große Hochzeitsfeier abgeblasen wird – beides vielleicht zum Abschlussball in der Schule tragen könnte. Natürlich nur, falls das mit Jo-C-rox was wird.

»Mir blutet das Herz bei dem Gedanken, dass wir sie vielleicht zurückgeben müssen«, seufzte Grandmère. »Und nur, weil deine Mutter so stur ist.«

Na, wahrscheinlich wird sowieso nichts draus.

»Könnte ich sie nicht vielleicht für eine andere Gelegenheit aufheben?«, fragte ich trotzdem. (Bitte. Bitte. Bitte.)

»Unmöglich«, sagte Grandmère. »Rosa kann man nur als Brautjungfer tragen. Andernfalls sieht es grotesk aus.«

Warum trifft es eigentlich immer mich?

Als der Prinzessunterricht vorbei war – der heute offenbar darin bestand, dazusitzen und zuzuhören, wie zwei Großmütter über ihre undankbaren Kinder (und Enkel) ablästern –, erhob sich Grandmère und meinte zu Mamma: »Dann sind wir uns also einig, Shirley?«

»Na, aber hundert pro, Hoheit.«

Das hörte sich sehr bedrohlich an. Je länger ich darüber nachdenke, desto weniger glaube ich, dass Dad auch nur einen einzigen Versuch unternommen hat, Mom aus dieser immer auswegloser scheinenden Situation rauszuhelfen. Grandmère hat für morgen Nachmittag eine Limousine bestellt, die mich, Mom und Mr Gianini abholen und zum Plaza fahren soll. Spätestens, wenn Mom sich weigert einzusteigen, muss Grandmère klar sein, dass die große Hochzeitsfeier nicht stattfindet.

Ich glaube, ich muss die Sache jetzt selbst in die Hand nehmen. Ich weiß, Dad hat mir versprochen, sich darum zu kümmern, aber wir haben es hier mit Grandmère zu tun. GRANDMÈRE!

Ich bot Mamma an, sie ins Hotel mitzunehmen, und versuchte, ihr auf der Fahrt Informationen zu entlocken – ich wollte wissen, was Grandmère gemeint hatte, als sie sagte, sie wären sich »einig«.

Aber Mamma schwieg eisern... sie sagte nur, dass sie und Pappa nach all den Besichtigungstouren und der Sorge um Hank (von dem sie nach wie vor nichts gehört haben) zu müde seien, um ins Restaurant zu gehen, und dass sie sich ihr Abendessen beim Zimmerservice bestellen würden.

Mir ist das recht. Ich glaub, wenn ich noch einmal jemanden »Nur halb durchgebraten, bitte« sagen höre, muss ich kotzen.

Immer noch Donnerstag, 30. Oktober, 9 Uhr abends

So, Mr Gianini ist bei uns eingezogen. Ich hab schon neun Runden Tischfußball gespielt. Mann, tun mir die Handgelenke weh.

Eigentlich muss ich mich, glaub ich, gar nicht dran gewöhnen, ihn jetzt immer hier zu sehen, weil er ja auch vorher schon die ganze Zeit bei uns war. Das Einzige, was sich verändert hat, ist, dass wir jetzt einen Flachbildfernseher, den Kicker und ein Schlagzeug haben, das in der Ecke steht, in der vorher Moms goldene Elvisbüste stand.

Aber das Coolste ist der Flipper. Vorn drauf steht fett »Motorcycle Gang« und er ist mit so fotorealistischen Hell's Angels mit Tätowierungen und Ledermontur bemalt. Und die sexy Freundinnen der Hell's Angels bücken sich alle und strecken einem ihre Hintern entgegen. Wenn man die Kugel versenkt, macht der Flipper ein Geräusch wie ein aufheulendes Motorrad.

Mom warf nur einen Blick darauf und schüttelte den Kopf.

Ich weiß schon, dass der Flipper frauenfeindlich ist, aber er sieht einfach geil aus.

Mr Gianini hat heute vorgeschlagen, ich solle ihn ab jetzt doch endlich duzen und Frank nennen, auch wenn er mein Mathelehrer ist, weil wir ja praktisch miteinander verwandt wären. Aber das bringe ich einfach nicht über mich. Deshalb nenne ich ihn einfach Hey. »Hey, kann ich mal den Parmesan haben?«, oder: »Hey, hat vielleicht jemand die Fernbedienung gesehen?«

Name und direkte Anrede sind völlig unnötig. Ziemlich clever, was?

Natürlich sind damit nicht alle Probleme aus dem Weg geräumt. Da wäre zum Beispiel diese bombastische Protzhochzeit, die bisher noch nicht abgesagt wurde und an der Mom auf gar keinen Fall teilnehmen wird.

Aber wenn ich sie darauf anspreche, flippt sie kein bisschen aus, sondern lächelt nur geheimnisvoll und sagt: »Da mach dir mal keine Sorgen, Mia.«

Ich möchte bloß mal wissen, wie ich das anstellen soll? Das Einzige, was offenbar nicht mehr aktuell ist, ist Moms und Mr Gs Termin im Rathaus. Als ich Mom vorhin gefragt habe, ob ich immer noch als Empire-State-Building gehen soll (dann wäre es nämlich langsam an der Zeit, mich um das Kostüm zu kümmern), guckte sie erschrocken und sagte, das müssten wir nicht jetzt in diesem Moment entscheiden.

Ich sah ihr an, dass sie nicht weiter darüber sprechen wollte, deshalb sagte ich auch nichts mehr und ging zum Telefon, um Lilly anzurufen. Ich fand, dass sie mir allmählich eine Erklärung schuldete.

Weil besetzt war und ich annahm, dass sie oder Michael gerade im Internet waren, schicke ich auf gut Glück eine Instant Message an Lilly. Bingo! Sie hat sofort geantwortet:

FTLOUIE: LILLY, DU MUSST MIR JETZT ECHT SAGEN, WO DU DICH HEUTE MIT HANK RUMGETRIEBEN HAST. UND KOMM BLOSS NICHT AUF DIE IDEE, ZU LÜGEN UND ZU BEHAUPTEN, IHR WÄRT GAR NICHT ZUSAMMEN GEWESEN.

WMNRULE: UND WAS GEHT DICH DAS BITTE AN?

FTLOUIE: SAGEN WIR MAL SO: WENN DU WEITERHIN MIT MIR BEFREUNDET SEIN WILLST, DANN SOLLTEST DU DIR JETZT EINE GUTE ERKLÄRUNG EINFALLEN LASSEN.

WMNRULE: STELL DIR VOR, ICH HAB EINE SEHR GUTE ERKLÄRUNG: ABER DIE WERD ICH DIR GARANTIERT NICHT AUF DIE NASE BINDEN. DU PLAPPERST SIE DOCH GLEICH WIEDER AN BEVERLY BELLERIEVE WEITER. ACH JA, UND AN 22 MILLIONEN ANDERE ZUSCHAUER.

FTLOUIE: DAS IST UNFAIR. HÖR MAL, LILLY, ICH MACH MIR ECHT SORGEN UM DICH. DU SCHWÄNZT DOCH SONST NIE DIE SCHULE. UND WAS IST MIT DEINEM BUCH ÜBER DIE SOZIALEN STRUKTUREN AN DER HIGHSCHOOL? VIELLEICHT HÄTTEST DU HEUTE WERTVOLLE ERKENNTNISSE SAMMELN KÖNNEN.

WMNRULE: JA? IST HEUTE ETWA WAS PASSIERT, DAS ES WERT WÄRE, AUFGEZEICHNET ZU WERDEN?

FTLOUIE: NA JA, EIN PAAR ZEHNTKLÄSSLER HABEN IM LEHRERZIMMER HEIMLICH EINEN SCHWEINEFÖTUS IM KÜHLSCHRANK DEPONIERT.

WMNRULE: NA TOLL. DA HAB ICH JA ECHT WAS VERPASST. SONST NOCH WAS, MIA? ICH MUSS NÄMLICH IM INTERNET DRINGEND WAS RECHERCHIEREN.

Ja, da war noch was. Ich hätte sie gern gefragt, ob sie nicht weiß, dass es fies ist, zwei Freunde gleichzeitig zu haben. Vor allem, wenn es Leute gibt, denen nicht mal einer vergönnt ist. Ist ihr nicht klar, wie gemein und selbstsüchtig das ist? Aber das sagte ich ihr nicht. Stattdessen schrieb ich:

FTLOUIE: NA JA, BORIS WAR HEUTE ZIEMLICH GEKNICKT, LILLY. ICH GLAUB, ER AHNT WAS.

WMNRULE: BORIS MUSS LERNEN, DASS EINE BEZIEHUNG NUR DANN FUNKTIONIEREN KANN, WENN MAN DEM ANDEREN VERTRAUT. DAS SOLLTEST DU DIR RUHIG AUCH MERKEN, MIA.

Natürlich wusste ich, dass Lilly damit nicht meine spätere (hoffentlich!) Beziehung zu einem Jungen meinte, sondern unsere Beziehung – die zwischen ihr und mir. Und als ich so darüber nachdachte, wurde mir klar, dass dieser Satz auf viele Leute zutrifft, nicht nur auf Lilly und Boris und Lilly und mich. Er passt auch auf mich und Dad, und mich und Mom, und mich und ... na ja, auf fast jeden.

Ich fragte mich, ob das womöglich eines dieser nachhaltig berührenden Erlebnisse war und ob ich vielleicht schnell mein Englisch-Tagebuch holen sollte.

Aber dazu blieb keine Zeit. Ich bekam nämlich schon wieder eine Instant Message. Von Jo-C-rox!

JOCROX: WIE IST ES? KLAPPT ES MORGEN MIT DER »ROCKY HORROR PICTURE SHOW«?

O mein Gott. O mein GOTT. O MEIN GOTT.

Jo-C-rox geht morgen in die »Rocky Horror Picture Show«.

Genau wie Michael.
Das lässt doch eigentlich nur eine logische Schlussfolgerung zu. Jo-C-rox ist Michael. Michael ist Jo-C-rox.
Er muss es sein. Irrtum ausgeschlossen.
Oder?
Ich wusste überhaupt nicht, was ich tun sollte. Am liebsten wäre ich vom Computer aufgesprungen, im Zimmer rumgerannt und hätte abwechselnd laut geschrien und gelacht.
Stattdessen – ich weiß nicht, woher ich die Geistesgegenwart nahm – schrieb ich:

FTLOUIE: HOFFENTLICH.

Ich glaub es einfach nicht. Echt nicht. Michael ist Jo-C-rox.
Oder?
Was mach ich jetzt nur? Was mach ich nur?

Freitag, 31. Oktober, Schule

Als ich heute Morgen aufgewacht bin, hatte ich ein ganz schlechtes Gefühl und wusste ein paar Minuten lang gar nicht warum. Ich lag im Bett und hörte zu, wie der Regen gegen mein Fenster prasselte. Fat Louie schnurrte laut und knetete das Fußende meiner Bettdecke.

Und dann fiel es mir wieder ein: Wenn alles so läuft, wie Grandmère es plant, wird meine schwangere Mutter heute in einer pompösen Zeremonie im Plaza Hotel meinen Mathelehrer heiraten. Und John Tesh wird dazu singen.

Ich blieb eine Minute lang still liegen und wünschte, ich hätte 38 °C Fieber und müsste nicht aufstehen und mich diesem Tag stellen, der unter Garantie unendlich viele dramatische Ausbrüche und verletzte Gefühle bereithalten wird.

Aber dann fiel mir die Instant Message von gestern Abend ein und ich sprang sofort aus dem Bett.

Michael ist mein heimlicher Verehrer! Michael ist Jo-C-rox! Und mit ein bisschen Glück bringt er heute Abend den Mut auf, es mir zu sagen!

Freitag, 31. Oktober, Mathe

Mr Gianini ist nicht gekommen. Stattdessen haben wir einen Vertretungslehrer – Mr Krakowski.

Echt komisch, dass Mr G nicht da ist, er war nämlich heute Morgen ganz normal zu Hause. Wir haben sogar noch eine Runde Tischfußball gespielt, bis Lars mich mit der Limousine abholen kam. Mr G fährt oft mit uns in die Schule, aber heute wollte er später nachkommen.

Wie es aussieht, sehr viel später.

Überhaupt fehlen heute eine ganze Menge Leute. Michael ist zum Beispiel auch nicht mit uns mitgefahren. Laut Lilly hat sein Drucker gestreikt, als er vor der Schule noch eine Arbeit ausdrucken wollte.

Aber ich frage mich, ob er nicht vielleicht einfach Angst hat, mir gegenüberzutreten, nachdem er zugegeben hat, dass er Jo-C-rox ist.

Okay, er hat es nicht direkt zugegeben. Aber irgendwie ja doch.

Oder?

Angenommen Michael Douglas wäre dreimal so alt wie Catherine Zeta Jones und der Altersunterschied zwischen den beiden würde 48 Jahre betragen. Wie alt wären die beiden jeweils?

x	=	Catherine Zeta Jones
3x	=	Michael Douglas
3x − x	=	48
2x	=	48
x	=	24

Ach, warum ist Mr G nur nicht hier?

Freitag, 31. Oktober, T & B

Okay.

Mit diesen Zeilen schwöre ich feierlich, dass ich Lilly Moscovitz in Zukunft nie mehr unterschätzen werde. Und dass ich ihr nie mehr etwas anderes als gänzlich selbstlose Motive unterstellen werde.

Ich saß gerade in der Cafeteria beim Mittagessen, als die Bombe platzte:

Alle waren da – ich, mein Bodyguard Lars, Tina Hakim Baba mit Bodyguard, Lilly, Boris, Shameeka und Ling Su. Nur Michael fehlte, weil er immer mit den anderen aus der Computer-AG an einem Tisch sitzt.

Shameeka las uns gerade laut aus den Broschüren verschiedener Mädcheninternate in New Hampshire vor, die sich ihr Vater hat schicken lassen. Eines hörte sich grausamer an als das andere, Shameeka wurde immer unglücklicher, und ich schämte mich immer mehr für meine große Klappe, die an allem schuld war.

Plötzlich fiel ein Schatten auf unseren kleinen Tisch.

Wir blickten auf.

Vor uns stand eine Erscheinung von so göttlicher Schönheit, dass selbst Lilly einen Augenblick lang gedacht haben muss, der Messias des auserwählten Volks wäre endlich erschienen.

Wie sich herausstellte, war es nur Hank – aber ein Hank,

der äußerlich nichts mehr mit dem Hank zu tun hatte, den ich mal kannte. Er trug einen hautengen schwarzen Ledermantel und darunter einen schwarzen Kaschmirpulli und schwarze Jeans, die seine ohnehin schon langen, schlanken Beine ins Endlose verlängerten. Sein goldblondes Haar war total professionell geschnitten und gestylt, und – echt, ich schwöre – er sah Keanu Reeves in »Matrix« so dermaßen ähnlich, dass ich sofort geglaubt hätte, er käme direkt vom Set, wenn er nicht Cowboystiefel an den Füßen getragen hätte. Schwarz und megateuer aussehend, aber trotzdem Cowboystiefel.

Ich glaub, ich hab es mir nicht eingebildet, dass alle Leute in der Cafeteria die Luft anhielten, als sich Hank einen Stuhl ranzog und sich an unseren Tisch setzte – den Losertisch, wie er bei den anderen oft heißt.

»Hallo Mia«, sagte Hank.

Ich starrte ihn an. Es waren nicht nur die Klamotten. Er war irgendwie… anders. Seine Stimme klang tiefer. Und er roch… richtig gut.

»Und?«, sagte Lilly, die gerade mit dem Zeigefinger Schokocreme aus einem Törtchen pulte. »Wie ist es gelaufen?«

»Ganz gut«, sagte Hank mit dieser tiefen Stimme. »Vor euch sitzt das neue Unterhosenmodel von Calvin Klein.«

Lilly lutschte die Creme vom Finger. »Mhmmm«, meinte sie mit vollem Mund. »Na, das ist doch toll.«

»Und das hab ich nur dir zu verdanken, Lilly«, sagte Hank. »Ohne dich hätte ich den Vertrag nie bekommen.«

Plötzlich wusste ich, was es war! Hank kam mir so verändert vor, weil er nicht mehr wie ein Farmer aus Indiana sprach, sondern wie ein waschechter New Yorker.

»Ach was, Hank«, wehrte Lilly ab. »Wir haben das doch besprochen. Das hast du einzig und allein deinem Aussehen und deinem Talent zu verdanken. Ich hab dir bloß ein paar Tipps gegeben.«

Als Hank sich mir zuwandte, sah ich, dass seine babyblauen Augen feucht geworden waren. »Deine Freundin Lilly«, sagte er, »hat mir was gegeben, was kein anderer Mensch mir je gegeben hat.«

Ich warf Lilly einen anklagenden Blick zu.

Also doch! Ich *wusste*, dass sie mit ihm geschlafen hat!

»Selbstvertrauen«, fuhr Hank fort. »Weißt du, Mia, Lilly hat an mich geglaubt. So sehr, dass sie mir geholfen hat, meinen absoluten Traum zu verwirklichen... den Traum, den ich schon als kleiner Junge hatte. Natürlich haben alle Leute, sogar Mamma und Pa – also meine Großeltern, meine ich – mir eingeredet, es würde nie klappen. Aber als ich Lilly davon erzählt hab, hat sie mir ihre Hand gereicht...«, zur Veranschaulichung hielt Hank uns seine Hand hin, und wir alle (ich, Lars, Tina, Tinas Bodyguard Wahim, Shameeka und Ling Su) konnten feststellen, dass seine Nägel perfekt manikürt waren, »... und hat gesagt: ›Komm, Hank, ich helf dir, deinen Traum wahr zu machen.‹«

Hank zog seine Hand wieder zurück. »Und wisst ihr was?«

Wir alle – außer Lilly, die ungerührt weiteraß – waren so perplex, dass wir ihn nur stumm anstarrten.

Hank wartete nicht auf unsere Antwort. »Sie hat es geschafft. Heute ist es passiert. Mein Traum ist Wirklichkeit geworden. Ich bin bei Ford unter Vertrag. Ich bin Model!«

Wir blinzelten ihn an.

»Und das«, sagte Hank, »verdanke ich dieser Frau.«

Dann kam der Schock. Er stand auf, ging um den Tisch herum zu Lilly, die arglos ihr Schokotörtchen mampfte und an nichts Böses dachte, und zog sie zu sich hinauf.

Und dann, als alle in der Cafeteria hinschauten – sogar

Lana Weinberger und die Tussis vom Cheerleadertisch –, beugte er sich vor und drückte Lilly mit solcher Inbrunst die Lippen auf den Mund, dass ich dachte, er will das Schokotörtchen glatt wieder aus ihr raussaugen.

Dann ließ er sie los, und Lilly, die aussah, als hätte sie gerade einen Elektroschock bekommen, sank in Zeitlupe wieder auf ihren Stuhl zurück. Hank stellte den Kragen seines Ledermantels auf und wandte sich mir zu.

»Hör mal, Mia«, sagte er. »Richte Mamma und Pappa doch bitte aus, dass sie sich jemand anderen suchen müssen, der meine Schicht im Laden übernimmt. In das Kaff kriegen mich nämlich keine zehn Pferde ... ich meine, ich gehe nicht nach Versailles zurück – nie mehr.«

Mit diesen Worten drehte er sich um und ging erhobenen Hauptes zur Cafeteria hinaus, wie ein Cowboy, der im Duell gerade seinen Gegner erledigt hat.

Wahrscheinlich sollte ich eher sagen, er *wollte* hinaus, denn zu seinem Pech war Hank nicht schnell genug.

Einer derjenigen, die den leidenschaftlichen Kuss zwischen ihm und Lilly beobachtet hatten, war nämlich niemand anderes als Boris Pelkowski.

Und es war ebendieser Boris Pelkowski – Boris Pelkowski mit seiner Zahnspange und seinem in die Hose gestopften Pulli –, der sich nun erhob und sagte: »Nicht so eilig, du Heißsporn.«

Ich weiß nicht, woher er das Wort kannte, aber es klang bei ihm schon ziemlich bedrohlich, vor allem mit seinem Akzent.

Hank ging trotzdem weiter. Keine Ahnung, ob er Boris nicht gehört hatte oder ob er sich einfach nicht durch ein kleines Geigengenie seinen filmreifen Abgang versauen lassen wollte.

Da machte Boris etwas total Mutiges. Sein Arm schnellte

vor, als Hank an ihm vorbeiging, er packte ihn und sagte: »Das ist *mein* Mädchen, das du da abgelutscht hast, du Schönling.«

Kein Witz. Das war O-Ton Boris. Mir ging das echt durch und durch! Ich wünschte, so was würde mal jemand (okay, Michael) von mir sagen. Nicht, dass ich eine richtige Josie bin, sondern *sein* Mädchen. Und das hat Boris von Lilly gesagt! Wieso passiert mir so was nie? Natürlich weiß ich, was Emanzipation ist, dass Frauen kein Eigentum sind und dass solche Sprüche sexistisch sind. Aber trotzdem! Ich wäre so glücklich, wenn jemand (okay, Michael) mich sein Mädchen nennen würde.

Hank machte jedenfalls nur: »Hä?«

Und im nächsten Moment landete Boris' Faust in seinem Gesicht. *WUMM!*

Nur dass es nicht wie *wumm* klang. Es hörte sich eher nach *krkkks* an, ein widerliches Geräusch von splitternden Knochen.

Alle Mädchen hielten die Luft an und stellten sich bildlich vor, wie Boris' Faust gerade Hanks ebenmäßiges Modelgesicht zu Brei geschlagen hatte.

Aber diese Sorge war unbegründet. Es war Boris' Hand gewesen, nicht Hanks Gesicht. Hank war völlig unverletzt – Boris musste mit einem Knöchelbruch ins Krankenhaus.

Und was heißt das?

Schluss mit Mahler.

Yippie!!!!

Ich weiß, natürlich ist es total unprinzessinnenhaft von mir, Schadenfreude zu zeigen.

Freitag, 31. Oktober, Franz

Ich hab mir Lars' Handy ausgeliehen und in der Mittagspause im SoHo-Grandhotel angerufen, um Mamma und Pappa Bescheid zu sagen, dass mit Hank alles in Ordnung ist. Na schön, er ist Model – aber es geht ihm gut.

Mamma saß wohl direkt neben dem Telefon, denn sie meldete sich beim ersten Klingeln.

»Clarisse?«, sagte sie. »Ich hab noch nichts von den beiden gehört.«

Komisch. Grandmère heißt Clarisse.

»Mamma?«, sagte ich. »Ich bin's, Mia.«

»Ach *Mia*.« Mamma kicherte. »Tut mir Leid, Kleines. Ich dachte, du wärst die Prinzessin, ich meine Fürstin, äh Fürstenmutter. Also, deine andere Oma.«

»Aha«, sagte ich. »Nein, ich bin's nur. Ich wollte dir sagen, dass ich weiß, wo Hank ist.«

Mamma kreischte so laut, dass ich das Handy vom Ohr weghalten musste.

»Wo steckt er?«, schrie sie. »DAS EINE KANNST DU IHM SAGEN – WENN ICH DEN ZWISCHEN DIE FINGER KRIEGE, DANN…«

»Mamma!« Ich versuchte, gegen sie anzubrüllen, was ein bisschen peinlich war, weil ich im Gang stand und alle mich anstarrten. Ich versteckte mich hinter Lars.

»Hör mal, Mamma«, sagte ich. »Er hat einen Vertrag bei

einer Modelagentur und ist das neue Unterhosenmodel von Calvin Klein. Er wird so berühmt wie...«

»UNTERHOSEN!«, schrie Mamma. »Mia, sag dem Jungen, er soll mich SOFORT anrufen!«

»Das geht nicht, Mamma«, erklärte ich. »Weil nämlich...«

»SOFORT«, schrie Mamma. »Sonst bekommt er MÄCHTIG Ärger mit mir.«

»Ja, gut«, sagte ich, weil es gerade zum Unterricht klingelte. »Sag mal, Mamma. Die Hochzeitsfeier – findet die immer noch wie geplant statt?«

»Die WAS?«

»Na, die Hochzeit«, wiederholte ich. In diesem Moment wünschte ich mir, ein normales Mädchen zu sein und nicht andere Leute fragen zu müssen, ob die fürstliche Protzhochzeit meiner schwangeren Mutter mit meinem Mathelehrer wie geplant stattfinden würde.

»Ja, sicher«, sagte Mamma. »Was denkst du denn?«

»Nur so eine Frage«, sagte ich. »Hast du mit Mom gesprochen?«

»Natürlich«, sagte Mamma. »Alles geht klar.«

»Im Ernst?« Das überraschte mich. Ich konnte mir einfach nicht vorstellen, dass Mom mitmachen wollte, nicht in einer Million Jahren. »Sie hat also gesagt, dass sie hingeht?«

»Natürlich geht sie hin«, sagte Mamma. »Schließlich ist es ihre eigene Hochzeit.«

Tja... in gewisser Weise schon, in anderer nicht. Aber das sagte ich nicht laut. Ich erwiderte nur: »Ja, klar«, und legte auf. Mir war zum Heulen zumute.

Und zwar, wie ich zugeben muss, aus total egoistischen Gründen. Mom tut mir irgendwie ein bisschen Leid, weil sie ja echt versucht hat, sich gegen Grandmère zur Wehr zu setzen. Sie hat getan, was sie konnte. Es ist nicht ihre Schuld, dass Grandmère so unerbittlich ist.

Aber am meisten tue ich mir selbst Leid, weil ich es jetzt niemals schaffen werde, mich noch rechtzeitig zur »Rocky Horror Picture Show« abzuseilen. Nie, nie, *nie*. Die Vorstellung fängt zwar erst nach Mitternacht an, aber Hochzeitsfeiern dauern viel länger.

Wer weiß, ob Michael sich noch mal mit mir verabreden wird? Heute hat er zum Beispiel mit keinem Wort zugegeben, dass er hinter Jo-C-rox steckt, und von der »Rocky Horror Picture Show« hat er auch nicht mehr geredet. Kein einziges Mal. Nicht mal eine kleine Anspielung auf »Josie and the Pussycats« hat er gemacht.

Dabei haben wir uns in T & B ausführlich unterhalten. AUSFÜHRLICH. Und zwar deswegen, weil alle, die damals diese eine Folge von »Lilly spricht Klartext« gesehen haben, sich verständlicherweise etwas wunderten, dass ausgerechnet Lilly meinem Cousin geholfen hat, ins Modelbusiness reinzukommen. Die Folge trug den Titel: »Ja, auch du kannst *aktiv* etwas gegen die sexistischen und rassistischen Modelagenturen und den von ihnen geförderten Jugend- und Schlankheitswahn tun.« (Zum Beispiel »indem du gegen jegliche Art von frauenfeindlicher Werbung vorgehst, die Schönheitsvorstellungen pauschalisiert, dich bei den betreffenden Firmen über die Anzeigen beschwerst und die Medien wissen lässt, dass du realistischere und vielfältigere Frauenbilder sehen möchtest und alle Männer zur Rede stellst, die Frauen allein auf Grund ihrer äußeren Erscheinung be- und verurteilen«.)

Das folgende Gespräch fand in T & B statt (Mrs Hill ist doch wieder im Lehrerzimmer, was hoffentlich so bleibt). Außer mir und Lilly nahm Michael Moscovitz daran teil, der, wie man gleich sehen wird, kein einziges Mal Jo-C-rox bzw. die »Rocky Horror Picture Show« erwähnte.

Ich:	Ich dachte immer, du fändest Modelagenturen sexistisch und rassistisch und überhaupt eine Schande für die menschliche Gesellschaft, Lilly?
Lilly:	Und? Worauf willst du hinaus?
Ich:	Na ja, Hank hat doch vorhin gesagt, du hättest ihm geholfen, seinen Traum zu verwirklichen. Nämlich Du-weißt-schon-was zu werden: Model.
Lilly:	Mia, wenn ich einem Menschen begegne, der sich förmlich nach Selbstaktualisierung verzehrt, dann kann ich nicht tatenlos zusehen. Ich muss ihm nach besten Kräften helfen, seinen Traum in die Realität umzusetzen.

(Ts, also ich hab bisher noch nicht viel davon mitgekriegt, dass Lilly sich so viel Mühe gegeben hätte, meinen Traum in die Realität umzusetzen, endlich von ihrem Bruder einen Zungenkuss zu bekommen. Obwohl – ich hab auch nicht gerade dafür gesorgt, dass sie von diesem Traum weiß.)

Ich:	Sag mal, ich wusste gar nicht, dass du solche Beziehungen zur Modelindustrie hast, Lilly.
Lilly:	Hab ich nicht. Ich hab nichts weiter getan, als deinem Cousin beizubringen, wie er das Beste aus seinen natürlichen Vorzügen und Talenten machen kann. Ein bisschen Sprecherziehung und ein paar modische Tipps, mehr war nicht nötig, um ihm den Vertrag bei Ford zu verschaffen.
Ich:	Und warum musstet ihr so ein großes Geheimnis daraus machen?
Lilly:	Hast du eine Ahnung, wie zerbrechlich das männliche Ego ist?

Hier schaltete sich Michael ein.
Michael: He!

Lilly: Tut mir Leid, aber es stimmt. Diese Maiskönigin aus Versailles, diese Amber, hatte Hanks Selbstbewusstsein praktisch auf null reduziert. Ich konnte nicht riskieren, dass irgendjemand mit negativen Kommentaren ankommt und ihm das letzte bisschen Selbstvertrauen raubt, das er noch hatte. Du weißt ja, wie schnell Jungs immer geknickt sind.
Michael: He!
Lilly: Es war ganz wichtig, dass Hank die Möglichkeit bekam, an seinem Traum zu arbeiten, ohne an seiner Vergangenheit gemessen zu werden. Ich wusste, dass es sonst gar keinen Sinn hat. Deshalb musste ich die Sache sogar vor meinen besten Freunden geheim halten. Jeder vor euch hätte Hank mit einem beiläufigen Kommentar, ohne es zu wollen, total demoralisieren können.
Ich: Ach komm, Lilly. Wir hätten ihn doch unterstützt.
Lilly: Denk doch mal nach, Mia. Wenn Hank zu dir gesagt hätte: »Mia, ich will Model werden«, was hättest du dann gemacht? Gib's doch zu, du hättest dich totgelacht.
Ich: Hätte ich nicht.
Lilly: Klar hättest du. Weil dein Cousin in deinen Augen immer ein allergieanfälliger Bauernbubi bleiben wird, der noch nicht mal weiß, was ein Bagel ist, verstehst du? Aber ich konnte hinter all das blicken und den Mann sehen, der in ihm steckt.
Michael: Genau, einen Mann, der dazu verdammt ist, eines Tages seinen eigenen Wandkalender mit Nacktbildern rauszubringen.
Lilly: Aus dir spricht der pure Neid.
Michael: Du hast Recht. Ich hab schon immer davon ge-

träumt, dass mal ein riesiges Plakat von mir in Unterhosen am Times Square hängt.

Michael hat das natürlich ironisch gemeint, aber ich würde mir dieses Plakat echt gern anschauen.

Michael: Hör mal, Lilly, ich glaub ja nicht, dass Mom und Dad vor lauter Begeisterung über deinen Akt der Nächstenliebe übersehen werden, dass du dafür die Schule geschwänzt hast. Besonders wenn sie hören, dass du deswegen nächste Woche nachsitzen musst.

Lilly: (mit nachsichtigem Blick) Es ist bekannt, dass oft gerade die Altruisten für ihre guten Taten leiden müssen.

Und das war's. Mehr hat Michael den ganzen Tag nicht gesagt.

Wichtig: *Altruist* im Wörterbuch nachschauen.

MÖGLICHE GRÜNDE, DIE MICHAEL DARAN HINDERN, SICH ALS JO-C-ROX ZU ERKENNEN ZU GEBEN:

1. Er ist zu schüchtern, sich zu seinen wahren Gefühlen für mich zu bekennen.
2. Er fürchtet, dass ich seine Gefühle nicht erwidere.
3. Er hat seine Meinung geändert und mag mich nicht mehr.
4. Er hat Angst vor der Reaktion der anderen, wenn er was mit einer Neuntklässlerin anfängt, und will warten, bis ich in der Zehnten bin, um sich offen mit mir zu verabreden (nur dass er dann schon im College ist und die ande-

ren ihn erst recht schief anschauen werden, wenn er mit einer aus der Highschool zusammen ist, was er nicht ertragen wird).
5. Er ist überhaupt nicht Jo-C-rox, und der geheimnisvolle Briefeschreiber, an den ich Tag und Nacht denke, entpuppt sich als der komische Maishasser aus der Cafeteria.

Hausaufgaben:

Mathe: nichts (weil Mr G nicht da ist!)
Englisch: Ein Tag in deinem Leben! Nachhaltiges Erlebnis!!
Politik: Lies und analysiere einen Artikel über ein aktuelles Ereignis aus der *Sunday Times* (mind. 200 Wörter).
T & B: Den Dollar nicht vergessen!
Franz: p. 120 – huit phrases (Ex. A)
Bio: Fragen am Ende von Kapitel 12 – Antworten von Kenny abschreiben

TAGEBUCH (Im Fach Englisch)
Ein Tag in meinem Leben
(Ich habe mich entschlossen, erst beim Nachmittag anzufangen, und hoffe, dass Sie nichts dagegen haben, Mrs Spears.)
von Mia Thermopolis
Freitag, der 31. Oktober

15:16 – Treffe zusammen mit meinem Bodyguard (Lars) in unserem Loft in SoHo ein. Anscheinend ist niemand zu Hause. Nehme an, dass meine Mutter ein Nickerchen macht (kommt in letzter Zeit häufiger vor).
15:18–15:45 – Spiele mit Bodyguard Tischfußball. Gewinne drei von zwölf Spielen. Beschließe, in meiner Freizeit mehr zu trainieren.
15:50 – Wundere mich, weshalb das lärmende Tischfußballmatch und der röhrende Flipper meine Mutter nicht geweckt haben. Klopfe vorsichtig an Schlafzimmertür. Hoffe, dass diese nicht aufgeht und Blick auf Mutter preisgibt, die das Lager mit meinem Mathelehrer teilt.
15:51 – Klopfe lauter. Möglicherweise bin ich auf Grund intensiver Liebesspiele im Zimmer nicht zu hören. Hoffe inbrünstig, nicht versehentlich nackte Körper sehen zu müssen.
15:52 – Beschließe nach längerem vergeblichen Klopfen, das Schlafzimmer zu betreten. Niemand da! Kurze Untersuchung des mütterlichen Badezimmers ergibt, dass wichtige Utensilien wie Wimperntusche, Lippenstift und Fläschchen mit Folsäurekapseln im Badezimmerschränkchen fehlen. Beginne, Verdacht zu schöpfen.
15:55 – Das Telefon klingelt. Es ist mein Vater. Folgendes Gespräch entspinnt sich:

Ich: Dad? Mom ist verschwunden. Und Mr Gianini auch. Er ist heute nicht in der Schule gewesen.
Vater: Nennst du ihn etwa immer noch Mr Gianini, obwohl er bei euch wohnt?
Ich: Dad? Wo sind die beiden?
Vater: Mach dir keine Sorgen.
Ich: Diese Frau trägt meine letzte Chance auf ein Leben als ältere Schwester im Bauch – und du sagst, ich soll mir keine Sorgen machen?
Vater: Ich habe alles im Griff.
Ich: Und das soll ich dir glauben?
Vater: Ja, weil ich es dir sage.
Ich: Dad, ich glaube, du solltest wissen, dass meine Beziehung zu dir von einem massiven Mangel an Vertrauen überschattet wird.
Vater: Wie das?
Ich: Na ja, es könnte was damit zu tun haben, dass du mich – bis letzten Monat – mein ganzes Leben lang darüber belogen hast, wer du wirklich bist und womit du dein Geld verdienst.
Vater: Oh.
Ich: Also sag schon: WO IST MEINE MUTTER?
Vater: Sie hat dir einen Brief hinterlassen. Ich gebe ihn dir heute Abend um acht.
Ich: Dad! Um acht soll die große Hochzeit anfangen.
Vater: Dessen bin ich mir durchaus bewusst.
Ich: Dad, das kannst du mir nicht antun! Was soll ich denn sagen, wenn…?
Stimme: Phillipe? Ist alles in Ordnung?
Ich: Wer war das? Wer ist das, Dad? Ist Beverly Bellerieve bei dir?
Vater: Ich muss jetzt Schluss machen, Mia.
Ich: Nein, Dad, warte…

– KLICK –

16:00–16:15 – Durchsuche die gesamte Wohnung auf Hinweise darauf, wohin meine Mutter verschwunden sein könnte. Werde nicht fündig.
16:20 – Das Telefon klingelt. Großmutter väterlicherseits am anderen Ende. Fragt, ob meine Mutter und ich bereit sind, zum Kosmetiker zu fahren. Setze sie davon in Kenntnis, dass meine Mutter bereits weg ist (was der Wahrheit entspricht). Meine Großmutter reagiert argwöhnisch. Informiere sie darüber, dass sie sich mit etwaigen Fragen an ihren Sohn, meinen Vater, wenden muss. Meine Großmutter antwortet, das werde sie auch. Sagt außerdem, dass sie mich um 17 Uhr mit Limousine abholen wird.
17:00 – Limousine fährt vor. Bodyguard und ich steigen ein. Im Wageninneren sitzen sowohl meine Großmutter väterlicherseits (im Folgenden Grandmère genannt) als auch meine Großmutter mütterlicherseits (im Folgenden Mamma genannt). Mamma ist voller Vorfreude wegen der anstehenden Hochzeit (obwohl diese Freude durch die Entscheidung meines Cousins, männliches Supermodel zu werden, etwas getrübt wird). Grandmère ist merkwürdig gelassen. Sagt, ihr Sohn (mein Vater) habe sie darüber informiert, dass die Braut (meine Mutter) beschlossen habe, sich selbst um Make-up und Haare zu kümmern. Denke an fehlende Folsäurekapseln und schweige dazu.
17:20 – Betreten Schönheitssalon *Chez Paolo*.
18:45 – Verlassen *Chez Paolo*. Beeindruckt von dem, was Paolo mit Mammas Haaren angestellt hat: Sie hat keine Ähnlichkeit mehr mit der Mutter in der John-Hughes-Komödie, sondern sie sieht aus wie ein Mitglied der besseren Gesellschaft.
19:00 – Ankunft im Plaza Hotel. Mein Vater erklärt Abwesenheit der Braut mit Schlafbedürfnis vor der Trauung. Als ich mei-

nen Bodyguard Lars heimlich zu Hause anrufen lasse, geht jedoch niemand ran.

19:15 – Es beginnt zu regnen. Mamma behauptet, Regen an einer Hochzeit bringe Unglück. Grandmère widerspricht: Wenn Braut Perlenkette trägt, bringt das Unglück. Mamma: Nein, Regen. Erste Anzeichen von Unstimmigkeit im zuvor verschworenen Team der Großmütter.

19:30 – Werde in den kleinen Nebenraum des Goldenen Saals im Plaza Hotel geführt, wo ich zusammen mit den anderen Brautjungfern (Supermodels Gisele Bündchen, Karmen Kass und Amber Valetta) warte. Supermodels wurden von Grandmère engagiert, weil Mutter sich weigerte, eigene Brautjungfern auszuwählen. Habe bereits mein absolut traumhaftes rosa Kleid und die dazu passenden Pumps an.

19:40 – Werde von den anderen Brautjungfern »niedlich« genannt, ansonsten aber ignoriert. Sie reden nur über eine Party, auf der sie gestern waren, wo irgendjemand Claudia Schiffer auf die Schuhe gekotzt hat.

19:45 – Gäste trudeln langsam ein. Habe Schwierigkeiten, meinen Großvater mütterlicherseits zu erkennen, da er keine Baseballkappe trägt. Sieht in seinem Smoking ziemlich flott aus. Wie Matt Damon in alt.

19:47 – Zwei Gäste geben an, die Eltern des Bräutigams zu sein. Mr Gianinis Eltern aus Long Island! Mr Gianini senior nennt Vigo »Kumpel«. Vigo ist entzückt.

19:49 – Martha Stewart steht neben der Tür und unterhält sich mit Baulöwe Donald Trump über den Immobilienmarkt in New York. Sie hat Schwierigkeiten, eine Wohnung zu finden, in der sie Chinchillas halten darf.

19:50 – John Tesh hat sich die Haare abgeschnitten. Erkenne ihn fast nicht wieder: Sieht gar nicht übel aus. Königin von Schweden will wissen, ob er zu Braut oder Bräutigam gehört. Aus unerfindlichen Gründen bezeichnet sich Tesh als Freund

des Bräutigams. Dabei habe ich Mr Gianinis CD-Sammlung durchgesehen und weiß, dass er nur Sachen von den *Stones* und ein paar von *The Who* hat.
19:55 – Alles wird still, als John Tesh am Stutzflügel Platz nimmt. Bete darum, dass sich meine Mutter in der anderen Hemisphäre aufhält und all das weder sehen noch hören kann.
20:00 – Erwartungsvolle Stille. Verlange von meinem Vater, der sich zu mir und den Supermodels gestellt hat, Herausgabe des versprochenen Briefs. Bekomme ihn ausgehändigt.
20:01 – Lese ihn.
20:02 – Muss mich setzen.
20:05 – Grandmère und Vigo in konzentrierter Beratung. Sie scheinen begriffen zu haben, dass weder Braut noch Bräutigam auftauchen werden.
20:07 – Amber Valetta flüstert den anderen zu, dass sie zu ihrer Dinnerverabredung mit Hugh Grant zu spät kommen wird, wenn das hier noch länger dauert.
20:10 – Gäste verstummen, als mein Vater, der im Smoking extrem fürstlich aussieht (trotz Glatze), sich nach vorne begibt. John Tesh hört auf zu spielen.
20:11 – Mein Vater macht folgende Ankündigung:

Vater: Ich möchte Ihnen allen danken, dass Sie sich trotz Ihrer zweifellos vollen Terminkalender die Zeit genommen haben, heute Abend herzukommen. Bedauerlicherweise wird die Hochzeit von Helen Thermopolis und Frank Gianini nicht stattfinden … zumindest nicht hier und heute Abend. Das glückliche Paar ist durchgebrannt und heute Morgen nach Cancun in Mexiko geflogen, wo es sich, soweit ich informiert bin, von einem Friedensrichter trauen lassen wird.

Vom Flügel her ertönt ein Schrei. Er scheint nicht von John Tesh zu kommen, sondern von Grandmère.

Vater: Natürlich sind Sie alle herzlich zum anschließend stattfindenden Galadiner geladen. Ich danke Ihnen noch einmal für Ihr Kommen.
Ich: (zu niemandem Bestimmten) Mexiko! Spinnen die?! Wenn meine Mutter da Leitungswasser trinkt, kommt das Baby mit Flossen statt Füßen zur Welt!
Amber: Keine Angst. Meine Freundin Heather ist in Mexiko schwanger geworden und hat bloß Zwillinge gekriegt.
Ich: Und beide hatten Rückenflossen, oder?
20:20 – John Tesh beginnt wieder zu spielen, aber nur so lange, bis Grandmère brüllt: »Ach, hören Sie doch auf!«

Hier der Brief meiner Mutter:

Liebe Mia,
wenn du diesen Brief liest, bin ich schon mit Frank verheiratet. Bitte entschuldige, dass ich dich nicht früher eingeweiht habe, aber ich wollte nicht, dass du lügen musst, wenn deine Großmutter fragt (und ich weiß, dass sie das tun wird), ob du etwas davon gewusst hast. Ich möchte nicht, dass eure Beziehung darunter leidet.

(Die Beziehung zwischen mir und Grandmère? Soll das ein Witz sein? Die ist sowieso nicht mehr zu retten. Jedenfalls was mich angeht.)

Frank und ich hätten uns sehr gewünscht, dass du bei unserer Hochzeit dabei sein kannst. Deshalb haben wir beschlossen, die Hochzeit nachzufeiern, wenn wir wieder in New York sind. Aber diesmal wird es eine ganz geheime, kleine Feier im engsten Freundes- und Familienkreis!

(Das wird bestimmt eine interessante Hochzeit. Die meisten von Moms Freundinnen sind militante Feministinnen und Aktionskünstlerinnen. Eine von ihnen stellt sich in ihrer Performance auf eine Bühne, gießt sich Schokosirup über den nackten Körper und rezitiert dabei Gedichte. Ich bin gespannt, wie die sich mit Mr Gianinis Freunden verstehen, die sich eher für Sport interessieren, soweit ich weiß.)

Du hast dich während der turbulenten letzten Tage ganz toll gehalten, Mia, und ich möchte, dass du weißt, wie stolz ich auf dich bin – genau wie dein Vater und dein Stiefvater. Eine bessere Tochter kann sich eine Mutter gar nicht wünschen, und der kleine Junge oder das Mädchen in meinem Bauch kann sich glücklich schätzen, dich zur großen Schwester zu bekommen.
Ich vermisse dich jetzt schon.
Deine Mom

Freitag, 31. Oktober, 9 Uhr abends

Ich stehe unter Schock. Ganz im Ernst.

Nicht weil Mom und mein Mathelehrer durchgebrannt sind, was ja irgendwie auch sehr romantisch ist, finde ich.

Nein, was mich daran so schockt, ist, dass Dad – *Dad* – ihnen dabei geholfen hat. Er hat Grandmère die Stirn geboten. Und *wie*!

Langsam beginne ich zu glauben, dass Dad überhaupt keine Angst vor Grandmère hat! Ich glaube, er hat bloß keine Lust, ständig mit ihr rumzustreiten. Wahrscheinlich ist es oft bequemer für ihn nachzugeben, als sich auf einen Kampf einzulassen. Kämpfe mit Grandmère können nämlich verdammt anstrengend und erbittert sein.

Aber diesmal hat er den unbequemen Weg gewählt. Diesmal hat er es ihr gezeigt.

Wetten, dass er dafür büßen muss?

Ich glaube nicht, dass ich das je richtig verdauen werde. Ich muss alles, was ich jemals über ihn dachte, neu überdenken. Ich würde sagen, das ist mit dem Schock vergleichbar, den Luke Skywalker bekommt, als er herausfindet, dass Darth Vader sein leiblicher Vater ist. Nur umgekehrt.

Während Grandmère noch hinter dem Flügel saß und schimpfte, ging ich zu Dad und umarmte ihn. »Wahnsinn! Du hast ihnen echt geholfen.«

Er sah mich neugierig an: »Wieso klingst du so überrascht?«

Ups. Megafettnäpfchen. »Och, na ja, du weißt schon warum.«

»Nein, weiß ich nicht.«

»Na ja...« (Warum? WARUM kann ich nicht einmal erst denken und dann reden?)

Ich war versucht, mir eine Lüge auszudenken. Aber ich glaube, Dad hatte mich schon durchschaut, weil er in so einem drohenden Tonfall sagte: »*Mia*...«

»Ja gut, okay«, brummte ich und gab nach. »Es ist nur, dass es manchmal so aussieht – nur so *aussieht*, echt –, als hättest du ein bisschen Angst vor Grandmère.«

Dad legte mir einen Arm um die Schultern. Und das alles direkt vor den Augen dieser Klatschkolumnistin Liz Smith, die gerade aufgestanden war, um den übrigen Gästen in den großen Ballsaal zu folgen. Sie lächelte uns an, und ich glaube, sie fand uns niedlich.

»Nein, Mia«, sagte Dad. »Ich habe keine Angst vor meiner Mutter. Sie ist gar nicht so schlimm, wie du denkst. Man muss sie nur zu nehmen wissen.«

Das ist ja was ganz Neues.

»Aber abgesehen davon«, fuhr er fort. »Hast du etwa wirklich geglaubt, ich würde dich im Stich lassen? Oder deine Mutter? Ich werde mein Leben lang für euch da sein.«

Das war so süß, dass ich einen Moment lang Tränen in den Augen hatte. Vielleicht lag das aber auch am Zigarettenrauch. Es waren eine Menge Franzosen unter den Gästen.

»War ich dir bisher so ein schlechter Vater, Mia?«, fragte er plötzlich.

Damit überrumpelte er mich total. »Nein, Dad, natürlich nicht. Ihr wart immer ziemlich gute Eltern.«

Mein Vater nickte. »Ich verstehe.«

Wahrscheinlich reichte das nicht, deshalb sagte ich: »Nein, im Ernst. Ich könnte mir keine besseren Eltern wünschen…« Und dann konnte ich es mir nicht verkneifen, noch hinzuzufügen: »Nur dass ich Prinzessin werden muss, das hättest du mir nicht unbedingt antun müssen.«

Er sah mich so an, als hätte er mir gerne zärtlich das Haar gerauft, wenn ich nicht so viel Mousse drin gehabt hätte, dass er mit Sicherheit darin kleben geblieben wäre.

»Tut mir Leid«, sagte er. »Aber glaubst du im Ernst, du wärst als Nancy Normalmädchen glücklicher?«

Hm. Ja.

Außer dass ich nicht gerne Nancy heißen würde.

Vielleicht wäre das sogar eines dieser nachhaltig berührenden Erlebnisse geworden, über das ich in meinem Englisch-Tagebuch hätte schreiben können, wenn nicht Vigo in diesem Moment auf uns zugeeilt wäre. Er sah supergestresst aus. Ist ja auch verständlich. Seine Hochzeitsfeier war völlig schief gelaufen: Zuerst war das Brautpaar nicht aufgetaucht und jetzt hatte sich auch noch die Gastgeberin, Grandmère, in ihrer Suite eingeschlossen und weigerte sich herauszukommen.

»Sie weigert sich herauszukommen?«, fragte mein Vater nach.

»Ganz genau, Hoheit.« Vigo sah aus, als würde er gleich in Tränen ausbrechen. »Ich habe sie noch nie so wütend erlebt! Sie sagt, ihr eigen Fleisch und Blut hätte sie hintergangen und die Schande sei so groß, dass sie sich nie mehr in der Öffentlichkeit blicken lassen könne.«

Dad verdrehte die Augen. »Kommt mit«, sagte er.

Als wir vor der Tür zum Penthouse standen, gab Dad mir und Vigo durch eine Handbewegung zu verstehen, leise zu sein, und klopfte dann.

»Mutter«, rief er. »Mutter, ich bin es, Phillipe. Darf ich reinkommen?«

Keine Antwort. Aber sie war zweifellos drinnen, denn ich hörte Rommel leise winseln.

»Mutter«, wiederholte Dad. Er versuchte, am Knauf zu drehen, aber die Tür war verschlossen. Er seufzte tief.

Ich konnte ihn gut verstehen. Schließlich hatte er den größten Teil des Tages damit verbracht, ihre perfekten Pläne zu vereiteln. Das war bestimmt anstrengend gewesen. Und jetzt auch noch das.

»Mutter«, sagte er noch mal. »Ich möchte, dass du jetzt die Tür öffnest.«

Immer noch keine Antwort.

»Mutter. Dein Benehmen ist lächerlich. Entweder öffnest du mir jetzt die Tür oder ich hole jemanden vom Hotel und lasse sie öffnen. Willst du, dass ich so weit gehe?«

Ich wusste, es wäre Grandmère ein Gräuel, wenn ein Hotelangestellter Zeuge unseres Familienkrachs würde; eher würde sie sich uns sogar ungeschminkt zeigen. Deshalb legte ich Dad eine Hand auf den Arm und flüsterte: »Dad, lass mich mal probieren.«

Dad zuckte mit den Achseln und warf mir einen Blick zu, als wollte er sagen: »Wenn du unbedingt drauf bestehst.« »Grandmère?«, rief ich durch die Tür. »Grandmère, ich bin's, Mia.«

Ich weiß auch nicht, was ich erwartete. Bestimmt nicht, dass sie mir die Tür öffnete. Ich meine, wenn sie es schon nicht bei Vigo tat, den sie zu vergöttern scheint, oder bei ihrem eigenen Sohn, der – wenn sie ihn schon nicht vergöttert – immerhin ihr einziges Kind ist, warum sollte sie es dann bei mir tun?

Hinter der Tür blieb es still. Wenn man von Rommels Jaulen absah.

So schnell ließ ich mich nicht entmutigen. Etwas lauter rief ich: »Das mit Mom und Mr Gianini tut mir wirklich sehr Leid, Grandmère. Aber eins musst du zugeben: Ich hab dich gewarnt, dass sie so eine Hochzeit nicht wollen wird. Weißt du noch? Ich hab dir gesagt, dass sie eine kleine Feier will. Dir ist bestimmt auch schon aufgefallen, dass kein Einziger von den Gästen von ihr eingeladen wurde. Das sind alles *deine* Freunde. Okay, mit Ausnahme von Mamma und Pappa. Und Mr Gs Eltern. Aber diese Imelda Marcos zum Beispiel, die kennt Mom doch gar nicht. Und Barbara Bush? Die mag ja ganz nett sein, aber du willst doch nicht behaupten, sie wäre Moms beste Freundin?«

Immer noch keine Antwort.

»Grandmère«, rief ich durch die Tür. »Ich muss mich sehr über dich wundern. Du hast mir immer gesagt, dass eine Prinzessin Haltung bewahren muss. Hast du mir nicht beigebracht, dass eine Prinzessin immer gute Miene macht, egal wie schlecht es ihr geht, und sich nie hinter ihrem Geld und ihren Privilegien versteckt? Aber genau das machst du gerade. Solltest du jetzt nicht da unten sein und so tun, als wäre alles genau so, wie du es geplant hast, und einen Toast auf das glückliche Paar *in absentia* aussprechen?«

Erschrocken sprang ich zurück, als sich der Türknauf langsam drehte. Eine Sekunde später rauschte Grandmère heraus – ganz in purpurnen Samt gehüllt und mit einer brillantenbesetzten Tiara auf dem Kopf.

»Selbstverständlich hatte ich vor, wieder nach unten zu gehen«, erklärte sie würdevoll. »Ich wollte nur rasch meinen Lippenstift nachziehen.«

Dad und ich wechselten einen Blick.

»Klar, Grandmère«, sagte ich. »So wird's gewesen sein.«

»Eine Prinzessin«, verkündete Grandmère, während sie die Tür abschloss, »lässt ihre Gäste niemals im Stich.«

»Werd ich mir merken«, sagte ich.

»Und was habt ihr dann hier verloren?« Grandmère sah mich und meinen Vater strafend an.

»Wir, äh, wollten bloß mal nach dir sehen«, erklärte ich.

»Ach so.« Und dann passierte etwas total Unerwartetes: Sie hängte sich bei mir ein und sagte dann, ohne Dad auch nur eines Blickes zu würdigen: »Komm, gehen wir.«

Ich merkte, dass Dad die Augen verdrehte. War ja auch echt fies von ihr, ihn so zu ignorieren.

Aber er wirkte kein bisschen eingeschüchtert, wie ich es an seiner Stelle sicher gewesen wäre.

»Sekunde, Grandmère«, sagte ich.

Und dann hängte ich mich bei Dad ein, sodass wir in einer Reihe nebeneinander im Gang standen – verbunden durch... tja, also... durch mich.

Grandmère schnaubte bloß. Aber Dad lächelte.

Und irgendwie, ich bin mir nicht ganz sicher, aber es könnte sein, dass das so ein nachhaltig berührendes Erlebnis gewesen ist.

Also, für mich jedenfalls.

Samstag, 1. November, 2 Uhr nachmittags

Der Abend wurde dann doch kein kompletter Reinfall.

Eine ganze Menge Leute schienen sich königlich zu amüsieren. Hank zum Beispiel, der gerade rechtzeitig zum Essen auftauchte (dafür hatte er immer schon einen Riecher) und in seinem Armanismoking total modelmäßig aussah.

Mamma und Pappa waren begeistert, ihn wieder zu sehen. Mrs Gianini, Mr Gs Mutter, war auch sehr angetan, was an seinen untadeligen Manieren gelegen haben muss. Lilly hat mit ihrem Umschulungsprogramm echt ganze Arbeit geleistet. Nur einmal blitzte der alte Hank durch, als er davon schwärmte, wie gern er am Wochenende im aufgemotzten Pick-up durch Schlammlöcher brettert. Als getanzt wurde, bat er Grandmère um den zweiten Walzer – den ersten hatte sie Dad gewährt – und sicherte sich damit in ihrem Herzen für immer einen Platz als der ideale zukünftige Gemahl für mich.

Zum Glück ist die Heirat zwischen Cousins ersten Grades in Genovia seit 1970 verboten.

Aber der glücklichste Mensch, mit dem ich mich an diesem Abend unterhalten hab, war gar nicht auf dem Ball. Gegen zehn Uhr hielt Lars mir sein Handy hin, und als ich erstaunt »Hallo« sagte, hörte ich ganz weit entfernt und knisternd Moms Stimme, die »Mia?« sagte.

Ich wollte nicht zu laut »Mom!« rufen, weil ich wusste,

dass Grandmère irgendwo in der Nähe war, und es für sehr unwahrscheinlich hielt, dass sie Mom und Mr G ihre Flucht so schnell verziehen hatte. Deshalb versteckte ich mich hinter einem Pfeiler und flüsterte: »Hey, Mom! Und – hat Mr Gianini schon eine ehrbare Frau aus dir gemacht?«

Ja, hat er. Es ist vollbracht. (Ein bisschen spät, wenn man mich fragt, aber wenigstens muss das Baby nicht wie ich ein Leben lang unter dem Makel der unehelichen Geburt leiden.) In Mexiko war es erst sechs Uhr abends und die beiden saßen irgendwo am Strand und schlürften (alkoholfreie) Piña Coladas. Trotzdem ließ ich mir von Mom versprechen, keinen zweiten zu trinken, weil man nie weiß, welches Wasser die in solchen Strandbars für die Eiswürfel nehmen.

»Es ist nämlich nicht so, als würden die Parasiten im Eis sterben«, klärte ich sie auf. »Im ewigen Eis von Antarktika leben so Würmer, die haben wir in Bio durchgenommen und die gibt es schon seit tausenden von Jahren. Durch die Eiswürfel kann man sich die schlimmsten Sachen holen. Kauf dir am besten Wasser und mach dir deine eigenen. Weißt du was, gib mir mal Mr G, dann erklär ich ihm genau, was...«

Mom unterbrach mich.

»Sag mal, Mia, wie nimmt...«, sie räusperte sich, »...wie nimmt meine Mutter es auf?«

»Mamma?« Ich schaute zu ihr hinüber. Um ehrlich zu sein, glaube ich nicht, dass Mamma sich schon jemals besser amüsiert hat. Sie ging in ihrer Rolle als Brautmutter richtig auf. Als Mom anrief, hatte sie bereits mit Prinz Albert getanzt, der die monegassische Fürstenfamilie vertrat, und mit Prinz Andrew, der Fergie kein bisschen zu vermissen schien.

»Ja, weißt du«, sagte ich, »Mamma ist echt stinksauer.«

Das war natürlich eine Lüge, aber eine, die Mom glücklich machte. Für sie gibt es nichts Befriedigenderes, als ihre Mutter zu ärgern.

»Im Ernst, Mia!«, fragte sie atemlos.

»Klar«, sagte ich und beobachtete, wie Pappa Mamma um ein Haar in den Champagnerbrunnen getanzt hätte. »Kann gut sein, dass die beiden nie mehr mit dir sprechen.«

»Oh!« Mom klang begeistert. »Das wäre ja schrecklich.«

Manchmal ist mein angeborenes Talent zu lügen ganz praktisch. Leider wurde genau in dem Moment die Verbindung unterbrochen. Aber das war nicht so schlimm, denn ich hatte ja wenigstens meine Warnung bezüglich der Eiswürmer loswerden können.

Ich kann übrigens von mir selbst nicht behaupten, dass ich mich königlich amüsierte – der einzige Mensch in meinem Alter war Hank, und der war zu sehr damit beschäftigt, mit Gisele zu tanzen, um sich mit mir abzugeben.

Zum Glück sagte Dad gegen elf zu mir: »Sag mal, ist heute nicht Halloween?«

»Stimmt, Dad.«

»Wärst du nicht lieber woanders?«

Natürlich hatte ich das mit der »Rocky Horror Picture Show« nicht vergessen. Ich dachte bloß, dass Grandmère mich dringend brauchte. Manchmal müssen Freunde eben hinter der Familie zurückstehen – sogar wenn es sich um zukünftige Liebesverhältnisse handelt.

Trotzdem sagte ich: »Doch, schon.«

Die Vorstellung im Village Cinema begann um zwölf und das Kino liegt etwa fünfzig Blocks vom Plaza Hotel entfernt. Wenn ich mich beeilte, konnte ich es schaffen. Das heißt – konnten Lars und ich es schaffen.

»Die Sache hat nur einen Haken«, erklärte ich Dad. »Wir haben keine Kostüme an. Und an Halloween kommt man ohne Verkleidung nicht ins Kino.«

»Du hast kein Kostüm – wie kommst du darauf?«, fragte Martha Stewart, die unser Gespräch offenbar mitbekommen hatte.

Ich zupfte an meinem Kleid. »Na ja«, sagte ich zweifelnd. »Ich schätze, ich könnte als die gute Hexe Glinda gehen. Aber dazu bräuchte ich einen Zauberstab und eine Krone.«

Ich weiß nicht, ob Martha schon so viele Champagnercocktails intus hatte oder ob so was neben perfekten Kochkünsten, Bewirtung von Gästen, Gartengestaltung und Wohnungen einrichten einfach zu ihrem Repertoire gehört, jedenfalls bastelte sie mir aus ein paar gläsernen Cocktailsticks, die sie mit Efeu aus der Tischdekoration umwickelte, im Handumdrehen einen Zauberstab. Und aus ein paar Menükarten klebte sie mit einer Heißklebepistole, die sie zufällig in der Tasche dabeihatte, eine Krone zusammen. Die sah echt gut aus, genau wie die aus dem »Zauberer von Oz«! (Die Karten hatte sie mit der Schrift nach innen gefaltet.)

»Na bitte«, sagte Martha, als sie fertig war. »Glinda, die gute Hexe.« Sie musterte Lars kritisch. »Bei Ihnen gibt es kein Problem. Sie gehen als James Bond.«

Lars schien glücklich. Geheimagent wollte er vielleicht schon immer mal sein.

Aber am allerglücklichsten war *ich*, weil ich es kaum erwarten konnte, dass mich Michael endlich in dem Kleid sah. Außerdem fühlte ich mich darin so selbstsicher, dass ich mir fest vorgenommen hatte, ihn zu fragen, ob er JoCrox ist.

Mit Dads Segen – von Grandmère hätte ich mich auch noch verabschiedet, wenn sie nicht gerade mit dem greisen Expräsidenten Gerald Ford Tango (!) getanzt hätte – sauste ich nach draußen.

Und stolperte direkt in eine Horde Reporter.

»Prinzessin Mia!«, brüllten alle durcheinander. »Prinzessin Mia, was sagen Sie dazu, dass Ihre Mutter durchgebrannt ist?«

Ich wollte mich gerade kommentarlos von Lars in die Limousine schieben lassen, als mir eine Idee kam. Ich schnappte mir das nächste Mikro und rief: »Ich würde sehr gern die Gelegenheit nutzen, allen Zuschauern mitzuteilen, dass die Albert-Einstein-Highschool die beste Schule in Manhattan, wenn nicht sogar in ganz Nordamerika ist und dass wir den fähigsten Lehrkörper und die begabtesten Schüler der Welt haben, und wer das nicht erkennt, der spinnt – Mr Taylor.«

(Mr Taylor ist Shameekas Vater.)

Dann gab ich das Mikro zurück und sprang in den Wagen.

Fast hätten wir es nicht geschafft. Erstens waren die Straßen ins Village wegen des Umzugs kriminell verstopft, und zweitens war die Schlange vor dem Village Cinema so lang, dass sie bis zur nächsten Straßenecke reichte! Ich ließ den Chauffeur ganz langsam daran vorbeifahren, während Lars und ich die Wartenden absuchten. Es war ziemlich schwer, jemanden zu erkennen, weil ja alle verkleidet waren.

Aber dann entdeckte ich eine Gruppe komisch aussehender Typen in Militärklamotten aus dem Zweiten Weltkrieg. Alle waren mit künstlichem Blut bekleckert und manche hatten sich blutige Armstümpfe in die Ärmel gesteckt. Einer trug ein Riesenschild mit der Aufschrift: »Gesucht: Der Soldat James Ryan«. Neben ihnen wartete ein Mädchen mit angeklebtem, falschem Bart und indianischem Federschmuck auf dem Kopf. Und daneben ein Junge, der sich als Mafioso verkleidet hatte und einen Geigenkasten trug.

Am Geigenkasten erkannte ich ihn.

»Anhalten!«, schrie ich.

Der Fahrer fuhr rechts ran und ließ Lars und mich aussteigen.

Sofort rief das bärtige Mädchen: »Super! Du hast es doch noch geschafft!«

Es war Lilly. Und der Typ neben ihr, dem blutigen Eingeweide aus der Uniformjacke quollen, war Michael.

»Schnell«, sagte er zu Lars und mir. »Stellt euch zu uns. Ich wusste zwar nicht, ob ihr es schafft, aber ich hab trotzdem vorsichtshalber zwei Karten besorgt.«

Unter dem Gegrummel der anderen in der Schlange schoben Lars und ich uns dazwischen. Aber Lars musste sich nur leicht umdrehen und sein Pistolenhalfter aufblitzen lassen und schon wurde es leise. Seine Glock ist ja echt und sieht ziemlich imponierend aus.

»Wo steckt Hank?«, wollte Lilly wissen.

»Der konnte nicht«, sagte ich vage. Das letzte Mal hatte ich ihn tanzend mit Gisele gesehen, aber das wollte ich Lilly nicht sagen, damit sie nicht denkt, Supermodels wären ihm lieber als sie.

»Nicht? Gut«, sagte Boris entschieden.

Lilly warf ihm einen warnenden Blick zu und deutete dann auf mich. »Was soll das eigentlich darstellen?«

»Bist du blind?«, fragte ich. »Glinda, die gute Hexe.«

»Das erkennt man sofort«, sagte Michael. »Du siehst richtig... richtig...«

So wie er den Satz in der Luft hängen ließ, wurde mir klar, dass ich anscheinend bescheuert aussah.

»Viel zu edel für Halloween«, meinte Lilly.

Edel? Na ja, edel fand ich noch besser als bescheuert. Aber das hätte Michael mir doch sagen können.

Ich musterte sie. »Aha«, sagte ich. »Und du? Was bist du?«

Sie zeigte auf ihren Indianerschmuck und strich sich über

den falschen Bart. »Wer ist hier blind?«, fragte sie spöttisch. »Ich bin eine Freudianerin, was sonst?«

Boris zeigte auf seinen Geigenkasten. »Und ich bin Al Capone«, verkündete er. »Der Gangster aus Chicago.«

»Ganz toll, Boris«, sagte ich und bemerkte, dass er sogar heute seinen Pulli in die Hose gesteckt hatte. Na, ich schätze, er kann seine russische Seele nicht verleugnen.

Jemand zupfte mich am Kleid. Als ich mich umdrehte, stand da Kenny, mein Sitznachbar aus Bio. Er trug auch Uniform und hatte nur noch einen Arm.

»Du bist ja doch gekommen!«, rief er.

»Ja, cool, was?«, sagte ich. Seine Begeisterung war ansteckend.

Plötzlich setzte sich die Schlange in Bewegung. Michael und Kennys Kollegen aus der Computer-AG, aus denen sich der Rest der blutigen Truppe zusammensetzte, begannen, ins Kino zu marschieren und dabei zu brüllen: »Und eins, zwei, drei. Und eins, zwei, drei…«

Na ja, sie können nichts dafür. Sind eben Computerfreaks.

Erst als der Film schon angefangen hatte, fiel mir etwas Komisches auf. Ich hatte mich im Gang geschickt so zwischen die anderen geschoben, dass ich den Platz neben Michael ergatterte. Eigentlich sollte Lars auf der anderen Seite sitzen.

Aber irgendwie war Lars abgedrängt worden und neben mir saß Kenny.

Nicht dass mir das was ausgemacht hätte… jedenfalls noch nicht. Lars saß direkt hinter mir, und von Kenny bekam ich fast nichts mit, obwohl er immer wieder versuchte, eine Unterhaltung anzufangen (über Bio). Ich antwortete ihm zwar, dachte dabei aber die ganze Zeit an Michael. Ich fragte mich, ob er wirklich fand, dass ich bescheuert aussah, und wann ich ihm sagen sollte, dass ich wusste, dass er

Jo-C-rox ist. Ich hatte mir auch schon was ausgedacht. Ich wollte beiläufig fragen: »Hast du in letzter Zeit irgendwelche guten Zeichentrickfilme gesehen?«

Nicht gerade genial, ich weiß, aber wie sollte ich das Thema sonst ansprechen?

Ich konnte das Ende des Films kaum erwarten, weil ich endlich meinen Angriff starten wollte.

Aber selbst wenn man die ganze Zeit aufs Ende wartet, ist die »Rocky Horror Picture Show« ein ziemlich lustiger Film. Und die Zuschauer flippten total aus. Sie warfen Brotstücke auf die Leinwand, spannten Regenschirme auf, wenn es im Film regnete, und tanzten den »Time Warp«. Es ist echt einer der besten Filme aller Zeiten. Er schlägt sogar fast »Dirty Dancing«, meinen Lieblingsfilm. Nur dass Patrick Swayze natürlich nicht mitspielt.

Leider hatte ich mich falsch erinnert, und es gab gar keine gruseligen Stellen, sodass ich überhaupt keine Gelegenheit bekam, verängstigt zu tun, damit Michael seinen Arm um mich legt. Schon blöd.

Aber immerhin saß ich neben ihm. Zwei ganze Stunden lang. In der totalen Dunkelheit. Das ist auch schon was. Und er lachte die ganze Zeit und guckte dann, ob ich genauso lachte. Das zählt auch. Also, wenn jemand die ganze Zeit überprüft, ob du die gleichen Sachen lustig findest, das zählt auf jeden Fall. Komisch war nur, dass Kenny es genauso machte. Also, lachen und dann schauen, ob ich auch lache.

Eigentlich hätte ich da misstrauisch werden müssen.

Nach dem Kino zogen wir alle zum Frühstücken ins *Round the Clock* weiter. Und da wurde alles noch viel seltsamer.

Natürlich bin ich schon öfter im *Round the Clock* gewesen – klar, wo kriegt man in Manhattan sonst noch Pfannkuchen für zwei Dollar? –, aber noch nie um die Zeit und noch nie mit Bodyguard.

Der arme Lars wirkte übrigens schon ziemlich zerknittert und bestellte einen Kaffee nach dem anderen. Ich saß eingequetscht zwischen Michael und Kenny am Tisch – komisch, schon wieder die gleiche Konstellation. Außerdem hockten Lilly, Boris und die gesamte Computer-AG um uns herum. Alle redeten laut durcheinander, was es sehr schwierig machte, den richtigen Zeitpunkt für meine Frage über Zeichentrickfilme abzupassen. Plötzlich rückte Kenny näher und raunte mir ins Ohr: »Hast du in letzter Zeit vielleicht ungewöhnliche Post bekommen?«

Ich gebe es ja nur ungern zu, aber erst da dämmerte es mir. Ich hätte es natürlich wissen müssen.

Es ist gar nicht Michael. *Michael ist nicht Jo-C-rox.*

Ich glaube, insgeheim hab ich es die ganze Zeit über geahnt. So eine anonyme Aktion sieht ihm gar nicht ähnlich. Michael ist nicht der Typ, der seinen Namen geheim hält. Ich bin wohl nur einer schlimmen Form von Wunschdenken zum Opfer gefallen.

Einer RICHTIG schlimmen Form von Wunschdenken.

Natürlich steckt niemand anderes hinter Jo-C-rox als Kenny. Nicht dass ich was gegen Kenny hätte. Überhaupt nicht. Er ist echt nett. Also, ich mag Kenny Showalter wirklich. Doch echt. Aber er ist nicht Michael Moscovitz.

Nachdem Kenny das mit der ungewöhnlichen Post gesagt hatte, schaute ich ihn an und versuchte zu lächeln. Ich gab mir echt Mühe.

»Ach so«, sagte ich. »Dann bist du Jo-C-rox, Kenny?«

Kenny strahlte.

»Klar«, sagte er. »Hast du dir das nicht gedacht?«

Nein. Und warum nicht? Weil ich absolut bescheuert bin.

»Doch, klar.« Ich zwang mich zu einem Grinsen. »Schon.«
»Gut.« Kenny sah zufrieden aus. »Du erinnerst mich nämlich echt an Josie, weißt du. Die von ›Josie and the Pussycats‹, meine ich. Sie singt in einer Band und nebenbei jagt sie Verbrecher. Sie ist echt cool. Genau wie du.«

O mein Gott. *Kenny.* Mein Sitznachbar aus Bio. Kenny, der über 1,80 m groß und schlaksig ist und mich immer bei sich abschreiben lässt. Ich weiß doch eigentlich, dass er total auf japanische Zeichentrickfilme steht. Klar schaut er Cartoon Network. Er ist praktisch süchtig nach Trickfilmen. »Batman« ist sein absoluter Lieblingsfilm.

Kann mich bitte jemand erschießen? Bitte, gebt mir die Kugel!

Aber ich lächelte tapfer. Wobei es, fürchte ich, ein ziemlich mattes Lächeln wurde.

Doch das dämpfte Kennys Begeisterung nicht.

»Und dann in den späteren Folgen«, plapperte er, ermutigt von meinem Lächeln, weiter, »da fliegt Josie mit den Pussycats ins All. Sie ist also auch so was wie eine Weltraumpionierin.«

O Gott, bitte mach, dass das ein Albtraum ist. Bitte lass mich aufwachen und nichts davon ist wahr!

Ich kann jedenfalls von Glück sagen, dass ich Michael noch nicht angesprochen hatte. Wenn ich mir vorstelle, ich wäre auf ihn zugegangen und hätte meinen vorbereiteten Text abgespult. Der hätte doch gedacht, ich hätte vergessen, meine Medizin zu nehmen oder so.

»Mal eine andere Frage, Mia«, sagte Kenny. »Hast du Lust, mal wegzugehen? Mit mir, meine ich?«

O Gott, das hasse ich echt. Wenn Leute sagen: »Willst du mal was mit mir machen?«, statt: »Willst du nächsten Dienstag was mit mir machen?« – dann könnte man sich nämlich eine Ausrede einfallen lassen. Man kann immer sagen:

»Wann? Dienstag? Oh, gerade Dienstag hab ich das und das zu tun.«

Aber man kann schlecht sagen: »Danke, aber ich will überhaupt NIE mit dir weggehen.«

Denn das wäre zu gemein.

Und ich kann nicht gemein zu Kenny sein. Ich finde ihn nett. Echt. Er ist witzig und süß und alles.

Aber will ich, dass er mir die Zunge in den Mund steckt? Nicht unbedingt.

Was hätte ich also sagen sollen: Was? Nein, Kenny, ich will auf keinen Fall mit dir weggehen, weil ich in den Bruder meiner besten Freundin verliebt bin?

So was kann man nicht sagen.

Na ja, manche Mädchen vielleicht.

Aber ich nicht.

Und deshalb sagte ich: »Klar, Kenny.«

Ich meine, wie schlimm kann so ein Date mit Kenny werden? Was dich nicht umbringt, macht dich nur stärker. Sagt Grandmère jedenfalls immer.

Danach blieb mir nichts anderes übrig, als Kenny zu erlauben, den Arm um mich zu legen – den einzig freien, den er hatte, denn den anderen hatte er sich unter seiner Uniform an den Körper gebunden, damit es so aussah, als wäre er ihm bei einer Landminenexplosion abgerissen worden.

Aber weil wir alle so dicht gedrängt um den Tisch herumsaßen, stieß Kenny, als er den Arm um mich legte, aus Versehen Michael an, der erst zu uns rüberschaute und dann blitzschnell zu Lars. Fast so, als – ich weiß auch nicht ... als würde er sehen, was los ist, und wollen, dass Lars eingreift.

Aber das ist natürlich Quatsch. Das kann nicht sein.

Als Lars, der sich gerade Zucker in seinen fünften Kaffee kippte, nichts bemerkte, stand Michael auf und sagte: »Also, ich bin echt geschafft. Wie wär's, wenn wir gehen?«

Alle guckten ihn an, als wäre er jetzt komplett durchgedreht. Klar, einige hatten ja noch nicht mal aufgegessen. Lilly sagte sogar: »Stimmt was nicht, Michael – oder brauchst du deinen Schönheitsschlaf?«

Aber Michael holte trotzdem sein Geld raus und zählte ab, wie viel er bezahlen musste.

Ich stand auch ganz schnell auf und sagte: »Ich bin auch müde. Lars, könnten Sie bitte den Wagen rufen?«

Lars, der sich offensichtlich freute, endlich gehen zu dürfen, holte sein Handy raus und begann die Nummer einzutippen. Kenny sagte: »Echt schade, dass du schon so früh gehen musst!«, und: »Also, wir telefonieren dann, ja?«

Der letzte Satz veranlasste Lilly, von Kenny zu mir und wieder zurückzuschauen. Dann stand sie auch auf.

»Lass uns abhauen, Al«, sagte sie mit Gangsterstimme und tippte Boris auf den Kopf. »Mir wird der Boden hier zu heiß.«

Boris kapierte natürlich kein Wort. »Hab ich gar nicht gemerkt«, sagte er. »Und wieso abhauen – willst du die Zeche prellen?«

Wie aufs Stichwort begannen alle nach ihrem Geld zu kramen... Und in dem Moment fiel mir ein, dass ich keins hatte. Geld, meine ich. Ich hatte ja noch nicht mal eine Tasche, wo ich Geld hätte reintun können. Ausgerechnet die hatte Grandmère beim Kauf meiner Hochzeitsgarderobe vergessen.

Ich stieß Lars mit dem Ellenbogen an und wisperte: »Haben Sie Geld dabei? Ich bin im Moment etwas knapp bei Kasse.«

Lars nickte und griff in die Hosentasche. Aber sobald Kenny das mitbekam, rief er: »Nein, Mia. Deine Pfannkuchen gehen auf mich.«

Ich war voll geschockt, weil ich nicht wollte, dass Kenny

für meine Pfannkuchen zahlt. Und für die fünf Tassen Kaffee, die Lars gehabt hatte.

»Kein Problem«, wehrte ich ab. »Das ist nicht nötig.«

Aber das zeigte ganz und gar nicht die erwünschte Wirkung, denn Kenny sagte weltmännisch: »Ich bestehe darauf«, und begann Dollarscheine auf den Tisch zu werfen.

In Erinnerung an Grandmères Mahnung, dass ich als Prinzessin liebenswürdig zu sein habe, sagte ich: »Na gut. Vielen Dank, Kenny.«

Währenddessen wollte Lars gerade Michael einen Zwanziger zustecken: »Für die Kinokarten.«

Nur dass Michael mein Geld auch nicht annehmen wollte – okay, Lars' Geld, aber Dad hätte es ihm zurückgegeben. Er sah total verlegen aus und sagte trotz meiner Proteste: »Nein, nein. Ich lade euch beide ein.«

Also musste ich wieder liebenswürdig sagen: »Ja, dann vielen Dank auch, Michael«, obwohl ich am liebsten gebrüllt hätte: »Schafft mich hier raus!«

Dadurch dass sie mich beide eingeladen hatten, war es nämlich irgendwie so, als wäre ich mit beiden gleichzeitig verabredet gewesen. Was wahrscheinlich irgendwie auch zutrifft.

Eigentlich hätte ich mich darüber freuen müssen. Ich hatte ja noch nie ein Date mit *einem* Jungen, geschweige denn mit *zwei*. Nur dass mir dieses Date überhaupt nicht gefiel. Erstens, weil ich mit einem der beiden gar nichts Näheres zu tun haben will. Und zweitens, weil ausgerechnet er natürlich derjenige ist, der mir gestanden hat, dass er mich mag… Dass er es anonym getan hat, macht es nicht besser.

Die ganze Situation war so unerträglich, dass ich nur noch nach Hause in mein Bett wollte, um mir die Decke über den Kopf zu ziehen und so zu tun, als wäre das alles nie passiert.

Blöderweise konnte ich das nicht tun, weil Mom und Mr G in Cancun sind und ich so lange bei Grandmère und Dad im Plaza schlafen muss.

Ich dachte, es könnte überhaupt nicht mehr schlimmer kommen. Aber während alle in die Limousine drängten (die Jungs hatten gefragt, ob wir sie nach Hause bringen können, und das konnte ich schlecht ablehnen – Platz gab es ja genug), sagte Michael, der neben mir darauf wartete, ins Auto steigen zu können: »Was ich vorhin sagen wollte, war ... du siehst richtig ...«

Ich blinzelte in das rosa und blaue Licht der Neonreklame vom *Round the Clock* im Fenster hinter ihm. Echt erstaunlich – aber selbst, wenn Michael in rosa und blaues Neonlicht getaucht ist und ihm die Gedärme aus dem Hemd quellen, sieht er total...

»Süß. Du siehst total süß aus in dem Kleid«, sagte er hastig.

Ich lächelte zu ihm auf und fühlte mich plötzlich genau wie Cinderella. Wie am Ende von dem Disneyfilm, wenn der Prinz sie endlich findet und ihr den Schuh über den Fuß streift und der Lumpensack sich wieder in ein Ballkleid verwandelt und alle Mäuse rauskommen und anfangen zu singen.

Eine Sekunde lang fühlte ich mich exakt so.

Und dann sagte eine Stimme neben uns: »Steigt ihr heute noch ein, oder was?«, und als wir uns umdrehten, sahen wir Kenny, der den Kopf und seinen einen unversehrten Arm zum Schiebedach rausstreckte.

»Ach so.« Ich wär vor Scham am liebsten im Boden versunken. »Klar.«

Und dann stieg ich in die Limousine, als wäre nichts gewesen. Wenn man darüber nachdenkt, dann war ja auch gar nichts. Nur dass auf der ganzen Rückfahrt zum Plaza diese kleine Stimme in meinem Kopf jubilierte: »Michael findet, dass ich süß aussehe. Michael findet, dass *ich süß* aussehe. *Michael* findet, dass ich süß aussehe.«

Okay, vielleicht hat Michael den Brief und die Mails nicht geschrieben. Und vielleicht ist er auch nicht der Meinung, dass ich eine richtige Josie bin.

Aber er findet mich in meinem rosa Kleid süß. Und das ist das Einzige, was zählt.

Jetzt sitze ich, umgeben von Bergen von Hochzeits- und Babygeschenken, in Grandmères Hotelsuite auf dem Sofa. Auf der anderen Seite des Sofas hockt Rommel, der einen babyrosa Kaschmirpulli trägt und zittert. Eigentlich müsste ich ja Dankesbriefe schreiben, aber natürlich schreibe ich stattdessen Tagebuch.

Dass das niemandem auffällt, liegt wahrscheinlich daran, dass Mamma und Pappa hier sind. Sie sind auf dem Weg zum Flughafen vorbeigekommen, um sich zu verabschieden, weil sie wieder nach Indiana zurückfliegen. Im Augenblick sind meine beiden Großmütter damit beschäftigt, eine Liste mit Babynamen zusammenzustellen und zu besprechen, wer alles zur Taufe eingeladen wird (nein, bitte nicht schon wieder!!), während Dad und Pappa über die Bedeutung der Fruchtfolge im Ackerbau diskutieren – offenbar ein wichtiges Thema für Farmer aus Indiana und Olivenbauern aus Genovia. Obwohl Pappa natürlich einen Werkzeughandel hat und Dad Fürst ist. Na ja, Hauptsache, sie haben was zu reden.

Hank ist auch da, um sich von Mamma und Pappa zu verabschieden und sie davon zu überzeugen, dass sie ihn vollkommen unbesorgt hier in New York lassen können. Allerdings finde ich seine Überzeugungsarbeit bisher nicht so überzeugend, weil er hier im Hotel noch kein einziges

Mal sein Handy vom Ohr genommen hat. Die meisten Anruferinnen scheinen Brautjungfern von gestern Abend zu sein.

Wenn ich die letzten Tage so Revue passieren lasse, muss ich sagen, dass es – alles in allem – gar nicht so übel aussieht. Ich bekomme bald eine kleine Schwester oder einen Bruder, und ich hab nicht nur einen neuen Stiefvater an Land gezogen, sondern kann jetzt zu Hause außerdem jederzeit Tischfußball spielen.

Und Dad hat bewiesen, dass es zumindest einen Menschen auf diesem Planeten gibt, der sich von Grandmère nicht einschüchtern lässt… Irgendwie kommt mir sogar Grandmère etwas entspannter vor als sonst, obwohl sie noch nicht mal in Baden-Baden war.

Aber mit Dad spricht sie immer noch nicht, außer es lässt sich nicht vermeiden.

Nachher treffe ich mich mit Kenny wieder im Village Cinema, wo heute den ganzen Tag japanische Animes laufen. Na ja, ich hab es ihm versprochen.

Aber anschließend bin ich schon mit Lilly verabredet, um die nächste Folge von »Lilly spricht Klartext« zu besprechen, in der es um verdrängte Erinnerungen gehen soll.

Wir wollen versuchen, uns gegenseitig in Hypnose zu versetzen, um herauszufinden, ob wir uns an frühere Leben erinnern können. Lilly ist zum Beispiel ganz sicher, dass sie in einem ihrer vergangenen Leben Queen Elizabeth I. war.

Und das glaube ich ihr glatt.

Ich übernachte dann auch gleich bei Lilly. Wir haben ausgemacht, dass wir uns »Dirty Dancing« ausleihen und ihn in der Tradition der »Rocky Horror Picture Show« anschauen, indem wir den Schauspielern die Antworten zubrüllen und Sachen gegen den Fernseher werfen.

Übrigens ist es nicht unwahrscheinlich, dass morgen

früh, wenn ich bei den Moscovitzens am Frühstückstisch sitze, Michael in Schlafanzughose ohne Oberteil und mit offenem Bademantel ins Esszimmer kommt. Das ist nämlich schon mal passiert.

Und ich könnte mir vorstellen, dass mich das als Erlebnis echt nachhaltig berühren wird.

Sehr nachhaltig.

Ende

Meggin Cabot arbeitete nach ihrem Philologiestudium zunächst als Illustratorin, bevor sie sich ganz dem Schreiben zuwendete. Unter dem Pseudonym Patricia Cabot verfasste sie historische Frauenromane. Ihre Jugendbücher erscheinen unter den Namen Meg Cabot und Jenny Carroll.
»Plötzlich Prinzessin«, ihr erstes Jugendbuch, wurde von Garry Marshall (»Pretty Woman«, »Die Braut, die sich nicht traut«) verfilmt. Die Fortsetzung des Filmerfolgs ist geplant.

Von Meg Cabot sind bei C. Bertelsmann bislang erschienen:
Plötzlich Prinzessin (12604)
Power, Prinzessin! (12579)
Prinzessin sucht Prinz (12608)
Dein Auftritt, Prinzessin! (12756)

Weitere Informationen zu Meg Cabot und ihren Büchern: www.megcabot.com